戲曲學（三）

古典曲學要籍述評

曾永義 著

三民書局

國家圖書館出版品預行編目資料

古典曲學要籍述評　戲曲學(三) / 曾永義著.－－初版
一刷.－－臺北市: 三民, 2018
面;　公分.－－(國學大叢書)

ISBN 978-957-14-6136-6　(第一冊: 平裝)
ISBN 978-957-14-6405-3　(第二冊: 平裝)
ISBN 978-957-14-6407-7　(第三冊: 平裝)
ISBN 978-957-14-6312-4　(第四冊: 平裝)

1. 戲曲

824　　107005483

著作人　曾永義
發行人　劉振強
著作財產權人　三民書局股份有限公司
發行所　三民書局股份有限公司
地址　臺北市復興北路386號
電話　(02)25006600
郵撥帳號　0009998-5
門市部　(復北店) 臺北市復興北路386號
(重南店) 臺北市重慶南路一段61號

出版日期　初版一刷　2018年5月
編號　S 980120
行政院新聞局登記證局版臺業字第〇二〇〇號

ISBN　978-957-14-6407-7　(第三冊:平裝)
http://www.sanmin.com.tw　三民網路書店

自序

戲曲理論的研究較諸戲曲通史的研究興盛得多，緣故是資料多，論述較容易。從一九一六年上海有正書局出版梁廷枏《曲話》之後，一九一七年董康有《讀曲叢刊》，一九二一年陳乃乾有《曲苑》，一九二五年增訂為《重訂曲苑》，一九三二年又有《增補曲苑》，一九四〇年任訥擴充輯錄曲論、曲律、曲韻等著作三十四種為《新曲苑》。一九五七年傅惜華有《古典戲曲聲樂論著叢編》，北京人民音樂出版社；一九五九年中國戲曲研究院精密校勘，由北京中國戲劇出版社印行，彙錄曲學要籍四十八種分裝十冊，題為《中國古典戲曲論著集成》，大為嘉惠學者；一九八四年秦學人、侯作卿有《中國古典編劇理論資料彙編》，中國戲劇出版社出版；一九八九年蔡毅有《中國古典戲曲序跋彙編》，濟南齊魯書社出版；一九九二年隗芾、吳毓華有《古典戲曲美學資料集》，北京文化藝術出版社出版。而二〇〇六至二〇〇九年期間合肥黃山書社出版俞為民、孫蓉蓉教授伉儷主編之《歷代曲話彙編》合《唐宋元編》一集一冊，《明代編》三集三冊，《清代編》五集八冊，《近代編》三集三冊，共十二集十五冊而成巨帙。有此《集成》與《彙編》，則中國古代戲曲學之基本文獻可謂足矣。但是從這龐大的戲曲文獻總體看來，不止有其呈現時代的重要主張，而且也有供作建構戲曲學的切當觀念。

譬如就其重要專書論著來觀察，元代芝菴《唱論》開宮調聲情、唱曲技法之說，鍾嗣成《錄鬼簿》保存作家作品之豐富史料，亦已略及曲體、北劇史、戲曲作家之論。周德清《中原音韻》始製北曲韻譜，兼及樂府北曲、入派三聲、平分陰陽，以論曲律，堪稱為曲譜雛型。賈仲明《錄鬼簿續編》為研究元明雜劇之重要史料，對作家作品亦有簡評。夏庭芝《青樓集》記歌妓一百一十六人，述及與達官貴人之關係、雜劇之分類、所擅之技藝而以演出雜劇為主要。

明代署為朱權之《太和正音譜》係為北曲曲牌格律定式之首部北曲譜，其論曲兼及雜劇分類、作家風格及題材、功能、音律、史料等方面。魏良輔《曲律》述及腔調流變、南北曲之別；尤其唱曲技巧最為水磨調圭臬。徐渭《南詞敘錄》敘南戲之源流、劇目、諸腔，為極重要之戲曲史料，其「南曲北調」與「淨」為「參軍」促音，亦頗具參考價值。王驥德《曲律》為第一部系統性之曲論，含戲曲起源、音律、結構、語言、風格與題材虛實諸論說，頗有可觀之見解。沈璟《南曲全譜》為首部南曲曲牌格律定式之南曲譜，明人講究格律者，莫不以沈氏為宗師。沈寵綏《度曲須知》講究南曲戲曲中唱念之格律、技巧與方法，其吐音如反切之說，最得水磨調唱口。其《絃索辨訛》則專為北曲絃索歌唱者指明應用之字音與口法。呂天成《曲品》不僅評論明代傳奇作家作品，更是現存最古之傳奇作家略傳與目錄。其以水磨調成立之前後分「舊傳奇」與「新傳奇」，為戲曲史立下劇種分野標幟。潘之恒《亘史》與《鸞嘯小品》為戲曲表演藝術之鑑賞提供許多重要理論。祁彪佳《遠山堂劇品》與《遠山堂曲品》保存豐富之明人雜劇與傳奇之劇目與史料，其分品與簡評亦有參考價值。

清人李漁《閒情偶寄》中曲論，為元明清三代最具周延性和系統性、縝密性之戲曲學理論，含結構、情節、語言、音律、教習、表演諸論說，堪稱循循善誘、引人入勝。徐于室、鈕少雅《南九宮正始》，取材重視古調，譜律精細靡遺，含字數、句數、長短、平仄聲調、協韻、增減字與增減句、句中音節單雙、語法、對偶、章法諸律則。徐大椿《樂府傳聲》認為具備定律呂、造歌詩、正典禮、辨八音、分宮調、正字音、審口法等七項修為者方是戲曲歌樂的「專精之士」。

民初名家論著，王國維曲學諸書開現代戲曲學術研究之門，其總結之《宋元戲曲史》為戲曲史論著開山之作。王季烈《螾廬曲談》之論度曲、作曲與譜曲可謂總結前賢之要義與成就。其論劇情與排場，尤具慧眼，首開戲曲內在結構之說。吳梅《戲曲論文集》，其曲論雖亦總攝前賢之要義，但其《中國戲曲概論》實為戲曲通史之「雛型」，所論提綱挈領，要言不煩，語多中肯，有如畫龍點睛、光采四射，而能啟人諸多發明。吳氏又是將戲曲引入大學講堂之第一人。

此外，如胡祇遹表演論之「九美說」，喬吉作樂府之「鳳頭、豬肚、豹尾」說，高明戲曲「教化」說，胡侍創作「抒憤」說，何良俊「重律」說、「元曲四家」說與「本色」說，王世貞《琵琶》、《拜月》優劣」說，李贄「化工」、「畫工」說，臧懋循「曲有三難」說，湯顯祖「至情」說，顧起元「戲劇諸腔消長」說，凌濛初「尚胡元之本色」說，孟稱舜「柳枝」、「酹江」說，沈自晉「吳江派」說，金聖嘆「以文法論劇」說，黃周星「曲有三難三易」說，孔尚任「戲曲信史」說，黃圖珌「曲難於詞」說，王正評「京腔音律」說，宗廷魁「傳奇地位貴重」說，焦循「花部動人」說，楊恩壽「填詞苦樂」說。凡此亦皆可為觀采之論。

本書評述戲曲要籍十六家，錄明清「曲話」百二十家之零金片羽。由於所評所錄，皆為閱讀時隨手筆記，因之難有深入精闢之見解與周延縝密之建構；只是其中或有靈光乍現一得之愚，不忍遽爾捨棄，用敢彙輯成書，以供參考。其最可注意者如下：

1. 由元淮五首七律寫作時間在元世祖至元二十四年至二十八年之間（一二八七—一二九一），可知早在至元一、二十年間，雜劇早已逐漸南移，至遲在至元三十一年（一二九四）已在江南盛行，不必等到元順帝時，才以杭州為重心。

2.綜觀金元間芝菴《唱論》全書二十八節，不止涉及歌之格調、節奏，亦及行腔、聲韻、音色、氣口、宮調聲情等核心問題，而且也直接指出作品音樂表現及歌唱聲音應避忌的事項，甚至於連歌唱應當兼具的背景知識，如古之善唱者、知音律之帝王、近世所謂之「大樂」，以及歌之所、唱曲地所之樂曲，也都不厭其煩的舉出來。其後論歌唱音樂者無不受到他的影響，他的論述堪稱集金元北曲之大成；雖是言簡意賅，多入市井口語方言，有時不免晦澀難解，幸有白寧《元明唱論研究》已大致詳予破解，對我們了解該書的幫助很大。

3.元周德清既名其書稱《中原音韻》，虞集〈序〉又稱之為《中州音韻》，則更明白宣稱他是以今河南開封、鄭州、洛陽河洛一帶的「中原」（中州）語音作為北曲的「正音」，這種「正音」也正是關鄭白馬四大家作品所運用的語言。而由此也使我們肯定的認為北曲雜劇的源生地正是河南開封一帶的中原地區，因為劇種的源生必用當地語言。又周氏始創「務頭」之說，論者已多。著者以為曲中務頭，在某字者實為句中之眼，在某句者實為曲中警句，在某曲者實為套中主曲；且其必為聲情與詞情相得益彰之「俊語」。

4.元鍾嗣成《錄鬼簿》錄有作家一百五十二人，作品名目四百餘種。為研究元戲曲與金元文學之寶典。其間頗涉作家生平與作品批評。其論曲，講究錬字句者稱「細推敲」、「工巧」，其不佳者謂之「蹈襲」、「斧鑿」。言其情味，則謂之「俳諧」或「妙趣」。亦講音律，但云「明音律」、「諧音律」。而以論曲之風格為主要，依次當為駢儷、華麗、華麗自然、新、新鮮、新奇、清雅不俗。至於所謂「節要」、「排場」則偶一為之而已。

5.元明間賈仲明《錄鬼簿續編》錄作家七十一人，作品七十八種，另無名氏雜劇七十八種，為研究元明雜劇最為重要之史料。此書作者未明確，著者舉六點現象論說當為賈仲明所著。

6.元末夏庭芝《青樓集》，由其〈誌〉可知唐傳奇、宋戲文、金院本、元雜劇之分野，雜劇之內容；以及青樓歌妓極盛，所記有一百十六人，從中可得以下諸項統計：

其一，有四十人與達官貴人有來往，或酬唱，或戀愛，或被納為側室，可見彼時官僚士大夫風花雪月之狀況。

其二，有三十二人能雜劇，就其所長，可知雜劇分類為：駕頭、花旦、軟末尼、閨怨、綠林、文楸握槊六種。其「旦末雙全」者有趙偏惜、朱錦繡、燕山秀三人。其兼擅戲曲（南曲戲文）、雜劇者有芙蓉秀一人。

其三，工於「雜劇」以外其他技藝之歌妓三十四人，其技藝包括歌舞、舞鷓鴣、談諧、文墨、樂府小令、隱語、詩詞、慢詞、諸宮調、小唱、小說、琵琶、院本、絲竹歌唱、南戲（戲曲）、彈唱鞬鞀曲、搊箏合唱、即席唱和、撥阮等十九種。其善諸宮調者為秦玉蓮、秦小蓮。善院本者為樊孛闌奚、侯要俏。擅南戲者為龍樓景、丹墀秀、芙蓉秀。

7.明初《太和正音譜》，其作者王國維認為寧獻王朱權，實為獻王門下客，應成於朱權晚年宣德四年（一四二九）之後，正統十三年（一四四八）以前。其曲論雖未臻細密完整，且頗有可議之處，但對於曲文的風格、雜劇的類別，首建系統，予以劃分；對於作家的體勢，又有頗為精當的議論；加上其對於戲曲史料，保存豐富，尤其始立北曲法式，使製曲者有規矩可循。凡此都足以使《太和正音譜》成為一部不朽的名著。

8.明魏良輔之「水磨調」及其《南詞引正》與《曲律》，所得重要觀點是：「水磨調」之名肇始沈寵綏《曲律須知》，為與崑山土腔、崑山腔有別，而將由魏良輔集思廣益改良創發之新調稱作「水磨調」。改良創發水磨調之「曲聖」實為曲家兼能醫之太倉魏良輔，而非官山東左布政使之豫章魏良輔。「水磨調」原為清唱曲，梁辰魚歌以所製《浣溪紗》傳奇，乃用為劇曲而為今日崑劇之主體。魏良輔之《南詞引正》應為後來《曲律》之原本。《曲律》為芝菴《唱論》以後重要之唱曲理論著作。王世貞《曲藻》之南北曲異同說應襲自魏良輔《曲律》。顧堅其人事跡，不應輕易抹煞，何況吳新雷先生已證據確有其人。

9.明徐渭《南詞敘錄》之論南戲源流與發展，南戲北劇由元初至元末之消長與所謂「南曲北調」，南戲劇目、南戲諸腔、戲曲「本色論」、常用戲曲術語、方言之考釋等，雖頗有可議者，但皆實為戲曲之重要史料。

10.明王驥德《曲律》，所論內容包括：(1)總論曲，(2)曲法論，含聲韻、造語、字法、句法、章法，(3)散曲論，(4)劇戲論，含賓白、插科、引子、過曲、尾聲，以及雜論之說虛實、論部色與評諸家劇作。雖未臻細密妥貼，但頗有足以發人深省之言。清代《笠翁劇論》所揭櫫的結構、詞采、音律、賓白、科諢、格局等六事，較之伯良雖精密深邃有加，但其實是本諸伯良緒論更加以發揮而已。因此，我國古典戲曲論的開創者當屬之伯良，而集大成者當屬之笠翁。

11.明沈寵綏《絃索辨訛》與《度曲須知》，沈寵綏是一個對於聲韻極有研究的度曲家。《絃索辨訛》一書，專門為絃索歌唱者指明應用之字音與口法，書中列舉《北西廂》和當時盛行之十來套曲子，逐字音註，以示軌範。

「絃索」是北曲清唱的名稱，北曲清唱，明人用類似琵琶而略小的一種樂器伴奏，這種樂器名曰「絃索」，故此清唱北曲，也就沿用了「絃索」一名。《度曲須知》二卷是沈寵綏繼《絃索辨訛》之後所著。其《絃索辨訛》，示範多而說明少，此書則就各項問題，分別闡述；《絃索辨訛》專論北詞，此書則論北而兼論南曲。全書三十六章中，除有兩章係略論南北戲曲聲腔源流及絃律存亡問題，及末兩章節引魏良輔《曲律》及王驥德曲律中之〈亨屯曲遇〉外，其餘皆為解說南北戲曲中念字之格律、技巧與方法。沈寵綏為歌唱家，所論全是從經驗中獲得之結論。經驗既多，因而也多有獨創之見解。由〈出字總訣〉、〈收音總訣〉、〈入聲收訣〉❶，可見沈氏

❶〔明〕沈寵綏：《度曲須知》，《中國古典戲曲論著集成》第五冊（北京：中國戲劇出版社，一九五九），頁二〇五－二〇七。

對咬字吐音之重視，蓋字音不清明，則意義必乖謬。而由此亦可知，語言旋律與音樂旋律必須融合無間，而所謂「依字行腔」亦歌唱之道也。由其〈字母勘刪〉與〈字頭辨解〉可見崑曲之字頭、字腹、字尾與反切同理，而三者之時間：尾音占十分之五至六，腹音占十分之二至三，頭音占十分之一餘。而由其〈字釐南北〉與〈經緯圖說〉可知南曲用《洪武正韻》、北曲用《中原音韻》乃明人習尚，沈氏也認為應當如此。

12.明呂天成《曲品》，不僅評論明代戲曲作家、作品，更是現存最古之傳奇作家略傳與目錄。書中記載戲曲作家九十人，散曲作家二十五人，戲曲作品一百九十二種。（上卷評作家，下卷論作品）凡明代嘉靖以前作家、作品，分作神、妙、能、具四品；隆、萬以來作家、作品，分作上上、上中、上下、中上、中中、中下、下上、下中、下下九品。品評雖不盡恰當，但可作為研究材料，豐富而珍貴。由此可知許多不見他書之作家和許多已亡佚作品之內容。《曲品》卷下：「我舅祖孫司馬公謂予曰：『凡南劇，第一要事佳，第二要關目好，第三要搬出來好，第四要按宮調、協音律，第五要使人易曉，第六要詞采，第七要善敷衍——淡處作得濃、閑處作得熱鬧，第八要各角色派得勻妥，第九要脫套，第十要合世情、關風化。持此十要，以衡傳奇，靡不當矣。』但今作者輩起，能無集乎大成？十得六七者，便為璣璧；十得三四者，亦稱翹楚；十得二三者，即非碔砆。具隻眼者，試共評之。括其門類，大約有六：一曰忠孝，一曰節義，一曰仙佛，一曰功名，一曰豪俠，一曰風情。元劇之門類甚多，而南戲止此矣。」❷此呂氏舅祖孫月峰「衡曲十要」，當與笠翁《曲論》、著者之「論曲八端」共觀。又其「南戲門數有六」，當與「雜劇十二科」比較。

13.清李漁《笠翁劇論》，其論戲曲見所著《閒情偶寄》之〈詞曲部〉與〈演習部〉，前者論戲曲劇本創作應

❷〔明〕呂天成：《曲品》，《中國古典戲曲論著集成》第六冊（北京：中國戲劇出版社，一九五九），頁二二三。

注意之事項，後者論戲曲舞臺搬演應講求之要務，皆為其身體力行後之見解與結論，堪稱為明清曲論家第一人。其論劇本創作，首重「結構」，其他依次為「詞采」、「音律」、「賓白」、「科諢」、「格局」，共為六項，實以劇作家文學藝術應具之修為為說；其論舞臺搬演，以「選劇」為第一，其他依次為「變調」、「授曲」、「教白」、「脫套」，共為五項，實以演員技藝之訓練養成為論。其每項之下又分若干項論述，如〈結構第一〉下又分「戒諷刺」、「立主腦」、「脫窠臼」、「密針線」、「減頭緒」、「戒荒唐」、「審虛實」七項，以此建構其戲曲文學藝術論的完整體系。

笠翁之論曲，可謂剖析宏深、經驗老到，成就之高，古今鮮與比倫。但其論說亦尚有可議之處，譬如由笠翁所謂「結構第一」所舉之七款觀之，其合乎現代之所謂「戲曲結構」之觀念內涵，只有「立主腦」、「密針線」、「減頭緒」三款，而實際上卻只談情節線索之主從與組織照映之技法。至於「戒諷刺」則在告誡題材之運用不可落入攻訐人身；「脫窠臼」則在說明關目要推陳出新；「戒荒唐」則提醒內容要訴諸耳目所及，切勿荒誕不經；「審虛實」則只在討論題材關目之虛與實，主張虛則虛到底，實則實到底。凡此皆與「結構第一」絲毫無關。可見笠翁之「結構」觀，尚只得一隅。殊不知真正之「結構」有待於「排場」觀之建構，而戲曲又製約於其體製規律；因之論戲曲之結構當兼顧其內外在結構。其外在結構者，體製規律也；其內在結構者，排場之處理也，著者有專文論述之。

又如其「格局第六」中有「出腳色」一項，說明出生旦腳色不宜在第四、五折之後，其他重要腳色不宜在第十折之後；但不及腳色的運用和勞逸均衡的問題。其論戲曲演習的「選劇第一」中，有「劑冷熱」一項，說明「冷中之熱，勝於熱中之冷；俗中之雅，遜於雅中之俗」。雖然已略涉排場冷熱兼劑的道理，但對於造成冷熱的重要因素：宮調聲情、套曲性質，則未嘗顧及。其「詞采第二」分「貴淺顯」、「重機趣」、「戒浮泛」、「忌填塞」四款，「賓白第四」分「聲務鏗鏘」、「語求肖似」、「詞別繁減」、「字分南北」、「文貴精潔」、「意取尖新」、「少用方言」、「時防漏孔」八款，皆已注意到語言所表現的情味和運用語言的技巧；但對於語言成分的掌握，以及語言所顯現的風格和內容情節的關係，則略而不聞。其「音律第三」分「恪守詞韻」、「凜遵曲譜」、「魚模當分」、「廉監宜避」、「拗句難好」、「合韻易重」、「慎用上聲」、「少填入韻」、「別解務頭」九款，所涉及的是聲韻的精微；但對於句式、主腔的分辨，宮調的運用、套式的配搭，集曲的組成，尤其聲情、詞情的渾融無間，亦皆未暇論及。而其「科諢第五」所分成的「戒淫褻」、「忌俗惡」、「重關係」、「貴自然」等四款，可以說是確當不易之論；至於「格局第六」所分五款中的「家門」、「冲場」二款，僅說明傳奇成規，可以說無關宏旨。此外關於戲曲思想的表達，故事題材的運用和剪裁，皆粗略而不精詳；而人物塑造的方法，更絲毫未嘗論及。所以說光憑《笠翁劇論》中的觀點，來作爲欣賞評論我國戲曲的依據，尚有所不足。

14.靜安先生曲學的貢獻和重要見解，著者認為有三大貢獻：其一，就學術的意義而言，他開闢了戲曲研究的門徑，他研究戲曲的淵源，研究古劇的腳色，研究古劇的樂曲，研究優伶的活動，終於研究戲曲的歷史，使中國戲曲的研究從此進入學術的園林。其二，就戲曲研究的方法而言，他提供了兩點重要的啟示：一是以經史考據校勘的方法來鑒別和處理戲曲資料，一是科學的研究方法。其三，就研究風氣而言，他首開近代戲曲史研究的潮流。我國戲曲研究，元明清三代雖然不斷進展，但不出戲曲理論的範疇；靜安先生因為感嘆「一代文獻鬱堙沉晦者且數百年」，又肯定元曲為一代文學的地位和價值，所以認真蒐集資料，作系統的分析和研究，把戲曲的發展史當作一門學問來看待；於是乎自從《宋元戲曲史》一書出，無論在史料、方法、範圍、觀點上都提供了極為難得的範例，因而刺激戲曲史研究的熱潮。又著者認為靜安先生曲學之重要見解有四端：其一，給戲曲下明確定義「合言語、動作、歌唱以代言演故事」。其二，把戲曲的地位明確提升至與史傳相等。其三，由宋代樂曲的考述而認為南北曲的形式及材料南宋已全具。其四，對元雜劇發達之原因、文章佳處自然而有意境、對名家之批評，皆有精當之見解。

但著者亦指出其可商榷之問題有四，應修訂之訛誤有六，友人葉長海教授亦指出其瑕疵有五。而著者亦有四篇論文對其所論之問題作更周延而深入之研究。

15.王季烈《螾廬曲談》，此書四卷，首卷〈論度曲〉，含緒論、論七音笛色及板眼、論識字正音、論口法、論賓白讀法。卷二〈論作曲〉，含論作曲之要旨、論宮調及曲牌、論套數體式、論劇情與排場、論詞藻四聲及襯字。卷三〈論譜曲〉，含論宮調、論板式、論四聲陰陽與腔格之關係、論各宮調之主腔、論腔之聯絡及眼之布置。卷四〈餘論〉，含論傳奇源流、傳奇家姓名事跡考略、七音十二律呂及旋宮之考證、詞曲掌故雜錄。堪稱體大思精，周延備至，層次分明，為國人曲論菁華之總結，此後論曲唱、作曲、譜曲者莫不以此為依歸。尤其其論口法、論套數體式、論劇情與排場、論宮調主腔，實為發前人所未發，言人所未言。其論劇情與排場，尤具慧眼，將戲曲內在之藝術結構發揮得淋漓盡致。又此書與許之衡《曲律易知》並觀，許氏「排場」之說，較王氏又有進一步之論述。

16.吳梅《戲曲論文集》，其有關戲曲理論之主要著作有九種，其間有頗見重複者。其《中國戲曲概論》卷上含〈金元總論〉、〈諸雜院本〉、〈諸宮調〉、〈元人雜劇〉、〈元人散曲〉五章；卷中含〈明總論〉、〈明人雜劇〉、〈明人傳奇〉、〈明人散曲〉四章；卷下含〈清總論〉、〈清人雜劇〉、〈清人傳奇〉、〈清人散曲〉，可見其「戲曲」之概念包括散曲與劇曲而言。所論無不提綱挈領，要言不煩，語語中肯，有如畫龍點睛，光采四射，而能啟人諸多發明。其《元劇研究》含〈緒論〉、〈元劇的來歷〉、〈元劇現存數目〉、〈元劇作者考略上下〉，此為元劇研究繼王國維《宋元戲曲史》後發皇之作。又其《瞿安讀曲記》所敘皆瞿安經歷心得之言，非泛談浮語之「曲話」

可比，可供吾人評論諸家劇作之重要參考資料。《瞿安讀曲記》內容含元雜劇十種、明雜劇二十九種、明傳奇三十種、清雜劇八種、清傳奇十三種，計九十種；另敘跋二十篇、散論四則、書牘四札。

17. 鄭騫先生的曲學，鄭先生名騫，字因百，祖籍遼寧鐵嶺，一九〇六年生於四川灌縣，一九九一年七月二十八日逝世於臺北，為著者博碩士論文指導教授，詞曲學名家。其曲學著作有論文數十篇，絕大多數收錄於先生所著《景午叢編》、《龍淵述學》，二〇一二年著者復將二書中有關戲曲之論述重新編輯為《鄭騫戲曲論集》。鄭先生又著有專書《北曲新譜》、《北曲套式彙錄詳解》、《校訂元刊雜劇三十種》三種，並編有元明散曲選本《曲選》。考據之學，是鄭先生曲學中著力最深、成果最為豐碩的部分。此外，鄭先生對於散曲、戲曲之文學藝術，亦有獨到之評論觀點。鄭先生之散曲批評，以詩人意識為論述核心。鄭先生認為曲是詩的支流、別體，外在形製雖有差異，但內在本質聯繫相通。「人格與學問的結晶」是一切詩歌創作的最高標準，散曲亦然。散曲之內涵，以曲家的情志人格為中心，須表現純正的思想、真摯的性情與開闊的胸襟；散曲之語言，以根源於深厚文化涵養的「典雅」為宗，展現曲家的學識。鄭先生對散曲本質的看法，根源於中國知識階層詩教文化所濡染的詩人意識，此一詩人意識經由編選元明散曲選本《曲選》而彰顯。《曲選》之編選，以醇雅為宗，強調情志之正、語言典雅及音律諧美，正直指散曲與詩相通的本質意義。

鄭先生品評戲曲，獨重文學層面的表現，又以曲文為批評之焦點。鄭先生以樸拙醇厚為元雜劇之獨特情味，明人改本，其佳者固然流利工雅，但與元人情韻仍然有隔。品評元雜劇，自以元人本色為尚。其次，曲文是開展情節、表現人物的戲劇語言，鄭先生論曲文，便留意於與劇情脈絡是否符合，而是否曲盡人情，切合劇中人物的身分、性格及其在特定情境中的心理反應，更是品論的重點。鄭先生以「清真」為評賞元雜劇的最高標準，就元雜劇的整體風格而言，其「樸拙醇厚」並非拘執於樸素或華美的文字表相，而是不虛飾、不造作的真誠。

就曲文的戲劇作用而言，要能成為劇中人物抒發情志之詩，代其立心，深透其情。此與鄭先生論散曲同樣源於「詩本性情」的詩人意識。

以上列舉十七家論著之簡評，不過用以窺見著者「述評」之概要。希望「一得之愚」，對讀者有些好處。

二〇一八年元月九日晨曾永義序於臺北森觀

戲曲學(三)

古典曲學要籍述評　目次

自序

第二冊

緒　言……一
一、宋代以前與「曲學」、「戲曲學」相關之記載……七
(一)曲學、戲曲學之先聲：先秦至宋代之零星記載……七
1. 音樂論……七
2. 戲曲史論……一四
3. 批評論……一八
4. 表演論……二〇
5. 其他……二五
(二)唐代至宋代之相關要籍……二七
二、元代戲曲學專書述評……二九
(一)元代見於文獻之曲學零星論述……二九
1. 張炎《詞源》……二九
2. 胡祗遹《紫山大全集》……三〇
3. 元淮之五首詩……三三
4. 劉一清《錢塘遺事》……三八
5. 楊維楨《東維子文集》……三九
6. 陶宗儀《南村輟耕錄》……四〇
(二)芝菴《唱論》……四一
(三)周德清《中原音韻》等曲學專書述評……五〇
1. 周德清《中原音韻》……五〇

2.鍾嗣成《錄鬼簿》……六八
3.賈仲明《錄鬼簿續編》……七七
4.夏庭芝《青樓集》……八五
5.顧瑛《製曲十六觀》……九五
三、明代曲學專書述評……九七
㈠舊題朱權之《太和正音譜》……九八
1.《太和正音譜》之作者問題……九八
2.《太和正音譜》之曲論……一一三
㈡魏良輔之「水磨調」及其《南詞引正》與《曲律》……一二一
1.「水磨調」與魏良輔其人其事……一二一
2.魏良輔《南詞引正》與《曲律》之版本與比較……一四五
結語……一五七
㈢徐渭生平及其《南詞敘錄》述評……一五八
1.徐渭之生平與著作……一五八
2.徐渭《南詞敘錄》述評……一六一
㈣王驥德《曲律》……一七四
1.王驥德之生平……一七五
2.王驥德之曲學……一七七
㈤沈寵綏《度曲須知》……一九七
㈥呂天成《曲品》……二〇六
四、明代戲曲學之零金片羽……二一二
㈠高明……二一二
㈡朱有燉……二一二
㈢胡侍……二一四
㈣邱濬……二一五
㈤陸容……二一八
㈥陳鐸……二一八
㈦祝允明……二二〇
㈧王九思……二二二
㈨康海……二二二
㈩張祿……二二三
⑪楊慎……二二四
⑫陸采……二二八
⑬李開先……二二八

(十四) 雪蓑漁者……二三三
(十五) 何良俊……二三四
(十六) 梁辰魚……二四九
(十七) 徐學謨……二五〇
(十八) 李日華……二五一
(十九) 汪道昆……二五二
(二十) 王世貞……二五三
(二一) 李贄……二五七
(二二) 張鳳翼……二六三
(二三) 姚弘誼……二六四
(二四) 屠隆……二六五
(二五) 梅鼎祚……二六七
(二六) 臧懋循……二六八
(二七) 胡應麟……二七四
(二八) 湯顯祖……二七四
(二九) 沈璟……二八〇
(三十) 鄒迪光……二八二
(三一) 潘之恒……二八四
(三二) 徐復祚……二九二
(三三) 陳繼儒……二九二
(三四) 陳所聞……二九三
(三五) 顧起元……二九四
(三六) 謝肇淛……二九五
(三七) 袁宏道……二九五
(三八) 周之標……二九七
(三九) 卜世臣……二九七
(四十) 息機子……二九八
(四一) 黃文華……二九八
(四二) 黃正位……二九九
(四三) 許宇……二九九
(四四) 張冲……三〇〇
(四五) 馮夢龍……三〇〇
(四六) 王思任……三〇二
(四七) 沈德符……三〇三
(四八) 淩濛初……三〇四
(四九) 張琦……三〇六

(五十)沈際飛……三〇六
(五一)范文若……三〇六
(五二)孟稱舜……三〇七
(五三)張岱……三〇八
(五四)祁彪佳……三〇九
(五五)高奕……三一一
五、清代曲學專書述評……三一二
(一)李漁《閒情偶寄》中之「笠翁劇論」……三一二
1.詞曲部……三一三
2.演習部……三二五
(二)靜安先生曲學述評……三三〇
引言……三三〇
1.靜安先生之曲學著述……三三一
2.靜安先生曲學之貢獻和重要見解……三四一
3.靜安先生曲學可商榷和應修訂之問題……三五五
結語……三六〇
後記……三六二
六、清代曲學之零金片羽……三六五
(一)鈕少雅……三六五
(二)徐慶卿……三六六
(三)張大復……三六六
(四)沈自晉……三六七
(五)丁耀亢……三六七
(六)查繼佐……三六八
(七)徐士俊……三六八
(八)金聖嘆……三六九
(九)黃宗羲……三七〇
(十)黃周星……三七一
(十一)周亮工……三七二
(十二)毛聲山……三七二
(十三)毛先舒……三七二
(十四)毛奇齡……三七三
(十五)張雍敬……三七三
(十六)洪昇……三七四
(十七)孔尚任……三七四
(十八)吳儀一……三七五

(十九)林以寧……三七六
(二十)王奕清……三七六
(二一)張堅……三七七
(二二)王應奎……三七七
(二三)無名氏……三七七
(二四)允祿……三七八
(二五)吳震生……三七八
(二六)徐大椿……三七九
(二七)黃圖珌……三八〇
(二八)金德瑛……三八一
(二九)沈乘麐……三八一
(三十)董榕……三八二
(三一)王正祥……三八二
(三二)潘廷章……三八三
(三三)任以治……三八三
(三四)韓錫胙……三八四
(三五)金兆燕……三八四
(三六)黃振……三八五
(三七)蔣士詮……三八五
(三八)趙翼……三八五
(三九)宗廷魁……三八六
(四十)方成培……三八七
(四一)李調元……三八七
(四二)葉堂……三八七
(四三)琴隱翁……三八九
(四四)陳烺……三九〇
(四五)仲振奎……三九〇
(四六)淩廷堪……三九一
(四七)錢泳……三九二
(四八)焦循……三九三
(四九)陳鍾麟……三九四
(五十)陳棟……三九五
(五一)梁章鉅……三九六
(五二)昭槤……三九六
(五三)吳永嘉……三九六
(五四)周樂清……三九七

(五五)惰園主人……三九七
(五六)李斗……三九八
(五七)梁紹壬……三九九
(五八)梁廷楠……三九九
(五九)鐵橋山人、石坪居士、問津漁者……四〇一
(六十)姚燮……四〇一
(六一)劉熙載……四〇一
(六二)顧祿……四〇二
(六三)支豐宜……四〇二
(六四)王德暉、徐沅澂……四〇二
(六五)平步青……四〇三
(六六)楊恩壽……四〇四
(六七)洪炳文……四〇六
(六八)淵實……四〇六
(六九)徐珂……四〇七
(七十)梁啟超……四〇七
七、近代曲學專書述評……四〇八
㈠王季烈《螾廬曲談》……四〇八
㈡吳梅《戲曲論文集》……四一一
㈢許之衡《曲律易知》……四一三
㈣鄭騫先生之曲學……四一五

緒言

戲曲進入學術之林，由王國維「曲學五書」算起，❶不過百餘年。

「戲曲」之概念，學界迄今尚各說各話。更與「戲劇」模糊不清，遑論「戲曲學」之建立。

而著者認為，今日學術昌盛，戲曲研究既已逾越百年，戲曲之概念及其作為學術應當探討之內涵，亦當有所釐清和探討以建構。而個人以戲曲研究為平生志業，五十年來頗有所悟，也頗有所見；乃敢揭櫫一己之得，拋磚引玉，以供同好參考。

對於「戲劇」與「戲曲」概念之分野，著者已見於〈也談戲曲的淵源、形成與發展〉。❷

❶ 清光緒三十二年（一九〇六）起，王靜安先生從事戲曲相關研究，總結性的著作為一九一二年寫成的《宋元戲曲考》。「曲學五書」指《曲錄》、《優語錄》、《唐宋大曲考》、《古劇腳色考》、《宋元戲曲考》。

❷ 拙作：〈也談戲曲的淵源、形成與發展〉，《臺大中文學報》第一二期（二〇〇〇年五月），頁三六五－四二〇，收入拙著：《戲曲源流新論》（臺北：立緒文化事業有限公司，二〇〇〇），頁一九－一一三。

也就是說「凡搬演故事」者皆為「戲劇」；「凡合歌舞以代言演故事」者皆為「戲曲」；前者含演員、觀眾、劇場、妝扮、故事諸因素，後者尚須加上歌唱、舞蹈、賓白、代言四要素。據此而言，中國戲劇於殷商儺儀已見方相氏之「戲劇」，於戰國屈原時代已見《九歌》之「戲曲小戲」。❸而「戲曲大戲」必有待於宋代「瓦舍勾欄」作為醞釀而融合各體文學和表演藝術之溫床，經活躍其中之推手「書會才人」與「樂戶歌妓」然後完成❹。也因此，戲曲大戲所構成的因素就必須有觀眾、劇場、故事、歌唱、音樂、舞蹈、雜技、講唱文學、代言、演員充任腳色扮飾人物等十項。❺

於是如果我們要建構戲曲學，就應當從這十因素入手構思，而有：戲曲表演藝術學、觀眾學、劇場美術學、戲曲歌樂學、戲曲結構學、戲曲劇目題材學、戲曲批評鑑賞學、戲曲語言聲韻學等。而由於戲曲從明代以後，幾乎成為教化的工具；戲曲藝術發展的極致，在於以虛擬、象徵、程式作為其表演藝術的基礎；因之古人論戲曲幾乎不講究觀眾學與劇場美術學。劇場美術在《陶庵夢憶》、《笠翁劇論》只是曇花一現，直到近代西方寫實劇場傳入，乃被重視。因此連帶的所謂「導演學」也止在宋金雜劇中的「引戲」偶露端倪，便消逝於無形。而其中最被重視的是戲曲歌樂學和戲曲之文學語言學是否合乎當行本色。只是「歌」與「樂」之關係錯綜複雜，

---

❸ 詳見拙作：〈先秦至唐代「戲劇」與「戲曲小戲」劇目考述〉，《臺大文史哲學報》第五九期（二〇〇三年十一月），頁二一五—二六六，收入《戲曲源流新論（增訂本）》（北京：中華書局，二〇〇八），頁三一七—三六六。

❹ 著者有〈宋元瓦舍勾欄及其樂戶書會〉評論其事，中央研究院中國文哲研究所主編：《中國文哲研究集刊》第二七期，頁一—四三。

❺ 拙作：〈論說「戲曲劇種」〉，原載《語文、情性、義理——中國文學的多層面探討國際學術會議論文集》（臺北：臺大中文系，一九九六年七月）；收入拙著：《論說戲曲》（臺北：聯經出版事業公司，一九九七），頁二四七—二四八。

迄今幽渺難明，即所謂「令引近慢」亦莫知其所以；而若從其創作、從其呈現，其異同又當如何，似乎可經考究而得。歌樂應「相得益彰」雖為人所共知，但如何才能「相得益彰」則見仁見智，難以言明。又腔調與唱腔之於歌樂又當如何配搭而融合，也就是說歌樂間之論說，古人雖亦不厭其煩；然未解決存在疑問的地方正復不少。至於其文學語言之是否「當行本色」幾乎是明人論曲之衡量標準；然而何謂「當行」，何謂「本色」，何謂「當行本色」？諸家莫不各自揣摩其義而肆意為之。以致明人論「當行」、「本色」幾無共識，終至多不知所云。也因此古人之所謂「戲曲學」，其實尚是榛狉未啟，苑囿未開，至多只是稍見混沌中所具之陰陽端緒而已。

然而縱使是「混沌中所具之陰陽端緒」，如果我們今日嘗試要建構融會古今的「戲曲學」，也非自古人汲取其「先見之明」不可，縱使戲曲為往日士大夫所輕，從不視之為名山事業，但其偶發之靈光，筆之為零金片羽；今日對我們自會有相當的啟示，何況古人所處之時代，抑或有「人棄我取」不同流俗之見解者，其發為一己用心之作，尤其可供吾人之參考。

雖然古人相關「戲曲學」之論述，多數零碎見於各家所著筆記叢談式之「曲話」，少數單行者之論著亦不易覓取。所幸一九五九年中國戲劇出版社有《中國古典戲曲論著集成》十冊，二〇〇六年黃山書社出版俞為民、孫蓉蓉教授伉儷主編之《歷代曲話彙編》合《唐宋元編》一冊，《明代編》四集四冊，《清代編》五集八冊，《近代編》三集三冊，共十六巨冊。有此《集成》與《彙編》，則中國古代戲曲學之基本文獻可謂足矣。

《彙編．總凡例》謂「所收曲話」包括：

(一)記載戲曲的起源、形成與發展的史料，并加以論述。

(二)記載戲曲作家生平事迹，品評其創作特色。

㈢記載生平事迹，評論其演唱技藝。
㈣記載劇目，并加以評述。
㈤論述戲曲的創作方法與技巧。
㈥論述曲調聲韻、句式、節奏、聯套等格律。
㈦論述曲的演唱方法與技巧。❻

可見內容雖然雜亂無系統，但含藏之資訊頗為繁複。而這些繁複的內容，所關涉的，與其說是「戲曲學」，不如說是「曲學」來得更為適切。因為「曲」含有「散曲」與「戲曲」，而其所關涉，實涵指整個「曲學」，因此本書題作《古典曲學要籍述評》。

而著者在閱讀《集成》諸家論說之時，隨手擇要作為筆記有所述評，一時未敢遽爾棄置，乃編為《古典曲學要籍述評》，述評元明清重要戲曲學專書，有：

元代六家：1.芝菴《唱論》，2.周德清《中原音韻》，3.鍾嗣成《錄鬼簿》，4.夏庭芝《青樓集》，5.賈仲明《錄鬼簿續編》，6.顧瑛《製曲十六觀》。

明代五家：1.舊題朱權之《太和正音譜》，2.魏良輔之《南詞引正》與《曲律》，3.王驥德《曲律》，4.沈寵綏《度曲須知》，5.呂天成《曲品》。

清代二家：1.李漁《笠翁劇論》，2.王國維《曲學五書》。

近代三家：1.王季烈《螾廬曲談》，2.許之衡《曲律易知》，3.吳梅《瞿安曲學四種》，以上計十六家二十四

---

❻ 俞為民、孫蓉蓉主編：《歷代曲話彙編・唐宋元編・總凡例》（合肥：黃山書社，二〇〇五），頁一。

種。加上業師鄭騫（因百）先生曲學之綜述，共十七家。另外雖或有專書，但非重要曲籍，猶有可采者；其他則出諸「曲話」而有零金片羽可供啟發者，則但為簡明之提要，以供參考，對此，明代錄五十五人，清代錄七十人，近代錄四家，總計一百二十九人。

而若以此文獻為基礎，我們進一步來探討戲曲學之建構：

其於戲曲之淵源、形成、發展之歷史學與戲曲腳色之名義、分化之腳色論，迄今仍眾說紛紜，而這是研究戲曲學者不能逃避的問題。其於戲曲表演藝術學，是否應當先界定戲曲表演藝術之內涵，考其因時代與劇種之遞變而產生之藝術晉境，從而說明一位完美之戲曲表演藝術家如何達到色藝雙全、形神合一的歷程。

其於戲曲歌樂學，是否應當首先弄清楚從創作和呈現之歌樂關係，進而探討歌樂相得益彰之道；其間亦應明白歌樂本身的構成元素、戲曲腔調的語言基礎及其載體曲牌之來源、類型、發展與南北曲聯套之類型與曲牌格律變化之道；而歸結於戲曲歌樂雅俗的兩大類型之分野與各自之特色。

其於戲曲結構學是否應當首先破除明人以情節關目之布置為戲曲結構之迷思，從而論述戲曲之結構當兼具外在與內在，外在結構即戲曲劇種之體製規律，內在結構即劇作家在戲曲內涵之基本修為下，對於戲曲排場之藝術處理；外在結構對內在結構雖有制約性，但也必須兩者兼顧，才能使戲曲之所謂「結構」無懈可擊。

其於戲曲劇目題材學，就其劇目故事個別之敘述而言，已見於《現存元人雜劇本事考》、《曲海總目提要》、《傳奇彙考》、《中國古代戲曲名著鑑賞辭典》諸書；[7]但劇種所處之時代不同，如元代何以多公案劇、水滸劇、

---

[7] 羅錦堂：《現存元人雜劇本事考》（臺北：中國文化事業股份有限公司，一九六〇）。〔清〕董康：《曲海總目提要》，收入俞為民、孫蓉蓉主編：《歷代曲話彙編．清代編》（合肥：黃山書社，二〇〇八）。〔清〕無名氏：《傳奇彙考標目》，《中國古典戲曲論著集成》第七冊（北京：中國戲劇出版社，一九五九）。霍松林：《中國古代戲曲名著鑑賞辭典》（北

鬼魂報冤劇，士大夫何以多取材度脫劇，其妓女劇何以類型顯然；宋元南戲何以多士子負心劇，明清傳奇何以「十部九相思」，明清雜劇何以多士子之牢騷與風雅，梆子戲、京劇何以喜演歷代袍帶戲。而整個戲曲劇目之取材，何以共趨於傳說或歷史故事？其間是否有可以探討的原因？

而對於戲曲批評鑑賞學，古人主要止於文采、音律和關目結構，而且但為點綴式之印象鑑賞，幾無深入分析者，金聖嘆評點《西廂記》為第六才子書，雖深入毫芒，但只是就「文章」剖解而已。然而是否於鑑賞之前，要先對戲曲之本質、戲曲學之基本認知完全了然於胸中，然後以謹嚴而不拘泥的態度對鑑賞作全面的觀照，如是否本事動人、主題嚴肅、結構謹密、曲文高妙、音律諧美、賓白醒豁、人物鮮明、科諢自然；倘能執此八要以論曲，同時還隨時注入和發掘新的文學情趣，其方法不妨採取現代的文學批評理論或訴諸個人的感悟，但以不牽強附會和偏執一隅為原則。能如此，那麼欣賞評論中國戲曲，才能既客觀而又主觀，不失劇作的真面目，而又能抒發其底蘊，於是劇作的價值和成就也才能真正呈現和了然。

而戲曲劇場美術學之概念雖然與現代之概念不同，但衡諸劇場之五種類型而有「廣場踏謠」、「高臺悲歌」、「氍毹宴賞」、「勾欄獻藝」、「宮廷慶賀」，其劇場類型不同，其觀眾、劇目、表演之精粗特色、內容思想均隨之而有別，倘能據此深入探討，則其「劇場」自可獨出而別為「劇場學」。

至於戲曲語言聲韻學，其要義已被上述之「戲曲歌樂學」所涵容，因為那是論戲曲歌樂的基礎。

以上所舉戲曲史學、腳色學、表演藝術學、戲曲劇場學、戲曲歌樂學、戲曲結構學、戲曲劇目題材學、戲曲批評鑑賞學、戲曲語言聲韻學等九項可以說就是建構現代「戲曲學」的九要目，而這九要目的獲得，其實都

京：中國廣播電視出版社，一九九二）。

已存在於古人戲曲論著之文獻資料，只是其理念零星散見，未作貫串整合和加入現代的認知、及其是非去取的邏輯而已。也就是說古人這些戲曲論著儘管零亂，但披沙揀金，仍可以作此「戲曲學」之基礎；用敢敝帚自珍，將此《古典曲學要籍述評》公諸於世，一者以見曾經閱讀之辛勤，一者亦可以作為後學進入「戲曲學」之津梁。

一、宋代以前與「曲學」、「戲曲學」相關之記載

(一)曲學、戲曲學之先聲：先秦至宋代之零星記載

1. 音樂論

以下從宋代以前之文獻資料舉其與曲學、戲曲學相關者分門別類予以簡述。從先秦文獻看來，影響「曲學」、「戲曲學」最大的是音樂方面的觀念。

《尚書・堯典》云：

詩言志，歌永言，聲依永，律和聲。八音克諧，無相奪倫，神人以和。❽

《毛詩・大序》：

❽〔唐〕孔穎達等正義：《尚書正義》，〔清〕阮元主持：《重刊宋本十三經注疏附校勘記》（臺北：藝文印書館，一九六五），頁四六。

詩者，志之所之也。在心為志，發言為詩。情動於中而形於言，言之不足，故嗟歎之；嗟歎之不足，故詠歌之；詠歌之不足，不知手之舞之足之蹈之也。❾

《禮記．樂記》：

凡音之起，由人心生也。人心之動，物使之然也。感於物而動，故形於聲。聲相應故生變，變成方謂之音。比音而樂之，及干戚羽旄謂之樂。樂者，音之所由生也，其本在人心之感於物也。是故其哀心感者，其聲噍以殺；其樂心感者，其聲嘽以緩；其喜心感者，其聲發以散；其怒心感者，其聲粗以厲；其敬心感者，其聲直以廉；其愛心感者，其聲和以柔。六者非性也，感於物而后動。是故先王慎所以感之者。……凡音者，生人心者也。情動於中，故形於聲。聲成文，謂之音。是故，治世之音安以樂，其政和。亂世之音怨以怒，其政乖。亡國之音哀以思，其民困。聲音之道，與政通矣。❿

《尚書．堯典》說的是詩歌聲律的命義，兼及「八音克諧，神人以和」的作用。《毛詩．大序》說的是詩歌舞蹈源生的自然道理。《禮記．樂記》則在〈大序〉的基礎上，先辨明聲、音、樂的密切關係，而歸本在心之感於物，並進一步闡發了六心與六聲互相感發，乃至治世、亂世、亡國與聲音融通呈現的關係。像這樣對於詩歌

❾〔唐〕孔穎達等正義：《毛詩正義》，〔清〕阮元主持：《重刊宋本十三經注疏附校勘記》（臺北：藝文印書館，一九六五），頁一三。

❿〔唐〕孔穎達等正義：《禮記正義》，〔清〕阮元主持：《重刊宋本十三經注疏附校勘記》（臺北：藝文印書館，一九六五），頁六六二。

樂舞的基本理念和看法，可以說影響著此後中國的每一個讀書人，所以我們也就不厭其煩的抄錄原典如上。

又：〈堯典〉：

夔曰：於！予擊石拊石，百獸率舞。⓫

《尚書・益稷》：

夔曰：「戛擊鳴球、搏拊、琴、瑟以詠。祖考來格，虞賓在位，群后德讓。下管鼗鼓，合止柷敔，笙鏞以閒。鳥獸蹌蹌；簫韶九成，鳳皇來儀。」⓬

由此可見樂官夔在堯舜時敲擊磬石，化妝的鳥獸就按節而舞動。打擊玉磬，撫按琴瑟來協和詠歌。堂下樂有鼗鼓，演奏時始柷終敔，中間以笙配合編鐘，化妝的鳥獸蹌蹌然跳起舞來，用簫吹奏的韶樂，更使妝扮的鳳凰飛舞，翩翩然而有致。從中可見舞樂、歌樂相和應襯的現象。

又：《論語・八佾》：

子曰：「〈關雎〉樂而不淫，哀而不傷。」⓭

又云：

⓫ 同上註，頁四六。

⓬ 同上註，頁七三。

⓭〔宋〕朱熹：《四書章句集注》（臺北：大安出版社，一九九五），頁八九。

子謂韶：「盡美矣，又盡善矣。」謂武：「盡美矣，未盡善也。」⓮

〈陽貨〉：

子曰：「小子何莫學夫《詩》？詩可以興，可以觀，可以群，可以怨；邇之事父，遠之事君；多識於鳥獸草木之名。」⓯

〈述而〉：

子曰：「志于道，據于德，依于仁，游于藝。」⓰

上文可見孔子對於詩樂、樂舞、《詩經》、藝術的看法和主張。孔子認為詩樂可以樂可以哀以發人情之常，但不可過度的浸淫和悲哀。孔子批評虞舜之韶樂和周武王大武之樂，顯然他是主張「盡善盡美」為音樂的最高境界。孔子認為《詩經》之作用，真是「大矣哉！」而最重要的是興觀群怨。孔子不是刻板的道德家；因為他認為藝術是和道、德、仁、義並重的。這些觀念對後人影響都很大。

又：《左傳・襄公十一年》：

晉侯以樂之半賜魏絳。……辭曰：「夫樂以安德，義以處之，禮以行之，信以守之，仁以厲之，而後可

⓮ 同上註，頁九一。
⓯ 同上註，頁二四九。
⓰ 同上註，頁一二六。

以殿邦國、同福祿、來遠人，所謂樂也。」[17]

像這樣把「樂」和德義禮信仁掛鉤而用在安邦定國的觀念，就使得後世的戲曲也走上倫理道德教化的道路。

《荀子・樂論》：

> 夫聲樂之入人也深，其化人也速，故先王謹為之文。樂中平則民和而不流；樂肅莊則民齊而不亂。……樂姚冶以險，則民流僈鄙賤矣。……故禮樂廢而邪音起者，危削侮辱之本也。故先王貴禮樂而賤邪音。[18]

又云：

> 君子以鐘鼓道志，以琴瑟樂心。動以干戚，飾以羽旄，從以磬管。故其清明象天，其廣大象地，其俯仰周旋有似于四時。故樂行而志清，禮修而行成。耳目聰明，血氣和平，移風易俗，天下皆寧，美善相樂。[19]

鐘鼓、琴瑟、干戚、羽旄、磬管都是音樂的羽翼和憑籍，可以象天象地象四時，而且可以「移風易俗，天下皆寧，美善相樂。」足見音樂在儒家心目中的重要。又：《禮記・郊特牲》：

---

[17] 〔唐〕孔穎達等正義：《春秋左傳正義》，〔清〕阮元主持：《重刊宋本十三經注疏附校勘記》（臺北：藝文印書館，一九六五），頁五四七。

[18] 荀子：《荀子集解》（臺北：世界書局，一九九一），頁二五三。

[19] 同上註，頁二五三。

奠酬而工升歌，發德也。歌者在上，匏竹在下，貴人聲也。⓴

音樂以人聲為貴，而淫靡之音樂則在殺不赦。這種殺不赦的淫聲，也就是下文的「鄭衛之音」。《禮記・王制》：

做淫聲、異服、奇技、奇器以疑眾，殺。㉑

又：《禮記・樂記》：

魏文侯問於子夏曰：「吾端冕而聽古樂，則唯恐臥；聽鄭衛之音，則不知倦。敢問古樂之如彼，何也？新樂之如此，何也？」子夏對曰：「今夫古樂，進旅退旅，和正以廣，弦匏笙簧，會守拊鼓。始奏以文，復亂以武，治亂以相，訊疾以雅。君子於是語，於是道古，脩身及家，平均天下，此古樂之發也。今夫新樂，進俯退俯，姦聲以濫，溺而不止，及優侏儒，獶雜子女，不知父子，樂終，不可以語，不可以道古。此新樂之發也。」㉒

對於音樂亦有貴古賤今之觀念，所謂古在儀式在文雅；所謂今在謔浪淫亂。於是古今便被嵌上遵禮和違禮背德的標籤而且難於翻身。

⓴ 同上註，頁四八四。
㉑ 同上註，頁二六〇。
㉒ 同上註，頁六八六。

又段安節《樂府雜錄・歌》：

歌者，樂之聲也；故絲不如竹，竹不如肉，迥居諸樂之上。㉓

又云：

永新乃撩鬢舉袂，直奏曼聲。至是廣場寂寂，若無一人；喜者聞之氣勇，愁者聞之腸絕。㉔

段氏論歌在管絃之上，歌聲之作用與動人如永新。可見歌聲之動人在管樂、絃樂之上。

又陳暘《樂書》：

唐末俗樂，盛傳民間。然篇無定句，句無定字，又間以優雜荒豔之文、閭巷諧隱之事，非如〈莫愁〉、〈子夜〉，尚得論次者也。故自唐以後，止於五代，百氏所記，但記其名，無復記辭，以其意褻言慢，尤取苟耳。㉕

唐代俗樂之所以「篇無定句，句無定字」，以致「意褻言慢」，正可以看出俗樂的活潑自如，未如雅樂的謹嚴而有定準。

以上的音樂觀念，對於宋金以後的戲曲音樂，由於藝術文化的傳承，自然產生相當大的影響。

㉓〔唐〕段安節：《樂府雜錄》，《續百川學海》（臺北：新興書局，二〇〇六），頁六上，總頁二六五七。

㉔同上註，頁二六五八－二六五九。

㉕〔唐〕陳暘：《樂書》卷一五七（臺北：臺灣商務印書館，一九七九），頁三。

2. 戲曲史論

其次宋金之前戲曲史論的資料，本人已有〈先秦至唐代「戲劇」與「戲曲小戲」劇目考述〉，[26]其資料大致已見於此，並獲得以下結論：

從有關先秦文獻的考述，可知構成戲劇、戲曲為有機體之諸要素逐漸結合的情形：由「葛天氏之樂」見其原始歌舞之結合；由《周禮》「大司樂」，見樂舞合用；「瞽矇」，見歌樂合用；「六樂」，見其祭享合用歌舞樂；而八蜡既為「戲禮」，似已具演故事而為「戲劇」之端倪；而儺中之方相氏就其扮相與職務觀之，當已具「戲劇」之條件矣；而周初大武之樂，演出武王伐紂故事，更為實質之「戲劇」，其年代距今三千一百餘年；至於戲曲雛型之小戲，則《九歌》諸篇，尤以〈山鬼〉，蓋可宣布中國雛型小戲於此成立，其年代，距今二千五百餘年。

從兩漢魏晉南北朝與戲劇、戲曲相關文獻中，可考得：《總會仙倡》、《烏獲扛鼎》、《巴渝舞》、《古掾曹》、《鄭叔晉婦》、《文康樂》、《天台山伎》、《慈潛忿爭》等八個戲劇劇目。和《東海黃公》、《歌戲》、《遼東妖婦》等三個戲曲小戲劇目。

唐代除本文所考述的戲劇《蘭陵王》、《蘇莫遮》、《弄孔子》、《缽頭》、《樊噲排君難》等五個劇目和《西涼伎》、《鳳歸雲》、《義陽主》、《旱稅忤權奸》、《麥秀兩歧》等五個戲曲小戲劇目外，尚有由優人所演出的宮廷小戲「參軍戲」和由庶民百姓搬演的鄉土小戲「踏謠娘」，另有兩漢以後傀儡百戲所演化而來的唐傀儡戲，對此著者已有〈參軍戲及其演化之探討〉、〈唐戲「踏謠娘」及其相關問題〉、〈中國歷代偶戲考述〉三文詳論之，[27]這

[26] 參見拙作：〈先秦至唐代「戲劇」與「戲曲小戲」劇目考述〉，《臺大文史哲學報》第五九期（二〇〇三年十一月），頁二一五－二六六。

裡不再贅述。

此外，又補充資料如下：

其一，《史記・滑稽列傳》：

天道恢恢，豈不大哉！談言微中，亦可以解頤。淳于髡仰天大笑，齊威王橫行。優孟搖頭而歌，負薪者以封。優旃臨檻疾呼，陛楯得以半更。豈不亦偉哉！㉘

〈滑稽列傳〉可以說是太史公司馬遷對於宮廷優人的慧眼獨具，他看出了優人「寓諷諫於滑稽詼諧」的優良傳統，也為後世唐參軍戲、宋雜劇等宮廷小戲立下了可觀的典範。而此亦〈詩大序〉所云：「上以風化下，下以風刺上，主文而譎諫，言之者無罪，聞之者足以戒，故曰風。」㉙的遺緒。

其二，王逸〈九歌序〉：

《九歌》者，屈原之所作也。昔楚國南郢之邑，沅、湘之間，其俗信鬼而好祠。其祠，必作歌樂鼓舞以樂諸神。屈原放逐，竄伏其域，懷憂苦毒，愁思沸鬱。出見俗人祭祀之禮，歌舞之樂，其詞鄙陋。因為

㉗ 拙作：〈參軍戲及其演化之探討〉，《臺大中文學報》第二期（一九八八年十一月），頁一三五－二二五；拙作：〈唐戲「踏謠娘」及其相關問題〉，《唐代文學研討會論文集》（臺北：文史哲出版社，一九八七），頁一二五－一四八；拙作：〈中國歷代偶戲考述〉（上）（下），《戲曲學報》第七期（二〇一〇年六月），頁一－五三；第八期（二〇一〇年十二月），頁二一－六一。

㉘ 〔漢〕司馬遷：《新校本史記三家注并附編二種》，《中國學術類編》（臺北：鼎文書局，一九八一），頁三二〇三。

㉙ 同上註，頁一六。

作《九歌》之曲，上陳事神之敬，下見己之冤結，託之以風諫。故其文意不同，章句雜錯，而廣異義焉。❸⓪

《九歌》為沅湘間的儺舞儺歌，著者在前舉〈先秦〉一文中，已論證其為「戲曲小戲」。由現存之文辭看來，經屈原潤飾或重作的可能性很大。篇中充滿人神的浪漫情懷外，是否有王逸所說的屈原藉此「下見己之冤結，託之以風諫」，除了要「善加附會比興」外，恐怕難於令人「一目了然」。

其三，薛道衡〈和許給事善心戲場轉韻〉：

京洛重新年，復屬月輪圓。雲間璧獨轉，空裡鏡孤懸。萬方皆集會，百戲盡來前。臨衢車不絕，夾道閣相連。驚鴻出洛水，翔鶴下伊川。豔質迴風雪，笙歌韻管絃。佳麗儼成行，相攜入戲場。衣類何平叔，人同張子房。高高城裡髻，峨峨樓上妝。羅裙飛孔雀，綺帶垂鴛鴦。月映班姬扇，風飄韓壽香。竟夕魚負燈，徹夜龍銜燭。歡笑無窮已，歌詠還相續。羗笛隴頭吟，胡舞龜茲曲。假面飾金銀，盛服搖珠玉。宵深戲未闌，竟為人所難。臥驅飛玉勒，立騎轉銀鞍。縱橫既躍劍，揮霍復跳丸。抑揚百獸舞，盤跚五禽戲。狻猊弄斑足，巨象垂長鼻。青羊跪復跳，白馬迴旋騎。忽覩羅浮起，俄看鬱昌至。峯嶺既崔嵬，林叢亦青翠。麋鹿下騰倚，猴猿或蹲跂。金徒列舊刻，玉律動新灰。甲荑垂陌柳，殘花散苑梅。繁星漸寥落，斜月尚徘徊。王孫猶勞戲，公子未歸來。共酌瓊酥酒，同傾鸚鵡盃。普天逢聖日，兆庶喜康哉！❸①

---

❸⓪〔宋〕洪興祖：《楚辭補註》（臺北：臺灣商務印書館，一九六七），頁九八－九九。

❸①〔唐〕徐堅：《初學記》卷十五〈雜樂第二〉（北京：中華書局，一九六二），頁三七四。

《隋書・音樂志》：

大業二年，突厥染干來朝，煬帝欲誇之，總追四方散樂，大集東都。……自是皆于太常教習。每歲正月，萬國來朝，留至十五日，於端門外，建國門內，綿亙八里，列為戲場。百官起棚夾路，從昏達旦，以縱觀之。至晦而罷。伎人皆衣錦繡繒彩。其歌舞者，多為婦人服，鳴環佩，飾以花毦者，殆三萬人。㉜

由以上兩條資料可見隋代散樂百戲廣場奏技的情景，可與張衡〈西京賦〉所述，漢武帝平樂觀角觝戲並觀。其四，葉夢得《避暑錄話》卷四：

丁仙現自言及見前朝老樂工，間有優諢及人所不敢言者，不徒為諧謔，往往因以達下情，故仙現亦時時效之。非為優戲，則容貌儼然如士大夫。㉝

朱彧《萍州可談》卷三：

伶人丁先現，在教坊數十年，每對御作俳，頗議正時事。嘗在朝門與士大夫語曰：「先現衰老，無補朝廷也。」聞者哂之。㉞

丁先現為宋代著名之雜劇演員，宋雜劇為唐參軍戲之嫡派，同樣有古優「寓諷諫於滑稽詼諧」之傳統，詳

㉜〔唐〕魏徵：《新校本隋書》，《中國學術類編》（臺北：鼎文書局，一九八〇），頁三八一。

㉝〔宋〕葉夢得：《石林避暑錄話》（上海：上海商務印書館，一九一二年據嘉禾項氏宛委堂本印），頁二〇上。

㉞〔宋〕朱彧：《萍州可談》，《百川學海》（臺北：藝文印書館，一九六五），頁一一下－一二上。

見拙作〈參軍戲及其演化之探討〉。[35]

3. 批評論

其三，有關於批評論者，如：《老子》二章：

天下皆知美之為美，斯惡已；皆知善之為善，斯不善已。故有無相生，難易相成，長短相較，高下相盈，音聲相和，前後相隨。[36]

這種正反相生相成的觀念，影響後世戲曲美學相當大。

《隋書·柳彧傳》：

臣聞昔者明王訓民治國，率履法度，動由禮典。非法不服，非道不行。道路不同，男女有別，防其邪僻，納諸軌度。竊見京邑，爰及外州，每以正月望夜，充街塞陌，聚戲朋游。鳴鼓聒天，燎炬照地，人戴獸面，男為女服，倡優雜技，詭狀異形。以穢嫚為歡娛，用鄙褻為笑樂，內外共觀，曾不相避。高棚跨路，廣幕陵雲，袨服靚妝，車馬填噎。餚醑肆陳，絲竹繁會，竭貲破產，竟此一時。盡室並孥，無問貴賤，男女混雜，緇素不分。穢行因此而生，盜賊由斯而起。浸以成俗，實有由來，因循敝風，曾無先覺。非益於化，實損於民。請須行天下，並即禁斷。康哉〈雅〉、〈頌〉，足美盛德之形容；鼓腹行歌，自表無為之至樂。敢有犯者，請以故違敕論。[37]

---

[35] 拙作：〈參軍戲及其演化之探討〉，《臺大中文學報》第二期（一九八八年十一月），頁一三五－二二五。

[36] 〔魏〕王弼注：《老子四種》（臺北：大安出版社，二〇〇三），頁二。

此亦與宋人陳淳之論相近，[38]而其影響及於歷朝歷代，貽禍不可勝數。

劉晝《劉子・正賞》：

> 理之失也，由于貴古而賤今；情之亂也，在乎信耳而棄目。[39]

此條言失理亂情之故，在於古今耳目之觀照有所偏失。又〈言苑〉：

> 畫以摹形，故先質後文；言以寫情，故先實後辯。無質而文，則畫非形也；不實而辯，則言非情也。[40]

此條言文質情實，其實是互補而相傍。

---

37 〔唐〕魏徵：《新校本隋書》，頁一四八三－一四八四。

38 宋紹熙元年（一一九〇），朱熹知漳州，陳淳謁見朱熹作〈侍講待制朱先生敘述〉：「……守臨漳，未至之始，闔郡吏民得於所素，竦然望之如神明，俗之淫蕩於優戲者，在在悉屛戢奔遁。及下車洽政，寬嚴合宜不事小惠。」收於〔宋〕陳淳：《北溪大全集》，《文淵閣四庫全書》第一一六七冊，卷十七〈雜著〉（臺北：臺灣商務印書館，一九八三），頁七，總頁六三二。宋慶元三年（一一九七），陳淳知漳州，作〈上傅寺丞論淫戲〉，《北溪大全集》，《文淵閣四庫全書》第一一六七冊，卷四十七〈箚〉（臺北：臺灣商務印書館，一九八三），頁九－一〇，總頁八七五－八七六；又收於〔清〕李維鈺原本，吳聯薰增纂，沈定均續修：《光緒漳州府志》，《中國地方志集成・福建府縣志輯》第二九冊，卷三十八〈民風〉（上海：上海書店，二〇〇〇，據清光緒三年（一八七七）芝山書院刻本影印），〈宋陳淯與傅寺丞論淫戲書〉，頁一七－一八，總頁九二一。

39 〔梁〕劉勰：《劉子集校》卷十（上海：上海古籍出版社，一九八五），頁二七六。

40 同上註，頁二七七。

蘇軾〈書鄢陵王主簿所畫折枝〉二首之一：

論畫以形似，見與兒童鄰。賦詩必此詩，定非知詩人。詩畫本一律，天工與清新。邊鸞雀寫生，趙昌花傳神。何如此兩幅，疏淡含精勻。誰言一點紅，解寄無邊春。[41]

東坡以「遺形取神」論詩畫，何嘗不可用來論戲曲，而東坡的觀點其實正和《世說・巧藝》的「傳神寫照」是相輝映的。

4.表演論

其有關表演論者，大抵見諸宋人雜劇。〈東坡樂語・勾雜劇詞〉：

樂且有儀，方君臣之相悅；張而不弛，豈文武之常行。欲佐歡聲，宜陳善謔。金絲徐韻，雜劇來歟。[42]舞綴暫停，歌鐘少闋。必有應諧之妙，以資載笑之歡。上悅天顏，雜劇來歟！[43]

宋陳善《捫虱新語》卷七：

山谷云：「作詩正如作雜劇，初如布置，臨了須打諢，方是出場。」[44]

---

[41]〔宋〕蘇軾：《東坡全集》，《文津閣四庫全書》卷十六（北京：商務印書館，二〇〇六），頁二五上，總頁二一四。
[42]同上註，卷一一五，頁三一下，總頁五八四。
[43]同上註，卷一一五，頁三三上，總頁五八五。
[44]〔宋〕陳善：《捫虱新語》，《宋詩話全編》第六冊（南京：江蘇古籍出版社，一九九八），頁五五七一。

《山谷集・傀儡》：

> 萬般盡被鬼神戲，看取人間傀儡棚；煩惱百無安腳處，從他鼓笛弄浮生。[45]

由〈東坡樂語〉，可知雜劇在陳善謔、佐歡聲；由山谷兩事可見雜劇務在滑稽，傀儡已能搬弄人生，蓋其直從說唱來也；而人戲此時尚未有逕稱為大戲者。

馬令《南唐書・詼諧傳》：

> 嗚呼！詼諧之說，其來尚矣。秦漢之滑稽，後世因為談諧而為之者，多出於樂工優人。其廓人主之褊心，譏當時之弊政，必先順其所好，以攻其所蔽，雖非君子之事，而有足書者，作〈詼諧傳〉。[46]

呂本中《童蒙訓》：

> 老杜歌行，最見次第出入本末；而東坡長句波瀾浩大，變化不測，如作雜劇，打猛諢入卻打猛諢出也。[47]

李攸《宋朝事實》卷九：

> 五代任官，凡曹掾、簿尉，有齷齪無能，以至昏老不任驅策者，始注為縣令，故天下之邑率皆不治。甚

---

45 〔宋〕黃庭堅：《山谷外集》，《四庫全書薈要》卷六（臺北：世界書局，一九八六），頁七下，總頁六六四。

46 〔宋〕馬令《南唐書》，《中國野史集成》卷二十五〈詼諧〉（成都：巴蜀書社，一九九三），頁八四。

47 任二北：《優語集》（上海：上海文藝出版社，一九八一），頁七－八。

者誅求刻剝，穢跡萬狀，故天下優諢之言，多以長官為笑，而祖宗深嫉貪吏。[48]

吳處厚《青箱雜記》：

今樂藝亦有兩般：「教坊則婉媚風流，外道則粗野嘲哳，村歌社舞，抑又甚焉。」（另本：「今世樂亦有兩般格段，若朝廟供應，則忌粗野嘲哳。至於村歌社舞，則又喜焉。」）[49]

胡余學《壽慶樓記》（轉引自元・陳櫟《勤有堂隨餘》下）：

大凡作文字，如裝戲然。先且說一片冷語，又時時說一段可笑之話，使人笑，末說一段大可笑者，使人笑不休。[50]

陳長方《步里客談》下：

退之傳〈毛穎〉，以文滑稽耳，正如伶人作戲，初出一諢語，滿場皆笑，此語蓋再出耶？[51]

陳暘《樂書》：

[48]〔宋〕李攸：《宋朝事實》卷九（臺北：文海出版社，一九六七），頁二四上，總頁四〇七。
[49]〔宋〕吳處厚：《青箱雜記》（北京：中華書局，一九九一），頁二三。
[50]〔元〕陳櫟：《勤有堂隨餘》（臺北：新文豐出版社，一九八四），頁一七。
[51]〔宋〕陳長方：《步里客談》（北京：中華書局，一九九一），頁六。

故唐時謂優人辭捷為「斫撥」，今謂之「雜劇」也。有所敷敘曰：「作語」；有誦辭篇曰：「口號」，凡皆巧為言笑，令人主和悅。[52]

岳珂《桯史》：

蜀伶多能文，俳語率雜以經史，凡制帥幕府之燕集，多用之。[53]

周密《齊東野語》：

蜀優尤能涉獵古經，援引經史，以佐口吻，資笑談。[54]

由以上筆記叢談之記錄，皆可見宋人雜劇寓諷諫於滑稽詼諧之性質。

《張協狀元》（末白）：

【水調歌頭】韶華催白髮，光影改朱容。人生浮世，渾如萍梗逐西東。陌上爭紅紫，窗外鶯啼燕語，花落滿庭空。世態只如此，何用苦匆匆。但咱們，雖宦裔，總皆通。彈絲品竹，那堪詠月與嘲風。苦會插科使砌，何吝搽灰抹土，歌笑滿堂中。

---

[52]〔唐〕陳暘：《樂書》卷一八七〈俳倡下〉，頁四。

[53]〔宋〕岳珂：《桯史》，《景印文淵閣四庫全書》第一〇三九冊（臺北：臺灣商務印書館，一九八三），頁五〇七。

[54]〔宋〕周密：《齊東野語》，《百部叢刊》卷十三〈優語〉（臺北：新文豐出版社，一九八五），頁一八上。

一似長江千尺浪，別是一家風。55

第二出：

諢砌，酬酢仗歌謠。出入須還詩斷送，中間惟有笑偏饒，教看眾樂酺酺。56

可見人生苦短，不樂如何？其表演藝事則：彈絲品竹、詠月嘲風、插科使砌、搽灰抹土、歌笑滿堂、別具格調、歌謠賦詩、長江後浪推前浪。

《張協狀元》第二出【燭影搖紅】：

燭影搖紅，最宜浮浪多忔戲。精奇古怪事堪觀，編撰於中美。真個梨園院體，論詼諧除師怎比？九山書會，近日翻騰，別是風味。57

一個若抹土搽灰，趍槍出沒人皆喜。況兼滿坐盡明公，曾見從來底。此段新奇差異，更詞源移宮換羽。大家雅靜，人眼難瞞，與我分個令利。58

「燭影搖紅」可見其演出在夜晚；多忔戲蓋謂其內容為浮浪堪觀精奇古怪之故事。而論詼諧演技，則除宮中之

55 錢南揚：《永樂大典戲文三種校注》（北京：中華書局，一九七九），頁一。
56 同上註，頁一三。
57 同上註，頁一五。
58 同上註。

梨園院體，有誰能比？這正是永嘉九山書會最新的改編，必然別有風味。而滿座盡是看過舊本《張協》的明公，自然明白新編的新奇差異，何況其文詞音樂、抹土搽灰，趨鎗出沒，使人皆喜的表演，一看便清清楚楚呢！

由《張協狀元》開頭這些話語，可見早期戲文之開呵贊導，較諸元明之戲文、傳奇更為繁複。

5. 其他

其他如論及語言者：

張戒《歲寒堂詩話》卷上：

> 往在柏臺，鄭亨仲、方公美誦張文潛〈中興碑〉詩，戒曰：「此弄影戲語耳。」二公駭笑，問其故，戒曰：「郭公凜凜英雄才，金戈鐵馬從西來。舉旗為風偃為雨，灑掃九廟無塵埃。」豈非弄影戲乎？[59]

蓋以郭公之似俳首郭禿，又詩格卑俗有如說唱語。而即此亦可知南北宋之交，已見影戲矣！其戲詞亦為七言。

又如論及本事者：

耐得翁《都城紀勝》「瓦舍眾伎」條：

> 凡傀儡敷演煙粉靈怪故事、鐵騎公案之類，其話本或如雜劇，或如崖詞，大抵多虛少實，如巨靈神、朱姬、大仙之類是也。[60]
>
> 影戲，凡影戲乃京師人初以素紙雕鏃，後用彩色裝皮為之。其話本與講史書者頗同，大抵真假相半。公

[59] 〔宋〕張戒：《歲寒堂詩話校箋》（成都：巴蜀書社，二〇〇〇），頁九五。

[60] 〔宋〕耐得翁：《都城紀勝》「瓦舍眾伎」條，收入俞為民、孫蓉蓉主編：《歷代曲話彙編・唐宋元編》，頁一一五。

忠者雕以正貌，姦邪者與之醜貌，蓋亦寓褒貶於世俗之演戲也。61

據此二段，傀儡戲與影戲俱用話本，可知其為說唱藝術之變也；不過以偶人取代變文之畫軸耳。多虛少實、真假相半，則知其為善於敷演三言二拍式之長篇話本也。所言之「雜劇」當如「永嘉雜劇」之「雜劇」而非止宮廷優劇矣。而影戲始見於此，且由雕紙而為彩皮，已見其演進；則影戲其始於此時乎？而據前文，影戲已見於南北宋之交。

又如論及主題者：

洪邁《夷堅志》：

俳優侏儒，因伎之最下且賤者，然亦能因戲語而箴諷時政，有合于古「矇誦工諫」之義，世目為雜劇者是也。62

可見「宋雜劇」是古優戲之流亞，其任務亦在諷諫時政。

綜觀以上所舉資料，皆可見在戲曲大戲尚未成立之前，有關「戲曲學」論述之先聲，主要在音樂歌舞，其次因詩畫之批評而有可連類戲曲者；至於表演方面，則止見諸宋人論雜劇。其他關涉主題、語言、本事者均止曇花一現。而其有關戲曲史料者，則已大抵見諸拙著之中。63

---

61 同上註。

62 〔宋〕洪邁：《夷堅志》（北京：中華書局，一九八一），頁八二二－八二三。

63 拙作：〈參軍戲及其演化之探討〉，《臺大中文學報》第二期（一九八八年十一月），頁一三五－二二五。

㈡唐代至宋代之相關要籍

戲曲之有理論，必在戲曲大戲成為綜合文學和藝術之後。所以南宋光宗紹熙間（一一九〇－一一九四）南曲戲文成立之前，或南宋寧宗嘉定九年、金宣宗貞祐二年（一二一四）金遷都於南京（開封）北曲雜劇成立之前，戲曲沒有理論，沒有批評。也就是說戲曲開始有評論，必待南戲北劇開始發達的元代以後。

但戲曲畢竟是歌樂的集大成者，就歌樂而言唐玄宗肅宗間崔令欽著《教坊記》，記述唐教坊之制度、樂舞、曲目、樂人軼事。其中之「熱戲」、西京左教坊工舞、右教坊善歌、四十六大曲名、歌舞小戲《大面》、「踏謠娘」本事，樂曲【烏夜啼】、【安公子】、【春鶯囀】本事，雜技打毬、竿木、筋斗等，使我們對當時俗樂有概略的了解。64

唐昭宗時段安節著《樂府雜錄》，所記亦大部分為俗樂，既可與《教坊記》銜接，亦可補其不足。書中關於樂部的九條，可知唐代末年九部樂的形式和內容；關於歌、舞、俳優的三條，關於樂器的十三條，關於樂曲的十一條，關於傀儡子的一條，大抵是源流的考證，兼及著名演奏者姓名和軼事。九部中清樂部有戲弄《賈大獵兒》、驅儺部見唐代宮廷儺儀、鼓架部有戲《代面》、《鉢頭》、《蘇中郎》、「踏謠娘」、《羊頭渾脫》、《九頭獅子》、《白馬益錢》等，以至於尋橦、跳丸、吐火、吞刀、旋槃、觔斗等雜技。龜茲部有戲《五方獅子》。其宮中俳優有善弄「參軍」、弄「假婦人」、弄「波羅門」者。65凡此皆可見唐戲之概況。

而即此亦可見唐戲之「戲」，一為「戲劇」或「戲曲小戲」，皆有劇目用以表演故事，後者有代言與歌舞；

---

64 〔唐〕崔令欽：《教坊記》，《中國古典戲曲論著集成》第一冊（北京：中國戲劇出版社，一九五九）。

65 〔唐〕段安節：《樂府雜錄》，《中國古典戲曲論著集成》第一冊。

一為「百戲」，但指表現之雜技。66

南宋初王灼《碧雞漫志》五卷，內容分三部分：其一談論上古至漢魏晉唐歌曲之衍變、其二品評北宋詞人風格和流派、其三考證唐代樂曲命名的原因，兼及其與宋詞的關係，並所屬宮調。67

南宋初孟元老《東京夢華錄》十卷，記述北宋都城汴梁（開封）街巷店舖、宮廷禮儀、風俗節令、瓦舍勾欄、遊樂伎藝等。

南宋灌圃耐得翁《都城紀勝》、吳自牧《夢粱錄》二十卷、元初周密《武林舊事》三書，皆仿《東京夢華錄》記述南宋都城臨安（杭州）遺事。其《夢華錄》之〈京瓦伎藝〉、《紀勝》之〈瓦舍眾伎〉、《夢粱錄》之〈瓦舍〉、〈伎樂〉、〈百戲伎藝〉、《舊事》之〈聖樂節次〉、〈瓦子勾欄〉、〈諸色藝人〉、〈官本雜劇段數〉諸條目皆關涉宋雜劇、傀儡戲、影戲、諸宮調、唱賺以及百戲雜技之戲曲與音樂史資料。

凡此可見宋人已留意戲劇，提供我們可資考據的蛛絲馬跡。

而周密《癸辛雜識》別集上〈祖傑〉則關涉戲文與時事。胡忌先生所發現之宋末元初劉壎《水雲村稿》卷四〈詞人吳用章傳〉言及「至咸淳，永嘉戲曲出，潑少年化之，而後淫哇盛，正音歇。」說明成立於溫州的南曲戲文於南宋度宗咸淳年間（一二六五－一二七四）曾流播到江西南豐吳用章的家鄉，很受青少年的喜愛。而戲文也可稱作戲曲。蓋重其音樂則稱戲曲，重其文本則稱戲文。這是一條有關戲曲史很重要的資料。

上舉《東京夢華錄》以下諸書重要資料，著者於所著諸論文引述已詳，此不更贅。

---

66 著者有〈先秦至唐代「戲劇」與「戲曲小戲」劇目考述〉，《臺大文史哲學報》第五九期（二〇〇三年十一月），頁二一五－二六六。

67 〔宋〕王灼：《碧雞漫志》，《中國古典戲曲論著集成》第一冊。

二、元代戲曲學專書述評

(一)元代見於文獻之曲學零星論述

若欲舉對戲曲有真正理論的，則應始於張炎。

1. 張炎《詞源》

張炎（一二四八—約一三二〇）為南宋名將張俊六世孫，宋亡飄流四方。所著《詞源》雖論詞樂，但與戲曲音律有關。其中如論及製曲、句法、字面、虛字者，尤可為戲曲借鑑。其直接論戲曲者有下面兩條，皆以詞調敘之。《詞源》云：

【滿江紅】贈韞玉。傳奇惟吳中子弟為第一流，所謂識拍、道字、正聲、清韻、不狂，俱得之矣。作平聲【滿江紅】贈之。

傅粉何郎，比玉樹、瓊枝謾誇。看生子、東塗西抹，笑語浮華。蝴蝶一生花裏活，似花還似恐非花。最可人、嬌豔正芳年，如破瓜。　離別恨，生嘆嗟。歡情事，起喧嘩。聽歌喉清潤，片玉無瑕。洗盡人間笙笛耳，賞音多向五侯家。好思量、都在步蓮中，裙翠遮。㊽

㊽〔宋〕張炎：《詞源》，收入俞為民、孫蓉蓉主編：《歷代曲話彙編‧唐宋元編》，頁二一〇。

由詞題小序，可知所稱「傳奇」應指南曲戲文，吳中子弟所搬演者，既為其第一流，則韞玉自為其代表性人物。詞中讚賞其「歌喉清潤，片玉無瑕。洗盡人間笙笛耳，賞音多向五侯家。」可見韞玉戲曲的歌唱藝術多在豪門貴族的酒筵歌席，非一般市井俗人所能企及。其故則如小序中所云能識板眼節奏，咬字正確、吐聲清純，收韻不悖戾，認為表演藝術已達到第一流的水準。由此可見張炎的表演藝術觀重在歌唱，而其時戲文的歌唱已具高水準。

【蝶戀花】〈題末色褚仲良寫真〉

濟楚衣裳眉目秀。活脫梨園，子弟家聲舊。諢砌隨機開笑口。筵前戲諫從來有。　戛玉敲金裁錦繡。
引得傳情，惱得嬌娥瘦。離合悲歡成正偶。明珠一顆盤中走。[69]

此詞前半闋，正說明宋金雜劇院本副末與副淨打諢諷諫的任務，後半闋則說明與旦合演的情形，分明是北曲雜劇「軟末尼」的況味了。尤其末句「明珠一顆盤中走」，更用來強調末色歌唱的藝術。這也說明了金院本與元雜劇曾經同臺並演，有如杜仁傑般涉調【耍孩兒】〈莊家不識勾欄〉所云演出情況一般，所以這時的末色就如張炎所云，必須同時具備金院本和元雜劇的藝術修為。

2. 胡祗遹《紫山大全集》

此後，元代的戲曲理論，或見於文人著作中的零金碎羽，或見於專門的論著。前者如胡祗遹（一二二七—一二九五）[70]《紫山大全集》，其卷八〈黃氏詩卷序〉云：

---

[69] 同前註，頁二一〇。

[70] 胡祗遹，字紹開，號紫山，磁州武安（河北）人。生於金哀宗正大四年（一二二七），卒於元成宗元貞元年（一二九

女樂之百伎，惟唱說焉。一、資質濃粹，光彩動人。二、舉止閑雅，無塵俗態。三、心思聰慧，洞達事物之情狀。四、語言辨利，字真句明。五、歌喉清和圓轉，纍纍然如貫珠。六、分付顧盼，使人人解悟。七、一唱一說，輕重疾徐，中節合度，雖記誦閑熟，非如老僧之誦經。八、發明古人喜怒哀樂、憂悲愉佚、言行功業，使觀聽者如在目前，諦聽忘倦，惟恐不得聞。九、溫故知新，關鍵詞藻，時出新奇，使人不能測度，為之限量。九美既具，當獨步同流。近世優於此者，李心心、趙真、秦玉蓮。今黃氏始追踪前學，可喜，可喜！持卷軸乞言，故諭之如此。仍以七言四句歌之：「瀝瀝泠泠萬斛珠，清和圓滑囀鶯雛。阿嬌生在開元日，未信傳呼到念奴。」[71]

胡氏所謂九美，包括一個人的容華、姿韻、明慧、語言、唱腔、身段、合度、模擬、出新等方面的稟賦和修為。雖然是針對說唱藝術而發的，而戲曲與說唱事實上是一變之間而已。所以「九美說」，何嘗不可以用到戲曲表演上來。

又《紫山大全集》卷八〈優伶趙文益詩序〉云：

醯鹽薑桂，巧者和之，味出於酸鹹辛甘之外，日新而不襲故常，故食之者不厭。滑稽詼諧，亦猶是也。拙著踵陳習舊，不能變新，使觀聽者惡聞而厭見。後世民風機巧，雖郊野山林之人，亦知談笑，亦解弄舞娛嬉，而況膏腴閥閱、市井豐富之子弟？人知優伶發新巧之笑，極下之歡，反有同於教坊之本色者。於斯時也，為優伶者，亦難矣哉！然而世既好尚，超絕者自有人焉。趙氏一門，昆季數人，有字文益者，

五）。元滅宋後，官至山東東西道和江南浙西道提刑按察使。其書法妙一世，學問出宋儒。《元史》卷一七〇有傳。

[71] 〔元〕胡祗遹：《紫山大全集》，《四庫全書》第一一九六冊（臺北：臺灣商務印書館，一九八三），頁一四九。

頗喜讀，知古今，趨承士君子。故於所業，耻蹤塵爛，以新巧而易拙，出於眾人之不意，世俗之所未嘗見聞者。一時觀聽者，多愛悅焉。❼❷

胡氏對於戲曲「插科打諢」的見解，固然主張出諸「滑稽詼諧」，但它要能推陳出新，才能使觀聽者出其不意而愛悅不已；有如巧於調味者之不襲故常，才能使食之者品嘗不厭。

又《紫山大全集》卷八〈贈宋氏序〉云：

百物之中，莫靈莫貴於人，然莫愁苦於人。……此聖人所以作樂以宣其抑鬱，樂工伶人之亦可愛也。樂音與政通，而伎劇亦隨時所尚而變。近代教坊，院本之外，再變而為雜劇。既謂之雜，上則朝廷君臣政治之得失；下則閭里市井父子、兄弟、夫婦、朋友之厚薄，以至醫藥、卜筮、釋道、商賈之人情物理，殊方異域風俗語言之不同，無一物不得其情、不窮其態。以一女子而兼萬人之所為，尤可以悅耳目而舒心思，豈前古女樂之所擬倫也！全此義者，吾於宋氏見之矣。❼❸

胡氏此序之旨趣有三，其一認為戲曲音樂可以宣泄抑鬱，娛樂人心。其二認為元雜劇是由金院本變化而來。其三認為雜劇的內容非常龐雜，包括政治得失和一切人情物理，而一位成功的演員有如宋氏，要能夠窮其情而盡其態，然後也才能夠悅人耳目而舒人心思。雖然胡氏對於雜劇之「雜」不免於望文生義，但卻切中其內容之繁複。其戲曲娛樂說雖然也是一般見識，但其院本變為雜劇之說，就戲曲史而言，則為極重要之啟示。

---

❼❷ 同上註，頁一四九－一五〇。

❼❸ 同上註，頁一七一。

綜觀胡氏之戲曲論，實是因為替優伶作序而隨意發想，並非有意針對戲曲抒發較完整或系統的理論。而由以上三篇序文，正可看出元人雜劇在表演藝術上，對演員藝術修為已有相當周全而嚴苛的要求。又以胡氏之身分而能重視戲曲如此，自有提升戲曲地位之意義。

3.元淮之五首詩

元淮生平，《新元史》有傳，為節錄顧嗣立《元詩選》所附小傳，按《元詩選》乙集云：

> 淮字國泉，別號水鏡。臨川人，徙于邵武。至元初，以軍功顯閩中，官至溧陽路總管。嘗有詩云：「截髮搓繩聯斷鎧，撦旗作帶繫金鎗。臥薪嘗膽經營了，更理毛錐治溧陽。」（詩見《金囦集》，〈歷涉〉）溧陽為金陵上邑，至元丙子（十三年，一二七六），陞為溧州，繼改溧陽府，又陞為路。水鏡以丁亥（二十四年，一二八七）秋之任，庚寅（二十七年，一二九〇）春，因公到省，乞改作孤州，少蘇民力。作詩云：「此來為遠客，歸去作閒人。」（見《金囦集》，〈試筆〉）又云：「問歸行李輕如羽，沿路吟詩有一船。」（見《金囦集》，〈再賦〉）其廉退之風可想也。所著《金囦吟》一卷。[74]

此所云「五首詩」皆七律，見《涵芬樓秘笈》第四集所收，《金囦集》金亦陶手寫本，錄之如下：

[74] 〔清〕顧嗣立編：《元詩選》，收入《遼金元傳記資料叢刊》第一五冊，乙集（北京：北京圖書館出版社，二〇〇六，據秀野草堂刊本影印），頁八〇九。所引元淮三首詩，見《金囦集》，收入王雲五主編：《涵芬樓秘笈》第四冊（臺北：臺灣商務印書館，一九六七年據金亦陶手寫本影印，宋犖序文寫於康熙癸酉（一六九三），顧嗣立凡例寫於康熙甲戌（一六九四）），〈歷涉〉，頁一一—一二，總頁八〇四；〈試筆〉，頁一六，總頁八一一；〈再賦〉，頁一六，總頁八一二。

〈弔昭君　馬智遠詞〉：

昔年上馬衣貂裘，不慣胡沙萬里愁。閣淚無言窺漢將，偷生陪笑和箜篌。環珮影搖青冢月，琵琶聲斷黑河秋。當時若賄毛延壽，安得高名滿薊幽。

〈予暇日喜觀書畫，客有示以二圖，乃昭君出塞，楊妃入蜀，悉是宣和名筆。客以詩請，就書卷尾　中州詞〉：

〈昭君出塞〉西風吹散舊時香，收起宮裝換北裝。狨帽貂裘同錦綺，翠眉蟬鬢怯風霜。草白雲黃金勒短，舊愁新恨玉鞭長。一天怨在琵琶上，試倩征鴻問漢皇。

〈楊妃入蜀〉楊妃亡國禍根芽，剛道宮中解語花。慣得祿山謀不軌，釀成中國亂如麻。馬嵬坡下東風惡，龍鳳旂前戰士譁。吹落海棠紅滿地，至今猶作畫圖誇。

〈西風　仁甫詞〉：

西風一夜過長郊，吹透孤松野雀巢。荷減翠時黽雨蓋，柳添黃處脫枯梢。不煩紅袖揮紈扇，賴有新詩作故交。水鏡池邊秋富貴，芙蓉十頃盡開苞。

〈試墨　岳陽詞〉：

閒來試墨綴篇章，得句清新過晚唐。竹几暗生龍尾潤，筆鋒微帶麝臍香。庭珪膠法燒魚鰾，巖客煙煤點漆光。水鏡吟豪多得助，一齊收拾付詩囊。75

75 〔元〕元淮：《金囦集》，收入王雲五主編：《涵芬樓秘笈》第四冊，頁三、五─六、一五、二一，總頁八〇五、八〇六、八一一、八一四。

劉世德〈從元淮的五首詩談元雜劇的幾個問題〉一文，[76]考證收有這五首詩的《金囦集》，作於元世祖二十四年至二十八年（一二八七－一二九一）這五年之間，而「金囦」正是「溧陽」的古稱，也就是說《金囦集》的寫作時間，正是元淮官溧陽路總管這五年。

劉氏拿這五首詩來和相關的元雜劇比較，則：

第一首小注「馬智遠」，顯然為「馬致遠」之筆誤。其「環珮影搖青冢月，琵琶聲斷黑河秋」即襲用馬致遠《漢宮秋》第二折【賀新郎】：「怎下的教他環珮影搖青冢月，琵琶聲斷黑江秋。」其差別只在「河」與「江」。其第二首亦櫽括《漢宮秋》中曲文，取其第三折【新水令】「錦貂裘生改盡漢宮妝，我則索看昭君、畫圖模樣。舊恩金勒短，新恨玉鞭長。」【駐馬聽】「想娘娘那一天愁都撮在琵琶上」，【殿前歡】「則甚麼留下舞衣裳，被西風吹散舊時香」等句看，便可一目了然。[77]

其第三首則藉白樸《梧桐雨》來歌詠。《梧桐雨》第三折【落梅風】「恨不得手掌裡奇擎著解語花」，【殿前歡】「他是朵嬌滴滴海棠花，怎做得鬧荒荒亡國禍根芽。」【太清歌】「恨無情卷地狂風刮，可怎生偏吹落我御苑名花。」第四折【呆骨朵】「誰承望馬嵬坡塵土中，可惜把一朵海棠花零落了。」等曲文，[78]正是此詩第一、二、五、七句的出處。

其第五首詩末小注：「巖客，洞賓名也。」此詩第三、四句是取馬致遠《岳陽樓》首折呂洞賓扮作賣墨先

[76] 劉世德：〈從元淮的五首詩談元雜劇的幾個問題〉，《元雜劇論集》（天津：百花文藝出版社，一九八五），頁八七－九三。原載一九六二年一月二十四日《文匯報》。

[77] 〔元〕馬致遠：《漢宮秋》，〔明〕臧懋循輯：《元曲選》第一冊（北京：中華書局，一九八九），頁六、八、九。

[78] 〔元〕白樸：《梧桐雨》，〔明〕臧懋循輯：《元曲選》第一冊，頁三五八、三五九、三六一。

生所唱【混江龍】「竹几暗添龍尾潤，布袍常帶麝臍香。」稍加變化而成。[79]

由以上可見：

其一，馬致遠《漢宮秋》、《岳陽樓》，白樸《梧桐雨》的寫作時間，必在元淮至元二十四年至二十八年（一二八七—一二九一）這五年之前。

其二，據周德清《中原音韻》自序作於泰定甲子元年（一三二四）秋，其中說馬致遠已死。而《北詞廣正譜》收有馬致遠中呂【粉蝶兒】散套，開首說：「至治華夷，正堂堂大元朝世，應乾元九五龍飛。」為英宗至治改元（一三二一）之作，則馬致遠當死於至治年間（一三二一—一三二三）。其《漢宮秋》、《岳陽樓》已至少早於此三十六年前完成，當為早年之作。

其三，白樸《天籟集》記他於元成宗大德十年丙午（一三〇六）曾遊維揚，那時他已八十一歲；距其《梧桐雨》之完成，至少在二十九年前，白樸那時至少五十九歲，則《梧桐雨》當為其壯年之作。

其四，王國維《宋元戲曲考》第九章曾把元雜劇分作三時期：第一期自太宗取中原至至元一統之初（蒙古太宗窩闊臺汗六年至元世祖至元十六年，一二三四—一二七九）約四十六年間，是為「蒙古時期」。第二期自至元一統後至至順後至元間（元世祖至元十七年至元文宗至順四年至元順帝後至元元年，一二八〇—一三三三—一三三五），約五十六年間，是為「一統時代」。第三期自元順帝後至元六年到至正二十六年（一三四一—一三六八），約二十八年間，為「至正時代」。[80]他認為這三期，「以第一期之作者為最盛，其著作存者亦多，元劇之傑作大抵出於此期中。」許多學者都認同這種看法。但從馬致遠名著《漢宮秋》、《岳陽樓》，白樸名著《梧桐

[79] 〔元〕馬致遠：《岳陽樓》，〔明〕臧懋循輯：《元曲選》第二冊，頁六二四。

[80] 王國維：《王國維戲曲論文集：《宋元戲曲考》及其他》（臺北：里仁書局，一九九八），頁九一—九五。

雨》之寫成在元世祖至元二十四年至二十八年之前看來，元雜劇之最盛期應在至元十七年一統之後。這在天一閣本《錄鬼簿》所載賈仲明【凌波仙】輓詞中可以得到印證：賈氏趙明道輓詞云：「元貞年裡，升平樂章歌汝曹。」趙公輔輓詞云：「元貞、大德乾元象。」趙子祥輓詞云：「一時人物出元貞，擊壤謳歌賀太平。」花李郎輓詞云：「樂府詞章性，傳奇么末情，考興在大德、元貞。」等都可證明元成宗元貞元年（一二九五）至成宗大德十一年（一三〇七）前後十三年間是元雜劇的極盛期。

其五，從關漢卿在至元十四年（一二七七）以後作有[南呂]【一枝花】〈杭州景〉散套；而由白樸《天籟集》可知他至元二十三年（一二八六）在金陵，至元二十八年（一二九一）在杭州，大德十年（一三〇六）在揚州。馬致遠擔任「江浙省務官」（《說集》本《錄鬼簿》、孟稱舜本《錄鬼簿》）或「江浙省務提舉」（天一閣本《錄鬼簿》），據《元史》之〈世祖本紀〉、〈地理志〉、〈百官志〉，得知其時必在至元二十二年至二十四年（一二八五－一二八七）正月之間，或至元二十八年（一二九一）十二月之後。如此再證以元淮五首七律寫作時間之在至元二十四年至二十八年（一二八七－一二九一），可知早在至元一、二十年間雜劇早已逐漸南移，至遲在至元三十一年（一二九四）已在江南盛行，不必等到後期才以杭州為重心。[81]

其次元古杭勤德書堂刻本《皇元風雅》前集卷四收錄趙半閑[82]〈构欄曲〉五首：

街頭群兒晝聚嬉，吹簫撾鼓懸錦旗。粉面少兒金縷衣，青鬟擁出雙蛾眉。

駃翁前驅嚚母詬，醜姬妒嗔狂客笑。虬髯奮戟武略雄，蜂腰束翠歌唇小。

---

81 以上據劉氏之論改寫。

82 趙半閑，生平里居不詳。

眼前幻作名利場，東馳西騖何蒼皇。栖栖猶是蓬蒿客，須臾喚作薇垣郎。

新歡未成愁已作，危途墜馬千尋壑。關山萬里客心寒，妻子篝燈雙淚落。

紛然四座莫浪悲，是醒是夢真堪疑。紅鉛洗盡歌管歇，認渠元是街頭兒。[83]

這五首〈构欄曲〉寫跑江湖的「路歧人」，演出生旦功名科舉、悲歡離合的故事，頗有李益、霍小玉的況味。從中可以看出這是一場大戲的搬演，作者的戲劇觀是：人生如戲，戲似人生，其中又是一場夢，夢醒俱空，悲歡無著。這樣的戲劇觀，後來也成為許多人的看法。

4. 劉一清《錢塘遺事》

劉一清，生平事蹟不詳，《錢塘遺事》卷六〈戲文誨淫〉云：

湖山歌舞，沉酣百年。賈似道少時，挑達尤甚。自入相後，猶微服間或飲於妓家。至戊辰、己巳間（宋寧宗嘉定元年至二年（一二〇八—一二〇九）），《王煥》戲文，盛行於都下，始自太學有黃可道者為之。一倉官諸妾見之，至於群奔，遂以言去。[84]

此段記載以「戲文誨淫」標題，可見作者從負面觀察到戲曲對觀眾感染力甚大，可以影響人們的行為。而從中也可以看出：戲文在光宗紹熙間（一一九〇—一一九四）成立後，至此不過十五年，而已盛行都下臨安，且文

[83] 〔元〕趙半閑：〈构欄曲〉，《元詩體要》卷六，《四庫全書》第一三七二冊（臺北：臺灣商務印書館，一九八三），頁五六八。

[84] 〔元〕劉一清：《錢塘遺事》，《四庫全書》第四〇八冊（臺北：臺灣商務印書館，一九八三），頁一〇〇〇。

人如太學生黃可道已創作有《王煥》戲文。

5. 楊維楨《東維子文集》

元代於文集中涉及戲曲評論的文人另有楊維楨（一二九六－一三七〇），其《東維子文集》中論戲曲的有兩篇，其卷十一〈朱明優戲序〉云：

> 百戲有魚龍、角觝、高絙、鳳皇、都盧、尋橦、戲車、走丸、吞刀、吐火、扛鼎、象人、怙獸、舍利、潑寒、蘇莫等伎，而皆不如俳優、侏儒之戲。或有關於諷諫，而非徒為一時耳目之玩也。窟壘家起於偃師獻穆王之伎，漢戶牖侯祖之，以解平城之圍。運機關，舞埤間，閼支以為生人。後翻為伶者戲具，其引歌舞亦不過借吻角吣唧聲，未有引以人音。至於嬉咲怒罵，備五方之音，演為諧諢嗤哂而成劇者也。玉峰朱明氏世習窟壘家，其大父應俳首駕前，明手益機警，而辨舌歌喉，又悉與手應，一談一咲，真若出於偶人肝肺間，觀者驚之若神。松帥韓侯宴余偃武堂，明供群木偶為《尉遲平寇》、《子卿還朝》，於降臣民辟之際，不無諷諫所係，而誠非苟為一時耳目玩者也。韓侯既賚以金，諸客各贈之詩，而侯又為乞吾言以重厥伎，於是乎書以遺之。時至正二十六年三月二十有三日。[85]

這段文字從百戲、優諫，說到傀儡戲。不止說到傀儡戲的起源，而且說到傀儡由引歌舞演進為戲劇之演出。由朱明的人偶合一，「觀者驚之若神」，及其演出《尉遲平寇》、《子卿還朝》那樣的歷史劇目看來，元代的傀儡戲已經很發達。

[85] 〔明〕楊維楨：《東維子文集》，《四部叢刊初編縮本》第七九冊（臺北：臺灣商務印書館，一九六五年據上海商務印書館縮印江南圖書館藏鳴野山房舊鈔本影印），頁八一－八二。

《東維子文集》卷十一另有一篇〈優戲錄序〉，則因「錢塘王曄集歷代之優辭有關於世道者」，而昌言優諫之效從容於一言之中，發揮了太史公為滑稽者作傳，取其「談言微中，則感世道者深矣」的宗旨。其〈周月湖今樂府序〉謂「往往泥文采者失音節，諧音節者虧文采，兼之者實難也。」其〈沈氏今樂府序〉謂「以警人視聽，使癡兒女知有古今美惡成敗之觀懲。」〈沈氏今樂府序〉又謂其「媟邪正豪俊鄙野，則亦隨其人品而得之。」又其〈沈生樂府序〉謂「不待思慮雕琢，又推其極至，華如遊金、張之堂，冶如攬嬙、施之袪，幽潔如屈宋，悲壯如蘇李，具是四工夫，豈可以肆口而成哉，益肆口而成者，情也，具四工者，才也。」[86]皆可觀採。

6. 陶宗儀《南村輟耕錄》

陶宗儀（一三二九－一四一〇）《南村輟耕錄》共三十卷五百八十五條，記述內容龐雜，「上自廊廟實錄，下逮村里膚言」（明・毛晉〈南村輟耕錄跋〉），包括元代典章制度、文學藝術、民情風俗、歷史掌故、天文地理等，其關涉戲曲歌樂者，最主要為「院本名目」與「雜劇曲名」，為研究宋金雜劇院本和北曲雜劇的重要資料，其卷八〈作今樂府法〉云：

> 喬夢符吉博學多能，以樂府稱。嘗云：「作樂府亦有法：『曰鳳頭、豬肚、豹尾』六字是也。大概起要美麗，中要浩蕩，結要響亮。尤貴在首尾貫穿，意思清新。苟能若是，斯可以言樂府矣。」此所謂樂府，乃今樂府，如【折桂令】、【水仙子】之類。[87]

[86] 同上註，〈優戲錄序〉，頁八二；〈周月湖今樂府序〉，頁七五；〈沈氏今樂府序〉，頁七五－七六；〈沈生樂府序〉，頁七六。

[87] 〔元〕陶宗儀：《南村輟耕錄》，收入俞為民、孫蓉蓉主編：《歷代曲話彙編・唐宋元編》，頁四三〇。

喬氏「鳳頭」、「豬肚」、「豹尾」、「起要美麗」、「中要浩蕩」、「結要響亮」之說與樂府作法，固然言簡意賅，然推而言之，則作套數、雜劇乃至南戲傳奇、散文之法，何嘗不也如此。

《輟耕錄》另有與戲曲史相關之資料：卷二十〈珠簾秀〉、卷二十三〈嗓〉（記關漢卿、王和卿佚事）、卷二十三的【醉太平】小令（反映民情的小曲）、卷二十四〈勾欄壓〉（記至元壬寅夏松江府勾欄崩塌壓死四十二人）亦皆甚可貴。

(二)芝菴《唱論》

中國韻文學除庶民百姓自發性的號子、歌謠外，自從孔子「《詩》三百皆弦歌之」以下，歷代之楚辭、漢魏樂府、唐詩、宋詞、元曲、元明清戲曲，莫不作為唱詞而為歌唱之載體。

元人戲曲論著為專書者有燕南芝菴《唱論》、周德清《中原音韻》、鍾嗣成《錄鬼簿》、夏庭芝《青樓集》、顧瑛《製曲十六觀》等五家，另有體例類如《東京夢華錄》諸書而亦涉及與戲曲相關記載者，則為前舉之陶宗儀《南村輟耕錄》。

芝菴據廖奔考證為金代遺民，[88]燕南是他的籍貫。元代設有燕南河北道，治所設在真定（今河北省正定縣），轄今河北中南部。他的《唱論》自應成於金元間，可以說是一部最早的唱曲理論。篇幅只二十一段落，不明標題目，內容除列舉古代音樂家、歌唱家、作曲家、戲曲體製外，大部分是關於宋元兩代的聲樂論、歌唱方法，與宮調聲情。但書中言語簡略，充滿宋元方言與專門語彙，不免諸多難解。但是白寧《元明唱論研究》則

[88] 參見廖奔：〈由唱論時代、宮調遞減節律到明人九宮十三調〉，《中華戲曲》第二九輯（二〇〇三年六月），頁七九。

有頗為精要而深入的解說。

元人論曲之代表性著作，自以芝菴《唱論》和周德清《中原音韻》為代表。

在戲曲歌樂的論述上，《唱論》可算是面面俱到，具周延性與系統性之作。全文分二十八節，千餘言，而涉及三十多項論題。

《唱論》有元至正間刻《陽春白雪》卷首附載本、元刻《輟耕錄》所載本。首記古之善唱者有韓秦娥、沈古之、石存符三人，帝王知音律者有唐玄宗、後唐莊宗、南唐李後主、宋徽宗、金章宗等五人，謂三教所唱各有所尚，道家唱情、僧家唱性、儒家唱理。其後重要觀點如下：

1.講求自然之音，取《晉書・桓溫傳》所記：「聽伎，絲不如竹，竹不如肉。」用指絃樂不如管樂，管樂不如人聲歌唱，乃因為演唱近於自然，易於被欣賞。

2.歌之格調：抑揚頓挫，頂疊垛換，縈紆牽結，敦拖嗚咽，推題丸轉，捶欠遏透。白寧《元明唱論研究》謂「歌之格調，指運用這些行腔格範時要表達出一定的風格、品味和情調。」[89]

「抑揚頓挫」：「抑」，指聲音沉鬱低婉；「揚」，則要高揭其聲。「抑揚」即今歌唱之收放關係。「頓」，指聲音的遏止；「挫」，指聲音的回轉，即今歌唱進行中的旋律變化。[90]

「頂疊垛換」：「頂」，應是所謂「頂針格」，以前句之結尾作下句之起頭，可使聲情遞接、語意流暢。「疊」，即疊字、疊句、疊韻。余謂疊字之次字是為詞尾，促使聲情輕快；疊句以其複沓而順暢強化；雙聲疊韻，聲母相同之雙聲，置於字頭，易於滑溜，而韻母相同之疊韻，置於字尾，易於呼應。頂疊皆能使聲情趨於

---

[89] 白寧：《元明唱論研究》（上海：上海音樂出版社，二〇一四），頁五四。

[90] 詳見白寧：《元明唱論研究》，頁五四－五五。

美聽。「垛」本義為堆積，於行腔時使之有所變化有二字垛……七字垛，指所加之襯字，因之而有垛口「趕句」之技法。「換」指詞牌中之「換頭」，使前後兩片之句式音樂因有所改變而聲情有別。[91]

「縈紆牽結」，「縈紆」指曲調旋律的宛轉回旋。「牽結」，指拉住氣息，控制唱腔。戲曲中的「啜腔」近似「縈紆牽結」。

「敦拖嗚咽」，「敦拖」指敦厚之聲與拖長之音；猶後世之「拿腔」。「嗚咽」指低弱、哽咽、淒切的聲音，猶戲曲中之「哭腔」。[92]

「推題丸轉」，「推題」，應指演唱中要注意推送詞曲的眼目和警句。「丸轉」，指歌唱技法氣息流動，字字圓潤。

「捶欠遏透」，「捶欠」指對於歌唱聲音要常練習和鍛鍊。「遏透」指防止聲音過於激越。[93]

3. 歌之節奏：停聲，待拍，偷吹，拽棒，字真，句篤，依腔，貼調。

「節奏」，古代包括節拍、板眼之義，常拿來指聲音的緩急、情節的張弛、情緒的漲落。

「停聲，待拍」即講聲音與節奏的關係；「偷吹，拽棒」是講聲音與伴奏的關係；「字真，句篤」是講歌唱時對字、句的處理把握節奏的關係；「依腔，貼調」即音準、音高要與節奏相應。其「偷吹」實指偷偷地借著伴奏之時歇息抑音，使演唱有更大發揮餘地，達到歌聲與伴奏相間的效果，詞牌有【偷聲木蘭花】。「拽棒」，拽，牽引；棒，鼓板；指伴奏樂器的節奏。

---

[91] 同上註，頁五六－六一。

[92] 同上註，頁六一－六三。

[93] 同上註，頁六三－六四。

其「字真」指演唱時字音必須清晰；「句篤」指演時要忠實曲詞，不能曲解曲意。「字真句篤」是說必須循於拍板，合於節奏。[94]

「依腔」之「腔」，鄙意當包括由方音以方言為載體所形成的地方腔調，具一群人在一地之「土腔」所共有的語言旋律；同時也指歌者以一己之音色經由口法、行腔所產生的唱腔，為歌者之特色。而皆以歌詞之文學體類為載體。

總之，經由此八技法而使演唱節奏「字正腔圓」。

4.凡歌一聲，聲有四節：起末，過度，揾簪，攧落；凡歌一句，聲韻有一聲平，一聲背，一聲圓，聲要圓熟，腔要徹滿。

「聲有四節」是旋律進行的四種歌唱方法。「起末」，指由小而大，由弱趨強，由漸而驟。「過度」指聲音轉換自然圓潤，無塊壘之感。亦即過腔接字如貫珠，今之所謂「帶腔」、「滑腔」皆是。「揾簪」，揾是揩拭，簪是固髮的長針，「揾簪」，指演唱延長音時加入裝飾性的波音處理，今之所謂「啜腔」、「揉腔」。「攧落」指由高處落下，形容歌聲結束時由高而低落的樣子。後來也稱「落音」、「霍音」、「頓」，或發展為「鎖板」，又名「住板」、「煞板」，為唱段結尾處的一種專用板式。

而「歌一句」時，「一聲平」、「一聲背」、「一聲圓」是指演唱樂句時，字音的三種韻律狀態。「一聲平」指演唱字音平直，平穩悠長，使人容易聽出字音字調；「一聲背」是為了讓行腔有所變化，對字音作必要的處理，通過強弱對比，使用倚音、顫音等裝飾手法，造成行腔變化；「一聲圓」指運用橄欖腔，使聲音圓潤飽滿，達

---

[94] 同上註，頁六五—七一。

到行腔時「聲要圓熟，腔要徹滿」的境地。[95]

5. 歌聲變件有：慢，滾，序，引，三臺，破子，遍子，攧落，實催，全篇尾聲。

所謂「歌聲變件」鄙意認為是大曲歌唱藝術同調重頭所產生的拍法變化。有關大曲資料，沈括（一〇三一—一〇九四）《夢溪筆談》卷五云：

所謂「大遍」者，有序、引、歌、歙、嗺、哨、催、攧、衮、破、行、中腔、踏歌之類，凡數十解；每解有數疊者，裁截用之，則謂之「摘遍」。今人大曲皆是裁用，悉非「大遍」也。[96]

又史浩（一一〇六—一一九四）大曲〈採蓮〉（壽鄉詞），其「曲破」結構是：

【入破】【衮遍】【實催】【衮】【歇拍】【煞衮】[97]

又王灼（一一六二前後）《碧雞漫志》卷三〈涼州〉條云：

凡大曲有散序、靸、排遍、攧、正攧、入破、虛催、實催、衮遍、歇拍、殺衮，始成一曲，此謂大遍。[98]

可見宋代大曲全曲謂之「大遍」，其內容結構沈、王二氏已見差異，但基本結構仍可看出散序為器樂曲，排

[95] 同上註，頁七二—八一。

[96] 〔宋〕沈括著，胡道靜等譯注：《夢溪筆談全譯》卷五〈樂律一〉（貴陽：貴州人民出版社，一九九八），頁一六三。

[97] 唐圭璋編：《全宋詞》第二冊（北京：中華書局，一九九八），頁一二五一—一二五四。

[98] 〔宋〕王灼：《碧雞漫志》，收入俞為民、孫蓉蓉主編：《歷代曲話彙編．唐宋元編》，頁一〇〇。

遍為歌唱曲，入破為舞曲。其間皆為過度之拍法變件。史浩但取「入破」以下，則謂之「曲破」。一九八九年八月余與內人陳媛偕同老哥許常惠教授、樊曼儂女士、學生王維真、林清財前往新疆烏魯木齊，考察維吾爾族之「木卡姆」，亦分三部曲，簡直是宋大曲的「活標本」。而每部曲各由詞調重頭變奏而成，由於詞調疊數有單調、雙調、三疊、四疊之別，而取用為曲調，則一疊即可為一曲。至於千古之謎，宋詞之「令、引、近、慢」，余有專章考釋，見拙作〈論說「歌樂之關係」〉。99

6.唱曲之門戶，有小唱、寸唱、慢唱、壇唱、步虛、道情、撒煉、帶煩、瓢叫。

其所舉九種是指當時唱曲的門類。

小唱：耐得翁《都城紀勝》「瓦舍眾伎」條云：「唱叫、小唱謂執板唱慢曲、曲破，大率重起輕殺，故曰『淺著低唱』。」100張炎《詞源・音譜》云：「惟慢曲、引、近則不同，名曰小唱，須得聲字清圓，以啞篳篥合之，其音甚正。」101可見小唱指詞中慢曲、引、近的歌唱藝術，與唐代以來酒席中的「小令」無關。

而「慢唱」當指慢詞的歌唱，「壇唱」指在佛教儀式中的歌唱，「步虛」指道教儀式中的歌唱，「道情」指道士雲遊四方的歌唱，「瓢叫」指以「嘌唱」為引的叫聲，《都城紀勝》云：「嘌唱，謂上鼓面唱令曲小詞，驅駕虛聲，縱弄宮調，與叫果子、唱耍曲兒本為一體。」又云：「叫聲，自京師起撰，因市井諸色歌吟賣物之聲，採合宮調而成也。若加以嘌唱為引子，次用四句就入者，謂之『下影帶』。」102今俗曲猶有「叫賣聲」。其他「寸

99 拙作：〈論說「歌樂之關係」〉，《戲劇研究》第一三期（二〇一四年一月），頁一－六〇。
100 〔宋〕耐得翁：《都城紀勝》「瓦舍眾伎」條，收入俞為民、孫蓉蓉主編：《歷代曲話彙編・唐宋元編》，頁一一四。
101 〔宋〕張炎：《詞源》，收入俞為民、孫蓉蓉主編：《歷代曲話彙編・唐宋元編》，頁二〇五。
102 〔宋〕耐得翁：《都城紀勝》，收入俞為民、孫蓉蓉主編：《歷代曲話彙編・唐宋元編》，頁一一四－一一五。

唱」介於「小唱」與「慢叫」之間，蓋指中型之歌唱；「撒煉」、「帶煩」皆宋代市井口語，不知為何物。[103]

7.大凡聲音，各應於律呂，分於六宮十一調，共計十七宮調：仙呂調（當作宮）唱清新綿邈，南呂宮唱感嘆傷悲，中呂宮唱高下閃賺，黃鍾宮唱富貴纏綿，正宮唱惆悵雄壯，道宮唱飄逸清幽，大石唱風流醞藉，小石唱旖旎嫵媚，高平唱條暢滉漾，般涉唱拾掇坑塹，歇指唱急併虛歇，商角唱悲傷婉轉，雙調唱健捷激裊，商調唱悽愴怨慕，角調唱嗚咽悠揚，宮調唱典雅沈重，越調唱陶寫冷笑。

芝菴這條資料被元明清許多音樂著作所引用。學者據此則而有「宮調聲情說」，正反意見旗鼓相當。但白寧《元明唱論研究》的概念是可取的，錄之如下：

> 宮調涉及調式、調性、音階、音高等音樂基本要素，其間也有複雜的變化。芝菴站在燕樂的立場論述，而以之從屬雅樂。中國音樂往往被賦予象徵性意義，音樂本身又具有不同色澤表現的功能，因而也具有程式性的特點。[104]

8.有子母調，有姑舅兄弟，有字多聲少，有聲多字少，所謂一串驪珠也。比如仙呂【點絳唇】、大石【青杏兒】、人喚作殺唱的劊子。

「子母調」源自宋代之「轉踏、傳踏、纏達」，及兩調巡迴重複聯套，在北曲如正宮套之【滾繡毬】、【倘秀才】；南曲如【風入松】與【急三鎗】。至於「姑舅兄弟」，即指北套中常自成曲段（曲組）之數曲。各宮套數皆有其例，見鄭師因百（騫）之《北曲套式彙錄詳解》。[105]譬如仙呂【點絳唇】套開首數曲，多至七曲少為四

---

[103] 可參見白寧：《元明唱論研究》，頁一〇七—一一一。

[104] 同上註，頁一二八—一三二。

[105] 鄭師因百（騫）：《北曲套式彙錄詳解》（臺北：藝文印書館，一九七三）。

曲之【點絳唇】、【混江龍】、【油葫蘆】、【寄生草】等皆自成族群而演出一段排場。

9.有愛唱的，有學唱的，有能唱的，有會唱的。有高不揭，低不咽。有排字兒，打截兒，放褃兒，唱意兒。有明褃兒，暗褃兒，長褃兒，短褃兒，碎褃兒。

此段分四層意思：一是指學習演唱的四種程度：即有愛唱的，有學唱的，有能唱的，有會唱的。二是指演唱的技法不足，即高不揭，低不咽。三是指演唱時常犯的四種不良現象，即有排字兒，打截兒，放褃兒，唱意兒。「排字兒」謂歌唱聲音不圓潤，字音沒有韻律，行腔沒有處理，好似一個字一個字的念出來一般。「打截兒」指歌唱時聲音不連貫，時斷時續，把一個完整的樂句唱成幾截。「放褃兒」指歌唱時聲音出現縫隙，如低音向高音過度時不能自然圓潤。「唱意兒」指歌唱時但重文詞而忽略情感傳遞、聲音表達和技法運用。至於「褃」的五種現象，則指聲調縫隙的過於明顯，過於不明顯，或過長，或過短，或瑣碎。[106]

10.凡歌之所忌：子弟不唱作家歌，浪子不唱及時曲；男不唱艷詞，女不唱雄曲，南人不曲，北人不歌。

此段文意不難，皆指不涉及與自己身分修為不相合的歌唱藝術。[107]

11.凡人聲音不等，各有所長。有川嗓，有堂聲，背合破簫管。有唱得雄壯的，失之村沙；唱得蘊拭的，失之乜斜；唱得輕巧的，失之閑賤；唱得本分的，失之老實；唱得用意，失之穿鑿；唱得打掐，失之本調。

其中，「川嗓」謂流走無罣礙，歌聲如水流，乾淨清潤。「堂聲」謂聲音由丹田發出，共鳴好，聲音深厚響亮。「村沙」指粗俗鄙賤。「蘊拭」如「蘊藉」，指聲音委婉含蓄。「閑賤」謂無關緊要。「老實」指循規蹈矩。「穿鑿」指附會與造作，刻意求工。「打掐」指演唱的過分用力。[108]

---

[106] 詳見白寧：《元明唱論研究》，頁一三九－一四二。

[107] 同上註，頁一五〇－一五五。

12.凡歌節病：有唱得困的、灰的、涎的、叫的、大的。有樂官聲，撒錢聲，拽鋸聲，貓叫聲。不入耳，不著人，不撒腔，不入調，工夫少，遍數少，步力少，官場少，字樣訛，文理差，無叢林，無傳授。嗓拗，劣調，落架，漏氣。

此節指歌唱最常見的毛病，依次有六方面；首敘歌唱者有音色天賦的現象；其中「困」指「困頓不前」，「灰」指不明朗，「涎」指聲音粘連不乾淨。又有聲音類似吼叫的，聲音過大過強的。其次有像樂官臨場滑稽詼諧的聲音，像撒錢時散亂不堪的刺耳聲，像拉鋸般緊勒尖銳的吱嘎聲，像貓叫的尖細聲。其三使欣賞者聽了不舒服和無感染力的聲音，行腔時不能放開以動人，或旋律不入宮調的聲音。其四練習的功夫不足，未能掌握作品而經驗不足的聲音，以及在公開場合經驗少所歌唱的聲音。其五歌唱中的破綻出現在訛字、訛音，不理解辭意，但唱其詞未有其意味的聲音，又像僧家聚居的寺院叢林，毫無門派分別的誦經聲。其六歌節存在的弊病又有平仄四聲與曲調不合的拗口拗嗓、聲調低劣、五音不全，或未能防止垮架唱啞口，以及聲帶閉合不嚴而漏了氣口。[109]

13.有唱聲病：散散，焦焦，乾乾，冽冽，啞啞，嗄嗄，尖尖，低低，雌雌，雄雄，短短，憨憨，濁濁，赸赸。有格嗓，囊鼻，搖頭，歪口，合眼，張口，撮唇，撇口，昂頭，咳嗽。

所舉二十四項皆指歌唱發聲的毛病，或發聲散漫、音色枯乾、聲音薄弱低啞、尖刺、沉悶，或女若男聲、男如女聲，或氣頭不長，或氣短呆滯，或聲口重濁不明徹，或羞澀難於啟口，以及嗓音阻礙有格格不順之聲和鼻音過重的聲音。另外也有指出歌唱時儀態不佳的種種毛病，如搖頭、歪口、合眼、張口、撮唇、撇口、昂頭

[108] 同上註，頁一五五－一五八。
[109] 同上註，頁一五九－一六二。

等。[110]

14.凡添字節病：則他，兀那，是他家，俺子道，我不見，兀的，不呢，條了，唇撒了，一片了，團圞了，破孩了，茄子了。

上舉十三項皆北曲常添加的虛詞襯字，但不呢以下七項卻很少使用。余謂芝菴舉此蓋因襯字運用當作提端、轉折、輔佐、形容以加強曲文之語言旋律，不可隨意亂加以致文理不通。蓋襯字宜加，以七言為例，在句首、第四字音節縫隙較大之處，其第二字間尚可，而第六字以其近於句末，縫隙極小，以不加為宜。[111]

以上可說是芝菴《唱論》最精華的要義，而縱觀全書二十八節，不止涉及歌之格調、節奏，亦及行腔、聲韻、音色、氣口、宮調聲情等核心問題，而且也直接指出作品音樂表現及歌唱聲音應避忌的事項，甚至於連歌唱應當兼具的背景知識，如古之善唱者，知音律之帝王，近出所謂之「大樂」，以及歌之所、唱曲地所之樂曲，也都不厭其煩的舉出來。其後論歌唱音樂者無不受到他的影響，他的論述堪稱集金元北曲之大成；雖是言簡意賅，多入市井口語方言，有時不免晦澀難解，幸有白寧《元明唱論研究》已大致詳予破解，對我們了解該書的幫助很大。

(三)周德清《中原音韻》等曲學專書述評

1.周德清《中原音韻》

周德清，字挺齋，江西高安暇堂人，生於宋瑞宗景炎二年（一二七七），卒於元順帝至正二十五年（一三六

---

[110] 同上註，頁一六二—一六四。

[111] 著者有〈中國詩歌中的語言旋律〉詳論之，收於《詩歌與戲曲》（臺北：聯經出版事業公司，一九八八），頁一—四七。

五），年八十九歲。[112]著《中原音韻》，其〈後序〉作於元泰定甲子（一三二四），有「余作樂府三十年」之語，上推三十年為至元三十一年（一二九四），那時他才十八歲。可見他很年輕就創作散曲，正值進入元成宗元貞、大德的元曲黃金時代。

虞集〈中原音韻序〉，稱其「工樂府，善音律。」瑣非復初〈序〉更謂「吾友高安挺齋周德清，以出類拔萃通濟之才，為移宮換羽製作之具」、「所作樂府、回文、集句、連環、簡梅、雪花諸體，皆作今人之所不能作者」、「長篇、短章，悉可為人作詞之定格」、「德清之詞，不惟江南，實當時之獨步也。」可見他的散曲作品工整合律，而且擅長各種俳體，皆可作為定格體式。可惜其傳世之作不多，只有《朝野新聲太平樂府》選錄。[113]

(1)《中原音韻》的編纂

那麼周德清為什麼要編著《中原音韻》呢？這在虞集和羅宗信的〈序〉，以及他的〈自序〉可以得到端倪。

虞集〈序〉云：

> 我朝混一以來，朔南暨聲教，士大夫歌詠，必求正聲，凡所製作，皆足以鳴國家氣化之盛，自是北樂府出，一洗東南習俗之陋。大抵雅樂之不作，聲音之學不傳也，久矣；五方言語，又復不類：吳、楚傷於輕浮，燕、冀失於重濁，秦、隴去聲為入，梁、益平聲似去；河北、河東，取韻尤遠；吳人呼「饒」為「堯」，讀「武」為「姥」，說「如」近「魚」，切「珍」為「丁心」之類，正音豈不誤哉！[114]

[112] 據《暇堂周氏宗譜》，參見冀伏所撰介紹《宗譜》之文：〈周德清生卒年與《中原音韻》初刻時間及版本〉，《吉林大學社會科學學報》一九七九年二期，頁九八－九九。

[113] 〔元〕楊朝英編：《朝野新聲太平樂府》（臺北：世界書局，一九六八），選入周德清小令八首，兩套套數。

又羅宗信〈序〉云：

國初混一，北方諸俊新聲一作，古未有之，實治世之音也；後之不得其傳，不遵其律，襯墊字多於本文，開合韻與之同押，平仄不一，句法亦粗。而又妄亂板行。……徒惑後人，皆不得其正。115

周德清〈自序〉云：

樂府之盛，之備，之難，莫如今時。其盛，則自縉紳及閭閻歌咏者眾；其備，則自關、鄭、白、馬一新製作，韻共守自然之音，字能通天下之語，字暢語俊，韻促音調；觀其所述，曰忠，曰孝，有補於世。其難，則有六字三韻：「忽聽」、「一聲」、「猛驚」是也。諸公已矣，後學莫及，何也？蓋其不悟聲分平、仄，字別陰、陽。夫聲分平、仄者，謂無入聲，以入聲派入平、上、去三聲也。作平者最為緊切，施之句中，不可不謹。派入三聲者，廣其韻耳，有才者本韻自足矣。字別陰、陽者，陰、陽字平聲有之，上、去俱無。上、去各止一聲，平聲獨有二聲：有上平聲，有下平聲。上平聲非指一東至二十八山而言，下平聲非指一先至二十七咸而言。前輩為《廣韻》，平聲多分為上下卷，非分其音也。殊不知平聲字字俱有上平、下平之分，但有有音無字之別，非一東至山皆上平，一先至咸皆下平聲也。……此自然之理也。妙處在此，初學者何由知之！116

114 〔元〕周德清：《中原音韻》，《中國古典戲曲論著集成》第一冊，頁一七三。

115 同上註，頁一七七－一七八。

116 同上註，頁一七五－一七六。

可見虞羅周三氏，大抵都認為在他們之時，元代的北曲已到了極盛賅備的情況；但因為異方殊音，如果不講求正音，如何能稱得上是樂府！所以編製一套正音的寶典，使初學者有所遵循，不致聲調失誤、韻協混淆，是有其必要的。而周氏更揭櫫其妙處在「平分陰陽，入派平上去」。而他所要講求的是要像關鄭白馬四大家的作品那樣，「韻共守自然之音，字能通天下之語，字暢語俊，韻促音調。」也因此，關漢卿、鄭光祖、白樸、馬致遠，便成了世人所謂的「元曲四大家」，著者有〈所謂「元曲四大家」〉評論之。[117]

而周氏既名其書稱《中原音韻》，虞集〈序〉又稱之為《中州音韻》，則更明白宣稱他是以今河南開封、鄭州、洛陽河洛一代的「中原」（中州）語音作為北曲的「正音」的，這種「正音」也正是關鄭白馬四大家作品所運用的語言。而由此也使我們肯定的認為北曲雜劇的源生地正是河南開封一帶的中原地區，因為劇種的源生必用當地語言。[118]

(2)《中原音韻》的韻部音標及其影響

《中原音韻》分十九韻部（附國際音標）：

①東鍾 uŋ、iuŋ　②江陽 aŋ、iaŋ、uaŋ
③支思 i　④齊微 i、uei、ei
⑤魚模 iu、u　⑥皆來 ai、iai、uai
⑦真文 an、ien、uen、yen　⑧寒山 an、ian、uan
⑨桓歡 on　⑩先天 ien、yen

[117] 見拙著：《參軍戲與元雜劇》（臺北：聯經出版社，一九九二），頁二二三－二三六。

[118] 參見拙作：〈也談「北劇」的名稱、淵源、形成和流播〉，《戲曲源流新論》，頁二三六。

⑪蕭豪 au、iau　⑫歌戈 o、uo
⑬家麻 a、ua、ia　⑭車遮 ie、ye
⑮庚青 iəŋ、əŋ、yəŋ、uəŋ　⑯尤侯 iou、ou
⑰侵尋 iəm、əm　⑱監咸 am、iam
⑲廉纖 iem

每韻之韻字依陰平、陽平、上聲、去聲分類，而入聲則派入三聲。

像這樣的《中原音韻》之編製，原是用來作為北曲的準繩，但是明代中葉以後至清代縱使南曲曲韻的著作有多種，而一般曲家也大抵以《中原音韻》為依歸。明代格律派開山祖沈璟乃襲魏良輔創作水磨調之薪傳，「每製曲，必遵《中原音韻》、《太和正音譜》諸書，欲與金元名家爭長」，[119]又倡導「入可代平，為獨泄造化之秘，又欲令作南曲者，悉遵《中原音韻》。」[120]凌濛初《譚曲雜劄》更云：「以伯英為開山，私相服膺，紛紜競作，非不東鐘、江陽，韻韻不犯，一稟德清。」[121]於是如明陳與郊《詅癡符．凡例》：「詞韻不得越周德清，猶詩韻不得越沈約。」[122]卜世臣《冬青記．凡例》：「《中原音韻》凡十九，是編上下卷，各用一週。」[123]明范文若

---

[119] 〔明〕沈德符：《顧曲雜言．張伯起傳考》，《中國古典戲曲論著集成》第四冊（北京：中國戲劇出版社，一九五九），頁二〇八。

[120] 〔明〕王驥德：《曲律》，《中國古典戲曲論著集成》第四冊，卷二〈論平仄第五〉，頁一〇五。

[121] 〔明〕凌濛初：《譚曲雜劄》，《中國古典戲曲論著集成》第四冊，頁二五四。

[122] 〔明〕陳與郊合四齣傳奇《寶靈刀》、《麒麟罽》、《鸚鵡洲》、《櫻桃夢》為《詅癡符》，收於《古本戲曲叢刊第二集》（上海：商務印書館，一九五五）。

《花筵賺・凡例》：「韻悉本周德清《中原》，不旁借一字。」[124]清孫郁《雙魚珮・凡例記畧・凡例》：「德清《中原音韻》原為北曲設，非以律南詞也，……乃近代作者多用周韻，茲仍舊。」[125]清左潢《蘭桂仙・凡例》：「今遵照《音韻》。……平聲必分陰陽，凡務頭所在，皆審呼吸填之。」[126]凡此皆可見魏、沈二大曲家後，《中原音韻》亦成南曲曲壇主流。而即此亦可見，崑山水磨調之所以盛行劇壇，所謂「崑劇」能成為劇壇主流，皆因其「語言」向官話靠攏的緣故。其後皮黃戲之所以能流播全國，也是同樣的道理。

而論者更謂「《中原音韻》未問世以前，所有的音韻學家，一直局限在對古代音韻的探索和追求；周德清大膽的突破了這一關，才開始了今音韻學一派，從實際生活中的語言進行研究。周德清提出以《中原音韻》作為『放之四海而皆準』的主張，對於近代的『官話』，確實具有較大的影響。」[127]

(3)周德清的曲論

《中原音韻》在十九韻部之後，有〈中原音韻正語作詞起例〉，包括字音的辨別、用字的方法、宮調及其所屬曲牌名目。而在其所舉十二宮調及其所屬三百三十五支曲牌中，可以看出宮調在周德清之時，已實存十二；元曲所用曲牌有三百三十五支。再觀察其曲牌之序列，亦可看出其與曲牌聯套之次第有密切之關係。

---

[123]〔明〕卜世臣：《冬青記》，收於《古本戲曲叢刊第二集》（上海：商務印書館，一九五五）。

[124]〔明〕范文若：《花筵賺》，收於《古本戲曲叢刊第二集》（上海：商務印書館，一九五五）。

[125]〔清〕孫郁：《雙魚珮》，朱傳譽主編：《全明傳奇續編》（臺北：天一出版社，一九九六），頁一。

[126]〔清〕左潢：《蘭桂仙》，《傳惜華藏古典戲曲珍本叢刊》第六九輯（北京：學苑出版社，二〇一〇，據清刻本影印），頁二，總頁三〇。

[127]〔明〕周德清：《中原音韻・提要》，《中國古典戲曲論著集成》第一冊，頁一七〇。

㈠作詞十法

而其〈作詞起例〉中最重要者，則是「作詞」十法：⑴知韻，⑵造語，⑶用事，⑷用字，⑸入聲作平聲，⑹陰陽，⑺務頭，⑻對耦，⑼末句，⑽定格。[128]這十法可說就是「德清曲論」的主體，其中關於「平仄聲調律」者有⑸、⑹、⑺、⑼四法，「協韻律」一法，「用字遣詞」者有⑵、⑷、⑺、⑻四法，其定格四十首可以說是「範例」，有如「曲選」，既可資評賞，亦可作「曲譜」觀。即此也可知周德清的曲論已關涉到「平仄聲調律」、「協韻律」、「用字遣詞」、「曲譜」等四方面。

他說：

> 凡作樂府，古人云：「有文章謂之樂府」。如無文飾者謂之俚歌，不可與樂府共論也。又云：「作樂府，切忌有傷於音律」。且如女真風流體等樂章，皆以女真人音聲歌之，雖字有舛訛，不傷於音律者，不為害也。大抵先要明腔，後要識譜，審其音而作之，庶無劣調之失。[129]

這是「作詞十法」的小引。他分曲為「樂府」和「俚歌」，與芝菴相同。樂府要明腔識譜，「審其音而作之」，可見曲已到了極為講求音律的時候。他論「知韻」謂「無入聲，止有平上去三聲。」論「入聲作平聲」謂「施於句中，不可不謹，皆不能正其音。」論「陰陽」謂曲中有「用陰字法」與「用陽字法」，不可不別。

另外還有所謂「務頭」，他說：

---

[128] 同上註，頁二三二－二五四。

[129] 同上註，頁二三一。

要知某調、某句、某字是「務頭」，可施俊語於其上。[130]

「務頭」之說為後來聚訟所在。明王驥德《曲律》釋之云：

務頭……係是調中最緊要句字，凡曲遇揭起其音，而宛轉其調，如俗之所謂「做腔」處，每調或一句，或二三句，每句或一字，或二三字，即是務頭。[131]

此說近是。周氏又論「造語」云：

可作：樂府語、經史語、天下通語。未造其語，先立其意，語、意俱高為上。短章辭既簡，意欲盡。長篇要腰腹飽滿，首尾相救。造語必俊，用字必熟。太文則迂，不文則俗，文而不文，俗而不俗。要聳觀，又聳聽，格調高，音律好，襯字無，平仄穩。

不可作：俗語、蠻語、謔語、嗑語、市語、方語、書生語、譏誚語、全句語、构肆語、張打油語、雙聲疊韻語、六字三韻語。[132]

可見周氏論曲中語言，雖然提出了「造語必俊，用字必熟。太文則迂，不文則俗，文而不文，俗而不俗。要聳

[130] 同上註，頁二三六。
[131] 〔明〕王驥德：《曲律》，《中國古典戲曲論著集成》第四冊，頁一一四。
[132] 〔明〕周德清：《中原音韻》，《中國古典戲曲論著集成》第一冊，頁二三一—二三三。

觀，又聳聽，格調高」講究雅俗調和格調高的說法，可以說切中了曲的本質和性格，其次他注意音律平仄也是曲這種音樂文學所必須具備的。總之，他論長短篇之曲的作法，除了「襯字無」一語有待商榷外，其他大抵允當；因為襯字的功用在於轉折、聯續、形容、輔佐，能使凝鍊含蓄的句意化開，變成爽朗流利的話語，有助於曲中「豪辣浩爛」的情致；曲之一大特色即在襯字之運用，若「襯字無」，則直如詞化之曲而已。又其論可作之語與不可作之語，雖亦大體不差，但文學語言之運用，其妙完全「存乎一心」。只要能使曲文機趣活潑，無論何等語言應當都可以使用。

其次周氏又從修辭學的觀點論造語，提出了四點禁忌：

語病：如「達不著主母機」。有答之曰：「燒公鴨亦可。」似此之類，切忌。

語澀：句生硬而平仄不好。

語粗：無細膩俊美之言。

語嫩：謂其言太弱，既庸且腐，又不切當，鄙猥小家而無大氣象也。[133]

這四點毛病確實應當避免。他又論「用事」謂「明事隱使，隱事明使。」論「用字」謂「切不可用生硬字，太文字，太俗字，襯墊字。」其論用事極有見地，而論用字則不可從。「襯墊字」即襯字，其不當已見前論。其他所謂「生硬字、太文字、太俗字」皆無一定標準可循，且曲中頗有故用生硬字以見奇峭者，亦有故用「太文」或「太俗」字以見機趣者。

[133] 同上註，頁二三三—二三四。

而他論「造語」已能注意到這些面向，其實是難能可貴的。

(乙)論務頭

「作詞十法」中學者爭論不休的是「務頭」之法。[134]其實周氏解釋和舉例已是很清楚。他又再說：

> 要知某調、某句、某字是「務頭」，可施俊語於其上，後注於定格各調內。[135]

即此可知所謂「務頭」，包含以下三種情況：其一，是套曲中之某一調；其二，是一支曲子中之某一句；其三，是某句中的某一字。這樣之某調、某句、某字皆應配合俊語；則「務頭」當為或句中之句眼，或調中之警句，或套數中之主曲。而所謂「務頭」者，就複詞結構而言，實為帶詞尾之複詞，「頭」者，詞尾也，有如子、兒等，本身並無意義。而「務」者，「必」也，意謂於此必須講究聲、韻、律，亦即此字或為此句中、此句或為此調中、此曲或為此套中之最為美聲者，曲中之主腔性格即由此而發，故亦必須配搭俊語，方能使聲情、詞情相得益彰。[136]

以下再從周氏定格四十首所標示之「務頭」來進一步觀察，茲錄其「評曰」中語如下。其所言及之字句，則補錄其中。

1. 仙呂【寄生草】：「虹蜺志」、「陶潛」是務頭。

---

[134] 見任中敏：《散曲叢刊・作詞十法疏證》（臺北：臺灣中華書局，一九八四），頁二三二—二三三。

[135] 〔明〕周德清：《中原音韻》，《中國古典戲曲論著集成》第一冊，頁二三六。

[136] 本人對「務頭」之解說，於臺大課堂上數十年來如此，若有人偶然與鄙說不謀而合，幸勿以「竊襲」相嘲。

2. 仙呂【醉中天】：第四句「美臉風流殺」、末句「洒松烟點破桃腮」是務頭。

3. 仙呂【醉扶歸】：第四句「揉痒天生鈍」、末句「索把拳頭揾」是務頭。

4. 仙呂【金盞兒】：妙在七字「黃鶴送酒仙人唱」，俊語也。況「酒」字上聲以轉其音，務頭在其上。

5. 中呂【迎仙客】：妙在「倚」字上聲起音，一篇之中，唱此一字，況務頭在其上。

6. 中呂【朝天子】：務頭在「人」字。

7. 中呂【紅繡鞋】：妙在「口」字上聲，務頭在其上。

8. 中呂【普天樂】：妙在「芙」字屬陽，取務頭、造語、音律、對偶、平仄皆好。又第八句「怕離別又早別離」是務頭。

9. 中呂【十二月、堯民歌】：務頭在【堯民歌】起句「怕黃昏忽地又黃昏」。

10. 中呂【四邊靜】：務頭在第二句「軟弱鶯鶯可曾慣經」及尾「好殺無乾淨」。「可（曾）〔憎〕」，俊語也。

11. 中呂【醉高歌】：妙在「點」、「節」二字上聲起音。務頭在第二句「幾點吳霜鬢影」及尾「晚節桑榆暮景」。

12. 南呂【罵玉郎】、【感皇恩】、【採茶歌】：妙在【罵玉郎】「長」字屬陽，「紙」字上聲起音，務頭在上，及【感皇恩】起句「織錦回文」至「斷腸人憶斷腸人」句上。按：據周氏語意，則此三支帶過曲之「務頭」，除【罵玉郎】之「長」字、「紙」字外，尚有【感皇恩】全支並跨越過【採茶歌】首三句為止，於理不合。疑「至」當作「與」，其下又脫漏【採茶歌】，亦即末句當作「及【感皇恩】起句與【採茶歌】『斷腸』句上。」

13. 正宮【醉太平】：務頭在三對「文章糊了盛錢囤，門庭改做迷魂陣，清廉貶入睡餛飩。」

14. 正宮【塞鴻秋】：貴在「卻」、「濕」二字上聲，音從上轉，取務頭也。

15. 商調【山坡羊】：務頭在第七句至尾「把團圓夢兒生喚起。誰？不做美。呸！卻是你！」

16. 商調【梧葉兒】：第六句「這其間」止用三字，歌至此，音促急，欲過聲以聽末句「殃及殺愁眉淚眼」，不可加也。兼三字是務頭，字有顯對展才之調。

17. 越調【凭闌人】：妙在「小」字上聲，務頭在上。

18. 雙調【沈醉東風】：妙在「楊」字屬陽，以起其音，取務頭。

19. 雙調【撥不斷】：務頭在三對「紅塵不向門前惹，綠樹偏宜屋上遮，青山正補墻頭缺。」

20. 雙調【慶東原】：「冷」字上聲，妙，務頭在上。

21. 雙調【雁兒落】、【德勝令】：務頭在【德勝令】起句「宜操七絃琴」。

22. 雙調【賣花聲】：俊詞也。務頭在對起「細研片腦梅花粉，新剝真珠豆蔻仁。」及尾「這孩兒那些風韻」。

23. 雙調【折桂令】：「安排」上「天地」二字，若得「去上」為上，「上去」次之，餘無用矣，蓋務頭在上。[137]

從周氏定格四十曲評中所述及之「務頭」，可觀察到以下諸種現象：

---

137 〔明〕周德清：《中原音韻》，《中國古典戲曲論著集成》第一冊，頁二四〇—二五二。

1.四十首定格有二十三曲論及「務頭」，十八首未涉及，可見「務頭」並非曲中定格所必備。

2.「務頭」一曲為一字者，有【金盞兒】、【迎仙客】、【朝天子】、【紅繡鞋】、【凭闌人】、【沈醉東風】、【慶東原】等七例。其所以為務頭，皆因聲調起音。

3.務頭一曲為二、三字者：【寄生草】有兩處各三字；【罵玉郎】與【塞鴻秋】皆有兩處各一字；【梧葉兒】有一處三字；【折桂令】有一處二字。此五例亦皆因聲調安置得體而為之「務頭」。

4.務頭一曲為一句者：有【堯民歌】、【德勝令】、【感皇恩】、【採茶歌】四例。

5.務頭一曲為一字一句者：有【普天樂】一例。

6.務頭一曲為二句者：有【醉中天】、【醉扶歸】、【四邊靜】、【醉高歌】等四例。

7.務頭一曲為三句者：有【醉太平】、【山坡羊】、【撥不斷】等三例。以上4.至7.務頭在句者，皆為曲中警句。

8.務頭在帶過曲中為一整支曲者：疑似有【感皇恩】一曲。

由以上八條看來，曲中務頭，果然在某調某句之某字、在某調之某句。某字者實為句眼，某句者實為警句。周氏〈造語・全句語〉云：

> 短章樂府，務頭上不可多用全句，還是自立一家言語為上；全句語者，惟傳奇中務頭上用此法耳。[138]

所謂「全句語」是指引用前人成句。今觀其定格諸例，亦果然如此。而由於周氏所舉套數止一套馬致遠〈秋思〉

---

[138] 同上註，頁二三二。

雙調【夜行船】，並未言及套中務頭，如有必是其中某調。而如欲就【夜行船】套舉一調為「務頭」，則必是【離亭宴揭指煞】，蓋其為彰明題旨之主曲也。

定格四十例「評曰」中有「務頭在某某」、「某某是務頭」與「某某取務頭」三種用語。蓋前二者但指出「務頭」所在之位置，而後者如「妙在『芙』字屬陽，取務頭。」「妙在『紙』字上聲起音，『扇』字去聲取務頭。」「妙在『楊』字屬陽，以起其音，取務頭。」則皆說明其所以為「務頭」之故。

而若再進一步觀察此定格四十首的批評取向，除其務頭所重視的起音發調和俊語警句外，其「評曰」所用的術語，主要還是聲調陰陽上去的運用配搭是否得體，和語言的造就是否俊逸，其他也還涉及一些命意、對偶，以及難得一見的章句承轉，也就是說，不出他「作詞十法」的主張。但無論如何，周德清已開啟了曲調分析批評的先河，他所運用的兩把主要鑰匙是音律與造語。

以上是就周德清《中原音韻》之內容而論述。其有關「務頭」者，尚有六段資料。

其一見於百二十回本《水滸全傳》第五十一回〈插翅虎枷打白秀英　美髯公誤失小衙內〉云：

（雷橫）便和那李小二逕到勾欄裡來看。只見門首掛著許多金字帳額，旗桿吊著等身靠背。入到裡面，便去青龍頭上第一位坐了。看戲臺上，卻做笑樂院本。……院本下來，只見一箇老兒裹著磕腦兒頭巾，穿著一領茶褐羅衫，繫一條皂絛，拿把扇子上來，開呵道：「老漢是東京人氏，白玉喬的便是。如今年邁，只憑女兒秀英，歌舞吹彈，普天下伏侍看官。」鑼聲響處，那白秀英早上戲臺，參拜四方。拈起鑼棒，如撒豆般點動，拍下一聲界方，念了四句七言詩，便說道：「今日秀英招牌上，明寫著這場話本，是一段風流蘊藉的格範，喚作《豫章城雙漸趕蘇卿》。」說了，開話又唱，唱了又說。合棚價眾人喝采不絕。雷橫坐在上面，看那婦人時，果然是色藝雙絕。但見……那白秀英唱到務頭，這白玉喬按喝道：「雖無買馬博金藝，要動聰明鑑事人。看官喝采是過去了。我兒！且回一回，下來便是襯交鼓兒院本。」[139]

由這段文字可見《水滸傳》在其成書的元末明初江湖說唱藝人做場的情形。白秀英做場時，顯然是以說唱《豫章城雙漸趕蘇卿》為主，前面做一段「笑樂院本」招徠觀眾引場，後面做一段「襯交鼓兒院本」，可能作為散場。在白秀英「唱到務頭」時，她父親便出來「按喝」，「按喝（呵）」對「開呵」、「收呵」而言，三者各用於開場、場中、收場。場中「按喝」於「唱到務頭」之時，顯然那是唱到最精采最高潮動聽的地方。而由此也可見，所謂「務頭」皆見於歌唱，無論其載體為清曲、為說唱、為戲曲。

其二，王驥德《曲律・論務頭第九》云：

> 務頭之說，《中原音韻》於北曲臚列甚詳，南曲則絕無人語及之者。然南北一法。係是調中最緊要句子，凡曲遇揭起其音，而宛轉其調，如俗之所謂「做腔」處，每調或一句、或二三句，每句或一字、或二三字，即是務頭。《墨娥小錄》載務頭調侃曰「喝采」。又詞隱先生嘗為余言：「吳中有『唱了這高務』語，意可想矣」。舊傳【黃鶯兒】第一七字句是務頭，以此類推，餘可想見。古人凡遇務頭，輒施俊語，或古人成語一句其上，否則詆為不分務頭，非曲所貴，周氏所謂如眾星中顯一月之孤明也。涵虛子有《務頭集韻》三卷，全摘古人好語，輯以成之者。弇州嗤楊用修謂務頭為「部頭」，蓋其時已絕此法。余嘗謂詞隱南譜中，不斟酌此一項事，故是缺典。今大略令善歌者，取人間合律腔好曲，反覆歌唱，諦其曲折，

[139] 〔明〕施耐庵：《水滸傳》上冊（臺北：聯經出版社，一九八七），頁六八八－六九〇。

以詳定其句字，此取務頭一法也。[140]

分析這段話，可知：周德清之後、王驥德之前，論及「務頭」者有：

1. 涵虛子（朱權）的《務頭集韻》，因為它是「摘古人好語輯以成之者」，顯然合乎周氏「要知某調、某句、某字是『務頭』，可施俊語於其上」之說，亦應就北曲而言。
2. 「弇州嗤楊用修謂務頭為部頭」，見王世貞《曲藻》，[141]可知明嘉靖間，時人如楊慎者，已不知「務頭」為何物。
3. 詞隱先生沈璟雖向王氏說過「吳中有『唱了這高務』」語，意謂南曲中也有揭高其腔的「務頭」，但其《南曲譜》並未論及，可見沈璟對務頭並不很在行。
4. 《墨娥小錄》不知何人所著，謂務頭為聽眾「喝采」處，可見指曲調做腔動聽之處。
5. 王氏對於「務頭」的說法，應是揣摩周氏語意而來，亦大抵不差，但他忽略了套中或帶過曲中某調亦可以為務頭；至其為南曲調中判斷「取務頭」的方法，也是從其「腔律」之最講究處揣摩而來。而無論如何，王氏是認為南曲有如北曲，同樣有「務頭」。

其三，李漁《閒情偶寄・詞曲部・音律第三》「別解務頭」條云：

> 填詞者，必講「務頭」。然「務頭」二字，千古難明。……予謂「務頭」二字，既然不得其解，只當以不解解之。曲中有「務頭」，猶棋中有眼，有此則活，無此則死。進不可戰，退不可守者，無眼之棋，死棋

[140] 〔明〕王驥德：《曲律》，《中國古典戲曲論著集成》第四冊，頁一一四。

[141] 〔明〕王世貞《曲藻》：「楊用修乃謂務頭為部頭，可發一笑。」《中國古典戲曲論著集成》第四冊，頁二八。

也；看不動情，唱不發調者，無「務頭」之曲，死曲也。一曲有一曲之「務頭」，一句有一句之「務頭」。字不聱牙，音不泛調，一曲中得此一句即全曲皆靈，一句中得此一二字，即使全句皆健者，「務頭」也。由此推之，則不特曲有「務頭」，詩詞歌賦以及舉子業，無一不有「務頭」矣。[142]

笠翁李漁認為周德清對「務頭」的解釋已是不清不楚，已經不得其解，使得「千古難明」，但它又是填詞者所必須講求的，所以他嘗試以棋中的「活眼」來比喻它、解釋它；並由此而推及詩詞歌賦乃至八股文都應當有「務頭」。

其四，孔尚任《桃花扇》第二齣〈傳歌〉云：

（淨旦對坐唱介）【皂羅袍】原來姹紫嫣紅開遍，似這般都付與斷井頹垣。良辰美景奈何天，（淨）錯了錯了！美字一板，奈字一板，不可連下去。另來！另來！良辰美景奈何天，賞心樂事誰家院。朝飛暮卷，雲霞翠軒，雨絲風片，（淨）又不是了，絲字是務頭，要在嗓子內唱。雨絲風片，烟波畫船，錦屏人，忒看得韶光賤。（淨）妙妙，是得狠了，往下來。[143]

此齣為明末清初曲家蘇崑生教秦淮名妓李香君唱崑曲《牡丹亭》。據此可見當時唱南曲，果然是講究「務頭」的。但清初精於傳奇的李漁，已說「務頭」不得其解，只好揣摩別解，則在他之後，縱使尚有人論說其事，至多也是「揣摩」而已，似乎可以置之不論矣。但經上文的排比分析，又似乎頗能得周德清所謂「務頭」之要旨，

[142] 〔清〕李漁：《閒情偶寄》（臺北：明文書局，二〇〇二），頁三六－三七。

[143] 〔清〕孔尚任：《桃花扇》（臺北：臺灣商務印書館，一九六八），頁一一二。

讀者據此領略，應大抵不差。

其五，黃振（一七二四—一七七二後）《石榴記・凡例四》：

每曲中有上去字，有去上字，斷不可移易者，遍查古本，無不吻合，乃發調最妙處。前人每於此加意取合「務頭」，余惟恪守陳規，不敢稍有師心。[144]

則至清乾隆間，尚有黃振以曲中上去、去上不可移易之處，因其發調最妙而謂之為「務頭」。

其六，羅宗信〈中原音韻序〉：

世之共稱唐詩、宋詞、大元樂府，誠哉！學唐詩者，為其中律也；學宋詞者，止依其字數而填之耳；學今之樂府，則不然，儒者每薄之。愚謂：迂闊庸腐之資無能也，非薄之也；必若通儒俊才，乃能造其妙也。其法四聲無入，平有陰陽，每調有押三聲者，有各押一聲者，有四字二韻、六字三韻者，皆位置有定，不可倒置而逆施，愈嚴密而不容於忽易，雖毫髮不可以間也。當其歌詠之時，得俊語而平仄不協，平仄協語則不俊，必使耳中聳聽、紙上可觀為上，大非止以填字而已，此其所以難於宋詞也。[145]

羅宗信在此已初步論及詩詞曲律之難易，他的結論是元曲最難。而若細繹其所持之立論依據，則皆出諸周德清曲論，實已關涉到「平仄聲調律」、「協韻律」、「用字遣詞法」、以及「曲調範例」的曲譜雛型」。其對後世曲

144 〔清〕黃振：《石榴記》，《傳惜華藏古典戲曲珍本叢刊》第四六冊〈凡例〉（北京：學苑出版社，二〇一〇年據清乾隆柴灣村舍家刻本影印），頁二，總頁五五。

145 〔元〕周德清：《中原音韻》，收入俞為民、孫蓉蓉主編：《歷代曲話彙編・唐宋元編》，頁二三一。

論和曲學的影響是很大的。

2. 鍾嗣成《錄鬼簿》

《錄鬼簿》二卷，元代戲曲家鍾嗣成著。鍾嗣成字繼先，號醜齋。原籍大梁（現在河南開封），後寄居杭州，所以師友很多是杭州人。從《錄鬼簿》可知，他是鄧善之、曹克明、劉聲之的受業弟子。元代戲曲作家趙良弼、屈恭之、劉宣子、李齊賢，都是他的同窗學友。他以明經屢試於有司，不能得遇，因之杜門家居，從事戲曲著述的生活。他所編製的雜劇，現在能夠考知的，有：《寄情韓翃章臺柳》、《讒貨賂魯褒錢神論》、《宴瑤池王母蟠桃會》、《韓信泜水斬陳餘》、《漢高祖詐遊雲夢》、《孝諫鄭莊公》、《馮驩焚券》，共七種，今天都已失傳不見。據明初賈仲明《錄鬼簿續編》說，[146]這些雜劇作品：「皆在他處按行，故近者不知，人皆易之。」散曲方面，所作的套數小令，也很是膾炙人口，但當時沒有保存原稿，所以未能成編，流傳後世；只在戲曲選集或曲譜裡，如：《太平樂府》、《樂府羣玉》、《雍熙樂府》、《北詞廣正譜》等書，還保存選錄了一部分作品。

他除了戲曲作品以外，並且擅長於隱語的編製。著作還有文集若干卷，原稿藏在家中，可惜沒能夠刻印流傳下來。同時的戲曲作家施惠、睢景臣、周文質、陳無妄、朱凱、吳朴、李顯卿、朱經等人，都是他的同道友好。《錄鬼簿續編》的作者，曾經稱譽鍾嗣成的為人：「德業輝光，文行溫潤，人莫能及。」他的生卒年代，約在元世祖至元十六年（一二七九）到元順帝至正二十年（一三六〇）間。

《錄鬼簿》一書豐富的記載了中國戲曲最稱繁盛時期的元代的書會才人、「名公士夫」的戲曲、散曲作家的生平事蹟和作品目錄。全書包括作家小傳一百五十二人，作品名目四百餘種。初稿完成在元至順元年（一三三

[146] 參見拙作：〈《錄鬼簿續編》應是賈仲明所作〉，《戲曲研究》二〇一四年第二期，頁一二一—一三二。

〇），不久，作者鍾嗣成又在元統、至正年間訂正過二次。到明初時，戲曲作家賈仲明將鍾嗣成原著，重為增補，比較原著內容又豐富了若干。這部有關戲曲史的專著，在今天所能見到的鈔本或刻本，以及石印本、排印本，根據它的內容，大約可以分為：鍾嗣成《錄鬼簿》的原著，明人增補的《錄鬼簿》，近人校注的《錄鬼簿》三類。[147]

元至順元年（一三三〇）鍾嗣成《錄鬼簿》序云：

> 人之生斯世也，但以已死者為鬼，而不知未死者亦鬼也。酒罌飯囊，或醉或夢，塊然泥土者，則其人與已死之鬼何異？……獨不知天地開闢，亘古及今，自有不死之鬼在。何則？聖賢之君臣，忠孝之士子，小善大功，著在方冊者，日月炳煥，山川流峙，及乎千萬劫無窮已，是則雖鬼而不鬼者也。余因暇日，緬懷故人，門第卑微，職位不振，高才博識，俱有可錄，歲月彌久，湮沒無聞，遂傳其本末，弔以樂章；復以前乎此者，敘其姓名，述其所作，冀乎初學之士，刻意詞章，使冰寒於水，青勝於藍，則亦幸矣。名之曰《錄鬼簿》。嗟乎！余亦鬼也。使已死、未死之鬼，作不死之鬼，得以傳遠，余又何幸焉。[148]

鍾嗣成將人皆視作「鬼」，有已死之鬼、未死之鬼、不死之鬼。他認為不止聖賢忠孝之人、有事功永垂不朽者雖鬼而不鬼，即使是門第卑微、職位不振的高才博識之士，只要有作品傳世，便是「不死之鬼」。他的《錄鬼簿》便是要記錄這些不死之鬼，使之得以傳遠。而他所記錄的正是元代最繁盛時期的書會才人和名公士夫的戲曲、

[147] 上述三段參見〔元〕鍾嗣成：《錄鬼簿》，《中國古典戲曲論著集成》第二冊〈《錄鬼簿》提要〉（北京：中國戲劇出版社，一九五九），頁八七－一〇一。

[148] 〔元〕鍾嗣成：《錄鬼簿》，《中國古典戲曲論著集成》第二冊，頁一〇一。

散曲作家的生平事蹟和作品目錄。他將這些作家都視為「不死之鬼」，則事實上也提升和肯定了元曲的文學地位。

至順元年（一三三〇）九月朱士凱〈錄鬼簿後序〉云：

文以紀傳，曲以弔古，使往者復生，來者力學，《鬼簿》之作，非無用之事也。大梁鍾君，名嗣成，字繼先，號醜齋。善之鄧祭酒、克明曹尚書之高弟。累試於有司，命不克遇，從吏則有司不能辟，亦不屑就。故其胸中耿耿者，借此為喻，實為己而發也。樂府小曲，大篇長什，傳之於人，每不遺藁，故未能就編焉。如《馮諼收券》、《詐遊雲夢》、《錢神論》、《斬陳餘》、《章臺柳》、《鄭莊公》、《蟠桃會》等，皆在他處按行，故近者不知，人皆易之。君之德業輝光，文行浥潤，後輩之上，奚能及焉？噫！後之視今，亦猶今之觀昔也。日居月諸，可不勉旃！至順元年九月吉日朱士凱序。[149]

據此可見鍾氏之生平為人，亦可知其《鬼簿》之作，實有以發胸中之耿耿者。

《錄鬼簿》卷上記錄「前輩已死名公，有樂府行於世者」董解元等三十人，「方今名公」郝新庵左丞等十人，「前輩已死名公才人，有所編傳奇行於世者」關漢卿等五十六人。卷下記錄「方今已亡名公才人，余相知者，為之作傳，以凌波曲弔之」宮天挺等十九人，「已死才人不相知者」胡正臣等十一人，「方今才人相知者，紀其姓名行實并所編」黃公望等二十一人，「方今才人，聞名而不相知者」高可適等四人，合計一百五十二人，作品名目四百餘種，這不止是今日研究元代戲曲和金元文學的寶貴史料，而且其間也頗涉作家生平及其創作之

[149] 同上註，頁一三八。

批評，茲舉其評語如下：

其評「方今名公」（有樂府行於世者）云：

蓋文章政事，一代典型，乃平日之所學，而歌曲詞章，由於和順積中，英華自然發外。……蓋風流蘊藉，自天性中來。150

其評宮天挺云：（前為小傳文字，後為弔曲【凌波仙】文字，下同）

見其吟詠文章筆力，人莫能敵。樂章歌曲，特餘事耳。

先生志在乾坤外，敢嫌天地窄。更辭章、壓倒元白。憑心地，據手策。數當今、無比英才。151

其評鄭光祖云：

公之所作，不待備述，名香天下，聲振閨閣，伶倫輩稱「鄭老先生」，皆知其為德輝也。惜乎所作，貪於俳諧，未免多於斧鑿，此又別論焉。

乾坤膏馥潤肌膚，錦繡文章滿肺腑，筆端寫出驚人句。番騰今共古，占詞場、老將伏輸。《翰林風月》、《梨園樂府》，端的是、曾下工夫。152

150 同上註，頁一〇四。
151 同上註，頁一一八。
152 同上註，頁一一九。

其評金仁傑云：

所述雖不駢麗，而其大槩，多有可取焉。153

其評范康云：

明性理，善講解。能詞章，通音律。因王伯成有《李太白貶夜郎》，乃編《曲江池杜甫遊春》。一下筆即新奇，蓋天資卓異，人不可及也。

詩題鴈塲寫秋空，酒滿觥、船棹晚風，詩籌酒令閒吟詠。占文場，第一功。掃千軍、筆陣元戎。龍蛇夢，狐兔蹤。半生來、彈指聲中。154

其評沈和云：

能詞翰，善談謔。天性風流，兼明音律。以南北調合腔，自和甫始，如〈瀟湘八景〉、〈歡喜冤家〉等曲，極為工巧。

五言嘗寫和陶詩，一曲能傳冠柳詞。……是梨園南北分司。155

其評鮑天祐云：

153 同上註，頁一二〇。
154 同上註，頁一二〇。
155 同上註，頁一二一—一二二。

其編撰多使人感動詠嘆。余與之談論節要，至今得其良法。才高命薄，今猶古也。

平生詞翰在宮商，兩字推敲付錦囊。聳吟肩、有似風魔狀。苦勞心、嘔斷腸，視榮華、總是乾忙。談音律，論教坊，唯先生、占斷排場。[156]

其評陳存甫云：

能博古，善謳歌，其樂章間出一二，俱有駢麗之句。[157]

其評施惠云：

吳山風月收拾盡，一篇篇字字新。[158]

其評黃天澤云：

公有樂府，播於世人耳目，無賢愚皆稱賞焉。[159]

其評沈拱云：

[156] 同上註，頁一二二。

[157] 同上註，頁一二二。

[158] 同上註，頁一二三。

[159] 同上註，頁一二四。

掀髯得句細推敲，舉筆為文善解嘲，天生才藝藏懷抱。[160]

其評趙良弼云：

公討論經史，酬唱詩文，及樂章小曲，隱語傳奇，無不究意。所編《梨花雨》其詞甚麗。

閑中袖手刻新詞，醉後揮毫寫舊詩，兩般總是龍蛇字。[161]

其評廖毅云：

時出一二舊作，皆不凡俗。如【越調】「一點靈光」，借燈為喻；仙呂【賺煞】曰：「王魁淺情，將桂英薄倖，致令得潑煙花不重俺俏書生。」發越新奇，皆非蹈襲。[162]

其評睢景臣云：

心性聰明，酷嗜音律。維揚諸公，俱作〈高祖還鄉〉套數，惟公【哨遍】製作新奇，諸公者皆出其下。又有南呂【一枝花】〈題情〉云：「人間燕子樓，被冷鴛鴦錦，酒空鸚鵡盞，釵折鳳凰金。」亦為工巧，人所不及也。[163]

---

[160] 同上註，頁一二四。
[161] 同上註，頁一二五。
[162] 同上註，頁一二六。
[163] 同上註，頁一二七。

其評周文質云：

學問該博，資性工巧，文筆新奇。……善丹青，能歌舞，明曲調，諧音律。[164]

其評錢霖云：

其自作樂府，有《醉邊餘興》，詞語極工巧。[165]

其評曹明善云：

有樂府，華麗自然，不在小山之下。[166]

其評屈子敬云：

樂章華麗，不亞於小山。[167]

其評高克禮云：

[164] 同上註，頁一二八。

[165] 同上註，頁一三三。

[166] 同上註，頁一三三。

[167] 同上註，頁一三四。

小曲、樂府，極為工巧，人所不及。[168]

其評王庸云：

其製作，清雅不俗，難以形容其妙趣，知音者服其才焉。[169]

其評蕭德祥云：

凡古文俱隱括為南曲，街市盛行，又有南曲戲文等。[170]

其評王曄云：

能詞章樂府，臨風對月之際，所製工巧。[171]

從鍾氏《錄鬼簿》所載小傳與【凌波仙】弔曲中之評語稍作歸納分析，可知其小傳所提供的作家生平資料，可使我們知人論事，而其好用比較法論曲家之地位，則頗見篇章。如：

宮天挺：文章筆力，人莫能敵。更辭章、壓倒元白。

[168] 同上註，頁一三四。
[169] 同上註，頁一三四。
[170] 同上註，頁一三四－一三五。
[171] 同上註，頁一三五。

鄭光祖：名香天下，聲振閨閣。占詞場、老將伏輸。

范康：占文場，第一功。掃千軍、筆陣元戎。

沈和：一曲能傳冠柳詞。

鮑天祐：談音律，論教坊，唯先生、占斷排場。

曹明善：有樂府，華麗自然，不在小山之下。

屈子敬：樂章華麗，不亞於小山。[172]

至其論曲，則講究鍊字句者稱「細推敲」、「工巧」，其不佳者謂之「蹈襲」、「斧鑿」。言其情味，則謂之「俳諧」或「妙趣」。亦講音律，但云「明音律」、「諧音律」。而以論曲之風格為主要，依次當為駢儷、華麗、華麗自然、新、新鮮、新奇、清雅不俗。至於所謂「節要」、「排場」則偶一為之而已。

總而言之，鍾嗣成對於曲家曲作已稍涉批評，重其筆力，賞其新奇；講究自然清麗，而忌蹈襲與斧鑿。惜乎對於戲曲之「節要」、「排場」未能多所注意。

3.賈仲明《錄鬼簿續編》

元人鍾嗣成《錄鬼簿》，其天一閣舊藏的「明藍格鈔本」，在明初賈仲明補作的【淩波仙】弔詞後，附有《錄鬼簿續編》。此書記載元明間戲曲、散曲家簡歷、劇目；其內容體例和鍾氏《錄鬼簿》大致相同。但不劃分作家時代、不作輓詞。所著錄作家，起鍾嗣成至戴伯可，共七十一人，雜劇作品七十八種。另無名氏雜劇作品七十八種。為研究元明雜劇最為重要之史料。只是此書未題作者姓名，亦無序文題跋，所以作者不詳。

[172] 以上所引諸家評語，同上註，頁一一八－一二二、一二三－一三四。

然而由於此書附在賈仲明增補本《錄鬼簿》後面，因此一般都視此書應出諸賈仲明之筆。而著者就相關資料進一步觀察，亦認為此書應是賈氏所作。為此請先看賈仲明相關的兩段資料。

(1)兩段資料

其一，賈仲明〈書《錄鬼簿》後〉：

余因兩窗逸興，觀其前代故元夷門高士醜齋繼先鍾君所編《錄鬼簿》，載其前輩玉京書會燕趙才人，四方名公士夫，編撰當代時行傳奇、樂章、隱語、比詞源諸公卿士大夫，自金之解元董先生，并元初漢卿關己齋叟已下，前後凡百五十一人，編集于簿。前有董解元等，皆省院臺部翰苑路府要路（當作吏）、公卿大夫者四十四人，未紀挽詞為弔。又編集傳奇名公，自關先生等五十六人，惟紀其所編傳奇，亦未弔之；與鍾君相知者，自宮大用以下一十八人，皆作其傳，各各以【凌波仙】曲弔挽；已後才人與先生不相識者，王思順等三十三人，止列其姓名，書其學問，俱無詞弔之。余雖才淺名輕，不捨先生盛文高韻，美乎前輩諸賢大夫名公士出處文學列于簿，凡宮大用等已弔之，餘者皆無文焉。余之暮年衰耄，首先公卿大夫四十四人，未敢相挽；自關先生至高安道八十二人，各各勉強次前曲以綴之。嗚呼！未敢于前輩中馳騁，未免拾其遺而補其缺；以此言之，正所謂附驥續貂云也。愧哉！永樂二十年壬寅中秋淄川八十雲水翁賈仲明書于怡和養素軒。[173]

賈氏這篇〈後記〉說明其就鍾嗣成《錄鬼簿》中關漢卿至高安道八十二人，為之補作【凌波仙】弔詞的緣由。

[173] 引自《《錄鬼簿》提要》，《中國古典戲曲論著集成》第二冊，頁九七－九八。

其二，《錄鬼簿續編・賈仲明》：

> 山東人。天性明敏，博究群書。善吟咏，尤精於樂章隱語，嘗侍文皇帝於燕邸，甚寵愛之。每有宴會，應制之作無不稱賞。公丰神秀拔，衣冠濟楚，量度汪洋，天下名士大夫，咸與之相交。自號雲水散人。所作傳奇樂府極多，騈麗工巧，有非他人之所及者。一時儕輩，率多拱手敬服以事之。後徙居蘭陵，因而家焉。所著有《雲水遺音》等集行於世。[174]

這是賈仲明最詳細的生平資料。舊題朱權《太和正音譜・古今群英樂府格勢》評其詞「如錦帷瓊筵」，[175]其姓名作「賈仲名」，當據其〈書《錄鬼簿》後〉自署，作「賈仲明」為是。其劇作《正音譜》僅錄《金童玉女》一種，《續編》則錄有十四種，拙著《明雜劇概論》[176]考證為十七種，存六種，佚十一種。現存的為《荊楚臣重對玉梳記》、《蕭淑蘭重對菩薩蠻》、《李素蘭風月玉壺春》、《鐵拐李度金童玉女》、《呂洞賓桃李昇仙夢》、《山神廟裴度還帶》等六種，已失傳的為《紫竹瓊梅雙坐化》、《上林苑梅杏爭春》、《花柳仙姑調風月》、《癩曹司七世冤家》、《丘長春三度碧桃花》、《正性佳人雙獻頭》、《湯汝梅秋夜蕪山怨》、《順時秀月夜蕪山夢》、《志烈夫人節婦牌》、《屈死鬼雙告狀》、《童馬心猿》等十一種。

(2) 六點現象

從以上賈仲明之生平為人與劇作，給我們的印象是：他既能為鍾繼先補作八十二首【凌波仙】弔詞，那麼

---

[174] 〔明〕無名氏：《錄鬼簿續編》，《中國古典戲曲論著集成》第二冊，頁二九二。

[175] 〔明〕朱權：《太和正音譜》，《中國古典戲曲論著集成》第三冊（北京：中國戲劇出版社，一九五九），頁二三。

[176] 拙著：《明雜劇概論》（臺北：學海出版社，一九九九），頁三七。

再為他的《錄鬼簿》作《續編》的可能性自然很大。而我們如果仔細進一步加以分析觀察，更有以下六點現象指向《續編》的作者應是賈仲明。論述如下：

其一，根據賈氏〈書《錄鬼簿》書後〉，賈氏生於元至正三年（一三四三），卒於明永樂二十年（一四二二）八十歲之後。其生存年代與《錄鬼簿續編》作者所述與其中戲曲作家往還年代相符。如羅貫中小傳：「與余為忘年交。至正甲辰（二十四年，一三六四）復會，別來又六十餘年（一四二二）。」汪元亨小傳：「至正中（一三四一—一三六七），與余交于吳門。」楊景賢小傳：「與余交五十年。永樂初（一四〇三—一四二四），與舜民一般遇寵。」可知該作者生於元順帝至正至明成祖永樂間。正與賈仲明同時。且賈仲明與楊景賢、羅貫中同為明初十六子，同「遇寵」於明成祖。

其二，賈仲明補【淩波仙】弔詞只見於天一閣舊藏明藍格鈔本《錄鬼簿》，而此《續編》亦然，即附在其後。

其三，《續編》以鍾繼先為首，小傳之言頗似出諸賈氏之口。

其四，賈氏自號「雲水翁」，又有《雲水遺音》等等，所以稱「雲水」者，蓋以其嘗居杭州西湖。而《續編》中亦每每言及之。如《續編》於「邾仲誼」下有云：「交余甚深，日相游覽湖光山色於蘇堤林墓間，吟咏不輟於口。」則作者曾居西湖。於「陸進之」亦云：「與余在武林，會于酒邊花下。」於「花士良」下謂「天兵下浙西。」則以洪武為宗。「虎伯恭」謂「與余為忘年交，……當時錢塘風流人物。」「丁仲明」下云「此三先生與余交往五十年，今皆已矣。臨風對月，老懷不無所感也。」「楊彥華」下記及永樂初事。凡此皆可見作者曾居杭州西湖，其時代及於明永樂間，正與賈氏相合。

其五，《續編》賈仲明「小傳」謂「公丰神秀拔，衣冠濟楚，量度汪洋，天下名士大夫，咸與之相交」，就

《續編》所記而言，則有1.羅貫中（太原人。與余為忘年交。至正甲辰復會，別來又六十餘年，竟不知其所終。）2.汪元亨（饒州人。與余交于吳門。）3.邾仲誼（名經。隴人。交余甚深，日相游覽湖光山色於蘇堤林墓間，吟咏不輟於口。）4.陸進之（與余在武林，會于酒邊花下。）5.湯舜民（象山人。與余交久而不衰。文皇帝在燕邸時，寵遇甚厚。永樂間，恩賚常及。）6.楊景賢（名暹，後改名訥。故元蒙古氏。與余交五十年。永樂初，與舜民一般遇寵。）7.李唐賓（廣陵人。與余交久而敬。淮南省宣使。）8.劉君錫（時與邢允恭友讓暨余輩交。）9.劉士昌（洪武初，與余相識。）10.王景榆（女真人。完顏氏。故元時……與余交久而敬。）11.虎伯恭（西域人。與余為忘年交，不時買舟載酒，作湖山之遊。）12.王彥中、徐景祥、丁仲明（皆錢塘人。此三先生與余交往五十年，今皆已矣。臨風對月，老懷不無所感也。）凡此已可概見，《續編》之作者交遊廣闊，正合賈氏平生「天下名士大夫，咸與之相交」，而其中又每言「與余交久而敬」，亦正與賈仲明傳中「一時儕輩，率多拱手敬服以事之」相應。則《續編》之作者，似可呼之而為賈仲明矣！

其六，賈仲明所「補《錄鬼簿》【凌波仙】弔詞」計八十二人；其有評語者止十七家，由其「評語」，可觀察到其批評北曲雜劇之概念為：

1.對於作家之地位頗為重視：如評關漢卿「驅梨園領袖，總編修師首，捻雜劇班頭。」評庾吉甫「戰文場一大儒。」評馬致遠「萬花叢裡馬神仙，百世集中說致遠，四方海內皆談羨。戰文場曲狀元，姓名香貫滿梨園。」評王實甫「士林中等輩伏低。新雜劇，舊傳奇，《西廂記》天下奪魁。」評張時起「與高文秀同閈里，同齋同筆。」

2.著眼於作家之語言：如評關漢卿「珠璣語唾自然流，金玉詞源即便有。」評庾吉甫「語言脫洒不麄疎。上紅筆沒半點塵俗。尋章摘句，騰今換古，噀玉噴珠。」評花李郎「樂府詞章性。」評趙公輔「尋新句，摘舊章。」評張壽卿「敲金句。」

3.著眼於作品之音律：如評趙公輔「按譜依腔。」評李子中「音律和諧。」評陳寧甫「曲調鮮。」評張壽卿「擊玉聲。」

4.觀察到作家的風格：如評庾吉甫「翰墨清新果自如。」評王實甫「作詞章，風韻美。」評王仲文「曲調清華。」評秦簡夫「壯麗無比。」

5.欣賞作家的才情：評關漢卿「玲瓏肺腑天生就。」評白仁甫「洗襟懷剪雪裁冰。」評庾吉甫「胸懷倜儻多清楚。」評花李郎「風月才純」。評王仲文「才思相兼關鄭馬。」評張壽卿「論才情壓倒群英。」

6.論及劇本的關目：如評王仲文《不認屍》關目嘉。」評陳寧甫「《兩無功》錦繡風流傳，關目奇。」

此外或論作品數量，如評高文秀「除漢卿一個，將前賢踈駁，比諸公么末極多。」或論及雜劇之盛世，如評狄君厚「元貞大德秀華夷，至大皇慶錦社稷，延祐至治承平世。養人才編傳奇，一時氣候雲集。」又如評李時中「元貞書會李時中、馬致遠、花李郎、紅字公，四高賢合捻《黃粱夢》。」

以上賈仲明【淩波仙】所用批評詞彙如下：

1.語言自然
2.翰墨清新
3.共庾白關老齊肩
4.尋新句摘舊章
5.按譜依腔
6.關目奇

7. 曲調鮮
8. 整齊
9. 壯麗
10. 聲價雲雷震九垓

可見其講究在語言、音律、關目、曲調、聲名五方面，而以語言、音律為主。

其次《續編》有三十五人皆於隱語樂府有所作。但止賈仲明言及「傳奇」，而鍾繼先以下十九人雖皆錄「傳奇」劇目，傳中卻皆不述及，可怪也。蓋所云「傳奇」實指「北曲雜劇」，樂府則指其有文章者之散曲，而隱語則當如今日之所謂「謎語」。而若觀察其評語之概念，較之賈仲明之補《錄鬼簿》【凌波仙】弔詞，則：

1. 其言及作家之地位者，如：鍾繼先「德業輝光，文行溫潤，人莫能及。」楊景賢「樂府出人頭地」，劉君錫「隱語為燕南獨步」，周德清之《中原音韻》「迺天下之正音」，周德清之詞「實天下之獨步」，劉廷信「南呂等作，語極俊麗，舉世歌之」，金文石「名公大夫、伶倫等輩，舉皆嘆服」。
2. 其言及作品之語言者，如：湯舜民「語皆工巧」，劉廷信「語極俊麗」，劉東生「極駢麗」，賈仲明「駢麗工巧」，李唐賓「樂府俊麗」，夏伯和「文章妍麗」。
3. 其言及作品之音律者，如：鍾繼先「善音律」，賈伯堅「諧音律」。
4. 其言及風格者，如：谷子敬「極為工巧」，徐孟曾「樂府尤工」。

由以上四條，亦可見《續編》與賈氏所補弔詞之評論觀點大抵相同。

若此，由以上所述的六點現象，可說已從多面向加以觀察，則《續編》之作者應以賈仲明為是，應當接近事實而不是憑空揣想的。

(3)反對者之三點理由

可是持反對意見的也有，如姚玉光〈論《錄鬼簿》的作者非賈仲明〉所持理由有以下三點：

其一，《錄鬼簿續編》中出現賈仲明自己的名字，對賈仲明的介紹疑點頗多：(1)從口氣上是在介紹一位自己欣賞甚至崇拜的人。(2)有自詡之嫌。(3)未提增補過《錄鬼簿》。

其二，書中所記賈仲明，未提及為《錄鬼簿》補寫《續編》，與賈仲明本人行事方式不合。

其三，《錄鬼簿續編》在寫法上沒有弔詞，不合賈氏著作習慣。[177]

這三個觀點看似有理，但不難解釋。

對於第一點：作家如果自負才名，往往有「當仁不讓」的現象。著作中自稱名字，如《太和正音譜》中不止有「丹丘先生曰」之語，而且其所舉「樂府體式十五家」，第一體便是「丹丘體」，「國朝三十三本」中亦以「丹丘先生」為首，豈不也有自詡之嫌？又清初高奕《傳奇品》，也把自己作的傳奇十四種列入，且自我評價，言之津津，有如他人稱賞而了不以為怪。所以這種在著作中自我揄揚情況，至多只能說不太合乎行文體例，而不能說以此就否定其為作者這一事實。至於未提增補過《錄鬼簿》，也許當時尚未進行增補；也許已經增補，但為行文一時所不及，更不能以此為理由來作為否定的藉口。

第二點，與引文中第一點之第三小題類似。雖行文所不及，但並不因此即可作為否定的理由。

第三點，《續編》未有弔詞，蓋所記多為並時之人而多未亡故，則如何非有弔詞不可。

---

[177] 姚玉光：〈論《錄鬼簿》的作者非賈仲明〉，《中國典籍與文化》總四六期（二〇〇三年三月號），頁四二－四六。

總而言之，有以上所觀察到的六點現象和反對者所質疑的三點理由皆可予以說明反駁，則《錄鬼簿續編》的作者為賈仲明應當是說得過去的。

4. 夏庭芝《青樓集》

《青樓集》一卷，元明間散曲作家夏庭芝著。夏庭芝字伯和，一作百和，號雪簑，別署雪簑釣隱，一作雪簑漁隱，江蘇華亭人。楊維楨為其塾師。夏氏原是雲間巨族，「喬木故家」，藏書極富，齋名「自怡悅」。張士誠起事，松江變亂以後，殘存圖書數百卷之多，隱居泗涇，書室改名「疑夢軒」。當時戲曲作家張擇、朱凱、朱經、鍾嗣成等人，皆為同道友好。張擇常稱譽其為人：「凡寓公貧士，隣里細民，輒周急贍乏。」（見《青樓集》敘文）《錄鬼簿續編》作者論其所作「文章妍麗，樂府隱語極多」。惜其散曲作品，都已失傳，著作僅《青樓集》一編，幸存於世。其生平約在元延祐間（約一三一六年左右），卒在入明以後。[178]

至正甲辰（一三六四）六月，朱經〈青樓集序〉云：

> 我皇元初并海宇，而金之遺民若杜散人、白蘭谷、關己齋輩，皆不屑仕進，乃嘲風弄月，留連光景。……百年未幾，世運中否，士失其業，志則鬱矣。酤酒載嚴，詩禍叵測，何以紓其愁乎？小軒居寂，維夢是觀。……今雪簑之為是集也，殆亦夢之覺也。不然，歷歷青樓歌舞之妓，而成一代之豔史傳之也？[179]

可見《青樓集》實為夏氏以著述抒衰世之愁悶者也。

夏庭芝《青樓集志》：

[178] 參見〔元〕夏庭芝：《青樓集．青樓集提要》，《中國古典戲曲論著集成》第二冊，頁三。

[179] 同上註，頁一五－一六。

唐時有「傳奇」，皆文人所編，猶野史也，但資諧笑耳。宋之「戲文」，乃有唱念，有諢。金則「院本」、「雜劇」合而為一。至我朝乃分「院本」、「雜劇」為二。「院本」始作，凡五人：一曰副淨，古謂參軍；一曰副末，古謂之蒼鶻，以末可撲淨，如鶻能擊禽鳥也；一曰引戲；一曰末泥；一曰孤。又謂之「五花爨弄」。或曰，宋徽宗見爨國人來朝，衣裝鞋履巾裹，傅粉墨，舉動如此，使優人效之，以為戲，因名曰「爨弄」。國初教坊色長魏、武、劉三人，魏長於念誦，武長於筋斗，劉長於科泛，至今行之。又有「焰段」，類「院本」而差簡，蓋取其如火焰之易明滅也。「雜劇」則有旦、末。旦本女人為之，名妝旦色；末本男子為之，名末泥。其餘供觀者，悉為之外腳。有駕頭、閨怨、鴇兒、花旦、披秉、破衫兒、綠林、公吏、神仙道化、家長里短之類。內而京師，外而郡邑，皆有所謂构欄者，辟優萃而隸樂，觀者揮金與之。「院本」大率不過謔浪調笑，「雜劇」則不然，君臣如：《伊尹扶湯》、《比干剖腹》；母子如：《伯瑜泣杖》、《剪髮待賓》；夫婦如：《殺狗勸夫》、《磨刀諫婦》；兄弟如：《田真泣樹》、《趙禮讓肥》；朋友如：《管鮑分金》、《范張雞黍》，皆可以厚人倫，美風化。又非唐之「傳奇」，宋之「戲文」，金之「院本」，所可同日語矣。嗚呼！我朝混一區宇，殆將百年，天下歌舞之妓，何啻億萬，而色藝表表在人耳目者，固不多也。僕聞青樓於芳名豔字，有見而知之者，有聞而知之者，雖詳其人，未暇紀錄，乃今風塵澒洞，郡邑蕭條，追念舊遊，慌然夢境，於心蓋有感焉；因集成編，題曰《青樓集》。遺忘頗多，銓類無次，幸賞音之士，有所增益，庶使後來者知承平之日，雖女伶亦有其人，可謂盛矣！至若末泥，則又序諸別錄云。至正己未春三月望日錄此，異日榮觀，以發一咲云。[180]

[180] 同上註，頁七－八。

由此志可見唐傳奇、宋戲文、金院本、元雜劇之分野，雜劇內容，以及青樓歌妓極盛。金代「院本」原來也和宋代雜劇一樣同稱雜劇，體製內容作用不殊，其後改稱「院本」，乃因其演員由宮廷優伶改為「行院人家」；所以夏氏說：「金則「院本」、「雜劇」合而為一。」而所以又說「至我朝乃分「院本」、「雜劇」為二。」所謂「我朝」即指元代，所指「雜劇」即為「元雜劇」，其體製規律已由院本發展為「北曲雜劇」，起先俗稱「么末」，元世祖統一南北，改國號為「元」後，仿宋雜劇主體之地位，亦稱「雜劇」，故云。又其所云之「宋戲文」，即指形成於浙江溫州之「南曲戲文」，又稱「永嘉戲曲」。[181]

《青樓集》記歌妓一百十六人，從中可得以下諸項統計：

其一，有四十人與達官貴人有來往，或酬唱，或戀愛，或被納為側室，可見彼時官僚士大夫風花雪月之狀況。

(1)張怡雲：能詩詞，善談笑，藝絕流輩，名重京師。趙松雪、商正叔、高房山，皆為寫《怡雲圖》以贈，諸名公題詩殆遍。姚牧庵、閻靜軒、史中丞每於其家中小酌。

(2)曹娥秀：京師名妓也。賦性聰慧，色藝俱絕。鮮于伯機曾在其家中開宴。

(3)解語花：姓劉氏，尤長於慢詞，廉野雲招盧疎齋、趙松雪飲於京城外之萬柳堂，劉歌【驟雨打新荷】，並即席賦詩。

---

[181] 見拙作：〈也談「北劇」的名稱、淵源、形成與流播〉，《中國文哲研究集刊》一五期（一九九九年五月），頁一－四二。拙作：〈也談「南戲」的名稱、淵源、形成與流播〉，《中國文哲研究集刊》一一期（一九九七年九月），頁一－四一。兩篇文章皆收錄於《戲曲源流新論》。

(4)珠簾秀：姓朱氏，行四。胡紫山宣慰嘗以【沉醉東風】曲贈之；馮海粟待制亦贈以【鷓鴣天】曲。

(5)趙真真、楊玉娥：楊立齋見其謳張五牛、商正叔所編《雙漸小卿》，因作【鷓鴣天】、【哨遍】、【耍孩兒煞】以詠之。

(6)劉燕歌：齊參議還山東，劉賦【太常引】以餞。

(7)順時秀：姓郭氏，字順卿。劉時中待制嘗以「金簧玉管，鳳吟鸞鳴」擬其聲韻。與王元鼎交密，阿魯溫參政欲屬意於郭。

(8)小娥秀：姓邳氏，張子友平章，甚加愛賞。中朝名士，贈以詩文盈袖焉。

(9)杜妙隆：金陵佳麗人也，盧疏齋欲見之，行李匆匆，不果所願，因題【踏莎行】於壁云。

(10)喜春景：姓段氏。張子友平章以側室置之。

(11)聶檀香：東平嚴侯甚愛之。

(12)宋六嫂：滕玉霄待制嘗賦【念奴嬌】以贈之。

(13)玉葉兒：元文苑嘗贈以南呂【一枝花】曲。

(14)劉信香：因李侯寵之，名著焉。

(15)天然秀：姓高氏，母劉，嘗侍史開府。高潔凝重，尤為白仁甫、李溉之所愛賞云。

(16)王金帶：姓張氏，色藝無雙。鄧州王同知娶之，生子矣。有譖之於伯顏太師，欲取入教坊承應，王因一尼為他求問於太師之夫人，乃免。

(17)玉蓮兒：嘗得侍於英廟，由是名冠京師。

(18)樊事真：京師名妓也。周仲宏參議嬖之。周歸江南，樊發誓若相負，當刳一目以謝。後為權豪所奪。

周復來京師，樊果以金篦刺左目，時人編為雜劇曰《樊事真金篦刺目》行於世。

(19)金獸頭：湖廣名妓也。貫只歌平章納之。

(20)周喜歌：貌不甚揚，而體態溫柔。趙松雪書「悅卿」二字。鮮于困學、衛山齋、都廉使公及諸名公，皆贈以詞。

(21)王巧兒：歌舞顏色，稱於京師。陳雲嶠與之狎，攜歸江南。

(22)王奔兒：身背微僂。金玉府總管張公置於側室。

(23)于四姐：字慧卿。名公士夫皆以詩贈之。

(24)王玉梅：身材短小，而聲韻清圓，故鍾繼先有「聲似磬圓，身如磬槌」之誚云。

(25)李芝秀：賦性聰慧，金玉府張總管置於側室。張沒後，復為娼。

(26)樊香歌：金陵名姝也。士夫造其廬，盡日笑談。

(27)楊買奴：美姿容，公卿士夫，翕然加愛。貫酸齋嘗以「髻有青螺，裙拖白帶」之句譏之，蓋以其有白帶疾也。

(28)張玉蓮：愛林經歷，嘗以側室置之。後再占樂籍，班彥功與之甚狎。班司儒秩滿北上，張作小詞【折桂令】贈之。

(29)李嬌兒：江浙駙馬丞相常眷之。

(30)賽天香：無錫倪元鎮，有潔癖，亦甚愛之。

(31)翠荷秀：姓李氏。自維揚來雲間，石萬戶置之別館。

(32)陳婆惜：省憲大官，皆愛重之。

(33)汪憐憐：湖州角妓。涅古伯經歷，甚屬意焉。
(34)顧山山：華亭縣長哈剌不花，置之側室。
(35)李芝儀：王繼學中丞甚愛之，贈以詩序。喬夢符亦贈以詩詞甚富。
(36)李真童：達天山檢校浙省，一見遂屬意焉。
(37)真鳳歌：彭庭堅為沂州同知，欲求好於彭。
(38)金鶯兒：賈伯堅任山東僉憲，一見屬意焉。後除西臺御史，不能忘情，作【醉高歌】、【紅繡鞋】曲以寄之。
(39)一分兒：王氏。京師角妓也。丁指揮會才人劉士昌、程繼善等於江鄉園小飲，王氏佐樽，即席題曲。
(40)劉婆惜：樂人李四之妻。先與撫州常推官之子三舍者交好，後於贛州全普庵撥里席上口占【清江引】，全納為側室。[182]

其二，有三十二人能雜劇，就其所長，可知雜劇分類為：駕頭、花旦、軟末泥、閨怨、綠林、文楸握槊六種。其「旦末雙全」者有趙偏惜、朱錦繡、燕山秀三人。其兼擅戲曲（南曲戲文）、雜劇者有芙蓉秀一人。

(1)珠簾秀：雜劇為當今獨步，駕頭、花旦、軟末泥等，悉造其妙。
(2)順時秀：雜劇為閨怨最高，駕頭、諸旦本亦得體。
(3)南春宴：長於駕頭雜劇，亦京師之表表者。

---

[182] 以上所引，參見〔二〇〕夏庭芝：《青樓集》，《中國古典戲曲論著集成》第二冊，頁一七－三八。

(4)周人愛：京師旦色，姿藝並佳。又有玉葉兒、瑤池景、賈島春。

(5)司燕奴：精雜劇，後有班真真、程巧兒、李趙奴，亦擅一時之妙。

(6)玉蓮兒：尤善文楸握槊之戲。

(7)天然秀：閨怨雜劇，為當時第一手，花旦、駕頭亦臻其妙。

(8)國玉第：長於綠林雜劇，得名京師。

(9)天錫秀：善綠林雜劇，女天生秀，稍不逮焉。後有工於是者賜恩深，謂之「邦老趙家」。又有張心哥，亦馳名淮浙。

(10)王奔兒：長於雜劇。

(11)趙偏惜：旦末雙全，江淮間多師事之。

(12)平陽奴：精於綠林雜劇，又有郭次香、韓獸頭，亦善雜劇。

(13)李芝秀：記雜劇三百餘段，當時旦色，號為廣記者，皆不及也。

(14)朱錦繡：雜劇旦末雙全，而歌聲墜梁塵。

(15)趙真真：善雜劇，有繞梁之聲。其女西夏秀，亦得名淮浙間。

(16)李嬌兒：花旦雜劇特妙。

(17)張奔兒：善花旦雜劇，時目之為「溫柔旦」，李嬌兒為「風流旦」。

(18)芙蓉秀：戲曲小令不在龍樓景、丹墀秀下，且能雜劇，尤為出類拔萃云。

(19)翠荷秀：雜劇為當時所推。

(20)汪憐憐：湖州角妓。善雜劇。

(21)米里哈：回回旦色，專工貼旦雜劇。

(22)顧山山：老於松江，而花旦雜劇，猶少年時體態。

(23)大都秀：其友張七，樂名黃子醋。善雜劇，其外腳供過亦妙。

(24)小春宴：自武昌來浙西。勾闌中作場，常寫其名目，貼於四周遭梁上，任看官選揀需索。近世廣記者，難有其比。

(25)孫秀秀：都下小旦色。

(26)事事宜：其夫玳瑁斂，其叔象牛頭，皆副淨色，浙西馳名。

(27)簾前秀：末泥任國恩之妻也。雜劇甚妙。武昌湖南等處，多敬愛之。

(28)燕山秀：朱簾秀之高第。旦末雙全，雜劇無比。

(29)荊堅堅：工於花旦雜劇，人呼為小順時秀。

(30)孔千金：其兒婦王心奇，善花旦，雜劇尤妙。

(31)李定奴：歌喉宛轉，善雜劇。其夫帽兒王，雜劇亦妙。凡妓，以墨點破其面者為花旦。183

(32)王玉梅：雜劇亦精緻。

其所云「駕頭」指演出帝王后妃，以其乘「鑾駕」；「花旦」謂搬演歌妓，妓女以墨點腮，謂之「花旦」；「軟末泥」為妝扮文弱書生；「閨怨」係演出少女或少婦之幽怨；「綠林」稱嘯聚山林之好漢，如水滸英雄；「文楸握槊」又作「撥刀趕棒」，專演武打征戰之戲。

183 以上所引，同上註，頁一九－四〇。

其三，工於「雜劇」以外其他技藝之歌妓三十四有人，其技藝包括歌舞、舞鷓鴣、談諧、文墨、樂府小令、隱語、詩詞、慢詞、諸宮調、小唱、小說、琵琶、院本、絲竹歌唱、南戲（戲曲）、彈唱韃靼曲、搊箏合唱、即席唱和、撥阮等十九種。其擅諸宮調者為秦玉蓮、秦小蓮。擅院本者為樊孛闌奚、侯要俏。擅南戲者為龍樓景、丹墀秀、芙蓉秀。

(1)梁園秀：歌舞談諧，當代稱首。喜親文墨，間吟小詩，亦佳。所製樂府如【小梁州】、【青歌兒】、【紅衫兒】、【抧塼兒】、【寨兒令】等，世所共唱之。又善隱語。
(2)張怡雲：能詩詞，善談笑，藝絕流輩，名重京師。
(3)解語花：長於慢詞。
(4)趙真真、楊玉娥：善唱諸宮調。
(5)劉燕歌：善歌舞。
(6)小娥秀：善小唱，能曼詞。
(7)秦玉蓮、秦小蓮：善唱諸宮調，藝絕一時。
(8)曹娥秀：色藝俱絕。
(9)王金帶：色藝無雙。
(10)魏道道：勾欄內獨舞【鷓鴣】四篇打散，自國初以來，無能繼者，妝旦色，有不及焉。
(11)玉蓮兒：歌舞談諧，悉造其妙。
(12)賽簾秀：聲過行雲，乃古今絕唱。

(13)時小童：善調侃，即世所謂小說者，如丸走坂，如水建瓴。女童亦有舌辯。

(14)于四姐：尤長琵琶，合唱為一時之冠。後有朱春兒，亦得名於淮浙。

(15)樊孛闌奚：院本，罕與比。

(16)王玉梅：善唱慢調，雜劇亦精緻。

(17)侯要俏：善院本。時稱負絕藝者，前輩有趙偏惜、樊孛闌奚，後則侯朱（朱指侯妻朱錦繡）。

(18)樊香歌：妙歌舞，善談謔，亦頗涉獵書史。

(19)楊買奴：美姿容，善謳唱。

(20)張玉蓮：舊曲其音不傳者，皆能尋腔依韻唱之。絲竹咸精，蒱博盡解，笑談亹亹，文雅彬彬。南北令詞，即席成賦；審音知律，時無比焉。

(21)龍樓景、丹墀秀：專工南戲。後有芙蓉秀者，戲曲小令，不在二美之下，且能雜劇，尤為出類拔萃云。

(22)賽天香：善歌舞，美風度。

(23)趙梅哥：美姿色，善歌舞。

(24)陳婆惜：善彈唱，聲遏行雲。在絃索中能彈唱韃靼曲者，南北十人而已。女觀音奴，亦得其彷彿。

(25)李芝儀：維揚名妓也。工小唱，尤善慢詞。

(26)李真童：色藝無比，名動江浙。

(27)真鳳歌：山東名妓也。善小唱。

(28)金鶯兒：山東名妓也。美姿色，善談笑。搊箏合唱，鮮有其比。

(29)一分兒：京師角妓也。歌舞絕倫。能即席唱和。

(30)般般醜：善詞翰，達音律，馳名江湘間。

(31)劉婆惜：江右與楊春秀同時。頗通文墨，滑稽歌舞，迥出其流。

(32)事事宜：姿色歌舞悉妙。

(33)燕山景：夫婦樂藝皆妙。

(34)孔千金：善撥阮，能曼詞，獨步於時。[184]

其中「談諧」指滑稽詼諧之笑談，即「說笑話」；「文墨」指能書寫作文；「詩詞」指吟詩唱詞的酬和；「慢詞」指長調緩詞的歌唱；「諸宮調」指詞曲系曲牌體的說唱；「小唱」指民歌小調的歌唱；「小說」指說唱話本；「院本」指金元院本，「戲曲」、「南戲」指南曲戲文；即搬演「院本」與「戲文」。其他「琵琶」為彈奏琵琶，「撥阮」為撥彈阮咸，「絲竹歌唱」、「彈唱韃靼曲」、「搊箏合唱」、「即席唱和」亦皆屬於奏樂歌唱，文義一望即知。而曹秀娥「色藝俱絕」，王金帶「色藝無雙」，應是最為佼佼者；又張玉蓮「審音知律，時無比焉」亦出類拔萃。

5. 顧瑛《製曲十六觀》

顧瑛（一三〇一－一三六九），字仲瑛，一字德輝，號金粟道人、元崑山人。所著《製曲十六觀》要點如下：

1. 古之樂章、樂府、樂歌、樂曲，皆出於雅正。講究格調不凡，句法挺異、立清新之意。

---

184 以上所引，同上註，頁一七－四〇。

2.製曲看是甚題目，先擇曲名，然後命意。命意既了，思其頭如何起，尾如何結，方復選韻，而後述曲。最是過變不要斷了曲意，須要承上接下。

3.句法中有字面，須深加鍛鍊，敲打得響，歌誦要溜，方為本色語。

4.曲合用虛字呼喚，如正、但、莫是、又還；更能消、最無端。

5.曲要清空，不可質實。清空則古雅峭拔，質實則凝澀晦昧。姜白石如野雲孤飛，來去無迹；吳夢窗如七寶樓臺，眩人耳目，拆碎下來，不成片段。此清空質樸之說。

6.曲以意為主，要不蹈襲前人語。

7.曲之難於令，猶詩之難於絕。不過十數句，一句一字閑不得。末句最當留心，有餘不盡之意。

8.曲之語句，太寬則容易，太工則苦澀。

9.曲欲雅而正，志之所之，一為物役，則失其雅正之音。

10.曲中用事最難，要緊著題融化不澀。

11.詩難於詠物，曲為尤難。體認稍真，則拘而不暢；摹寫差遠，則晦而不明。要須收縱聯密，用事令顯。一段意思，全在結尾。

12.曲不可強和人物，若倡者曲韻寬平，庶可賡和；倘韻險又為人所先，而必欲牽強賡和，則句意安能融貫？未盡苦思，未見有全妥溜者。

13.簸風弄月，陶寫性情，曲婉於詩，蓋聲出鶯吭燕舌之間，稍近乎情可也；若鄰於鄭衛，與纏令何異焉。

14.曲中詠節序者，不惟不少概見，類皆塵腐，不過為應時納吉之作。

15.曲中最難離情，情至於離，則哀怨必至。苟能調感愴於融會中，斯為得矣。

16.曲中用字有清濁法，人聲自然音節，到音當輕清處，必用陰柔；音當重濁處，必用陽處，方合腔調。[185]

以上雖皆論詞，而亦可視之如「曲」，何況顧氏之以宋詞為曲而視之也。所論涉及：1.古樂章出於雅正。2.製曲始乎題目。3.曲中要精練句法。4.句法中字法要煉而響。5.句法中要有虛字呼喚，不可堆疊實字。6.曲要清空，不可質實。7.曲以意為主，要不蹈襲前人語。8.曲之難於令，猶詩之難於絕。9.曲之語句，太寬則容易，太工則澀。10.曲欲出雅正。11.曲中用事最難，要緊著題融化不澀。12.詩難於詠物，曲為尤難。13.曲不可強為入韻。14.簸風弄月，陶寫性情，曲婉於詩。15.曲中最難離情，情至於離，則哀怨必至。16.曲中用字有清濁法，必分陰陽，方合腔調。

而由此亦可見顧瑛認為製曲要講究雅正清新，即格調不凡、句法挺異。製曲要先看題目，次擇曲牌，然後立意。他所謂的「本色語」是字面鍛鍊、歌誦順溜，曲中用虛字作襯字來呼喚起頭。曲的格調要清空、古雅、峭拔。曲以命意為主，不蹈襲陳言。小令一字一句都馬虎不得，末句更要有餘不盡之意。曲之語句不宜過寬，亦不宜太工；太寬則容易，太工則晦澀。曲中用事也要得體，詠物也要得法，用字更要分辨清濁，其見解雖不成體系，但頗可觀采。

三、明代曲學專書述評

明人論曲之書轉趨繁富，但亦多見諸筆記叢談之「曲話」，不過零金片羽，其體大思精，蔚為專著者，畢竟

[185] 詳參〔元〕顧瑛：《製曲十六觀》，收入俞為民、孫蓉蓉主編：《歷代曲話彙編・唐宋元編》，頁五一二－五一八。

寥寥。其可以屬諸專書者，只有舊題朱權之《太和正音譜》、魏良輔《南詞引正》、徐渭《南詞敘錄》、王驥德《曲律》、沈寵綏《度曲須知》。而五書各有所偏，《正音譜》重在製曲規範，《南詞引正》主論崑曲及其唱法，《南詞敘錄》專記南戲，《曲律》重曲之體製規律，《度曲須知》重在唱曲之要訣。

(一)舊題朱權之《太和正音譜》

1.《太和正音譜》之作者問題

《太和正音譜》是現存最古老的北曲曲譜，依據北曲的黃鍾、正宮、大石調、小石調、仙呂宮、中呂宮、南呂宮、雙調、越調、商調、商角調、般涉調等十二宮調，列舉出每一宮調裡的每一支曲牌，注明四聲平仄，標清正襯字；每支曲牌並選錄元代或明初的雜劇、散曲作品為例，共收三百三十五支曲牌，以此而作為填製北曲的規範。其後范文若的《博山堂北曲譜》和清代王奕清等合編的《欽定曲譜》北曲部分，都是取材於《太和正音譜》。其卷上有關戲曲、散曲的理論和史料，也頗有價值。所以《太和正音譜》在曲學上是一部極為重要的典籍。而對於《太和正音譜》的作者，自從王國維先生的論曲諸書[186]一再認定是明寧獻王朱權所作之後，學者從沒有懷疑過。同時由於卷首有一篇「洪武戊寅」的序，也因此被認為成書在洪武三十一年。對於這兩點，著者於細讀《正音譜》、考述寧獻王朱權的生平之後，發現了可疑之處。本文就是想要對這些疑點加以探討。

(1)《太和正音譜》的版本及諸家引述

《太和正音譜》的版本，現在流傳的，主要有以下六種。茲條列簡介如次：[187]

---

[186] 王靜安先生論曲諸書有：《宋元戲曲考》、《唐宋大曲考》、《戲曲考原》、《古劇腳色考》、《優語錄》、《曲錄》、《錄曲餘談》、《錄鬼簿校注》、《戲曲散論》等九種。

(甲)藝芸書舍舊藏本：原本二卷。卷首有序，序尾有葫蘆形「洪武戊寅」、方形「青天一鶴」朱文圖章二方。次載全書總目。正文每卷首行，書名標作「《太和正音譜》卷（上下）」，次行署題作「丹邱先生涵虛子編」。原為清人長洲汪氏（士鍾）藝芸書舍舊藏的善本書籍，後來歸入江蘇省立圖書館。一九二〇年上海商務印書館輯印的《涵芬樓秘笈》第九集所收的《太和正音譜》，即是據此用照像石印的一種版本，卷末有孫毓修的跋文。學者或謂此本為「影寫洪武間刻本」，乃據孫氏跋文「全帙僅見明程明善《嘯餘譜》中。初明刊本，流傳絕少；此尚是從洪武本影寫，精雅絕倫」之語而來。

(乙)沈氏鳴野山房所藏本：此本卷首的自序圖章、全書總目、正文書名、次行署題，和上文著錄的「藝芸書舍舊藏本」比較，雖然相符，但是版式、行數、字數，卻又完全不同。原本是清人山陰沈氏（復粲）鳴野山房的舊物，然未見於《鳴野山房書目》。此本後歸海寧陳氏（乃乾）所藏。一九一六年，海寧陳氏又將此本重為影石印行，與周德清的《中原音韻》一書合印出版。一九六五年盧元駿先生又將所藏此本影印行世。

(丙)《嘯餘譜》本：明人程明善輯刻《嘯餘譜》第五卷所收本。卷首書名題作「北曲譜」，次行題「古歙程明善纂輯」。卷首自序圖章、全書總目俱無。所謂「影寫洪武間刻本」卷上，自〈樂府體式〉至〈詞林須知〉之正文，此本除將其十二宮調的曲牌目錄刪去以外，完全改為卷首附錄。而卷下的「樂府」曲譜部分，此本又按照北曲宮調劃分為黃鍾等十二卷。每支曲的譜式，每句都增注了字數，標出「句」、「韻」、「叶」。曲詞左旁的平仄四聲，一律改用簡筆符號標注。凡遇有閉口音的字，都加上了圈號。全書的文詞字句，若與所謂「影寫洪武間刻本」比勘時，可以發現不少歧異的地方。《嘯餘譜》一書現有明萬曆四十七年（一六一九）流雲館的原刻本。

187 以下簡介《太和正音譜》流傳之版本，參考近人《《太和正音譜》提要》，見《太和正音譜》，收錄於《中國古典戲曲論著集成》第三冊，頁三—九。

那時正值晚明，書業風氣極為惡劣，程明善的刪削竄改，不過是窺豹一斑而已。《嘯餘譜》尚有清康熙元年（一六六二）張漢的重刻本，是現在較為通行的一種版本。

(丁)崇禎間黛玉軒刻本：清人曹寅的《楝亭書目》著錄此本，標為三卷。日本長澤規矩也教授曾在東京發現此書，據說書名改題「北雅」，卷首有明末人馮夢禎的序文。已故馬廉先生，確錄有副本，現在與原書俱不知藏於何處。

(戊)《錄鬼簿外四種》本：此本是依據《涵芬樓秘笈》本的《太和正音譜》重為排印。其中原有缺字的地方，編者都參考曲譜給填補上了。

(己)《中國古典戲曲論著集成》本：所收的《太和正音譜》一書是根據《涵芬樓秘笈》本重為校印，並以萬曆刻本《嘯餘譜》互為勘校，作成校勘記，附於卷末。

《太和正音譜》除了以上的六種版本外，還有明清以來的一些刪節本，即：臧懋循《元曲選》卷首附錄本、陶珽重校《說郛》卷八十四所收本、蔣廷錫等纂修《古今圖書集成》文學典所收本（列為第二百四十八卷和第二百五十一卷的「總論」部分）、曹溶輯陶越增刪《學海類編》「集餘」三「文詞」類所收本、任訥《新曲苑》第四種本。這些刪節本都是取其論曲部分，隨意割裂，連名目都變更了。

由藝芸書舍和鳴野山房所藏的版本看來，《太和正音譜》的成書似乎應當在洪武戊寅（三十一年），作者似乎應當是「丹邱先生涵虛子」，他另有個別號叫「青天一鶴」。王國維先生《曲錄》卷三〈雜劇部下〉《辨三教》等十二本後云：

右十二種明寧獻王權撰，王，太祖第十六子，洪武二十四年就封大甯，永樂元年改封南昌。晚慕沖舉，自號臞仙，涵虛子、丹邱先生均其別號也。上十二本，《太和正音譜》題「丹邱先生」，蓋其自稱之詞如此。[188]

又卷四〈傳奇部上〉《荊釵記》一本下云：

明寧獻王權撰。明鬱藍生《曲品》題「柯丹邱撰」，黃文暘《曲海目》仍之。蓋舊本當題「丹邱先生」，鬱藍生不知丹邱先生為寧獻王道號，故遂以為柯敬仲耳。[189]

可見靜安先生之所以認為《太和正音譜》乃寧獻王朱權所作，是因為涵虛子、丹邱先生皆為獻王別號。並由此而推論《荊釵記》題「柯丹邱撰」，亦係「丹邱先生」之誤署。但是何以知道涵虛子、丹邱先生俱屬獻王道號，則靜安先生有關曲學諸書均未說明。僅於《宋元戲曲考》、《古劇腳色考》、《戲曲散論》諸書中，逕謂「寧獻王《太和正音譜》」。

有關寧獻王朱權的生平和著作資料，著者所知者見於：《明太祖實錄》卷一一八、《明英宗實錄》卷一七〇、《明史稿》卷一〇九列傳四〈諸王傳二〉、《明書》卷八十七、《明史》卷一一七列傳五〈諸王傳二〉、《藩獻錄・寧藩》、《國朝獻徵錄》卷一、《名山藏》卷三十七、《西園聞見錄・宗藩後》、《明詩綜》卷一下、《列朝詩集小傳》乾下、《靜志居詩話》卷一、《明詩紀事》甲二、《明史・藝文志》等記載之中。這些資料中只說到獻王

---

[188] 王國維著，路新生點校：《曲錄》，收於《王國維全集》第二冊（廣州：廣東教育出版社，二〇〇九年根據一九〇九年修訂為六卷刊於沈宗畸編《晨風閣叢書》點校），頁一一六。

[189] 同上註，頁一五九。

「託志沖舉，自號臞仙。」卻都沒有提到他另有「丹邱先生、涵虛子」的道號，其著作目錄中亦無《太和正音譜》一書。

再就明清人論曲之書所提到的《太和正音譜》來觀察：明李開先《詞謔》兩次提到《太和正音譜》，其一云：

兩人誇乖，……又有兩人，一借《太和正音譜》，悋而不與，亦以【朝天子】譏之。

其二云：

般涉調短套內，有「東籬」二字，不必更立題，知為馬致遠之作矣。《中原音韻》稱東籬「馬致遠先生」，《太和正音》名號分為兩人，何也？[190]

何良俊《曲論》云：

《拜月亭》是元人施君美所撰，《太和正音譜》樂府群英姓氏亦載此人。[191]

王世貞《曲藻》云：

閱《太和正音譜》，王實甫十三本，以《西廂》為首。

[190] 〔明〕李開先：《詞謔》，《中國古典戲曲論著集成》第三冊，頁二七八、三二六。
[191] 〔明〕何良俊：《曲論》，《中國古典戲曲論著集成》第四冊，頁一二。

涵虛子記元詞一百八十七人，馬東籬如朝陽鳴鳳……國初十有六人，王子一如長鯨飲海……[192]

王驥德《曲律・自序》云：

惟是元周高安氏有《中原音韻》之創，明涵虛子有《太和詞譜》之編，北士恃為指南，北詞稟為令甲，厥功偉矣。

又《曲律》卷一〈論調名第三〉云：

北調載天台陶九成《輟耕錄》及國朝涵虛子《太和正音譜》，南調載毘陵蔣維忠（名孝，嘉靖中進士）《南九宮十三調詞譜》。

又《曲律》卷四〈雜論第三十九上〉云：

《正音譜》中所列元人，各有品目，然不足憑。涵虛子於文理原不甚通，其評語多足付笑。又前八十二人有評，後一百五人漫無可否，筆力竭耳，非真有所甄別其間也。[193]

沈德符《顧曲雜言》「雜劇院本」條云：

涵虛子所記雜劇名家凡五百餘本，通行人間者，不及百種。[194]

---

[192] 〔明〕王世貞：《曲藻》，《中國古典戲曲論著集成》第四冊，頁三一一三三。

[193] 〔明〕王驥德：《曲律》，《中國古典戲曲論著集成》第四冊，頁四九、五七、一四七。

徐復祚《曲論》云：

> 北詞，晉叔記刻元人百劇及我朝谷子敬……丹邱先生《燕鶯蜂蝶》、《復落娼》、《煙花判》，俱曾一一勘過。
>
> 丹丘評漢卿曰：「觀其詞語……。」[195]

以上諸家皆為明人。李、何、王三人都生於嘉靖間，可見那時《太和正音譜》已經相當流行，而且和我們現在所看到的藝芸書舍本和鳴野山房本不殊。王驥德《曲律》述及諸家著作，皆詳舉其籍貫名號，甚至於蔣維忠亦予加注，而於《太和正音譜》則但云「國朝涵虛子」，並且毫不忌諱的譏評其「文理原不甚通」。如果王氏知其為寧獻王朱權，必不至於如此。可見明人對於《太和正音譜》的作者，但知其為「涵虛子」、「丹邱先生」，而不知其為何人，更無論其為寧獻王朱權了。萬曆間《嘯餘譜》本一出，由於程明善的刪減竄改，遂使《太和正音譜》大失原貌（《欽定續文獻通考》卷尾著錄「程明善《嘯餘譜》十卷」）。臧懋循《元曲選》卷首所附，更肆意刪節：摘錄其〈詞林須知〉的一部分為〈丹丘先生論曲〉，割裂其〈雜劇十二科〉和〈古今群英樂府格勢〉兩章合成〈涵虛子論曲〉，節鈔其〈音律宮調〉、〈群英所編雜劇〉、〈善歌之士〉三章而為〈元曲論〉。可見臧氏已不知丹丘先生即涵虛子，難怪同時的陶珽，摘取其〈古今群英樂府格勢〉一章，也要改題「詞品」，作者更署名「元涵虛子著」了。於是清人的《古今圖書集成》本和《學海類編》本，也都沿襲陶珽的重校《說郛》本，而不自知其誤了。李調元《雨村曲話》引「古今群英樂府各有其目」，謂係「涵虛曲論」，其《雨村劇話》引「构肆中戲出入之所，謂之鬼門道」一段，謂係「丹邱曲論」，顯然襲自臧晉叔。焦循《劇說》卷首列舉引用書目，

[194] 〔明〕沈德符：《顧曲雜言》，《中國古典戲曲論著集成》第四冊，頁二一四。

[195] 〔明〕徐復祚：《曲論》，《中國古典戲曲論著集成》第四冊，頁二四一。

不及《太和正音譜》，其卷一引《正音譜》「良家子弟所扮雜劇，謂之行家生活」一段，而誤題為「周挺齋論曲」。可見《太和正音譜》在有清一代，鮮為學者所知，更無論其為何人所作了。

(2)丹邱先生、涵虛子為寧獻王朱權道號

由上可見，明清兩代的學者都不知道《太和正音譜》所題署的「丹邱先生、涵虛子」究竟何許人。但靜安先生所謂「涵虛子、丹邱先生均為寧獻王朱權別號」，必是有所據而云然。著者雖然不知靜安先生之所據，但也盡量在尋求證成其說之可能。按「臞仙」既已知為寧獻王晚年道號，而《欽定續文獻通考・經籍考》「五行」類載《附後神經大全》三卷，謂「舊題涵虛子臞仙撰」，而《明史・藝文志》卷三子類和錢謙益《列朝詩集小傳》所著錄之獻王著作目錄中均有《附後神樞》二卷。《續文獻通考》既云「舊題」，則著錄者已疑其偽託。然而《附後神經大全》雖未必即是《附後神樞》，但其既署「臞仙撰」，則冒用獻王道號甚為顯然。而「臞仙」之上又復有「涵虛子」，則「涵虛子」也應當是獻王晚慕沖舉所取的道號。準此之例，《太和正音譜》既題「丹邱先生涵虛子編」，那麼丹邱先生也應當是獻王晚年的道號了。

又周憲王朱有燉的《誠齋樂府》卷一有兩支【慶東原】，其下小注云：「賡和丹丘作，曲意二篇、曲韻二篇。」又別為題目「自況」，下注「賡韻」。其曲云：

心安分，身不貧。笑談中、美惡皆隨順。也不誇好人，也不罵歹人，也不笑他人。管甚世間名，一任高人論。

粧些坌，撒會村。半生狂、花酒相親近，學一箇古人，是一箇老人，做一箇愚人。管甚世間名，一任高人論。[196]

這兩支【慶東原】所寫的正是周憲王晚年的心境，[197]他賡和的對象是「丹丘」，則「丹丘」必是他的親友或僚屬。可見在明初確實有一位號叫「丹丘」的人，他和周憲王的關係似乎頗為密切。我們雖然不敢遽指這位「丹丘」就是寧獻王朱權，但與寧獻王的身分卻頗有脗合之處。因為周憲王和寧獻王不止誼屬叔侄，而且憲王只比獻王少一歲。憲王這兩支曲子雖屬「自況」，但與獻王那時的心境，其實不殊（詳下文）。而這兩支曲子既為「賡和」之作，則「丹丘」頗有即獻王的可能。（元人柯九思亦號丹丘，但時代與周憲王不相及，且亦不作曲。）

結合這兩條論證看來，那麼「丹邱先生涵虛子」之為寧獻王朱權晚年的別號，似乎沒什麼問題了。但是《太和正音譜》是否為朱權所作，則另當別論。

(3)《太和正音譜．序》所引起的問題

藝芸書舍本和鳴野山房本的《太和正音譜》，其卷首都有一篇序，全文如下：

> 猗歟盛哉！天下之治也久矣。禮樂之盛，聲教之美，薄海內外，莫不咸被仁風於帝澤也；於今三十有餘載矣。近而侯甸郡邑，遠而山林荒服，老幼聵盲，謳歌鼓舞，皆樂我皇明之治。夫禮樂雖出於人心，非人心之和，無以顯禮樂之和；禮樂之和，自非太平之盛，無以致人心之和也。故曰：「治世之音，安以樂，其政和。」是以諸賢形諸樂府，流行於世，膾炙人口，鏗金戛玉，鏘然播乎四裔，使鴃舌雕題之氓，

---

[196]（明）朱有燉著，翁敏華點校：《誠齋樂府》（上海：古籍出版社，一九八九），頁五八－五九。

[197]周憲王朱有燉為周定王橚之長子，生於太祖洪武十二年（一三七九）正月十九日，卒於英宗正統四年（一四三九）五月二十七日。橚為明太祖第五子。故寧獻王朱權與周憲王朱有燉誼屬叔侄。著者有《周憲王及其《誠齋雜劇》》，《圖書季刊》第二卷第二（一九七一年十月）、三期（一九七二年一月），頁四七－六六、三九－五八。

垂左衽之俗，聞者靡不忻悅。雖言有所異，其心則同，聲音之感於人心大矣。余因清讌之餘，採摭當代群英詞章，及元之老儒所作，依聲定調，按名分譜，集為二卷，目之曰《太和正音譜》；審音定律，輯為一卷，目之曰《瓊林雅韻》；蒐獵群語，輯為四卷，目之曰《務頭集韻》；以壽諸梓，為樂府楷式，庶幾便於好事，以助學者萬一耳。吁！譬之良匠，雖能運於斤斧，而未嘗不由於繩墨也歟！時歲龍集戊寅序。

這篇序因為有「時歲龍集戊寅」的紀年，序尾又有「洪武戊寅」的葫蘆形朱文圖章，於是《太和正音譜》便有洪武原刻本和「影寫洪武間刻本」之說，也就是學者便因此認為《太和正音譜》著成的年代是洪武年間。從這篇序並可以知道，著者有關「樂府楷式」的著作一共有三種，即：《太和正音譜》、《瓊林雅韻》和《務頭集韻》。作序者沒有署名，但序尾另有方形朱文圖章「青天一鶴」一方，依明人之例，就是作序者的別號。而序既屬自序口吻，則「青天一鶴」便是《太和正音譜》等三書的作者。又此書每卷開頭之次行俱署題作「丹邱先生涵虛子」既是寧獻王朱權的別號，那麼《太和正音譜》等三書自然是寧獻王朱權的著作。又《欽定續文獻通考・經籍考》卷尾著錄「朱權《瓊林雅韻》」，小注：「無卷數」（與《正音譜・序》「輯為一卷」之語脗合）。則《太和正音譜》等三書之為獻王所作，似乎毫無可疑。但是，戊寅當洪武三十一年（一三九八），獻王才二十一歲，而「丹邱先生涵虛子」則是他晚年的道號。也就是說，卷首的自序和正文的署題，其年代產生了前後不一致的矛盾。為此，我們先縱觀獻王的一生：

他是明太祖朱元璋的第十六子，[198]太祖洪武十一年（一三七八）五月壬申朔日生，[199]英宗正統十三年（一

[198] 《太祖實錄》、《明史》、《明史稿》等俱以寧獻王為明太祖第十七子。《英宗實錄》、《列朝詩集小傳》等俱作第十六子。

四四八）九月戊戌望日薨，[200]享年七十一歲。洪武二十四年（一三九一），受封為寧王，二十六年（一三九三）就藩大寧。大寧在喜峰口外，是古代的會州，即今熱河平泉、赤峰、朝陽等縣地。東連遼左，西接宣府，為當時重鎮。史稱寧藩帶甲八萬，革車六千，所屬朵顏三衛的騎兵都驍勇善戰，而獻王舉止儒雅，智略淵宏，屢次會合邊鎮諸王出師捕虜，肅清沙漠，威震北荒。成祖永樂元年（一四〇三）二月改封南昌。宣宗宣德三年（一四二八），他請求近郭灌城土田，明年又論宗室不應定品級，宣宗怒，大加詰責，他上書謝過。那時他已五十二歲。乃「託志翀舉，自號臞仙。」在緱嶺之上建築生墳，屢次前往盤桓。晚年的歲月就這樣寂寞的度過。

由獻王的生平看來，他弱冠年華的時候，正爾威震北荒；五十二歲以後由於大受宣宗皇帝的詰責，嚮慕翀舉，所謂「臞仙、丹邱先生、涵虛子」都是這時所取的道號。他早年和晚年的心境是截然不同的。根據洪武三十一年的序文，《太和正音譜》等三書分卷既具，顯然已經成書。如果說戊寅那年確已完成，然後逐年增訂，晚年才成為定稿，所以序用初成的紀年，而題署用晚年的道號。但是他以一個二十一歲的青年王爺，對於功名又

按《太祖實錄》卷一一七洪武十一年春正月有「壬午皇第十六子楠生」一條，卷一一八洪武十一年有「五月壬申朔皇第十七子權生」一條，似當據《太祖實錄》作十七子為是。然明初所修《天潢玉牒》，記載太祖皇子二十四人，並述所從出，云：「第十六子寧王、第二十一子安王，皇美人所生也。」則似以作第十六子為當。

199 據《太祖實錄》卷一一八，見上註。

200 《英宗實錄》卷一七〇正統十三年九月「戊戌寧王權薨。王，太祖高皇帝第十六子，母楊氏，洪武十一年生。二十四年冊封之國大寧，永樂元年遷江西南昌府，至是薨，享年七十有一。訃聞，上輟視朝三日，賜謚獻。遣官致祭，命有司營葬。王天性穎敏，負氣好奇，績學攻文，老而不倦，方之古賢王，迨不多讓。所著有詩賦、雜文及《天運紹統錄》、醫卜、修鍊、琴譜書，又有博山爐、古制瓦硯，皆極精緻云。」《藩獻錄》謂九月望日薨。

頗為熱衷，而居然會有閒情逸致去做那種刻板的譜律工作，是教人不可思議的。也就是說這種假設很難成立。而其題署既用晚年道號，因此便只有一個可能，那就是序文根本是假的。蓋鈔寫者因為《太和正音譜》沒有序文，就給它偽作一篇，同時為了提高《正音譜》的價值，也把時代提前，但卻沒考慮到洪武戊寅時，獻王才二十一歲，與所署的「丹邱先生涵虛子」是矛盾的。

(4)《太和正音譜》成於朱權晚年宣德四年之後

如果以上的論證不誤，那麼《太和正音譜》的成書年代，便應當是獻王晚年，也就是宣德四年以後。

我們再就《太和正音譜》一書的內容來觀察，尚有兩點可以認定應當是獻王晚年的著作：

其一，《太和正音譜》〈樂府體式〉十五家，第一體即為「丹丘體」；《雜劇十二科》，第一科即為「神仙道化」，《詞林須知》中更有「丹丘先生曰」之語。這些跡象都和獻王晚年的心境吻合。

其二，〈群英所編雜劇·國朝三十三本〉中，以「丹丘先生」為首，列雜劇目十二種：《瑤天笙鶴》、《白日飛昇》、《獨步大羅》、《辨三教》、《九合諸侯》、《私奔相如》、《豫章三害》、《肅清瀚海》、《勘妬婦》、《煙花判》、《楊娭復落娼》、《客窗夜話》。其中《瑤天笙鶴》、《白日飛昇》、《獨步大羅》、《辨三教》等四種，顯然是屬於「神仙道化」一科。《獨步大羅》尚存，有明萬曆四十五年（一六一七）脈望館鈔校于小穀本，署「明丹丘先生」撰。記呂純陽、張紫陽二仙奉東華帝君命至匡阜南蠡西，點化沖漠子（第一折）；先鎖住心猿意馬，次去其酒色財氣，又逐去三尸之蟲，更與一丹藥服之，教以養嬰兒姹女之理（第二折）。又於渡頭點化之（第三折），然後同入大羅天，引見東華帝君諸仙（第四折）。其第二折開場沖漠子說了這麼一段話：

貧道覆姓皇甫，名壽，字泰鴻，道號沖漠子，濠梁人也。生於帝鄉，長於京輦。為厭流俗，攜其眷屬，入於此洪崖洞天，抱道養拙。遠離塵跡，埋名於白雲之野；構屋誅茅，棲遲於一岩一壑。近着這一溪流水，靠着這一帶青山；倒大來好快活也呵！豈不聞百年之命，六尺之軀，不能自全者，舉世然也。我想天既生我，必有可延之道，何為自投死乎？貧道是以究造化於象帝未判之先，窮姓名於父母未生之始；出乎世教有為之外，清靜無為之內。不與萬法而侶，超天地而長存，盡萬刼而不朽。似這等看起來，不如修身還是好呵！[201]

這種人生觀與獻王晚年的心境很近似，他心嚮往之，也確實在那麼做。再由其中所謂「生於帝鄉，長於京輦」，以及「百年之命，六尺之軀，不能自全者，舉世然也」諸語看來，和獻王的生平遭遇亦頗相脗合。因此甚至於我們可以這樣說：這段話正是獻王本身的自白，而《沖漠子》一劇正是他晚年的自我寫照，他期望的是出世入道、獨步大羅的境界。[202]所以《太和正音譜》也應當成於獻王晚年。

(5)《正音譜》疑出獻王門客之手

但是，《太和正音譜》是否確實出自獻王之手呢？這個答案還是很難教人肯定的。因為如上文所云：《正音譜・樂府體式》十五家，第一體即為「丹丘體」，「國朝三十三本」中亦以「丹丘先生」為首。如果《太和正音

[201] 〔明〕丹邱先生：《沖漠子獨步大羅天》，收於《脈望館鈔校本古今雜劇》第三三冊，《古本戲曲叢刊》四集之三（上海：上海商務印書館，一九五八年據北京圖書館藏本影印），頁五—六。

[202] 《明詩紀事》謂獻王受譴後，每月派人到廬山山顛囊雲，並建一間小宅叫「雲齋」，用簾幙為屏障，每日放雲一囊，四壁氤氳裊動，如在巖洞中，頗有陶弘景的風致。他有一首〈囊雲〉詩：「蒸入琴書潤，粘來几榻寒；小齋非嶺上，弘景坐相看。」這種行徑似乎很風流瀟灑，可以說是「宗藩中佳話」；其實是他晚慕翀舉，託志無為的舉止。《沖漠子》一劇說沖漠子隱居在匡阜南螽西，正和獻王的行徑頗相脗合。所以《沖漠子》一劇顯然是獻王晚年的自我寫照。

譜》出自獻王之手，似不宜自我倨傲乃爾。又〈詞林須知〉有這樣一段話：

> 丹丘先生曰：「雜劇院本，皆有正末、付末、狚、孤、靚、鴇、猱、捷譏、引戲九色之名。」孰不知其名，亦有所出。予今書於譜內，以遺後之好事焉。[203]

梁任公先生《古書真偽及其年代》第四章〈辨別偽書及考證年代的方法〉，其第二項從文義內容上辨別的第一法「從人的稱謂上辨別」中，有這樣的話語：

> 書中引述某人語，則必非某人作；若書是某人做的，必無「某某曰」之詞。例如〈繫辭〉、〈文言〉便非孔子所能專有。[204]

準此以例〈詞林須知〉，則丹丘先生必非作者。其中所說的「予今書於譜內」，也必與「丹丘先生曰」非同一聲口；因為一個作者斷無以自己名號引用自己的話語，然後再說我如何如何。所以這段話的標點應當如上所示，其引用丹丘先生之語亦猶如〈雜劇十二科〉中之引用「子昂趙先生」和「關漢卿」之語的體例而已。

如此說來，獻王又似乎不是《太和正音譜》的作者了，但為什麼又會題上「丹邱先生涵虛子編」呢？我們可以給它假設為可能出自獻王的門客之手，其冒上獻王之號，有如《呂氏春秋》之於呂不韋，《淮南子》之於淮南王劉安。[205]因為明代對於藩王，李開先〈張小山小令後序〉謂：「洪武初，親王之國，必以詞曲一千七百本

---

[203] 〔明〕朱權：《太和正音譜》，《中國古典戲曲論著集成》第三冊，頁五三。

[204] 梁啟超：《古書真偽及其年代》（臺北：中華書局，一九六三），頁四三。

[205] 《明史・藝文志》卷二史類著錄〈寧獻王權漢唐祕史〉二卷，小注：「洪武中奉敕編次。」料想亦為王府文士所編，而

賜之。」[206]談遷《國榷》謂必賜以樂戶，如建文四年補賜諸王樂戶，宣德元年賜寧王朱權樂人二十七戶。所以明代宗室中喜好戲曲的很多，寧周二藩之外，如《逌邸記聞》中的逌王朱憲㸅、《已瘧編》中的秦愍王、《萬曆野獲編》中的松滋王府宗人鎮國將軍朱恩鐳、《列朝詩集》中的趙康王厚煜及宗室朱承綵、朱器封等以及《天香閣隨筆》中的魯監國等都是顯著的例子，也就是說明代的藩國都是戲曲發達的溫床。寧獻王朱權由其劇作之有十二種，以及晚年之韜光養晦、嚮慕翀舉看來，其傾心於戲曲是必然的事。「上有好者，下必有甚焉。」我們可以想像得到，其門客之從事戲曲創作和研究者必大有其人，他們的工作必然受到獻王的欣賞和鼓勵。《太和正音譜》料想是在這種環境下編纂出來的。就因為編纂者是獻王門客，所以對於「丹邱先生」特別推崇，不但奉之為國朝名家之首，且引用其語，並沾染不少貴族的氣息。[207]其〈群英所編雜劇〉羅列「古今無名氏雜劇一百一十本」末有云：

> 蓋雜劇者，太平之勝事，非太平則無以出。今以耳聞目擊者收入譜內。天下才人非一，以一人管見，不署名獻王。其例有如《史記・信陵君列傳》所云：「當是時公子威振天下。諸侯之客進兵法，公子皆名之；故世俗稱魏公子兵法。」

---

[206] 王靜安先生《宋元戲曲考》謂：「寧獻王權亦當時親王之一，其所作《太和正音譜》卷首，著錄元人雜劇，僅五百三十五本，加以明初人所作，亦僅五百六十六本。則李氏言或過矣。」但李氏但云「詞曲」，而非謂「雜劇」；詞曲可以包括宋詞、散曲、雜劇等。李氏之言或稍嫌誇大，而賜詞曲之說當非無根。又若《正音譜》非獻王所作，則靜安先生之疑亦屬多餘。

[207] 如其卷上〈雜劇十二科〉下所謂「行家生活」與「戾家把戲」，又如「娼夫不入群英四人」下之改趙文敬為「趙明鏡」、張國賓為「張酷貧」，謂「自古娼夫」，「止以樂名稱之耳，亙世無字。」

> 能備知，望後之知音增入焉。

又其〈詞林須知〉章末後云：

> 譜中樂章，乃諸家所集，詞多不工，不過取其音律宮調而已，學者當自裁斷可也。[208]

則〈群英所編雜劇〉之著錄，似乎止成於一人之手，而「曲譜」之作，又似乎前有所承襲，或成於眾手，而由一人總其成。

(6) 小結

總上所述，我們可以得到兩個初步的結論：

第一，如果卷首的序文確係《太和正音譜》的自序，那麼《太和正音譜》必非寧獻王朱權所著，而是明初一位別號叫做「青天一鶴」的人所作。「丹邱先生涵虛子」的題署也只是出於假託。

第二，「丹邱先生涵虛子」既然是獻王晚年的道號，而譜中又推尊獻王，引述其語，且與獻王晚年的心境吻合，則《太和正音譜》應當是獻王晚年門客所依託的著作，而卷首的「自序」必出自後人偽託。其編成年代在宣德四年（一四二九）以後，正統十三年（一四四八）以前。

2.《太和正音譜》之曲論

關於《太和正音譜》的作者問題，即如上一節的討論，結論是明寧獻王朱權晚年，其門下客所依託之作。而《太和正音譜》的內容，依其目次為：〈樂府體式〉、〈古今群英樂府格勢〉、〈雜劇十二科〉、〈群英所編雜

---

[208] 〔明〕朱權：《太和正音譜》，《中國古典戲曲論著集成》第三冊，頁四三、六三。

劇〉、〈善歌之士〉、〈音律宮調〉、〈詞林須知〉、〈樂府〉等八項。可以大別為有關古典戲曲、散曲的理論和史料與北曲曲譜兩個部分。曲譜屬於較刻板的製曲法式；〈群英所編雜劇〉，對於雜劇作品的目錄雖然可與《錄鬼簿》參校，互補不足，但僅屬於史料性質；〈善歌之士〉、〈音律宮調〉，以及〈詞林須知〉中的大部分言論，雖然對於戲曲聲樂理論、歌唱方法、宮調性質的論述、歌曲源流，以及歷代歌唱家的片段掌故都有扼要的記載，但大部分是割裂燕南芝菴的《唱論》和小部分沿襲周德清《中原音韻》的成說而已，作者所新添的資料究竟有限。凡此皆不予論列。這裡要評述的是其有關戲曲和散曲的理論和見解。

⑴樂府體式

《太和正音譜》將樂府體式定為一十五家：

⑴丹丘體：豪放不羈。
⑵宗匠體：詞林老作之調。
⑶黃冠體：神遊廣漠，寄情太虛，有餐霞服日之思，名曰「道情」。
⑷承安體：華觀偉麗，過於洪樂。承安，金章宗正朔。
⑸盛元體：快然有雍熙之治，字句皆無忌憚。又曰「不諱體」。
⑹江東體：端謹嚴密。
⑺西江體：文采煥然，風流儒雅。
⑻東吳體：清麗華巧，浮而且艷。
⑼淮南體：氣勁趣高。

(10)玉堂體：公平正大。
(11)草堂體：志在泉石。
(12)楚江體：屈抑不伸，攄衷訴志。
(13)香奩體：裙裾脂粉。
(14)騷人體：嘲譏戲謔。
(15)俳優體：詭喻婬虐，即「婬詞」。[209]

所謂「體式」就是劉勰《文心雕龍》所說的「體性」，也就是司空圖《詩品》所說的「品」，都是指「風格」而言。《文心》分體為八，《詩品》析品為二十四。《文心》分體的標準兼具遣詞造句的特色和所表現的風調氣味，《詩品》析品的方法全用韻語體貌，攝其精神。但《正音》則丹丘、宗匠、黃冠、玉堂、草堂、騷人、俳優諸體，俱就典型之作家身分以見作品之風調；承安、盛元二體，乃就時代風氣以見作品的內容和特色；江東、西江、東吳、淮南四體，則就地域習染以見作品的格調。只有楚江純就作家遭遇，香奩單從作品內容以見特質。可見《正音》分體別有創見，雖然敘述說明稍嫌簡略，但「樂府」（散曲）分體之說則始見於此，因此彌足珍貴。《正音譜》云：

凡作樂府，古人云：有文章者謂之「樂府」；如無文飾者，謂之「俚歌」，不可與樂府共論也。[210]

---

[209] 〔明〕朱權：《太和正音譜》，《中國古典戲曲論著集成》第三冊，頁一三－一四。

[210] 同上註，頁一五。

這段話直接錄自周德清的《中原音韻》，而所謂「古人」指的是「燕南芝菴」，所引之語，見於所著《唱論》。可見他們所主張的「曲」是出自文人學士之手的「文章」之曲，民間的「曲」只是「俚歌」，他們是不屬於論列的。由此也可見有「文章」的曲，在他們心目中可以和宋詞、唐詩、漢魏樂府並觀。

(2)古今群英樂府格勢

《正音譜．古今群英樂府格勢》，錄有「元一百八十七人」，「國朝一十六人」。元一百八十七人中有評論者只二十七人，國朝十六人則俱有評論。評論的方法採象徵的批評，有如皇甫湜〈諭業〉之論文。又有詳略之分，如元代被評論的二十七人中，馬東籬等十二人有定論有說明；國朝十六人中王子一等四人亦然；其他則但有定論而無說明。所謂「定論」，即是用一四言句作為其曲格的象徵；所謂「說明」，即是就此「定論」加以發揮。如其評馬東籬云：「馬東籬之詞，如朝陽鳴鳳。」又云：「其詞典雅清麗，可與靈光、景福兩相頡頏。有振鬣長鳴，萬馬皆瘖之意。又若神鳳飛鳴於九霄，豈可與凡鳥共語哉？宜列群英之上。」[211]所謂「朝陽鳴鳳」就是「定論」，所謂「其詞典雅清麗」諸語就是「說明」。

若就《正音譜》評論〈古今群英樂府格勢〉的標準來觀察，則不外從詞藻和風骨兩方面著眼。對於詞藻講求「典雅清麗」，對於風骨則主張磊塊勁健或俊逸超拔。馬東籬所以「宜列群英之上」，乃是因為「其詞典雅清麗」，風骨之磊塊勁健「有振鬣長鳴，萬馬皆瘖之意」，俊逸超拔「又若神鳳飛鳴於九霄」。其他若張小山「其詞清而且麗，華而不艷。」李壽卿「其詞雍容典雅。」張鳴善「藻思富贍，爛若春葩。」王實甫「鋪敘委婉，深得騷人之趣。極有佳句，若玉環之出浴華清，綠珠之採蓮洛浦。」鄭德輝「其詞出語不凡，若咳唾落乎九天，

---

[211] 同上註，頁一一六。

臨風而生珠玉。」劉東生「鎔意鑄詞，無纖翳塵俗之氣。」谷子敬「其詞理溫潤，如璆琳琅玕，可薦為郊廟之用。」皆從詞藻的「典雅清麗」立論。若白仁甫「風骨磊塊，詞源滂沛，若大鵬之起北溟，奮翼淩乎九霄，有一舉萬里之志。」喬夢符「若天吳跨神鰲，噀沫於大洋，波濤洶湧，截斷眾流之勢。」宮大用「其詞鋒穎犀利，神彩燁然，若揵翮摩空，下視林藪，使狐兔縮頸於蓬棘之勢。」則從風骨的磊塊勁健予以揄揚。若張小山「有不吃煙火食氣」，「若被大華之仙風，招蓬萊之海月。」李壽卿「變化幽玄」，「非神仙中人，孰能致此。」則從風骨之俊逸超拔稱美。至於費唐臣「神風聳秀，氣勢縱橫；放則驚濤拍天，歛則山河倒影，自是一般氣象。」白無咎「孑然獨立，巋然挺出；若孤峰之插晴昊，使人莫不仰視也。」王子一「風神蒼古，才思奇瑰；如漢庭老吏判辭，不容一字增減，老作！其高處，如披琅玕而叫閶闔者也。」此三家之風骨，亦如馬東籬之兼具磊塊勁健與俊逸超拔。[212]

就因為《正音譜》認為有「文章」乃得稱「樂府」，詞藻講求「典雅清麗」，所以對於以本色質樸見長的作家，便不能欣賞。其謂「關漢卿之詞，如瓊筵醉客。」並云：「觀其詞語，乃可上可下之才。蓋所以取者，初為雜劇之始，故卓以前列。」[213]他的意思是因為關漢卿是「初為雜劇之始」，所以才破格「卓以前列」；否則以他那樣「可上可下之才」，不止不會「前列」為第十名，而是根本不取的。其實雜劇之始不可能為關氏一人所獨創，只要稍具戲曲史常識的人便會了然；而關漢卿是否只是「可上可下之才」，只要讀過他劇本的人，就會有明確的判斷。甚至認為那是有意貶損關氏而替關氏打抱不平，且能公正的評論其長短處的人已經很多，著者無庸在這裡饒舌。但《正音譜》謂關氏之詞「如瓊筵醉客」，則頗得其旨。因為筵而稱瓊，必是上品佳餚；且能致客

[212] 同上註，頁一六－一八、二二。

[213] 同上註，頁一七。

以醉，必是品類繁多，味美而適口。關氏雜劇內容豐富，寫遍人生百態；因事設辭，妙達聲口；不泥一隅，不拘一方；無不委婉盡致，趣味橫生，其才既高，其學且富；設此瓊筵，豈有不教人對彼佳餚美酒而醉者。《正音譜》既有見於「瓊筵醉客」，不知緣何更置如彼不切之詞，頗教人費解。

對於董解元以下一百五十人，《正音譜》總謂「俱是傑作，尤有勝於前列者。其詞勢非筆舌可能擬，真詞林之英傑也。」[214]這是矛盾而不負責任的話語，王驥德《曲律．雜論第三十九上》謂其「筆力竭耳，非真有所甄別其間也。」[215]可謂一針見血。因為如果真有勝於前列者，就應當標舉出來，並加以揄揚，何以反致沉湮於群倫之中？蓋其才既窮，不能更設一象徵之語以評騭諸家，故只好置此遁詞以卸責。

《正音譜》既然為北曲立下法式，自然注重音律。〈古今群英樂府格勢〉章之後，亦附有兩段文字討論這個問題，其一為「作樂府切忌有傷於音律」，其二主張少用襯字。[216]只是這兩段話都襲用《中原音韻》之語，並無新意。

(3)雜劇十二科

《太和正音譜》所分的「雜劇十二科」是：

一曰「神仙道化」、二曰「隱居樂道」（又曰「林泉丘壑」）、三曰「披袍秉笏」（即「君臣」雜劇）、四曰「忠臣烈士」、五曰「孝義廉節」、六曰「叱奸罵讒」、七曰「逐臣孤子」、八曰「鏺刀趕棒」（即「脫膊」

---

[214] 同上註，頁二〇。

[215] 〔明〕王驥德：《曲律》，《中國古典戲曲論著集成》第四冊，頁一四七。

[216] 〔明〕朱權：《太和正音譜》，《中國古典戲曲論著集成》第三冊，頁二一三。

雜劇）、九曰「風花雪月」、十曰「悲歡離合」、十一曰「烟花粉黛」（即「花旦」雜劇）、十二曰「神頭鬼面」（即「神佛」雜劇）。[217]

中國戲曲有明確的分類，[218]可以說以此為始。夏伯和《青樓集》記述元代歌妓所擅場的雜劇有駕頭、花旦、軟末泥、閨怨、綠林、文楸握槊等六類。此六類散見篇中，夏氏並未明舉。故雜劇分類之始，仍應歸屬《正音譜》。《正音譜》十二科中的附注，去其與《青樓集》重複的，尚有君臣、神仙、神佛三類，合起來共九類，由其名稱可以看出是民間的分類法。除脫膊一類外，大致是就劇中主要人物的身分來分類的。而《正音譜》十二科中，一、二、五、六、八、九、十等七科，可以說係就劇作的內容性質分的；其餘五類，可以說係就劇中主要人物的身分分的。因為系統不純，所以十二科中像四五六七等四科間，九、十一兩科間，一、十二兩科間，便容易產生界線不明，混淆不清的現象。

「雜劇十二科」之後，《正音譜》尚有這樣兩段議論：

雜劇，俳優所扮者，謂之「娼戲」，故曰「勾欄」。子昂趙先生曰：「良家子弟所扮雜劇，謂之『行家生活』；娼優所扮者，謂之『戾家把戲』。良人貴其恥，故扮者寡，今少矣；反以娼優扮者謂之『行家』，失之遠也。」或問其何故哉？則應之曰：「雜劇出於鴻儒碩士、騷人墨客所作，皆良人也。若非我輩所

[217] 同上註，頁二四。

[218] 關於中國古典戲劇的分類，著者有〈我國戲劇的形式和類別〉一文，原載《中外文學》二卷一一期（一九七四年四月），頁九－一九；後收入拙著：《中國古典戲劇論集》（臺北：聯經出版事業公司，一九七五），更名為〈中國古典戲劇的形式和類別〉，頁一－一三。

作，娼優豈能扮乎？推其本而明其理，故以為『戾家』也。」關漢卿曰：「非是他當行本事，我家生活，他不過為奴隸之役，供笑獻勤，以奉我輩耳。子弟所扮，是我一家風月。」雖是戲言，亦合於理，故取之。良家之子，有通於音律者，又生當太平之盛，樂雍熙之治，欲返古感今，以飾太平。所扮者，隋謂之「康衢戲」，唐謂之「梨園樂」，宋謂之「華林戲」，元謂之「昇平樂」。[219]

關漢卿「躬踐排場，面傅粉墨，以為我家生活，偶娼優而不辭。」[220]他是否曾說那樣「勢利」的話，以無佐證，姑且置疑。

而由這些話語，我們可以看出，雜劇已由庶民的手中轉入貴族文士之手。更有甚者，《正音譜》在〈群英所編雜劇〉章中「娼夫不入群英四人」項下云：

子昂趙先生曰：娼夫之詞，名曰「綠巾詞」。其詞雖有切者，亦不可以樂府稱也，故入於娼夫之列。娼夫自春秋之世有之。異類托姓，有名無字，趙明鏡訛傳趙文敬，非也；張酷貧訛傳張國賓，非也。自古娼夫，如黃番綽、鏡新磨、雷海青之輩，皆古之名娼也，止以樂名稱之耳，亙世無字。[221]

這是什麼話，真個勢利至極。一再引用趙宋宗室、國亡而仕胡元的「子昂趙先生」之語，並且肆意更改趙文敬和張國賓的名字為「趙明鏡」與「張酷貧」，貴族權勢的惡劣氣氛充斥篇章；即此又教人頗覺與寧獻王朱權的身

[219]〔明〕朱權：《太和正音譜》，《中國古典戲曲論著集成》第三冊，頁二四－二五。
[220]〔明〕臧懋循輯：《元曲選．序》，《元曲選》第一冊，頁三。
[221]〔明〕朱權：《太和正音譜》，《中國古典戲曲論著集成》第三冊，頁四四。

分相吻合，但獻王門下客耳濡目染，未始不會沾染如此貴族氣息。而明代的戲曲從此喪失篇章之中的清剛之氣，與涵蘊作品中的鮮活生機；除了文學演進與時代演進的自然影響之外，和《正音譜》的這番議論不能說沒有關係。

總上所論，可見《太和正音譜》的曲論雖未臻細密完整，且頗有可議之處；但其對於曲文的風格、雜劇的類別，首建系統，予以劃分；對於作家的體勢，又有頗為精當的議論；加上其對於戲曲史料，保存豐富；尤其始立北曲法式，使製曲者有規矩可循。凡此都足以使《太和正音譜》成為一部不朽的名著。

(二)魏良輔之「水磨調」及其《南詞引正》與《曲律》

在元萁南芝菴兩百多年後的明世宗嘉靖年間，江南出了一位戲曲大師魏良輔。

本文主要探討的是圍繞在「曲聖」魏良輔周邊而尚有疑義的一些問題，包括：1.改良崑山腔為「水磨調」的到底是官山東左布政使的豫章魏良輔還是曲家兼能醫的太倉魏良輔。2.魏良輔如何改良崑山腔創發「水磨調」。3.水磨調與戲曲劇種「傳奇」有何關係，由誰創之。4.魏良輔《南詞引正》與《曲律》之關係如何，有何異同。5.顧堅其人是否存在。6.《曲律》之要義為何，其南北曲異同說與王世貞《曲藻》頗雷同，緣故何在。以下依次論說，先從什麼叫「水磨調」說起。

1.「水磨調」與魏良輔其人其事

(1)什麼叫「水磨調」

首先看看什麼叫「水磨調」？沈寵綏《度曲須知・曲運隆衰》：

嘉隆間有豫章魏良輔者，流寓婁東、鹿城之間。生而審音，憤南曲之訛陋也，盡洗乖聲，別開堂奧，調用水磨，拍捱冷板，聲則平上去入之婉協，字則頭腹尾音之畢勻；功深鎔琢，氣無煙火，啟口輕圓，收音純細。所度之曲，則皆「折梅逢使」、「昨夜春歸」諸名筆；採之傳奇，則有「拜星月」、「花陰夜靜」等詞。要皆別有唱法，絕非戲場聲口。腔曰「崑腔」，曲名「時曲」；聲場稟為曲聖，後世依為鼻祖。蓋自有良輔，而南詞音理，已極抽秘逞妍矣。222

沈氏又於〈絃索題評〉裡有云：

我吳自魏良輔為「崑腔」之祖，而南詞之布調收音，既經創闢，所謂「水磨腔」、「冷板曲」，數十年來，遐邇遜為獨步。(頁二〇二)

由於沈寵綏有「腔曰崑腔，曲名時曲；聲場稟為曲聖，後世依為鼻祖」之語，王驥德《曲律．論腔調》亦有「崑山之派，以太倉魏良輔為祖」之說，223沈德符《顧曲雜言》亦有「自吳人重南曲，皆祖崑山魏良輔」，224吳肅公《明語林》「崑山有魏良輔者造曲律，世稱崑山派者，自良輔始。」225所以一般人便輕易的下斷語，把魏良輔當作「崑山腔」的創始人。誠如著者在〈論說「腔調」〉所云，地方腔調不可能由一人創立，226但「唱腔」可以經

222 〔明〕沈寵綏：《度曲須知》，《中國古典戲曲論著集成》第五冊，頁一九八。
223 〔明〕王驥德：《曲律》，《中國古典戲曲論著集成》第四冊，頁一一七。
224 〔明〕沈德符：《顧曲雜言》，《中國古典戲曲論著集成》第四冊，頁二一二。
225 〔清〕吳肅公著，陸林校點：《明語林》，收入《筆記小說名著精刊》（合肥：黃山書社，一九九六），頁二七五。
226 拙作：〈論說「腔調」〉，《中國文哲研究集刊》第二〇期（二〇〇二年三月），頁一一一－一一二。

由歌唱藝術家改良而自立門派。[227]魏良輔其實是將「崑山腔」改良為「水磨調」那樣的唱腔，這種唱腔的特質是「聲則平上去入之婉協，字則頭腹尾音之畢勻，功深鎔琢，氣無煙火，啟口輕圓，收音純細。」因為它「拍捱冷板」，所以也叫「冷板曲」；因為它「調用水磨」，所以也叫「水磨調」。也因此，魏氏所改革的唱腔稱作「水磨調」為宜，以避免和作為地方腔調的「崑山腔」相混淆。

(2)有關魏良輔的三個問題

而歷來對於魏良輔和他創發的「水磨調」，除了「崑山腔」是否他創立之外，尚有三個疑點：其一，魏良輔的籍貫到底是豫章、太倉，還是崑山？其二，魏良輔到底是官至山東左布政使的顯官，還是兼能醫的曲家？其三，魏良輔創發「水磨調」是憑一人之力還是兼取眾長？

關於第一個問題，流沙《明代南戲聲腔源流考辨》中有〈魏良輔的生平及其他〉一篇，[228]他從沈寵綏《絃索辨訛》在《西廂》上卷中的一段按語：「婁東王元美著有《曲藻》行世，魏良輔亦嘗寓居彼地，則婁東人士，應不昧昧字面」之語，[229]認為婁東（太倉）不過是魏氏流寓之地，「並非屬於本籍人」，因而認為沈氏《度曲須知》謂「嘉隆間有豫章魏良輔者，流寓婁東、鹿城之間」是可信的。但是沈寵綏大約生於明萬曆而卒於清順治，其時代頗晚；至於以魏氏籍貫為「太倉」的，則始於李開先《詞謔‧詞樂》，其所記與李開先於嘉靖初相知之彈唱家與演唱家多人，而謂「太倉魏上泉」；[230]王驥德《曲律‧論腔調》亦謂之「太倉魏良輔」；張元長《梅花

---

[227] 拙作：〈論說「京劇流派藝術」之建構〉，《中國文哲研究通訊》第十九卷第一期（二〇〇九年三月），頁一一七－一五五。

[228] 流沙：《明代南戲聲腔源流考辨》（臺北：財團法人施合鄭民俗文化基金會，一九九九），頁四五一－四六一。

[229] 〔明〕沈寵綏：《絃索辨訛》，《中國古典戲曲論著集成》第五冊，頁五一。

草堂筆談》卷十二「崑腔」亦云：「魏良輔，別號尚泉，居太倉之南關。」[231]《筆談》約寫於萬曆丙辰（四十四年）前後。其時代較沈氏為早。何況《南詞引正》全題作《婁江尚泉魏良輔南詞引正》，明言魏氏為婁江人，而婁江即「太倉」。鄙意以為：或者因為豫章另有一仕宦魏良輔，時代正與曲家之魏良輔相同，沈寵綏相混為一，乃以豫章為籍貫而以太倉為寓居調適之。至於萬曆中葉以後，如沈德符《顧曲雜言》、吳肅公《明語林》、錢謙益《列朝詩集小傳》、清康熙三十年（一六九一）等纂修之《蘇州府志》皆以魏氏為「崑山人」，則蓋以魏氏為「崑山腔」創始人，連類相屬的緣故。

曲家魏良輔《南詞引正》既題「婁江尚泉」，則生於明弘治二年（一四八九）九月十五日，江西新建縣沙田魏村的一個世代書香之家，於嘉靖五年（一五二六）中進士授戶部主事，嘉靖三十一年（一五五二）九月為山東左布政使，卒於嘉靖四十六年（一五六七）四月初九享年七十六歲的魏良輔，絕非創發水磨調的魏良輔。但是蔣星煜〈魏良輔之生平及崑腔的發展〉和〈關於魏良輔與「骷髏格」、《浣紗記》〉，以及朱愛群〈曲聖魏良輔〉等，[232]皆認為創發水磨調的魏良輔，即是江西新建縣進士任職顯官的魏良輔。對此，流沙〈魏良輔的生平及其他〉反對此說，提出明代中葉江西南昌府（亦可稱為豫章），至少有兩個魏良輔：一是做過山東左布政使；一是

---

[230] （明）李開先：《詞謔》，《中國古典戲曲論著集成》第三冊，頁三五四。

[231] （明）張大復：《梅花草堂筆談》卷十二（上海：上海古籍出版社，一九八六），頁七七四。

[232] 蔣星煜：〈魏良輔之生平及崑腔的發展〉，《戲劇藝術》一九七八年第一期，頁一二八。蔣星煜：〈關於魏良輔與「骷髏格」、《浣紗記》〉，《江西師範學報》一九八〇年第二期，頁六一－六四。朱愛群，江西省文化廳廳長，二〇〇〇年十二月，著者為文建會傳藝中心舉辦「兩岸小戲大展暨學術會議」曾邀請來臺與會，〈曲聖魏良輔〉一文為朱氏當面所贈稿本；本文對豫章官宦魏良輔之簡介即據該文所述。

崑山新腔的奠基人，卒於萬曆十年（一五八二）以後，可能是南昌縣桃竹魏家人。[233]其最有力之證據，為提出曲家魏良輔在萬曆初年好像還未去世，其所據有：一，徐復祚《曲論》謂「吳中舊曲師太倉魏良輔，伯起出而一變之，至今宗焉。」[234]而張鳳翼（伯起）改訂魏氏崑腔，時間大約在明萬曆八年（一五八〇）時年五十四歲以後。此時魏良輔既被稱為「吳中舊曲師」，可見並未下世。二，葉夢珠《閱世編》卷十〈紀聞〉謂張野塘娶魏良輔女為妻後，張氏向良輔學崑曲並改造三弦，當時正家居的王錫爵「見而喜之，命家僮習焉。」[235]而考王錫爵於萬曆六年（一五七八）以禮部右侍郎乞省歸里（太倉），十二年（一五八四）冬即家拜禮部尚書兼文淵閣大學士，在太倉之家六七年，正是魏良輔嫁女於張野塘，野塘改造三弦之時。三，毛奇齡《西河詞話》卷二謂「提琴起於神廟間（即明神宗萬曆間）」，又云「時崑山樂師魏良輔善為新聲，賞之，遂攜入洞庭（太湖）奏一日不輟，而提琴以傳。」[236]四，蘇州府長洲人鈕少雅〈南曲九宮正始自序〉作於清順治八年（一六五一），時年八十八，推知鈕氏生於明嘉靖四十三年（一五六四），萬曆十年（一五八二）左右，當他弱冠之時已聽說魏良輔「厭鄙海鹽、四平等腔，而自製新聲，腔用水磨，拍捱冷板。」他「特往之，何期良輔已故矣。」[237]則魏氏萬曆十年前後仍在人間。有此四點即可肯定創發水磨調的魏良輔絕非死於嘉靖四十六年那位做顯官的魏良輔。

[233] 流沙：《明代南戲聲腔源流考辨》，頁四五九。
[234] 〔明〕徐復祚：《曲論》，《中國古典戲曲論著集成》第四冊，頁二四六。
[235] 〔清〕葉夢珠：《閱世編》卷十（上海：上海古籍出版社，一九八一），頁二二二。
[236] 〔明〕毛奇齡：《西河詞話》，收入唐圭璋主編：《詞話叢編》第二冊（北京：中華書局，一九八六），頁五七八。
[237] 〔清〕鈕少雅：《南曲九宮正始・自序》，蔡毅編：《中國古典戲曲序跋彙編》第一冊（濟南：齊魯書社，一九八九），頁八三。

而沈寵綏說魏良輔顯聲名於「嘉隆間」也是有道理的。[238]

(3)魏良輔如何創發「水磨調」

那麼這位曲家魏良輔是如何的從唱腔改革崑山腔呢？簡單說來，他是透過與同道的切磋，廣汲博取，融合南北曲唱腔的優點而創發出來的；而這其間更有樂器的改良。

先說魏良輔與同道的切磋。

魏良輔根據李開先《詞謔》的記載，他原本不過是眾多彈唱家之一。《詞謔》云：

> 琵琶有河南張雄……如餘姚董鸞、豐縣李敬、穀亭王真、徐州鄒文學，……崑山陶九宮、太倉魏上泉，而周夢谷、滕全拙、朱南川，俱蘇人也：皆長於歌而劣於彈。……魏良輔兼能醫。（頁三五四）

可見在嘉靖間，魏良輔初起時不過是位「兼能醫」、「長於歌而劣於彈」的人。而到了萬曆元年，他已成了遠近知名的歌唱家。何良俊《四友齋叢說》卷三十五「正俗二」條：

> 松江近日有一諺語，蓋指年來風俗之薄。大率起於蘇州，波及松江。二郡接壤，習氣近也。諺曰：一清誑，圓頭扇骨揩得光浪盪；……九清誑，不知腔板再學魏良輔唱。……此所謂游手好閒之人，百姓之大蠹也。官府如遇此等，即當枷號示眾，盡驅之農。不然，賈誼首為之痛哭矣。[239]

---

[238] 顧篤璜：《魏良輔的生平》，《崑劇史補論》（南京：江蘇古籍出版社，一九八七），亦據鈕少雅《南曲九宮正始・自序》推論，謂魏良輔非為任顯官者，見頁五—一一。

[239] 〔明〕何良俊：《四友齋叢說》，《元明史料筆記叢刊》（北京：中華書局，一九五九），頁三二三。

何氏《四友齋叢說》卷三十以後寫於萬曆元年（一五七三），由所云「不知腔板再學魏良輔唱」，可知那時魏氏聲名已經遠播，那麼在這期間，他何以致此聲名呢？

明張大復（明嘉靖三十三年至明崇禎四年，一五五四—一六三〇）《梅花草堂筆談》卷十二「崑腔」條：

魏良輔，別號尚泉，居太倉之南關。能諧聲律，轉音若絲。張小泉、季敬坡、戴梅川、包郎郎之屬，爭師事之惟肖。而良輔自謂勿如戶侯過雲適，每有得必往咨焉，過稱善乃行，不，即反覆數交勿厭。時吾鄉有陸九疇者，亦善轉音，願與良輔角，既登壇，即願出良輔下。（頁七七四—七七五）

張大復係崑山人，年輩離魏氏不遠，其《梅花草堂筆談》寫於萬曆四十四年（一六一六）前後，故所言當可信。當魏氏創發水磨調時，有他推服的過雲適，有和他角勝負的陸九疇，有追隨他師事他的張小泉、季敬坡、戴梅川、包郎郎等人，他們彼此切磋樂理和唱法以提升崑山腔的藝術水準是可以想見的。

對此與張氏年輩相彷的潘之恒（明嘉靖三十五年至明天啟二年，一五五六—一六二二），在其《鸞嘯小品》卷三〈曲派〉云：

曲之擅於吳，莫於競矣！然而盛於今僅五十年耳。自魏良輔立崑之宗，而吳郡與並起者為鄧全拙，稍折中於魏而汰之潤之，一稟於中和，故在郡為「吳腔」。太倉、上海俱麗於崑，而無錫另為一調。余所知朱子堅、何邁泉、顧小全皆宗於鄧，無錫宗魏而艷新聲，陳奉萱、潘少涇其晚勁者。鄧親授七人，皆能少變自立。如黃問琴、張懷萱，其次高敬亭、馮三峰，至王渭臺皆遞為雄，能寫曲於劇，惟渭臺兼之，且云：「三支共派，不相雌黃，而郡人能融通為一。」嘗為評曰：「錫頭崑尾吳為腹，緩急抑揚斷復續。」

言能節而合之，各備所長耳。自黃問琴以下諸人，十年以來新安好事家習之，如吾友汪季玄、吳越石頗知遴選，奏技漸入佳境，非能諧吳音，能致改吳音而已矣。[240]

據胡忌、劉致中《崑劇發展史》考證，潘氏作《鸞嘯小品》時是萬曆四十五年（一六一七），那時繼魏良輔「立崑之宗」已五十年，往上推溯，則「水磨調」之創立當在嘉靖三十七年（一五五八）前後[241]。那時鄧全拙和他有所商榷，而五十年間，菁英輩出，崑山、蘇州、無錫從魏良輔所發展出來的「三支共派」，彼此亦能「不相雌黃」。

潘之恒在《鸞嘯小品》卷二〈敘曲〉亦云：

魏良輔其曲之正宗乎？張五雲其大家乎？張小泉、朱美、黃問琴，其羽翼而接武者乎？長洲、崑山、太倉，中原之音也，名曰崑腔；以長洲、太倉皆崑山所分而旁出者也。無錫媚而繁，吳江柔而清，上海勁而疏。三方者猶或鄙之；而毘陵以北達於江，嘉禾以南濱於浙，皆逾淮之橘，入谷之鶯矣。遠而夷之，無論矣。間有絲竹相和，徒令聽熒焉；適足混其真耳，知音無取也。（《潘之恒曲話》頁八）

則魏良輔所以改良崑山腔，以「水磨調」為崑腔之「正宗」，除了有同輩與他切磋琢磨外，更有為之「羽翼而接武者」，乃能宗派流衍。但即此已知，流衍的結果，必因地域不同而融入該方音該方言之「腔調」而產生各自不

---

[240] 潘之恒此段〈曲派〉亦載其《亘史》雜篇卷之四〈文部〉，收入汪效倚輯注：《潘之恒曲話》（北京：中國戲劇出版社，一九八八），頁一七。

[241] 詳下文，頁一四二，註二五八。

同的風格，所以同樣是「崑山水磨調」，但「無錫媚而繁，吳江柔而清，上海勁而疏。」而如果流衍之地域越遠，其變化就越大，有如「逾淮之橘」了。

類似的資料，如錢謙益《初學集》卷三十七〈似虞周翁八十序〉云：

> 翁美鬚眉，善談笑，所至傾其座客。崑山有魏生者，著《曲律》二十餘則，時稱「崑山腔」者，皆祖魏良輔。翁與魏生游旬月，曲盡其妙。每中秋坐生公石，歌伎負牆，人聲簫管，喧呶不可辨。翁一發聲，林木飄沓，廣場寂寂無一人。識者曰：「此必虞山周老」，或曰：「太倉趙五老」。趙五老者，良輔高足弟子也。翁既以醫游賢大夫，又時時游少年場……潯水董宗伯嘗邀翁過其第，置酒高會。苕上吳允兆聞翁善歌，且不能酒，為令章以難翁。[242]

據《初學集》考查，[243]知周似虞生於明嘉靖十八年（一五三九），卒於崇禎四年（一六三一），年輩晚於魏良輔，此文中「翁與魏生游」之「魏生」，猶今所云「魏先生」為尊稱之語。可見魏良輔與周似虞皆知醫能曲，兩人因此交遊，周似虞唱曲之功力，必得諸魏良輔不少指點；魏氏另有一位「高足弟子」太倉趙五老。「太倉趙五老」，流沙〈魏良輔的生平及其他〉考為「太倉人，名淮，字長源，號瞻，善醫，能詩。」（頁四六〇）

---

242 〔清〕錢謙益：《初學集》，王雲五主編：《四部叢刊初編》第一一〇冊（臺北：臺灣商務印書館，一九六五年據明崇禎癸未刻本影印），頁四一一－四一二。

243 《初學集》卷五有〈虎丘秋月圖題贈似虞周翁〉詩，中有句云：「翁今年九十，健啖足若飛。」詩作於崇禎元年（一六二八），知周似虞應生於嘉靖十八年（一五三九）。《初學集》卷五十七有〈陳府君墓志銘〉，從中知周似虞享年九十三，所以知他卒於崇禎四年（一六三一），分別見前揭書頁六五、六六二。

又常熟人馮舒《容居集》有〈感懷詩一首贈錢大履之〉，詩作於崇禎庚午（三年，一六三〇）詩前有序，謂：「今一歲中而棄者且五人」，其一人名安撝吉，云：

> 友人安十者，諱撝吉，無錫名家子。父有金百萬。君最幼，僅得百之三。浪游三十年，盡圮其業，流寓余里中。能歌南曲，自云受之崑山魏良輔，分刌節度，累黍不差。常曰：「南曲有宮有調，聲亦別焉。能歌者發聲即辨，不待終曲也。今之歌者，何足道！」[244]

則無錫人安撝吉也是魏良輔的嫡傳弟子，由其「南曲有宮有調」諸語，可見安氏精於樂理。而南曲經魏良輔改革，已由不尋宮數調到必嚴守宮調矣。又清張潮輯《虞初新志》卷四載明末清初余懷〈寄暢園聞歌記〉云：

> 有曰：南曲蓋始於崑山魏良輔云。良輔初習北音，絀於北人王友山，退而縷心南曲，足跡不下樓十年。當是時，南曲率平直無意致，良輔轉喉押調，度為新聲。疾徐高下，清唱之數一依本宮；取字齒唇間，跌換巧掇，恆以深邈助其淒唳。吳中老曲師如袁髯、尤駝者，皆瞠乎自以為不及也。……而同時婁東人張小泉、海虞人周夢山競相附和，惟梁谿人潘荊南獨精其技。……全曲必用簫管，而吳人則有張梅谷，善吹洞簫，以簫從曲；毘陵人則有謝林泉，工擫管，以管從曲，皆與良輔游。而梁谿人陳夢萱、顧渭濱、呂起渭輩，並以簫管擅名。[245]

---

244 〔清〕馮舒：《容居集》，見氏著：《默菴遺藁》，收入《四庫禁毀叢刊．集部》第八七冊，卷一（北京：北京出版社，二〇〇〇年影印清康熙世綵堂刻本），頁一，總頁四。

245 〔清〕張潮輯：《虞初新志》卷四（臺北：廣文書局，一九六八），頁三。

所云「足跡不下樓十年」蓋極形容魏氏用力之勤。而由此亦可見曲師如袁髯、尤駝、周夢山、潘荊南、張梅谷、謝林泉等皆與魏良輔相過從，或彼此切磋，或作為羽翼，亦是自然之事。又清葉夢珠《閱世編》卷十〈紀聞〉云：

> 因考弦索之入江南，由戍卒張野塘始。野塘河北人（按《野獲編》卷二十五謂壽州人），以罪謫發蘇州太倉衛；素工弦索。既至吳，時為吳人歌北曲，人皆笑之。崑山魏良輔者，善南曲，為吳中國工。一日至太倉聞野塘歌，心異之，留聽三日夜，大稱善，遂與野塘定交。時良輔五十餘，有一女亦善歌，諸貴爭求之，良輔不與。至是遂以妻野塘。吳中諸少年聞之，稍稍稱弦索矣。野塘既得魏氏，並習南曲，更定弦索音，使與南音相近。並改三弦之式，身稍細而其鼓圓，以文木製之，名曰弦子。明王太倉相公方家居，見而喜之，命家僮習焉。其後有楊六者（即楊仲修）創為新樂器，名提琴。……提琴既出，而三弦之聲益柔曼婉揚，為江南名樂矣。……分派有三：曰太倉、蘇州、嘉定。……太倉近北，最不入耳；蘇州清音可聽，然近南曲，稍失本調。惟嘉定得中。（頁二二二）

又清陳其年〈贈袁郎〉：

> 嘉隆之間張野塘，名屬中原第一部。是時玉峰魏良輔，紅顏嬌好持門戶。一從張老來婁東，兩人相得說歌舞。[246]

---

[246]〔清〕陳其年：〈贈袁郎〉，《湖海樓詩稿》，收入《叢書集成續編》第一七三冊，卷四（臺北：新文豐出版公司，一九八九），頁五四〇。

由這兩條資料可知魏良輔不止與擅歌北曲絃索調的張野塘定交，而且妻之以女使成翁婿之親；野塘並因此習南曲，更定絃索音，使與南音相近，又改樂器三弦之製而為弦子，楊六（即楊仲修）又據此創為提琴，於是其聲益柔曼婉揚；於是北曲絃索調亦可以入崑山水磨調矣。也就是說，魏良輔又與其婿野塘合作，將北曲絃索調融入了崑山水磨調之中，北曲因之可用「磨調」歌之。（見魏氏《南詞引正》）。而「磨調」在北曲亦有太倉、蘇州、嘉定三派之分。

又蘇州府長洲人鈕少雅《南曲九宮正始・自序》云：

弱冠時，聞婁東有魏良輔者，厭鄙海鹽、四平等腔，而自製新聲，腔用水磨，拍捱冷板，每度一字，幾盡一刻。飛鳥為之徘徊，壯士聞之悲泣，雅稱當代。余特往之，何期良輔已故矣。計余之生，與彼相去已久。訪聞衣拂之授，則有張氏五雲先生，字盤銘，萬曆丁丑進士，北京都水司郎中，加贈奉政大夫。今閒居村下，余即具刺奉謁，幸即下榻數旬，且又情投意愜。不意適有河梁恨促，幸而臨別以余同里芍溪吳公相薦。芍溪者，迺先生之得意上首也。余歸，即具刺謁之，幸亦無拒，余仍以五雲之禮事之，彼亦以五雲之道教我。彼此相得，先後三年。何意彩雲易散，芍溪驀逝矣。悲哉！越歲餘，不意幸復識小泉任翁，懷仙張老。然此二公亦皆良輔之派也。賴其晨夕研磨，繼以歲月，但雖不能入魏君之室，而亦循循乎登魏君之堂。雖然，余本薄劣鄙夫，何承薦紳相愛，時有醉月之邀，不絕登山之約，筐篚載道，奉命奔馳。道遇武陵黃海，荊溪魏壙之招，共延及二十載。至是長卿游倦，馬齒加衰，思欲掩息窮廬。何期本里又值鄭、郭、徐三宅相愛，又延及九年，此時年將耳順矣！……歷至辛卯清和，始得辭筆，……計前後共歷二十四年，易稿九次，方始成之，余其年八十有八矣！（頁八三—八五）

這段鈕氏〈自序〉就是上文所云顧篤璜和流沙用以推論魏良輔在萬曆十四年（一五八六）尚存活人間的主要資料。而由此亦可見張五雲（新）、吳芍溪、任小泉、張懷仙亦皆魏良輔的嫡傳弟子。

總結以上可知魏良輔創發水磨調時，過雲適、袁髯、尤駝三人是他的前輩，他自嘆不如過，而袁、尤二人自認不及他。和他同時的吳中善歌者有陶九官、周夢谷、滕全拙、朱南川（見《詞謔・詞樂》）、張小泉、季敬坡、戴梅川、包郎郎、陸九疇（見《梅花草堂筆談》卷十二）、朱美、黃問琴（《鸞嘯小品・敘曲》）、周夢山、潘荊南、張梅谷、謝林泉（〈寄暢園聞歌記〉），以及他的女婿張野塘（《閱世編・紀聞》）、他的弟子安撝吉（馮舒〈感懷詩一首贈錢大履之〉）、周似虞（《初學集》卷三十七）、張新、吳芍溪、任小泉、張懷仙（《南曲九宮正始・自序》）等不是和他切磋就是作為他的羽翼，他可以說是一位博取眾長而終於成就的一代宗師。

其次說到「水磨調」與樂器的關係。

徐渭《南詞敘錄》說到嘉靖間「水磨調」創發之前的「崑山腔」已經用「笛管笙琶」來按節唱南曲；又上引潘之恒《鸞嘯小品・敘曲》於稱許魏良輔等人之後，尚有一段記器樂名家：

> 秦之簫，許之管，馮之笙，張之三弦（其子以提琴鳴，傳於楊氏）。如楊之摘阮，陸之搊箏，劉之琵琶，皆能和曲之徵，而令悠長婉轉以成頓挫也。（《潘之恒曲話》頁八）

這裡說到的樂器有簫、管、笙、三弦（提琴）、阮、箏、琵琶；而由上文所引葉夢珠《閱世編》可知「張之三弦」，當指張野塘。張野塘的三弦對時人影響極大。明末王育《斯友堂日記》云：

> 吾婁東……有張野塘者，王文肅門下客。善為三弦，其聲疏宕而有節。學弦者多從之學，纖微謬誤，必

訶責詰正而後已。……後土風漸靡，而聲音亦遂移，學弦者十室而九，聲極哀怨。……予聞之嘆曰：「此所謂亡國之音也。」[247]

張野塘的最大貢獻，應當是改革了明初「南曲配絃索」的扞格不通，而使北曲崑唱達到圓融的境地，其利器正是「三弦」，「三弦」又改為「弦子」，其子又據以創「提琴」而傳諸楊六。[248]

根據葉德均《戲曲小說叢考．明代南戲五大腔調及其支流》的考述，明代南戲溫州腔、海鹽腔、餘姚腔、弋陽腔等四種腔調皆只有打擊樂鑼鼓幫襯，沒有管絃樂和曲；而由上文考述可知崑山腔先有笛、管、笙、琶，魏良輔改良創發的水磨調又加入了三弦、箏、阮，從而成為以笛為主管絃眾樂合奏，由此而大大的提升了崑山水磨調在音樂上的力量，從而極為突出的超越於其他腔調之上。

所以說魏良輔之創發水磨調是在崑山腔的基礎之上，與同道切磋琢磨、廣汲博取，並在樂器上有所增益，一方面強化音樂功能，二方面也解決了北曲崑唱的扞格，三方面應和了當時南戲雅化的趨勢，從而成就了「聲則平上去入之婉協，字則頭腹尾音之畢勻，功深鎔琢，氣無煙火，啟口輕圓，收音純細」，而傳衍迄今的中國音

[247] 〔明〕王育：《斯友堂日記》，收入〔清〕邵子顯編：《婁東雜著續刊》（據臺北中央研究院傅斯年圖書館藏清道光乙巳（二十五年，一八四五）竹西鋤葃館刊本）。

[248] 〔明〕毛奇齡《西河詞話》「提琴起於明」條：「若提琴則起於明，神廟間，有雲間馮行人使周王府，賜以樂器，其一即是物也。但當時攜歸，不知所用。其製用花梨為幹，飾以象齒，而龍其首，有兩絃從龍口中出，腹綴以蛇皮，如三弦，然而較小，其外則別有鬃絃絆曲木，有似張弓。眾昧其名。太倉樂師楊仲修能識古樂器，一見曰：『此提琴也。』然按之少音，於是易木以竹，易蛇皮以匏，而音生焉。時崑山魏良輔善為新聲，賞之甚，遂攜之入洞庭，奏一月不輟而提琴以傳。」頁五七八。

樂之瑰寶「水磨調」。

(4)梁辰魚與傳奇的建立

我們已經知道，新南戲舊傳奇已經用水磨調之前的崑山腔演唱；而魏良輔所創發的「水磨調」也有用來歌唱戲曲的跡象。只是魏良輔本身但為音樂家而非戲曲作家，他無法用創作來支持他改良的崑山新腔「水磨調」；因此「水磨調」與戲曲間的「相得益彰」，就有待於音樂家兼戲曲家梁辰魚來加以完成了。

但是在明清人著述中，沒有任何資料明白說出梁辰魚的《浣紗記》是第一部用「水磨調」來演唱的劇本。而萬曆初刊刻的《八能奏錦》，其所選的作品，《浣紗記》外，尚有與梁氏同時的汪廷訥《獅吼記》、張鳳翼《紅拂記》、高濂《玉簪記》，可見用「水磨調」來演出的戲曲劇本，與《浣紗記》並時的，就不止一種。譬如，明徐復祚《曲論》：

> 伯起有《虛實堂集》，著述甚豐。……晚喜為樂府新聲。天下之愛伯起新聲，甚於古文辭。……伯起善度曲，自晨至夕，口嗚嗚不已。吳中舊曲師太倉魏良輔，伯起出而一變之，至今宗焉。常與仲郎演《琵琶記》，父為中郎，子趙氏，觀者填門，夷然不屑意也。（頁二四五－二四六）

張鳳翼，字伯起，蘇州府長洲人，嘉靖四十三年（一五六四）舉人。可見其所撰《紅拂記》也是用魏良輔「水磨調」之基礎稍作改良來歌唱的。然而何以會有伯龍為崑劇開山的說法呢？請先看以下這些資料：

上文所引張大復《梅花草堂筆談》卷十二「崑腔」條，接續之文字為：

> 梁伯龍聞，起而效之。考訂元劇，自翻新調，作《江東白苧》、《浣紗》諸曲；又與鄭思笠精研音理，唐

小虞、陳煤泉五七輩雜轉之，金石鏗然。譜傳藩邸戚畹金紫熠爚之家，而取聲必宗伯龍氏，謂之崑腔。（頁七七五）

所謂「起而效之」，承上文即是起來效法魏良輔，而由下文觀之，梁氏所著的《江東白苧》這部散曲集和戲曲《浣紗記》好像是為這種新調而創作似的。

再看以下資料，《漁磯漫鈔・崑曲》云：「崑山有魏良輔者，始造新調為崑腔，梁伯龍獨得其傳，著《浣紗記》傳奇，盛行於時。」[249]又錢謙益《列朝詩集小傳》丁集中「梁太學辰魚」條：

辰魚，字伯龍，崑山人。以例貢為太學生。身長八尺有奇，虬鬚虎顴，好輕俠，善度曲，囀喉發響，聲出金石。崑有魏良輔者，造曲律，世所謂崑山腔者自良輔始；而伯龍獨得其傳，著《浣紗》傳奇，梨園子弟喜歌之。[250]

這兩條資料都說魏良輔創造崑山腔，這自然是一種誤解；而也都說梁伯龍獨得魏氏之傳，著《浣紗記》傳奇；便很容易令人以為梁氏《浣紗記》專為魏氏之新腔而作。其次再來看看梁氏之為人，光緒《崑新兩縣續修合志》卷三十云：

梁辰魚，字伯龍，泉州同知紈曾孫。父介，字石重，平陽訓導，以文行顯。辰魚身長八尺有奇，疏眉虬髯，好任俠，不屑就諸生試。勉游太學，竟亦弗就。營華屋招來四方奇傑之彥。嘉靖間，七子皆折節與

[249]〔清〕雷琳等編：《漁磯漫鈔》（據臺灣大學圖書館藏清乾隆五十九年刊本）。

[250]〔清〕錢謙益：《列朝詩集小傳》，收入周駿富輯：《明代傳記叢刊》（臺北：明文出版社，一九九一），頁五二八。

交。尚書王世貞、大將軍戚繼光特造其廬。辰魚於樓船簫鼓中，仰天歌嘯，旁若無人。千里之外，玉帛狗馬、名香珍玩，多集其庭。而擊劍扛鼎之徒，騷人墨客，羽衣草衲之士，無不以辰魚為歸。性好游，足跡遍吳楚間。喜酒，盡一石弗醉。尤善度曲，得魏良輔之傳，轉喉發響，聲出金石。其風流豪舉，論者謂與元之顧仲瑛相仿佛云。[251]

這段資料記載梁辰魚生平較詳，所云「風流豪舉」，可以概見伯龍生平氣象。其他府縣志與筆記，亦有其傳略，一併錄於此，以供比對參考。光緒《蘇州府志》卷一四七云：

梁辰魚，字伯龍，以例貢為太學生。好輕俠，善度曲，囀喉發響，聲出金石。崑有魏良輔者，造曲律，世所謂崑山腔者，自良輔始，而伯龍獨得其傳。著《浣紗》傳奇，梨園子弟喜歌之。儻蕩好游，足跡遍吳楚間。欲北走邊塞，南極滇雲，盡覽天下名勝，不果而卒。同里王伯稠贈詩云：「達人貴愉生，焉顧一世譏。伯龍慕伯輿，徇情良似癡。彩毫吐艷曲，燁若春葩開。斗酒清夜歌，白頭擁吳姬。家無儋石儲，出多少年隨。元暉愛雅獎，此道今所稱。」[252]

又乾隆《崑山新陽合志》卷二十四云：

[251]〔清〕金吳瀾等修、汪堃等纂：《崑新兩縣續修合志》，收入《中國方志叢書・華中地方》第十九號（臺北：成文出版社，一九八三年據光緒六年刊本影印），頁五二三。

[252]〔清〕李銘皖等修，馮桂芬等纂：《蘇州府志》卷一四七（臺北：成文出版社，一九七〇年據光緒九年刊本影印），頁三四七三。

梁辰魚，字伯龍，長八尺有奇，疏眉虯髯。曾祖紈，父介，世以文行顯。而辰魚好任俠，不屑諸生試，作〈歸隱賦〉，以例貢太學。嘉靖間，七子皆折節與交。性好游，足跡遍吳楚間。喜酒，盡一石弗醉。著有《江東白苧詞》二卷。[253]

又乾隆《青浦縣志》卷三十九（光緒《青浦縣志》卷十九同此）：

崑山梁伯龍（辰魚）負詞曲盛名，作《浣紗記》至傳海外。後遊青浦，值屠公為令，以上客禮之，命優人演其劇，每遇佳句，輒浮大白酬之，梁豪飲自快。演至〈出獵〉有所謂「擺開」者，公曰：「此惡語當受罰！」以大盂灌之，梁強盡，大吐。次日不別竟去。公每言及，大笑，以為快事。[254]

張大復《梅花草堂筆談》卷五「梁伯龍」條：

梁伯龍風流自賞，修髯美姿容，身長八尺，為一時詞家所宗。豔歌清引，傳播戚里間。白金文綺，異香名馬、奇技淫巧之贈，絡繹於道。每傳柑、禊飲、競渡、穿針、落帽，一切諸會，羅列絲竹，極其華整。歌兒舞女，不見伯龍，自以為不祥人，有輕千里來者。（頁三〇七－三〇八）

從這些生平資料，可見伯龍將功名事業用在壯遊、豪飲、度曲、作曲、撰劇之上，張氏《筆談》所云，顯然為光緒《崑新兩縣續修合志》所取材。至於與屠隆飲宴事，則原見沈德符《顧曲雜言》「梁伯龍傳奇」條，[255]其事

---

[253] 轉引自趙景深、張增元編：《方志著錄元明清曲家傳略》「梁辰魚」條（北京：中華書局，一九八七），頁六二－六三。

[254] 同上註，頁六三。

恐不足據。而他對於「度曲」的造詣，則更在魏良輔的基礎上有所提升。張大復《梅花草堂筆談》卷八「梁顧」條云：

往見梁伯龍教人度曲，為設廣床大案，西向坐，而序列之，兩兩三三，遞傳疊和。一韻之乖，觥罰如約。爾時騷雅大振，往往壓倒當場。其後則顧靖甫掀髯徵飲，約束甚峻，每雙鬟發韻，命酒彌連，頤翕翕而不敢動。伯龍已矣，靖甫豈可多得。（頁四九六－四九七）

可見梁伯龍和顧靖甫對於「度曲」的講究，恐怕是不下於魏良輔的。清朱彝尊《靜志居詩話》卷十四「梁辰魚」條甚至於說：

伯龍雅擅詞曲，……傳奇家曲別本，弋陽子弟可以改調歌之，惟《浣紗》不能，固是詞家老手。[256]

---

[255] 沈德符：《顧曲雜言》，頁二〇八－二〇九云：「《浣紗記》初出時，梁遊青浦，屠緯真為令，以上客禮之。即命優人演其新劇為壽。每遇佳句，輒浮大白酬之，梁亦豪飲自快。演至〈出獵〉，有所謂『擺開擺開擺擺開』者（按：此句為第十四出【北朝天子】曲文。）屠厲聲曰：『此惡語，當受罰。』蓋已預儲污水，以酒海灌三大盂。梁氣索，強盡之，大吐，委頓。次日不別竟去。屠每言及，必大笑以為得意事。」《顧曲雜言》所記，《崑劇發展史》認為不可信，其頁一二一，「註九」云：「《浣紗記》創作年代，向無可靠依據。一般據沈德符《顧曲雜言》說《浣紗記》初出時，梁遊青浦，屠緯真為令，以上客禮之云云，考出屠隆（緯真）為青浦令在萬曆六年，而其時《浣紗》初出，則其寫成年代當為萬曆四年左右。萬曆四年為一五七六年，這時『萬曆新歲』刊行的《八能奏錦》收錄的《浣紗記》散出早已問世，因此，《顧曲雜言》之說不可信。這裡我們根據魏良輔『立崑之宗』在一五六〇年左右，並參考《藝苑卮言》的成書，推想《浣紗記》寫成於一五六六年（嘉靖四十五年）之後。」

對此，錢南揚《戲文概論・源委第二》謂「朱彝尊不懂戲劇，貿然信此悠謬之言，故有是說。」（頁八三）但或者據此也可以看出，《浣紗記》的曲律較並時的傳奇是更加嚴謹，其專為崑山水磨調而創作應當也是可信的。

由以上對梁伯龍生平為人和度曲修為的敘述，大抵已經可以說明，何以世人一般認為梁伯龍《浣紗記》是崑山水磨調進入劇場的第一部創作。總起來說，是因為梁伯龍為人風流豪舉，遠近聞名，被視為是魏良輔的直接傳人而對水磨調又有所提升者，於是超越汪廷訥、張鳳翼、高濂等人而獨享「崑劇開山」（此指用崑山水磨調歌唱之戲曲）之名。

而其實魏良輔之後，對崑山水磨調繼續加以提升改良，有如梁辰魚、張鳳翼者，仍大有人在。徐樹丕《識小錄》卷四〈梁姬傳〉：

> 吳中曲調，起魏氏良輔，隆萬間精妙益出。四方歌曲必宗吳門，不惜千里重資致之，以教其伶、妓，然終不及吳人遠甚。[257]

「起魏氏良輔，隆萬間精妙益出。」可見「水磨調」創發以後，其精益求精的概況。又如上文所引張元長《梅花草堂筆談》卷十二「崑腔」條之末段：

> 張進士新，勿善也。乃取良輔校本，出青於藍，偕趙瞻雲、雷敷民與其叔小泉翁，踏月郵亭，往來唱和，

---

256 〔清〕朱彝尊：《靜志居詩話》，收入《中國古典文學理論批評專著選輯》（北京：人民文學出版社，一九九〇），頁四三〇。

257 〔明〕徐樹丕：《識小錄》（據臺灣大學圖書館藏佛蘭草堂鈔本）。

號「南馬頭曲」。其實稟律於梁，而自以其意稍為均節。崑腔之用，勿能易也。其後茂仁、靖甫兄弟皆能入室，間常為門下客解說其意。茂仁有陳元瑜，靖甫有謝含之，為一時登壇之彥。李季膺則受之思笠，號稱嫡派。（頁七七五—七七六）

若此，則「崑山水磨調」又有出青於藍的「南馬頭曲」，而張新、趙瞻雲、雷敷民、小泉翁、顧茂仁、顧靖甫（見上引《筆談》卷八）、陳元瑜、謝含之、李季膺、鄭思笠等人，都是魏氏嫡派，也是「水磨調」的功臣。

崑山水磨調在魏良輔之後又經過梁辰魚、張鳳翼等人的改良提升而努力的用之於戲曲，這「戲曲」主要固然屬於南曲，而就其體製規律曲詞而言，已完成了北曲化、文士化，其曲牌套數結構也因為崑山腔、崑山水磨調的運用於歌唱而趨於謹嚴完整；也就是說入明以後的「新南戲」（或稱「舊傳奇」）至此堪稱蛻變轉型，發展成為所謂「新傳奇」，一般戲曲史簡稱之為「傳奇」，又由於此後蔚為大國，跨越明清兩代，因又稱明清傳奇。所以說南戲經過了北曲化、文士化而為「新南戲、舊傳奇」，再經過崑山水磨調化而為「新傳奇」，或簡稱為「傳奇」。

考「傳奇」成立的時期，若據呂天成《曲品》「新舊傳奇」的分野，以「舊傳奇」屬明初以來「崑山腔」所歌者，以「新傳奇」屬魏良輔「崑山水磨調」所歌者，則其「舊傳奇」中著錄李開先《寶劍記》。李開先字伯華，號中麓，山東章丘人。嘉靖八年（一五二九）進士，生於明孝宗弘治十四年（一五〇一），卒於穆宗隆慶二年（一五六八），官至太常少卿。其《寶劍記》有明嘉靖二十八年（一五四九）原刻本。首載「嘉靖丁未歲（二十六年，一五四七）八月念五日雪蓑漁者漫題之〈寶劍記序〉」，卷末有「嘉靖己酉（二十八年，一五四九）秋九月九日同邑松澗姜大成序」之〈寶劍記後序〉，又有「嘉靖己酉秋九月九日渼陂八十二山人王九思書」之〈書寶劍記後〉。而〈新傳奇品〉中載梁辰魚《浣紗記》，據《崑劇發展史》推想此記當作於嘉靖四十五年（一五六六）之後；所以呂天成所錄「舊傳奇」估計當是嘉靖三十八年（一五五九）之前的作品，而嘉靖三十八年前後正是魏良輔「立崑之宗」的時候，[258]呂氏所錄「新傳奇」之作品，自然應當在此之後，那麼「新傳奇」的最初

---

[258] 清初張丑《真跡日錄》抄本有《婁江尚泉魏良輔南詞引正》，卷尾有跋，全文是：「右《南詞引正》凡二十條，乃婁江魏良輔所撰，余同年吳崑麓校正，情正而調逸，思深而言婉，吾士夫輩咸尚之。昔郢人有歌〈陽春〉者，號為絕唱，今良輔善發宋元樂府之奧，其煉句之工，琢字之切，用腔之巧，盛于明時，豈弱郢人哉！時嘉靖丁未夏五月金壇曹含齋敘。」曹含齋名大章，字一呈，含齋其號，金壇人。嘉靖三十二年癸丑（一五五三）科進士，官翰林院編修。他稱校正《南詞引正》的吳崑麓是他的同年，可見也是癸丑科的進士。《南詞引正》卷末又有「長洲文徵明書於玉磬山房。真跡。」字樣。顧篤璜《崑劇史補稿．新崑腔的誕生》頁四，據此謂「魏良輔等人對崑腔的創新，到曹含齋為《南詞引正》作跋的嘉靖二十六年（一五四七）時已經大體完成了，所以才造成了『士夫輩咸尚之』的局面。」顧氏認為魏良輔等人在嘉靖二十六年對崑山腔之改良創新即已大體完成，這樣的論斷，因為有《南詞引正》對曲律腔調歌唱頗為高明的見解作後盾，似乎頗為可取，但仍有以下一些疑點：其一，縱使嘉靖二十六年魏良輔已著《南詞引正》，是否就可說他對崑腔已改良創新完成？因為理念往往是付諸實現的前提，有理念並不足以證明實際的完成。其二，由本文前面引述過的資料，可以考察魏良輔生平和創發水磨調的一些較為「定點」的時間：1.如本文〈魏良輔之「水磨調」及其《南詞引正》與《曲律》〉所云由鈕少雅《南曲九宮正始．自序》，顧篤璜《崑劇史補論》推知魏良輔在萬曆十四年（一五八六）尚存活人間，萬曆十五年（一五八七）應已去世。2.又由潘之恒《鸞嘯小品》可以推知，魏良輔改良創新崑山腔亦即創發「水磨調」在嘉靖三十七年（一五五八）之後。3.又如張野塘娶魏良輔女為妻，與魏氏學崑曲並改造三弦，正是王錫爵以禮部右侍郎乞省歸里家居的時候，亦即萬曆六年到十二年（一五七八－一五八四）之間，而據葉夢珠《閱世編》，那時良輔「年五十餘」。4.又如徐樹丕《識小錄》，謂「吳中曲調，起魏氏良輔，隆萬間精妙益出。」可知魏良輔完成創發「水磨調」是在穆宗隆慶（一五六七－一五七二）之前，也就是世宗嘉靖末年（四十五年，一五六六）之前數年之

成立，也應當在嘉靖四十年（一五六一）前後這幾年，而一旦《浣紗記》出現，則風靡遐邇，步趨者漸多，終於蔚成大國，呂氏「新傳奇」所錄作品即有一百六十五種之多，則此「新傳奇」於嘉隆間實已為劇壇之盟主矣。

萬曆以後，崑山水磨調既然盛行，自然會向外流播。上文所引潘之恒《鸞嘯小品》卷二〈敘曲〉已說到以長洲、崑山、太倉為核心的「崑腔」（實指「水磨調」），流傳到無錫、吳江、上海已各具「媚而繁」、「柔而清」、「勁而疏」的特色；而「毘陵以北達於江，嘉禾以南濱於浙」，就被當成「逾淮之橘、入谷之鶯」了。腔調一經流播，因流播地方言方音的影響而有所變化是很自然的事。王驥德《曲律．論腔調第十》：

> 崑山之派，以太倉魏良輔為祖。今自蘇州而太倉、松江以及浙之杭、嘉、湖，聲各小變，腔調略同。惟

間。5.又如徐渭《南詞敘錄》所云：「惟崑山腔止行於吳中，流麗悠遠，出乎三腔之上，聽之最足蕩人。」唯未言及魏良輔，但彼時崑山腔之改良應已初步完成。所以尚「止行於吳中」，但「流麗悠遠」已出三腔之上。那時正是嘉靖三十八年（一五五九）。而我們知道，魏良輔改革崑腔是孜孜矻矻的，他相與切磋和作為羽翼的，見於文獻就有二十餘人，有人甚至說他足跡不下樓十餘年，也就是說他花了許多年的時間才算完成。而我們如果對魏良輔的年歲稍加推測：他在萬曆六年到十二年之間是五十幾歲，估以五十二歲計算，則他可能生於明世宗嘉靖五年至嘉靖十一年（一五二六－一五三二）之間，但以他在嘉靖二十六年即已寫作完成《南詞引正》看來，他生於嘉靖五、六年的可能性較大，因為那時他二十出頭是可以有能力發表他對南曲音樂唱腔的看法；而如果是生於嘉靖十一年，則他不過是十四、五歲的少年，如果說已有《南詞引正》那樣的見解是不太可能的。而我們也已知道，魏良輔萬曆十四、五年（一五八六、七）間去世，則魏良輔生存的期間大約在明世宗嘉靖五、六年（一五二六、七）至萬曆十四、五年（一五八六、七）之間，享年約六十有餘。而他改革崑山腔為「水磨調」，應當起於嘉靖二十六年（一五四七）之前，完成之時應在嘉靖三十七年至四十五年之間；而如果我們再考量《南詞敘錄》所敘及的崑山腔應是改革初成之時，那麼崑山腔被魏良輔創發為「水磨調」以在嘉靖三十七、八年為宜。

字泥土音，開閉不辨，反譏越人呼字明確者為浙氣。（頁一一七）

其所云「聲各小變，腔調略同」正是強勢腔調流播他方後所產生的必然現象。余從《戲曲聲腔劇種研究．戲曲聲腔．崑山腔與弋陽腔及其腔系》[259]謂：入清以後，崑山腔由藝人、戲班外出演戲，發展到各地自行科徒、成班，地方化的趨勢就更明顯了。例如康熙時劉獻廷《廣陽雜記》記在湖南衡陽看「村優」演《玉連環》：「楚人強作吳歈，醜拙至不可忍。」[260]緣故是藝人唱「紅」為「橫」、「公」為「庚」、「東」為「登」、「通」為「疼」；並說「使非余久滯衡陽，幾乎不辨一字。」又顧彩《容美紀游》記他在容美宣慰司（湖南湖北西部）聽女優唱崑曲，說她們「初學吳腔，終帶楚調。」[261]可見崑山水磨調流傳到湖南湖北都發生了變化。又如康熙時著《桃花扇》傳奇的孔尚任在平陽（山西臨汾）觀看崑劇，寫了一首〈西崑詞〉，說：「太行西北盡邊聲，亦有崑山樂部名；扮作吳兒歌水調，申衙白相不分明。」也是說平陽的崑腔，已經有方音方言化的現象。

雖然崑山水磨調的興起在嘉靖三十八年前後，但其稱霸歌壇，則在萬曆（一五七三）以後。明顧起元《客座贅語》卷九〈戲劇〉條：

南都萬曆以前，公侯與縉紳及富家，凡有宴會小集，多用散樂：或三四人，或多人唱大套北曲；樂器用箏纂、琵琶、三絃子、拍板。若大席，則用教坊打院本：乃北曲大四套者，中間錯以撮墊圈、舞觀音，或百丈旗，或跳隊子。後乃變而用南唱：歌者祇用一小拍板，或以扇子代之；間有用鼓板者。今則吳人

[259] 余從：《戲曲聲腔劇種研究》（北京：人民音樂出版社，一九九〇），頁一二〇。

[260] 〔清〕劉獻廷：《廣陽雜記》（北京：中華書局，一九五七），頁一四七。

[261] 〔清〕顧彩：《容美紀游》，收入〔清〕鄭光祖編：《舟車所至》（臺北：正中書局，一九六二），頁六一九。

益以洞簫及月琴，聲調屢變，益發悽惋，聽者殆欲墮淚矣。大會則用南戲：其始止二腔，一為弋陽，一為海鹽。弋陽則錯用鄉語，四方土客喜閱之；海鹽多官話，兩京人用之。後則又有四平，乃稍變弋陽，而令人可通者。今又有崑山，較海鹽又為清柔而婉折，一字之長，延至數息。士大夫稟心房之精，靡然從好，見海鹽等腔，已白日欲睡，至院本北曲，不啻吹篪擊缶，甚且厭而唾之矣。（頁三二一－三二二）

這段話在時空上雖然以南京和萬曆為基點，但已可概見顧起元所記載的嘉靖隆慶萬曆三朝南北曲興衰以及戲曲腔調、散曲清唱遞變的現象。其所謂「今則吳人」和「今又有崑山」諸語，顯然是指萬曆年間的崑山水磨調，也就是說崑山水磨調真正崛起而稱霸歌場與劇壇是在萬曆以後，在這之前，尚是弋陽、海鹽的天下，甚至稍早北曲仍然流行。請看用水磨調歌唱的「傳奇」劇本，皆為萬曆以後刊行，亦可證明此種現象。

2. 魏良輔《南詞引正》與《曲律》之版本與比較

(1)版本之比較

魏良輔所著《南詞引正》又名《曲律》，有四種版本：其一，《樂府紅珊》載〈凡例二十條〉，實為魏良輔《曲律》傳本之一。序署「萬曆壬寅歲」（三十年，一六〇二），正文署「秦淮墨客」選輯，「秦淮墨客」即紀振倫。《樂府紅珊》明刊本已佚，今存嘉慶庚申（五年，一八〇〇）本，藏大英博物館，王秋桂《善本戲曲叢刊》即據此嘉慶本影印。其二，《吳歈萃雅》卷首附刻本，共十八條，題作《吳歈萃雅曲律》。其三是《詞林逸響》與《吳騷合編》卷首附刻本，共十七條，《詞林逸響》題作《崑曲原始》，《吳騷合編》題作《魏良輔曲律》。其中《吳歈萃雅》有十八條，《詞林逸響》、《吳騷合編》都止十七條。其間文字也互有出入。今《中國古典戲曲論著集成》第五冊所據之《古典戲曲聲樂論著叢編》本，是以《吳歈萃雅》本作底本校勘其他各本而成的。其四是收錄在明代玉峰張廣德編的《真跡日錄二集》中的由明代著名書法家文徵明手寫的鈔本，共二十條，題作《婁江尚泉魏良輔南詞引正》，其中五條為前兩種版本所沒有，顯然，前兩種版本已經後人改動，故此書所收以明鈔本為底本。

《南詞引正》，係一九六〇年從路工先生處訪得，一九六一年《戲劇報》七、八期合刊發表了錢南揚先生的《南詞引正校注》。據當事人說，這是明代張丑《真跡日錄》所載《南詞引正》的清初抄本，原本署「毗陵吳崑麓校正」「文徵明書」。《南詞引正》作為魏良輔《曲律》的一種傳本面世，當然是件好事，不過學術界對此並未形成共識。當年在京的著名戲曲專家眾多，如周貽白、傅惜華、傅雪漪先生等，還有中國戲曲研究院等單位。路工先生沒把這份資料拿去給在京專家或學術單位鑑定，果然，後來一些學者頗多質疑。事過多年，今之看來，仍有一些有待證明之處。比如抄本的來源，只是憑當事人說是清初抄本，但沒有說清是何人所抄？抄於何年？當事人購於何處？源於哪位藏家？是否有藏家鈐印？或許其中有未言之隱。後來，路工先生辭世，這些問題更沒法搞清了。還有一個關鍵點，就是清乾隆刊本《真跡日錄》和《四庫全書》采錄的鮑士恭家藏本，都沒有這篇文徵明寫本的《南詞引正》，這難免讓人存疑。[262]

以上是白寧綜合學者對《南詞引正》的諸多疑慮，以下且來比較《南詞引正》和《曲律》的異同。

其一，《曲律》十八條，約一千八百字，《南詞引正》二十條，約一千二百字。

其二，其間彼此相近者，以《南詞引正》為準，有「拍乃曲之餘」、「雙疊字」、「北曲與南曲大相懸絕」、「五音以四聲為主」、「唱曲俱要唱出各樣曲名理趣」、「長腔貴圓活」、「過腔接字」、「曲有三絕」、「五不可」、

[262] 白寧：《元明唱論研究》（上海：上海音樂出版社，二〇一四），頁一九六。

「五難」、「兩不辨」、「兩不雜」等十二條而已。

其三，《曲律》與《南詞引正》不止條目秩序不一，分合亦有不同。譬如《引正》之「雙疊字」、「單疊字」分為兩條，《曲律》則合為一條；《引正》「長腔貴圓活」、「過腔接字」二條，《曲律》合為一條；《引正》合「曲有三絕」、「五音」、「四實」為一條，「五不可」、「五難」為一條，「兩不辨」、「兩不雜」為一條，而《曲律》則「三絕」、「五不可」、「兩不辨」、「兩不雜」各別為一條，且《引正》之「四實」則為《曲律》所無。

其四，《引正》與《曲律》彼此出入有無者，《引正》所有而《曲律》所無者：「腔有數樣，紛紜不類」、「士大夫唱不比慣家」、「將《伯喈》與《秋碧樂府》從頭至尾熟玩」、「蘇人慣多唇音」等四條；《曲律》所有而《引正》所無者：「擇字最難」、「《琵琶記》迺高則誠所作」等兩條。

其五，《引正》所論與《曲律》雖近似，但《曲律》明顯較縝密詳備。如《引正》之「初學不可混雜多記」條之與《曲律》「初學先從引發其聲響」條；「清唱謂之冷唱」條之與「清唱俗語謂之冷板凳」條；「生詞要細玩」條之與「生曲貴虛心玩味」條，而《引正》之「過腔接字」條，實亦自《曲律》此條分出。

由以上可見《引正》與《曲律》實為差別頗大之兩種版本。縱使皆為魏良輔所著，也必然是前後不同時期的著作。而由前面的比較實已可知，二者理念雖同在論唱曲，但《引正》必為《曲律》之前身，由其間之論述，後出轉精，即可以斷言。如果合理推測，《引正》應在創發「水磨調」之前，而《曲律》則在其後，何況單就文字多少而言，《曲律》較諸《引正》就多了六百餘字。其所論用字遣詞，莫不言簡意賅而凝練，則此六百餘字不可謂不多。

(2)學者對「顧堅」其人的疑問

《引正》與《曲律》引起學者爭論置疑的是《引正》所有而《曲律》所無的第五條所述及的「顧堅」其人：

腔有數樣，紛紜不類。各方風氣所限，有崑山、海鹽、餘姚、杭州、弋陽。自徽州、江西、福建俱作弋陽腔；永樂間，雲、貴二省皆作之，會唱者頗入耳。惟崑山為正聲，乃唐玄宗時黃幡綽所傳。元朝有顧堅者，雖離崑山三十里，居千墩，精於南辭，善作古賦。擴廓帖木兒聞其善歌，屢招不屈。與楊鐵笛、顧阿瑛、倪元鎮為友，自號風月散人。其著有《陶真野集》十卷、《風月散人樂府》八卷，行於世，善發南曲之奧，故國初有崑山腔之稱。[263]

對於這段資料，白寧《元明唱論研究．關於魏良輔《曲律》的傳本及對《南詞引正》中「崑山為正聲」的分析》，所提出的疑問是：

1. 所謂「惟崑山為正聲，乃唐玄宗時黃幡綽所傳」，這一說法可謂不經之談。

2. 所謂「元朝有顧堅者，善發南曲之奧，故國初有崑山腔之稱。」這一說法沒有任何史料可証。

3.《南詞引正》又提到「《中州韻》詞意高古，音韻精絕，諸詞之綱領。」其語義乖謬，與事實不符。[264]

這三點理由看似有些道理，但不能據此就否決此條資料存在的必然性及其所揭櫫的意義，甚至推衍到《南詞引正》的文獻價值。我的理由是：

其一，誠如上文的分析，《引正》和《曲律》間存在關係是必然的，最好解釋是魏良輔的前後期之作。而這

[263]〔明〕魏良輔：《南詞引正》，收入俞為民、孫蓉蓉主編：《歷代曲話彙編．明代編》第一集（合肥：黃山書社，二〇〇九），頁五二六。

[264] 白寧：《元明唱論研究》，頁一九五－二〇二。

種經驗和現象即使現在也常會發生。譬如我的老師鄭騫（因百）先生常自我修改舊稿，有時還會自我批示；我個人所創作的劇本、散文乃至前後所撰著的同題論文，其原創和定稿之間有所差別，乃至歧異性頗大，都可以說是「司空慣見渾常事」。

其二，文人好託古附會，可以說自先秦諸子已然，譬如儒家的堯舜，道家的老子。而根據成書於南宋淳熙九年（一一八二）崑山人龔明之的《中吳紀聞》所記卷五〈綽堆〉：「崑山縣西數里，有邨曰綽堆。古老傳云：此乃黃幡綽墓，至今邨人皆善滑稽，凡能作三反語。」[265]可見黃幡綽葬於崑山應是事實，那麼用他這位唐明皇時代的著名音樂家，來提升「崑山腔」的名氣，就魏良輔而言是很自然的。我們姑妄聽之可也，無須追根刨柢論其是非。何況方音憑藉方言所產生的「土腔」，有時可以千古不改其質性。譬如李斯〈諫逐客書〉所提及的「夫擊甕叩缶，彈箏搏髀，而歌呼嗚嗚，快耳目者，真秦之聲也。」[266]兩千數百年來的「秦腔」猶未改其況味；而一群人只要聚居某地，由於古代交通隔絕，就會產生當地具有共性的特殊語言旋律，即所謂「土腔」，「土腔」一流播在外，乃會冠上地名作為腔調的名稱。「秦腔」自秦代以來可以如此，何獨「崑山腔」自唐代而不可能呢？余有《戲曲腔調新探．梆子腔系新探》可以參閱。[267]

其三，顧堅其人不能說沒有史料佐證就可以說史無其人，如果執此而往，那麼就會有許多文獻資料不能運用。何況顧堅無官無職，又是個「樂工」，雖與於風雅，但未必被紀錄下來，也是「司空見慣」；如果他不可

265 〔宋〕龔明之，孫菊園點校：《中吳紀聞》，《宋元筆記叢書》（上海：上海古籍出版社，一九八六），頁一一一。

266 〔秦〕李斯：〈諫逐客書〉，收入〔日〕瀧川龜太郎考證：《史記會注考證》卷八十七〈李斯列傳第二十七〉（臺北：大安出版社，一九九八），頁六－一一。

267 拙著：《戲曲腔調新探》（北京：文化藝術出版社，二〇〇九），頁一六九－二〇一。

信，那麼許多協助魏良輔創發「水磨調」的歌唱家，也都由於名字只此一見而被抹煞了。[268]

其四，「崑山腔」被記載下來，據明周元暐《涇林續記》正編《姑蘇志》記載明太祖朱元璋特召百歲人瑞周壽誼至京，問及「聞崑山腔甚嘉，爾亦能謳否」之事已見於明初；[269]則元末有顧堅其人改良崑山腔，亦近自然之事。

---

[268] 著者於二〇一五年十月十七日參加南京東南大學舉行之「第十一屆全國戲曲學術研討會暨中國古代戲曲學會二〇一五年年會」，在大會開幕主題發言中，著者以本文為題，吳新雷先生接續發表〈魏良輔《南詞引正》有關問題的思考〉，其中對「顧堅」確有其人，提出有力之證據，錄之如下：「所謂創始人，並非說他一個人創造了崑山腔，而是指他是崑山腔形成時期具有標竿性的代表人物。但顧堅的生平事蹟缺乏記載，我們從兩種顧氏家譜中查到旁證，顧堅是確有其人的。(一)《南通顧氏宗譜》十卷首一卷，一九三一年南通翰墨林鉛印本，分訂四冊（南京圖書館、上海圖書館均有收藏），據譜中記載，南通顧氏是因為「元季兵亂時」從崑山遷去的，在《遠代志略》中記有四十九世顧仲謨至五十四世顧堅的世系表（首卷第十六葉上）：顧仲謨－顧時沾－顧禎－顧炳－顧鑒－顧堅。顧鑒、顧堅的時代正當元朝末年；(二)《上海圖書館藏家譜提要》（上海古籍出版社二〇〇〇年五月出版）著錄顧氏宗譜計有九十一種。其中書號為JP552的《顧氏重匯宗譜》，是民國年間顧心毅據清代乾隆三十六年（一七七一）顧一元的原譜本續纂的手寫稿本，不分卷共四十六冊，在第六冊第一四四頁和第一四冊第三〇一頁，查見了顧堅屬於顧仲謨這一支的家世譜系：仲謨－時沾－禎－炳－鑒－堅。這與《南通顧氏宗譜》的譜系全同。可惜都只有世系表而沒有譜傳。至於鄭閏在二〇〇九年十二月二十五日《蘇州日報》發表〈顧堅身份之謎〉一文（該文修改稿又載於蘇州古吳軒出版社《中國崑曲論壇二〇〇九》），宣稱他在日本國立國會圖書館藏書中發現了顧堅的小傳，但經日本學人查核，已予否定。」（詳見吳新雷〈崑山腔形成期的顧堅與顧瑛〉，《文化藝術研究》（杭州）二〇一二年第二期。）據此可知「顧堅」確有其人。（二〇一五年十一月四日補注）

[269] 〔明〕周元暐：《涇林續記》，收入嚴一萍輯：《原刻景印百部叢書集成》第一〇七一冊（臺北：藝文印書館，一九六七），頁一一－一二。

其五，至於說周德清《中州韻》(《中原音韻》)「詞意高古，音韻精絕，諸詞之綱領」[270]語義乖謬，與事實不符。所云「語義乖謬」誠然如此。但如將此《南詞引正》之第十條與《曲律》第九條對看，[271]即知《引正》所云之《中州韻》當為《琵琶記》之誤，且又漏刊數語，以致「語義乖謬」而「與事實不符」。但由此可看出《引正》實為《曲律》之初編，而《曲律》為《引正》之修訂本。

有以上這五點理由，我還是認為這條資料的可信度是不能輕易抹煞的。何況其述及的腔調名稱及其流播的地域，更有其他資料可以佐證，而我們更相信縱使顧堅其人出諸魏良輔耳聞，也都是有價值和意義的。魏良輔應當不會那麼百無聊賴的要去偽造一個「顧堅」來壯大和追溯「崑山腔」的高古，何況顧堅已證據確有其人，而且那也不是地方腔調源生之道。因為腔調非一人所能創作出來。

(3)魏良輔《曲律》之要義

如上所云，如果要說明魏良輔論曲之要義，自然以後出轉精的《曲律》為依據。

誠如白寧《元明唱論研究》對魏良輔《曲律》的解析所云：

> 魏良輔《曲律》通篇講的都是唱曲之律，這些規範性要求，主要體現在十三個方面：擇具、習曲、四聲、

---

[270] 〔明〕魏良輔：《南詞引正》，收入俞為民、孫蓉蓉主編：《歷代曲話彙編．明代編》第一集，頁五二七。

[271] 〔明〕魏良輔：《南詞引正》，第十條云：「五音以四聲為主，但四聲不得其宜，五音廢矣。平上去入，務要端正。有上聲字扭入平聲，去聲唱作入聲，皆做腔之故，宜速改之。《中州韻》詞意高古，音韻精絕，諸詞之綱領，切不可取便苟簡。字字句句，須要唱理透徹。」(頁五二七)《曲律》第九條云：「《琵琶記》迺高則誠所作，雖出於《拜月亭》之後，然自為曲祖，詞意高古，音韻精絕，諸詞之綱領，不宜取便苟且，須從頭至尾，字字句句，須要透徹唱理，方為國工。」(頁六)。

曲腔、曲板、曲牌、疊字、曲唱、劇唱、曲禁、五難、伴奏、審曲。[272]

這十三個方面，白寧又約之為以下幾個要點，[273]本人據此要點論述如下：

其一，對南曲演唱字音的講求和糾正，如《曲律》所云：

(1)曲有兩不雜：南曲不可雜北腔，北曲不可雜南字。

(2)五音以四聲為主，四聲不得其宜，則五音廢矣。平上去入逐一考究，務得中正，如或苟且舛誤，聲調自乖，雖具繞梁，終不足取。其或上聲扭做平聲，去聲混作入聲，交付不明，皆做腔賣弄之故，知者辨之。[274]

由於大江所限，南北字音、語音差別很大，這是南北曲所以分野的緣故，因之自然要分辨清楚，不可互相混雜；而平上去入四聲，各具聲情，為字音正確與否關鍵所在，所以不可互相乖舛，擾亂宮商。也因此，如果碰到「不知音者不可與之辨，不好者不可與之辨」[275]以其徒勞無功也。[276]

其二，對於行腔及腔拍結合技法的考究，如《曲律》所云：

---

[272] 白寧：《元明唱論研究》，頁二〇三。

[273] 白寧：《元明唱論研究》，頁二〇三—二二六。

[274] 〔明〕魏良輔：《曲律》，《中國古典戲曲論著集成》第五冊，頁五、七。

[275] 同上註，頁七。

[276] 詳見拙作：〈中國詩歌中的語言旋律〉，《鄭因百先生八十壽慶論文集》（臺北：臺灣商務印書館，一九八五），頁八七五—九一五。

生曲貴虛心玩味，如長腔要圓活流動，不可太長；短腔要簡徑找絕，不可太短；至如過腔接字，乃關鎖之地，有遲速不同，要穩重嚴肅，如見大賓之狀。（頁五）

魏氏將「行腔」技法分作長腔、短腔與過腔接字等情況。因為歌者「行腔」是將聲情詮釋詞情之意義情境思想之表現方式，而其樞紐正是長腔、短腔分寸拿捏與過腔接字是否得當的技法。而節拍掌控「行腔」的速度，所以魏氏也同時要求腔、拍間巧妙的結合。其第五條云：

拍，迺曲之餘，全在板眼分明。如迎頭板，隨字而下；徹板，隨腔而下；絕板，腔盡而下。有迎頭慣打徹板、絕板，混連下一字迎頭者，此皆不能調平仄之故也。（頁五）

也因此唱曲者便有「五難」，即：「開口難，出字難，過腔難，低難，轉收入鼻音難。」也有五不可：「不可高，不可低，不可重，不可輕，不可自做主張。」但也會達到曲之「三絕」：字清、腔純、板正的境地。（頁七）

其三，對於單疊字、雙疊字的歌唱，魏氏也特別指出：

雙疊字，上兩字，接上腔，下兩字，稍離下腔。如【字字錦】「思思想想，心心念念」，又如【素帶兒】「他生得整整齊齊，裊裊停停」之類。至單疊字，比雙疊字不同，全在頓挫輕便，如【尾犯序】「一旦冷清清」之類，要抑揚。於此演繹，方得意味。（頁六）

疊字衍聲複詞是複詞結構的重要方式，單疊之第二字，有如「詞尾」要輕而快；雙疊更進一步強化此技法，其輕圓如珠玉更加靈便；所以其咬字吐音的技法較諸一般複詞自然不同。

其四，唱曲更要唱出各樣的曲名理趣，其第六條云：

曲須要唱出各樣曲名理趣，宋元人自有體式。如，【玉芙蓉】、【玉交枝】、【玉山供】、【不是路】要馳驟；【針線箱】、【黃鶯兒】、【江頭金桂】要規矩；【二郎神】、【集賢賓】、【月雲高】、【念奴嬌序】、【刷子序】要抑揚；【撲燈蛾】、【紅繡鞋】、【麻婆子】雖急而無腔，然而板眼自在，妙在下得勻淨。（頁六）

曲牌有精粗，其構成因素包括：正字律、正句律、長短律、平仄聲調律、協韻律、音節單雙律、對偶律、句法特殊結構律等八律，其粗者構成之因素簡單，無明顯曲牌聲情特色，其細者趨於繁複，幾於各具聲情性格；如果能將曲牌中的格調唱出來，才不會辜負曲牌所制約的質性。[277]

其五，對於南北曲的異同，魏氏又進一步提出他的看法：

北曲以遒勁為主，南曲以宛轉為主，各有不同。至於北曲之弦索，南曲之鼓板，猶方圓之必資於規矩，其歸重一也。故唱北曲而精於【呆骨朵】、【村裡迓鼓】、【胡十八】，南曲而精於【二郎神】、【香遍滿】、【集賢賓】、【鶯啼序】；如打破兩重禪關，餘皆迎刃而解矣。

北曲與南曲，大相懸絕，有磨調、弦索調之分。北曲字多而調促，促處見筋，故詞情多而聲情少；南曲字少而調緩，緩處見眼，故詞情少而聲情多。北力在弦索，宜和歌，故氣易粗；南力在磨調，宜獨奏，

[277] 拙作：〈論說「建構曲牌格律之要素」〉，《中華戲曲》第四四期（二〇一一年十二月），頁九八—一三七。

故氣易弱。近有弦索唱作磨調，又有南曲配入弦索，誠為方底圓蓋，亦以坐中無周郎耳。（頁六—七）

他在這裡除了以遒勁和宛轉說明南北曲的不同，及其主奏樂器之於絃索、鼓板之別外，也舉出歌唱南北曲應當多仔細品會琢磨代表性曲牌。

他進一步舉出南北曲「大相懸絕」的各種方面，很近似王世貞《曲藻》之所云，此條以腔調異同、歌唱時的聲情、詞情乃至伴奏器樂等之配搭情況，以見南北曲氣易弱與易粗之故，而認為彼此界籬分明，斷斷不可作南曲北調或北曲南調之舉，否則就像方鑿圓枘，彼此無法適應。

而在明清諸家「南北曲異同說」中，最可注意而論說最為完備且為諸家一再引用的是王世貞，但王氏之說卻與魏良輔此條之說相雷同。對此，在《戲曲學㈡》〈散曲、戲曲「流派說」之溯源、建構與檢討〉中已論斷係王世貞襲自魏良輔，此不更贅。

然而眾所周知魏氏創發「水磨調」，終於打破南北曲之扞格；而由此條強調南北曲異同看來，當作於未遇張野塘之前，南曲水磨調初成之際。

其六，另外，魏氏對於歌唱者的培養，也有他的看法。其《曲律》第一條云：

擇具最難，聲色豈能兼備？但得沙喉響潤，發於丹田者，自能耐久。若發口拗劣，尖粗沉鬱，自非質料，勿枉費力。（頁五）

可見他很重視歌唱者先天的條件，那就是腔口俱佳者雖不易得，但起碼要能聲出丹田，出口宏亮才是可以栽培的人才。至於訓練與栽培之步驟方法，他說：

初學，先從引發其聲響，次辨別其字面，又次理正其腔調，不可混雜強記，以亂規格。如學【集賢賓】，只唱【集賢賓】；學【桂枝香】，只唱【桂枝香】，久久成熟，移宮換呂，自然貫串。(頁五)

他認為初學唱曲的人，要從發聲訓練開始，然後辨清字音不可誤讀，如此再調理唱腔，並以規格中發揮聲情及其詞情配搭的天衣無縫。他也認為學習曲牌之歌唱要具成熟的功夫，才能達到移宮換呂、自然貫串的境地。

其七，魏氏也論及清唱和劇唱的分野。其《曲律》第八條云：

清唱，俗語謂之「冷板凳」，不比戲場藉鑼鼓之勢，全要閒雅整肅，清俊溫潤。其有專於模擬腔調，而不顧板眼；又有專主板眼而不審腔調，二者病則一般。惟腔與板兩工者，乃為上乘。至如面上發紅，喉間露筋，搖頭擺足，起立不常，此自關人器品，雖無與於曲之工拙，然能成此，方為盡善。(頁六)

由於「清唱」沒有鑼鼓幫襯，全憑歌者一己之板眼、腔調必須工於連鎖搭配者，才能達到閒雅整肅、清俊溫潤的上乘之境；否則不止表情不佳，而且絕對不能達到「盡善」感人之地。

其八，他也教人聽曲之道，其《曲律》第十七條云：

聽曲不可喧嘩，聽其吐字、板眼、過腔得宜，方可辨其工拙。不可以喉音清亮，便為擊節稱賞。大抵矩度既正，巧由熟生，非假師傅，實關天授。(頁七)

由於魏氏創發的「崑山水磨調」講求氣息圓潤、氣無煙火，所以聽曲時不可喧嘩，才能仔細欣賞其吐字、板眼、過腔得宜之妙。

其九，魏氏於唱曲之際，也要人留意絲竹管絃並奏的自然諧和，絕不可音高音低勉強湊合。其《曲律》第十八條云：

絲竹管弦，與人聲本自諧合，故其音律自有正調，簫管以尺工儷詞曲，猶琴之勾剔，以度詩歌也。今人不知探討其中義理，強相應和，以音之高而湊曲之高，以音之低而湊曲之低，反足淆亂正聲，殊為聒耳。陳可琴云：「簫有九不吹，不入調，非作家，唱不定，音不正，常換調，腔不滿，字不足，成群唱，人不靜，皆不可吹。」正有鑑於此也。（頁七）

可見魏氏要講究的是音律「正調」和演奏配搭的「正聲」。

其十，最後魏氏還加入當時由何良俊和王世貞發動的《拜月亭》與《琵琶記》的「優劣論」。其《曲律》第九條云：

《琵琶記》迺高則誠所作，雖出於《拜月亭》之後，然自為曲祖，詞意高古，音韻精絕，諸詞之綱領，不宜取便苟且，須從頭至尾，字字句句，須要透徹唱理，方為國工。（頁六）

可見魏氏「優劣論」的觀點是從「字字句句」須要透徹唱理切入的，所以《琵琶記》以其「詞意高古，音韻精絕」贏得了「曲祖」的崇高地位。

以上是魏良輔《曲律》論歌唱藝術的要點，雖未必鉅細靡遺，但也算面面俱到了。

結　語

總結以上所論，可知「水磨調」之名肇始沈寵綏《度曲須知》，為與崑山土腔、崑山腔有別，而將由魏良輔集思廣益改良創發之新調稱作「水磨調」。改良創發水磨調之「曲聖」實為曲家兼能醫之太倉魏良輔，而非官山東左布政使之豫章魏良輔。「水磨調」原為清唱曲，梁辰魚歌以所製《浣紗記》傳奇，乃用為劇曲而為今日崑劇之主體。魏良輔之《南詞引正》應為後來《曲律》之原本。《曲律》為芝菴《唱論》以後重要之唱曲理論著作。王世貞《曲藻》之南北曲異同說應襲自魏良輔《曲律》。顧堅其人事跡，不應輕易抹煞，何況吳新雷先生已證據確有其人。以上一得之思，僅供讀者參考。

㈢徐渭生平及其《南詞敘錄》述評

1.徐渭之生平與著作

徐渭，字文清，更字文長，號天池。天池漱生、天池山人、天池生、鵬飛處人、青藤道士、青藤山人、漱老人、山陰布衣、白鷳山人、田水月、海笠、佛壽等，都是他的別署。浙江山陰人，明武宗正德十六年（一五二一）二月四日生，神宗萬曆二十一年（一五九三）卒，七十三歲。

他的父親徐鏓，字克平，孝宗弘治二年（一四八九），以戍籍中貴州舉人，歷官巨津、嵩明、鎮南、潞南、江川、祿豐、三泊、夔州等地。嫡母苗氏，雲南澂江府江川縣人，生二子，長淮、次潞。淮長文長二十九歲，潞長二十七歲。文長是他父親晚年辭官歸里和侍妾所生，生下一百多天，他父親就去世。生母在他十歲時改嫁，他二十九歲時才迎養歸家。因此，文長少年的教養，都是出自於嫡母苗氏。他在嫡母苗宜人墓誌中說：「其保愛教訓渭則窮百變，致百物，散數百金，竭終身之心力，累百紙不能盡，謂粉百身莫報也。」感激之情，洋溢字裡行間。

文長生性警敏，九歲能文，十幾歲倣揚雄〈解嘲〉作〈釋毀〉，二十歲為諸生，過了十餘年，直到嘉靖三十五年（一五五六），胡宗憲總督浙江，才召他掌書記。他代宗憲草獻〈白鹿表〉為世宗所欣賞，宗憲也因此器重他，寵禮獨甚，待他如上賓。他小時與張氏子嬉遊，即瞭略有豪放氣，這時雖然幕府森嚴，「介胄之士，膝語蛇行，不敢舉頭。」但他卻「葛衣烏巾、長揖就坐，縱譚天下事，旁若無人。」更可以「非時出入」。有一次宗憲有緊急的公文要他起草，一時找不到他，「夜深開戟門以待」，有人訪知他正和一群少年在市上飲酒，喝得大醉叫囂，連拖都拖不動了。宗憲對於他這放蕩不羈的行為，不只不責怪，反而大為讚賞。他對於自己的才略也相當自負，知兵而好奇計，所以軍機大事，宗憲都找他商量。據說誘擒海寇徐海、王直的大功，是得力於文長的謀略。幕府中的歲月，可以說是他一生中最得意的了。

可是得意的日子並不長，嘉靖四十一年（一五六二），宗憲以嚴嵩黨羽被逮，文長失去了憑依，又憂慮被禍，終致發狂。他為人本來就多猜忌，此時又懷疑他的後妻有外遇，竟無緣無故的把她殺死，因此被判死刑。在獄中數年，幸得張元忭等人的奔走，才把他救出來。他鬱鬱不得志，狂病更加厲害，有時就竹釘貫竅，左進右出，一點也不覺得痛楚，有時就拿鐵錐打擊腎囊，雖打碎了，卻也不死。有人說，那是他後妻的冤魂附體來折磨他的。後來慢慢的好了，他就縱遊金陵，客上谷、居京師。他在京師住在張元忭舍旁，兩人交情很好，但他性情縱誕，元忭其他友人則拘拘於禮法，這樣一久，他心裡很不高興，大怒道：「吾殺人當死，頸一茹刃耳；今乃碎磔吾肉！」於是舊病復發，只好返回山陰。

回到家鄉後，狂病時作時止，天天閉著門和幾個狎客飲酒作樂，對於富貴人非常厭惡，連郡守求見都謝絕。曾有訪客趁機把門打開，身子已跨進了一半，文長卻用手擋住門口，說：「我不在家。」為此得罪了許多人。元忭死，他白衣往弔，撫棺大慟，不告姓名而去，元忭諸子追上他，哭拜在地，他垂手撫慰，但終不出一語。他自從辟穀謝客，十餘年來，才出過這次門。他的生活非常窮苦，只靠賣字畫為生，但只要手頭稍微寬裕，就是價錢再高也不肯動筆了。他原本有書數千卷，此時典賣殆盡，牀帳被席都破舊不堪，也無力更易，以至於藉藁而寢。他就這樣寂寞落拓的死去。

文長二十一歲時入贅廣東陽江潘氏，潘氏十九歲即夭折，夫妻感情甚篤，生一子，名枚。三十九歲又入贅杭州王氏，王氏性情惡劣，他在〈楊夫人樂府詞餘序〉中說楊升庵能得「才藝冠女班」的黃氏夫人是他的造化，也因而「深愧夫余婦之憨戇」，所以不久就與王氏離婚。四十歲娶張氏，生子枳，四十六歲就因殺張氏下獄。枳二十五歲入贅山陰王氏，後入寧遠鎮李如松幕府。文長晚年就是寄居在枳的岳父家。他們父子同樣入贅，同樣寄食幕府，真是「克紹箕裘」。

文長面貌修偉白皙，聲音朗然如鶴唳，據說他中夜呼嘯，有群鶴相應。讀書好深思，早年研究王學，也探究佛學，自謂有得於《首楞嚴》、《莊》、《列》、《素問》、《參同契》諸書，他盡斥注家謬戾，獨標新解。對於神仙道化，他也深為相信。那時盛傳大學士王錫爵的女兒燾貞（曇陽子）成仙而去，他就作了一篇〈曇大師傳略〉，還寫了十首〈曇陽〉詩。他的大哥淮，更迷信修仙，死前一個月還在會稽山中鑄鼎煉丹。就因為他的學問思想如此，「不為儒縛」，而且憤世嫉俗，所以他在文學、藝術上的作法和看法也都能擺脫傳統的約束。他的草書奇絕奔放，畫花草竹石，超逸有致。自以為「書第一、詩二、文三、畫四。」他死後三十年，袁宏道和陶望齡閱其殘稿，相與激賞，謂嘉靖以來第一人，於是付梓出版，盛傳於世，文長之名也因此大顯。278

278 文長生平，見《明史》卷二八八、《明史稿》卷二六八、《明書》卷一四八、《皇朝詞林人物考》卷一二、《國朝獻徵錄》卷一一五、《本朝分省人物考》卷五一、《明詩綜》卷四九、《明詞綜》卷四、《明詩紀事》己一七、《明畫錄》卷六、《列朝詩集小傳》丁中、《盛明百家詩》卷二、《靜志居詩話》卷一四、袁宏道〈徐文長傳〉（《袁中郎全集》卷一四）、陶望齡〈徐文長傳〉（《徐文長文集》卷首）、〈徐文長自著畸譜〉（《徐文長逸稿》所附）、《浙江通志》卷一八〇。

徐渭的著作，今存《徐文長集》三十卷、《逸稿》二十四卷，附雜劇《四聲猿》；另有《南詞敘錄》和《歌代歗》，都未收在內。《南詞敘錄》今存最早者為壺隱居黑格鈔本，有何焯批、補。原屬錢塘丁氏，今藏江蘇省立國學圖書館。

袁宏道知道徐文長這個人，是因為看到他的雜劇《四聲猿》，《四聲猿》雜劇四種，在當時評價就很高，王驥德《曲律》云：

徐天池先生所為《四聲猿》，而高華爽俊，穠麗奇偉，無所不有，稱詞人極則，追躅元人。[279]

其《南詞敘錄》所云「南詞」，實指南曲戲文，為最早概論南戲之著作。內容包括南戲源流、發展、聲律、風格及作家作品評論、方言術語考釋；末後並附劇本目錄。卷首有署「嘉靖己未（三十九年，一五五九）夏六月望天池道人志」之小序，知其客閩佐胡宗憲幕時所著。

2. 徐渭《南詞敘錄》述評

徐渭《南詞敘錄》體格雖總論南曲戲文，但亦如詩詞曲話，隨意敘論，漫無章法，略無層次。若就其分段條列而言，則有二十七條；若就內容所涉，則有上舉諸端。以下就此諸端述評：

(1) 南戲源流與發展

徐渭論南戲源流與發展如下：

南戲始於宋光宗朝，永嘉人所作《趙貞女》、《王魁》二種實首之，故劉後村有「死後是非誰管得，滿村

---

[279] 〔明〕王驥德：《曲律》，《中國古典戲曲論著集成》第四冊，〈雜論第三十九下〉，頁一六七。

聽唱蔡中郎」之句。或云宣和間已濫觴，其盛行則自南渡，號曰「永嘉雜劇」，又曰「鶻伶聲嗽」。其曲則宋人詞而益以里巷歌謠，不叶宮調，故士夫罕有留意者。元初，北方雜劇流入南徼，一時靡然向風，宋詞遂絕，而南戲亦衰。順帝朝，忽又親南而疏北，作者蝟興，語多鄙下，不若北之有名人題詠也。[280]

此條所云「劉後村」當作「陸放翁」為是。凡論南戲之源流者，必引此與祝允明《猥談》。對此，著者已有〈也談「南戲」的名稱、淵源、形成和流播〉，分「南戲的淵源：從鶻伶聲嗽到永嘉雜劇」、「南戲的形成：戲文、戲曲與永嘉戲曲」、「南戲的流播分派：從福建古劇到南戲諸腔劇種」詳加論述，認為：

「鶻伶聲嗽」是在永嘉初起時，以鄉土歌舞爲基礎所形成的「小戲」。時間約在北宋徽宗宣和間（西元一一一九—一一二五）。

「永嘉雜劇」或「溫州雜劇」是「鶻伶聲嗽」吸收流入民間的「官本雜劇」所形成，樂曲是里巷歌謠和詞調。時間約在南渡（西元一一二七）之際，這時就福建而言，應當也有「莆田雜劇」、「泉州雜劇」、「漳州雜劇」。

「戲文」或「戲曲」是「永嘉雜劇」又吸收說唱文學以豐富其故事情節和音樂曲調乃至曲調的聯綴方法，從而壯大爲「大戲」。如重其戲曲文學而言，則名之戲文；如重其戲曲音樂而言，則名之戲曲。時間約為宋光宗紹熙間（西元一一九〇—一一九四）。

「永嘉戲曲」表示其向外流播，有文獻可徵者，宋度宗咸淳間（西元一二六五—一二七四）已流至杭州

[280] 〔明〕徐渭：《南詞敘錄》，《中國古典戲曲論著集成》第三冊，頁二三九。以下引文據此版本，僅於文末標示頁碼。

和江西南豐，江蘇吳中也約在其時。又從朱熹、陳淳、真德秀之主張禁戲的資料推測，福建閩南地區的莆田、泉州和漳州也應當在光宗朝就已流入戲文；而廣東潮州由後來的戲文傳本觀察，也應當是戲文流播的地方，只是時間未必在南宋。現在福建的莆仙戲和梨園戲為「南戲遺響」，大抵是不差的。

「南曲戲文」、「南戲文」、「南戲」，只是元、明兩代的人為了用以和「北曲雜劇」、「北雜劇」、「北劇」相對待的稱呼，它們和「戲文」對待「雜劇」或「宋元戲文」對待「金元雜劇」一樣，都是體製劇種；而當它們流播各地，以「戲文」為例，會產生兩種現象：其一由永嘉傳到江西南豐，雖結合當地方言和民歌，但基本上尚保存溫州腔韻味，因之被稱爲「永嘉戲曲」；其二如由永嘉傳到莆田、泉州、潮州，腔調被當地「土腔」所取代，而有「莆腔戲文」、「泉腔戲文」、「潮調戲文」，元代以後的海鹽戲文、餘姚戲文、弋陽戲文、崑山戲文也是如此。

所以說，有關南戲的名稱，如果能從其淵源、形成與流播的歷史去探討，其義自明，就不會有紛歧的時代先後和內涵命義的不同看法了。[281]而有關南戲淵源的問題，如果能分開小戲、大戲討論，以「鶻伶聲

---

[281] 如錢南揚：《戲文概論》（臺北：木鐸出版社，一九八二，頁三一五）認為「溫州雜劇」、「永嘉雜劇」的稱號應比「戲文」一詞晚出；唐湜：〈南戲探索〉認為「溫州雜劇」、「永嘉雜劇」的名稱不僅比「戲文」，且比「南戲文」、「南戲」等名稱還要晚出，見《南戲探討集》第一輯（溫州：浙江省溫州市藝術研究室，一九八一）。劉念茲：《南戲新證》（北京：中華書局，一九八六）認為溫州雜劇、永嘉雜劇是明代人給予南戲的別稱。周貽白、葉德均、孫崇濤三人均認為「溫州雜劇」、「永嘉雜劇」是早期南戲的名稱，見周貽白：《中國戲劇史長編》（上海：中華書局，一九五四）、《中國戲劇發展史綱要》（上海：上海古籍出版社，一九七九），葉德均：《戲曲小說叢考・明代南戲五大腔調及其支流》（北京：中華書局，一九七九），孫崇濤：〈略談南戲研究中的幾個問題〉（收入《南戲探討集》第四輯，溫州：浙江省溫州

嗽」、「永嘉雜劇」（或「溫州雜劇」）為小戲階段，就知道其與其他地區諸如莆田、泉州、漳州等地，會有多源並起的現象；以「戲文」、「戲曲」為大戲階段，也易於探索其由永嘉雜劇壯大形成的現象；那麼同時的莆田、泉州、漳州等地就不一定會有相同的條件將其「雜劇」壯大形成爲大戲，它們最大的可能性也只能像杭州和南豊那樣從永嘉流播來戲文，若此，則作為大戲的「戲文」，就應當是一源多派了。[282]而如果也能明白「體製劇種」與「腔調劇種」的分野和其間的相互關係，那麼對於劇種的流布衍生也就會更加清楚了。[283]

市藝術研究室，一九八一）。又王國維云：「南戲當出於南宋之戲文。」（《宋元戲曲考》第十四章）青木正兒：《中國近世戲曲史》（臺北：臺灣商務印書館，一九六五，頁四六）：「戲文一語，當為元代人初呼南宋舊雜劇之語，絕非與雜劇爲別種之劇。」金寧芬：〈南戲形成的時間辨〉：「溫州雜劇（永嘉雜劇、鶻伶聲嗽）、戲文、南戲（南曲戲文），名稱雖異，其實相同。只是因時地的不同而有不同稱謂罷了。」（《文學增刊》第十五輯，一九八三年九月。）洛地：〈戲文辨證〉謂：「戲文是個大概念，南戲是小概念；戲文與戲劇同義，南戲只適合於元明，與北劇相對。」（《南戲論集》，北京：中國戲劇出版社，一九八八，頁六四－八二。）

[282] 錢南揚《戲文概論》：「戲文發生的地點，當在溫州，毫無疑問。」（頁二一）董每戡《說劇．說「戲文」》也說溫州是「無可懷疑的。」（頁一九六）劉念茲《南戲新證》：「南戲是在閩浙兩省沿南一帶同時出現，而互相影響，產生的地點具體來說是在溫州、杭州以及福建的莆田、仙游、泉州等地。」（頁二〇）孫崇濤〈略談南戲研究中的幾個問題〉：「作為一個獨立劇種南戲的起源，按理非此即彼，決無同時出在兩地或先後出在幾處的可能。南戲的源出在溫州，而流的陳跡都較難在現今溫州找到，卻在福建、廣東、江西、安徽諸省及浙江別的地區戲曲裡找到，對流的研究是重要的，但不好都將它隨意升格，非要歸結成源不可。」（《南戲探討集》第四輯。）

[283] 拙作：〈也談「南戲」的名稱、淵源、形成和流播〉，《中國文哲研究集刊》第一一期（一九九七年九月），頁一－四一，收入：《戲曲源流新論》，引文見頁一六九－一七一。

至於徐渭之敘南戲北劇，由元初至元末之消沉，甚有見地，為後來戲曲史家所認同。

(2)有關《琵琶記》之論述

所謂「南曲北調」

徐渭論《琵琶記》云：

永嘉高經歷明避亂四明之櫟社，惜伯喈之被謗，乃作《琵琶記》雪之，用清麗之詞，一洗作者之陋。於是村坊小伎進與古法部相參，卓乎不可及已。相傳則成坐臥一小樓，三年而後成。其足按拍處，板皆為穿。嘗夜坐自歌，二燭忽合而為一，交輝久之乃解。好事者以其妙感鬼神，為剏瑞光樓旌之。我高皇帝即位，聞其名，使使徵之。則誠佯狂不出，高皇不復強。亡何卒。時有以《琵琶記》進呈者，高皇笑曰：「五經四書，布帛菽粟也，家家皆有；高明《琵琶記》如山珍海錯，貴富家不可無。」既而曰：「惜哉以宮錦而製鞵也。」由是日令優人進演。尋患其不可入絃索，命教坊奉鑾史忠計之。色長劉杲者遂撰腔以獻，南曲北調，可於箏琶被之。然終柔緩散戾，不若北之鏗鏘入耳也。(頁二三九—二四〇)

此條記述四事：其一，高明撰著《琵琶記》乃為一洗南宋以來蔡邕被小說戲文誣為不忠不孝不仁不義之冤。其二傳聞瑞光樓奇跡，以彰顯高則誠之戮力創作與妙感鬼神。其三強調《琵琶記》對南戲文學藝術之提升，奠定為大戲之典範，因之而大為明太祖朱元璋所嘉賞。凡此「姑妄言之姑聽之」可也；但已為學者諸多引用，則何妨信其實有。其四，所云將《琵琶記》之南曲，譜入北曲絃索調歌之，是為「南曲北調」，最可注意。由此一則以見北曲腔調勢力強大，即使南戲名著如《琵琶記》，亦不免被改調歌之；但一則亦可見南北曲腔調頗相懸絕，用絃索調歌唱之《琵琶記》畢竟「終柔緩散戾，不若北之鏗鏘入耳也」即此也使我們想到兩件事：一是如何良俊《四友齋曲論》所云，當北雜劇盛行時，「南戲《拜月亭》之外，如《呂蒙正》……，《王祥》……，《殺狗》……，《江流兒》……，《南西廂》……，《翫江樓》……，《子母冤家》……，《詐妮子》……，皆上絃索。」[284]而一旦南盛北衰，則如沈寵綏《度曲須知》所云，北曲「盡是靡靡之響」、「漸近水磨」，[285]這豈不是「北調南唱」嗎？天道好還，曲亦不殊。一是當魏良輔創發水磨調，欲使北曲入水磨，因南北扞格，諸多艱難，若非女婿張野塘協助，新製樂器調適，恐無以成就。可見南北腔調異趣，彼此融入並非易事。對此上文「魏良輔之『水磨調』及其《南詞引正》與《曲律》」已詳論其事。

徐氏「本色論」

徐氏論《琵琶記》又云：

或言《琵琶記》高處在〈慶壽〉、〈成婚〉、〈彈琴〉、〈賞月〉諸大套。此猶有規模可尋。惟〈食糠〉、〈嘗藥〉、〈築墳〉、〈寫真〉諸作，從人心流出，嚴滄浪言「水中之月，空中之影」，最不可到。如「十八答」，句句是常言俗語，扭作曲子，點鐵成金，信是妙手。(頁二四三)

由此可見徐氏對於南戲之文學語言，最欣賞「從人心流出」之「常言俗語」，也只有「妙手」才能「點鐵成金」，而《琵琶記》的〈食糠〉、〈嘗藥〉、〈築墳〉、〈寫真〉諸折，正是典範。也因此他非常反對「以時文為南曲」的藻麗作品，他說：

---

[284] 〔明〕何良俊：《曲論》，《中國古典戲曲論著集成》第四冊，頁一二。

[285] 〔明〕沈寵綏：《度曲須知》，《中國古典戲曲論著集成》第五冊，頁二〇三、一九八。

南戲要是國初得體。……《琵琶》尚矣，其次則《翫江樓》、《江流兒》、《鶯燕爭春》、《荊釵》、《拜月》數種，稍有可觀；其餘皆俚俗語也，然有一高處，句句是本色語，無今人時文氣。（頁二四三）

可見徐氏對於明初南戲分作「尚矣」的《琵琶記》，其次稍有可觀的《翫江樓》等數種，和「皆俚俗語」的其餘。而他認為，縱使第三級的明初南戲，起碼都「句句是本色語」。其「本色」亦指「造語」而言，即便是「俚俗語」，也還較今人無「時文氣」而具有「本色」的高處。他應當是用來反對「以時文為南曲」的《香囊記》。因為「《香囊》乃宜興老生員邵文明作，習《詩經》，專學《杜詩》，遂以二書語句勻入曲中，賓白亦是文語，又好用故事作對子，最為害事。」所以「《香囊》如教坊雷大使舞，終非本色。」（頁二四三）

對於「本色」，徐氏在〈題崑崙奴雜劇後〉云：

梅叔《崑崙》劇已到鵲竿尖頭，直是弄把喜戲一好漢。尚可攛掇者，直撒手一著耳：語入要緊處，不可著一毫脂粉，越俗越家常越警醒，此纔是好水碓，不雜一毫糠衣，真本色。……至散白與整白不同，尤宜俗宜真，不可著一文字，與扭捏一典故事，及截多補少，促作整句。錦糊燈籠，玉鑲刀口，非不好看，討一毫明快，不知落在何處矣！此皆本色不足，仗此小做作以媚人，而不知誤入野狐，作嬌冶也。[286]

又云：

凡語入緊要處，略著文采，自謂動人，不知減卻多少悲歡，此是本色不足者，乃有此病；乃知梅叔造詣，

[286] 〔明〕徐渭：〈題崑崙奴雜劇後〉，《徐文長佚草》，收於《徐渭集》第四冊卷二（北京：中華書局，一九九九），頁一〇九三。

不宜隨眾趨逐也。點鐵成金石者，越俗越雅，越淡薄越滋味，越不扭捏動人越自動人。[287]

可見徐氏所強調的「真本色」是在「語入要緊處」，不可著一毫脂粉，不可略著文采，而要「越俗越家常」才能「越警醒」；「越俗越雅，越淡薄越滋味，越不扭捏動人越自動人。」則徐氏論造語之本色在不施文采的白描自然。

但他所謂的「本色」又似不單指「造語」。其〈《西廂》序〉云：

世事莫不有「本色」，有「相色」。本色猶俗言正身也，相色，替身也。替身者，即書評中「婢作夫人終覺羞澀」之謂也。婢作夫人者，欲塗抹成主母而多插帶，反掩其素之謂也。故余於此本中賤相色，貴本色；眾人嘖嘖者，我呴呴也。豈惟劇者，凡作者莫不如此。嗟哉！吾誰與語！眾人所忽，余獨詳，眾人所旨，余獨唾。嗟哉！吾誰與語！[288]

這段話一方面可與他反對時人劇作尚《香囊》之時文氣而講究造語之天然白描的主張相發明，從而認為那才是戲曲文學應具有的「本體正身」，凡是講求文字藻飾的都是「假相替身」；一方面也由此推廣而認為「凡作者莫不如此」的所有文學作品都應當具此「本色」。他所謂的「本色」已有所偏執。對此，著者已有〈從明人「當行本色」論說「評騭戲曲」應有之態度與方法〉[289]評論其事。

---

[287] 同上註，卷二，頁一〇九三。

[288] 〔明〕徐渭：《《西廂》序》，《徐文長佚草》，收於《徐渭集》第四冊卷一，頁一〇八九。

[289] 拙作：〈從明人「當行本色」論說「評騭戲曲」應有之態度與方法〉，《文與哲》第二六期（二〇一五年六月），頁一一八四。

(3)南曲無宮調

徐氏也論南戲的宮調音律，上文所引錄，說「其曲則宋人詞而益以里巷歌謠，不叶宮調，故士夫罕有留意者。」（頁二三九）《南詞敘錄》又說：

今南九宮不知出於何人，意亦國初教坊人所為，最為無稽可笑。……永嘉雜劇興，則又即村坊小曲而為之，本無宮調，亦罕節奏，徒取其畸（應作「疇」）農、市女順口可歌而已。諺所謂「隨心令」者，即其技歟？間有一二叶音律，終不可以例其餘，烏有所謂九宮？（頁二四〇）

又云：

今之北曲，蓋遼金北鄙殺伐之音，壯偉很戾，武夫馬上之歌。流入中原，遂為民間之日用。宋詞既不可被絃管，南人亦遂尚此，上下風靡，淺俗可嗤。然其間九宮二十一調，猶唐宋之遺也。特其止於三聲，而四聲亡滅耳。至南曲，又出北曲下一等，彼以宮調限之，吾不知其何取也。或以則誠「也不尋宮數調」之句為不知律，非也，此正見高公之識。夫南曲本市里之談，即如今吳下【山歌】、北方【山坡羊】，何處求取宮調？（頁二四〇—二四一）

南戲初起時之「鶻伶聲嗽」，亦有如近代地方小戲，其文學形式之唱詞載體不過為歌謠小調，音樂性格未明，無須宮調制約，徐氏所敘正是此種現象，其例亦有如《永樂大典戲文三種》之《張協狀元》；但戲文一旦發展為大戲，尤其逐漸文士化以後，以聯套建構「排場」，則非講求宮調不可。高則誠雖然自稱不「尋宮數調」，但其實他的《琵琶記》實為「南戲之祖」。明中葉以後「新南戲」與「傳奇」之套式，《琵琶記》與並時之《荊釵記》在這方面其全本所用套曲皆有一半被襲用；堪稱「平分秋色」。所以徐氏「南戲無宮調說」，只能說是在南戲初起之時，不能一概而論。因為他自己也說：

> 南曲固無宮調，然曲之次第，須用聲相隣以為一套，其間亦自有類輩，不可亂也。如【黄鶯兒】則繼之以【簇御林】，【畫眉序】則繼之以【滴溜子】之類，自有一定之序，作者觀於舊曲而遵之可也。(頁二四一)

徐氏縱使一再頑固的說「南曲固無宮調」，然而畢竟也看出聯套之曲牌「自有一定之序」，而這種「須用聲相隣以為一套，其間亦自有類輩，不可亂也」之「曲之次第」，其實正是歸類於宮調下諸曲牌的前後序之現象，所以發展為大戲之戲文是要講究宮調的。否則明清眾多「曲譜」，豈不皆可廢棄。

徐氏論音律，亦及南北曲之別，云：

> 聽北曲使人神氣鷹揚，毛髮灑淅，足以作人勇往之志，信胡人之善於鼓怒也，所謂「其聲噍殺以立怨」是已；南曲則紆徐綿眇，流麗婉轉，使人飄飄然喪其所守而不自覺，信南方之柔媚也；所謂「亡國之音哀以思」，是已。夫二音鄙俚之極，尚足感人如此，不知正音之感人何如也。(頁二四五)

「南北曲之異同」為明清人論曲之重要論題，著者所見雖有二十五家之多，但觀點大致相同；而以魏良輔為最周延，徐氏之見亦堪稱中其肯綮，著者已於拙著《戲曲學(一)．語言論》中，特立一節詳為說明。

徐氏對於周德清《中原音韻》認為「不過為胡人傳譜」，甚至斥之為「夏蟲井蛙之見」(頁二四一)，不像沈璟以後曲論家，皆以之為南曲韻協圭臬。徐氏之論，不免狂妄。

⑷南戲諸腔

徐氏對於南戲諸腔調，有以下兩條重要資料：

今唱家稱弋陽腔，則出於江西，兩京、湖南、閩廣用之；稱餘姚腔者，出於會稽，常、潤、池、太、揚、徐用之；稱海鹽腔者，嘉、湖、溫、台用之。惟崑山腔止行於吳中，流麗悠遠，出乎三腔之上，聽之最足蕩人，妓女尤妙此。如宋之嘌唱，即舊聲而加以泛艷者也。（今宿倡曰「嘌」，宜用此字。）隋唐正雅樂，詔取吳人充弟子習之，則知吳之善謳，其來久矣。（頁二四二）

又云：

今崑山以笛管笙琵按節而唱南曲者，字雖不應，頗相諧和，殊為可聽，亦吳俗敏妙之事。或者非之，以為妄作，請問【點絳唇】、【新水令】是何聖人著作？（頁二四二）

此二條敘及嘉靖間弋陽、餘姚、海鹽、崑山四大聲腔之流播區域，當時崑山腔似乎只局限吳中一隅，而文長特為標舉，且謂「敏妙」、「殊為可聽」、「流麗悠遠，出乎三腔之上。」則其「蓄勢待發」，亦可以概見矣。有關戲曲之腔調、聲腔與唱腔，為戲曲歌唱極重要且根本之事，著者有《戲曲腔調新探》、《「戲曲歌樂基礎」之建構》二書詳為論述。[290]

[290] 拙著：《戲曲腔調新探》（北京：文化藝術出版社，二〇〇九）。拙著：《「戲曲歌樂基礎」之建構》，臺北三民書局，二〇一七。

(5)常用戲曲術語、方言之考釋

另外，徐氏對於戲曲常用方言、術語亦加考釋，有四十四條，其中可信者，或頗具啟發性者固然不少，如對腳色名目之生、外、貼、淨，與傳奇、題目、賓白、開場諸戲曲術語，以及「曲中常用方言字句」之解釋，均大抵可取；但亦有錯誤或可商榷者，如旦、丑、末三腳色之名義：「旦」當為「妲」字之省文訛變，「丑」亦為「紐元子」之省文，「末」當為男子自謙之詞「下末卑夫」之省文；對此著者有〈中國古典戲劇腳色概說〉詳為考訂詮釋。[291]此外如「科」，當為「格範」之「格」字因形近而訛變；「介」，當為「開」字之省文「开」，又因形近而訛變；對此著者有〈從格範、開呵、穿關說到程式〉論之。[292]此外，如淨、行首、相公、妝么等亦可進一步詳論。如「淨」已見於著者前舉〈中國古典戲劇腳色概說〉，「妝么」見著者〈也談「北劇」的名稱、淵源、形成和流播〉中「從院么到么末」一節，[293]評論其「語源」。至於「行首」當為宋教坊耀酒之「角妓」列於「行列之首」，故云。「相公」一詞固由漢代「封侯拜相」而來，然其名義多變，且具趣味，當別為專文考釋。

(6)南戲劇目

《南詞敘錄》末後錄有「宋元舊篇」南戲劇目六十五種，「本朝」新南戲劇目四十八種，總計一一三目，這是宋元明南曲戲文劇目最早的著錄。

近人三〇年代有趙景深《宋元戲文本事》、[294]錢南揚《宋元戲文百一錄》、[295]陸侃如、馮沅君伉儷之《南戲

---

[291] 拙作：〈中國古典戲劇腳色概說〉，《國立編譯館館刊》第六卷第一期（一九七七年六月），頁一三五－一六五。

[292] 拙作：〈從格範、開呵、穿關說到程式〉，《戲曲研究》第六八輯（二〇〇五年九月），頁九三－一〇六。

[293] 拙作：〈也談「北劇」的名稱、淵源、形成和流播〉，《戲曲源流新論》，頁二〇二－二二六。

[294] 趙景深：《宋元戲文本事》（北京：北興書局，一九三四）。

拾遺》，[296]共得一一八種。五〇年代又有錢南揚《宋元戲文輯佚》，[297]趙景深《元明南戲考略》，[298]近三十年來更有錢南揚《戲文概論》（一九八一年三月）、[299]莊一拂《古典戲曲存目彙考》（一九八二年一二月）、[300]劉念茲《南戲新證》（一九八六年一一月）、[301]黃菊盛、彭飛與朱建明之〈關於宋元南戲劇目的整理和輯佚〉，[302]和彭朱二氏之《戲文敘錄》（一九九三年一二月）等。[303]錢氏錄宋元二三八種，明初六十種，共二九八種；莊氏錄宋元二一一種，明初一二五種，共三三六種；劉氏錄宋元二二四種，另福建特有劇目十八種，明初一二五種，共三八七種；黃彭朱三氏敘錄宋元二百十三種；彭、朱二氏敘錄宋元一九三種，其他待考者二種，福建特有劇目十七種，總計二百十二種。

---

[295] 錢南揚：《宋元戲文百一錄》（北京：哈佛燕京學社，一九三四）。

[296] 陸侃如、馮沅君：《南戲拾遺》（北京：哈佛燕京學社，一九三六）。

[297] 錢南揚：《宋元戲文輯佚》（上海：古典文學出版社，一九五九）。

[298] 趙景深：《元明南戲考略》（北京：作家出版社，一九五八）。

[299] 錢南揚：《戲文概論》（上海：上海古籍出版社，一九八一）。

[300] 莊一拂：《古典戲曲存目彙考》（上海：上海古籍出版社，一九八二）。

[301] 劉念茲：《南戲新證》（北京：中華書局，一九八六）。

[302] 黃菊盛、彭飛、朱建明：〈關於宋元南戲劇目的整理和輯佚〉，《曲苑》第二輯（一九八六年五月），頁五一－六四。

[303] 彭飛、朱建明：《戲文敘錄》，收入《民俗曲藝》叢書（臺北：施合鄭民俗基金會，一九九三）。

(四)王驥德《曲律》

曲為元代的代表文學，明清兩代又有變化和發展。元人論曲僅見端倪：周德清「作詞十法」專就散曲而論，重在音韻和造語；鍾嗣成《錄鬼簿》【凌波仙】曲啟評論雜劇作家之先聲。明人論曲，裒輯成卷者有二十五家，較之元人，已蔚然可觀。其著述體例雖大多沿襲詩話、詞話之積習，頗以片段零亂為嫌；然著為專論者亦頗有其人，如徐渭《南詞敘錄》專論南劇，沈寵綏《度曲須知》專論唱法，祁彪佳《遠山堂曲品》、《劇品》和呂天成《曲品》，專門品第劇本：凡此皆有其不可磨滅之價值，而王驥德《曲律》一書，尤為此中翹楚。任訥《曲諧》卷一「方諸館小令」條云：

余嘗謂明代曲家，最不可少者，為魏良輔與王氏（驥德）兩人。無良輔，則今日無崑曲，即謂今日無雅樂可也；無驥德，則譜律之精微，品藻之宏達，皆無以見，謂今日無曲學可也。[304]

又卷三「王驥德傳略」條云：

伯良《曲律》一書，為自來評曲論曲之最完備者。沈璟之《譜》、《韻》，呂天成之《品藻》，王氏皆能得其精微；其人實明代曲家中且最不可少者也。[305]

任氏之論，並非溢美。因為《曲律》一書，論述作曲各法，從宮調音韻，乃至科諢部色，門類詳備而議論見解

---

[304] 任中敏：《曲諧》，收於任中敏編著，曹明升點校：《散曲叢刊》下冊（南京：鳳凰出版社，二〇一三），頁一一二一。

[305] 同上註，頁一二二九。

亦頗精湛；是一部最早關於作曲方法論的著作。在中國曲學論著中，只有李漁《笠翁劇論》可以和它媲美。所以王氏的曲學見解，是很值得加以探討的。

1. 王驥德之生平

王驥德，字伯良，一字伯驥，號方諸生，別署玉陽仙史、秦樓外史，浙江會稽（今浙江省紹興縣）人。

他的祖父爐峰公，曾作《紅葉記》傳奇，家藏元雜劇數百種。他自小就喜愛歌樂，於是精心研究詞曲，數十年如一日，至老不衰。以散曲負盛名於當時。他起先拜同里徐渭為師，就以知音互賞；接著和沈璟討論音律，更受沈氏的推服。徐渭就是著《四聲猿》雜劇，有「詞場飛將」之譽的徐文長；沈璟就是著《屬玉堂傳奇》十七種，編訂《南九宮譜》，妙解音律，守法甚嚴，認為「寧協律而詞不工，讀之不成句，而謳之始叶，是曲中之工巧」，[306]為吳江派領袖的沈寧庵。他們對於伯良的影響很大。另外他又和孫鎮、孫如法、呂天成等結為詞友。而以呂氏相交最早，尤稱莫逆。他曾說：「(天成)與余交，垂二十年，每抵掌談詞，日昃不休。」同時曲家和他「相善」的，尚有顧大典、史槃、王澹、葉憲祖等人，連湯顯祖也在「知好」之列。他曾在山陰署中設席，和毛以燧研討詞曲。毛以燧就是在他死後為他刊行《曲律》一書的人。他又曾經到北京，許多愛好詞曲的人，集會於米氏湛園，邀請他去講習《西廂記》，並賦詩以傳，當時視為奇事。他卒於明熹宗天啟三年（一六二三），生年約在嘉靖三十九年（一五六〇）。

他著有傳奇《題紅記》一種，自己說那是秉父命、修改他祖父的《紅葉記》而成的。雜劇有《男王后》，及《離魂》、《救友》、《雙鬟》、《招魂》共五種。其中《離魂》、《雙鬟》並用南曲四折，這是他所謂「自我作祖」

[306]〔明〕呂天成：《曲品》，《中國古典戲曲論著集成》第六冊卷上（北京：中國戲劇出版社，一九五九），頁二一三。

的「南雜劇」。散曲有《方諸館樂府》二卷。曾校注《西廂記》、《琵琶記》二種，又補沈璟所著《墜釵記》傳奇「又二十七折」一折。另有新製《南詞過曲》三十三章。曲學的著作有《曲律》四卷、《南曲正韻》若干卷、《聲韻分合之圖》一種；又擬譜唐玉潛、林景曦為《義陵記》傳奇，並藉記當時劇曲與所傳散套，以存一代典型，均未果；只是贊可呂天成撰《曲品》，加以參閱而已。詩文有《方諸館集》。他的這些著作，現存的只有雜劇《男王后》一種、散曲近人所輯的《王伯良散曲》一卷，以及使他成名不朽的《曲律》四卷。[307]

《曲律》一書，現存有下列各種版本：

(1)明天啟四年（一六二四）原刻本。

(2)清康熙二十八年（一六八九）蘇州綠蔭堂重印明方諸館刻本。此本封面標作：「馮夢龍先生原本。康熙二十八年新鐫。曲律。金閶綠蔭堂梓。」但其實係用明板重印。

(3)《指海》第七集所收本。《指海》，清錢熙祚輯，道光間金山錢氏刻本。此本題「曲律」、「明王驥德伯良撰」，刪去王驥德之〈別毛以燧〉詩及毛以燧〈哭王伯良先生〉詩。卷末附錢熙祚跋一篇。

(4)《學術叢編》本。《學術叢編》，近人姬佛陀輯。民國五年上海倉聖明智大學排印。

(5)《讀曲叢刊》本。

(6)《重訂曲苑》本。

(7)《增補曲苑》本。以上四種版本，皆從《指海》本出。

(8)《中國古典戲曲論著集成》本。用《讀曲叢刊》本作底本，並據明天啟原刊本加以校論。

[307] 王驥德生平參見任中敏：《曲諧・卷三・王驥德傳略》，收於任敏編著，曹明升點校：《散曲叢刊》，頁一二二九－一二三〇。

《曲律》四卷共分四十則，除第三十九則係「縱筆漫書，初無倫次」的「雜論」上下外，其他每則俱論述一專題，如「論曲源第一、總論南北曲第二、論調名第三」等。其「雜論」雖係縱筆漫書，但有許多意見可以和「專題」所論相發明。以下且就《曲律》一書評述王驥德的曲學。

2.王驥德之曲學

王驥德之所以著作《曲律》的緣故，大概有兩點原因：其一是感於「今之為詞曲者，上無豻狴之懸，下鮮棘木之聽。」以致當時的南曲「綵筆如林，盡是嗚嗚之調；紅牙迭響，祇為靡靡之音。俾太古之典刑，斬於一旦；舊法之澌滅，悵在千秋。」所以他著作《曲律》，「創法貴嚴」，欲使「人持三尺，家作五申，還其古初，起茲流靡。」其二是感於「駒隙易馳，河清難俟。世路莽蕩，英雄逗留。」所以他要「藉以消吾壯心」。[308]馮夢龍《曲律》敘〉亦謂伯良頗受詞隱先生（沈璟）的賞識，其《曲律》一書較之詞隱《南九宮譜》「法尤密，論尤苛。」「鼇韻則德清蒙譏，評辭則東嘉領罰。」堪稱「攻詞之針砭，按曲之申韓。」[309]我們縱觀伯良所論述，大約可以從以下幾方面來探討。

(1)總論曲

詞曲一向被視為小道末技，但伯良卻在〈雜論第三十九上〉說：

> 遏雲、落塵，遠不暇論。明皇製【春光好】曲而桃杏皆開，世歌【虞美人】曲而草能按節以舞。聲之所感，豈其微哉！（頁一四六）

[308] 以上見〔明〕王驥德：《曲律・自序》，《中國古典戲曲論著集成》第四冊，頁四九－五〇。

[309] 同上註，頁四七。

他所根據的雖然是無稽之談，但由此可見他對於曲的感人動物之功頗為重視。

詩詞曲是一脈相承的韻文學，可是由於託體既異，其本質自然有別。〈雜論第三十九下〉云：

晉人言：「絲不如竹，竹不如肉。」以為漸近自然。吾謂：詩不如詞，詞不如曲，故是漸近人情。夫詩之限於律與絕也，即不盡於意，欲為一字之益，不可得也。詞之限於調也，即不盡於吻，欲為一語之益，不可得也。若曲，則調可累用，字可襯增。詩與詞，不得以諧語方言入，而曲則惟吾意之欲至，口之欲宣，縱橫出入，無之而無不可也。故吾謂：快人情者，要毋過於曲也。（頁一六〇）

因為曲在音樂上較詩詞變化多端，在語言上較詩詞運用自由，所以曲較詩詞更近自然，更快人情。也因此，如果作曲而入詩詞，「便非當家」。譬如王世貞所稱李夢陽「指冷鳳凰笙」句，伯良也認為那只是「詞家語，非曲家語。」他這種嚴分詩詞曲的見解是相當明達的。

詩詞曲既然因為體製有別而有不同的特質，那麼南北曲自然也因為地域有別而有不同的風貌。伯良對於南北曲不同的風貌也作多方面的探索。他首先在〈總論南北曲第二〉一則裡，考證「曲之有南北，非始今日也。」而是自古已然。他接著說：

以辭而論，則宋胡翰所謂：晉之東，其辭變為南、北；南音多艷曲，北俗雜胡戎。以地而論，則吳萊氏所謂：晉、宋、六代以降，南朝之樂，多用吳音；北國之樂，僅襲夷虜。以聲而論，則關中康德涵所謂：南詞主激越，其變也為流麗；北曲主忼慨，其變也為朴實。惟朴實故聲有矩度而難借，惟流麗故唱得宛轉而易調。吳郡王元美謂：南、北二曲，譬之同一師承，而頓、漸分教；俱為國臣，而文、武異科。北主勁切雄麗，南主清峭柔遠。北字多而調促，促處見筋；南字少而調緩，緩處見眼。北辭情少而聲情多，南聲情少而辭情多。北力在絃，南力在板。北宜和歌，南宜獨奏。北氣易粗，南氣易弱。此其大較。康，北人，故差易南調，似不如王論為確。（頁五六—五七）

這段話引述諸家言論從各方面說明南北曲的異同，其中尤以王元美之說最為中肯，但王氏之論，其實原本魏良輔《曲律》，只是稍異字句而已，已見前論。伯良在〈雜論第三十九上〉中，也屢次談到自己對於南北曲異同的見解，他說：

南、北二調，天若限之。北之沉雄，南之柔婉，可畫地而知也。北人工篇章，南人工句字。工篇章，故以氣骨勝；工句字，故以色澤勝。（頁一四六）

又〈雜論第三十九下〉云：

北劇之於南戲，故自不同。北詞連篇，南詞獨限。北詞如沙場走馬，馳騁自由；南詞如揖遜賓筵，折旋有度。連篇而蕪蔓，獨限而跼蹐，均非高手。韓淮陰之多多益善，岳武穆之五百騎破兀朮十萬眾，存乎其人而已。（頁一五九—一六〇）

這是伯良心領神會之言，所謂「以氣骨勝」、「以色澤勝」，所謂「北詞連篇」、「南詞獨限」，確係不易之論。此外他又認為「南北二曲，用字不得相混」、「北曲方言時用，而南曲不得用」、「南曲之必用南韻也，猶北曲之必用北韻也；亦由文夫之必冠幘而婦人之必笄珥也。」[310]也都道出了南北曲因「土氣」不同所產生的差異。不止

[310]〔明〕王驥德：《曲律》，《中國古典戲曲論著集成》第四冊，頁一四八、一八〇。

如此，連通俗小曲，也有南北之分：

> 北人尚餘天巧，今所流傳〈打棗竿〉諸小曲，有妙入神品者；南人苦學之，決不能入。蓋北之〈打棗竿〉，與吳人之山歌，不必文士，皆北里之俠，或閨闥之秀，以無意得之，猶《詩》鄭、衛諸風，脩大雅者反不能作也。（頁一四九）

他把北方的〈打棗竿〉諸小曲和南方的山歌拿來和《詩經》的鄭衛之風相提並論，這種見解不止超越時人，也可見「曲」在他心目中的地位。

(2)曲法論

甲、聲韻

伯良《曲律》一書旨在討論作曲的方法，其〈論曲禁第二十三〉則可以說是此書的結論。他開頭說：「曲律，以律曲也。律則有禁，具列以當約法。」然後列出了「四十禁」，其中「重韻、借韻、犯韻、犯聲、平頭、合腳、上上疊用、上去去上倒用、聲入三用、一聲四用、陰陽錯用、閉口疊用、韻腳多以入代平、疊用雙聲、疊用疊韻、開閉口韻同押、宮調亂用、緊慢失次」[311]等十八禁都是有關聲韻的問題。周德清「作詞十法」對於聲韻，已經論及要知韻（無入聲，止有平上去三聲）；入聲作平聲，施於句中，不可不謹；平聲字要辨陰陽；要知某調某句某字是務頭，可施俊語於其上。[312]伯良則更加精密謹嚴。他認為「曲之不美聽者，以不識聲調故。」識聲調之法「須先熟讀唐詩，諷其句字，繹其節拍，使長灌注融液於心胸口脗之間，機括既熟，音律自

---

[311] 〔明〕王驥德：《曲律》，《中國古典戲曲論著集成》第四冊〈論曲禁第二十三〉，頁一二九－一三一。

[312] 〔明〕周德清：《中原音韻》，《中國古典戲曲論著集成》第一冊，頁二三一－二三六。

諧，出之詞曲，必無沾唇拗嗓之病。」[313]可見他講求的所謂「聲調」是指曲的整個語調氣勢而言。文學的語調氣勢，尤其是韻文學，無非掌握在自然音律和人工音律之中。而構成音律的主要因素，則是聲和韻。

伯良對於聲韻的道理，知之甚微。他能明辨四聲的特質：「平聲尚含蓄，上聲促而未舒，去聲往而不返，入聲則逼側而調不得自轉。」對於入聲更有獨到的見解，〈論平仄第五〉說：

> 大抵詞曲之有入聲，正如藥中甘草，一遇缺乏，或平、上、去三聲字而不妥，無可奈何之際，得一入聲，便可通融打諢過去，是故可作平，可作上，可作去；而其作平也，可作陰，又可作陽，不得以北音為拘；此則世之唱者由而不知，而論者又未敢拈而筆之紙上故耳。（頁一〇六）

他又在〈論陰陽第六〉中說，不止北曲平聲有陰陽之別，南曲亦然，只是久廢不講而已。但南北的陰陽，卻有所不同，他說：

> 夫自五聲之有清、濁也，清則輕揚，濁則沈鬱。周氏以清者為陰，濁者為陽，故於北曲中，凡揭起字皆曰陽，抑下字皆曰陰；而南曲正爾相反。南曲凡清聲字皆揭而起，凡濁聲字皆抑而下。（頁一〇七）

至於用韻，其〈論韻第七〉云：

> 元人譜曲，用韻始嚴。德清生最晚，始輯為此韻，作北曲者守之，兢兢無敢出入。獨南曲類多旁入他韻，如支思之於齊微、魚模，魚模之於家麻、歌戈、車遮，真文之於庚青、侵尋，或又之於寒山、桓歡、先

[313]〔明〕王驥德：《曲律》，《中國古典戲曲論著集成》第四冊〈論聲調第十五〉，頁一一二－一一三。

天，寒山之於桓歡、先天、監咸、廉纖，或又甚而東鍾之於庚青，混無分別，不啻亂麻，令曲之道盡亡，而識者每為掩口。北劇每折只用一韻。南戲更韻，已非古法，至每韻復出入數韻，而恬不知怪，抑何窘也！（頁一一〇—一一一）

混韻的緣故，不外乎因為韻部間的主要元音或韻尾相近，南戲久在民間，取協方音口語，初無所謂韻書，律以中原雅音，自然要感到乖舛。伯良似乎不知聲韻因空間而有別，但他對於古今音變的道理卻頗有明確的見解。他批評《中原音韻》的韻目既用二字，而不取一陰一陽之失，又認為其韻字之歸類及韻協之分部已有不合時代的現象。他說：「德清可更沈約以下諸賢之詩韻，而今不可更一山人之詞韻哉？」於是他乃「多取聲《洪武正韻》，遂盡更其舊，命曰《南詞正韻》。」（頁一一二）他之所以反對《中原音韻》，別創《南詞正韻》，目的是「為南詞而設」。對於宮調，他也非常講求。其〈論宮調第四〉云：

北之歌也，必和以絃索，曲不入律，則與絃索相戾，故作北曲者，每凜凜遵其型范，至今不廢；南曲無問宮調，只按之一拍足矣，故作者多孟浪其調，至混淆錯亂，不可救藥。不知南曲未嘗不可被管絃，實與北曲一律，而奈何離之？夫作法之始，定自毖宵，離之蓋自《琵琶》、《拜月》始。以兩君之才，何所不可，而猥自貰於不尋宮數調之一語，以開千古厲端，不無遺恨。（頁一〇四）

按徐渭《南詞敘錄》云：

今南九宮不知出於何人，意亦國初教坊人所為，最為無稽可笑。……「永嘉雜劇」興，則又即村坊小曲而為之，本無宮調，亦罕節奏，徒取其畸（疇）農、市女順口可歌而已，諺所謂「隨心令」者，即其技歟？間有一二叶音律，終不可以例其餘，烏有所謂九宮？必欲窮其宮調，則當自唐、宋詞中別出十二律、二十一調，方合古意。是九宮者，亦烏足以盡之？多見其無知妄作也。[314]

「永嘉雜劇」是最早的南戲。南戲的音樂既然從村坊小曲而來，自然無所謂宮調。可是後來逐漸發展，吸收宋詞、南諸宮調和北曲的音樂，於是才有宮調的觀念，並且將原有的村坊小曲納入宮調之中，以便統屬。所以徐氏「南戲無宮調之說」是就其原始而論，而王氏譏《琵琶》、《拜月》不尋宮數調為千古厲端，蓋就其結果而言。徐王二氏都不免偏執，有昧於南戲音樂自然發展之道。

王氏既然講究宮調，那麼對於聯套之法，緊慢之次，自然也甚為講求。其〈論過搭第二十二〉云：

過搭之法，雜見古人詞曲中，須各宮各調，自相為次。又須看其腔之粗細，板之緊慢；前調尾與後調首要相配叶，前調板與後調板要相連屬。（頁一二八）

此法一出，於是南曲的音律謹乎其嚴矣。

以上是伯良對於聲韻的重要見解，也是上述曲禁十八條制訂的依據。另外他又秉詞隱之意，嚴分開閉口字，認為「字之有開、閉口也，猶陽之有陰，男之有女。」「詞曲禁之尤嚴，不許開、閉並押。」[315]又其〈論務頭第九〉云：

務頭之說，《中原音韻》於北曲臚列甚詳，南曲則絕無人語及之者。然南、北一法。係是調中最緊要句

---

[314]〔明〕徐渭：《南詞敘錄》，《中國古典戲曲論著集成》第三冊，頁二四〇。

[315]〔明〕王驥德：《曲律》，《中國古典戲曲論著集成》第四冊〈論閉口字第八〉，頁一一三。

字，凡曲遇揭起其音，而宛轉其調，如俗之所謂「做腔」處，每調或一句、或二三句，每句或一字、或二三字，即是務頭。(頁一一四)

「務頭」之說，明清以來莫衷一是，王氏就音調而論，蓋得其實。對此，已見前文述評《中原音韻》。

乙、造語

曲禁四十條中，除上述十八條有關聲韻者外，其餘二十二條是：「陳腐、生造、俚俗、蹇澀、粗鄙、錯亂、蹈襲、沾唇、拗嗓、語病、請客、重字多、襯字多、堆積學問、錯用故事、對偶不整、方言、太文語、太晦語、經史語、學究語、書生語。」[316]這二十二條都是有關「造語」。周德清「作詞十法」中亦論及造語的問題，但王氏較之尤為詳密。其「陳腐」至「對偶不整」十六條，蓋就修辭學的觀點而論；「方言」至「書生語」六條，蓋純就語言成分而言。對於襯字、對偶、用事諸項目，王氏更有專論。其〈論襯字第十九〉云：

古詩餘無襯字，襯字自南、北二曲始。北曲配絃索，雖繁聲稍多，不妨引帶。南曲取按拍板，板眼緊慢有數，襯字太多，搶帶不及，則調中正字，反不分明。大凡對口曲，不能不用襯字；各大曲及散套，只是不用為佳。細調板緩，多用二三字尚不妨；緊調板急，若用多字，便躲閃不迭。凡曲自一字句起，至二字、三字、四字、五字、六字、七字句止。惟【虞美人】調有九字句，然是引曲。又非上二下七，則上四下五，若八字、十字以外，皆是襯字。今人不解，將襯字多處，亦下實板，致主客不分。(頁一二五)

[316] 同上註，〈論曲禁第二十三〉，頁一三〇—一三一。

這一段議論雖未盡精審，但論襯字者，可以說以此為「始祖」。襯字乃供轉折、聯續、形容、輔佐之用，故凡句中表示主要意義之字，無論其為名詞或動詞，均須置於正字部分，不宜用為襯字。也因此正襯要分明，歌唱朗讀才能掌握其音律之美。大曲、散套，作用近於詞，旨在抒情，故以不用襯字為佳；對口之曲，用以代言，旨在表白，取其疏朗，故以用襯字為宜；但襯字如果過多，以致有傷音律，躲閃不迭，那就反而成為曲中之病了。

又其〈論對偶第二十〉云：

> 凡曲遇有對偶處，得對方見整齊，方見富麗。有兩句對，有三句對，有四句對，有隔句對，有隔調對。當對不對，謂之草率；不當對而對，謂之矯強。對句須要字字的確，斤兩相稱方好。上句工寧下句工，一句好一句不好，謂之「偏枯」，須棄了另尋。借對得天成妙語方好，不然反見才窘，不可用也。（頁一二六）

對偶可以凝練句意，使文勢見其筋骨。曲中有「逢雙必對」之說，雖未必盡然；但遇句式相同之處，無論其兩句、三句或四句，作者往往施以對偶，使之見精神。所謂「不當對而對，謂之矯強」，因為如此一來反而不自然。又其〈論用事第二十一〉云：

> 曲之佳處，不在用事，亦不在不用事。好用事，失之堆積；無事可用，失之枯寂。要在多讀書，多識故實，引得的確，用得恰好，明事暗使，隱事顯使，務使唱去人人都曉，不須解說。又有一等事，用在句中，令人不覺，如禪家所謂撮鹽水中，飲水乃知鹹味，方是妙手。（頁一二七）

曲中用事之妙，莫過如此。尤其「務使唱去人人都曉，不須解說」，更是曲中用事的不二法則。至於曲中用語，伯良所舉六條自然以避忌為佳，但如果是戲曲，則其實沒有不可用的語言，只是運用之妙，存乎一心而已。因為有時常理所應避忌的語言，用得巧妙，反而能見出其所要表現的機趣。

丙、字法、句法、章法

聲韻、造語之外，伯良更從字法、句法、章法論作曲的方法。其〈論字法第十八〉云：

下字為句中之眼，古謂百煉成字，千煉成句，又謂前有浮聲，後須切響。要極新，又要極熟；要極奇，又要極穩。虛句用實字鋪襯，實句用虛字點綴。務頭須下響字，勿令提挈不起。押韻處要妥貼天成，換不得他韻。照管上下文，恐有重字，須逐一點勘換去。又閉口字少用，恐唱時費力。今人好奇，將劇戲標目，一一用經、史隱晦字代之，夫列標目，欲令人開卷一覽，便見傳中大義，亦且便翻閱，卻用隱晦字樣，彼庸眾人何以易解！此等奇字，何不用作古文，而施之劇戲？可付一笑也！（頁一二四）

可見他所說的「字法」是就字的意義和聲韻而說的。用字到了「妥貼天成」，不止作曲應如此，作詩、作文何嘗不應如此；而「隱晦字樣」，則是曲中所汲汲務去而惟恐不及的。

其〈論句法第十七〉云：

句法，宜婉曲不宜直致，宜藻艷不宜枯瘁，宜溜亮不宜艱澀，宜輕俊不宜重滯，宜新采不宜陳腐，宜擺脫不宜堆垛，宜溫雅不宜激烈，宜細膩不宜粗率，宜芳潤不宜噍殺；又總之，宜自然不宜生造。意常則造語貴新，語常則倒換須奇。他人所道，我則引避；他人用拙，我獨用巧。平仄調停，陰陽諧叶。上下引帶，減一句不得，增一句不得。我本新語，而使人聞之，若是舊句，言機熟也；我本生曲，而使人歌之，容易上口，言音調也。一調之中，句句琢鍊，毋令有敗筆語，毋令有欺嗓音，積以成章，無遺恨矣。

(頁一二三—一二四)

這是就曲句的情味和音調而論的，可以和上文所述的「造語」和「聲調」相發明。所謂「枯瘁、艱澀、重滯、陳腐、堆垛」，固然於曲「不宜」，應當避免；但「直致、激烈、粗率、噍殺」有時反而是曲中特色，倘極力禁忌，則不流入「詞化之曲」者幾希。雖然，「宜自然不宜生造」，「平仄調停，陰陽諧叶」，則是使得曲「句句琢鍊」的不二法門。

其〈論章法第十六〉云：

> 作曲，猶造宮室者然。工師之作室也，必先定規式，自前門而廳、而堂、而樓，或三進、或五進、或七進，又自兩廂而及軒寮，以至廩庾、庖湢、藩垣、苑榭之類，前後、左右、高低、遠近，尺寸無不了然胸中，而後可施斤斲。作曲者，亦必先分段數，以何意起，何意接，何意作中段敷衍，何意作後段收煞，整整在目，而後可施結撰。此法，從古之為文、為辭賦、為歌詩者皆然；於曲，則在劇戲，其事頭原有步驟；作套數曲，遂絕不聞有知此竅者，只漫然隨調，逐句湊泊，掇拾為之，非不聞得一二好語，顛倒零碎，終是不成格局。(頁一二三)

笠翁所謂之「結構論」，實本王氏此「章法」說。笠翁極為講究立主腦、密針線、減頭緒，雖專就戲曲而論，但其注重章法結構則一。任何文學作品，沒有不講求章法結構的；而章法結構如果不佳，則決非好作品，似乎可以斷言。只是戲曲之「結構」，如前文所論，當兼具內外在結構而言。

(3)散曲論

曲的體類可以大別為散曲和劇曲，散曲又分小令和散套。伯良論小令和散套，旨在明其作法。其〈論小令第二十五〉云：

作小令與五七言絕句同法，要醞藉，要無襯字，要言簡而趣味無窮。昔人謂：五言律詩，如四十個賢人，著一個屠沽不得。小令亦須字字看得精細，著一戾句不得，著一草率字不得。弇州論詞，所謂宛轉綿麗，淺至儇俏，正作小令至語。周氏謂樂府小令兩途，樂府語可入小令，小令語不可入樂府，未必其然，渠所謂小令，蓋市井所唱小曲也。(頁一三三)

又〈論套數第二十四〉云：

套數之曲，元人謂之「樂府」，與古之辭賦，今之時義，同一機軸。有起有止，有開有闔。須先定下間架，立下主意，排下曲調，然後遣句，然後成章。切忌湊插，切忌將就。務如常山之蛇，首尾相應，又如鮫人之錦，不著一絲紕纇。意新語俊，字響調圓，增減一調不得，顛倒一調不得，有規有矩，有色有聲，眾美具矣！而其妙處，政不在聲調之中，而在句字之外。又須煙波渺漫，姿態橫逸，攬之不得，挹之不盡。摹歡則令人神蕩，寫怨則令人斷腸，不在快人，而在動人。此所謂「風神」，所謂「標韻」，所謂「動吾天機」。不知所以然而然，方是神品，方是絕技。(頁一三二)

王氏以作五七絕和五言律來比作小令，以作辭賦和時義來比作套數。其所比擬頗有切當之處，所論亦有中肯之語；譬如謂小令「要言簡而趣味無窮」，謂套數要「意新語俊，字響調圓」，「務如常山之蛇，首尾相應，又如鮫人之錦，不著一絲紕纇。」都非常警醒，可以使人遵循。但如果以五七絕、五言律之法來作小令，求其「宛轉綿麗」，勢必失其疏朗詼諧的機趣；如果以辭賦時義之法來作套數，專門講求其「風神標韻」、「動吾天機」，雖是「神品絕技」，但是必遺其豪辣灝爛之姿與莽爽蕭疏之氣；而曲之所以為曲，亦必忘其本來面目。所以作小令也好，作套數也好，莫如以作小令之法作小令，以作套數之法作套數：媚撫者，取其仙女尋春，自然笑傲；豪辣者，取其波浪壯闊，意氣縱橫；而清剛之氣自然流貫其間，則不失曲之韻致矣。

(4) 戲劇論

對於戲劇的討論，伯良已經注意到戲曲文學藝術的各方面。其〈論劇戲第三十〉云：

> 劇之與戲，南北故自異體。北劇僅一人唱，南戲則各唱。一人唱則意可舒展，而有才者得盡其春容之致；各人唱則格有所拘，律有所限，即有才者，不能恣肆於三尺之外也。於是：貴剪裁、貴鍛鍊——以全帙為大間架，以每折為折落，以曲白為粉堊、為丹雘；勿落套；勿不經；勿太蔓，蔓則局懈，而優人多刪削；勿太促，促則氣迫，而節奏不暢達；毋令一人無著落；毋令一折不照應。傳中緊要處，須重著精神，極力發揮使透。如《浣紗》遺了越王嘗膽及夫人採葛事，紅拂私奔，如姬竊符，皆本傳大頭腦，如何草草放過！若無緊要處，只管敷演，又多惹人厭憎：皆不審輕重之故也。又用宮調，須稱事之悲歡苦樂，如遊賞則用仙呂、雙調等類；哀怨則用商調、越調等類，以調合情，容易感動得人。其詞格俱妙，大雅與當行參間，可演可傳，上之上也。詞藻工，句意妙，如不諧里耳，為案頭之書，已落第二義；既非雅調，又非本色，掇拾陳言，湊插俚語，為學究、為張打油，勿作可也！（頁一三七）

這段話論北劇南戲之異同，固然顯得粗略，但一人唱與各唱確是北劇南戲體製風格有所差別的一大關鍵。對於戲曲本身，伯良提出了三個很重要的觀點：一是論結構要貴剪裁、貴鍛鍊；二是論音律要達到聲情、詞情自然脗諧的妙境；三是論詞采要能雅俗共賞，場上、案頭兩兼其美。像這樣的論點，真是衡諸古今中外皆可以為準的。不止如此，對於戲曲，伯良也注意到了賓白、科諢、部色、落詩，以及劇曲中的引子、過曲、尾聲的作法問題。只是他所說的「結構」，但就關目之布置而言。

其〈論賓白第三十四〉云：

賓白，亦曰「說白」。有「定場白」，初出場時，以四六飾句者是也。有「對口白」，各人散語是也。定場白稍露才華，然不可深晦。……對口白須明白簡質，用不得太文字；凡用之、乎、者、也，俱非當家。……句字長短平仄，須調停得好，令情意宛轉，音調鏗鏘，雖不是曲，卻要美聽。諸戲曲之工者，白未必佳，其難不下於曲。……大要多則取厭，少則不達，蘇長公有言：「行乎其所當行，止乎其所不得不止。」則作白之法也。（頁一四〇－一四一）

元人於雜劇，有光製曲不作白之說。其說雖不足信，但《元刊雜劇三十種》省略賓白，明周憲王憲藩原刻本《誠齋樂府》，必須特別強調「全賓」，可見劇中賓白，周憲王朱有燉之前，似乎不被重視。而伯良竟然認為賓白之難，「不下於曲」，把賓白的地位提高到和曲文相等，這除了對於戲劇深具灼見外，尤其要有超人的膽識。晚近的皮黃有一句「千斤話白四兩唱」的行話，其用意在進一步強調賓白在戲曲中的重要性。由此也可見伯良早在四百年前所具的慧眼。至其所論賓白必須自然美聽、耳聞即曉，更是切當不易之論。

又其〈論插科第三十五〉云：

插科打諢，須作得極巧，又下得恰好。如善說笑話者，不動聲色，而令人絕倒，方妙。大略曲冷不鬧場處，得淨、丑間插一科，可博人哄堂，亦是劇戲眼目。若略涉安排勉強，使人肌上生粟，不如安靜過去。（頁一四一）

宋金雜劇院本以滑稽為主，由淨末主演；大抵北劇南戲之插科打諢，即為其遺跡。戲曲排場，講求冷熱調劑，所以插科打諢，不失為戲曲之眼目。但務在自然，而不流入低級之笑料方是妙品。可是中國戲曲一涉及打諢，往往穢惡連篇，名作如《牡丹亭》、《長生殿》，亦俱不能免俗。

另外，伯良又論及「落詩」，所謂「落詩」即是下場詩。他認為湊上兩句諺語即可，不必用文雅的詩語，「集唐以逞新奇」，以致生硬不親切，反覺無聊。他這樣的見解也是明達的。可惜其〈論部色第三十七〉，但說各劇種的角色類別，而不及角色的分配運用等問題，在他的戲曲理論上，不能說不是一個缺陷。

南曲套數的結構，由引子、過曲、尾聲三部分組成。伯良對它們的作法也有所論述，他是就劇曲而論的。其〈論引子第三十一〉云：

> 引子，須以自己之腎腸，代他人之口吻。蓋一人登場，必有幾句緊要說話，我設以身處其地，模寫其似，卻調停句法，點檢字面，使一折之事頭，先以數語該括盡之，勿晦勿泛，此是上諦。（頁一三八）

其〈論過曲第三十二〉云：

> 過曲體有兩途：大曲宜施文藻，然忌太深；小曲宜用本色，然忌太俚。須奏之場上，不論士人閨婦，以及村童野老，無不通曉，始稱通方。最要落韻穩當，……又不可令有敗筆語。……用韻，須是一韻到底

方妙；屢屢換韻，畢竟才短之故，……。若重韻，則正不必拘，古劇皆然。避而牽強，不若重而穩俏之為愈也。（頁一三八—一三九）

其〈論尾聲第三十三〉云：

尾聲以結束一篇之曲，須是愈著精神，末句更得一極俊語收之，方妙。（頁一三九）

以上所論大致不差，但謂過曲用韻，須是一韻到底方妙，則稍可斟酌。如果是同屬一套曲之過曲，自然不能換韻；如果雖係同折，但排場已易，移宮換羽之際，則以換韻為佳；因為此時劇情變更，其聲情和詞情自然也應當隨著轉移。而南戲傳奇一出之中，可以變化排場至三次之多，其韻協自然也可以更換三次。這與才情無關，而是為了戲曲文學的實際需要。〈論過曲〉中又提到詞采的問題，大抵說來，伯良所主張的是老嫗能解的當行本色。他在〈雜論第三十九上〉中說：

白樂天作詩，必令老嫗聽之，問曰：「解否？」曰「解」，則錄之；「不解」，則易。作劇戲，亦須令老嫗解得，方入眾耳，此即本色之說也。（頁一五四）

如果戲曲能令老嫗得解，就能行之久遠，因為「庸下優人，遇文人之作，不惟不曉，亦不易入口。」所以他認為「過施文彩，以供案頭之讀，亦非計也。」（頁一五四）「若讀去而煙雲花鳥、金碧丹翠，橫垛直堆，如攤賣古董，鋪綴百家衣，使人種種可厭，此小家生活，大雅之士所深鄙也。」（頁一五三）至於所謂「當行本色」，他在〈雜論第三十九上〉中說：

當行本色之說，非始於元，亦非始於曲，蓋本宋嚴滄浪之說詩。滄浪以禪喻詩，其言：「禪道在妙悟，詩道亦然。惟悟乃為當行，乃為本色。有透徹之悟，有一知半解之悟。」又云：「行有未至，可加工力；路頭一差，愈騖愈遠。」又云：「須以大乘正法眼為宗，不可令墮入聲聞闢支之果。」知此說者，可與語詞道矣。（頁一五二）

以妙悟釋當行本色，失之過玄；其實當行本色不過是具其應有之修為，呈現其本然之面目而已。譬如北曲肇自胡元，其本色便是蒜酪風味；南曲原出江浙，其本色便是清麗婉媚。對此，前文論之已詳。伯良又說：「入曲三昧，在『巧』之一字。」（頁一五三）這個「巧」也就是致曲機趣自然的關鍵。其〈論家數第十四〉云：

曲之始，止本色一家，觀元劇及《琵琶》、《拜月》二記可見。自《香囊記》以儒門手腳為之，遂濫觴而有文詞家一體。近鄭若庸《玉玦記》作，而益工修詞，質幾蓋掩。夫曲以模寫物情，體貼人理，所取委曲宛轉，以代說詞，一涉藻繢，便蔽本來。然文人學士，積習未忘，不勝其靡，此體遂不能廢，猶古文六朝之於秦、漢也。大抵純用本色，易覺寂寥；純用文調，復傷雕鏤。《拜月》質之尤者，《琵琶》兼而用之，如小曲語語本色，大曲引子如「翠減祥鸞羅幌」、「夢繞春闈」，過曲如「新篁池閣」、「長空萬里」等調，未嘗不綺繡滿眼，故是正體。《玉玦》大曲，非無佳處；至小曲亦復填垛學問，則第令聽者憒憒矣！故作曲者須先認清路頭，然後可徐議工拙。至本色之弊，易流俚腐；文詞之病，每苦太文。雅俗淺深之辨，介在微茫，又在善用才者酌之而已。（頁一二一—一二二）

細按伯良之意，認為曲應當以本色為宗，但純用本色，如非高才大筆，未易臻其妙諦；且易流於俚腐；而文人又往往以藻繢為習，因此乃主張大曲不妨施以文采，而小曲則仍以保其本色為是。所謂「雅俗淺深之辨，介在微茫，又在善用才者酌之而已。」這話是說得平正通達的。對於當時的作家，他認為文辭一派的代表是「宣城梅禹金：摛華掞藻，斐亹有致。」本色一派的代表「惟奉常一人（湯顯祖）：其才情在淺深、濃淡、雅俗之間，為獨得三昧」。除此二家之外，「餘則脩綺而非垛則陳，尚質而非腐則俚矣。」（頁一七〇－一七一）可見他認為只要淺深、濃淡、雅俗調停得恰到好處，所謂「生旦有生旦之曲，淨丑有淨丑之腔」。如出自然的，便是本色，本色和俚俗是有截然不同的分別的。

對於戲曲本事的虛實問題，伯良在〈雜論第三十九上〉說：

古戲不論事實，亦不論理之有無可否，於古人事多損益緣飾為之，然尚存梗槩。後稍就實，多本古史傳雜說略施丹堊，不欲脫空杜撰。邇始有捏造無影響之事以欺婦人、小兒者，然類皆優人及里巷小人所為，大雅之士亦不屑也。（頁一四七）

可見對於戲曲的本事，他不主張「脫空杜撰」，認為應當「本古史傳雜說略施丹堊」，如此才不失「大雅」之道。但是他也承認「古新奇事迹，皆為人做過。今日欲作一傳奇，毋好手難遇，即求一典故新采可動人者，正亦不易得耳。」（頁一四八）所以他只好說：

劇戲之道，出之貴實，而用之貴虛。《明珠》、《浣紗》、《紅拂》、《玉合》，以實而用實者也；《還魂》、「二夢」，以虛而用實者也。以實而用實也易，以虛而用實也難。（頁一五四）

如果戲曲只依據史傳傳說，平鋪直敘，不加點染設色，那說是「以實用實」，必無動人之姿；如果本事雖係憑空杜撰，但卻能合情合理，引人入勝，那就是「以虛用實」。「以虛用實」可以救戲曲關目雷同之弊，不失為戲曲創作的可行之道，可是因為其「難」，所以中國戲曲的本事便更相沿襲，甚至於以改編前人劇本為多，能像湯顯祖那樣自運機杼，敷演新奇故事的，真同鳳毛麟角了。

對於戲曲的功能，他的主張和高則誠一樣，那就是「非關風化體，縱好也徒然。」其〈雜論第三十九下〉云：

> 人往矣，吾取古事，麗今聲，華袞其賢者，粉墨其慝者，奏之場上，令觀者藉為勸懲興起，甚或扼腕裂眥，涕泗交下而不為已，此方為有關世教文字。若徒取漫言，既已造化在手，而又未必其新奇可喜，亦何貴漫言為耶？此非腐談，要是確論。故「不關風化，縱好徒然」，此《琵琶》持大頭腦處，《拜月》秪是宣淫，端士所不與也。（頁一六〇）

中國戲曲以寓教化於娛樂為目的，可以說自古而然，根深柢固；元雜劇尚能反映現實的政治社會，但明初的幾道律令頒行天下之後，[317]戲曲便只成了宣揚倫理道德和傳統宗教信仰的工具了。也因此，中國戲曲只能在表演

---

[317] 效鋒點校：《大明律》卷二十六〈刑律九．雜犯〉「搬做雜劇」條云：「凡樂人搬做雜劇、戲文，不許粧扮歷代帝王后妃忠臣烈士先聖先賢神像，違者杖一百；官民之家，容令粧扮者與同罪，其神仙道扮及義夫節婦孝子順孫勸人為善者，不在禁限。」（北京：法律出版社，一九九九），頁二〇二。（明）顧起元：《客座贅語》卷十〈國初榜文〉云：「永樂九年七月初一日，該刑科署都給事中曹潤等奏：乞勑下法司，今後人民倡優裝扮雜劇，除依律神仙道扮、義夫節婦、孝子順孫、勸人為善及歡樂太平者不禁外，但有褻瀆帝王聖賢之詞曲、駕頭雜劇，非律所該載者，敢有收藏傳誦、印賣，一時拏送法司究治。奉旨：『但這等詞曲，出榜後，限他五日都要乾淨將赴官燒毀了，敢有收藏的，全家殺了。』」收於《元明史料筆記叢刊》第十六冊（北京：中華書局，一九八七），頁三四七－三四八。

藝術上求其發展，戲曲所要表現的人生種種層面便付之闕如。這是很令人遺憾的事。

伯良對於傳奇的批評，有一段很巧妙的文字，其〈雜論第三十九下〉云：

嘗戲以傳奇配部色，則《西廂》如正旦，色聲俱絕，不可思議；《琵琶》如正生，或峨冠博帶，或敝巾敗衫，俱嘖嘖動人；《拜月》如小丑，時得一二調笑語，令人絕倒；《還魂》、「二夢」如新出小旦，妖冶風流，令人魂銷腸斷，第未免有誤字錯步；《荊釵》、《破窯》等如淨，不繫物色，然不可廢；吳江諸傳如老教師登場，板眼場步，略無破綻，然不能使人喝采。《浣紗》、《紅拂》等如老旦、貼生，看人原不苛責；其餘卑下諸戲，如雜腳備員，第可供把盞執旗而已。(頁一五九)

由這段文字，不僅可以略窺伯良的「部色論」，而且也可以一覽明代傳奇的種種風格，以及其成就的高下。伯良蓋出自深思體悟之言，故所論極精湛而得體。

伯良論戲曲大略如上所述，雖未臻細密妥貼，但頗有足以發人深省之言。清代《笠翁劇論》所揭櫫的結構、詞采、音律、賓白、科諢、格局等六事，較之伯良雖精密深邃還有加，但其實是本諸伯良緒論更加以發揮而已。因此，中國古典戲曲論的開創者當屬之伯良，而集大成者當屬之笠翁。

(5) 餘論

伯良曲律，尚有〈論須識字第十二〉、〈論須讀書第十三〉，還是就作曲、唱曲的基礎而言；〈論腔調第十〉、〈論板眼第十一〉，這是純就歌唱的音樂而論，對此，著者已有〈論說「腔調」〉和〈論說「歌樂之關係」〉評論其事。[318]至於〈論詠物第二十六〉、〈論俳諧第二十七〉、〈論巧體第二十九〉，則是純就曲的特殊題材而說；〈論曲亨屯第四十〉則純出之以遊戲筆墨。凡此雖亦有可觀采，但對於伯良之曲學，其實無關宏旨。此外，伯良論曲的原則，亦頗可注意。他在〈雜論第三十九上〉說：

論曲，當看其全體力量如何，不得以一二語偶合，而曰某人某劇、某戲，某句、某句似元人，遂執以概其高下。寸瑜自不掩尺瑕也。（頁一五二）

這種見解是非常正確的，用此以評曲，才不會失之偏執。所以伯良評曲皆從各方面衡量，譬如他評時人所傳唱的「樓閣重重東風曉」和「人別後」二曲，謂「意庸語腐，不足言曲。」理由是：「二曲無大學問，一也；無大見識，二也；無巧思，三也；無俊語，四也；無次第，五也；無貫串，六也。」此外，字重、失對、平仄失調、不合時令也是毛病。所以他說此二曲「只是餖飣一二膚淺話頭，強作嚎嗄，令盲小唱持堅木拍板，酒筵上嚇不識字人可耳，何能當具眼者繩以三尺？」（頁一七四、一七六）可見伯良所持的「曲家三尺」是多麼的嚴厲。他的《方諸館樂府》也確實能做到清新韶秀、本色自然，嚴守律度、鏗鏘上口的地步。只是在戲曲方面，似乎有令人「言之了了，行之未必佳」之感。所以他的劇作大部分散佚，僅存的一本《男王后》雜劇，也昧於排場。他終其生雖然是個純粹的戲曲家，但是他並未能像韓愈之於文，黃庭堅之於詩那樣，有高超淳厚的作品來作為理論的後盾。也因此他是明代最偉大的戲曲理論家，而不能說是第一流的作家。

(五) 沈寵綏《度曲須知》

沈寵綏，字君徵，號適軒主人，明萬曆江蘇吳江人。約卒於清順治二年（一六四五），生平事跡待考，著有

318 拙作：〈論說「腔調」〉，《中國文哲研究集刊》第二〇期（二〇〇二年三月），頁一一一－一一二。拙作：〈論說「歌樂之關係」〉，《戲劇研究》第一三期（二〇一四年一月），頁一－六〇。

《絃索辨訛》、《度曲須知》。

沈寵綏是一個對於聲韻極有研究的度曲家。《絃索辨訛》一書，專門為絃索歌唱者指明應用之字音與口法，書中列舉《北西廂》和當時盛行之十來套曲子，逐字音註，以示軌範。

「絃索」是北曲清唱的名稱，北曲清唱用類似琵琶而略小的一種樂器伴奏，這種樂器名曰「絃索」，故此清唱北曲，也就沿用了「絃索」一名。

沈寵綏〈絃索辨訛序〉：「昭代填詞者，無慮數十百家，矜格律則推詞隱，擅才情則推臨川。臨川胸羅二酉，筆組七襄，《玉茗四種》，膾炙詞壇，特如龍脯不易入口，宜珍覽未宜登歌，以聲律未諧也。詞隱獨追正始，字叶宮商，斤斤罔失尺寸，《九宮譜》爰定章程，良一代宗工哉！特奉行者過當，或不免逢迎白家老嫗。求乎雅俗愜心，既驚四筵，亦賞獨座；庶幾極則，嗟乎蓋難言之。」[319]

沈寵綏論詞隱與臨川，甚是。

其〈凡例〉謂：「北曲字音，必以周德清《中原韻》為準，非如南字之別遵《洪武韻》也。」又云「南曲不可雜北腔，北曲不可雜南字，誠哉良輔名語。」[320]可見其語音嚴分南北。又尤其講究咬字吐音之閉口、撮口、鼻音，與開口之分滿口與介於開口、滿口之間，則其「正音」之考究，亦已極矣。

其〈凡例〉又云：「南曲板，自有蔣氏《九宮譜》後，迄今無改。惟絃索板，則添減不常，久未遵譜。」[321]可見南曲板式固定，北曲則否。

[319] 〔明〕沈寵綏：《絃索辨訛》，《中國古典戲曲論著集成》第五冊，頁二〇。
[320] 同上註，頁二三。
[321] 同上註，頁二四。

其《北西廂記》仙呂【點絳唇】套辨訛中有云：「近今唱家於平上去入四聲，亦既明曉。惟陰陽二音尚未全解，至陰出陽收，如本套曲詞中賢、迴、桃、庭、堂、房等字，愈難模擬。」[322]則其講陰陽之辨，實嚴守德清之法。

其雙調【新水令】套按云：「婁東王元美著有《曲藻》行世，魏良輔亦嘗寓居彼地，則婁東人士，應不昧昧字面。只緣當年絃索絕無僅有，空谷足音，故但嘉絲聲婉媚，惟務指頭圓走，至字面之平仄、陰陽，則略而不論，弊在重彈不重唱耳。迨後煩音屬厭，而平仄之欠調者不無拂耳。於是字面則務釐整，彈頭則多翻削，業非舊來伎倆。顧其間儘有翻改不盡處，在入聲尤甚。入之收平者，大都無誤；而入之收上、收去者，尚費思量。」[323]

由此可見曲中字面聲調亦務須講究，尤其入聲之派入上、去二聲者。

《度曲須知》二卷是沈寵綏繼《絃索辨訛》之後所著。其《絃索辨訛》示範多而說明少，此書則就各項問題，分別闡述；《絃索辨訛》專論北詞，此書則論北而兼論南曲。全書三十六章中，除有兩章係略論南北戲曲聲腔源流及絃律存亡問題，及末兩章節引魏良輔《曲律》及王驥德《曲律》中之〈亨屯曲遇〉外，其餘皆為解說南北戲曲中念字之格律、技巧與方法。沈寵綏為歌唱家，所論全是從經驗中獲得之結論。經驗既多，因而也多有獨創之見解。

顏俊彥〈度曲須知序〉：「憶乙卯之歲，讀書靈鷲山中，臧晉叔先生日夕過從。時先生方有元劇之刻，相對輒亹亹箇中，余因是窺見一班。後被讒失意，間作一二小曲送愁，從弟君明以能歌擅場，纔落紙隨付紅牙，

[322] 同上註，頁三四。
[323] 同上註，頁五一。

極盡起末、過度、搵簪、攧落之妙。未幾，君明溘然，人琴之痛，遂廢置此道。晏坐斗室，皈依白業，誦《法華·安樂行品》，知造世俗文筆，讚詠外書，皆非所宜，誓一切斷絕。乃時過江上君徵氏，間出女童，清喉宛轉，絃索相應，絲竹肉繚繞無端，此時即欽光不免按節，況在凡夫能無口耳奔逸乎？君徵淵靜靈慧，於書無所不窺；於象緯青鳥諸學，無所不曉，而尤醉心聲歌。昔同習靜，已嘗見其稽韻考譜，津津不置。遇聲場勝會，必精神寂寞，領略入微，某音戾，某腔乖，某字吸呼協律，即此中名宿，靡不心媿首肯。迄今推敲久之，成《度曲須知》、《絃索辨訛》兩書，採前輩緒論，補其未發，釐音権調，開卷了然，不須更覓導師，始明腔識譜也。」[324]由此序，可知臧氏《元曲選》刻於萬曆乙卯（四十三年，一六一五）；又可知沈寵綏（君徵）之音樂修養。

沈寵綏崇禎己卯夏〈序〉有「沿及勝國，遂以制科取士。」可知亦誤信元人以曲科舉，故〈詞學先賢〉姓氏中，關漢卿、王實甫皆注稱「元進士」。

其〈曲運隆衰〉可得以下要點：

1. 元人以填詞製科，而科設十二。元曲為盛。
2. 明興北化為南，北氣消亡，南則諸腔並起。
3. 嘉隆間魏良輔創水磨調，北曲幾於失傳。
4. 「絃索」曲，俗呼為北調，然腔嫌嬝娜，字涉土音，名北而曲不真北也。
5. 大名之〈木魚兒〉、彰德之〈木斛沙〉、陝右之〈陽關三疊〉、東平之〈木蘭花慢〉，雖非正音，僅名「侉

---

[324]〔明〕沈寵綏：《廣曲須知》，《中國古典戲曲論著集成》第五冊，頁一八九。

調」，然其愴怨之致，所堪舞潛蛟而泣嫠婦者，是當年逸響云。[325]其第一、二點皆可商榷。所謂元人以曲取士，其不當已為學者共識；而明興「北化為南」亦非事實，只能說北曲漸衰而南曲漸興。

〈四聲批竅〉論四聲唱法，其法有如注音符號之聲調榜示。沈璟有入聲可代平聲之論，沈璟四聲唱法，沈寵綏後有修正。[326]

〈絃索題評〉謂「北詞之被絃索，向來盛自婁東，……邇年聲歌家頗懲紕繆，……皆以『磨腔』規律為準，一時風氣所移，遠邇群然鳴和，蓋吳中絃索，自今而後始得與南詞並推隆盛矣！雖然，今之北曲，非古北曲也；古曲聲情，雄勁悲徹，今則盡是靡靡之響。今之絃索，非古絃索也；古人彈格，有一定成譜，今則指法游移，而鮮可捉摸。」[327]可見北曲及其之被絃索者，皆「磨腔化」矣。

〈中秋品曲〉謂「從來詞家只管得上半字面，而下半字面，須關唱家收拾得好。……若乃下半字面，工夫全在收音，音路稍譌，便成別字矣。……蓋極填詞家通用字眼，惟《中原》十九韻可該其概，而極十九韻字尾，惟噫嗚數音可筦其全。故東鐘、江陽、庚青三韻，音收於閉口。齊微、皆來二韻，以噫音收。蕭豪、歌戈、尤侯與魚模，三韻有半，以嗚音收。魚之半韻，以于音收。其餘車遮、支思、家麻三韻，亦三收其音。但有音無字，未能繪之筆端耳。唱者誠舉各音涇渭，收得清楚，而鼻舌不相侵，噫於不相紊，則下半字面，方稱完好。」[328]可見沈氏極重視歌唱時之收音，即韻尾之呈現，其類有 ŋ、n、m、i、u、y、o、e、ï（ɿ、

---

325 同上註，頁一九七－一九九。

326 同上註，頁二〇〇－二〇一。

327 同上註，頁二〇二－二〇三。

ㄟ、ㄜ)、a。

由〈出字總訣〉、〈收音總訣〉、〈入聲收訣〉[329]，可見沈氏對咬字吐音之重視，蓋字音不清明，則意義必乖謬。而由此亦可知，語言旋律與音樂旋律必須融合無間，而所謂「依字行腔」亦歌唱之道也。

〈入聲收訣〉：「夷考《中原》各韻，涇渭甚清，惟魚模一韻兩音，伯良王氏，猶或非之。然曰魚、曰模，標目已自顯著，收于收嗚，混中亦自有分。至若《洪武》韻入聲中，縠、沒、忽、骨等字，乃與疾、七、逸、一等字，同列質韻，似難概以噫音帶濁收之。又平聲中悲、衣、池、希等字，與思、慈、時、兒等字，共收支韻中，是支思、齊微，並混為一。音路未清，如此良多。緣夫《正韻》一書，原不為填詞度曲而設，且按之《皇極聲韻》中，亦有不能不混者耳。伯良祖《洪武》韻改緝《南詞正韻》，必有可觀，惜未得睹也。」[330]

由此可見，《洪武正韻》作為南曲依歸，頗有嫌隙，此蓋伯良所以祖《洪武》韻改緝《南詞正韻》之故也。

而沈氏之論「韻」甚精，亦可見矣。

〈收音問答〉：「凡敷演一字，各有字頭、字腹、字尾之音。頭尾姑未釐指，而字腹則出字後，勢難遽收尾音，中間另有一音，為之過氣接脈，如東鍾之腹，厥音為翁紅；陰腹為翁，陽腹為紅。下倣此。先天之腹，厥音為煙容；皆來之腹，厥音為哀孩；尤侯之腹，厥音即侯歐；寒山、桓歡之腹，厥音為安寒；餘即有音無字，未便描寫皆所謂字腹也。由腹轉尾，方有歸束，今人誤認腹音為尾音，唱到其間，皆無了結，以故東字有翁音之腹，無鼻音之尾，則似乎多；先字有煙音之腹，無舐腭之尾，則似乎些。種種訛舛，鮮可救藥。至於支思、

---

[328] 同上註，頁二〇三—二〇四。

[329] 同上註，頁二〇五—二〇七。

[330] 同上註，頁二〇八。

齊微、魚模、歌戈、家麻、車遮數韻，則首尾總是一音，更無音轉換，是又極徑極捷，勿慮不收音也。」[331]此崑曲之所謂「一字三聲」也。

〈字母堪刪〉：「予嘗考字於頭腹尾音，乃恍然知與切字之理相通也。蓋切法，即唱法也。曷言之？切者，以兩字貼切一字之音，而此兩字中，上邊一字，即可以字頭為之，下邊一字，即可以字腹、字尾為之。如「東」字之頭為「多」音，腹為「翁」音，而「多」、「翁」兩字，非即「東」字之切乎？「簫」字之頭為「西」音，腹為「鏖」音，而「西」、「鏖」兩字，非即「簫」字之切乎？「翁」本收鼻，「鏖」本收嗚，則舉一腹音，尾音自寓，然恐淺人猶有未察，不若以頭、腹、尾三音共切一字，更為圓穩找捷。試以「西」、「鏖」、「嗚」三字連誦口中，則聽者但聞徐吟一簫字；又以幾哀噫三字連誦口中，則聽者但聞徐吟一皆字，初不覺其有三音之連誦也。」[332]

〈字頭辨解〉：「予嘗刻算磨腔時候，尾音十居五六，腹音十有二三，則十不能及一。蓋以腔之悠揚轉折，全用尾音，故其為候較多；顯出字面，僅用腹音，故其為時少促；至字端一點鋒鋩，見乎隱，顯乎微，為時曾不容瞬，使心浮氣滿者聽之，莫辨其有無，則字頭者，寧與字疣同語哉。予向恐世人之認字疣為字頭也，特舉離字，那字之著疵者，拈出示之，俾字先無贅音之冒雜，乃又有慕托淘洗，過求乾淨，反認字頭為字疣者，則其審音察字，猶鮮精到也。蓋字疣之音，添出字外，而字頭之音，隱伏字中，勢必不可去，且理亦不宜去。凡夫出聲圓細，字頭為之也；粘滯不清，字疣為之也。」[333]

[331] 同上註，頁二二一—二二二。

[332] 同上註，頁二二三—二二五。

[333] 同上註，頁二二八—二二九。

可見崑曲之字頭、字腹、字尾與反切同理，而三者之時間：尾音占十分之五至六，腹音占十分之二至三，頭音占十分之一餘。

〈宗韻商疑〉指出伯良所創《南詞正韻》（未見）「宗《洪武正韻》故謂『江陽之於邦王，齊微之於歸回，魚居之於模吳，真親之於文門，先天之於鶼元，試細呼之，殊自徑庭，皆宜更析。』是詞隱所遵惟《周韻》，而《正韻》則其所不樂步趨者也。」沈寵綏乃謂「凡南北詞韻腳，當共押《周韻》，若句中字面，則南曲以《正韻》為宗。而朋、橫等字當以庚、青音唱之。北曲以《周韻》為宗，而朋、橫等字，不妨以東鐘音唱之。但《周韻》為北詞而設，世所共曉，亦所共式，惟南詞所宗之韻，按之時唱，似難捉摸，以言乎宗《正韻》也。」[334]

〈字釐南北〉：「北曲肇自金人，盛於勝國，當時所遵字音之典型，惟《中原韻》一書已爾，入明猶踵其舊。迨後填詞家，競工南曲，而登歌者亦尚南音，入聲仍歸入唱，即平聲中如龍、如皮等字，且盡反《中原》之音，而一祖《洪武正韻》焉。其或祖之未徹，如朋唱蓬，玉唱預音，著唱潮音，此則猶帶《中原》音響，而翻案不盡者也。邇年來，沈寧菴、王伯良諸公，恪遵王制，釐整字音，而《正韻》愈為南字指南。」[335]

由以上可知南曲用《洪武正韻》，北曲用《中原音韻》乃明人習尚。

〈絃律存亡〉謂「北筋在絃，南力在板。」為王元美論曲至理，而臧晉叔非之。沈氏為王極力辯白，然不知王氏「南北曲異同」之說，實襲取魏良輔《曲律》。

〈經緯圖說〉：「嘗閱宋公濂〈洪武正韻序〉，知晉魏以前，詩詞惟取音之協比，初無字韻可拘。自梁沈約用吳音定《四聲類譜》，而唐代仍之以律詩賦，更名《禮部韻略》。後之學者，如武夷吳棫，雖多所矯正，顧以

---

[334] 同上註，頁二三四－二三五。

[335] 同上註，頁二三七。

事不出朝廷，韻之行世者猶自若也。高皇帝親覽是書，深嫌字音乖舛，及東、冬、青、清等韻，分合種種失宜，命詞臣通聲韻者，重新刊定，諸臣承詔，共輯《洪武正韻》，一以中原雅音為准焉。夫雅音者，說者謂即《中原音韻》是也，乃緣朱子先兩韻而生宋代，所註經書，除三百篇祖吳棫《韻補》外，餘書音切，亦大略止憑唐韻，故舉業家於《洪武》《中州》字音，似覺未習耳。不知韻學起於江左，殊失正音，此高皇帝親諭儒臣之天語。宋公濂亦謂沈約制韻，不抵多吳音，且徒知縱有四聲，而不知棋有七音，故經緯不交而失立韻之鴻，然則唐韻已久為國朝所擯矣。沐同文之化者，可不以《正韻》為恪遵哉。[336]

周德清嘗曰：『南宋都杭，地近吳興，凡搬演戲文如《樂昌分鏡》等類，唱念聲腔，皆宗沈韻。不知休文本梁臣，決不忍弱其本朝而以敵國中原音為正，故製韻本所生吳興之音。但可施於約之鄉里，而於六朝所都江淮間，且甚不協，況通之四海乎？予生當混一，恥習鴂舌偏音，竊祖劉太保諸公意，輯《中原音韻》一書，舉沈韻之叶卦為怪，叶婦為缶，切副為敷救，必靴為許戈者，一一返正焉。蓋取四海同音而編之。』實天下公論也。觀此，則沈韻已久不守於勝國矣。」[337]

由此可知音韻與時變遷，此沈氏所以守北曲宗《中原》，南曲宗《洪武》之故也。

其〈律曲前言〉[338]取材魏良輔《曲律》。

[336] 同上註，頁二五〇。
[337] 同上註，頁二五一。
[338] 同上註，頁三一五—三一六。

(六)呂天成《曲品》

呂天成，原名文，字勤之，號棘津，別號鬱藍生，浙江餘姚人。萬曆間諸生，工古文詞。其祖母孫氏，好收藏戲曲，因之呂氏得博覽諸家作品；又得外祖孫月峰和舅父孫如法指授，兼長於曲學及聲韻。又與沈璟、王驥德為好友，更精於曲律。其戲曲有《神女》、《雙棲》、《金合》、《戒珠》、《李丹》、《神鏡》、《雙閣畫許》、《四相》、《四元》、《二瑤》等傳奇，稱為《烟鬟閣十種》；又雜劇《齊東絕倒》、《秀才送妾》、《勝山大會》、《夫人大》、《兒女債》、《耍風情》、《纏夜帳》、《姻緣帳》等八種，皆為當時曲家所推崇，但今傳世者，止《齊東絕倒》雜劇一種，小說數種和《曲品》。

《曲品》自序作於一六一〇年（明萬曆三十八年），書成後又續有增補，有湯顯祖於一六一三年（萬曆四十一年）所寫的《邯鄲記》可證。又王驥德《曲律．雜論第三十九》說：「勤之風貌玉立，才名藉甚，青雲在襟袖間，而如此人曾不得四十，一夕溘逝，風流頓盡。」《曲律》末尾數章，成書約在一六二三年到一六二四年（天啟三、四年間），《中國古典戲曲論著集成》推敲呂天成卒年，大約不出一六一三至一六二四年之間。上推其生年，約在一五七五年至一五八二年（萬曆三年至十年）左右，徐朔方〈呂天成年譜〉則繫年在萬曆八至四十六年（一五八〇－一六一八）[339]。

《曲品》不僅評論明代戲曲作家、作品，更是現存古之傳奇作家略傳與目錄。書中記載戲曲作家九十人，散曲作家二十五人，戲曲作品一百九十二種（上卷評作家，下卷論作品）。凡明代嘉靖以前作家、作品，分作

339 徐朔方：《晚明曲家年譜》第二卷浙江卷（杭州：浙江古籍出版社，一九九三），頁二三七－二八九。

神、妙、能、具四品；隆、萬以來作家、作品，分作上上、上中、上下、中上、中中、中下、下上、下中、下下九品。品評雖不盡恰當，但可作為研究材料，豐富而珍貴。由此可知許多不見他書之作家和許多已亡佚作品之內容。[340]

據呂天成〈曲品自序〉：「王寅（萬曆三十年，一六〇二）歲，曾著《曲品》，然惟於各傳奇下著評，語意不盡，亦多未得當，尋棄之。……今年（萬曆庚戌三十八年，一六一〇）春，與吾友方諸生劇談詞學，窮工極度，予興復不淺，遂趣生撰《曲律》。……予曰：『傳奇侈盛，作者爭衡，從無操柄而進退之者。……子慎名器，予且作糊塗試官，冬烘頭腦，於苗場張曲榜，以快予意，何如？』生笑曰：『此段科場，讓子作主司也。』歸檢舊稿猶在，遂更定之，仿鍾嶸《詩品》、庾肩吾《書品》、謝赫《畫品》例，各著論評，析為上、下二卷，上卷品作舊傳奇及作新傳奇者，下卷品各傳奇。其未攷姓字者，且以傳奇附；其不入格者，擯不錄。世有知我，按品取閱，亦已富矣；如有罪我，甘受金谷之罰。」[341]

可見王驥德與呂天成為同道好友，互相鼓勵，乃有《曲律》、《曲品》並為創舉而為傳世之名作。

呂氏《曲品》卷上〈舊傳奇〉云：「自昔伶人傳習，樂府遞興。爨段初翻，院本繼出；金、元創名雜劇，國初演作傳奇。雜劇北音，傳奇南調。雜劇折惟四，唱止一人；傳奇折數多，唱必勻派。雜劇但摭一事顛末，其境促；傳奇備述一人始終，其味長。無雜劇則孰開傳奇之門？非傳奇則未暢雜劇之趣也。傳奇既盛，雜劇寖衰，北里之管絃播而不遠，南方鼓吹簇而彌喧。」[342]

---

[340] 以上取錄〈曲品提要〉，《中國古典戲曲論著集成》第六冊，頁二〇三。

[341] 〔明〕呂天成：《曲品》，《中國古典戲曲論著集成》第六冊，頁二〇七。

[342] 同上註，頁二〇九。

即此可見呂氏之戲曲史觀。其不知與金、元雜劇並時者有宋、元戲文。其所云「爨段」當指宋雜劇。

《曲品》卷上又云：「國初名流，曲識甚高，作手獨異，造曲腔之名目，不下數百；定曲板之長短，不淆二三。乍見寧不駭疑，習久自當遵服。所謂『規矩設矣，方員因之』。數其人，有大家、名家之別；按其帙，有極老、半舊之分。賞其絕技，則描畫世情，或悲或笑；存其古風，則湊泊常語，易曉易聞。有意駕虛，不必與實事合；有意近俗，不必作綺麗觀。不尋宮數調，而自解其弢；不就拍選聲，而自鳴其籟。質樸而不以為俚，膚淺而不以為疎。商彝、周鼎，古色照人；玄酒、太羹，真味沁齒。先輩鉅公，多能諷詠；吳下俳優，尤喜掇串。予雖不尊古而卑今，然須溯源而得委，仿之《詩品》，略加詮次，作〈舊傳奇品〉。」[343]此段可謂呂氏對嘉靖以前「舊傳奇」之總評。

其評高則誠而謂「特別調名，功同倉頡之造字；細編曲拍，才如后夔之典音。」可見呂氏不明戲曲格律形成之道。

其以高則誠為神品，邵給諫、王雨舟為妙品，沈鍊川、姚靜山為能品，李開先、沈壽卿為具品，而不言其神、妙、能、具之基準如何。其以「化工之有物無心，大冶之鑄金有式」評《琵琶》。

《曲品》卷上〈新傳奇〉云：「博觀傳奇，近時為盛。大江左右，騷、雅沸騰；吳、浙之間，風流掩映。第當行之手不多遇，本色之義未講明。當行兼論作法，本色只指填詞。當行不在組織餖飣學問，此中自有關節局段，一毫增損不得；若組織正以蠹當行。本色不在摹勦家常語言，此中別有機神情趣，一毫妝點不來；若摹勦正以蝕本色。今人不能融會此旨，傳奇之派，遂判為二：一則工藻繢以擬當行；一則襲樸澹以充本色。甲鄙

343 同上註，頁二〇九。

乙為寡文，此嗤彼為喪質。而不知果屬當行，則句調必多本色矣；果具本色，則境態必是當行矣。今人竊其似而相敵也，而吾則兩收之。即不當行，其華可擷；即不本色，其質可風。進而有宮調之學，類以相從，聲中緩急之節；紛以錯出，詞多礙戾之音。難欺師曠之聰，莫招公瑾之顧。按譜取給，故自無難；逐套註明，方為有緒。又進而有音韻平仄之學，句必一韻而始協，聲必迭置而後諧。響落梁塵，歌翻扇底。昧者不少，解者漸多。又進而有八聲陰陽之學，吹以天籟，協乎元聲，律呂所以相宣，神人用以允龠。抑揚高下，發調俱圓；清濁宮商，辨音最妙。此韻學之缺典，曲部之秘傳，柳城啟其端，方諸闡其教。必究斯義，厥道乃精；考之今人，褎如充耳。〈廣陵散〉已落人間，〈霓裳曲〉重翻天上。後有作者，不易吾言矣。嗟乎！才豪如雨，持論不得太苛；佳曲如林，掄收何忍過隘？僭分九等，開列左方。入吾品者，可詡流傳；軼吾品者，自慚腐穢。作〈新傳奇品〉。」344

由上段，可見：

1. 其時傳奇盛於江浙間。
2. 呂氏主張傳奇以「當行本色」為貴。「當行兼論作法，本色只指填詞。」
3. 傳奇分二派：一則工藻繢以擬當行，一則襲樸澹以充本色。
4. 當行本色之後，乃進而有「宮調之學」、「音韻平仄之學」、「八聲陰陽之學」。

《曲品》卷上〈新傳奇〉又云：「此二公者（指沈璟、湯顯祖），嬾作一代之詩豪，竟成千秋之詞匠，蓋震澤所涵秀而彭蠡所毓精者也。吾友方諸生曰：『松陵具詞法而讓詞致，臨川妙詞情而越詞檢。』善夫，可為定

344 同上註，頁二一一－二一二。

品矣！乃光祿嘗曰：『寧律協而詞不工，讀之不成句，而謳之始協，是為曲中工巧。』奉常聞而非之，曰：『彼烏知曲意哉！予意所至，不妨拗折天下人嗓子。』此可以覘兩賢之志趣矣。予謂二公譬如狂、狷，天壤間應有此兩項人物。不有光祿，詞硎弗新；不有奉常，詞髓孰抉？儻能守詞隱先生之矩矱，而運以清遠道人之才情，豈非合之雙美者乎？而吾猶未見其人，東南風雅蔚然，予且旦暮遇之矣。予之首沈而次湯者，挽時之念方殷，悅耳之教寧緩也。略具後先，初無軒輊。允為上之上。」[345]此湯沈之比較，可視為時人之定論矣！但湯沈相難，恐未必如此，詳見《戲曲學(二)》。

《曲品》卷下：「我舅祖孫司馬公謂予曰：『凡南劇，第一要事佳，第二要關目好，第三要搬出來好，第四要按宮調、協音律，第五要使人易曉，第六要詞采，第七要善敷衍——淡處作得濃、閑處作得熱鬧，第八要各角色派得勻妥，第九要脫套，第十要合世情、關風化。持此十要，以衡傳奇，靡不當矣。』但今作者輩起，能無集乎大成？十得六七者，便為璣璧；十得三四者，亦稱翹楚；十得二三者，即非碔砆。具隻眼者，試共評之。括其門類，大約有六：一曰忠孝，一曰節義，一曰仙佛，一曰功名，一曰豪俠，一曰風情。元劇之門類甚多，而南戲止此矣。」[346]此呂氏舅祖孫月峰「衡曲十要」，當與笠翁《劇論》、余之「論曲八端」共觀。又其「南戲門數有六」，當與「雜劇十二科」比較。

其論列「舊傳奇」，舉神品二（《琵琶》、《拜月》）、妙品七（《荊釵》、《牧羊》、《香囊》、《孤兒》、《金印》、《連環》、《玉環》）、能品十一（《白兔》、《殺狗》、《教子》、《綵樓》、《四節》、《千金》、《還帶》、《金丸》、《精忠》、《雙忠》、《斷髮》）、具品七（《寶劍》、《銀瓶》、《嬌紅》、《三元》、《龍泉》、《投筆》、《五倫》）總計二十七種。

---

[345] 同上註，頁二一三。

[346] 同上註，頁二一三。

其論列「新傳奇」以「九品」：以沈寧菴、湯海若二人為上上品。陸天池、張靈墟、顧道行、梁伯龍、鄭虛舟、梅禹金、卜大荒、葉桐柏等八人為上中品。屠赤水、汪昌期、龍朱陵、鄭豹先、佘聿雲、馮耳猶等六人為上下品。六人為中上品，十二人為中中品，十人為中下品，十三人為下上品，十二人為下中品，十人為下下品。另附無名氏傳奇上下品一種，中上品二種，中中品五種，中下品四種，下上品二種，下中品三種。

以上總計新傳奇作家七十九人，作品有名氏一百五十一種，無名氏十七種。

縱觀呂天成《曲品》論曲之角度：

1.音律：創調名、識四拍。調防近俚，選聲儘工。生扭吳中之拍，講究宮調、平仄、音韻、八聲陰陽琢句之法，或莊或逸。

2.化工省物：意在筆先、片言宛然代舌。情籁境轉，一段真堪斷腸。

3.關風教。

4.地位：勿亞於北劇之《西廂》，且壓乎南戲之《拜月》。

5.採事尤正。

6.鍊局之法半寂半喧，局忌入酸。

7.才傾萬斛：才原敏贍。

8.當行作品本色填詞：機神情趣，妝點不來。

據此可以肯定呂氏品評劇作之態度與方法，堪稱明人翹楚，可供吾人之參考。但其論「本色當行」，頗可商榷，詳見《戲曲學(二)》。又謂李開先「才原敏贍，寫冤憤而如生；志亦飛揚，賦逋囚而自暢。此詞壇之飛將，曲部之美才也。」而竟列為具品。

四、明代戲曲學之零金片羽

(一)高　明

高明，元至正五年（一三四五）進士。所撰《琵琶記・副末開場》【水調歌頭】：

秋燈明翠幕，夜案覽芸編。今來古往，其間故事幾多般。少甚佳人才子，也有神仙幽怪，瑣碎不堪觀。正是不關風化體，縱好也徒然。　論傳奇，樂人易，動人難。知音君子，這般另作眼兒看。休論插科打諢，也不尋宮數調。祇看子孝共妻賢。驊騮方獨步，萬馬敢爭先。

可見高氏之戲曲觀在事關倫理教化之「子孝妻賢」。他又說「休論插科打諢，也不尋宮數調」，並非他不理會打諢調劑劇情和講究宮調音律，他只為了強調他的戲曲教化觀的絕對重要而故作貶抑科諢和音律的言辭。又世稱《琵琶記》為曲祖，對此，由其宮調聯套排場多為後代所取法便可了然。雖人有批評他「韻雜宮亂」，遂為千古厲階，但那是以後來發展完成的崑山水磨調曲律來批評他的錯誤見解。

(二)朱有燉

朱有燉（一三七九－一四三九），明太祖第五子周定王朱橚長子，襲封周王，諡憲，人稱周憲王，號誠齋、全陽子。工詞曲，精通曲律。作有雜劇《曲江池》、《義勇辭金》等三十一種，散曲《誠齋樂府》二卷，另有詩文集《誠齋新錄》等四種。

據朱有燉《誠齋雜劇》諸〈序引〉，其作劇之旨趣，有以下三種：

其一，壽慶佐樽、風月解嘲，以發胸中藻思，以見太平美事，以為藩府之嘉慶。

按：其《瑤池會》、《八仙壽》引〉：「以為慶壽佐樽之設。」《豹子和尚自還俗》引〉：「以文為戲，但欲馳騁於筆端之英華，發洩於胸中之藻思耳……以為佐樽之一笑耳。」《張天師明斷辰鉤月》引〉：「為風月解嘲耳。」《洛陽風月牡丹仙》引〉：「以為牡丹之稱賞，……誠為太平之美事，藩府之嘉慶也。」《南極星度脫海棠仙》引〉：「以為佐樽賞花云爾。」《河嵩神靈芝慶壽》引〉：「以答荷社稷河嵩之恩眷，以慶喜聖世明時嘉禎，以增延全陽老人之福壽耳。」《群仙慶壽蟠桃會》引〉：「今年值予初度，……成傳奇一本，付之歌，唯以資宴樂之嘉慶耳。」

其二，用以補世教、表節操、弘忠義。

按：其《小天香半夜朝元》引〉：「仙姑能守婦道，雖出於倡優之門，而節義俱全，……於世教無補哉！」《劉盼春守志香囊怨》序〉：「以表其節操。」《關雲長義勇辭金》引〉：「以揚其忠義之大節焉。」《搊搜判官喬斷鬼》引〉：「亦可少補於世教。」

其三，亦偶涉戲曲批評：涉及天才、清新、關目、用韻、對偶、引事、詞語等，可見其戲曲創作觀，認為應具俊逸天才，講究清新風格，尚須注意其關目詳細，用韻穩當，音律和暢，對偶整齊，韻少重複，詞語整齊，引事得當，方能達到「詩人之賦，麗以則」的境地。

按：其《清河縣繼母大賢》引〉：「予觀近代文人才士若喬夢符、馬致遠、宮大用、王實甫之輩，皆其天才俊逸，文學富贍，故作傳奇清新可喜，又其關目詳細，用韻穩當，音律和暢，對偶整齊，韻少重複，為識者珍。國朝惟谷子敬所作傳奇尤為精妙，誠可望而不可及也。故為傳奇當若此數人，始可與之言樂府矣。偶觀前人無名氏《繼母大賢》傳奇，甚非老作，以其材不富贍故，用韻重複，句語塵俗，關目不明，引事不當，每聞人歌詠搬演，不覺失聲大笑。予遂不揣老拙，另製《繼母大賢》傳奇一帙，雖不能追踪前人之盛，亦可以少滌其張打油之語耳。」

又其《貞姬身後團圓夢》引〉：「宣德八年，歲在癸丑仲冬之月，予聞執事者言，今秋山東濟寧有軍士之妻，因其夫亡而自縊，守志貞烈，為眾所稱。既而又得雜劇《同棺記》，乃濟寧士人為之作也。予以勸善之詞，人皆得以發揚其蘊奧，被之以聲律，以和樂於人之心焉。遂訪其事實，執筆抽思，亦製傳奇一帙，名之曰《貞姬身後團圓夢》，中間關目詳細，詞語整齊，且能曲盡貞姬之態度，所謂詩人之賦，麗以則也。」可見這位王爺所著的《誠齋雜劇》三十一種是用來清歡佐樽，也用來教化敦俗；而他留意的戲曲批評已重在文詞、音律。

(三) 胡　侍

胡侍，明正德十二年（一五一七）進士。其《真珠船》卷三〈北曲〉云：

北曲音調，大都舒雅宏壯，真能令人手舞足蹈，一唱三嘆。若南曲則淒惋嫵媚，令人不歡，直顧長康所謂老婢聲耳。故今奏之朝廷郊廟者，純用北曲，不用南曲。[347]

明人好作南北曲之別，當以胡氏為始，其後又有康海、李開先、何良俊、魏良輔、王世貞、梁辰魚等等，詳見

[347] 〔明〕胡侍：《真珠船》，收入俞為民、孫蓉蓉主編：《歷代曲話彙編．明代編》第一集，頁二〇七。

《戲曲學㈡》。又卷四〈元曲〉云：

> 元曲，如《中原音韻》、《陽春白雪》、《太平樂府》、《天機餘錦》等集，《范張雞黍》、《王粲登樓》、《三氣張飛》、《趙禮讓肥》、《單刀會》、《敬德不伏老》、《蘇子瞻貶黃州》等傳奇，率音調悠圓，氣魄宏壯。後雖有作，鮮之與競矣。蓋當時臺省元臣、郡邑正官，及雄要之職，盡其國人為之。中州人每每沉抑下僚，志不獲展，如關漢卿入太醫院尹，馬致遠江浙行省務官，宮大用釣臺山長，鄭德輝杭州路吏，張小山首領官，其他屈在簿書，老於布素者，尚多有之。於是以其有用之才，而一寓之乎聲歌之末，以抒其怫鬱感慨之懷，蓋所謂不得其平而鳴焉者也！[348]

此謂元曲之所以盛行的原因，在於元人每多沉抑下僚、屈在簿書、老於布素，於是將才情發於聲歌，以抒其怫鬱感慨之懷。胡氏此觀點，為學者所遵從。

㈣丘　濬

丘濬（一四二一—一四九五），景泰五年（一四五四）進士，官至武英殿大學士，以理學著稱於時，有戲文《伍倫記》、《羅囊記》等。其《伍倫全備記．凡例》有云：

> 此記非他戲文可比，凡有搬演者，務要循禮法，不得分外有所增減，作為淫邪不道之語及作淫蕩不正之態。

---

[348] 〔明〕胡侍：《真珠船》，收入俞為民、孫蓉蓉主編：《歷代曲話彙編．明代編》第一集，頁二〇八。

所作曲子不主於聲音，而主於義理。歌唱之際，必須曲中有字，使人易曉。雖於腔調不盡合，亦不妨。記中諸曲調多有出入，不合家數，蓋借聲調以形容義理，觀者不必區區拘泥可也。349

又《伍倫記・開場白》云：

【鷓鴣天】書會誰將雜劇編，南腔北曲兩皆全。若於倫理無關緊，縱是新奇不足傳。風日好，物華鮮，萬方人樂太平年。今宵搬演新編記，要使人心總惕然。

[末問]戲場子弟，今日搬演是甚傳奇？[內應]《勸化風俗五倫全備記》，一家五倫全備，兩兄弟文武兼通。[末又白]

【臨江仙】每見世人搬雜劇，無端誣賴前賢。伯喈負屈十朋冤。九原如可作、怒氣定沖天。這本《全備記》，分明假托名傳。一場戲裏五倫全，借他時世曲，寓我聖賢言。

【西江月】亦有悲歡離合，始終開闔團圓，白多唱少，非干不會把腔填，要得看的，個個易知易見。不免插科打諢，妝成醜態狂言，戲場無笑不成歡，用此竦人觀看。350

又高并〈五倫全備記序〉說道：

予偶於士大夫家得赤玉峰道人所作《五倫全備記》，讀之惟恐其盡，然不盡亦不肯止也。書凡二十有八

349 〔明〕丘濬：《勸化風俗伍倫全備記・凡例》，收入俞為民、孫蓉蓉主編：《歷代曲話彙編・明代編》第一集，頁二一〇。

350 〔明〕丘濬：《勸化風俗伍倫全備記》，收入俞為民、孫蓉蓉主編：《歷代曲話彙編・明代編》第一集，頁二一〇－二一一。

段，其中所述者，無非五經、十九史、諸子百家中嘉言善行之可以為世勸戒者。言雖俚近而至理存乎其中。其比之懸布示教，屬民讀法者尤為詳備，況又體之以人身，見之於行事，言而易知，行而易見。凡天下之大彝倫、大道理，忠君孝親之理，處常應變之事，一舉而盡在是焉。其間雖不能無詼諧之談，然皆不失其正。蓋假此以誘人之觀聽，不然則不終卷而思睡矣。後又於一士大夫家見有以人搬演者，座中觀者不下數百人，往往有感動者，有奮發者，有追悔者，有惻然嘆息者，有泫然流涕者。人非一人，人莫不有一事之切其身，無脫然無者，嗟乎！何其曲而盡、詳而切如此哉！其於國家化民成俗之意，深有所補助。[351]

由以上所錄丘濬言論，可見以下諸現象：

其一，所云「戲文」、「雜劇」、「傳奇」相為混用，未有分別。

其二，自認腔調不盡合，劇中已具南腔北曲。

其三，講究倫理教化，五倫全備，為「伯喈負屈十朋寃」之平反而作。

其四，為看眾「易知易見」，特為「白多唱少」。

其五，講究插科打諢，竦人觀看。

又由高并序可知：書中二十八段，其中所述者，無非五經、十九史、諸子百家中嘉言善行之可以為世勸戒者。言雖俚近而至理存乎其中。則丘氏以顯宦而將義理名義，盡輸於戲文搬演，不止發揮高明《琵琶記》教化「子孝妻賢」以至「五倫全備」，其以戲曲為工具寓教化於樂，用心之苦已達極致。

[351] 〔明〕高并：〈五倫全備記序〉，收入俞為民、孫蓉蓉主編：《歷代曲話彙編．明代編》第一集，頁二一四—二一五。

(五)陸　容

陸容（一四三六－一四九四），成化二年（一四六六）進士，官至浙江右參政。其《菽園雜記》卷十、卷十二云：

嘉興之海鹽，紹興之餘姚，寧波之慈溪，台州之黃巖，溫州之永嘉，皆有習為倡優者，名曰戲文子弟，雖良家不恥為之。其扮演傳奇，無一事無婦人，無一事不哭，令人聞之，易生悽慘。此蓋南宋亡國之音也，其贗為婦人者名妝旦，柔聲緩步，作夾拜態，往往逼真。士大夫有志於正家者，宜峻拒而痛絕之。（卷十）

高憲副宗選論今人於人物是非不公，臧否失當者，譬之觀戲：有觀至關目處，或點頭，或按節，或感泣，此皆知音者；彼庸夫孺子，環列左右，不解也。一遇優人插科打諢，作無恥狀，君子方為之羞，而彼則莫不歡笑自得。蓋此態固易動人，而彼所好者正在此耳。今之是非不公，臧否失當，何以異此？此言可謂長於譬喻者矣。（卷十二）[352]

由陸氏所記，可知明成化間，浙江濱海一帶之海鹽、餘姚、慈溪、黃巖、永嘉等地，倡優戲文頗盛，內容多為悽慘情景，以男人妝旦，其「觀戲」論則知音者賞其關目而感泣，庸夫孺子但樂於插科打諢。

(六)陳　鐸

[352]〔明〕陸容：《菽園雜記》，收入俞為民、孫蓉蓉主編：《歷代曲話彙編・明代編》第一集，頁二一七－二一八。

陳鐸（一四五四？—一五〇七），字大聲，號秋碧，江蘇下邳人，家金陵。世襲濟州衛指揮。著有《陳大聲樂府全集》，其《滑稽餘韻》云：

北中呂【朝天子】川戲

頑皮臉不羞，一落腔強扭，散言語胡厮輳。描眉補鬢逞風流，要好不能勾。躲重投輕，尋爭覓鬬。使閒錢喍冷酒。生成的骨頭，學成的嘴口，至死也難醫救。[353]

又其《秋碧軒稿》云：

北般涉調【耍孩兒】嘲川戲

身長力壯無生意，辨磣的誰人似你。三三五五廝追陪，不著家四散求食。生來一種骨頭賤，磨搶多遭臉腦皮。攘動了妝南戲，把張打油篇章紀念，花桑樹腔調攻習。

【五煞】提起東來忘了西，說著張謅到李，是個不南不北喬雜劇。一聲唱聒的耳掙重敷演，一句話纏的頭紅不捅移，一會家夾著聲施展喉嚨細。草字兒念了又念，正關目提也休提。

北般涉調【耍孩兒】嘲南戲

教坊一色為南戲，幾輩兒流傳到你。新腔舊譜欠攻習，打幫兒四散求食。聽的文人墨客麕來謏，富至豪民跑的來疾。這等人何足計，胎胞兒輕賤，骨格兒低微。

【十煞】一個是聽便的吳信臣，一個停喪的戴秉彝，一個成頭作創歸君德。去那東鄰西舍商量著幹，打

---

[353]〔明〕陳鐸：《滑稽餘韻》，收入俞為民、孫蓉蓉主編：《歷代曲話彙編・明代編》第一集，頁二二〇。

夥成群砌𩋆著為。捱一夜都不睡，歸君德心忙似箭，吳信臣步走如飛。【八煞】說川子每辦得來標，樂人每不甚喜，《劉文斌》可不強似《荊釵記》。一時間宅院喧嘩起，半煞兒街坊聚會的齊。銀兩兒都花費，還魂錢再難科斂，隔手賬誰肯貼賠？354

陳氏北中呂【朝天子】、北般涉調【耍孩兒】用以「嘲川戲」。川戲始見於正德間，亦南戲流派也。謂之「攘動了妝南戲，把張打油篇章紀念，花桑樹腔調攻習。」「是個不南不北喬雜劇。」「正關目提也休提。」另一北般涉調【耍孩兒】又用以「嘲南戲」。另有「教坊一色為南戲，幾輩兒流傳到你。新腔舊譜欠攻習，打幫兒四散求食。」「打夥成群砌𩋆著為。」「《劉文斌》可不強似《荊釵記》。」諸語，可見南戲支派「川戲」演員為討生活胡亂演出的情景。

(七)祝允明

祝允明（一四六〇－一五二六），字希哲，號枝山，別署枝指生，長洲人。正德十年（一五一五）官廣東興寧知縣。著有《猥談》。與唐寅、文徵明、徐禎卿齊名，號「吳中四子」。其《猥談・歌曲》云：

今人間用樂，皆苟簡錯亂。其初歌曲絲竹，大率金、元之舊，略存十七。宮調亦且不備，祇十一調中填𩋆而已。雖曰不敢以望雅部，然俗部大概較差雅部不啻數律，今之俗部尤極高。而就其聲察之，初無定，一時高下，隨工任意移易。（此病，歌與絃音為最。）蓋視金、元製腔之時，又失之矣。自國初來，公私

354 〔明〕陳鐸：《秋碧軒稿》，收入俞為民、孫蓉蓉主編：《歷代曲話彙編・明代編》第一集，頁二二〇－二二二。

尚有優伶供事，數十年來，所謂南戲盛行，更為無端，於是聲樂大亂。南戲出於宣和之後，南渡之際，謂之「溫州雜劇」。予見舊牒。其時有趙閎夫榜禁，頗述名目，如《趙真女蔡二郎》等，亦不甚多。以後日增，今遍滿四方，轉轉改益，又不如舊。而歌唱愈謬，極厭觀聽，蓋已略無音律腔調。（音者，七音；律者，十二律呂；腔者，章句字數、長短高下、疾徐抑揚之節，各有部位；調者，舊八十四調，後十七宮調，今十一調，正宮不可為中呂之類，此四者無一不具。）愚人蠢工，徇意更變，妄名餘姚腔、海鹽腔、弋陽腔、崑山腔之類，變易喉舌，趁逐抑揚，杜撰百端，真胡說耳。若以被之管絃，必至失笑，而昧士傾喜之，互為自謾爾。（《說郛續》第四十六）[355]

又其《猥談・土語》云：

生、淨、旦、末等名，有謂反其事而稱，又或托之唐莊宗，皆謬云也。此本金、元闤闠談吐，所謂鶻伶聲嗽，今所謂「市語」也。生即男子，旦曰妝旦色，淨曰淨兒，末曰末泥，孤乃官人，即其土音，何義理之有！《太和譜》略言之，詞曲中用土語何限，亦有聚為書者，一覽可知。（《說郛續》第四十六）[356]

此兩段資料，前者余據以論戲文之源起，後者用以論腳色之名義，皆有所辯證。詳見拙作〈也談「南戲」的名稱、淵源、形成和流播〉、〈中國古典戲劇腳色概說〉。[357]

---

[355] 〔明〕祝允明：《猥談》，收入俞為民、孫蓉蓉主編：《歷代曲話彙編・明代編》第一集，頁二二五。

[356] 同上註，頁二二六。

[357] 拙作：〈也談「南戲」的名稱、淵源、形成和流播〉，《中國文哲研究集刊》第一一期（一九九七年九月），頁一—四一，

㈧王九思

王九思（一四六八—一五五一），字敬夫，號渼陂、碧山野叟，陝西鄠縣人。官至吏部郎中，與李夢陽、康海等並稱前七子，於李開先《寶劍記》卷末，王九思有〈書寶劍記後〉云：

往年乙巳春，東山中麓李公，以其所製【傍妝臺】百首寄余。……乃今使者至，辱公手書，以新製《寶劍記》見示，且命為之序。乃倩歌之，憑几而聽之既，於是仰而嘆曰：「嗟乎！至圓不能加規，至方不能加矩，一代奇才，古今之絕唱也。」358

王九思之評李開先《寶劍記》以「至圓」、「至方」、「絕唱」稱之，亦已甚矣。

㈨康　海

康海（一四七五—一五四〇），字德涵，號對山、泭東漁夫，陝西武功人。弘治十五年（一五〇二）進士第一，授翰林修撰，與王九思並稱前七子。《泭東樂府》其〈序〉：

收入《戲曲源流新論》，頁一一五—一八三。拙作：〈中國古典戲劇腳色概說〉，《國立編譯館館刊》第六卷第一期（一九七七年六月），頁一三五—一六五，收入《曾永義學術論文自選集：學術進程編》（北京：中華書局，二〇〇八），頁七〇—一一八。

358〔明〕王九思：《寶劍記》，收入俞為民、孫蓉蓉主編：《歷代曲話彙編．明代編》第一集，頁二三〇。

其實詩之變也，宋元以來益變益異，遂有南詞北曲之分。然南詞主激越，其變也為流麗；北曲主慷慨，其變也為樸實。惟樸實故聲有矩度而難借，惟流麗故唱得宛轉而易調，此二者詞曲之定分也。[359]

對山之論南北曲，可與胡侍、魏良輔、王世貞諸家並觀；但謂「南詞主激越」，則有待商榷。

(十)張　祿

張祿（一四七九－？），字天爵，一字元俸，號友竹山人、蒲東山人，吳江人。編有元明散曲、戲曲集《詞林摘艷》。其〈詞林摘艷序〉云：

今之樂，猶古之樂，殆體製不同耳。有元及遼、金文人才士，審音定律，作為詞調。逮我皇明，益盡其美，謂今之樂府。其視古作，雖曰懸絕，然其間有南有北，有長篇小令，皆撫時即事，托物寄興之言。詠歌之餘，可喜可悲，可驚可愕，委曲宛轉，皆能使人興起感發，蓋小技中之長也。然作非一手，集非一帙，或公諸梓行，或祕諸謄寫。好事者欲遍得觀覽，寡矣。正德間，裒而輯之為卷，名之曰《盛世新聲》，固詞壇中之快睹。但其貪收之廣者，或不能擇其精粗，欲成之速者，或不暇考其訛舛。見之者往往病焉。余不揣鄙陋，於暇日正其魯魚，增以新調。不減於前謂之林，少加於後謂之艷，更名曰《詞林摘艷》，鋟梓以行。四方之人，於風前月下，侑以絲竹，唱詠之餘，或有所考，一覽無餘，豈不便哉！觀者幸憐其用心之勤，恕其狂妄之罪。時嘉靖乙酉仲秋上吉東吳張祿謹識。[360]

---

359 〔明〕康海：《沜東樂府・序》，收入俞為民、孫蓉蓉主編：《歷代曲話彙編・明代編》第一集，頁二三六。

360 〔明〕張祿：《詞林摘艷・序》，收入俞為民、孫蓉蓉主編：《歷代曲話彙編・明代編》第一集，頁二三九。

〈重刊增益詞林摘艷序〉：

蓋聞今樂猶古樂也，殆體製有殊，音韻有別，故胡元、遼、金騷人墨客，詳審音律，作為九宮樂府。逮我皇明，益盡其美。亦有《太平樂府》、《昇平樂府》，使小民童稚，歌於閭巷，以樂太平之治化。作非一人，集非一手，或梓行謄錄，欲遍覽而寡矣。正德間，分宮析調，輯之為卷，曰《盛世新聲》，固詞壇中之快睹者。但貪收之廣而成之速，未暇詳考，見者病之。予又不揣鄙俗，即於暇日復證魯魚，增以新調，易之為《詞林摘艷》，命工鋟梓以行。與四方騷人墨士，去國思鄉，於臨風對月之際，詠歌侑觴，以釋旅懷，豈不便哉！見覽者幸勿以狂妄見咎！時嘉靖己亥仲春五日，吳江中污張祿天爵謹識。（明嘉靖十八年刊本《重刊增益詞林摘艷》卷首）[361]

張氏於正德間校閱元明散曲集《盛世新聲》，於嘉靖四年重編修訂為《詞林摘艷》，嘉靖十八年又復重刊，為明代散曲、劇曲第一部總集，其保存文獻之功不可沒。

㈩楊　慎

楊慎（一四八八－一五五九），字用修，號升庵，四川新都人。正德六年（一五一一）殿試第一。有《升庵全集》八十一卷，後人輯其論詞曲者為《詞品》。其《詞品．樂曲名解》云：

《古今雜錄》云：「傖歌以一句為一解。」王僧虔啟曰：「古曰章，今曰解。解有多少，當是先詩而後

[361] 同上註，頁二三九－二四〇。

聲。詩敘事，聲成文，必使志盡於詩，音盡於曲。是以作詩有豐約，製解有多少。」又「諸曲調皆有詞，有聲。而大曲又有艷，有趨，有亂。詞者，其歌詩也。聲者，若『羊吾』、『夷伊』、『那何』之類也。艷在曲之前，趨與亂在曲之後，亦猶吳聲西曲，前有和，後有送也。」慎按：艷在曲之前，與吳聲之和，若今之引子。趨與亂在曲之後，與吳聲之送，若今之尾聲。「羊吾」、「夷伊」、「那何」，皆聲之餘音裊裊，有聲無字。雖借字作譜而無義，若今之「哩囉」、「嗹唵」、「唵吽」也。知此，可以讀古樂府矣。[362]

則樂府一解，含詩與聲。詩敘事，聲成文。

〈北曲〉一則云：

《南史》蔡仲熊曰：「五音本在中土，故氣韻調平。東南土氣偏詖，故不能感動木石。」斯誠公言也，近世北曲雖皆鄭、衛之音，然猶古者總章北里之韻，梨園教坊之調，是可證也。近日多尚海鹽南曲，士大夫稟心房之精，從婉孌之習，風靡如一，甚者北土亦移而耽之。更數十年，北曲亦失傳矣。白樂天詩：「吳越聲邪無法用，莫教偷入管絃中。」東坡詩：「好把鶯黃記宮樣，莫教絃管作蠻聲。」[363]

此論南北曲之質性與消長。當其時，正海鹽腔為士大夫所重之時，而北曲已見衰煞矣。

〈珠簾秀〉一則云：

姓朱氏，行第四，雜劇為當今獨步。駕頭、花旦、軟末泥等，悉造其妙。胡紫山宣慰，嘗以【沉醉東風】

362 〔明〕楊慎：《詞品》，收入俞為民、孫蓉蓉主編：《歷代曲話彙編．明代編》第一集，頁二五三。

363 同上註，頁二五四。

曲贈云：「錦織江邊翠竹，絨穿海上明珠。月淡時，風清處，都隔斷、落紅塵土。一片閒情任捲舒，挂盡朝雲暮雨。」馮海粟待制亦贈以【鷓鴣天】云：「憑倚東風遠映樓，流鶯窺面燕低頭。蝦鬚瘦影纖纖織，龜背香紋細細浮。紅霧斂，彩雲收，海霞為帶月為鈎，夜來捲盡西山雨，不著人間半點愁。」蓋朱背微僂，馮故以簾鈎寓意。至今後輩有以朱娘娘稱之者。[364]

〈趙真真〉一則云：

趙真真、楊玉娥，善唱諸宮調。楊立齋見其謳張五牛、商正叔所編《雙漸小卿怨》，因作【鷓鴣天】、【哨遍】、【耍孩兒煞】等以詠之。後曲多不錄。今錄前曲云：「烟柳風花錦作園，霜芽露葉玉裝船。誰知皓齒纖腰會，衹在輕衫短帽邊。啼玉靨，咽冰絃，五牛身去更無傳。詞人老筆佳人口，再喚春風在眼前。」[365]

〈劉燕歌〉一則云：

劉燕歌善歌舞。齊參議還山東，劉賦【太常引】以餞云：「故人別我出陽關，無計鎖雕鞍。今古別離難。況隔斷、蛾眉遠山。一樽別酒，一聲杜宇，寂寞又春殘。明月小樓閒，第一夜、相思淚彈。」至今膾炙人口。[366]

---

[364] 同上註，頁二五五。
[365] 同上註，頁二五五—二五六。
[366] 同上註，頁二五六。

〈杜妙隆〉一則云：

杜妙隆，金陵佳麗人也。盧疏齋欲見之，行李匆匆，不果所願。因題【踏莎行】於壁云：「雪暗山明，溪深花早。行人馬上詩成了。歸來聞說妙隆歌，金陵卻比蓬萊渺。　寶鏡慵窺，玉容空好，梁塵不動歌聲悄。無人知我此時情，春風一枕松窗曉。」[367]

〈宋六嫂〉一則云：

宋六嫂，小字同壽。元遺山有〈贈觱栗工張嘴兒〉詞，即其父也。宋與其夫合樂，妙入神品。蓋宋善謳，其夫能傳其父之藝。滕玉霄待制嘗賦【念奴嬌】以贈云「柳顰花困」云云，詞見第五卷。【念奴嬌】，一名【百字令】。[368]

〈一分兒〉一則云：

一分兒，姓王氏，京師角妓也。歌舞絕倫，聰慧無比。一日，丁指揮會才人劉士昌、程繼善等於江鄉園小飲，王氏佐樽，時有小姬歌菊花會南呂曲云：「紅葉落，火龍褪甲。青松枯，怪蟒張牙。」丁曰：「此【沉醉東風】首句也。王氏可足成之。」王應聲曰：「紅葉落，火龍褪甲。青松枯，怪蟒張牙。可詠題，堪描畫。喜觥籌，席上交雜。答刺蘇頻斟入禮廝麻。不醉呵，休扶上馬。」一座歎賞，由是聲價愈重焉。[369]

---

[367] 同上註，頁二五六。

[368] 同上註，頁二五七。

[369] 同上註，頁二五七。

以上歌妓六人，可與《青樓集》參看。

㈩陸　采

陸采（一四九七—一五三七），原名灼，字子玄、子元，號天池、天奇，長洲人。其《南西廂記・序》云：

唐元相微之，蘊抱情癖，假張生以自宣。宋王性之辨之詳矣。自《侯鯖錄》記時賢所著詞曲，而優戲之源始開。逮金董解元演為《西廂記》，元初盛行，顧當時專尚小令，率一二闋即改別宮。至都事王實甫，易為套數。本朝周憲王，又加【賞花時】於首，可謂盡善盡美，真能道意中事者，固非後世學士所敢輕議而可改作為哉！迨後，李日華取實甫之語翻為南曲，而措詞命意之妙，幾失之矣。予自退休之日，時綴此編，固不敢媲美前哲，然較之生吞活剝者，自謂差見一班。若夫正人君子責我以桑間、濮上之音，燕女溺志者，予則不敢辭。雖然予倦遊矣，老且無用，不藉是以陶寫凡慮，何由遣日？況嘲風弄月，又吾儕常事哉！微之，唐之名士也。首惡之名，彼且蒙之，予亦薄乎云爾。書此不覺一笑，呼童子歌吾以進酒。清痴叟陸采天池自序。（明崇禎十三年吳興閔氏刊本《會真六幻》本《南西廂記》卷首）370

由此序可見陸采不知諸宮調為何物，於王《西廂》譽之「盡善盡美」，於李《西廂》則斥之「措詞命意之妙，幾失之矣。」而自謙己作尚不致「生吞活剝」。

㈪李開先

370 〔明〕陸采：《南西廂記・序》，收入俞為民、孫蓉蓉主編：《歷代曲話彙編・明代編》第一集，頁二六一。

李開先（一五〇二—一五六八），字伯華，號中麓，山東章丘人。明嘉靖八年（一五二九）進士，官至提督四夷館太常寺少卿。著有戲曲《寶劍記》、《斷髮記》，院本《園林午夢》、《打啞禪》，《詞謔》四十則，《閒居集》。其《閒居集》：

〈東村樂府序〉：余獨以東村謝君為老作家，格古調平，音諧字妥，娛衆目而便歌喉，直藝林中之善鳴者也。（《李中麓閒居集》文卷五）

〈醉鄉小稿序〉：元以詞名代，單詞致精者，不過兩人耳：小山張可久、笙鶴翁喬夢符，喬有小套，然亦不多，查德卿而下，無足比數矣。（《李中麓閒居集》文卷五）

〈一笑散序〉：中麓子塵世應酬之暇，古書講讀之餘，戲為六院本，總名之曰《一笑散》：一《打啞禪》，二《園林午夢》，其四乃《攪道場》、《喬坐衙》、《昏廝迷》，并改竄《三枝花大鬧土地堂》。借觀者衆，從而失之，失者無及，其存者恐久而亦如失者矣，遂鋟之以梓，印之以楮，裝訂數十本，藏之巾笥。有時取玩，或命童子扮之，以代百尺掃愁之帚而千丈釣詩之鉤。更因雕工貧甚，願減價售伎。自念古人遇歲荒，乃以興造事濟貧，諺又有「油貴點燈，米貴齋僧」之說，遂以二院本付之，不然，刻不及此。（《李中麓閒居集》文卷五）

〈喬龍谿詞序〉：北之音調舒放雄雅，南則淒婉優柔，均出於風土之自然，不可強而齊也。故云「北人不歌，南人不曲」。其實歌曲一也，特有舒放雄雅、淒婉優柔之分耳。吳歈、楚些，及套、散、戲文等，皆南也。〈康衢〉、〈擊壤〉、〈卿雲〉、〈南風〉、「三百篇」，下逮金元套、散、雜劇，皆北也。（《李中麓閒居集》文卷五）

〈張小山小令序〉：小山，名可久，以路吏轉首領，即所謂民務官，如今之稅課局大使。夫以是人而居卑秩，宜其歌曲多不平之鳴。然亦不但小山，如關漢卿乃太醫院尹，馬致遠為江浙行省務官，鄭德輝杭州路吏，宮大用釣臺山長，其他屈在簿書、老於布素者，不可勝計。當時臺省元臣、郡邑正官及雄要之職，盡其國人為之，中州人每每沉抑下僚，志不獲展。此其說見於胡蟲溪所著《真珠船》。因序小山詞而節取之，以見元詞所由盛、元治所由衰也。（《李中麓閒居集》文卷五）

〈張小山小令後序〉：洪武初年，親王之國，必以詞曲一千七百本賜之。對山高祖名汝楫者，曾為燕邸長史，全得其本，傳至對山，少有存者。人言憲廟好聽雜劇及散詞，搜羅海內詞本殆盡。又武宗亦好之，有進者即蒙厚賞。如楊循吉、徐霖、陳符所進，不止數千本。今宜詞曲少，而小山者更少也。（《李中麓閒居集》文卷五）

〈喬夢符小令序〉：夢符不但長於小令，而八雜劇、數十散套，可高出一世。予特取其小令刻之，與小山為偶，元之張、喬，其猶唐之李、杜乎？……評其詞者，以為「若天吳跨神鰲，噀沫於大洋，波濤洶湧，有截斷眾流之勢」，此特言其雄健而已，要之未盡也。予以論之，蘊藉包含，風流調笑，種種出奇而不失之怪，多多益善而不失之繁，句句用俗而不失其為文。自謂可與之傳神。（《李中麓閒居集》文卷五）

〈改定元賢傳奇序〉：予嘗病焉，欲世之人得見元詞，并知元詞之所以得名也，乃盡發所藏千餘本，付之門人誠庵張自慎選取，只得五十種。力又不能全刻，就中又精選十六種，刪繁歸約，改韻正音，調有不協，句有不穩，白有不切及太泛者，悉訂正之，且有代作者，因名其刻為《改定元賢傳奇》。（《李中麓閒居集》文卷五）

〈改定元賢傳奇後序〉：傳奇凡十二科，以神仙道化居首，而隱居樂道次之，忠臣烈士、逐臣孤子又次之，終之以神佛、烟花、粉黛。要之激勸人心，感移風化，非徒作，非苟作，非無益而作之者。今所選傳奇，取其辭意高古，音調協和，與人心風教具有激勸感移之功。尤以天分高而學力到，悟入深而體裁正者，為之本也。（《李中麓閒居集》文卷五）

〈南北插科詞序〉：予少時綜理文翰之餘，頗究心金、元詞曲，凡《中原》、《燕山》、《瓊林》、《務頭》四韻書，《太和正音》、《詞話》、《錄鬼》、《十譜格》、《漁隱》、《太平》、《陽春白雪》、《詩酒餘音》二十四散套；張可久、馬致遠、喬夢符、查德卿等八百三十二名家；《芙蓉》、《雙題》、《多月》、《倩女》等千七百五十餘雜劇，靡不辨其品類，識其當行。音調合否，字面生熟，舉目如辨素蒼，開口如數一二。甚者歌者纔一發聲，則按而止曰：「開端有誤，不必歌竟矣！」坐客無不屈伏。時或強綴一篇，雖中板拍，殊無定聲，以此鈎致虛名，然非有神解頓悟之妙，好之篤而久，是以知之真而作之不差耳。（《李中麓閒居集》文卷六）

〈市井艷詞序〉：憂而詞哀，樂而詞褻，此今古同情也，正德初尚【山坡羊】，嘉靖初尚【鎖南枝】，一則商調，一則越調；商，傷也；越，悅也，時可考見矣。二詞嘩於市井，雖兒女子初學言者，亦知歌之，但淫艷褻狎，不堪入耳。其聲則然矣，語意則直出肺肝，不加雕刻，俱男女相與之情，雖君臣友朋，亦多有托此者，以其情尤足感人也。故風出謠口，真詩祇在民間。「三百篇」太平采風者歸奏，予謂今古同情者此也。（《李中麓閒居集》文卷六）

〈市井艷詞後序〉：【山坡羊】有二，一北一南；【鎖南枝】亦有二，有南無北。一北一南者，北簡而南繁，歌聲繁簡亦隨之然而相類；有南無北者，一則句短而碎，一則長短夾雜，而歌聲敻然不同，二詞大致如此。世之作者及歌者，果能吻合乎？不也。所以詞不易作，亦不易歌。在童習飫聞者，且如然矣。

而況長章險韻，高不結低不噎者乎？但二詞頗壞人心，無之則無以考之俗尚，所謂懲創人之逸志，正有須乎此耳。詞出，識者必訝其愈趨愈下，或者又以為愈出愈奇。予從而斷之：不過愈老愈放云！（《李中麓閒居集》文卷六）

〈市井艷詞又序〉：學詩者，初則恐其不古，久則恐其不淡；學文者，初則恐其不奇，久則恐其不平；學書、學詞者，初則恐其不勁、不文，久則恐其不軟、不俗，唐荊川之於詩，王南江之於文，方兩江之於書，予之於詞，其事異而理同，致百而慮一者乎！……予詞散見者勿論，已行世者，辛卯春有〈贈對山〉，秋有〈臥病江皋〉，甲辰有〈南呂小令〉。《登壇》及《寶劍記》，脫稿於丁未夏，皆俗以漸加，而文隨俗遠。……予獨無他長，長於詞，歲久愈長於俗，遠交王渼陂，近交袁西野，足以資而忘世，樂而忘老。（《李中麓閒居集》文卷六）

《園林午夢》、《打啞禪》二院本總跋〉：至人無夢，太上忘言。午夢甚於夜夢，啞禪涉於多言。視至人、太上，不深有愧乎？（《一笑散》卷末）[371]

李開先論曲見於其《閒居集》諸序中。其於元人小令，獨尚張可久與喬吉（〈醉鄉小稿序〉），比之為唐之李杜（〈喬夢符小令序〉）。其評曲講究「格古調平，音諧字妥，娛眾目而便歌喉。」（〈東村樂府序〉）其院本雖有《一笑散》六種，但並不重視，因雕工貧甚，願減價售技，才勉強刊刻《打啞禪》和《園林午夢》，其旨亦止在談禪說夢而已。（〈一笑散序〉、〈二院本總跋〉）其論南北曲調「北之音調舒放雄雅，南則淒婉優柔，均出於風土之自然，不可強而齊也。」可與康海、胡侍、魏良輔、王世貞諸家並觀。（〈喬龍谿詞序〉）其家藏曲甚富，謂有

---

[371] 〔明〕李開先：《閒居集》，收入俞為民、孫蓉蓉主編：《歷代曲話彙編．明代編》第一集，頁三九八－四一一、四四〇。

四韻書、二十四套散套，散曲八百三十二名家，雜劇千七百五十餘本。（〈南北插科詞序〉）因病選者美惡兼蓄、雜亂無章，乃精選元賢傳奇十六種，「取其辭意高古，音調協和，與人心風教具有激勸感移之功。尤以天分高而學力到，悟入深而體裁正者。」（〈後序〉）「刪繁歸約，改韻正音，調有不協，句有不穩，白有不切及太泛者，悉訂正之，且有代作者，因名其刻為《改定元賢傳奇》。」（〈前序〉）可見其所取可喜，但其所改可惡，所謂「明人刻書而書亡」，正此之謂。其對「市井艷詞」，認為雖「淫艷褻狎，不堪入耳」，但「語意則直出肺肝，不加雕刻。」又認為「學詩者，初則恐其不古，久則恐其不淡；學文者，初則恐其不奇，久則恐其不平；學書、學詞者，初則恐其不勁、不文，久則恐其不軟、不俗。」而自謂「予獨無他長，長於詞，歲久愈長於俗，遠交王渼陂，近交袁西野，足以資而忘世，樂而忘老。」（〈序〉、〈又序〉）可見其樂俗曲而不疲。至其論元曲之所以盛，云「詞肇於金，而盛於元，元不戍邊，賦稅輕而衣食足，衣食足而歌詠作，樂於心而聲於口，長之為套，短之為令，傳奇戲文，於是乎侈而可準矣。」可見其以詞稱曲，以傳奇稱雜劇，其以「元不戍邊」為元曲興盛之由，亦堪稱妙論矣。

（十四）雪蓑漁者

雪蓑漁者，即夏庭芝。工詞曲，擅書法，為李開先門客。已見前文。其〈寶劍記序〉亦載《李中麓閒居集》卷六，並注云：「改竄雪簑之作。」則此序當經李開先改作。〈寶劍記序〉：

> 《琵琶記》冠絕諸戲文，自勝國已遍傳宇內矣。作者乃錢塘高則成，閭關謝客，極力苦心，歌詠則口吐涎沫不絕，按節拍則腳點樓板皆穿。積之歲月，然後出以示人，猶且神其事而侈其說，以二燭光合，遂

名其樓曰「瑞光」云。予性頗嗜曲調，醉後狂歌，祇覺【雁魚錦】、【梁州序】、【四朝元】、【本序】及【甘州歌】等六七闋為可耳。餘皆懈鬆支漫；更用韻差池，甚有一詞四五韻者。是記則蒼老渾成，流麗款曲，人之異態隱情，描寫殆盡，音韻諧和，言辭俊美，終篇一律，有難於去取者；兼之起引、散說、詩句、填詞，無不高妙者，足以寒奸雄之膽，而堅善良之心，才思文學，當作古今絕唱，雖《琵琶記》遠避其鋒，下此者毋論也。[372]

雪蓑為中麓門下客，此序又經中麓改竄，則其溢美之語無足怪矣。

(圭) 何良俊

何良俊（一五〇六—一五七二），字元朗，號柘湖，松江華亭（今上海市松江縣）人。明嘉靖貢生。其《四友齋叢說》卷三十七〈詞曲〉部共三十二則，輯為《四友齋曲說》。由《四友齋曲說》可見：

1. 明憲宗成化間，宮中猶有優諫。〈史六〉（輯錄）：

阿丑乃鍾鼓司裝戲者，頗機警，善詼謔，亦優旃、敬新磨之流也。成化末年，刑政頗弛，丑於上前作六部差遣狀，命精擇之。既得一人，問其姓名。曰：「公論。」主者曰：「公論如今無用。」次得一人，問其姓名。曰：「公道。」主者曰：「公道亦難行。」最後一人曰：「胡塗。」主者首肯曰：「胡塗如今儘去得。」憲宗微哂而已。若憲宗因此稍加釐正，則於朝政大有所補。正太史公所謂「談言微中，亦

[372]〔明〕雪蓑漁者：〈寶劍記序〉，收入俞為民、孫蓉蓉主編：《歷代曲話彙編．明代編》第一集，頁四四二。

可以解紛」，則滑稽其可少哉！惜乎憲廟但付之一哂而已。若在今日，則胡塗亦無用處，惟佻狡躁競者乃得進耳。

2.官府有戲子承應。〈史九〉（輯錄）：

皇甫司勳子循嘗語余曰：小時見林小泉廷棉為太守日，小泉有大才，敏於剖決。公餘多暇日，好客，喜燕樂。每日有戲子一班，在門上伺候呈應，雖無客亦然。長、吳二縣輪日給工食銀伍錢。戲子既樂於祇候，百姓亦不告病。今處處禁戲樂，百姓貧困日甚，此不知何故也。余應之曰：公奕葉簪纓，處通都大邑之中，所見如此，固不為異。余農家子也，世居東海上，乃避遠斥鹵之處，自祖父以來，世代為糧長垂五十年，後見時事不佳，遂告脫此役，此髫齔時也。後余兄弟為博士弟子，郡縣與監司諸公皆見賞識，此役遂不及矣。然嘗憶小時見先府君為糧長日，百姓皆怕見官府。有終身不識城市者，有事即質成於糧長，糧長即為處分，即人人稱平謝去，公稅八月中皆完，糧長歸家安坐，至十月初又辦新歲事矣。先府君每對人言，我家五十年當糧長，自脫役之後，絕足無一公差到門者。蓋以五十年內錢糧無升合虧欠也。此時百姓，十一在官，十九在家，亦家富人足，日勤農作，至夜帖帖而臥。余家自先祖以來即有戲劇，我輩有識後，即延二師儒訓以經學，又有樂工二人教童子聲樂，習簫鼓絃索。余小時好嬉，每放學即往聽之。見大人亦閒晏無事，喜招延文學之士，四方之賢日至。常張燕為樂，終歲無意外之虞。今百姓十九在官，十一在家，身無完衣，腹無飽食，貧困日甚，奸偽日滋。公家逋負日積，歲以萬計。雖縉紳之家，差役沓至。徵租索錢之吏，日夕在門。其小心畏慎者，職思其外，終歲惴惴，臥不帖席。此於民情之休戚，世道之慘舒，君子可以觀變矣。

3.記劉瑾、康海事，及康夫婦事。〈史十一〉(輯錄)：

劉瑾，陝西人，與康滸西同鄉。康在翰林，才望傾天下，瑾欲借之以彈壓百僚，故陽為尊禮之。康本疏誕，遂往來其門，實未嘗干與政事也，遂中以此廢棄。天下共惜之。後自放於聲樂，亦「簡兮詩人」之意。呂涇野、馬溪田敦厚嚴正，無所假借，竟與終好，蓋亦能亮其心也。

李空同與韓貫道草疏，極為切直。劉瑾切齒，必欲置之於死。賴康滸西營救而脫，後滸西得罪，空同議論稍過嚴刻。馬中錫作《中山狼傳》以詆之。

康對山以狀元登第，在館中聲望籍甚，臺省諸公得其謦咳以為榮。不久以憂去。大率翰林官丁憂，其墓文皆請之內閣諸公，此舊例也。對山聞喪即行，求李空同作墓碑，王渼陂、段德光作墓志與傳。時李西涯方秉內翰文柄，大不平之，值逆瑾事起，對山遂落籍。

康滸西得罪，雖則出於挂誤，亦由其持身不嚴，心迹終是難明。昔王振擅朝，以薛文清是其鄉人，擢授大理卿，且令人諭旨必欲其往謝。薛大言拒之曰：「拜官公朝，謝恩私室，豈薛瑄之所為？」越數月，絕足不往。振銜之甚，必欲置之死。後以事論死，臨詣西市。振家廚下一燒火老僕素淳謹，振頗信聽之，忽放聲大哭。振問其故。此僕曰：「我聞鄉里薛卿，人皆呼為薛夫子。若今日論死，滿朝必不能容。吾輩明日亦當就戮矣。」振亦感動，文清遂得釋。若滸西之去就如此，則瑾烏得而累之哉？余在南館，常問府公槐野曰：「老先生曾與滸西相會否？」槐野言：「吾為檢討時，因省覲至家。對山妻家在華州，適來探親。吾造之，時值其生朝設客，隨送一帖見召。吾至妻叔東侍御家。侍御問曰：『明日對山設客，有汝則不當有我輩，有我輩則不當有汝。』何忽如此？沉吟久之。後對山遣人來致意云：『明日家主要與老爹講話，須侵晨即來。』吾依期而往。少間設兩席對坐。近午，對山起曰：『今日老夫賤降，客不可無公，然吾與令親輩每燕必有妓樂，不當以此累公。今諸公將至，不敢久留矣。』吾辭出。侍御輩至。歌妓並進，酣飲達旦。」

趙大周先生言：其尊公以歲貢為武功學官，大周隨任讀書於武功學舍中，少識康對山。今《武功志》中所稱「趙先生」者，即大周尊公野。對山小時即放誕不羈，其所娶尚夫人甚賢。對山每日遊處狹斜中，與夫人大不相洽，後遣之歸，而此夫人每日三餐殺蔌精酒飯，遣一婢子持至對山家，進其舅姑。無間於寒暑風雨，歷三年如一日。大周尊公廉知之，召對山立堂下譙呵之。故《志》中云「余亦數年不直趙先生」者，蓋謂此也。後趙先生曲為勸諭，譬之以理，且為康長公道其新婦之賢，無終絕之道。長公夫婦又為勸諭。始悔悟，迎夫人歸，復為夫婦如初。而《志》中「感趙先生成就之恩」，蓋不一言而足也。呂沃洲言：吾巡按陝西，到武功日，公事畢，命縣中攜酒夜造康對山，對山以吾持憲不設樂，相與論文。因及時事，始甲夜至二鼓，殊慷慨可聽，乃知此公志業不遂，其抑鬱之抱，寓之詞曲，將無以此掩之也。[373]

又〈雜記〉：

康對山常與妓女同跨一蹇驢，令從人賫琵琶自隨，遊行道中，傲然不屑。[374]

---

[373] 以上引文，見〔明〕何良俊：《四友齋叢說》，收入俞為民、孫蓉蓉主編：《歷代曲話彙編・明代編》第一集，頁四五四－四五八。

[374] 同上註，頁四六〇。

4. 記徐髯仙、唐六如事。記沈鳳峰「身入兒童鬬草社，心如太古結繩時。」〈史十一〉（輯錄）：

徐髯仙豪爽迭宕，工書，能文章，善為歌詩，有聲庠序間，後以事見黜，遂為無町畦之行。先朝薦紳中如儲柴墟瓘、莊定山旭皆嚴正之士，見《柴墟集》中有〈與徐子仁書〉，極相推與，又見其家藏寫真，乃柴墟、定山、徐承之及徐子仁四人共作一軸，上各書贊。又有以見前輩持己極嚴，而責人甚恕，猶有古寬大博厚之風。

唐六如中解元日，適有江陰一巨姓徐經者，其富甲江南，是年與六如同鄉舉，奉六如甚厚，遂同船會試。至京，六如文譽籍甚，公卿造請者闐咽街巷。徐有戲子數人，隨從六如日馳騁於都市中。是時都人屬目者已眾矣，況徐有潤屋之資，其營求他徑以進，不無有之。而六如疏狂，時漏言語，因此挂誤，六如竟除籍。六如才情富麗，今吳中有刻行小集，其詩文皆咄咄逼古人，一至失身後，遂放蕩無檢，可惜！可惜！

〈史十三〉（輯錄）：

沈鳳峰堂中有春帖云：「身入兒童鬬草社，心如太古結繩時。」鳳老和易坦蕩，真有蘇長公眼中未嘗見一不好人之意。遇兒童走卒，亦煦煦然仁愛之，每早起即作詩寫字，稍暇則粘碎石為盆池小景，令人悠然有林壑之思。凡燕席中有戲劇，即按拍節歌，有不叶則隨句正之。終日無一俗事在心，終歲無一俗人到門。壽登八十，常如小兒。此二言蓋其實錄也。

〈詩三〉（輯錄）：

徐髯仙，豪爽迭宕人也，數遊狹斜，其所填南北詞皆入律。衡山題一畫寄之。後曰：「樂府新聲桃葉渡，彩毫遍寫薛濤箋。老我別來忘不得，令人常想秣陵烟。」蓋亦有所取之也。[375]

5.記王西園「喜歌曲，曾教妝戲者數人」。〈史十三〉（輯錄）：

吾松近日唯王西園最有勝韻，彷彿古人。余小時猶及見之，王以歲貢為太順訓導。其人黑瘦骨立，善書畫，亦足奔走人。每一入城，好事者爭趨之，其舟次常滿。喜歌曲，曾教妝戲者數人，名丹桂者亦有聲。其室中畜侍姬三四人。昔年路北村為太守時陞任去，余與王大參道甫、楊節推運之蒙其賞識，求書畫贈行。此日西園留飯，有堂屋三楹，中間坐客，兩邊即寢室，中着姬妾。飯畢作畫，其供筆硯圖書者皆侍姬也。蓋有姜白石之風，今無復有此風流矣。[376]

6.記李中麓事。家戲子幾二三十人，女僮歌者數人。〈雜記〉（輯錄）：

有客自山東來者，云李中麓家戲子幾二三十人，女妓二人，女僮歌者數人，繼娶王夫人方少艾，甚賢。中麓每日或按樂，或與童子蹴毬，或鬬棋。客至則命酒。宦資雖厚，然不入府縣，別無調度。與東南士夫求田問舍、得隴望蜀者，未知孰賢。

王元美言：余兵備青州時，曾一造李中麓。中麓開燕相款，其所出戲子皆老蒼頭也，歌亦不甚叶。自言有善歌者數人，俱遣在各莊去未回。亦是此老欺人。[377]

---

[375] 同上註，頁四五九、四六一。

[376] 同上註，頁四六〇。

7.記康崑崙、段善本琵琶。〈詩三〉(輯錄):

楊升庵云:長安大市有兩街,街東有康崑崙琵琶,號為第一手,謂西市必無己敵也。遂登樓彈一曲新翻調【綠腰】。街西亦建一樓,東市大誚之。及崑崙度曲,西樓出一女郎抱樂器,亦彈此曲,移入楓香調中,妙絕入神。崑崙驚駭,請以為師。女郎遂更衣出,乃莊嚴寺段師善本也。翌日,德宗召之,大加獎異。爭令崑崙彈一曲。段師曰:「本領何雜!兼帶邪聲。」崑崙驚曰:「段師神人也!」德宗令授崑崙。段師奏曰:「且請崑崙不近樂器十數年,忘其本領,然後可教。」詔許之。後果窮段師之藝。朱子答人論詩書曰:「來書謂漱六藝之芳潤,良是。但恐舊習不除,渣穢在胸,芳潤無由入耳。」近日有一雅謔可證此事:有一新進欲學詩,華榮孫世基戲謂之曰:「君欲學詩,必須先服巴豆雷丸,下盡胸中程文策套,然後以楚詞、《文選》為冷粥補之,始可語詩也。」士林傳以為笑。[378]

8.松江俗諺:九清詎,不知腔板再學魏良輔唱。〈正俗二〉(輯錄):

松江近日有一諺語,蓋指年來風俗之薄。大率起於蘇州波及松江,二郡接壤,習氣近也。諺曰:「一清詎,圓頭扇骨揩得光蕩。二清詎,蕩口汗巾摺子擋。三清詎,回青碟子無肉放。四清詎,宜興茶壺藤紥當。五清詎,不出夜錢沿門跄。六清詎,見了小官遞帖望。七清詎,剝雞骨董會攤浪。八清詎,綿綢直裰蓋在腳面上。九清詎,不知腔板再學魏良輔唱。十清詎,老兄小弟亂口降(音扛)。」此所謂遊手好閒

377 同上註,頁四六一。
378 同上註,頁四六一—四六二。

之人，百姓之大蠹也。官府如遇此等，即當枷號示眾，盡趨之農。不然，賈誼首為之痛哭。[379]

9.何良俊論北曲、論南戲北劇。時北曲已衰，南曲海鹽正盛：

楊升庵曰：「《南史》蔡仲熊云：『五音本在中土，故氣韻調平；東南土氣偏詖，故不能感動木石。』斯誠公言也，近世北曲，雖皆鄭、衛之音，然猶古者總章、北里之韻，梨園、教坊之調，是可證也。近日多尚海鹽南曲，士夫稟心房之精，從婉孌之習，風靡如一，甚者北土亦移而耽之。更數世後，北曲亦失傳矣。」[380]

以《西廂》、《琵琶》為李杜，又以本色貶之：

金、元人呼北戲為雜劇，南戲為戲文。近代人雜劇以王實甫之《西廂記》，戲文以高則誠之《琵琶記》為絕唱，大不然。夫詩變而為詞，詞變而為歌曲，則歌曲乃詩之流別；今二家之辭，即譬之李、杜，若謂李、杜之詩不為工，固不可；苟以為詩必以李、杜為極致，豈亦然哉。祖宗開國，尊崇儒術，士大夫恥留心詞曲，雜劇與舊戲文本皆不傳，世人不得盡見，雖教坊有能搬演者，然古調既不諧於俗耳，南人又不知北音，聽者即不喜，則習者亦漸少，而《西廂》、《琵琶記》傳刻偶多，世皆快睹，故其所知者，獨此二家。余所藏雜劇幾三百種，舊戲文本雖無刻本，然每見於詞家之書，乃知今元人之詞，往往有出於二家之上者。蓋《西廂》全帶脂粉，《琵琶》專弄學問，其本色語少。蓋填詞須用本色語，方是作家，苟

---

379 同上註，頁四六二。

380 同上註，頁四六三。

詩家獨取李、杜，則沈、宋、王、孟、韋、柳、元、白，將盡廢之耶？[381]

稱鄭、關、馬、白為元曲四大家，而以鄭為第一：

元人樂府稱馬東籬、鄭德輝、關漢卿、白仁甫為四大家。馬之詞老健而乏姿媚，關之詞激厲而少蘊藉，白頗簡淡，所欠者俊語，當以鄭為第一。鄭德輝雜劇，《太和正音譜》所載總十八本，然入絃索者惟《傷梅香》、《倩女離魂》、《王粲登樓》三本。今教坊所唱，率多時曲，此等雜劇古詞，皆不傳習。三本中獨《傷梅香》頭一折【點絳唇】尚有人會唱，至第二折「驚飛幽鳥」，與《倩女離魂》內「人去陽臺」、《王粲登樓》內「塵滿征衣」，人久不聞，不知絃索中有此曲矣。[382]

情辭易工：

大抵情辭易工。蓋人生於情，所謂「愚夫愚婦可以與知者」。觀十五國〈風〉大半皆發於情，可以知矣。是以作者既易工，聞者亦易動聽。即《西廂記》與今所唱時曲，大率皆情詞也。至如《王粲登樓》第二折，摹寫羈懷壯志，語多慷慨，而氣亦爽烈，後至【堯民歌】、【十二月】，托物寓意，尤為妙絕，豈作調弄脂粉語者可得窺其堂廡哉！[383]

---

[381] 同上註，頁四六三—四六四。

[382] 同上註，頁四六四。

[383] 同上註，頁四六四—四六五。

論鄭德輝語不著色相，清麗流便，語入本色：

鄭德輝所作情詞，亦自與人不同，如《㑳梅香》頭一折【寄生草】「不爭琴操琴中單訴你飄零，卻不道窗兒外更有個人孤伶」，【六么序】「卻原來群花弄穎，將我來唬一驚」，此語何等蘊藉有趣！【大石調】內「又不曾薦枕席，便指望同棺槨，祇想夜偷期，不記朝聞道。」【好觀音】內「上覆你個氣咽聲絲張京兆，本待要填還你枕剩衾薄」，語不著色相，情意獨至，真得詞家三昧者也。

鄭德輝《倩女離魂》越調【聖藥王】內：「近蓼花，纜釣槎。有折蒲衰草綠蒹葭。過水窪，傍淺沙，遙望見烟籠寒水月籠紗，我祇見茅舍兩三家。」如此等語，清麗流便，語入本色；然殊不濃郁，宜不諧於俗耳也。[384]

論王實甫有佳妙，有蕪雜，又謂通篇本色，詞殊簡淡可喜。此所謂俊語也：

王實甫才情富麗，真辭家之雄；但《西廂》首尾五卷，曲二十一套，始終不出一「情」字，亦何怪其意之重複，語之蕪類也。今乃知元人雜劇只是四折，未為無見。

王實甫《西廂》，其妙處亦何可掩？如第二卷【混江龍】內：「蝶粉輕沾飛絮雪，燕泥香惹落花塵。繫春心情短柳絲長，隔花陰人遠天涯近。香消了六朝金粉，清減了三楚精神。」如此數語，雖李供奉復生，亦豈能有以加之哉！

《西廂》內如「魂靈兒飛在半天」，「我將你做心肝兒看待」，「魂飛在九霄雲外」，「少可有一萬聲長吁短

---

384 同上註，頁四六五。

嘆，五千遍搗枕椎床」，語意皆露，殊無蘊藉。如「太行山高仰望，東洋海深思渴」，全不成語。此真務多之病。余謂鄭詞淡而淨，王詞濃而蕪。

王實甫《絲竹芙蓉庭》雜劇仙呂一套，通篇皆本色，詞殊簡淡可喜。其間如【混江龍】內「想著我懷而中受用，怕什麼臉兒上搶白」！【元和令】內「他有曹子建七步才，還不了龐居士一分債」，【勝葫蘆】內「兀的般月斜風細，更闌人靜，天上巧安排」，【寄生草】內「你莫不一家兒受了康禪戒」？此等皆俊語也。夫語關閨閣，已是穠艷，須得以冷言剩句出之，雜以訕笑，方纔有趣；若計着相，辭復濃艷，則豈畫家所謂「濃鹽赤醬」者乎？畫家以重設色為「濃鹽赤醬」，若女子施朱傅粉，刻畫太過，豈如靚妝素服，天然妙麗者之為勝耶？

王實甫不但長於情辭，有《歌舞麗堂春》雜劇，其十三換頭【落梅風】內「對青銅猛然間兩鬢霜，全不似舊時模樣」，此句甚簡淡。偶然言及老頓，即稱此二句，此老亦自具眼。[385]

論《㑳梅香》自是妙，尋常說話，略帶訕語，而意趣無窮：

《㑳梅香》第三折越調，雖不入絃索，自是妙。……止是尋常說話，略帶訕語，然中間意趣無窮，此便是作家也。[386]

論《虎頭牌》「情真語切，正當行家也」：

[385] 同上註，頁四六五—四六六。

[386] 同上註，頁四六六。

《虎頭碑》是武元皇帝事。……情真語切，正當行家也。[387]

論康王：

康對山詞迭宕，然不及王蘊藉。如渼陂《杜甫遊春》雜劇，雖金、元人猶當北面，何況近代！以《王蘭卿傳》校之，不逮遠矣。[388]

論絃索南曲，亦可見何氏主張絃索南曲：

老頓云：「南曲中如『雨歇梅天』，《呂蒙正》內『紅妝艷質』，《王祥》內『夏日炎炎』，《殺狗》內『千紅百翠』，此等謂之慢詞，教坊不隸琵琶箏色，乃歌章色所肆習者。南京教坊歌章色久無人，此曲都不傳矣。」

余令老頓教《伯喈》一二曲，渠云：「《伯喈》曲某都唱得，但此等皆是後人依腔按字打將出來，正如善吹笛管者，聽人唱曲，依腔吹出，謂之『唱調』，然不按譜，終不入律。況絃索九宮之曲，或用滾絃、花和、大和鈐絃，皆有定則，故新曲要度入亦易。若南九宮原不入調，間有之，祇是小令。苟大套數，既無定則可依，而以意彈出，如何得□？□□管稍長短其聲，便可就板；絃索若多一彈，或少一彈，則齐板矣，豈可率意為之哉！」[389]

---

[387] 同上註，頁四六七。

[388] 同上註，頁四六八。

[389] 同上註，頁四六九。

以蒜酪風味責《琵琶》亦過矣：

高則誠才藻富麗，如《琵琶記》「長空萬里」，是一篇好賦，豈詞曲能盡之！既謂之曲，須要有蒜酪，而此曲全無，正如王公大人之席，駝峰、熊掌，肥腯盈前，而無蔬、笋、蜆、蛤，所欠者，風味耳。390

啟《琵琶》、《拜月》優劣論，謂《拜月》「當行本色」：

《拜月亭》是元人施君美所撰，《太和正音譜》「樂府群英姓氏」亦載此人。余謂其高出于《琵琶記》遠甚。蓋其才藻雖不及高，然終是當行。其「拜新月」二折，乃檃括關漢卿雜劇語。他如〈走雨〉、〈錯認〉、〈上路〉，館驛中相逢數折，彼此問答，皆不需賓白，而敘情說事，宛轉詳盡，全不費詞，可謂妙絕。

《拜月亭．賞春》【惜奴嬌】如「香閨掩珠簾鎮垂，不肯放燕雙飛」。〈走雨〉內「繡鞋兒分不得幫底，一步步提，百忙裡褪了根」，正詞家所謂「本色語」。391

九種戲文入絃索，重音律，為沈璟先驅：

南戲自《拜月亭》之外，如《呂蒙正》「紅妝艷質，喜得功名遂」，《王祥》內「夏日炎炎，今日個最關情處，路遠迢遙」，《殺狗》內「千紅百翠」，《江流兒》內「崎嶇去路賒」，《南西廂》內「團團皎皎」、「巴

390 同上註，頁四六九－四七〇。

391 同上註，頁四七〇。

到西廂」，《玩江樓》內「花底黃鸝」，《子母冤家》內「東野翠烟消」，《詐妮子》內「春來麗日長」，皆上絃索。此九種，即所謂戲文，金、元人之筆也，詞雖不能工，然皆入律，正以其聲之和也。夫既謂之詞，寧聲協而詞不工，無寧辭工而聲不叶。[392]

可見北曲套式緊慢相錯，南曲則緊而不復收：

> 曲至緊板，即古樂府所謂「趨」。趨者，促也。絃索中大和絃是慢板，至花和絃則緊板矣。北曲如中呂至【快活三】臨了一句，放慢來接唱【朝天子】；正宮至【呆骨都】，雙調至【甜水令】，仙呂至【後庭花】，越調至【小桃紅】，商調至【梧桐兒】，皆大和，又是慢板矣。緊慢相錯，何等節奏！南曲如【錦堂月】後【僥僥令】，【念奴嬌】後【古輪臺】，【梁州序】後【節節高】，一緊而不復收矣。[393]

何良俊《四友齋曲說》內容，可約為以下數端：

其關涉戲曲史料者：〈史六〉記明憲宗成化間，宮中猶有優諫。〈史九〉記官府有戲子承應。〈正俗二〉有松江俗諺，「九清誑，不知腔板再學魏良輔唱。」則可見何良俊去世前（隆慶六年，一五七二），魏氏崑腔水磨調已馳名於松江。〈詞曲〉感嘆近世北曲為鄭、衛之音，而近日多尚海鹽南曲。又借其家老頓論北曲絃索，南戲入絃索者有《拜月》等九種。其記琵琶能手有長安康崑崙（〈詩三〉）、正陽鍾秀之、徽州查十八。其論絃索南北曲套曲結構為「北曲緊慢相錯，何等節奏！南曲一緊而不復收矣。」（〈詞曲〉）又謂「祖宗開國，尊崇儒術，士大夫恥留心詞曲，雜劇與舊戲文本皆不傳。」（〈詞曲〉）其記曲而加事跡者，〈史十九〉有康海與劉瑾、李空同、

---

[392] 同上註，頁四七〇。

[393] 同上註，頁四七〇—四七一。

李西涯等人恩怨事，有徐髯仙豪爽迭宕事，有唐六如與戲子騁馳都市中，竟致除籍事。〈史十三〉有王西園勝韻風流事。〈雜記〉亦有徐髯仙、康對山事，以及李中麓家戲子事。

其論北曲四大家，謂「馬之詞老健而乏姿媚，關之詞激厲而少蘊藉，白頗簡淡，所欠者俊語，當以鄭為第一。」謂鄭氏「《王粲登樓》第二折，摹寫羈懷壯志，語多慷慨，而氣亦爽烈。」《傷梅香》中情詞，或「何等蘊藉有趣」，或「語不著色相，情意獨至，真得詞家三昧者也。」《倩女離魂》〔越調〕【聖藥王】用語「清麗流便，語入本色；然殊不濃郁，宜不諧於俗耳也。」

其論《西廂》、《琵琶》謂「金、元人呼北戲為雜劇，南戲為戲文。近代人雜劇以王實甫之《西廂記》，戲文以高則誠之《琵琶記》為絕唱，大不然。……今二家之辭，即譬之李、杜，……蓋《西廂》全帶脂粉，《琵琶》專弄學問，其本色語少。蓋填詞須用本色語，方是作家，苟詩家獨取李、杜，則沈、宋、王、孟、韋、柳、元、白，將盡廢之耶？」又謂《西廂》造語有「語意皆露，殊無蘊藉」者，有「全不成語」者。又謂「鄭詞淡而淨，王詞濃而蕪。」但亦有稱其為「俊語」者。

其論《琵琶》、《拜月》之優劣，開有明一代之論爭。屢稱《拜月》「終是當行」，「正詞家所謂『本色語』。」其所謂「當行本色」，舉其所云：「夫語關閨閣，已是穠艷，須得以冷言剩句出之，雜以詼笑，方纔有趣；若計着相，辭復濃艷，則豈畫家所謂『濃鹽赤醬』者乎？畫家以重設色為『濃鹽赤醬』，若女子施朱傅粉，刻畫太過，豈如靚妝素服，天然妙麗者之為勝耶？」又云：「尋常說話，略帶詼語，然中間意趣無窮，此便是作家也。」又云：「情真語切，正當行家也。」又云：「高則誠才藻富麗，如《琵琶記》『長空萬里』，是一篇好賦，豈詞曲能盡之！既謂之曲，須要有蒜酪，而此曲全無，正如王公大人之席，駝峰、熊掌，肥腯盈前，而無蔬、筍、蜆、蛤，所欠者，風味耳。」又云：「《拜月亭》是元人施君美所撰，……余謂其高出于《琵琶記》遠甚。」

蓋其才藻雖不及高，然終是當行。其〈拜新月〉二折，乃隱括關漢卿雜劇語。他如〈走雨〉、〈錯認〉、〈上路〉，館驛中相逢數折，彼此問答，皆不需賓白，而敘情說事，宛轉詳盡，全不費詞，可謂妙絕。」又云：「《拜月亭》〈賞春〉、〈走雨〉……，正詞家所謂『本色語』。」

可見何氏所謂「當行」是指「情真語切」，「本色」是指明白如話，天然妙麗而有蒜酪風味。「當行」是曲應有的語言格調，「本色」是曲所呈現不假藻飾造作的本然的語言面貌。他的「當行」、「本色」都是就語言質性論說的。明人之「當行本色」論首見於此。

此外，何氏對於曲的開口韻也頗為重視。

(十六) 梁辰魚

梁辰魚（約正德十五年至約萬曆二十年，約一五二〇—約一五九二），字伯龍，崑山人。太學生。豪放任俠。著有雜劇《紅綃記》，傳奇《浣紗記》，散曲〈江東白苧〉，詩文《鹿城集》。其〈南西廂記敘〉：

> 樂府變而為詞，詞變而為曲，故曲雖盛於元，而猶以《西廂》壓卷。實甫而下，作者繽紛，其餘不足觀也已。姑蘇李日華氏，翻為南曲，蹈襲句字，割裂詞理，曾不堪與天池作敵，而列諸眾之末者，豈成其賤工之誚耶！凡曲，北字多而調促，促則辭情多而聲情少；南字少而調緩，緩則辭情少而聲情多。李氏無乃欲便庸人之謳而快里耳之聽也，議者又何足深讓乎？特採存之，以成全刻。若曰：毀西子之妝，令習倚門；碎荊山之玉，飾成花勝。繩以攏易，則予誠不得為之解矣。仇池外史梁伯龍題。[394]

394 〔明〕梁辰魚：〈南西廂記敘〉，收入俞為民、孫蓉蓉主編：《歷代曲話彙編・明代編》第一集，頁四七五。

即此可見梁氏認為《西廂記》為元雜劇冠冕。對李日華《南西廂》則頗為鄙薄，斥其蹈襲字句，割裂詞理，而列諸眾之末，又其論南北曲，當取諸魏良輔。

(七)徐學謨

徐學謨(嘉靖元年至萬曆二十一年，一五二二—一五九三)，字叔明，嘉定(今上海市)人。明嘉靖年間進士，官至禮部尚書。著有《歸有園稿》。其《歸有園稿》卷五〈子柔嗔曼重習弋陽舊曲，醉中誤出穢語，醒復悔之，更裁五絕句相解，予如其數代曼作答〉云：

> 蟬噪蛙鳴并鳥啼，那分上下東與西。聲從口出俱天籟，論到莊生物自齊。
> 或怪崑山道士腔，如君更擊弋陽忙。不知坐井觀天者，何用桑蓬射四方。
> 舊曲溫成奉主君，豈知墻外有人聞。君家安得饒牛矢，使信兼收是廣文。
> 感君意氣日周旋，度曲何須苦浪纏。縱使調高驚絕代，不過老作李龜年。
> 嗔面南將雅道論，醉言雖直欠溫存。低頭未感傷君意，背卻銀燈拭淚痕。
>
> (明萬曆二十一年張汝州刻本《歸有園稿》卷五)[395]

由「子柔嗔曼重習弋陽舊曲」可知彼時弋陽腔已不流行，且為人所鄙。又由「或怪崑山道士腔，如君更擊弋陽忙。」可知彼時崑山腔雖流行，但亦有怪之者。而徐氏之意是「蟬噪蛙鳴并鳥啼，那分上下東與西。聲從口出

[395] 〔明〕徐學謨：《歸有園稿》，收入俞為民、孫蓉蓉主編：《歷代曲話彙編‧明代編》第一集，頁五〇三。

俱天籟，論到莊生物自齊。」雖以蟬噪蛙鳴比弋腔，以鳥啼比崑腔，但更認為口出天籟，實無高下之分。

(大)李日華

李日華，字君實，明檇李（浙江嘉興）人。生平不詳。著有《紫桃軒雜綴》（據襟霞閣主人重刊本輯錄）。《紫桃軒雜綴》卷三云：

張鎡，字功甫，循王之孫。豪侈而有清尚，嘗來吾郡海鹽，作園亭自恣。令歌兒衍曲，務為新聲，所謂海鹽腔也。[396]

此記海鹽腔。又其卷三記明代雜技者：

古歌變為胡曲，既已絕響，而舞尤失傳。今優場中走三方、擺陣、跌打之類，皆其遺意。余在中州與士大夫燕會，見有戴高竿、舞翠盤、獅子生兒、沐猴戲狗之技，想古人之善舞，《柘枝》、《鸜鵒》，亦不逾是。又見一女童，貼地蛇行，驚躍數四，備極疾徐之妙，與嚴鼓相應。久之，忽於尻間，又生出一頭，以兩足代手拱揖，反覆旋轉，首尾渾不可辨。花蕊夫人《宮詞》有「兩頭娘子拜夫人」之句，初不可曉，亦豈謂此若舞態中，「太平萬歲」字當中耶？[397]

---

[396] 〔明〕李日華：《紫桃軒雜綴》，收入俞為民、孫蓉蓉主編：《歷代曲話彙編．明代編》第一集，頁五〇五。

[397] 同上註，頁五〇五。

其卷四又記《荊釵》本事源由：

玉蓮，王梅溪先生十朋之女；孫汝權，宋進士，先生之友，敦上風誼。先生劾史浩八罪，汝權實從慂之。史氏所最切齒，遂妄作《荊釵》傳奇，故謬其事以蔑之耳。[398]

又記楊太真出身：

楊太真，本廣西容州普寧人，父維，母葉氏，生有異質，都部署楊康安求為女，時楊玄琰為長史，又從康乞為女，攜歸長安，入壽邸，遂擅天寶之寵，幾覆唐祚。[399]

(十九) 汪道昆

汪道昆（嘉靖四年至萬曆二十一年，一五二五—一五九三），字伯玉，號太函，歙縣（安徽）人。嘉靖二十六年（一五四七）進士，官至兵部左侍郎。有雜劇《大雅堂》四種，詩文合稱《太函集》。其《太函集》卷一〇七有《席上觀〈吳越春秋〉有作，凡四首》：

其一

吳王摧勁越，談笑釋窮囚。殊色恣所歡，巧言競相投。長驅薄海岱，執耳盟諸侯。敵國盡西來，姑蘇麋鹿遊。豈無良股肱，宿昔攖屬鏤。已矣無國人，誰其殉主憂？

---

[398] 同上註，頁五〇六。

[399] 同上註，頁五〇六。

其二
東海將時憾，盱睢待其時。三江足組練，一旅安所之？何物彼姝子，賢於神武師。輕身入吳宮，褒妲復在茲。一笑褫王魄，再笑陳王屍。翩翩士女俠，匕首雙蛾眉。咄喈徐夫人，千金徒爾為。
願言飼豺虎。

其三
行人羈旅臣，借資覆故楚。宿怨業已修，微軀何足數。援桴破會稽，勾踐甘釁鼓。讒巧乃見親，君心日已蠱。國恩良不資，安得歸環堵？抉目懸吳門，甘心赴江滸。須臾國事去，佞幸皆為虜。利口覆邦家，

其四
反間入吳閶，俘囚幸不死。伊誰修戈矛，相國鴟夷子。一舉襲江東，離宮夷故址。歸來泛扁舟，去去從此始。富貴有危機，完名不受訾。良哉大夫種，精白照青史。或恐遇九原，因之顏有泚。[400]

此記梁辰魚《浣紗記》之演出。

(十)王世貞

王世貞（嘉靖五年至萬曆十八年，一五二六－一五九〇），字元美，號鳳洲，又號弇州山人，江蘇太倉人。嘉靖二十六年（一五四七）進士。官至刑部尚書。著述宏富，其《弇州山人四部稿》卷一百五十二，即《藝苑卮言》附錄卷一專論詞曲，摘出單行為《曲藻》。《曲藻》之要點如下：

[400] 〔明〕汪道昆：《太函集》，收入俞為民、孫蓉蓉主編：《歷代曲話彙編．明代編》第一集，頁五〇八－五〇九。

1. 曲者詞之變：

自金、元入主中國，所用胡樂，嘈雜淒緊，緩急之間，詞不能按，乃更為新聲以媚之。而諸君如貫酸齋、馬東籬、王實甫、關漢卿、張可久、喬夢符、鄭德輝、宮大用、白仁甫輩，咸富有才情，兼喜聲律，以故遂擅一代之長。所謂宋詞、元曲，殆不虛也。但大江以北，漸染胡語，時時採入，而沈約四聲遂闕其一。東南之士，未盡顧曲之周郎，逢掖之間，又稀辨撾之王應，稍稍復變新體，號為南曲，高拭則誠遂掩前後。大抵北主勁切雄麗，南主清峭柔遠，雖本才情，務諧俚俗。譬之同一師承，而頓漸分教；俱為國臣，而文武異科。今談曲者往往合而舉之，良可笑也。

凡曲，北字多而調促，促處見筋；南曲字少而調緩，緩處見眼。北則辭情多而聲情少，南則辭情少而聲情多。北力在絃，南力在板。北宜和歌，南宜獨奏。北氣易粗，南氣易弱。此吾論曲三昧語。401

此論詞曲與南北之遞邅及南北曲之異同。前者疑似採擷周德清成說。尤以後者南北曲異同神似魏良輔《曲律》，當襲取魏氏之說，已於論魏氏《南詞引正》中辯之。又以高明誤作高拭，何也？

2. 品評馬致遠：

馬致遠「百歲光陰」，放逸宏麗，而不離本色。押韻尤妙。長句如「紅塵不向門前惹，綠樹偏宜屋角遮，青山正補墻東缺」。又如「和露摘黃花，帶霜烹紫蟹，煮酒燒紅葉」，俱入妙境。小語如「上床與鞋履相別」，大是名言。結尤疏俊可詠。元人稱第一，真不虛也。402

---

401 〔明〕王世貞：《曲藻》，收入俞為民、孫蓉蓉主編：《歷代曲話彙編・明代編》第一集，頁五一一－五一二。

此論馬致遠「百歲光陰」，謂「放逸宏麗，而不離本色。」又以押韻尤妙，俱入妙境，大是名言，疏俊可詠稱之。則其所謂「本色」，蓋亦謂不用典，不藻飾也。

3.王世貞以摘句論曲。

4.列舉「今世所演習」之北劇劇目。

5.《琵琶記》本事考。評《琵琶記》頗得體：

高則成《琵琶記》，其意欲以譏當時一士大夫，而托名蔡伯喈，不知其說。偶閱《說郛》所載唐人小說，牛相國僧孺之子繁，與同人蔡生邂逅文字交，尋同舉進士，才蔡生，欲以女弟適之。蔡已有妻趙矣，力辭不得。後牛氏與趙處，能卑順自將。蔡仕至節度副使。其姓事相同，一至於此，則成何不直舉其人，而顧誣蠛賢者至此耶？

謂則成元本止〈書館相逢〉，又謂〈賞月〉、〈掃松〉二闋為朱教諭所補，亦好奇之談，非實錄也。

則成所以冠絕諸劇者，不惟其琢句之功，使事之美而已，其體貼人情，委曲必盡；描寫物態，彷彿如生；問答之際，了不見扭造，所以佳耳。至於腔調微有未諧，譬如見鍾、王迹，不得其合處，當精思以求諧，不可執末以議本也。[403]

6.《琵琶記》與《拜月亭》之品評：

---

[402] 同上註，頁五一三。

[403] 同上註，頁五一八。

《琵琶記》之下，《拜月亭》是元人施君美所撰，亦佳。元朗謂勝《琵琶》，則大謬也。中間雖有一二佳曲，然無詞家大學問，一短也；既無風情，又無裨於風教，二短也；歌演終場，不能使人墮淚，三短也。《拜月亭》之下，《荊釵》近俗而時動人，《香囊》近雅而不動人，《五倫全備》是文莊元老大儒之作，不免腐爛。

何元朗極稱鄭德輝《㑳梅香》、《倩女離魂》、《王粲登樓》，以為出《西廂》之上。《㑳梅香》雖有佳處，而中多陳腐措大語，且套數、出沒、賓白，全剽《西廂》。《王粲登樓》事實可笑，毋亦厭常喜新之病歟？[404]

以上評論，堪稱語語中的。其於何元朗之所見，亦批駁得當。乃因此啟明人《琵琶記》、《拜月亭》之優劣論，影響頗大。

7. 評王九思，謂「其秀麗雄爽，康大不如也。評者以敬夫聲價不在關漢卿、馬東籬下。」

8. 評楊慎夫婦、李開先、徐霖。

9. 評北曲李空同、馮惟敏諸家：

近時馮通判惟敏，獨為傑出，其板眼、務頭、攛搶、緊緩，無不曲盡，而才氣亦足以發之；止用本色過多，北音太繁，為白璧微纇耳。[405]

---

[404] 同上註，頁五一九。

[405] 同上註，頁五二二。

10.簡語評各本南曲：

吾吳中以南曲名者：祝京兆希哲、唐解元伯虎、鄭山人若庸。希哲能為大套，富才情，而多駁雜。伯虎小詞翩翩有致。鄭所作《玉玦記》最佳，它未稱是。《明珠記》即《無雙傳》。陸天池采所成者，乃兄浚明給事助之，亦未盡善。張伯起《紅拂記》潔而俊，失在輕弱。梁伯龍《吳越春秋》滿而妥，間流冗長。陸教諭之裘散詞，有一二可觀。吾嘗記其結語：「遮不住仇人綠草，一夜滿關山。」又：「本是個英雄漢，差排做窮秀才。」語亦俊爽，其它未稱是。406

簡單一語即評一本傳奇，未免率易。

11.又其〈見有演《關侯斬貂蟬》傳奇者，感而有述〉則以小說為歷史，博學如王世貞者，居然亦不能免。

12.其〈嘲梁伯龍〉「吳閶白面治遊兒，爭唱梁郎雪豔詞。七尺昂藏心未飽，異時翻欲傍要離。」則可以見梁氏之為人。

以上可見王氏曲學實非所長，其所以及之者，蓋以顯示其博學耳。

(三)李　贄

李贄（一五二七－一六〇二），泉州晉江人。嘉靖三十一年（一五五二）舉人。官至雲南姚安知府。萬曆九年（一五八二）辭官，著書講學，因思想上受王學影響而反對理學，被視為「異端」。

406 同上註，頁五二三。

其〈雜說〉：

《拜月》、《西廂》，化工也；《琵琶》，畫工也。……雜劇院本，遊戲之上乘也。《西廂》、《拜月》，何工之有？蓋工莫工於《琵琶》矣。彼高生者，固已殫其力之所能工，而極吾才於既竭。惟作者窮巧極工，不遺餘力，是故語盡而意亦盡，詞竭而味索然亦隨以竭。……蓋雖工巧之極，其氣力限量，祇可達於皮膚骨肉之間，則其感人僅僅如是，何足怪哉？《西廂》、《拜月》乃不如是。意者宇宙之內，本自有如此可喜之人，如化工之於物，其工巧自不可思議爾。[407]

〈童心說〉：

夫童心者，真心也，若以童心為不可，是以真心為不可也。夫童心者，絕假純真，最初一念之本心也。若失卻童心，便失卻真心；失卻真心，便失卻真人。人而非真，全不復有初矣。……天下之至文，未有不出於童心焉者也。苟童心常存，則道理不行，聞見不立，無時不文，無人不文，無一樣創制體格文字而非文者。詩何必古《選》，文何必先秦。降而為六朝，變而為近體；又變而為傳奇，變而為院本，為雜劇，為《西廂》曲，為《水滸傳》，為今之舉子業，大賢言聖人之道皆古今至文，不可得而時勢先後論也。(頁五三六—五三九)

由上二則，可見李卓吾基本思想在「童心」，亦即「真心」，由此而認為天下至文莫不出諸真心，真心之至文即

[407] (明)李贄：〈雜說〉，收入俞為民、孫蓉蓉主編：《歷代曲話彙編・明代編》第一集，頁五三六。以下引文皆出自《歷代曲話彙編・明代編》第一集，僅於文末附註頁碼。

如《拜月》、《西廂》為化工所成，亦即自然、真心所成就者也。所以其〈讀律膚說〉亦云：「惟矯強乃失之，以自然之為真耳，又非於情性之外復有所謂自然而然也。性格清澈者音調宣暢，性格舒徐者音調自然疏緩，曠達者自然浩蕩，雄邁者自然壯烈，沉鬱者自然悲酸，古怪者自然奇絕。有是格，便有是調，皆情性自然之謂也。莫不有情，莫不有性，而可以一律求之哉！」

《玉合》：「韓君平之遇柳姬，其事甚奇。」（頁五三九）

《崑崙奴》：「俠之一字，豈易言哉！自古忠臣孝子，義夫節婦，同一俠耳。」（頁五四一）

《拜月》：「此《記》關目極好，說得好，曲亦好，真元人手筆也。首似散漫，終致奇絕，以配《西廂》，不妨相追逐也；自當與天地相終始，有此世界，即離不得此傳奇。」（頁五四一—五四二）

《紅拂》：「此《記》關目好，曲好，白好，事好。樂昌破鏡重合，紅拂智眼無雙，虬髯棄家入海，越公并遣雙妓，皆可師可法，可敬可羨。孰謂傳奇不可以興，不可以觀，不可以群，不可以怨乎？飲食宴樂之間，起義動慨多矣。今之樂猶古之樂，幸無差別視之其可！」（頁五四二）

〈李卓吾先生讀《西廂記》類語〉：

《西廂》曲文字，如喉中退出來一般，不見斧鑿痕、筆墨迹也。

《西廂》、《拜月》，化工也；《琵琶》，畫工也。

作《西廂》者，妙在竭力描寫鶯之嬌痴，張之呆趣，方為傳神。若寫作淫婦人、風浪子模樣，便河漢矣。在紅則一味滑利機巧，不失使女家風。讀此《記》者，當作如是觀。

讀《水滸傳》，不知其假；讀《西廂記》，不厭其煩。文人從此悟入，思過半矣。

讀別樣文字，精神尚在文字裏。讀至《西廂》曲，便祇見精神，并不見文字。咦！異矣哉！（頁五四三）

《荊釵記》總評〉：

傳奇第一關棙子全在結構，結構活則節節活，一部死活祇繫乎此。如《荊釵》之結構，今人所不及也。所稱節節活者也，遭夫婦之變，乃後母為祟耳。此意人人能道之，獨万俟強贅孫子謀婚，俱從夫婦上橫起風波，卻與後母處照應，真妙絕結構也。又生出王士弘改調一段，於是夫既以妻為亡，妻亦以夫為死，各各情節驀地橫生，一旦相逢，方成苦離歡合，乃足傳耳。至其曲白之真率，直如家常茶飯，絕無一點文人伎倆，乃所以為作家也。噫！《荊》、《劉》、《拜》、《殺》四大名家，其來遠矣，後有繼其響者誰也？噫！筆墨之林，獨一《荊釵》為絕響已哉！（頁五四三—五四四）

卓吾論「結構」蓋為笠翁所本。據此，卓吾乃以《荊釵》為四大傳奇之首哉！

〈合論五部曲白介諢〉：「《荊釵》大家也，不可及矣。所以詞家嘖嘖《荊》、《劉》、《拜》、《殺》乎？下而《明珠》，則以曲勝，《玉玦》曲亦佳，但其為學掩耳。若其合處，的是作手，介白科諢，亦不入惡道，可取也。《繡襦》曲白大有自在處，幾可與《荊釵》比肩，不如《玉簪》，胡□依樣畫葫蘆也。合評是五家者，亦玉石并陳之意，讀者毋深異焉！」（頁五四四）

〈合論五生〉：「王十朋之拒婚權相，古今所難，真不愧玉蓮之夫也！如潘必正、王商、鄭元和諸人，不過輕薄書生，風流敗子耳，何足敘論！獨王仙客者不負初盟，誠求義俠，得婉轉復為夫婦，亦人倫中一段佳話，所以亦可喜也。」（頁五四五）

〈合論五旦〉：「錢玉蓮尚矣，劉無雙次之。如陳妙常、李亞仙，一個是收心行院，一個是還俗尼姑，禿翁亦不強較優劣也。獨秦慶娘識見賢明，操持貞固，艱難備歷，百折不回，卓然丈夫，豈無須眉者所能望乎？真足與玉蓮抗衡連袂。妙常之對客弈棋，亞仙之馬湯療病，固入惡道，即無雙之急急婚姻，亦足備衙官耳，顧可同季語耳？」（頁五四五）

〈合論諸從旦〉：「采蘋，丈夫也，有才，有識，有膽，其古押衙之流亞乎？不當於雌人中求之。秦氏之春英雖常婢哉，誓同患難，不相浮沉，亦季世所難也，其非常婢乎？妙常之張氏，不過一隨波逐流之人，以之伴寂寞則可，倘令在濃艷處，并馬泊六亦不難為之，無足取也。更可恨者，是玉蓮之後母與姑也，盡情世態，一味炎涼，豬狗也不值，稽其人品，當在賈二媽、李大媽、李翠翠、李娟奴諸娼鴇之下乎！何也？彼等猶風塵中人，無足怪者。何錢貢元儒家也，乃亦有此二物？其不家破人亡也無有矣。為男子者遇此等婦人，一棒打殺，與狗子吃可也，祇怕狗子也不肯吃耳。嗚呼！」（頁五四六）

〈合論諸從人〉：「古押衙是君子，是丈夫，是豪傑，是大賢，是聖人，是菩薩，是佛，不可尚矣！其餘都是孫汝權、解幫閒、樂道德那一夥耳。如祭靈廟之廟祝、鄭狀元之來興，千百中之一人耳，無有也。即張于湖諸人，雖戴紗帽乎，令之使順風船則可，若欲移星換斗，縮地鋪天，如古押衙之所為，亦冀河清也，安能備緩急乎？讀是傳奇者，亦不可不預為擇交之策也。」（頁五四六—五四七）

〈合論五家親戚〉：「十朋之岳父、仙客之友朋、必正之姑娘、王商之妻子，不可尚矣。最可恨者，元和之父，亦做好官，祇為好名之極，見其子流落，直至天性斷絕，并其已前學問文章亦不念，不成人矣。反不如奴僕中之來興，烟花中之亞仙，乞丐之肆長，猶不狠心害理，一至於此。天下惟有揀好題目做事者，最無人心，最無天理，吾於鄭太守驗之矣！」（頁五四七）

《金印記》總評〉：「人知季子父母兄嫂炎涼，不知此乃彼蒼一副大冶爐也。大抵人非上根，不能無激而奮。昔人云：『激而戰之，無上之師。』此有見之□也。如季子者，非父母兄嫂如此激之，又烏能奮乎！餘不為已往季子感恨炎涼，方恐將來季子不得遇如是聖父母賢兄嫂耳。勢利不在家庭，猶得掩門謝之；惟在自家骨肉，避之不能，受之不可，方思出頭，做個漢子矣！嗚呼！天何仁愛英雄，百計提醒，千方激勸之也！最可憐者是季子之妻，彼受舅姑、伯無限楚毒，稍從夫子發泄之，又以下機見誚矣，凡為季子者須念之。禿翁。」（頁五四七—五四八）

由上七條，可見卓吾論戲曲，注意曲白介諢，尤注意各色人物之塑造。

其他尚有《琵琶記》卷末評〉、《香囊記》總評〉、〈三刻五種傳奇總評〉、《浣紗記》總評〉、《鳴鳳記》總評〉、《玉簪記》序〉、《錦箋記》總評〉、《明珠記》總評〉、《繡襦記》總評〉等，卓吾之批戲曲，每就本事或情節述評，如《浣紗記》總評〉、《鳴鳳記》總評〉、《玉簪記》序〉。其可注意者，如論《琵琶記》云：「《琵琶》短處有二：一是賣弄學問，強生枝節；二是正中帶謔，光景不真。此文章家大病也，《琵琶》兩有之。《琵琶》妙處，祇在〈描容〉、〈祝髮〉、〈食姑嬞〉、〈嘗湯藥〉、〈厭糟糠〉數齣，到此則不復語言文字矣！《西廂》、《拜月》亦祇兄弟矣！讀之者見五娘子形容，聞五娘子啼哭，即見之、聞之亦未必若此詳且盡。文章之道，乃至是乎？《琵琶》更不可及處，每在文章盡頭復生一轉，神物，神物！」（頁五四八）既指出其結處在賣弄學問，正中帶謔，亦指出其寫趙五娘之臻於化工之境，非言語文學之所能及。又云：「《浣紗》尚矣！匪獨工而已也，且入自然之境。」（頁五四九）持論均出諸〈童心說〉。又《錦箋記》總評〉云：「傳奇中有《錦箋》，真合時之作也，有致，有味，有詞，以之為舉業，百發百中之技也，作者可謂大宗匠也矣！其最妙處是個盡而不盡，委有餘姿，噫！詩文至此思過半矣，況傳奇乎？」（頁五五一）其果然哉？

(三)張鳳翼

張鳳翼（一五二七—一六一三），字伯起，長洲人。嘉靖四十三年（一五六四）中舉。

其《譚輅》：「傳奇詞調俊逸推《琵琶記》，事迹委曲推《荊釵記》，《香囊》詞調不逮《琵琶》，而事迹過之，事迹不逮《荊釵》，而詞調過之，可并存也。特《荊釵》相會處不佳，後人改婦姑遇於舟中，極有體面，且其詞清妥，愈於全本，足以傳遠。奈何《荊釵》以改而善，而人顧嘉其舊者，《三元》以改而惡，而人顧喜其新者！後世皆矮人看場，無惑乎！捨鵝炙而嗜創痂也。」408

此外論及《紅線》、《綵樓記》（呂蒙正事）、《姜詩》，前二者只言本事出處與謬誤，後者謂其「有裨於風化」。

其《譚輅》卷下謂《琵琶記》草本有「草書旁注」，應是東嘉手筆。《譚輅續》曰：「予嘗見高則誠《琵琶記》草本【醉扶歸】『彩筆墨潤』二句改作『詞源倒流』二句，今劇本已從之矣；又見一本『三不從做成災禍一似天來大』改『三不從把好事翻成禍』，甚佳，惜未有從之者，亦不及刊定也。二改皆草書旁書，意必東嘉手筆。可見古人能虛心如此。予嘗購藏黃銓雞，上有東嘉贊云：『匪金爾距，匪介爾羽，弗斷尾以自防，弗紀渻之與侶。彼搏扶搖擊三千而上者，其適亦奚以異於汝！孰能陰倉筤、俯叢卉、友屍鄉之老翁，以與爾居處哉？』且楷書亦精勁，人知其詞家，而不知其藻翰之妙也。」409

其〈江東白苧小引〉云：「梁伯子多宋玉之微詞，慕向長之遠遊。觸物感懷，舒情吊古。宮商按而淩風韻

408 〔明〕張鳳翼：《譚輅》，收入俞為民、孫蓉蓉主編：《歷代曲話彙編・明代編》第一集，頁五六二。

409 同上註，頁五六四。

生，律呂協而擲地聲作。不俚不窒，雖落索數語，靈瓏百言，有不足謝者。吳中好事，編集成帙，題曰《江東白苧》。」[410]

其〈刪正琵琶記序〉謂：「《琵琶》一記，膾炙萬口，傳自勝國，蔚為詞宗，敷揚綺麗，語語傳神；描寫酸楚，言言次骨。故能令德色於耰鋤者，發愛日之誠；俾貽於麈尾者，慕小星之義。白雲在望，羈旅興懷於異鄉；黔首協和，里閈還淳於同并。誠感發人心之一機，而裨益風教之要物也。」[411]

其〈青衫記序〉謂松陵君「以樂天後身，傳樂天往事，何異鏡中寫真，雖事近虞初，而才情互發，無俟入口吐音，蓋擲地可令有聲也，豈獨并驅東嘉哉！」所論尚可參考。[412]

(三) 姚弘誼

姚弘誼，號青蓮居士。生平不詳。

其《鶴月瑤笙》敘〉：「今之曲實北狄戎馬之音，而金、元之遺致也。按昔有董生者，實首其事，而雜劇、傳奇，往往流藉人間。要以柔綽之風，寫綺靡之語，加深切之思，艷麗之詞，使人動魄驚心，摧情飛色。顧關、陝、伊、洛，其聲壯以厲，有劍拔弩張之勢；吳、楚、閩、粵，以聲嘽以緩，有偎香倚玉之懷，夫亦風氣使然也。」[413]此論南北曲之所以異也。

---

[410] 同上註，頁五六五。

[411] 同上註，頁五六五—五六六。

[412] 同上註，頁五六七。

[413] 〔明〕姚弘誼：〈鶴月瑤笙敘〉，收入俞為民、孫蓉蓉主編：《歷代曲話彙編・明代編》第一集，頁五八四。

(二四)屠　隆

屠隆（一五四三－一六〇五），字長卿。明萬曆五年（一五七七）進士，官至禮部郎中。著有傳奇《曇花記》、《彩毫記》、《修文記》，合稱《鳳儀閣樂府》。

其《曇花記・序》：「世間萬緣皆假，戲又假中之假也。從假中之假而悟諸緣皆假，則戲有益無損。認諸緣之假為真，而坐生塵勞則損；認假中之假為真，而慾之導、而悲之增，則又損。且子不知閻浮世界一大戲場也……。以傳奇語闡佛理，理奧詞顯，則聽者解也。導以所好，則機易入也。往而解，解而入，入而省改，千百人中有一人焉，功也。」[414]

《曇花記・凡例八條》：「一、此記雖本舊聞，多創新意，并不用俗套。二、雖尚大雅，并取通俗諧□，□不用隱僻學問，艱深字眼。三、此記廣譚三教，極陳因果，專為勸化世人，不止供耳目娛玩。四、博收雜出，頗盡天問奇事。然針綫連絡，血脈貫通，止為成就木公一事。五、此記扮演，俱是聖賢講說仙宗佛法，不當以嬉戲傳奇目之，各宜齋戒恭敬，必能開悟心胸，利益無方，不許葷穢褻狎。六、登場梨園，雖在官長貴家，須命坐扮演。緣裝扮多係佛祖上真，靈神大將，慎之慎之，如好自尊。不許梨園坐演者，不必扮演。七、遇聖師天將登場，諸公須坐起立觀，如有官府地方體統，不便起立者，亦當懷尊敬整肅之念。不然，請演他戲。八、梨園能齋戒扮演，上善大福。如其不能，須戒食牛、犬、鰻、鯉、龜、鱉、大蒜等葷穢物。本日如有淫慾等事，不許登場。」[415]

---

[414] 〔明〕屠隆：《曇花記・序》，收入俞為民、孫蓉蓉主編：《歷代曲話彙編・明代編》第一集，頁五八七。

[415] 同上註，頁五八八。

由〈序〉與〈凡例〉，可見《曇花記》為佛門教化之劇，故搬演時亦有種種禁忌。

〈《章臺柳玉合記》敘〉：「夫機有妙，物有宜，非妙非宜，工無當也。有艷婢，以充夫人則羞；雖有莊姬，以習冶態則丑。故里謳不入於郊廟，古樂不列於新聲。傳奇者，古樂府之遺，唐以後有之，而獨元人臻其妙者何？元中原豪傑，不樂仕元，而弢其雄心，洸洋自恣於草澤間，載酒徵歌，彈絃度曲，以其雄俊鶻爽之氣，發而為纏綿婉麗之音。故泛賞則盡境，描寫則盡態，體物則盡形，發響則盡節，騁麗則盡藻，諧俗則盡情。故余斷以為元人傳奇，無論才致，即其語之當家，斯亦千秋之絕技乎！其後椎鄙小人，好作里音穢語，止以通俗取妍，閭巷悅之，雅士聞而欲嘔。而後海內學士大夫則又剔取周秦、漢魏文賦中莊語，悉韻而為詞，譜而為曲，謂之雅音。雅則雅矣，顧其多痴笨，調非婉揚，靡中管絃，不諧宮羽，當筵發響，使人悶然索然，則安取雅？令豐碩頎長之媼施粉黛，被裲襠，而揚蛾轉喉，勉為妖麗；夷光在側，能無咍乎！故曰：『非妙非宜，工無當也。』傳奇之妙，在雅俗并陳，意調雙美，有聲有色，有情有態，歡則艷骨，悲則銷魂，揚則色飛，怖則神奪。極才致則賞激名流，通俗情則娛快婦豎。斯其至乎！二百年來，此技蓋吾得之宣城梅生云。梅生禹金，吾友沈典君總卝交，生平所為歌若詩，洋洋大雅，流播震旦，詩壇上將，繁弱先登矣。以其餘力為《章臺柳》聲，其詞麗而婉，其調響而俊，既不悖於雅音，復不離其本色。洄洑頓挫，淒沉淹抑，叩宮宮應，叩羽羽應，每至情語出於人口，入於人耳，人快欲狂，人悲欲絕，則至矣，無遺憾矣。故余謂傳奇一小技，不足以蓋才士，而非才士不辦，非通才不妙。梅生得之，故足賞也。」[416]

此敘為屠隆對北劇南戲之觀點，以及對梅禹金《玉合記》之評論。

---

[416] 同上註，頁五八九－五九〇。

（三五）梅鼎祚

梅鼎祚，字禹金。萬曆十八年（一五九〇）貢士，拒申時行之薦，歸隱著述。其〈長命縷記序〉言：

> 凡天下吃井水處，無不唱《章臺》傳奇者，而勝樂道人方以宮調之未盡合也，音韻之未盡叶也，意過而辭傷繁也。是時道人年三十餘爾，又三十餘年而《長命縷記》之宿才之新乎？調皈宮矣，而位署得所，無羼牙衡決之失；韻諧音矣，無韻重，無強押，猶一串之珠，累累而不絕，若九連環圓轉而無端。意不必使老嫗都解，而不必傲士大夫以所不知。詞未嘗不藻繢滿前，而善為增減，兼參雅俗，遂一洗濃鹽赤醬、厚肉肥皮之近累。故以此為臺上之歌，清和怨適，聆者潤耳，即以此為帳中之秘，鮮韶宛篤，覽者驚魂。夫曲本諸情，而聲以傳諸譜者也。聞道人之言曰：「塡南詞必須吳土，唱南詞必須吳兒。」曩遊吳，自度曲而工，審音未深，為伯龍、伯起所慨。伏道人亦謂梁之鴻鬯，屈於用長；張之精省，巧於用短，然終推重此兩人邪！問爾時某某何如，曰才矣；問詞隱何如，曰法矣；問章丘《寶劍》何如，曰龜茲王乃羸也。長江者，非天所以限南北耶！昔人稱《荊》、《劉》、《拜》、《殺》，何如曰《拜月》尚已？余以時為之詞乎哉！道人之持論固若此。[417]

由此序觀之，可見梅氏重宮調音韻，詞采講究雅俗得宜。曲本諸情，而聲以傳諸語。重崑曲，推崇伯龍、伯起，謂梁之鴻鬯，屈於用長；張之精省，巧於用短。問沈璟何如，曰「法」矣！李開先《寶劍》何如，曰「龜茲王

---

[417] 〔明〕梅鼎祚：《鹿裘石室集》，收入俞為民、孫蓉蓉主編：《歷代曲話彙編・明代編》第一集，頁五九四。

乃羸也」。於《荊》、《劉》、《拜》、《殺》，則《拜月》為尚。

《玉合記題詞》：「一時俊士若緯真之《曇花》，若士之《紫釵》，膾炙人口，然微傷繁富。是記獨以簡得之，所謂共探驪龍，子得其珠耳。」[418]

《丹管記題詞》：

夫音由心生，詞由音出者也。五方之民，其音各一，大較東南之輕浮，西北之重濁，有相用而鮮兼劑。今之治南者，鄭氏《玉玦》而後一大變矣，緣情綺靡，古賦之流爾，何言戲劇！尚論者思反所自始，則又第以《荊》、《劉》、《拜》、《殺》為口實，本色當家為貌言，而一切惟務諧里俗。曰何以文為是？方厭八珍純釆之泰，而直追茹毛衣葉之初，其能否？否之，兩者雖有間，要以與耳食何異？肇郃是記，質而不俚，藻而不繁。語不必銷魂動魄，觸籟則鳴；事不必索隱鈎深，取材亦贍。庶幾哉，其克衷矣！」[419]

可見梅氏講究「質而不俚，藻而不繁。」

《與梁伯龍》有云：「聞吳中曾有譜者，倘不得伯龍一顧，誤可知矣！」[420]可知梁辰魚之知音守律為時所重。

(三六)臧懋循

[418] 同上註，頁五九六。

[419] 同上註，頁五九七－五九八。

[420] 同上註，頁五九八。

臧懋循，字晉叔，長興人。萬曆八年（一五八〇）進士，官至南京國子監博士。選刊《元曲選》，改定《玉茗堂四夢》。〈元曲選序〉：

> 世稱宋詞、元曲。夫詞在唐，李白、陳後主皆已優為之，何必稱宋？惟曲自元始有，南北各十七宮調，而北《西廂》諸雜劇亡慮數百種，南則《幽閨》、《琵琶》二記耳。或謂元取士有填詞科，若今括帖然，取給風檐寸晷，故一時名士，雖馬致遠、喬夢符輩，至第四折往往強弩之末矣。或又謂主司所定題目外，止曲名及韻耳，其賓白則演劇時伶人自為之，故多鄙俚蹈襲之語。或又謂《西廂》亦五雜劇，皆出詞人手裁，不可增減一字，故為諸曲之冠。此皆予所不辨，獨怪今之為曲者，南與北聲調雖異，而過宮下韻一也。自高則誠《琵琶》首為「不尋宮數調」之說，以掩覆其短，今遂藉口謂曲嚴於北而疏於南，豈不謬乎？大抵元曲妙在不工而工，其精者採之樂府，而粗者雜以方言。自鄭若庸《玉玦》始用類書為之，厥後張伯起之徒轉相祖述，為《紅拂》等記，則濫觴極矣。曲白不欲多。唯雜劇以四折寫傳奇故事，其白有累千言者。觀《西廂》二十一折，則白少可見，尤不欲多駢偶。《琵琶》、《黃門》諸篇，業且厭之。而屠長卿《曇花》白，終折無一曲，梁伯龍《浣紗》、梅禹金《玉盒》白，終本無一散語，其謬彌甚。湯義仍《紫釵》四記，中間北曲，駸駸乎涉其藩矣，獨音韻少諧，不無鐵綽板唱「大江東去」之病。南曲絕無才情，若出兩手，何也？何元朗評施君美《幽閨》出《琵琶》上，而王元美目為好奇之過。夫《幽閨》大半已雜贋本，不知元朗能辨此否？元美，千秋士也。予嘗於酒次論及《琵琶》【梁州序】、【念奴嬌序】二曲，不類永嘉口吻，當是後人竄入。元美尚津津稱許不置，又惡知所謂《幽閨》者哉？予家藏雜劇多秘本。頃過黃，從劉延伯借得二百五十種，云錄之御戲監，與今坊本不同。因為校訂，摘其佳

著若干，以甲乙釐成十集。藏之名山，而傳之通邑大都，必有賞音如元朗氏者。若曰妄加筆削，自附元人功臣，則吾豈敢！[421]

其要義如下：

1. 認為元代南曲止《幽閨》、《琵琶》二記。
2. 元人以曲取士之說。
3. 反對不講音律，反對駢偶。
4. 評湯氏四記北曲「駸駸乎涉其藩矣，獨音韻少諧，不無鐵綽板唱『大江東去』之病。南曲絕無才情，若出兩手，何也？」
5. 謂「何元朗評施君美《幽閨》出《琵琶》上，而王元美目為好奇之過。夫《幽閨》大半已雜贋本，不知元朗能辨此否？」
6. 謂「家藏雜劇多秘本」，又從劉延伯借得錄之御戲監者二百五十本互為校訂，並加「筆削」而成《元曲選》。〈元曲選後集序〉：

今南曲盛於世，無不人人自謂作者，而不知其去元人遠也。元以曲取士，設十有二科。而關漢卿輩爭挾長技自見，至躬踐排場，面傅粉墨，以為我家生活，偶優而不辭者，或西晉竹林諸賢，托杯酒自放之意，予不敢知。所論詩變而詞，詞變而曲，其源本出於一。而變益下，工益難，何也？詞本詩而亦取材於詩，大都妙在奪胎而止矣。曲本詞而不盡取材焉，如六經語，子史語，二藏語，稗官野乘語，無所不供其採

[421] 〔明〕臧懋循輯：《元曲選》第一冊〈元曲選序〉（北京：中華書局，一九八九），頁三。

輟，而要歸於斷章取義，雅俗兼收，串合無痕，乃悅人耳，此則情詞穩稱之難。宇內貴賤、妍媸、幽明、離合之故，奚啻千百其狀！而填詞者必須人習其方言，事肖其本色，境無旁溢，語無外假，此則關目緊湊之難。北曲有十七宮調，而南止九宮，已少其半。至於一曲中有突增幾十句者，一句中有襯貼數十字者，尤南所絕無，而北多以此見才。自非精審於字之陰陽，韻之平仄，鮮不劣調；而況以吳儂強效傖父喉吻，焉得不至河漢？此則音律諧叶之難。總之，曲有名家，有行家，名家者出入樂府，文彩爛然，在淹通閎博之士，皆優為之；行家者隨所妝演，不無摹擬曲盡，宛若身當其處，而幾忘其事之烏有。能使人快者抓髯，憤者扼腕，悲者掩泣，羨者色飛，是惟優孟衣冠，然後可與於此，故稱曲上乘首曰當行。不然，元何必以十二科限天下士，而天下士亦何必各占一科以應之？豈非兼才之難得而行家之不易工哉？予見王元美《藝苑卮言》之論曲有曰：「北曲字多而聲調緩，其筋在絃；南曲字少而聲調緊，其力在板。」夫北之被絃索，猶南之合簫管，摧藏掩抑，頗足動人。而音亦裊裊與之俱流，反使歌者不能自主。是曲之別調，非其正也。若板以節曲，則南北皆有力焉。如謂北筋在絃，亦謂南力在管，可乎？惜哉元美之未知曲也！由斯以評，新安汪伯玉《高唐》、《洛川》四南曲，非不藻麗矣，然純作綺語，其失也靡；山陰徐文長《禰衡》、《玉通》四北曲，不伉俠矣，然雜出鄉語，其失也鄙。豫章湯義仍庶幾近之，而識乏通方之見，學罕協律之功，所下句字，往往乖謬，其失也疏。他雖窮極才情，而面目愈離。按拍者既無繞梁遏雲之奇，顧曲者復無輟味忘倦之好。此乃元人所唾棄而戾家畜之者也。予故選雜劇百種以盡元曲之妙，且使今之為南者知有所取則云爾。422

422 〔明〕臧懋循輯：《元曲選》第一冊〈序二〉，頁三－四。

其要義如下：

1. 認為南曲不如北曲。認為元以曲十二科取士，關漢卿輩躬踐排場，偶倡優而不辭。
2. 論曲之難：情詞穩稱之難，關目緊湊之難，音律諧叶之難。
3. 論曲有名家，有行家，而以稱曲之上乘曰「當行」。
4. 批評王元美之論南北曲，謂「惜哉元美之未知曲也！」
5. 批評汪道昆「其失也靡」，徐渭失之於「鄙」，湯顯祖失之於「疏」。
6. 其所以選雜劇百種，目的在「盡元曲之妙，且使今之為南者知有所取則云爾。」

〈玉茗堂傳奇引〉：

臨川湯義仍為《牡丹亭》四記，論者曰：「此案頭之書，非筵上之曲。」夫既謂之曲矣，而不可奏於筵上，則又安取彼哉？且以臨川之才，何必減元人？而猶有不足於曲者，何也？當元時所工北劇耳，獨施君美《幽閨》、高則誠《琵琶》二記，聲調近南，後人遂奉為矩矱。而不知《幽閨》半雜贗本，已失真多矣。即「天不念」、「拜新月」等曲，吳人以供清唱，而調亦不純，其餘曲名莫可考正。故魏良輔止點《琵琶》板，而不及《幽閨》，有以也。《琵琶》諸曲，頗為合調，而鋪敘無當，如〈登程〉折、〈賜宴〉折，用末、淨、丑諸色，皆涉無謂。陳留、洛陽，相距不三舍，而動稱「萬里關山」。中郎寄書高堂，直為拐兒貽誤，何繆戾之甚也！至曲每失韻白，多冗詞，又其細矣。今臨川生不踏吳門，學未窺音律。艷往哲之聲名，逞汗漫之詞藻，局故鄉之聞見，按亡節之絃歌，幾何不為元人所笑乎！予病後一切圖史悉已謝棄，閒取「四記」，為之反覆刪訂。事必麗情，音必諧曲，使聞者快心而觀者忘倦，既與王實甫《西廂》

諸劇并傳樂府可矣。雖然南曲之盛無如今日，而訛以沿訛，舛以襲舛。無論作者，第求一賞音人不可得。此伯牙所以輟絃於子期，而匠石廢斤於郢人也。刻既成，撫之三嘆。423

此序評《幽閨》、《琵琶》二記可與《元曲選》二序同看；而其對於湯氏之評則甚矣，乃至於取其「四記」而反覆刪定。

〈荊釵記引〉：「今樂府盛行於世，皆知王大都《西廂》、高東嘉《琵琶》為元曲，無敢置左右袒。然予觀《琵琶》多學究語耳，瑕瑜各半，於曲中三昧，尚隔一頭地。而得與《西廂》并稱者何也？往遊梁，從友人王思延氏得周府所藏《荊釵》秘本，云是丹丘生手筆，構調工而穩，運思婉而匝，用事雅而切，布格圓而整，今坊本人異。循環把玩，幾至忘肉。乃知元人所傳，總一衣鉢。分南北二宗，世人自暗見解，繆相祖述，尊臨濟而薄曲溪，蔽也久矣。」424又見晉叔推《西廂》而以《琵琶》「瑕瑜各半」，至於《荊釵》既謂丹丘筆，又以之為元人衣鉢。

〈寄謝在杭書〉：「還從麻城，於錦衣劉延伯家得抄本雜劇三百餘種，世所稱元人詞盡是矣。其去取出湯義仍手，然止二十餘種稍佳，餘甚鄙俚不足觀，反不如坊間諸刻皆其最工者也。比來衰懶日甚，戲取諸雜劇為刪抹繁蕪，其不合作者，即以己意改之，自謂頗得元人三昧。」425此則可與〈元曲選序〉同看。

以上臧氏諸論，其元人以曲取士之說，雖播諸明人口中，已為今人所不取；其改訂元劇刊行，鄭師因百評

423 〔明〕臧懋循：〈玉茗堂傳奇引〉，收入俞為民、孫蓉蓉主編：《歷代曲話彙編・明代編》第一集，頁六二二—六二三。

424 〔明〕臧懋循：〈荊釵記引〉，收入俞為民、孫蓉蓉主編：《歷代曲話彙編・明代編》第一集，頁六二三—六二四。

425 〔明〕臧懋循：〈寄謝在杭書〉，收入俞為民、孫蓉蓉主編：《歷代曲話彙編・明代編》第一集，頁六二四。

議為功過參半；其刪定「四夢」之說，余有專文論明人「當行本色」。

(七)胡應麟

胡應麟（一五五一—一六〇二），萬曆舉人。其《少室山房筆叢》內容分類及提要：

1.其有關戲曲史者：「詞曲之始」、「戲文之變」、「傳奇之名」、「腳色考」、「演劇之變」、「宋元戲曲腳色名」、「『踏謠娘』之流變」、「末與生」、「細酸之稱」等條，除「細酸之稱」明確可信外，其他皆未能通過學術檢驗。而其可嘉者乃能注意及此等戲曲之學術問題，謂之為戲曲學術之先聲亦無不可。

2.其「宋時社會」、「《琵琶記》本事考」、「《王西廂》本於《董西廂》」、「董解元」、「王實甫與關漢卿」、「元曲散套」、「詞曲游藝之末途」、「涵虛子記元曲家」、「高則誠」、「《琵琶記》與《西廂記》之比較」、「《王魁》」、「王允」、「騙馬」、「《琵琶記》引前人詩語」、「《董永》傳奇」、「《單刀會》本事」、「馮商還妾事」、「呂蒙正」、「《繡襦記》」、「《西廂》、《琵琶》乃《花間》、《草堂》之流」、「《琵琶》與《水滸》之比」諸條，或考據戲曲本事、作者生平，或評論戲曲之作品成就，或辯證戲曲詞語，皆有其見地，可供參考。

(八)湯顯祖

湯顯祖（一五五〇—一六一六），字義仍，號若士。萬曆十一年（一五八三）進士，二十六年（一五九八）棄官遂昌，返臨川故鄉。著有《臨川四夢》。

其〈紫釵記題詞〉有云：「記初名《紫簫》，實未成。亦不意其行如是。帥惟審云：『此案頭之書，非場上之曲也。』」[426]則湯氏亦自知《紫釵記》非為場上之曲矣！

〈牡丹亭記題詞〉云：

情不知所起，一往而深，生者可以死，死可以生。生而不可與死，死而不可復生者，皆非情之至也。夢中之情，何必非真。天下豈少夢中之人耶……嗟夫！人世之事，非人世所可盡。自非通人，恆以理相格耳。第云理之所必然，安知情之所必有邪？[427]

湯氏此段題詞，可見其愛情觀在「情之至」，亦即「至情」必須完成，為完成至情，則「生者可以死，死可以生。」否則，就非「至情」，「至情」也必然無法完成。他又以為，「人生如夢」，則夢中之情何必非真，一般人哪裡知道，理中所絕對沒有的，卻是情中所必然存在的呢！余有〈傳統中國的愛情觀〉詳論之。[428]〈南柯夢記題詞〉云：「夢了為覺，情了為佛。境有廣狹，力有強勢而已。」〈邯鄲記〉云：「回首神仙，蓋亦英雄之大致矣！」[429]由此二《記》，可知湯氏以人生如夢，與蟻聚何殊；富貴功名，一炊黃粱而已。而誰能夢了，誰能情了；古來真英雄能有幾何，亦猶神仙幾人能致！

〈紅梅記總評〉：「裴郎雖屬多情，卻有一種落魄不羈氣象，即此可以想見作者胸襟矣。境界紆迴宛轉，絕處逢生，極盡劇場之變。大都曲中光景，依稀《西廂》、《牡丹亭》之季孟間。而所嫌者，略於細笋鬬接處，如撞入盧家及一進相府更不提起盧氏婚姻，便就西席，何先生之自輕乃爾！此等皆作者所略而不置問也。上卷

---

[426] 〔明〕湯顯祖：《玉茗堂集》，收入俞為民、孫蓉蓉主編：《歷代曲話彙編‧明代編》第一集，頁六〇一。

[427] 同上註，頁六〇一－六〇二。

[428] 收入拙著：《戲曲與偶戲》（臺北：國家出版社，二〇一三），頁五一九－五五五。

[429] 同上註，頁六〇三。

末折〈拷伎〉，平章諸妾，跪立滿前，而鬼旦出場，一人獨唱長曲，使合場皆冷，及似道與眾妾直到後來纔知是慧娘陰魂，苦無意味。畢竟依新改一折名〈鬼辯〉者方是，演者皆從之矣。下卷如曹悅種種波瀾，悉妙於點綴。詞壇若此者亦不可多得。」[430]

其評《紅梅記》由作者胸襟、境界、曲文、關目呼應四方面立論。惟「大都曲中光景，依稀《西廂》、《牡丹亭》之季孟間」一語，似不應出諸湯顯祖之口。

〈焚香記總評〉：「此傳大略近於《荊釵》，而小景布置，閒仿《琵琶》、《香囊》諸種。所奇者，姑女有心；尤奇者，龜兒有眼；若謝媽媽者蓋世皆是，何況老鴇！此雖極其描畫，不足奇也。作者精神命脈，全在桂英冥訴幾折，摹寫得九死一生光景，宛轉激烈。其填詞皆尚真色，所以入人最深，遂令後世之聽者淚，讀者顰，無情者心動，有情者腸裂。何物情種，具此傳神手！獨金換書，及登程，及招婿，及傳報王魁凶信，頗類常套，而星相占禱之事亦多。然此等波瀾，又氍毹上不可少者。此獨妙於串插結構，便不覺文法沓拖，真尋常院本中不可多得。」[431]其評《焚香記》由比擬古劇、人物、精采關目、曲文動人、關目常套、串插結構等六方面著眼。

〈宜黃縣戲神清源師廟記〉要旨如下：

1. 湯氏之戲曲觀：「人有此聲，家有此道，疫癘不作，天下和平。豈非以人情之大竇，為名教之至樂也哉！」
2. 清源師即西川灌口神，弟子盈天下，不減孔、佛。
3. 「此道有南北，南則崑山，之次為海鹽，吳浙音也，其體局靜好，以拍為之節。江以西弋陽，其節以鼓，其調喧。至嘉靖而弋陽之調絕，變為樂平，為徽青陽。」此萬曆間湯氏所見之南戲諸腔之現象也。彼時崑山腔

[430] 同上註，頁六〇六－六〇七。

[431] 同上註，頁六〇七。

已被魏良輔、梁辰魚改良為「水磨調」，勢力已淩駕海鹽腔矣！

4. 嘉靖間兵部尚書譚綸將海鹽腔傳入宜黃，與宜黃土腔結合而為宜黃腔。

5. 湯氏之戲曲演員修為觀為「一汝神，端而虛。擇良師妙侶，博解其詞，而通領其意。動則觀天地人鬼世器之變，靜則思之。絕父母骨肉之累，忘寢與食。少者守精魂以修容，長者食恬淡以修聲。為旦者常自作女想，為男者常欲如其人。其奏之也，抗之入青雲，抑之如絕絲，圓好如珠環，不竭如清泉。微妙之極，乃至有聞而無聲，目擊而道存。使舞蹈者不知情之所自來，賞嘆者不知神之所自止。若觀幻人者之欲殺偃師而奏〈咸池〉者之無怠也。若然者，乃可為清源祖師之弟子。進於道矣。諸生旦其勉之」。[432]

〈答呂姜山〉：「寄吳中曲論良是。『唱曲當知，作曲不盡當知也』，此語大可軒渠。凡文以意趣神色為主，四者到時，或有麗詞俊音可用，爾時能一一顧九宮四聲否？如必按字摸聲，即有窒滯迸拽之苦，恐不能成句矣。」[433]

〈答孫俟居〉：「《曲譜》諸刻，其論良快。久玩之，要非大了者。莊子云：『彼烏知禮意？』此亦安知曲意哉！其辨各曲落韻處，粗亦易了。周伯琦作《中原韻》，而伯琦於德輝、致遠中無詞名。沈伯時指樂府迷，而伯時於花菴、玉林間非詞手。詞之為詞，九調四聲而已哉！且所引腔證，不云『未知出何調，犯何調』，則云『又一體』、『又一體』。彼所引曲未滿十，然已如是，復何能縱觀而定其字句音韻耶？弟在此自謂知曲意者，筆懶韻落，時時有之，正不妨拗折天下人嗓子。兄達者，能信此乎？」[434]

---

[432] 同上註，頁六〇八－六一〇。

[433] 同上註，頁六一〇。

[434] 同上註，頁六一〇－六一一。

〈寄達觀〉：「情有者理必無，理有者情必無。真是一刀兩斷語。使我奉教以來，神氣頓王。諦視久之，并理亦無，世界身器，且奈之何。以達觀而有痴人之疑，瘧鬼之困，大細都無別趣。」[435]

〈答淩初成〉：「不佞生非吳越通，智意短陋，加以舉業之耗，不得一意橫絕流暢於文賦律呂之事。獨以單慧涉獵，妄意誦記操作。層積有窺，如暗中索路，闖入堂序，忽然靁光得自轉折，始知上自葛天，下至胡元，皆是歌曲。曲者，句字轉聲而已。葛天短而胡元長，時勢使然。總之，偶方奇圓，節數隨異。四六之言，二字而節，五言三，七言四，歌詩者自然而然。乃至唱曲，三言四言，一字一節，故為緩音，以舒上下長句，使然而自然也。獨想休文聲病浮切，發乎曠聰，伯琦四聲無入，通乎朔響。安詩填詞，率履無越。不佞少而習之，衰而未融。乃辱足下流賞，重以大製五種，緩隱濃淡，大合家門。至於才情，爛縵陸離，嘆時道古，可笑可悲，定時名手。不佞《牡丹亭記》，大受呂玉繩改竄，云便吳歌。不佞啞然笑曰：『昔有人嫌摩詰之冬景芭蕉，割蕉加梅，冬則冬矣，然非王摩詰冬景也。其中駘蕩淫夷，轉在筆墨之外耳。若夫北地之於文，猶新都之於曲。餘子何道哉！』」[436]

〈復甘義麓〉：「弟之愛宜伶學『二夢』，道學也。性無善無惡，情有之。因情成夢，因夢成戲。戲有極善極惡，總於伶無與，伶因錢學『夢』耳。弟以為似道。憐之以付仁兄慧心者。」[437]

〈與宜伶羅章二〉：「《牡丹亭記》，要依我原本，其呂家改的，切不可從。雖是增減一二字以便俗唱，卻與我原做的意趣大不同了。」[438]

---

435 同上註，頁六一一。
436 同上註，頁六一二。
437 同上註，頁六一三。

〈七夕醉答君東〉：「玉茗堂開春翠屏，新詞傳唱《牡丹亭》。傷心拍遍無人會，自掐檀痕教小伶。」[439]

上列七條資料均與「拗折天下人嗓子」有關，予有文論之矣！[440]其實湯顯祖對戲曲藝術是極其重視的。湯氏在《紫簫記》第六齣〈審音〉中借鮑四娘之口以表現其曲學外，他又在〈宜黃縣戲神清源師廟記〉中，如上文所舉，勉勵「宜伶」如何效法清源祖師之道，而由這段話，可見湯顯祖認為演員對於戲曲藝術的造詣，首先要聚精會神、專心致力，不可懈怠；然後要選擇良師益友，研讀了解劇本詞意，體察省思萬事萬物；扮飾生旦各如其分，使自我完全融入其中，而觀賞者「不知神之所自止。」尤其對於歌唱要達到「抗之入青雲，抑之如絕絲，圓好如珠環，不竭如清泉，微妙之極」的境地。這樣才能算是清源祖師的好弟子。若此，再加上他能「自掐檀痕教小伶」的事實看來，如果說他不重視戲曲藝術，不懂得戲曲音樂，無論如何是不能教人首肯的。只是他講究的，不是吳江譜律家的法度罷了。

著者曾在有限的時間裡，以鄭因百（騫）師《北曲新譜》和吳瞿安《南詞簡譜》就《牡丹亭》稍作「檢視」，初步獲得印象是：湯氏於北曲，頗能遵循元人律法，無論聲調律與協韻律皆然，即使於增句律則或變化律則亦然，著者有〈北曲格式變化的因素〉一文詳論其事，原載《古典文學》第一集，收入拙著《說俗文學》一書中。刊本或今人校注本，或有誤「帶白」於曲詞正文中者，以致舛律頗甚，則為刊印與校注者之過，與湯氏無關。因此，臧懋循謂「湯義仍《紫釵》四記，中間北曲，駸駸乎涉其藩矣」，是有見地而可信的。其中道理是

[438] 同上註，頁六一三。

[439] 同上註，頁六一五。

[440] 拙作：〈論說「拗折天下人嗓子」〉，《王叔岷先生八十壽慶論文集》（臺北：大安出版社，一九九三），頁三七九—四〇六。

北曲此其時也已盛極而衰，律法既成，湯氏含茹英華，自然容易循規蹈矩。但是萬曆間，「南戲傳奇」興盛，正是「百花齊放、百鳥爭鳴」各競爾能的時候，縱使水磨調為多數文人所喜愛，然而未定於一尊，湯氏又崇尚自然，馳騁自家才氣於聲情詞情之冥然融合，因之律以《南詞簡譜》，未能盡合，正如明清譜律家眾口一詞所指責者。也因此，若就譜律家的立場，必須改訂字句，方能供水磨調演唱，多少是有道理的。而沈自晉《南詞新譜》以湯氏四夢十五曲為調式，其眉批中雖於湯氏平仄韻協有所修正；但亦有加以讚美者，如卷一【望鄉歌】，云：「電閃、帝女去上聲，砥柱、雨在上去聲俱妙。」卷十八【黃鶯玉肚兒】，云：「小事、你意俱上去聲，妙。」則《牡丹亭》既可以入譜律之法式，又有美妙之音，焉能說湯氏於體製格律一無了然？而萬曆以後，水磨調起碼在貴族文士的「紅氍毹」之上，擅場二百餘年，《牡丹亭》也因為崑山水磨調的傳唱而推廣宇內，聲名遠播，歷久不衰。則當年為湯顯祖所深惡之「沈改本《同夢記》」，乃至於往後之「臧改本《牡丹亭》」、「徐改本《丹青記》」、「碩園改本《牡丹亭》」、「馮改本《風流夢》」等，事實上反倒是湯氏《牡丹亭》之「功臣」了。然而葉堂《納書楹曲譜》所以能為「四夢」作全譜，豈非湯氏與詞情相得益彰之聲情，雖未必全合人工音律，而亦自然可以入樂嗎？

另外，〈哭妻江女子二首〉、〈七夕醉答君東〉、〈寄生腳張羅二恨吳迎旦口號二首〉、〈止唱《南柯》忽聞從龍棹內楊傷之二首〉、〈唱二夢〉、〈聽于采唱《牡丹》〉、〈滕王閣看王有信演《牡丹亭》二絕〉、〈傷歌者〉、〈見改竄《牡丹》詞者失笑〉等，皆與搬演《牡丹亭》等有關。

(元) 沈　璟

沈璟（一五五三－一六一〇），字伯英，號寧庵、詞隱生，吳江人。萬曆二年（一五七四）進士。官至光祿寺丞。著有《屬玉堂傳奇》十七種，今存七種。

〈增定查補南九宮十二調曲譜批語〉，其附錄不知宮調過曲有【二犯朝天子】等九支，所論皆不能明之疑似語。其卷一「仙呂過曲」【月兒高】等，所論「或云『怎相戀』是上平去；『幸非淺』是去平上，『旅中』二字可用平仄二聲，『夕』字可用平聲」，旨在辨明聲調律。或云「木丫牙，或作木丫叉，或作長拍，皆非也」，旨在辨明調名。或云「第五、第六句用韻亦可，第九句不用韻亦可，第三句不可用韻」，旨在說明協韻律。或云「【雁漁錦】後四段每段末，俱犯【雁過聲】」，此說明集曲犯調。或云「舊注云：『花藥欄即金殿喜重重，今查，大同小異，故增收此調，而列花藥欄於後。』」旨在辨明曲調。或云「【黃鍾賺】當用在【玉芙蓉】之後，【刷子序】之前」，旨在說明套曲之牌序。或云「【漁家傲】《拜月亭》一曲則『天不念』三字，『地』字，『身居處』、『但尋常』、『那曾經』九字皆襯字耳。以此例之，則《荊釵記》格正矣」，旨在辨明正字。或云「【剔銀燈】《拜月亭》『迢迢路不知是哪裏』曲，此曲極佳，古本元自如此。今人於『一點』之下又增『點』字，且增一截板，『一陣』之下又增『陣』字，且增一截板，『兀自』下又增『尚』字，此皆俗師之誤，而士人亦有仍其誤」，旨在正板眼。或云南呂引子【折腰一枝花】「中三句轉調，故名『折腰』」，旨在解釋曲調之所以為名。或云【瑣窗寒】又一體《荊釵記》「這門親非是我貪婪」曲，「細查古曲及《舊譜》所收《臥冰記》一曲，『早問句元祇該七個字，觀《荊釵記》第三曲云：『姑娘因此臉羞慚。』亦七字耳，必不可於第二個字另用一韻，而分為兩句。自後人改易舊《荊釵記》，以致錯亂，《香囊記》訛以傳訛，遂仿之云：『古今惟有孟母與曾參。』遂以九字分為兩句，而第二字悍然用韻矣。唱之者既熟，聽之者又慣，作之者又多不考其源流，此調幾何而不盡失其故耶！可嘆！可嘆！」則可見其欲存古調之苦心。或云【點絳唇】《琵琶記》「月淡星稀」曲，「或改作【玉堂人】，可惡！按：此調第三句與【解三酲】第三句雖相似而實不同，余猶及聞昔年唱曲者唱此曲第三句，并無截板，今清唱者唱此第三句皆與【解三酲】第三句同，而梨園子弟素稱有傳授，能守其業者，亦踵其訛矣。余以一口而欲挽萬口，以存古調，不亦艱矣！」則在分辨南北曲調名同而實不同，不得混淆為一。或云越調引子【祝英臺近】《琵琶記》「綠成陰」曲「凡引子皆曰慢詞。此當作【祝英臺慢】，但此調出自詩餘，元作【祝英臺近】，不敢作也。」可知其既抒發己見，亦且存其原本。或云「凡入聲韻，止可用之以代平聲韻，至於當用上聲、去聲處，仍相間用之，方能不失音律。」此沈氏用入聲以代平上去聲之理論，豈其然乎？蓋入聲於北曲派入三聲也；於南曲豈止代平聲而已哉！

以上可見沈氏之於音律蓋逾於時人遠矣，故為一代宗師，即其各宮調各套式皆各有所用之尾聲格式，各宮調、各套式已不盡然相同，何況異宮調！此說見其「尾聲總論」。

然而於其譜律論述中，沈氏亦不時出現「疑」、「闕疑」、「恐是」、「尚再查訂」、「不知何所本」、「未知是否」等語詞，可見譜律至沈氏實已產生諸多難明之現象。而沈氏於聲調，凡上去、去上連用者必曰妙，蓋以其聲情最舒緩柔美；於協韻則每譏《琵琶》之混韻乃至出韻；亦可見其對聲韻之講求。雖然，《琵琶》以方音取協為嘉靖以前，實南戲之現象，豈能以《中原音韻》為準的而謂之混韻乃至出韻哉！

(三十)鄒迪光

鄒迪光，字彥吉，號愚谷，無錫人。萬曆二年（一五七四）進士。官至湖廣提學僉使。有〈寄臨川湯義仍二首〉、〈湯義仍先生傳〉、〈與湯義仍〉、〈復湯義仍〉、〈與湯義仍〉諸篇，可見其與湯氏交密。

〈湯義仍先生傳〉：「公又以其緒餘為傳奇，若《紫簫》、「二夢」、《還魂》諸劇，實駕元人而上。每譜一曲，令小史當歌，而自為之和，聲振廖廓，識者謂神仙中人云。」[441]

〈與湯義仍〉：「義仍既肆力於文，又以其緒餘為傳奇，丹青栩栩，備有生態，高出勝國人上。所為《紫簫》、《還魂》諸本，不佞率令童子習之，亦因是以見神情，想丰度。諸童搬演曲折，洗去格套，羌亦不俗。」442

〈觀演戲說〉：「今夫一人之身，而君侯王公，鼎臣力士，輿胥圉牧，庸賃扈養，以至宮娥閨婦，棄妻怨女，及一切鬼薪城旦之類，靡所不為。一時之內，而哭泣嘯號，呻吟叱吒，垂紳正笏，曲拳擊跽，揚目張膽，捧心效顰之態，靡所不具；一席之地，而八紘六合，九州四海，爽鳩氏以來之事，靡所不該。纏頭貼額，塗堊舒粉，分形貌，鼓其舌而搖其唇，若優孟學敖，必求其似。使人見而且澤且愴，且喜且怒，且艷慕且厭憎，不煩絲竹管絃，不假斧鉞華袞，而七情錯出，五內無主，而謂之戲，噫！此誠戲矣！」443

〈詞林逸響序〉：「曲肇於元，手腕之巧思欲絕。至我明，而名公逸士嗽芳擷潤之餘，雜劇傳奇種種，青出古人之藍，而稱創獲。其所為時曲者不徵事實，獨肖神情。壯士聽而徘徊，幽人聞之墮淚。蓋一代之聲韻，真有往來於千百年者。即或不比於「風」、《騷》，而詩律詞闋之變態盡收於此。自王公貴遊，以逮街塗巷陌之黃髮白叟，無不習也。南北中原，言語不通者而音通焉。傳響傳形，竊其單詞隻字，輒為矢口之歌。不□合節，而儕偶且尊為耆宿。雖然歙非吳不善也。吳之聲柔，柔則疾徐高下，喉舌方開，齒口即應。腔定板，板歸腔。繇來所推曲中祭酒，皆吳之人也。」444

由以上可見明曲之盛，而崑曲於萬曆之時已為曲中祭酒。

---

441 〔明〕鄒迪光：《調象菴稿》，收入俞為民、孫蓉蓉主編：《歷代曲話彙編．明代編》第一集，頁七四二。

442 同上註，頁七四三。

443 同上註，頁七四六。

444 〔明〕鄒迪光：〈詞林逸響序〉，收入俞為民、孫蓉蓉主編：《歷代曲話彙編．明代編》第一集，頁七四八。

(三) 潘之恒

潘之恒（一五五六－一六二二），字景升，號鸞嘯生、冰華生，徽州歙縣人。一生未仕，好詞曲，著有《亘史》、《鸞嘯小品》等。《亘史》、《鸞嘯小品》所記〈顧符卿傳〉、〈五月傳〉、〈五姬傳〉、〈朱無瑕傳〉、〈寇生傳〉、〈徐翩傳〉、〈王卿持傳〉、〈傅靈脩傳〉擅北曲雜劇之優十餘人。

《亘史・敘曲》：

甚矣！吳音之微而婉，易以移情而動魄也。音尚清而忌重，尚亮而忌澀，尚潤而忌類，尚簡捷而忌漫衍，尚節奏而忌平鋪。有新腔而無定板，有緣聲而無轉字，有飛度而無稽留。魏良輔其曲之正宗乎！張五雲其大家乎！張小泉、朱美、黃問琴，其羽翼而接武者乎！長洲、崑山、太倉，中原音也，名曰崑腔，以長洲、太倉，皆崑所分而旁出者也。無錫媚而繁，吳江柔而淆，上海勁而疏，三方者猶或鄙之。而毗陵以北達於江，嘉禾以南濱於淅，皆逾淮之橘，入谷之鶯矣。遠而夷之勿論也。[445]

此段論崑腔之質性，流播質變之情況。此為腔調流播後之必然現象，亦即產生地域性之流派。

〈曲餘〉：

汪司馬伯玉守襄陽，製《大雅堂》四目：《畫眉》、《泛湖》以自壽，《高唐》、《洛浦》以壽襄王，而自寓於宋玉、陳思之列。戲語人曰：「太上吾不能，功言吾不逮，其次致曲，或庶乎？」[446]

[445] 〔明〕潘之恒：《亘史》，收入俞為民、孫蓉蓉主編：《歷代曲話彙編・明代編》第二集，頁一八一。

此汪道昆自謂之語也。

〈曲派〉：

曲之擅於吳，莫與競矣！然而盛於今，僅五十年耳。自魏良輔立崑之宗，而吳郡與并起者為鄧全拙，稍折衷於魏，而汰之潤之，一稟於中和，故在郡為吳腔。太倉、上海，俱麗於崑；而無錫另為一調。余所知朱子堅、何近泉、顧小泉皆宗於鄧；無錫宗魏而艷新聲，陳奉萱、潘少涇其晚勁者。鄧親授七人，皆能少變自立。如黃問琴、張懷仙，其次高敬亭、馮三峰，至王渭臺，皆遞為雄。能寫曲於劇，惟渭臺兼之。且云：「三支共派，不相雌黃。」而郡人能融通為一，嘗為評曰：「錫頭崑尾吳為腹，緩急抑揚斷復續。」言能節而合之，各備所長耳。自黃問琴以下諸人，十年以來，新安好事家多習之。如吾友汪季玄、吳越石，頗知遴選，奏技漸入佳境，非能諧吳音，能致吳音而已矣。[447]

可見崑腔同樣可以因人成派，但未能如京劇藝人之終成流派也。京劇藝人成派單由唱口，若崑劇蔚為流派，則其道多艱，余有〈論說流派〉詳論之。[448]

〈情痴〉：

[446] 同上註，頁一八三。

[447] 同上註，頁一八四。

[448] 拙作：〈論說「京劇流派藝術」之建構〉，《中華戲曲》第三九期（二〇〇九年一月），頁一〇一—一四四。後收入《戲曲之雅俗、折子、流派》（臺北：國家出版社，二〇〇九）。〈散曲、戲曲「流派說」之溯源、建構與檢討〉，香港中文大學、北京大學編：《中國文學學報》第六期（二〇一五年十二月），頁一—六四。

余友臨川湯若士，嘗作《牡丹亭還魂記》，是能生死死生，而別通一竇於靈明之境，以遊戲於翰墨之場。[449]

此論情「痴」，舉《牡丹亭》為例，是知情之所以為情者乃在於「痴」也。

〈吳歌〉：

吳歌自古絕唱，至今未亡。余少時頗聞其概。會歷年奔走四方，乙未孟夏，返道姑胥，蒼頭七八輩皆善吳歌。因以酒誘之，迭歌五六百首。其敘事、陳情、寓言、布景，摘天地之短長，測風月之淺深，狀鳥獸而議魚潛，惜草明而商花吐。夢寐不能擬幻，鬼神無所伸靈。令帝王失尊於談笑，古今立息於須臾。皆文人騷士所嗑指斷鬚而不得者，乃女紅田畯以無心得之於口吻之間。豈非天地之元聲，匹夫匹婦所與能者乎？[450]

此潘氏所描摹之「吳歌」，為崑腔之基本載體，其動人之元聲如此！

〈北曲〉：

《涉東樂府》序云：世恆言，詩情不似曲情多。非也。古曲與詩同，自樂府作，詩與曲始岐而二矣，其實詩之變也。宋元以來益變益異，遂有南詞北曲之分。然南詞主激越，其變也為流麗；北曲主慷慨，其變也為樸實。惟樸實，故聲有矩度而難借；惟流麗，故唱得宛轉而易調。此二者，詞曲之定分也。[451]

---

[449] 〔明〕潘之恒：《亘史》，收入俞為民、孫蓉蓉主編：《歷代曲話彙編・明代編》第二集，頁一八五。

[450] 同上註，頁一八七。

此論南北曲，可與王世貞、魏良輔之論並觀。然謂「南詞主激越」則未知何故。

《鸞嘯小品・神合》：

> 神何以觀也？蓋由劇而進於觀也，合於化矣！然則劇之合也有次乎？曰：有。技先聲，技先神。神之合也，劇斯進已。會之者固難，而善觀者尤鮮。余觀劇數十年，而後發此論也。其少也，以技觀進退步武，俯仰揖讓，具其質爾。非得嘹亮之音，飛揚之氣，不足以振之。及其壯也，知審音而後中節合度者，可以觀也。然質以格囿，聲以調拘。不得其神，則色動者形離，目挑者情沮。微乎！微乎！生於千古之下，而遊於千古之上，顯陳跡於乍見，幻滅影於重光，非旃、孟之精通乎造化，安能悟世主而警凡夫？所謂以神求者以神告，不在聲音笑貌之間。今垂老，乃以神遇。然神之所詣，亦有二途：以摹古者遠志，以寫生者近情。要之，知遠者降而之近，知近者溯而知遠，非神不能合也。吳儂之寓秦淮者，坐進此道，吾以微觀得之。甚矣！劇之難言！何惑乎秦漢之君滅褰裳清足也。[452]

此論觀劇境界之漸進次第為「技先聲，技先神。神之合也，劇斯進已」。

〈仙度〉：

> 人之以技自負者，其才、慧、致三者，每不能兼。有才而無慧，其才不靈；有慧而無致，其慧不穎；穎之能立見，自古罕矣！楊之仙度，其超超者乎！賦質清婉，指距纖利，辭氣輕揚，才所尚也，而楊能具

---

451 同上註，頁一九九。

452 〔明〕潘之恒：《鸞嘯小品》，收入俞為民、孫蓉蓉主編：《歷代曲話彙編・明代編》第二集，頁二〇二－二〇三。

其美。一目默記，一接神會，一隅旁通，慧所涵也，楊能蘊其真。見獵而喜，將乘而蕩，登場而從容合節，不知所以然，其致仙也，而楊能以其閒閒而為超超，此之謂致也。所以靈其才，而穎其慧者也。余始見仙度於庭除之間，光耀已及於遠。既覯於壇坫之上，佳氣遂充於符；三遇於廣莫之野，縱橫若有持，曼衍若有節也。西施淡妝，而矜艷者喪色。仙乎！仙乎！美無度矣！而淺之乎？余以「度」字也。仙，仙乎？其未央哉！453

此論演技之達於「仙度」者，常人以技自負者，其「才、慧、致」三者每不能兼及，而況於「仙度」哉。〈與楊超超評劇五則〉：

余前有《曲宴》之評。蔣六、王節才長而少慧，宇四、顧筠具慧而乏致，顧三、陳七工於致而短於才。兼之者流波君楊美，而未盡其度。吾願仙度之盡之也。盡之者度人，未盡者自度。余於仙度滿志而觀止矣，是烏能盡之！一之度。

西施之捧心也，思也，非病也。仙度得之，字字皆出於思。雖有善病者，亦莫能彷彿其捧心之妍。嗟乎！西施之顰於里也，里人顰乎哉！二之思。

步之有關於劇也，尚矣！邯鄲之學步，不盡其長，而反失之。孫壽之妖艷也，亦以折腰步稱。而吳中名旦，其舉步輕揚，宜於男而慊於女，以纏束為矜持，神斯窘矣！若仙度之利趾而便捷也，其進若翔鴻，其轉若翻燕，其止若立鵠，無不合規矩應節奏。其艷場尤稱獨擅，令巧者見之，無所施其技矣！三之步。

453 同上註，頁二〇五。

曲引之有呼韻，呼發於思，自趙五娘之呼蔡伯喈始也。而無雙之呼王家哥哥，西施之呼范大夫，皆有淒然之韻，仙度能得其微矣！四之呼。

白語之寓嘆聲，法自吳始傳。緩辭勁節，其韻悠然，若怨若訴。申班之小管，鄒班之小潘，雖工一唱三嘆，不及仙度之近自然也。呼嘆之能警場也，深矣哉！五之嘆。

朱子青，與仙度競爽者，音其音，白其白，步其步，嘆其嘆。所不及者，思與度耳，然已近顧笏當年，接傳壽芳塵矣。可易得哉？西來有極音，而不能奏技；周蓮生有雅度，而音不振。劇之難言若此耶！454

此以度、思、步、呼、嘆論演技。從其評戲子之演技，可知其演技論，亦由此可見文人與戲子之關係。

〈樂技〉：

司樂之演技，其職業也，每溺於氣，習而不克振。武宗、世宗末年，猶尚北調，雜劇、院本，教坊司所長。而今稍工南音，音亦靡靡然。名家姝多遊吳，吳曲稍進矣。455

可見南曲之興在世宗嘉靖之後。

〈致節〉：

以致觀劇，幾無劇矣。致不尚嚴整，而尚瀟灑；不尚繁纖，而尚淡節。淡節者，淡而有節，如文人悠長之思，雋永之味；點水而不撓，飄雲而不殢，故足貴也。惟金陵、興化小班間有之。其人多俊雅，一洗

---

454 同上註，頁二〇五—二〇六。

455 同上註，頁二〇七。

梨園習氣。就中周旦最勝。朱林、高瞻與齊聲。近來所覯，亦似暢快者。其大淨小悍而有亮節。亮節者，亮而有節。以之定淨品，殊無滿意。此色忌穠煩，尚簡貴，數十年來，惟長興丁雁塘擅場，猶覺其穠為煩。穠不為淨病，病其甚爾。而虎丘吳一溪、雲間陳世歡，庶幾近之。吳、丁以技終老，不衰不退。陳早卒於燕，為賞音所惜。若副淨，猶尚科諢，菻酪最忌瑣屑。吳之「鐵爆帳」、「李猢猻」，皆開罪首。夫猥褻之不可為庭陳，淫蕩之不可為筵媚，鄉語之不可為遠辱也。雅道知慎，生、旦宜防，而淨、丑且不得恣矣。因語致而并及之。班中有知此者，其進於技乎？[456]

此論演員腳色之韻致，以淨為例。

〈吳劇〉：

余初遊吳，在己卯、壬午間，即與張伯起、王百穀善。其時大雅堂《紅拂》、《竊符》、《虎符》、《祝髮》四部甚傳。串演者彭十、白六諸俊，皆有令名。惟莫蘭舟為生，尚有苦氣。其後，彭生死而白娘嫁，張公之興為索然。又數年，倪三出，復大振。有《扊扅》諸記。而申之小班，管舍為傑出。范班、徐班為亞旅。今范、益二班，其一自廣陵來，余友李玄所教成，忽以贈長白。長白悅而優視之。時徐仲元有小班，生、旦差勝，亦小時了了者耳。今小管作申衙領班，兩生演《西樓記》最擅場。《西樓》無他奇，惟一意穆素徽，此可作鐘情榜樣。余及陳眉公皆為之醉心，大有佳境。其舊人可紀者，惟管生耳。金陵好事家令崑山班演之，未善也。[457]

[456] 同上註，頁二〇八。
[457] 同上註，頁二〇九。

此段可見萬曆七年（己卯年，一五七九）至十年（壬午年，一五八二）蘇州劇壇現象，時戲班及演員已受重視。

〈廣陵散二則・初品〉：

余尚吳歈，以其亮而潤，宛而清。乃若法以律之，暢以導之，重以出之，揚袂風生，垂手如玉，同心齊度，則天趣所成，非由人力。[458]

此數語見崑腔之質性。

〈正字〉：

夫曲先正字，而後取音。字訛則意不真，音澀則態不極。能諳之者，惟李氏之玉華乎？吾聞其奏曲矣，吐字如串珠，於意義自會；寫音如霏屑，於態度愈工。令聽者淒然感泣訴之情，慢然見離合之景，咸於曲中呈露。[459]

此論歌唱之咬字吐音。

由以上可見潘之恒之醉心戲曲鑑賞，每有心得、識見則著之筆墨，而由其所記述，正可以看出明代崑劇表演藝術幾於登峰造極；而由其論述之端緒，亦可知文人對戲曲賞心悅目所講求之藝術準則。潘氏無疑為明代最主要之崑劇藝術鑑賞家與評論家。

---

[458] 同上註，頁二一三。

[459] 同上註，頁二一五。

(三)徐復祚

徐復祚（一五六〇—約一六三〇），字陽初。長於戲曲。有傳奇六種，雜劇一種。傳奇今存《宵光記》、《紅梨記》、《投梭記》三種，雜劇《一文錢》。後人輯其曲論為《三家村老曲談》。

陽初評論高明《琵琶記》等明人傳奇二十餘種，如：《荊釵記》、徐霖《柳仙記》、鄭若庸《玉玦記》、顧大典傳奇、王驥德《題紅記》、王雨舟、李日華、陸天池、沈涅川之作、沈璟傳奇與曲論、「玉茗堂四夢」、《彩霞記》、何良俊、王世貞之論《拜月亭》與《琵琶記》、《香囊記》以詩語作曲、《寶劍記》與《登壇記》、張伯起傳奇、梅禹金《玉合記》、孫柚《琴心記》、梁辰魚《浣紗記》、屠隆傳奇、袁晉《西樓記》、明人散曲等。可以概見其論曲或就創作緣起，如《琵琶》之於王四，或就韻協之宗《中原》，講究音韻，則依循沈璟，其他或以情節、關目、筋骨，或以本色當行，或忌兩家門、頭腦太多，或言間架步驟等，然皆淺淺帶過，既未盡周延，亦更未深入剖析；而此亦明人論曲之通病也。

(亖)陳繼儒

陳繼儒（一五五八—一六三九），字仲醇，號眉公，華亭人。以隱士自名，但又結交權貴。著有《陳眉公集》，其〈拜月亭總批〉、〈琵琶記序〉、〈紅拂記序〉、〈紅拂記總批〉、〈紅拂記跋〉、〈批點琵琶亭題詞〉、〈玉簪記序〉、〈玉簪記總批〉、〈題西樓序〉、〈麒麟罽小引〉、〈題李丹記〉、〈題徐文長批點崑崙奴雜劇〉等，可以概見陳眉公之品題傳奇，不過從關目情節入手耳，兼或論其旨趣已屬難得。其可取之說，如總批《拜月亭》，謂之「自然天造」，又論其「起伏照應」；如總批《紅拂記》，論及文辭，論及氣象。又如題詞《批點牡丹亭》之論情與性已屬難得。[460]

(三四) 陳所聞

陳所聞(一五六五—一六〇四?),南京人。編選散曲集《南宮詞紀》、《北宮詞紀》,其〈刻南宮詞紀凡例〉:

一、北曲盛於金、元,南曲盛於國朝,南曲實北曲之變也。律呂、宮調、對偶格式,及諸名家品詞大旨,具載《北紀》,茲不復贅。

二、《中原音韻》,周德清雖為北曲而設,南曲實不出此,特四聲并用。今人非以意為韻,則以詩韻韻之。夫灰回之於臺來也,元喧之於尊門也;佳之於齋,斜之於麻也,無難分別,而不知支思、齊微、魚模三韻易混;真文、庚清、侵尋三韻易混;寒山、桓歡、先天、監咸、廉纖五韻易混,此寧菴先生《南詞韻選》所由作也。彼且辨之詳矣。是紀確遵《韻選》。刪其所不精,增其所未備。他若「幽窗下」、「教人對景」、「霸業艱危」、「書樓頻倚」、「天長地久」、「無意整雲鬟」、「群芳綻錦鮮」等曲,詞雖佳,出韻弗錄。

三、凡曲忌陳腐,尤忌深晦;忌率易,尤忌牽澀。下里之歌,殊不馴雅。文士爭奇炫博,益非當行。大都詞欲藻,意欲纖,用事欲典,豐腴綿密,流麗清圓。令歌者不噎於喉,聽者大快於耳,斯為上乘。予所選有豪爽者,有俊逸者,有淒惋者,有詼諧者,總之綿繡為質,聲調合符,體貼人情,委曲必盡,描寫物態,仿佛如生。即小令數言,亦皆翩翩有致。以故絕與他刻不同。獨恨聞見未廣,望同志者續增之。[461]

[460] 上述篇目,參見俞為民、孫蓉蓉主編:《歷代曲話彙編・明代編》第二集,頁二二九—二四〇。

[461] 〔明〕陳所聞:〈刻南宮詞紀凡例〉,收入俞為民、孫蓉蓉主編:《歷代曲話彙編・明代編》第二集,頁三九三。

謂「南曲實北曲之變也」，此以北先於南，亦可笑也。南北曲各有路徑，豈是相承而變耶！但明人多有陷落於此者。其舉《中原音韻》，可見陳氏亦是沈璟信徒。所論混韻則同徐復祚，而清徽師乃煞費苦心一一檢閱。

㈢顧起元

顧起元（一五六五—一六二八），字太初，江寧人。萬曆二十六年（一五九八）會試第一，殿試第三。官至吏部左侍郎兼翰林院侍讀學士。其戲曲論述，見於所著《客座贅語》。

其〈歌章色〉論教坊「頓仁」為北曲歌唱名家。

其〈戲劇〉條：

南都萬曆以前，公侯與縉紳及富家，凡有讌會：小集多用散樂，或三四人，或多人，唱大套北曲，樂器用箏、纂、琵琶、三絃子、拍板。若大席：則用教坊打院本，乃北曲大四套者，中間錯以撮墊圈、舞觀音，或百丈旗，或跳隊子。後乃變而盡用南唱，歌者祇用一小拍板，或以扇子代之，間有用鼓板者。今則吳人益以洞簫及月琴，聲調屢變，益為淒惋，聽者殆欲墮淚矣。大會則用南戲，其始止二腔，一為弋陽，一為海鹽。弋陽則錯用鄉語，四方士客喜閱之；海鹽多官語，兩京人用之。後則又有四平，乃稍變弋陽而令人可通者。今又有崑山，校海鹽又為清柔而婉折，一字之長，延至數息，士大夫稟心房之精，靡然從好，見海鹽等腔已白日欲睡，至院本北曲，不啻吹篪擊缶，甚且厭而唾之矣。（卷九）462

462 〔明〕顧起元：《客座贅語》，收入俞為民、孫蓉蓉主編：《歷代曲話彙編．明代編》第二集，頁四〇一。

此條相關戲曲史，論南戲北劇之消長，故標「戲劇」。萬曆之前南京曲界：讌會小集唱北曲套數，大席唱北雜劇四折，每折間插入雜技。萬曆之後分數階段：1.小唱南散曲，無管絃、有節奏。2.蘇州吳人用管絃、洞簫、月琴。大會有南戲，先弋陽、海鹽二腔；後用四平腔，後用崑山腔。即此可見戲劇之推移與腔調之更迭。而散曲、戲曲於小集大會之使用明顯有別。

又〈俚曲〉、〈古詞曲〉二條見時行小調目錄。

(三六) 謝肇淛

謝肇淛（一五六七－一六二四），福建長樂人。萬曆進士。《五雜俎》有「凡為小說及戲劇、戲文，須是虛實相半，方為遊戲三昧之筆」[463]之語，值得注意。

(三七) 袁宏道

袁宏道（一五六八－一六一〇），字中郎，湖北公安人。萬曆進士，官至稽勳郎中。與兄宗道、弟中道齊名，時稱「三袁」。其〈歌代嘯序〉：

> 袁石公曰：唐詩外，即宋詞、元曲絕今古，而《雙文》一劇，尤推勝國冠軍。要其妙，祇在流麗曉暢，使觀之目與聽之耳，歌若誦之口，俱作歡喜，緣此便出人多多許、耳食者類以駢縟相求，如《藝苑》所稱氣已盡，而淡黃嫩綠等業，久載詩餘，何如影郎畫龍之為風流本色也。《歌代嘯》，不知誰作，大率描

463 〔明〕謝肇淛：《五雜俎》，收入俞為民、孫蓉蓉主編：《歷代曲話彙編・明代編》第二集，頁四〇九。

景十七，摛詞十三，而呼照曲折，字無虛設，又一一本地風光，似欲直問王、關之鼎。說者謂出自文長。昔梅禹金譜《崑崙奴》，稱典麗矣，徐猶議其白為未窺元人藩籬，謂其用南曲《浣紗》體也。據此，前說亦近似，而按以《四聲猿》，尚覺彼如王丞相談玄，未免時作吳語，此豈才富者後出愈奇，抑諷時者之偶有所托耶？石簣云：「姑另刻單行之，無深求。」亟如議，俟知音者。464

疑《歌代嘯》為徐渭之作，大為讚賞。

其〈紫釵記總評〉：

一部《紫釵》，都無關目，實實填詞，呆呆度曲，有何波瀾？有何趣味？臨川判《紫簫》云：「此案頭之書，非臺上之曲。」余謂《紫釵》，猶然案頭之書也，可為臺上之曲乎？傳奇自有曲白介諢，《紫釵》止有曲耳，自殊可厭也，諢間有之，不能開人笑口。若所謂介，作者尚未夢見在。可恨！可恨！凡樂府家，詞是肉，介是筋骨，白、諢是顏色，如《紫釵》者，第有肉耳，如何轉動？卻不是一塊肉屍而何？此詞家所大忌也。不意臨川乃亦犯此。元之大家，必胸中先具一大結構，玲玲瓏瓏，變變化化，然後下筆，方得一齣變幻一齣，令觀者不可端倪，乃為作手。今《紫釵》亦有此乎？或曰：「子謂《紫釵》，有曲白而無介諢，大非元人妙技。向嘗見董解元《西廂》，亦有曲白而無介諢者也，此又何說？」曰：臨川序中，已言之矣，是「案頭之書，非臺上之曲」也。雖然，亦不可概論。如董解元《西廂》，姿態橫生，風情迭出。試檢《紫釵》，亦復有此否？不過詩詞富麗，俗眼遂為其所瞞耳。曾讀過江曲子，知辨臨川，與

464 〔明〕袁宏道：〈歌代嘯序〉，收入俞為民、孫蓉蓉主編：《歷代曲話彙編・明代編》第二集，頁四一二。

董解元天淵處也。

以《紫釵記》為案頭之曲，毫無劇場趣味。其重劇場搬演，大可注意。

(三八)周之標

周之標，字君建，長洲人。輯有戲曲、散曲選多種。

其〈吳歈萃雅敘〉論南北音聲本諸水土，見其重聲韻與開齊合撮之別；而謂「南詞由北曲而變」亦可見其可笑。

其〈吳歈萃雅題辭〉謂「八股何如十三腔，而學士家雖謂讀爛時文，不如讀真時曲也可。」[465]視時曲高於八股，亦難矣。

其〈吳歈萃雅又題辭〉謂「余論時曲，而惟取其真情真境，則凡真者盡可採，不問戲曲、時曲也。」[466]可見時曲、戲曲均貴在真情、真境。

(三九)卜世臣

卜世臣（一五七二—一六四五），浙江秀水（嘉興）人。諸生。著傳奇四種，僅存《冬青記》一種，其《冬青記・凡例》謂「宮調按《九宮詞譜》」，又謂「《中原韻》凡十九。是編上下卷，各用一周。故通本祇有二齣，

[465] 〔明〕周之標：〈吳歈萃雅題辭〉，收入俞為民、孫蓉蓉主編：《歷代曲話彙編・明代編》第二集，頁四一八。

[466] 〔明〕周之標：〈吳歈萃雅又題辭〉，同上註，頁四一八。

用兩韻，餘皆獨用。」「每齣韻不重押。」[467]則其講究協韻亦嚴矣。

(四十) 息機子

息機子，生卒不詳。編選《古今雜劇選》，其〈序〉曰：

一代之興，必有鳴乎其間者。漢以文，唐以詩，宋以理學，元以詞曲。其鳴有大小，其發於靈竅一也。畏佳之吸詫、叫嚎不同，疇非木竅；石鐘之噌吰、鏜鞳不同，疇非石竅邪。余少時，見雲間何氏藏元人雜劇千種，羨不及錄也，因以為缺。既而□□□友人自京師來，所攜□□□□□續梓之。夫危言極諫，不□□成，公賈之設譏，巧譬廣喻，不捷於優孟之請封，何者？迎好之投易，而肖貌之動人實也。則夫理學之所不能喻，詩文之所不能訓且戒者，詞曲不有獨收其功者乎！焉得小之？刻之以傳可也。[468]

可見息機子將元人詞曲與漢文、唐詩、宋理學等同視之，不以詞曲為小道末技。

(四一) 黃文華

黃文華，生卒不詳。〈樂府玉樹引〉：

自兩京而下迨江左，畸兒艷女，吾不知其幾，曷嘗無歌曲哉？然莫盛於【玉樹後庭】也。故晚近口歌曲

---

[467] 〔明〕卜世臣：《冬青記・凡例》，收入俞為民、孫蓉蓉主編：《歷代曲話彙編・明代編》第二集，頁四二六。

[468] 〔明〕息機子：《古今雜劇選・序》，收入俞為民、孫蓉蓉主編：《歷代曲話彙編・明代編》第二集，頁四三五。

者，恆擊節【玉樹】，而為陳後主，呵呵！不則忘劇家之祖宗，其不同舌而劣之者幾希。予慕前輩風流聲吻，間從妙選中採摭其尤最者，以為湖海豪雄鼓吹資。語語瓊琚，字字瑤琨。譬則天庭寶樹，一枝一幹，皆奇珍異寶之菁華也。命曰《玉樹英》，匪僭也，亦匪誇也。願域中之知我者，共酣□其英云。皇明萬曆己亥歲季秋穀旦上浣之吉書於青雲館。古臨玄明壯夫言。469

可見黃氏視通俗歌曲為奇珍異寶，識見迴出時流。

（四）黃正位

黃正位，名叔，號尊生館主人，明萬曆間人。編選元明雜劇選集《陽春奏》，其〈凡例〉謂選劇標準：「茲特取情思深遠，詞語精工，洎有關風教、神仙拯脫者。」470

（五）許宇

許宇，生卒不詳，字仰拙。編選戲曲、散曲集《詞林逸響》。其〈凡例〉謂選時曲戲曲，「稍涉粗鄙，不敢漫收」，「務使聲律中於七始」，「細查《中原音韻》」，「南詞雖由北曲而變，然簫管獨與南詞合調，則廣收博採，大半用南，間附北曲之最傳者，亦云絃索不可變焉耳。」471可見其選曲標準在雅正與音律，而謂「南詞由北曲

469 〔明〕黃文華：〈樂府玉樹引〉，收入俞為民、孫蓉蓉主編：《歷代曲話彙編・明代編》第二集，頁四三七。

470 〔明〕黃正位：《陽春奏・凡例》，收入俞為民、孫蓉蓉主編：《歷代曲話彙編・明代編》第二集，頁四三九。

471 〔明〕許宇：《詞林逸響・凡例》，收入俞為民、孫蓉蓉主編：《歷代曲話彙編・明代編》第二集，頁四五九。

而發」，實為明人普遍錯誤之看法。

(四四)張　冲

張冲，明末仁和人。〈彩筆情辭引〉：「捨情則無以見性，無以致命。人能真其情，則為聖為賢，為仙為佛，離其情則為稿木，為死灰。」[472]可見張氏為臨川信徒。

(四五)馮夢龍

馮夢龍（一五七四－一六四六），字猶龍，號龍子猶、墨憨齋主人，江蘇長洲人。崇禎七年（一六三四）為福建壽寧知縣，一生中倡導俗文學，編著刊行話本小說《三言》，創作改編傳奇十四種，合稱《墨憨齋定本傳奇》。

由其《太霞新奏・序》可知馮氏之重時曲，由《太霞新奏・發凡》可見其講究音律，有詞學三法，曰調，曰韻，曰詞，更謂「是選以調協韻嚴為主」，所云韻調之病，如王驥德方諸館所禁。其《太霞新奏・批語》論曲調、板眼，謂「南曲自有入韻，不宜以北字入南腔。」其《太霞新奏》卷十二又謂「當行者，組織藻繪而不涉於詩賦；本色者，常談口語而不涉於粗俗。」[473]

其劇評〈雙雄記敘〉論及南戲北劇推移，時人製曲每犯：《中州韻》不問、《九宮譜》不知，識字未真的毛病。[474]

---

[472]〔明〕張冲：〈彩筆情辭引〉，收入俞為民、孫蓉蓉主編：《歷代曲話彙編・明代編》第二集，頁四六五。

[473]〔明〕馮夢龍：《太霞新奏》，收入俞為民、孫蓉蓉主編：《歷代曲話彙編・明代編》第三集，頁七－一五、二四。

馮氏評敘諸傳奇，但敘情節，兼及詞風。但於〈灑雪堂總評〉則謂「是記情節關鎖緊密無痕，插科亦俱雅致，惟腳色似偏生、旦。」[475]已及情節布置、科諢運用與腳色勞逸。

其〈楚江情自序〉，可見其修改劇本之手法。

其〈風流夢小引〉：

若士先生千古逸才，所著「四夢」，《牡丹亭》最勝。王季重敘云：「笑者真笑，笑即有聲；啼者真啼，啼即有淚；嘆者真嘆，嘆即有氣。麗娘之妖，夢梅之痴，老夫人之軟，杜安撫之古執，陳最良之腐，春香之賊牢，無不從筋節竅髓，以探其七情生動之微。」此數語直為本傳點睛。獨其填詞不用韻，不按律，即若士亦云：「吾不顧捩盡天下人嗓子。」夫曲以悅性達情，其抑揚清濁，音律本於自然。若士亦豈真以捩嗓為奇？蓋求其所以不捩嗓者而未遑討，強半為才情所役耳。識者以為此「案頭之書，非當場之譜」，欲付當場敷演，即欲不稍加竄改而不可得也。若士見改竄者，輒失笑。其詩曰：「醉漢瓊筵風味殊，通仙鐵笛海雲孤。總饒割就時人景，卻愧王維舊雪圖。」若士既自護其前，而世之盲於音者，又代為若士護之。遂謂才人之筆，二子不可移動。是慕西子之極，而并為諱其不潔，何如浣濯以全其國色之為愈乎？余雖不佞甚，然於此道竊聞其略，僭刪改以便當場，即不敢云若士之功臣，或不墮音律中之金剛禪云爾。梅、柳一段因緣，全在互夢。故沈伯英題曰《合夢》，而余則題為《風流夢》云。[476]

---

[474]〔明〕馮夢龍：〈雙雄記敘〉，收入俞為民、孫蓉蓉主編：《歷代曲話彙編・明代編》第三集，頁二一八。

[475]〔明〕馮夢龍：〈灑雪堂總評〉，收入俞為民、孫蓉蓉主編：《歷代曲話彙編・明代編》第三集，頁三三六。

[476]〔明〕馮夢龍：〈風流夢小引〉，收入俞為民、孫蓉蓉主編：《歷代曲話彙編・明代編》第三集，頁三七一－三三八。

馮氏之論《牡丹亭》頗有見地。而從其〈風流夢總評〉則可見其修改《牡丹亭》之情況與技法；而〈邯鄲夢總評〉卻推許此記為「四夢」第一。477

又其〈人獸關敘〉論此劇旨趣在因果報應，〈人獸關總評〉論修改之用意。478其〈永團圓敘〉論其改定處，〈永團圓總評〉論其佳處與補充處。其〈三報恩序〉但述此劇關目筋節而已。又其〈步雪初聲序〉論韻文學之發展，可見明人已不知南北曲源生之道。479所論頗有見地，尤其論《四夢》每為學者所取。

(四六)王思任

王思任（一五七四－一六四六），字季重，山陰人。明萬曆進士。魯王監國時任禮部尚書。清順治三年（一六四六）清軍攻破紹興，絕食而死。著有《王季重十種》，曾批點《牡丹亭》。其〈西廂記序〉論《西廂》文學之奇妙，以為王作關續。其〈批點玉茗堂牡丹亭詞敘〉論諸家之評點，而湯氏之「立言神指，《邯鄲》，仙也；《南柯》，佛也；《紫釵》，俠也；《牡丹亭》，情也。」480其〈春燈謎敘〉則以《春燈謎》為《牡丹亭》傳薪之

477 〔明〕馮夢龍：〈風流夢總評〉、〈邯鄲夢總評〉，收入俞為民、孫蓉蓉主編：《歷代曲話彙編．明代編》第三集，頁三八－三九。

478 〔明〕馮夢龍：〈人獸關敘〉、〈人獸關總評〉，收入俞為民、孫蓉蓉主編：《歷代曲話彙編．明代編》第三集，頁四〇－四一。

479 〔明〕馮夢龍：〈永團圓敘〉、〈永團圓總評〉、〈三報恩序〉、〈步雪初聲序〉，收入俞為民、孫蓉蓉主編：《歷代曲話彙編．明代編》第三集，頁四二－四五。

480 〔明〕王思任：〈批點玉茗堂牡丹亭詞敘〉，收入俞為民、孫蓉蓉主編：《歷代曲話彙編．明代編》第三集，頁四九。

作。所論頗有見地，尤其論《四夢》每為學者所取。

(四七)沈德符

沈德符（一五七八－一六四二），字景倩，秀水人。萬曆四十六年（一六一八）舉人。據舊時聞見，撰《萬曆野獲編》，後人輯其卷二十五〈詞曲部〉，題作《顧曲雜言》。

其〈蔡中郎〉論蔡中郎被誣之故；其〈西廂〉論其六字三韻語。其〈南北散套〉論其名家。其〈邱文莊填詞〉批評《伍倫全備記》填詞非當行，手筆甚為俚淺。其〈絃索入曲〉述嘉隆間何元朗倡北曲，反對南北曲雜奏，錯用字音。其〈填詞名手〉點批明代諸名家之作。其〈太和記〉疑非楊升庵之作。其〈填詞有他意〉論《杜甫遊春》、《中山狼》、《哭倒長安街》、《紫釵》、《彩毫》等言外之意。

其〈張伯起傳奇〉批評張鳳翼《紅拂》等傳奇用韻駁雜，而質之伯起，乃藉《琵琶》以為搪塞。其〈梁伯龍傳奇〉述屠隆以污水訓伯龍事。其〈曇花記〉述屠隆逸事。其〈拜月亭〉則為《拜月》、《琵琶》優劣論，而主《琵琶》勝《拜月》。其〈白練裙〉說明屠隆創作此劇之原委。其〈北詞傳授〉述張野塘與馬四娘、南教坊傳壽之關係。其〈時尚小令〉述元明時行小令之流播情形，為民間文學歌謠小調之重要資料。其〈雜劇〉論汪道昆、徐文長、王衡所著「南雜劇」，明確以《沒奈何》屬諸王衡之作。其〈雜劇院本〉乃謂雜劇變為戲文，於此可知其於戲曲史之淺薄。其〈戲旦〉以《遼史・樂志》謂「大樂有七聲，謂之七旦」釋旦之根源，余有〈中國古典戲劇腳色概說〉詳論之。[481] 其〈禁中演戲〉述萬曆間宮廷戲曲演出之情況，為戲曲史之重要文獻。[482]

481 拙作：〈中國古典戲劇腳色概說〉，《國立編譯館館刊》第六卷第一期（一九七七年六月），頁一三五－一六五。

482 〔明〕沈德符：《顧曲雜言》，收入俞為民、孫蓉蓉主編：《歷代曲話彙編・明代編》第三集，頁五八－七八。

可見沈氏論曲龐雜，而披沙往往可以見金。

(四八) 凌濛初

凌濛初（一五八〇—一六四四），字玄房，號初成，即空觀主人。天啟四年（一六二四）入都就選，官至徐州通判。凌氏為世宦之家，且多年從事圖書刊印，底本精善、刊刻考究，世稱「凌本」。著有《譚曲雜箚》，以元人為論述標準。要點如下：

其一，尚胡元本色，鄙吳音之剿襲靡詞、使僻事。其二，論《荊》、《劉》、《拜》、《殺》，評王元美、何元朗《琵琶》、《拜月》之爭，支持何氏。其三，論《牡丹亭》，謂「頗能模仿元人，運以俏思，儘有酷肖處，而尾聲尤佳，惜其使才自造，句腳、韻腳所限，便爾隨心胡湊，尚乖大雅。」其四，論沈伯英，謂其以「鄙俚可笑為布施脂粉，以生梗雉率為出之天然。」其五，論張伯起，謂「為習俗流弊所沿，一嵌故實，便堆砌駢轃。」其六，論無名氏《紅梨記》，謂「大是當家手，佳思佳句，直逼元人處，非近來數家所能。」其七，論明人曲詞，謂其雅者逐步至群書摘錦之可厭，其流俗者至三家村學究口號。其八，論尾聲應用妙句煞之。其九，論李日華《西廂》，不過改北調為南曲，「增損字句以就腔」而已。而陸天池亦作《南西廂》，則悉以己意自創，不襲北劇一語。其十，論陸采《明珠記》，謂「尖俊宛轉處，在當時固為獨勝。」乃因「不甚用故實，不甚求麗藻，時作真率語也。」其十一，論戲曲搭架，謂不妥則全傳可憎矣。其十二，論賓白，謂今之曲既鬭靡，而白亦競富。甚至尋常問答，亦不虛發閒語，必求排對工切。是必廣記類書之山人，精熟策段之舉子，然後可以觀優戲，豈其然哉？又可笑者：花面丫頭，長腳髯奴，無不命詞博奧，子史淹通。其十三，呂勤之於《蕉帕記·序》中論「詞隱之條令，清遠之才情」等，頗有見地。其十四，論臧晉叔改訂元劇，「識有餘而才限之也。」而用韻謹嚴。[483]

又於〈南音三籟敘〉謂「凡詞曲，字有平仄，句有短長，調有合離，拍有緩急，其所謂宜不宜者，正以自然與不自然之異」而已。於《南音三籟・凡例》謂：1.曲每誤於襯字；2.曲又易誤於犯調；3.曲依宮分調，仿譜例；4.牌名板眼，句字增損，坊刻承訛襲舛，誤人多矣；5.字之閉口者，則加○以別之，其宜撮口者，作小△於左方；6.曲分三籟，其古質自然，行家本色為天；其俊逸有思，時露質地者為地。若但粉飾藻繢，沿襲靡詞者，雖名重詞流，聲傳里耳，概謂之人籟而已；7.曲宜遵《中原音韻》；8.曲自有正調正腔，一隨板眼，毫不可動。於〈南音三籟評語〉則以正體格、正韻協、饒有古色與合平仄律為論曲之四標準。[484]

又於〈西廂記凡例十則〉論及：1.《西廂》作者有多位，「但細味實甫別本如《麗春堂》、《芙蓉亭》，頗與前四本氣韻相似，大約都冶纖麗。至漢卿諸本，則老筆紛披，時見本色。此第五本亦然。」2.北曲有第二本者：王實甫《破窯記》、《麗春園》、《販茶船》、《進梅諫》、《于公高門》及關漢卿《破窯記》、《澆花旦》。而吳昌齡《西遊記》有六本。3.明末易《西廂》腳色為南戲稱呼，明本混淆正襯字，又每折擬加名目。4.保留〈對奕〉一折，以其大有元人老手之氣。又於〈西廂記凡例〉論元劇之體製規律，「而【尾聲】終，則又別取一韻，以【絡絲娘】煞尾結之，多為承上接下之詞，以引起下本。」[485]

又於〈琵琶記凡例十則〉論：《琵琶》世人推為南曲之祖，而特苦為妄庸人強作解事，大加改竄，至真面

483 〔明〕凌濛初：《譚曲雜箚》，收入俞為民、孫蓉蓉主編：《歷代曲話彙編・明代編》第三集，頁一八八—一九五。

484 〔明〕凌濛初：《南音三籟》，收入俞為民、孫蓉蓉主編：《歷代曲話彙編・明代編》第三集，頁一九八—三三二。

485 〔明〕凌濛初：〈西廂記凡例十則〉、〈西廂記凡例〉，收入俞為民、孫蓉蓉主編：《歷代曲話彙編・明代編》第三集，頁三二三—三二六。

目竟蒙塵莫辨。大約起於崑本，其後徽本盛行，而世人遂不復睹元本矣。東嘉精於調，但用韻雜。

由以上可見淩氏評論諸家劇作頗為嚴苛，不輕易許人；於曲則講究音律謹嚴、語言真率。

㈣張　琦

張琦（約一五八六－？），一名楚，字楚叔，杭州人。有傳奇《白雪樓五種曲》，曲論有《衡曲麈譚》。其《衡曲麈譚．填詞訓》謂「曲也者，達其心而為言者也，思致貴於綿渺，辭語貴於迫切。」其〈作家偶評〉論南北曲異同乃襲王世貞語；論明人散曲、戲曲有楊升庵、王九思、康海、李開先、王舜耕等諸人，多殘叢之語，無甚意義。其〈曲譜辯〉則可見彼時宮調音律之道已渺然難辨矣。其〈吳騷合編凡例〉專錄麗情散曲，惟幽期歡會、惜別傷離之詞，得以與選，又重視曲調，必須合譜依律。486

㈤沈際飛

沈際飛，字天羽，號夢道人，明末崑山人。曾於崇禎年間刊刻《玉茗堂選集》。其〈題紫釵記〉諸多評語，可參閱，亦以為「岸頭書」。其〈牡丹亭題詞〉論其人物頗精切。〈題邯鄲夢〉論夢可取，謂「人生如夢，惟悲歡離合，夢有凶吉爾。」「凡亦夢，仙亦夢，凡覺亦夢，仙夢亦覺。」487

㈤范文若

486 〔明〕張琦：《衡曲麈譚》，收入俞為民、孫蓉蓉主編：《歷代曲話彙編．明代編》第三集，頁三四八－三五七。

487 〔明〕沈際飛：《玉茗堂選集》，收入俞為民、孫蓉蓉主編：《歷代曲話彙編．明代編》第三集，頁四四三－四四五。

范文若（一五九〇—一六三七），原名景文，字香令。明萬曆四十七年（一六一九）進士，官至南京大理寺評事，作傳奇十六種，今存《花筵賺》、《夢花酣》、《鴛鴦棒》三種，合稱《博山堂三種》。其〈鴛鴦棒序〉斥無情者。其〈夢花酣序〉謂「臨川多宜黃土音，腔板絕不分辨，襯字襯句，湊插乖舛，未免『拗折人嗓子』。」其〈花筵賺凡例〉極講究聲韻板眼，宮調、開合口。[488]可見臨川《四夢》歌以宜黃腔，范氏亦已言之矣。

(五二) 孟稱舜

孟稱舜（一五九四—一六八四），字子塞，會稽人。明崇禎間諸生，入清後，於順治六年（一六四九）任松陽教諭。作有傳奇《嬌紅記》、《貞文記》等五種，雜劇《桃花人面》、《殘唐再創》等五種。另有《古今名劇合選》，其〈自序〉謂：「吳興臧晉叔之論備矣：一曰『情辭穩稱之難』，一曰『關目緊湊之難』，又一曰『音律諧叶之難』。然為若所稱當行家之為尤難也。」又謂「北主勁切，南主柔遠」，豈得以之畫南北之分也。乃「取元曲之工者，分其類為二，而以我明之曲繼之，一名《柳枝集》，一名《酹江集》」，又謂「予此選去取頗嚴，然以辭足達情為最，而協律者次之，可演之臺上，亦可置之案頭。」共收錄元明雜劇五十六種。[489]

由其《古今名劇合選．評語》可見：1.明人於曲文可隨意改之，此則斟酌於元本與吳興本之間。2.其評語所關注者有五：語言遣詞造句，韻致格調，描述技法，比較版本優劣，評人物。3.每劇皆有總評，如《太和正

---

488 〔明〕范文若：《博山堂三種》，收入俞為民、孫蓉蓉主編：《歷代曲話彙編．明代編》第三集，頁四五四—四五六。

489 〔明〕孟稱舜：《古今名劇合選．自序》，收入俞為民、孫蓉蓉主編：《歷代曲話彙編．明代編》第三集，頁四六五—四六七。

音譜》之筆法。4.《誤入桃源》論語言頗可取。5.《蕭淑蘭》賈仲明用廉纖、監咸、侵尋、桓歡四韻最難押，卻最穩俏。6.《花前一笑》謂「子塞諸劇，醞藉旖旎，的屬韻人之筆，而氣味更自不薄，故當與勝國諸大家爭席。」此他人之語耶？豈子塞自評者耶？7.《三度任風子》「語語本色，自是當行人語」則其「當行本色」謂白描也。[490]《嬌紅記・題詞》以「節義」視之，《二胥記・題詞》謂，吳子胥，申包胥也，揭出「誠」為本劇核心。《貞文記・題詞》講究玉娘之奇才奇行。[491]

以上可見孟氏選劇、論劇兼重案頭與場上兩相得宜；其所謂「柳枝」實指風格婉約；「酹江」則謂風格豪放。

(亖)張　岱

張岱（一五九七—一六七九），字宗子，號陶庵，山陰人。一生未仕，喜好戲曲，其戲曲論述見所著《陶庵夢憶》、《瑯嬛文集》。

其〈金山夜戲〉演《韓蘄王金山》及《長江大戰》。其〈朱雲崍女戲〉謂朱雲崍「未教戲，先教琴，先教琵琶，先教提琴、弦子、蕭管，鼓吹、歌舞，借戲為之，其實不專為戲也。」其〈不繫園〉內有「本腔戲、調腔戲」之語。本腔戲蓋指崑腔，而調腔戲則為弋陽腔之變調。其〈嚴助廟〉記其演出有「全伯喈」、「全荊釵」之名，又串演《白兔記》〈磨房〉、〈撇池〉、〈送子〉、〈出獵〉四齣。其〈世美堂燈〉中有「余敕小傒串元劇四五十

[490] 〔明〕孟稱舜：《古今名劇合選》，收入俞為民、孫蓉蓉主編：《歷代曲話彙編・明代編》第三集，頁四六八—四九六。

[491] 〔明〕孟稱舜：《嬌紅記・題詞》、《二胥記・題詞》、《貞文記・題詞》，收入俞為民、孫蓉蓉主編：《歷代曲話彙編・明代編》第三集，頁五〇〇—五〇二。

本。演元劇四齣，則隊舞一回，鼓吹一回，絃索一回。其間濃淡繁簡鬆實之妙，全在主人位置。使易人易地為之，自不能爾爾。」其〈張氏聲妓〉有「可餐班」、「武陵班」、「梯仙班」、「吳郡班」、「蘇小小班」、「平子茂苑班」，以小傒童為之。其〈虎邱中秋夜〉記蘇州虎邱於中秋夜士夫庶民鱗集唱曲之習俗與情況，為重要之戲曲文獻。其〈劉暉吉女戲〉，記其演出《唐明皇遊月宮》之舞臺與奇幻布景。其〈朱楚生〉言及女戲、調腔戲、本腔以及四明之《江天暮雪》、《宵光劍》、《畫中人》。其〈彭天錫串戲〉記淨、丑演技之出神入化。其〈目蓮戲〉記演出三日三夜之雜技，惡鬼及《地獄變相》，觀眾呼喝之情況。其〈過劍門〉敘及當時名角，演出《西樓》、《教子》，而張岱知戲，貌為「導師」。其〈冰山記〉記刪訂《冰山記》及其演出諸事。其〈阮圓海戲〉謂圓海家優「講關目，講情理，講筋節」，「串架關笋、插科打諢、意色眼目，主人細細與之講明。知其義味，知其指歸，故咬嚼吞吐，尋味不盡」。並簡評其《摩尼珠》、《燕子箋》之特色與得失。其〈施公廟〉記施全刺秦檜，事敗被斬。其〈答袁籜菴〉評其《合浦珠》但要出奇，不顧文理。評其《西樓》，又評《臨川四夢》，對《西樓》頗為揄揚。492

張氏所記，頗可採為戲曲史料者頗多，而其論阮大鋮傳奇，則可見其評劇觀點，可供吾人借鑑。

(五四)祁彪佳

祁彪佳（一六〇二－一六四五），字虎子，別署遠山堂主人，山陰人。明天啟二年（一六二二）進士，崇禎四年（一六三一）陞任御史，出任蘇松巡撫。南明弘光朝，任右僉都御史，巡撫江南，為馬士英所忌，辭職歸

492 〔明〕張岱：《陶庵夢憶》，收入俞為民、孫蓉蓉主編：《歷代曲話彙編．明代編》第三集，頁五〇九－五一二。

家，清軍破山陰，投水自盡。戲曲論著有《遠山堂劇品》、《遠山堂曲品》。

其《遠山堂曲品・敘》謂：1.詞至今日而極盛，至今日而亦極衰。故欲為詞場董狐。2.其選劇評曲首講協韻，「韻失矣，進而求其調；調訛矣，進而求其詞；詞陋矣，又進而求其事。」其《曲品・凡例》之其五，言及音律之道甚精，解者不易。[493]

《遠山堂曲品》：1.〈逸品〉二十六種：謂《博笑》令人絕倒；《四異》事、詞佳；《二淫》呂天成謔浪遊戲，詞雅；《西樓》情至而變，傳青樓之上品；《櫻桃夢》守律正音，才情宕逸；《鸚鵡洲》、《玉麈》詞佳；《花筵賺》洗脫之極；《東郭》快語叶險韻；《睡鄉》戲筆解頤，詞極爽，而守韻亦嚴；《夢境》幻奇；《白練裙》刺馬湘蘭；《蕉帕》詞佳而生動；《露綬》一片空明境界；《獅吼》曲白俗而入趣；《蝴蝶夢》舌底青蓮；《杏花》合於詞律；《想當然》俊爽；《玉鏡臺》句美韻勝；《青雀舫》疏散；《風流院》嫵媚快語；《半繻》詞清爽；《彈指清平》超軼；《當壚》律疏而帶爽氣；《廣爰書》謔浪、善用虛無；《秦宮鏡》得避實擊虛之法。2.〈豔品〉二十種：《紫簫》工辭鮮美；《紫釵》傳情刻露；《紅蕖》雕鏤；《三星》嫵婉歡笑；《戎珠》駢偶熟豔；《藍橋》綺麗見奇；《金合》奇幻目眩；《神女》才情富麗；《玉合》駢麗；《曇花》堆垛不合律；《玉玦》開工麗之端；《笠篌》藻繢；《雙合》纖穠；《紫環》有丰韻多詞采；《金蓮》駢美自然；《太霞》駢麗精整；《天函》極意敷詞；《紈扇》綺麗；《鈿盒》字雕句鏤；《陰德》賓白典雅。3.〈能品〉二百一十七種：《牧羊》不成句而歌叶；《羅囊》雜韻質古；《尋親》訛處多；《孤兒》古質；《斷髮》寒酸，工整守律；《漁樵》韻雜；《金丸》詞局俱煉；《躍鯉》詞質；《精忠》廉筆，不失音韻；《赤鯉》詞雅；《合

---

[493] 〔明〕祁彪佳：《遠山堂曲品》，收入俞為民、孫蓉蓉主編：《歷代曲話彙編・明代編》第三集，頁五三七－五三九。

縱》時出本色；《金雀》輕倩之詞；《運甓》填詞過繁；《西洋》鋪敘為詞；《還帶》詞調莊練；《雙雄》守律俊語；《投桃》守律；《種玉》有倩語，局無簡繁；《石榴花》傳情又出精警語，使人破涕為歡；《鬱輪袍》詞清新；《櫻桃》鑿空出奇；《雙忠》關目差；《五倫》酸腐；《寶劍》詞美不合律；《嬌紅》淺促；《龍泉》肖丘濬；《紅葉》守韻葩藻；《四喜》詞明麗；《紅拂》鄙俚不典；《玉簪》不明快；《節孝》未現精神；《西廂》生吞活剝；《橘浦》駢枝；《水滸》場上佳曲；《扊扅》氣昌詞暢；《八義》本於史傳；《投筆》詞平實，局正大；《雙紅》婉麗。4.〈具品〉一百二十七種；5.〈雜調〉四十六種；6.〈雅品殘稿〉三十一種，以上四百六十七種。[494]

《遠山堂劇品》計二百四十二種，其中：〈妙品〉二十四種；〈豔品〉九種；〈雅品〉九十種；〈能品〉五十二種；〈逸品〉二十八種；〈具品〉三十九種。[495]

祁氏《曲品》、《劇品》保存豐富之傳奇與雜劇劇目與史料，其分品與簡評亦可供吾人參考。

(五五)高　奕

高奕，會稽人。著有《新傳奇品》。

其〈新傳奇品序〉：「傳奇至於今，亦盛矣。作者以不羈之才，寫當場之景，惟欲新人耳目，不拘文理，不知格局，不按宮商，不循聲韻，但能便於搬演，發人歌泣，啟人豔慕，近情動俗，描寫活現，逞奇爭巧，即可演行，不一而足。其於前賢關風化勸懲之旨，悖焉相左；欲求合於今，亦已寥寥矣。……至其文理、宮商、

[494] 同上註，頁五四〇－六二九。

[495] 〔明〕祁彪佳：《遠山堂劇品》，收入俞為民、孫蓉蓉主編：《歷代曲話彙編・明代編》第三集，頁六三〇－六七二。

格調、格式、聲韻、風化、勸懲之義，惟於本傳奇詠之可也。」可見傳奇在清季已是不堪至於如此。所錄有〈古人傳奇總目〉二百二十九種，〈新傳奇品〉所評有阮大鋮：「道學面君，步履不妨。」吳駿公：「女將征西，容嬌氣壯。」盧次楩：「蜃樓雜沓，氣勢橫生。」沈寧菴：「冠冕佩玉，揖讓明堂。」吳石渠：「道子寫生，鬚眉活現。」[496]等二十七人。

五、清代曲學專書述評

㈠李漁《閒情偶寄》中之「笠翁劇論」

李漁，字笠鴻，後字笠翁，一字謫凡，別署道人、隨菴主人、新亭樵客、湖上笠翁等，浙江蘭谿人。生於明萬曆三十九年（一六一一），卒於清康熙十八至十九年（一六七九－一六八〇）間。

明末清初，有很多文人，頗知伎藝者，其作品可從書坊獲得報酬，亦可藉此結交達官貴人；或為其門下清客，或博得豐富餽贈。李漁雖亦善於從此處世謀生，但他更是戲劇活動家。李漁所著小說，有《迴文傳》、《無聲戲》、《十二樓》等；戲曲有《風箏誤》、《比目魚》等，稱為《笠翁十種曲》；此外還有《笠翁論古》、《千古奇聞》、《詩韻》、《詞韻》等，皆風行於時；《閒情偶寄》一書，則是講究飲食、玩好、花木、居室、聲音、詞曲等之著作，後來彙集在《笠翁一家言》之內。

---

[496]〔明〕高奕：《新傳奇品》，收入俞為民、孫蓉蓉主編：《歷代曲話彙編．明代編》第三集，頁六八五－六八六。

崑劇從明萬曆末年以後，表演技術方面有很大發展。李漁戲曲活動正當其時，他又精心研求，具高深造詣，因此，其十種曲，能盛演於舞臺，其理論、見解，也給劇壇很大影響。《閒情偶寄》之〈詞曲部〉、〈演習部〉，專寫其戲曲藝術心得，實從其經驗中獲得之結論，非紙上談兵，故自詡為發前人未發之秘，並非自譽之辭。

李漁論戲曲藝術分兩大部：〈詞曲部〉與〈演習部〉。〈詞曲部〉論戲曲劇本創作應注意之事項，〈演習部〉論戲曲舞臺搬演應注意之事項。

1. 詞曲部

其〈詞曲部〉論戲曲劇本之創作，首重「結構」，其他依次為「詞采」、「音律」、「賓白」、「科諢」、「格局」等五項，共六要件。其〈演習部〉以「選劇」第一，其他依次為「變調」、「授曲」、「教白」、「脫套」四目，共五要件。以此構成其戲曲文學藝術論的完整體系。茲敘其大要並略作評論如下：

其〈詞曲部・結構第一〉又分「戒諷刺」、「立主腦」、「脫窠臼」、「密針線」、「減頭緒」、「戒荒唐」、「審虛實」七款。

李漁認為「填詞非末枝，乃與史傳詩文同源而異派者也。」但「因詞曲一道，但有前書堪讀，並無成法可宗。」所以他將心得公之於世。

他又認為「結構」二字，則在引商刻羽之先，〈詞曲部・結構第一・戒諷刺〉：「竊怪傳奇一書，昔人以代木鐸，因愚夫愚婦識字知書者少，勸使為善，誡使勿惡，其道無由，故設此種文詞，借優人說法，與大眾齊聽。謂善者如此收場，不善如此結果，使人知所趨避，是藥人壽世之方，救苦弭災之具也。後世刻薄之流，以此意倒行逆施，借此文報仇洩怨。心之所喜者，處以生旦之位，意之所怒者，變以淨丑之形，且舉千百年未聞之醜行，幻設而加於一人之身，使梨園習而傳之，幾為定案，雖有孝子慈孫，不能改也。……凡作傳奇者，先要滌去此種肺腸，務存忠厚之心，勿為殘毒之事。以之報恩則要，以之報怨則不可；以之勸善懲惡則可，以之欺善作惡則不可。」

可見結構戲曲間架之前，更要先選好題材。應如木鐸之「勸使為善，誡使勿惡。」

在戲曲全本架構中，他主張要先建立「主腦」，他說：「古人作文一篇，定有一篇之主腦。主腦非他，即作者立言之本意也。傳奇亦然，一本戲中，有無數人名，究竟俱屬陪賓，原其初心，此為一人而設。即此一人之身，自始至終，離合悲歡，中具無限情由，無窮關目，究竟俱屬衍文，原其初心，又止為一事而設。此一人一事，即作傳奇之主腦也。然必此一人一事果然奇特，實在可傳而後傳之，則不愧傳之目，而其人其事與作者姓名皆千古矣。如一部《琵琶》，止為蔡伯喈一人，而蔡伯喈一人又止為『重婚牛府』一事，其餘枝節皆從此一事而生。二親之遭凶，五娘之盡孝，拐兒之騙財匿書，張大公之疏財仗義，皆由於此。是『重婚牛府』四字，即作《琵琶記》之主腦也。一部《西廂》，止為張君瑞一人，而張君瑞一人，又止為『白馬解圍』一事，其餘枝節皆從此一事而生。夫人之許婚，張生之望配，紅娘之勇於作合，鶯鶯之敢於失身，與鄭恆之力爭原配而不得，皆由於此。是『白馬解圍』四字，即作《西廂記》之主腦也。」

他所謂「主腦」之一人一事，實指劇中之最重要人物和最重要之事件，由此構成主脈，再由此生發出其他的線索。而其最重要之人物事件，則要推陳出新。他說：「古人呼劇本為『傳奇』者，因其事甚奇特，未經人見而傳之，是以得名，可見非奇不傳。『新』即『奇』之別名也。……則急急傳之，否則枉費辛勤，徒作效顰之婦。吾謂：填詞之難，莫難於洗滌窠臼，而填詞之陋，亦莫陋於盜襲窠臼。吾觀近日之新劇，非新劇也，皆老僧碎補之衲衣，醫士合成之湯藥，取眾劇之所有，彼割一段，此割一段，合而成之。」

對於劇中所生發關目情節之布置，他說：「編戲有如縫衣，其初則以完全者剪碎，其後又以剪碎者湊成。

剪碎易，湊成之工，全在針線緊密。一節偶疏，全篇之破綻出矣。每編一折，必須前顧數折，後顧數折。顧前者，欲其照映，顧後者，便於埋伏。照映埋伏，不止照映一人，埋伏一事，凡是此劇中有名之人、關涉之事，與前此後此所說之話，節節俱要想到，寧使想到而不用，勿使有用而忽之。吾觀今日之傳奇，事事遜元人，獨於埋伏照映處，勝彼一籌。非今人之太工，以元人所長全不在此也。若以針線論，元曲之最疏者，莫過於《琵琶》。無論大關節目背謬甚多，如子中狀元三載，而家人不知；身贅相府，享盡榮華，不能遣一僕，而附家報於路人；趙五娘千里尋夫，隻身無伴，未審果能全節與否，其誰證之？諸如此類，皆背理妨倫之甚者。」可見關目之埋伏照映，基本上要合情合理，也不可以頭緒繁多，他說：「頭緒繁多，傳奇之大病也。《荊》、《劉》、《拜》、《殺》（《荊釵記》、《劉知遠》、《拜月亭》、《殺狗記》）之得傳於後，止為一線到底，並無旁見側出之情。三尺童子觀演此劇，皆能了了於心，便便於口，以其始終無二事，貫串只一人也。後來作者不講根源，單籌枝節，謂多一人可增一人之事。事多則關目亦多，令觀場者如入山陰道中，人人應接不暇。」對於關目，他又特別「戒荒唐」、「審虛實」。他說：「噫，活人見鬼，其兆不祥，矧有吉事之家，動出魑魅魍魎為壽乎？移風易俗，當自此始。吾謂劇本非他，即三代後之《韶》、《濩》也。殷俗尚鬼，猶不聞以怪誕不經之事被諸聲樂，奏於廟堂，矧闢謬崇真之盛世乎？王道本乎人情，凡作傳奇，只當求於耳目之前，不當索諸聞見之外。無論詞曲，古今文字皆然。凡說人情物理者，千古相傳；凡涉荒唐怪異者，當日即朽。」又說：「傳奇所用之事，或古或今，有虛有實，隨人拈取。古者，書籍所載，古人現成之事也；今者，耳目傳聞，當時僅見之事也；實者，就事敷陳，不假造作，有根有據之謂也；虛者，空中樓閣，隨意構成，無影無形之謂也。人謂古事多實，近事多虛。……。傳奇無實，大半皆寓言耳。欲勸人為孝，則舉一孝子出名，但有一行可紀，則不必盡有其事。凡屬孝親所應有者，悉取而加之，亦猶紂之不善，不如是之甚也，一居下流，天下之惡皆歸焉。其餘表忠表節，與種種勸人為善之劇，率同於此。」

(1)論「結構」

由笠翁所謂〈結構第一〉所舉之七款觀之，其合乎現代之所謂「戲曲結構」之觀念內涵，只有「立主腦」、「密針線」、「減頭緒」三款，而實際上卻只談情節線索之主從與組織照映之技法。至於「戒諷刺」則在告誡題材之運用不可落入攻訐人身；「脫窠臼」則在說明關目要推陳出新；「戒荒唐」則提醒內容要訴諸耳目所及，切勿荒誕不經；「審虛實」則只在討論題材關目之虛與實，主張虛則虛到底，實則實到底。凡此皆與〈結構第一〉絲毫無關。可見笠翁之「結構」觀，尚只得一隅。殊不知真正之「結構」有待於「排場」觀之建構，而戲曲又制約於其體製規律；因之論戲曲之結構當兼顧其內外在結構。其外在結構者，體製規律也；其內在結構者，排場之處理也，余有專文論述之，詳見《戲曲學(一)》。

(2)論「詞采」

其〈詞采第二〉含「貴顯淺」、「重機趣」、「戒浮泛」、「忌填塞」四款。他的結論是：「戲曲不能盡佳，有為數折可取而挈帶全篇，一曲可取而挈帶全折，使瓦缶與金石齊鳴者，職是故也。予謂既工此道，當如畫士之傳真，閨女之刺繡，一筆稍差，便慮神情不似，一針偶缺，即防花鳥變形。使全部傳奇之曲，得似詩餘選本如《花間》、《草堂》諸集，首首有可珍之句，句句有可寶之字，則不愧填詞之名，無論必傳，即傳之千萬年，亦非僥倖而得者矣。吾於古曲之中，取其全本不懈，多瑜鮮瑕者，惟《西廂》能之。《琵琶》則如漢高用兵，勝敗不一，其得一勝而王者，命也，非戰之力也。《荊》、《劉》、《拜》、《殺》之傳，則全賴音律。文章一道，置之不論可矣！」

他講究的詞采在於像《花間》、《草堂》那樣，「首首有可珍之句，句句有可寶之字」，古曲之中只有北《西廂》「全本不懈，多瑜鮮瑕」，至於明初五大傳奇，《琵琶》已是「如漢高用兵，勝敗不一」，《荊》、《拜》、《殺》之「文章一道，置之不論可矣！」則明人如何良俊、李贄所極力稱許之《拜月》，在笠翁眼中，卻只落得如此。

他進一步論到「詞采」須「貴淺顯」，他說：「曲文之詞采，與詩文之詞采非但不同，且要判然相反。何也？詩文之詞采，貴典雅而賤粗俗，宜蘊藉而忌分明。詞曲不然，話則本之街談巷議，事則取其直說明言。凡讀傳奇而有令人費解，或初閱不見其佳，深思而後得其意之所在者，便非絕妙好詞，不問而知為今曲，非元曲也。元人非不讀書，而所制之曲，絕無一毫書本氣，以其有書而不用，非當用而無書也，後人之曲則滿紙皆書矣。元人非不深心，而所填之詞，皆覺過於淺近，以其深而出之以淺，非借淺以文其不深也，後人之詞則心口皆深矣。」

可見他所謂的戲曲之「詞采」要與詩文判然有別，「話則本之街談巷議，事則取其直說明言。」可是這樣淺顯的語言卻要「重機趣」，他因此更認為「多引古事，疊用人名，直書成句」為戲曲「填塞之病」務須避免。他有說：「『機趣』二字，填詞家必不可少。機者，傳奇之精神，趣者，傳奇之風致。少此二物，則如泥人土馬，有生形而無生氣。……故填詞之中，勿使用斷續痕，勿使有道學氣。所謂無斷續痕者，非止一出接一出，一人頂一人，務使承上接下，血脈相連，即於情事截然絕不相關之處，亦有連環細筍伏於其中，看到後來方知其妙，如藕於未切之時，先長暗絲以待，絲於絡成之後，才知作繭之精，此言機之不可少也。（余澹心云：『微妙語，從《楞嚴經》中參悟得來。』）所謂無道學氣者，非但風流跌宕之曲、花前月下之情，當以板腐為戒，即談忠孝節義與說悲苦哀怨之情，亦當抑聖為狂，寓哭於笑。」但他為了防患過度淺顯而流於「粗俗」，又主張「戒浮泛」，他說：「詞貴顯淺之說，前已道之詳矣。然一味顯淺而不知分別，則將日流粗俗，求為文人之筆而不可得矣。元曲多犯此病，乃矯艱深隱晦之弊而過焉者也。極粗極俗之語，未嘗不入填詞，但宜從腳色起見。如在花面口中，則惟恐不粗不俗，一涉生旦之曲，便宜斟酌其詞。無論生為衣冠仕宦，旦為小姐夫人，出言吐詞當有雋雅舂容之度。即使生為僕從，旦作梅香，亦須擇言而發，不與淨丑同聲。以生旦有生旦之體，淨丑有淨丑之腔故也。元人不察，多混用之。……」可見「生旦有生旦之體，淨丑有淨丑之腔」，「說何人肖何人，議某事切某事。」才能不浮泛而真正臻於「淺顯」之義。他對於戲曲曲文的主張，可以說是平正通達的。

(3)論「音律」

其〈音律第三〉計有九款：恪守詞韻、凜遵曲譜、魚模當分、廉監宜避、拗句難好、合韻易重、慎用上聲、少填入韻、別解務頭。

笠翁認為文學創作中，戲曲最難，其關鍵在音律。他說：「至於填詞一道，則句之長短，字之多寡，聲之平上去入，韻之清濁陰陽，皆有一定不移之格。長者短一線不能，少者增一字不得，又復忽長忽短，時少時多，令人把握不定。當平者平，用一仄字不得；當陰者陰，換一陽字不能。調得平仄成文，又慮陰陽反覆；分得陰陽清楚，又與聲韻乖張。令人攪斷肺腸，煩苦欲絕。此等苛法，盡勾磨人。作者處此，但能佈置得宜，安頓極妥，便是千幸萬幸之事，尚能計其詞品之低昂，文情之工拙乎？予襁褓識字，總角成篇，於詩書六藝之文，雖未精窮其義，然皆淺涉一過。總諸體百家而論之，覺文字之難，未有過於填詞者。」

他對於填寫曲牌，在這裡已注意到其長短律、平仄聲調陰陽律；又云「從來詞曲之旨，首嚴宮調，次及聲音，次及字格」、「九宮十三調，南曲之門戶也。」他所說的「聲音」即指平仄聲調陰陽，所謂「字格」，揣摩其文中之意，應指曲牌中之長短句，每句所具有之字數。

除此外，他所舉九款中，有關協韻律的是「恪守詞韻」、「魚模當分」、「廉監宜避」、「合韻易重」、「少填入韻」等五款，有關聲調律的是「慎用上聲」一款，協韻、聲調兼顧的是「凜遵曲譜」、「拗句難好」、「別解務頭」

三款。

笠翁主張戲曲用《中原音韻》，他說：「一出用一韻到底，半字不容出入，此為定格。舊曲韻雜出入無常者，因其法制未備，原無成格可守，不足怪也。既有《中原音韻》一書，則猶畛域畫定，寸步不容越矣。……杭有才人沈孚中者，所制《綰春園》、《息宰河》二劇，不施不采，純用白描，大是元人後勁。予初閱時，不忍釋卷，及考其聲韻，則一無定軌，不惟偶犯數字，竟以寒山、桓歡二韻，合為一處用之，又有以支思、齊微、魚模三韻並用者，甚至以真文、庚青、侵尋三韻，不論開口閉口，同作一韻用者。長於用才而短於擇調，致使佳調不傳，殊可痛惜！」又云：「予謂南韻深渺，卒難成書。填詞之家即將《中原音韻》一書，就平上去三音之中，抽出入聲字，另為一聲，私置案頭，亦可暫備南詞之用。然此猶可緩。更有急於此者，則魚模一韻，斷宜分別為二。魚之與模，相去甚遠，不知周德清當日何故比而同之」，但他認為「魚、模」一韻，「魚」與「模」實有很大分別，因之主張「倘有詞學專家，欲其文字與聲音媲美者，當令魚自魚而模自模，兩不相混，斯為極妥。即不能全出皆分，或每曲各為一韻，如前曲用魚，則用魚韻到底，後曲用模，則用模韻到底，猶之一詩一韻，後不同前，亦簡便可行之法也。」又認為「侵尋、監咸、廉纖三韻，同屬閉口之音，而侵尋一韻，較之監咸、廉纖，獨覺稍異。每至收音處，侵尋閉口，而其音猶帶清亮，至監咸、廉纖二韻，則微有不同。此二韻者，以作急板小曲則可，若填悠揚大套之詞，則宜避之。」他主張「凡作倔強聱牙之句，不合自造新言，只當引用成語。成語在人口頭，即稍更數字，略變聲音，念來亦覺順口，新造之句，一字聱牙，非止念不順口，且令人不解其意。今亦隨拈一二句試之。如『柴米油鹽醬醋茶』，口頭語也，試變為『油鹽柴米醬醋茶』，或再變為『醬醋油鹽柴米茶』，未有不明其義，不辨其聲者。」而曲中「合前」數句，卻最容易犯上「重韻」的毛病。

對於「上聲」，他說「切忌一句之中運用二、三、四字。」因為上聲「較他音獨低」，「曲到上聲，字不求低而自低；不低，則此字唱不出口。……若重複數字皆低，不特無音，且無曲矣。」其實上聲字音波之運行最曲折，如果在有限之語言長度裡，過分曲折，實非口腔發音所能勝任，故自然無音亦無曲矣。

其聲韻兼顧者，論所以「凜遵曲譜」之故，他說：「曲譜者，填詞之粉本，猶婦人刺繡之花樣也。……曲譜則愈舊愈佳，稍稍趨新，則以毫釐之差而成千里之謬。情事新奇百出，文章變化無窮，總不出譜內刊成之定格。是束縛文人而使有才不得自展者，曲譜是也；私厚詞人而使有才得以獨展者，亦曲譜是也。……『依樣畫葫蘆』一語，竟似為填詞而發。妙在依樣之中，別出好歹，稍有一線之出入，則葫蘆體樣不圓，非近於方，則類乎扁矣。葫蘆豈易畫者哉！明朝三百年，善畫葫蘆者，止有湯臨川一人，而猶有病其聲韻偶乖，字句多寡之不合者。甚矣，畫葫蘆之難，而一定之成樣不可擅改也。」其實曲譜所講究的是對曲牌制約的規律，含一曲之正字數、正句數、長短律、平仄聲調律、句式（音節、句法之形式）、語法律、協韻律、對偶律等；笠翁所論，尚未能周全。

其論「拗句難好」，云：「音律之難，不難於鏗鏘順口之文，而難於倔強聱牙之句。……至於倔強聱牙之句，即不拘音律，任意揮寫，尚難見才，況有清濁陰陽，及明用韻，暗用韻，又斷斷不宜用韻之成格，死死限在其中乎？」既然是不合曲律而令人倔彊聱牙的句子，如何能是警策之好句？但是曲中卻偶爾有此「拗句」以見該曲牌之「特殊性格」，蓋欲以拙劣見巧妙也。而他所以又主張「少填入韻」之故，是因為「南曲四聲俱備，遇入聲之字，定宜唱作入聲，稍類三音，即同北調矣，以北音唱南曲可乎？」

「務頭」自從周德清《中原音韻》「作詞十法」提出以後，因未說明，未知何物，以致二字千古難明，前人所論儘是揣摩，笠翁別謂：「『務頭』二字，既然不得其解，只當以不解解之。曲中有『務頭』，猶棋中有眼，有此則活，無此則死。進不可戰，退不可守者，無眼之棋，死棋也；看不動情，唱不發調者，無『務頭』之曲，死曲也。一曲有一曲之『務頭』，一句有一句之『務頭』。字不聱牙，音不泛調，一曲中得此一句，即使全曲皆靈，一句中得此一二字，即使全句皆健者，『務頭』也。由此推之，則不特曲有『務頭』，詩詞歌賦以及舉子業，無一不有『務頭』矣。人亦照譜按格，發舒性靈，求為一代之傳書而已矣，豈得為謎語欺人者所惑，而阻塞詞源，使不得順流而下乎？」「務頭」之說，請參看本書周德清《中原音韻》章，著者亦別有所見。

(4) 論「賓白」

其〈賓白第四〉計八款：聲務鏗鏘、語求肖似、詞別繁減、字分南北、文貴潔淨、少用方言、意取尖新、時防漏孔。

他認為「白一道，當與曲文等視，有最得意之曲文，即當有最得意之賓白，但使筆酣墨飽，其勢自能相生。常有因得一句好白，而引起無限曲情，又有因填一首好詞，而生出無窮話柄者。是文與文自相觸發，我止樂觀厥成，無所容其思議。」曲白並重相生，是很合理的。接著他首先舉出「聲務鏗鏘」，他說：「賓白之學，首務鏗鏘。一句聱牙，俾聽者耳中生棘；數言清亮，使觀者倦處生神。世人但以『音韻』二字用之曲中，不知賓白之文，更宜調聲協律。世人但知四六之句平間仄，仄間平，非可混施迭用，不知散體之文亦復如是。『平仄仄平平仄仄，仄平平仄仄平平』二語，乃千古作文通訣，無一語一字可廢聲音者也。」他進一步提出賓白之語，要肖似口吻。他說「填詞一家，則惟恐其蓄而不言，言之不盡。是則是矣，須知暢所欲言亦非易事。言者，心之聲也，欲代此一人立言，先宜代此一人之心，若非夢往神遊，何謂設身處地？無論立心端正者，我當設身處地，代生端正之想；即遇立心邪辟者，我亦當捨經從權，暫為邪辟之思。務使心曲隱微，隨口唾出，說一人，肖一人，勿使雷同，弗使浮泛，若《水滸傳》之敘事，吳道子之寫生，斯稱此道中之絕技。果能若此，即欲不傳，其可得乎？」接著他又提出「字分南北」，他說：「北曲有北音之字，南曲有南音之字，如南音自呼為『我』，呼人為「你」，北音呼人為「您」，自呼為「俺」為「咱」之類是也。世人但知曲內宜分，烏知白隨曲轉，不應兩截。此一折之曲為南，則此一折之白悉用南音之字；此一折之曲為北，則此一折之白悉用北音之字。時人傳奇多有混用者，即能間施於淨丑，不知加嚴於生旦；此能分用於男子，不知區別於婦人。以北字近於粗豪，易入剛勁之口，南音悉多嬌媚，便施窈窕之人。殊不知聲音駁雜，俗語呼為「兩頭蠻」，說話且然，況登場演劇乎？此論為全套南曲、全套北曲者言之，南北相間，如【新水令】、【步步嬌】之類，則在所不拘。」而他卻也提出「白不厭多」和「文貴潔淨」看似矛盾的言論。但他說「多而不覺其多者，多即是潔；少而尚病其多者，少亦近蕪。……作賓白者，意則期多字惟求少，愛雖難割，嗜亦宜專。」對於賓白之意趣格調，他特別標出「意取尖新」。「尖新」二字豈止賓白之尤物，即曲文亦樂此不疲。最後笠翁在賓白方面告誡兩件事，一、「少用方言」；二、時防言語之「漏孔」，即前後矛盾之「破綻」。前者說：「凡作傳奇，不宜頻用方言，令人不解。近日填詞家，見花面登場，悉作姑蘇口吻，遂以此為成律，每作淨丑之白，即用方言，不知此等聲音，此能通於吳越，過此以往，則聽者茫然。傳奇天下之書，豈僅為吳越而設？」後者說：「一部傳奇之賓白，自始至終，奚啻千言萬語。多言多失，保無前是後非，有呼不應，自相矛盾之病乎？如《玉簪記》之陳妙常，道姑也，非尼僧也，自白云『姑娘在禪堂打坐』，其曲云『從今孽債染緇衣』，『禪堂』、『緇衣』皆尼僧字面，而用入道家，有是理乎？諸如此類者，不能枚舉。」

(5)論「科諢」

大抵說來，笠翁對於賓白之論述與主張，可以說得諸創作之經驗與演出之實務，所以既周延而皆可取。

笠翁論詞曲，其〈科諢第五〉含「戒淫褻」、「忌俗惡」、「重關係」、「貴自然」四款。

他說：「插科打諢，填詞之末技也，然欲雅俗同歡，智愚共賞，則當全在此處留神。文字佳，情節佳，而科諢不佳，非特俗人怕看，即雅人韻士，亦有瞌睡之時。作傳奇者，全要善驅睡魔，睡魔一至，則後乎此者雖有〈鈞天〉之樂，〈霓裳羽衣〉之舞，皆付之不見不聞，如對泥人作揖，土佛談經矣。」

對於戲曲科諢，消極方面，他首先提出一戒一忌。一戒是「戒淫褻」，他說：「觀文中花面插科，動及淫邪之事，有房中道不出口之話，公然道之戲場者。……無論雅人塞耳，正士低頭，惟恐惡聲之污聽，且防男女同觀，共聞褻語，未必不開窺竊之門，鄭聲宜放，正為此也。不知科諢之設，止為發笑，人間戲語盡多，何必專談欲事？即談欲事，亦有『善戲謔兮，不為虐兮』之法，……何必以口代筆，畫出一幅春意圖，始為善談欲事者哉？人問：善談欲事，當用何法，請言一二以概之。予曰：『如說口頭俗語，人盡知之者，則說半句，留半句，或說一句，留一句，令人自思。則欲事不掛齒頰，而與說出相同，此一法也。如講最褻之話慮人觸耳者，則借他事喻之，言雖在此，意實在彼，人盡瞭解，則欲事未入耳中，實與聽見無異，此又一法也。得此二法，則無處不可類推矣。』」一忌是「忌俗惡」，他說：「科諢之妙，在於近俗，而所忌者，又在於太俗。不俗則類腐儒之談，太俗即非文人之筆。」也就是說他忌的是太俗之惡，而取其雅俗共賞之妙。積極方面，他又有「重關係」和「貴自然」兩種主張。前者云：「科諢二字，不止為花面而設，通場腳色皆不可少。生旦有生旦之科諢，外末有外末之科諢，淨丑之科諢則其分內事也。然為淨丑之科諢易，為生旦外末之科諢難。雅中帶俗，又於俗中見雅；活處寓板，即於板處證活。此等雖難，猶是詞客優為之事。所難者，要有關係。關係維何？曰：於嘻笑詼諧之處，包含絕大文章；使忠孝節義之心，得此愈顯。如老萊子之舞斑衣，簡雍之說淫具，東方朔之笑彭祖面長，此皆古人中之善於插科打諢者也。作傳奇者，苟能取法於此，是科諢非科諢，乃引人入道之方便法門耳。」後者云：「科諢雖不可少，然非有意為之。妙在水到渠成，天機自露。我本無心說笑話，誰知笑話逼人來，斯為科諢之妙境耳。」

笠翁所云「科諢」四款，除「重關係」意思不甚明白外，其餘三款皆是可欣可取之論，守之則得其法矣。

(6)論「格局」

至於其所云〈格局第六〉，含「家門」、「沖場」、「出腳色」、「小收煞」、「大收煞」五款。

笠翁云：「傳奇格局，有一定而不可移者，有可仍可改，聽人自為政者。開場用末，沖場用生；開場數語，包括通篇，沖場一出，醞釀全部，此一定不可移者。開手宜靜不宜喧，終場忌冷不忌熱，生旦合為夫婦，外與老旦非充父母即作翁姑，此常格也。」也就是說，所謂「格局」是指傳奇一般構成的「體製」。如對於「家門」，他說：「開場數語，謂之『家門』。……未說家門，先有一上場小曲，如【西江月】、【蝶戀花】之類，總無成格，聽人拈取。此曲向來不切本題，止是勸人對酒忘憂、逢場作戲諸套語。予謂詞曲中開場一折，即古文之冒頭，時文之破題，務使開門見山，不當借帽覆頂。即將本傳中立言大意，包括成文，與後所說家門一詞相為表裡。前是暗說，後是明說，暗說似破題，明說似承題，如此立格，始為有根有據之文。……然家門之前，另有一詞，今之梨園皆略去前詞，只就家門說起，止圖省力，埋沒作者一段深心。」其次「沖場」，他說：「開場第二折，謂之『沖場』。沖場者，人未上而我先上也。必用一悠長引子。引子唱完，繼以詩詞及四六排語，謂之『定場白』，言其未說之先，人不知所演何劇，耳目搖搖，得此數語，方知下落，始未定而今方定也。」又其次「出腳色」，云：「本傳中有名腳色，不宜出之太遲。如生為一家，旦為一家，生之父母隨生而出，旦之父母隨旦而出，以其一部之主，餘皆客也。雖不定在一出二出，然不得出四五折之後。太遲則先有他腳色上場，觀者反認為主，及見後來人，勢必反認為客矣。即淨丑腳色之關乎全部者，亦不宜出之太遲。善觀場者，止於前數出所記，記其人姓名；十出以後，皆是枝外生枝，節中長節，如遇行路之人，非止不問姓字，並形體面目皆可不必認矣。」最後有所謂「小收煞」與「大收煞」，前者云：「上半部之末出，暫攝情形，略收鑼鼓，名為『小收煞』。宜緊忌寬，宜熱忌冷，宜作鄭五歇後，令人揣摩下文，不知此事如何結果。」後者云：「全本收場，名為『大收煞』。此折之難，在無包括之痕，而有團圓之趣。如一部之內，要緊腳色共有五人，其先東西南北各自分開，至此必須會合。此理誰不知之？但其會合之故，須要自然而然。」

2. 演習部

(1) 論「選劇」

笠翁以〈詞曲部〉論劇本之創作，以〈演習部〉論舞臺搬演之實務。其〈演習部．選劇第一〉含「別古今」、「劑冷熱」二款，云：「吾論演習之工而首重選劇者，誠恐劇本不佳，則主人之心血，歌者之精神，皆施於無用之地。使觀者口雖讚歎，心實咨嗟，何如擇術務精，使人心口皆羨之為得也。」其「別古今」云：「選劇授歌童，當自古本始。古本既熟，然後間以新詞，切勿先今而後古。何也？優師教曲，每加工於舊，而草草於新。以舊本人人皆習，稍有謬誤，即形出短長；新本偶爾一見，即有破綻，觀者聽者未必盡曉，其拙盡有可藏。且古本相傳至今，歷過幾許名師，傳有衣缽，未當而必歸於當，已精而益求其精，……新劇則如巧搭新題，偶有微長，則動主司之目矣。故開手學戲，必宗古本。而古本又必從《琵琶》、《荊釵》、《幽閨》、《尋親》等曲唱起，蓋腔板之正，未有正於此者。此曲善唱，則以後所唱之曲，腔板皆不謬矣。舊曲既熟，必須間以新詞。切勿聽拘士腐儒之言，謂新劇不如舊劇，一概棄而不習。蓋演古戲，如唱清曲，只可悅知音數人之耳，不能娛滿座賓朋之目。」其「劑冷熱」云：「今人之所尚，時優之所習，皆在熱鬧二字；冷靜之詞，文雅之曲，皆其深惡而痛絕者也。然戲文太冷，詞曲太雅，原足令人生倦，此作者自取厭棄，非人有心置之也。然盡有外貌似冷而中藏極熱，文章極雅而情事近俗者，何難稍加潤色，播入管弦？乃不問短長，一概以冷落棄之，則難服才人之心矣。予謂傳奇無冷熱，只怕不合人情。如其離合悲歡，皆為人情所必至，能使人哭，能使人笑，能使人怒髮衝冠，能使人驚魂欲絕，即使鼓板不動，場上寂然，而觀者叫絕之聲，反能震天動地。是以人口代鼓樂，讚歎為戰爭，較之滿場殺伐，鉦鼓雷鳴而人心不動，反欲掩耳避喧者為何如？豈非冷中之熱，勝於熱中之冷；俗中之雅，遜於雅中之俗乎哉？」

(2) 論「變調」

其〈變調第二〉含「縮長為短」、「變舊成新」二款。云：「變調者，變古調為新調也。……至於傳奇一道，尤是新人耳目之事，與玩花賞月同一致也。……桃陳則李代，月滿則哉生。花月無知，亦能自變其調。」其「縮長為短」云：「予謂全本太長，零齣太短，酌乎二者之間，當仿《元人百種》之意，而稍稍擴充之，另編十折一本，或十二折一本之新劇，以備應付忙人之用。或即將古書舊戲，用長房妙手，縮而成之。但能沙汰得宜，一可當百，則寸金丈鐵，貴賤攸分，識者重其簡貴，未必不棄長取短，另開一種風氣，亦未可知也。」其「變舊成新」云：「演新劇如看時文，妙在聞所未聞，見所未見；演舊劇如看古董，妙在身生後世，眼對前朝。然而古董之可愛者，以其體質愈陳愈古，色相愈變愈奇。如銅器玉器之在當年，不過一刮磨光瑩之物耳，迨其歷年既久，刮磨者渾全無跡，光瑩者斑駁成文，是以人人相寶，非寶其本質如常，寶其能新而善變也。使其不異當年，猶然是一刮磨光瑩之物，則與今時旋造者無別，何事什佰其價而購之哉？舊劇之可珍，亦若是也。」

(3) 論「授曲」

其〈授曲第三〉含「解明曲意」、「調熟字音」、「字忌模糊」、「曲嚴分合」、「鑼鼓忌雜」、「吹合宜低」。

其〈授曲第三〉，首舉「解明曲意」，云：「唱曲宜有曲情，曲情者，曲中之情節也。解明情節，知其意之所在，則唱出口時，儼然此種神情，問者是問，答者是答，悲者黯然魂消而不致反有喜色，歡者怡然自得而不見稍有瘁容，且其聲音齒頰之間，各種俱有分別，此所謂曲情是也。……欲唱好曲者，必先求明師講明曲義。

師或不解，不妨轉詢文人，得其義而後唱。唱時以精神貫串其中，務求酷肖。若是，則同一唱也，同一曲也，其轉腔換字之間，別有一種聲口，舉目回頭之際，另是一副神情，較之時優，自然迥別。變死音為活曲，化歌者為文人，只在『能解』二字，解之時義大矣哉！」

其「調熟字音」，云：「調平仄，別陰陽，學歌之首務也。……獨有必不可少之一事，較陰陽平仄為稍難，又不得因其難而忽視者，則為〔出口〕、〔收音〕二訣竅。世間有一字，即有一字之頭，所謂出口者是也；有一音，即有一字之尾，所謂收音者是也。尾後又有餘音，收煞此字，方能了局。譬如吹簫、姓蕭諸『簫』字，本音為簫，其出口之字頭與收音之字尾，並不是『簫』。……字頭為何？『西』字是也。字尾為何？『夭』字是也。尾後餘音為何？『烏』字是也。字字皆然，不能枚紀。《絃索辨訛》等書載此頗詳，閱之自得。要知此等字頭、字尾及餘音，乃天造地設，自然而然，非後人扭捏成者也，但觀切字之法，即知之矣。」

其「字忌模糊」，云：「學唱之人，勿論巧拙，只看有口無口；聽曲之人，慢講精粗，先問有字無字。字從口出，有字即有口。如出口不分明，有字若無字，是說話有口，唱曲無口，與啞人何異哉？」

其「曲嚴分合」，云：「同場之曲，定宜同場，獨唱之曲，還須獨唱，詞意分明，不可犯也。常有數人登場，每人一隻之曲，而眾口同聲以出之者，在授曲之人，原有淺深二意：淺者慮其冷靜，故以發越見長；深者示不參差，欲以翕如見好。」

其「鑼鼓忌雜」，云：「戲場鑼鼓，筋節所關，當敲不敲，不當敲百敲，與宜重而輕，宜輕反重者，均足令戲文減價。……最忌在要緊關頭，忽然打斷。如說白未了之際，曲調初起之時，橫敲亂打，蓋卻聲音，使聽白者少聽數句，以致前後情事不連，審音者未聞起調，不知以後所唱何曲。」

其「吹合宜低」，云：「絲、竹、肉三音，向皆孤行獨立，未有合用之者，合之自近年始。三籟齊鳴，天人合一，亦金聲玉振之遺意也。……和簫和笛之時，當比曲低一字，曲聲高於吹合，則絲竹之聲亦變為肉，尋其附合之痕而不得矣。」

(4)論「教白」

其〈教白第四〉，含「高低抑揚」、「緩急頓挫」二款。

其「高低抑揚」云：「唱曲難而易，說白易而難，知其難者始易，視為易者必難。蓋詞曲中之高低抑揚，緩急頓挫，皆有一定不移之格，譜載分明，師傳嚴切，習之既慣，自然不出範圍。至賓白中之高低抑揚，緩急頓挫，則無腔板可按、譜籍可查，止靠曲師口；而曲師入門之初，亦係暗中摸索，彼既無傳於人，何以轉授於我？訛以傳訛，此說白之理，日晦一日而人不知。人既不知，無怪乎念熟即以為是，而且以為易也。」

其「高低抑揚」云：「白有高低抑揚，何者當高而揚？何者當低而抑？曰：若唱曲然。曲文之中，有正字，有襯字。每遇正字，必聲高而氣長，若遇襯字，則聲低氣短而疾忙帶過，此分別主客之法也。說白之中，亦有正字，亦有襯字，其理同，則其法亦同。一段有一段之主客，一句有一句之主客，主高而揚，客低而抑，此至當不易之理，即最簡極便之法也。……至於上場詩，定場白，以及長篇大幅敘事之文，定宜高低相錯，緩急得宜，切勿作一片高聲，或一派細語，俗言『水平調』是也。上場詩四句之中，三句皆高而緩，一句宜低而快。低而快者，大率宜在第三句，至第四句之高而緩，較首二句更宜倍之。」其「緩急頓挫」，云：「場上說白，盡有當斷處不斷，反至不當斷處而忽斷；當聯處不聯，忽至不當聯處而反聯者。此之謂緩急頓挫。此中微渺，但可意會，不可言傳；但能口授，不能以筆舌喻者。」

(5)論「脫套」

其〈脫套第五〉，含「衣冠惡習」、「聲音惡習」、「語言惡習」、「科諢惡習」四款。云：「戲場惡套，情事多端，不能枚紀。以極鄙極欲之關目，一人作之，千萬人效之，以致一定不移，守為成格，殊為怪也。西子捧心，尚不可效，況效東施之顰乎？且戲場關目，全在出奇變相，令人不能懸擬。……有新奇莫測之可喜也。」

其「衣冠惡習」，如云：「方巾與有帶飄巾，同為儒者之服。飄巾儒雅風流，方巾老成持重，以之分別老少，可稱得宜。近日梨園，每遇窮愁患難之士，即戴方巾，不知何所取義？至紗帽之有飄帶者，制原不佳，戴於粗豪公子之首，果覺相稱。至於軟翅紗帽，極美觀瞻，曩時《張生逾牆》等劇往往用之，近皆除去，亦不得其解。」

其「聲音惡習」，如云：「花面口中，聲音宜雜。如作各處鄉語，及一切可憎可厭之聲，無非為發笑計耳，然亦必須有故而然。如所演之劇，人係吳人，則作吳音，人係越人，則作越音，此從人起見者也。如演劇之地在吳則作吳音，在越則作越音，此從地起見者也。可怪近日之梨園，無論在南在北，在西在東，亦無論劇中之人生於何地，長於何方，凡係花面腳色，即作吳音，豈吳人盡屬花面乎？」

其「語言惡習」，如云：「白中有『呀』字，驚駭之聲也。如意中並無此事，而猝然遇之，一向未見其人，而偶爾逢之，則用此字開口，以示異也。近日梨園不明此義，凡見一人，凡遇一事，不論意中意外，久逢乍逢，即用此字開口，甚有差人請客而客至，亦以『呀』字為接見之聲音，此等迷謬，尚可言乎？故為揭出，使知斟酌用之。」

其「科諢惡習」，如云：「插科打諢處，陋習更多，革之將不勝革，且見過即忘，不能悉記，略舉數則而已。如兩人相毆，一勝一敗，有人來勸，必使被毆者走脫，而誤打勸解之人——《連環・擲戟》之董卓是也。主人偷香竊玉，館童吃醋拈酸，謂尋新不如守舊，說畢必以臀相向，如《玉簪》之進安、《西廂》之琴童是也。戲中串戲，殊覺可厭，而優人慣增此種，其腔必效弋陽——《幽閨・曠野奇逢》之酒保是也。」

縱觀笠翁曲論，可見其經驗老到，故能剖析宏深，其成就之高，可謂明清第一人。

㈡靜安先生曲學述評

引　言

靜安是王國維先生的字，別號觀堂，浙江海寧人。生於清光緒三年（一八七七）十月二十九日。十六歲入州學，十八歲始知世有所謂「新學」。光緒二十七年留學日本，回國後歷任南通師範教員、江蘇師範教員、學部行走。宣統三年（一九一一）再赴日，留五年。民國十三年為清華研究院教授。民國十六年六月二日自沉北平頤和園崑明池，遺書於三子貞明說：「五十之年，只欠一死，經此世變，義無再辱。」享年止五十一歲。

靜安先生的死引起世人的種種揣測，而縱觀其一生，為一純粹學者，他自己也說：「余畢生惟與書冊為伴，故最愛而最難舍去者，亦惟此耳。」他的學術「功業」畢竟為舉世所推崇。王德毅先生著《王觀堂先生年譜》說他是中國近代學術史上一顆燦爛的彗星，現代史學研究由他首創新軌；他治學的長處在於運用西洋科學方法整理國故；他的貢獻計有以下數點：

1.在思想上，最早介紹德國康德、叔本華和尼采的哲學給中國人。

2.在文學上，首先認識通俗文學（平民文學）的重要和價值，為第一位研究宋元戲曲史的人。

3.在古文字學和古器物學上，對於甲骨文字的詮解，鐘鼎文字的考釋，打破小學以《說文解字》為圭臬的傳統，重建中國文字學研究的新體系。

4.在史學和古地理學上，利用地下材料以證古史，於殷周制度的解釋多所新創。用近代考古的發現，如西陲木簡、敦煌殘卷，以及突厥特勤碑等，以證成和解決西北古地理上的問題或懸案。

即此可見，靜安先生實不愧為學貫中西、為學術別開境界的一代大師。

本文擬專就王德毅先生所舉的靜安先生學術四貢獻中第二項來討論。王先生謂靜安先生「首先認識通俗文學（平民文學）的重要和價值」，這句話有待商榷，因為明代李卓吾、公安三袁、馮夢龍、淩濛初乃至於清人金聖嘆都早已相繼著論陳說，靜安先生不能謂之「首先」；但是靜安先生「為第一位研究宋元戲曲史的人」則是不爭的事實；也就是說靜安先生是使傳統文學所「不齒」的戲曲進入學術苑囿並為開啟門徑的第一人；也因此，他不止是新史學的開山，更是曲學研究的祖師。

1. 靜安先生之曲學著述

靜安先生從事戲曲研究，主要在光緒三十三年至民國二年（一九〇七—一九一三）六年之間。他在〈三十自序二〉一文中說明他何以由哲學而轉入詞曲的研究：

> 余疲於哲學有日矣，哲學上之說，大都可愛者不可信，而可信者不可愛。余知其理，而余又愛其謬誤偉大之形而上學，高嚴之倫理學，與純粹之美學，此吾人所酷嗜也。然求可信者，則寧在知識論上之實證論，倫理學上之快樂論，與美學上之經驗論。知其可信而不能愛，覺其可愛而不能信，此近二三年中最大之煩悶也。而近日之嗜好，所以漸由哲學而移於文學，而欲於其中求直接之慰藉者也。[497]

可見在他三十一歲第四次研究汗德哲學（見趙王二譜）後，便疲於哲學，而且深感煩悶；因而轉入文學的研究，希望從中能獲得「直接之慰藉」。他在〈自序二〉中又進一步說到他所以「有志於戲曲」的緣故：

---

[497] 王國維：〈三十自序二〉，《靜庵文集續編》，收入《王國維遺書》第五冊（上海：上海古籍書店，一九八三年據商務印書館一九四〇年版影印），頁二一。

因詞之成功而有志於戲曲，此亦近日之奢願也。然詞之於戲曲，一抒情，一敘事，其性質既異，其難易又殊，又何敢因前者之成功而遽冀後者乎？但余所以有志於戲曲者，又自有故。吾中國文學之最不振者莫戲曲若，元之雜劇，明之傳奇，存於今日者，尚以百數，其中之文學雖有佳者，然其理想及結構，雖欲不謂至幼穉至拙劣不可得也。國朝之作者雖略有進步，然比諸西洋之名劇，相去尚不能以道里計，此余所以自忘其不敏而獨有志乎是也。[498]

雖然靜安先生對於中國古曲戲劇貶抑過甚，對於西洋戲劇揄揚過高，但他為了振興中國戲曲而致力研究的心意，則是令人欽敬的。

在這六年中間，靜安先生有關戲曲的研究，計有十種著作，茲簡介如下：

(1)《曲錄》二卷：光緒三十四年（一九〇八）八月初稿成，為靜安先生有關曲學的第一部著作。其自序云：

余作詞錄竟，因思古人所作戲曲何慮萬本，而傳世者寥寥。正史「藝文志」及〈四庫全書提要〉，於戲曲一門既未著錄，海內藏書家亦罕有蒐羅者，其傳世總集除臧懋循之《元曲選》、毛晉之《六十種曲》外，若《古名家雜劇》等，今日皆不可覩。餘亦僅寄之伶人之手，且頗遭改竄以就其唇吻。今崑曲且廢，則此區區之寄於伶人之手者，恐亦不可問矣！明李中麓作〈張小山小令序〉，謂明諸王之國，必以雜劇千七百本資遣之，今元曲目之載於《元曲選》首卷及程明善《嘯餘譜》者僅五百餘本，則其散失，不自今日始矣！繼此作曲目者，有焦循之《曲考》，黃文暘之《曲目》，無名氏之《傳奇彙考》等。焦氏叢書中未

[498] 同上註，頁二一一—二一二。

> 刻《曲考》，《曲目》則儀徵李斗載之《揚州畫舫錄》，《傳奇彙考》僅有舊鈔殘本，惟黃氏之書稍為完具。其所見之曲，通雜劇《傳奇彙考》共一千零十三種，復益以《曲考》所有，而黃氏之未見者六十八種。余乃參考諸書，並各種曲譜及藏書家目錄，共得二千二百二十本，視黃氏之目增逾一倍。又就曲家姓名可考者考之，可補者補之，粗為排比，成書二卷。黃氏所見之書，今日存者恐不及十之三四，何況百種外之元曲、曲譜中之原本，豈可問哉！則茲錄之作，又烏可以已也。

由此可見靜安先生編著《曲錄》的動機及其所根據的資料。翌年宣統元年五月，他又將《曲錄》修訂為六卷：(1)宋金雜劇院本部，(2)雜劇部上，(3)雜劇部下，(4)傳奇部上，(5)傳奇部下，(6)雜劇傳奇總集部。其〈序〉云：

> 國維雅好聲詩，粗諳流別，痛往籍之日喪，懼來者之無徵，是用博稽故簡，撰為總目。存佚未見，未敢頌言。時代姓名，粗具條理，為書六卷，為目三千有奇。非徒為考鏡之資，亦欲作搜討之助：補三朝之志所不敢言，成一家之書，請俟異日。[499]

則其《曲錄》定稿較初稿所著錄的曲目多出八百左右，顯然是因為補入周密《武林舊事》和陶宗儀《輟耕錄》所著錄的「宋金雜劇院本名目」。靜安先生所以先行編著《曲錄》的緣故，則是一者補元明清三朝「藝文志」之闕（雖然他客氣的說「不敢言」），一者欲作為考鏡之資、搜討之助，終於以成一家之言。可見這項工作是他研究戲曲的基礎。

(2)《戲曲考原》一卷：此書作於宣統元年（一九〇九），當在《曲錄》定稿之後，旨在考察戲曲之起源。

---

499 以上兩段引文見王國維：《曲錄・序》，收入《王國維遺書》第一六冊，頁一—二。

他開首就說：

> 楚辭之作，〈滄浪〉、〈鳳兮〉二歌先之；詩餘之興，齊梁小樂府先之；獨戲曲一體，崛起於金元之間，於是有疑其出自異域，而與前此之文學無關係者，此又不然。嘗考其變遷之跡，皆在有宋一代；不過因金元人音樂上之嗜好而日益發達耳。[500]

則靜安先生不認為中國戲曲來自異域，而認為其醞釀關鍵皆在有宋一代，所以他接著給戲曲下了定義「謂以歌舞演故事也」之後，便著力於宋雜劇的考述：他說石曼卿所作〈拂霓裳轉踏〉述開元天寶遺事是為合數闋詠一事之始，可惜其辭不傳，「傳者唯趙德麟〈令時〉之商調【蝶戀花】述會真記事。凡十闋，并置原文於曲前，又以一闋起一闋結之，視後世戲曲之格律，幾於具體而微。」又說「德麟此詞，毛西河《詞話》已視為戲曲之祖。然猶用通行詞調，而宋人所歌，除詞調外，尚有所謂大曲者。」於是他舉出曾布詠馮燕事的【水調歌頭】大曲和董穎詠西子事的道宮【薄媚】大曲，然後說「今以曾董大曲與真戲曲相比較，則舞大曲時之動作，皆有定制，未必與所演之人物、所要之動作相適合。其亦係旁觀者之言，而非所演之人物之言，故其去真戲曲尚遠也。」他舉出楊誠齋的〈歸去來辭引〉，為純用「代言體」的例子，並說：「此曲不著何調，前後凡四調，每調三疊，而十二疊通用一韻。其體於大曲為近，雖前此東坡【哨遍】隱括〈歸去來辭〉者亦用代言體；然以數曲代一人之言，實自此始。」他對於「戲曲考原」這個問題，終於下了這樣的結論：

> 要之，曾董大曲開董解元之先，此曲（指楊氏〈歸去來辭引〉）則為元人套數雜劇之祖。故戲曲之不始於

---

[500] 王國維：《戲曲考原》，收入《王國維遺書》第一五冊，頁一。

金元，而於有宋一代中變化者，則余所能信也。[501]他的看法真是「首尾呼應」。

(3)《優語錄》二卷：此書成於宣統元年十月，錄中引用正史、編年史及筆記小說等二十餘種，凡五十則，其〈序〉云：

> 元錢唐王曄日華，嘗撰《優謔錄》，楊維楨為之序，顧其書不傳。余覽唐宋傳說，復輯優人戲語為一篇。非顧輯錄之意，稍與曄殊。蓋優人俳語，大都出於演戲之際，故戲劇之源，與其遷變之跡，可以考焉。非徒其辭之足以裨闕失、供諧笑而已。呂本中《童蒙訓》云：「作雜劇，打猛諢入，卻打猛諢出。」吳自牧《夢梁錄》謂：「雜劇全託故事，務在滑稽。」洪邁《夷堅志》謂：「俳優侏儒，周伎之最下且賤者，然亦能因戲語而箴諫時政，世目為雜劇。」然則宋之雜劇，即屬此種。是錄之輯，豈徒足以考古，亦以存唐宋之戲曲也。若其囿於聞見，不徧不賅，則俟他日補之。[502]

此書可以說是純粹資料的蒐集，有如《曲錄》，故均名之為「錄」。靜安先生自謂囿於聞見，不徧不賅，俟他日補之，所以後來又蒐集了十八條，用在《宋元戲曲史》一書中；如此，總計蒐集了他心目中的「滑稽劇」凡六十八則。

(4)《唐宋大曲考》一卷：此書成於宣統元年，靜安先生既認為唐宋大曲與金元北劇套數有淵源傳承關係，因從

---

[501] 王國維：《戲曲考原》，收入《王國維遺書》第一五冊，頁二〇。

[502] 王國維：《優語錄・序》，收入《王國維遺書》第一六冊，頁一。

各史樂志及宋人詞集筆記中鉤稽考訂之。大意謂：大曲之名，始見於蔡邕《女訓》而詳於《宋書．樂志》，直至兩宋，皆以遍數多者為大曲。唐時雅樂、俗樂皆有大曲；《宋史．樂志》謂「宋初置教坊，所奏凡十八調四十六曲。」經考訂，所云「四十六曲」當作「四十大曲」。在考訂宋大曲之存於今者之後，又論及其各自之來源、遍數之名目，而斷云：

> 大曲皆舞曲也。洪适《盤洲集》有【薄媚舞】、【降黃龍舞】，史浩《鄮峰真隱漫錄》有【採蓮舞】諸名。陳氏《樂書》謂優伶常舞大曲，惟一工獨進，但以手袖為容，蹋足為節，其妙串者，雖風騫鳥旋，不踰其速矣。然大曲前緩疊不舞，至入破，則羯鼓、襄鼓、大鼓與絲竹合作，句拍益急。舞者入場，投節制容，故有催拍、歇拍、姿制俯仰，變態百出。[503]

他又認為大曲與雜劇二者合併必在以大曲詠故事之後，而以大曲詠故事，以王子高【六么】為始，此曲實始於元豐以前。然其盛行，則當在南渡之後，譬如洪适《盤洲集》中之勾【降黃龍】舞、勾南呂【薄媚舞】，其曲詞雖不傳，然就勾隊辭觀之，不獨詠故事，而且已經可以搬演，又如史浩的〈劍器舞〉也演故事，共分兩段，一段演「項伯有功扶帝業」的鴻門宴項莊與項伯之劍舞，一段演「大娘馳譽滿文場」的公孫大娘劍器舞，為的是「合茲二妙甚奇特，欲使嘉賓釂一觴。」靜安先生於是下結論說：

> 大曲與雜劇二者之漸相接近，於此可見。又一曲之中演二故事，《東京夢華錄》所謂「雜劇入場，一場兩段」也。惟大曲一定之動作，終不足以表戲劇自由之動作；唯極簡易之劇，始能以大曲演之。故元初純

503 王國維：《唐宋大曲考》，收入《王國維遺書》第一五冊，頁三二一－三二一。

正之戲曲出，不能不改革之也。[504]

可見靜安先生著《唐宋大曲考》和輯《優語錄》一樣，都是用來考述元人雜劇的「先聲」。

(5)《曲調源流表》一卷：其內容蓋為考證各宮調曲牌之源於樂府詩餘者，而以列表為之。其寫成時間亦在宣統元年。王德毅《王觀堂先生年譜》謂「《曲調源流表》未清稿，底稿早已散失，先生在時，趙萬里嘗以此為問，彼時已不可得見，蓋以先生中年後治經史之學，於早歲研究成果並不甚珍惜之故。」故此稿未及刊即已散佚。

(6)《錄曲餘談》三十二則：此書寫成年代亦宣統元年，為輯錄諸家記載，附以己見而成，可以說是靜安先生研究戲曲的筆記心得。其中較為重要者：論傀儡戲在唐代以人演平城故事，在宋則以傀儡演故事。「傳奇」一語，代異其義，凡四變，唐裴鉶《傳奇》乃小說家言，宋人以說唱諸宮調為傳奇，元人以北曲雜戲為傳奇，明中葉以後傳奇則專指南戲。元院本可考見大概者，唯《水滸傳》白秀英說唱《豫章城雙漸趕蘇卿》與周憲王《呂洞賓花月神仙會》雜劇所載《長壽仙獻香添壽》二則。元曲家皆名位不著，在士人與倡優之間，故其文字誠有獨絕千古者，然學問之弇陋與胸襟之卑鄙，亦獨絕千古。曲家多限於一地，元初雜劇家不出燕齊晉豫四省而燕人又占十之八九，中葉以後，江浙人代興，而浙人又占十之七八。元劇三大傑作為馬致遠《漢宮秋》、白仁甫《梧桐雨》、鄭德輝《倩女離魂》，馬雄勁、白悲壯、鄭幽豔，皆千古絕品。湯若士《還魂記》非為刺曇陽子而作。

(7)《錄鬼簿校注》：靜安先生於宣統元年十二月小除夕將所持刊本鍾嗣成《錄鬼簿》以明季精鈔本對勘一過。其〈除夕又記〉云：

[504] 王國維：《唐宋大曲考》，收入《王國維遺書》第一五冊，頁三三五。

鈔本亦有夢覺子〈跋〉，與此本同出一源。二本各有佳處：鈔本上卷有脫落，然此本下卷，已改易體例，字之異同，亦以鈔本為長。校勘既竟，並以《太和正音譜》、《元曲選》覆校一過，居然善本矣。[505]

宣統二年冬十一月，靜安先生病眼無聊又為記云：

宣統二年八月，復影鈔得江陰繆氏藏國初尤貞起手鈔本，知此本即從允鈔出而易其行款，殊非佳刻。若尤鈔與明季鈔本，則各有佳處，不能相掩也。[506]

由此可見靜安先生治學的根本方法和謹嚴的態度。

(8)《古劇腳色考》一卷：此書成於民國元年（一九一二）八月，靜安先生自謂「就唐宋迄今劇中之腳色，考其淵源變化，并附以私見，但資他日之研究，不敢視為定論。」其所考證之腳色有十一組，凡五十三目：①參軍、副靖、副淨、淨，②末尼、戲頭、副末、次末、蒼鶻，③引戲、郭郎、郭禿，④旦、妲、狚，⑤沖末、小末、二末、老旦、大旦、小旦、細旦、色旦、搽旦、花旦、外旦、貼旦、外、貼，⑥孤，⑦捷機、捷譏，⑧癡大、木大、鹹淡、婆羅、鮑老、孛老、卜兒、鴇，⑨倈、爺老、曳刺、酸、細酸、邦老，⑩廝、偖、哮、鄭、和，⑪丑、生。在〈餘說一〉中，靜安先生作了結論：

隋唐以前，雖有戲劇之萌芽，尚無所謂腳色也：參軍所搬演，係石躭或周延故事；唐中葉以後，乃有參軍、蒼鶻，一為假官，一為假僕，但表其人社會上之地位而已。宋之腳色，亦表所搬之人之地位、職業

[505] 王國維：《新編錄鬼簿校注》，收入《王國維遺書》第一六冊，頁一六。

[506] 同上註，頁一六。

者為多。自是以後，其變化約分三級：一表其人在劇中之地位，二表其品性之善惡，三表其氣質之剛柔也。宋之腳色，以副淨為主，副末次之。……元雜劇中，則當場唱者惟正末正旦。……元劇腳色，全以唱不唱定之；南曲既出，諸色始俱唱，然一劇之主人翁，猶必生旦。此皆表一人在劇中之地位，雖在今日，猶沿用之者也。至以腳色分別善惡，……元明以後，戲劇之主人翁，率以末旦或生旦為之，而主人之中多美鮮惡；下流之歸，悉在淨丑；由是腳色之分，亦大有表示善惡之意。國朝之後，如孔尚任之《桃花扇》，於描寫人物，尤所措意；其定腳色也，不以品性之善惡，而以氣質之陰陽剛柔，故柳敬亭、蘇崑生之人物，在此劇中，當在復社諸賢之上，而以丑、淨扮之；豈不以柳素滑稽，蘇頗崛強，自氣質上言之當知是耶？自元迄今，腳色之命意，不外此三者，而漸有自地位而品性，自品性而氣質之勢，此其進步變化之大略也。[507]

所云腳色變化約分三級，甚可注意，蓋為深切體悟之言。其〈餘說二〉實為「面具考」，以《周禮》方相氏「黃金四目」為面具之始，其後漢之「象人」，晉之「文康樂」，唐之「代面」、「安樂」皆是；宋之面具雖極盛於政和中，而未聞用諸雜戲。其〈餘說三〉實為「塗面考」，以《樂府雜錄》蘇中郎之「面正赤，蓋狀其醉也」為嚆矢，後唐莊宗自傅墨稱李天下，宋時五花爨弄亦傅粉墨，元則以墨點破其面者稱花旦。其〈餘說四〉實為「男女合演考」，《樂記》「獶雜子女」為始見之記載。隋唐之「踏謠娘」以男子著婦人服為之，此男女不合演之證。宋元以後，男可裝旦，女可為末，自不容有合演之事（此說有待商榷）。

(9)《戲曲散論》十三則：此書輯錄靜安先生有關戲曲之論著十三篇，其目為：〈董西廂〉、〈元刊雜劇三十種敘

[507] 王國維：《古劇腳色考》，收入《王國維遺書》第一六冊，頁一〇—一一。

錄〉、〈元鄭光祖《王粲登樓》雜劇〉、〈元人隔江鬥智雜劇〉、〈元曲選跋〉、〈雜劇十段錦跋（民國二年癸丑八月）〉、〈盛明雜劇初集〉、〈羅懋登註拜月亭跋（宣統元年正月）〉、〈譯本琵琶記序〉、〈雍熙樂府跋（宣統改元前夕）〉、〈曲品新傳奇跋（光緒三十四年戊申冬月）〉、〈曲錄自序一（光緒戊申八月）〉、〈曲錄自序二（宣統元年夏五月）〉。其中值得注意的是：考訂《董西廂》為諸宮調說唱；《元刊雜劇三十種》原書無次第及作者姓名，為之釐定時代，考訂撰人。

⑽《宋元戲曲史》：此書於民國元年十一月旅居日本時著手撰寫，翌年元月中完成，為靜安先生戲曲研究之總成果。其〈自序〉云：

凡一代有一代之文學：楚之騷，漢之賦，六代之駢語，唐之詩，宋之詞，元之曲，皆所謂一代之文學，而後世莫能繼焉者也。獨元人之曲，為時既近，託體稍卑，故兩朝史志與《四庫》集部均不著錄，後世儒碩皆鄙棄不復道。而為此學者，大率不學之徒，即有一二學子以餘力及此，亦未有能觀其會通，窺其奧窔者；遂使一代文獻，鬱堙沉晦者且數百年，愚甚惑焉。往者讀元人雜劇而善之，以為能道人情、狀物態，詞采俊拔而出乎自然，蓋古所未有，而後人所不能髣髴也。輒思究其淵源，明其變化之跡，以為非求諸唐宋遼金之文學，弗能得也；乃成《曲錄》六卷、《戲曲考原》一卷、《宋大曲考》一卷、《優語錄》二卷、《古劇腳色考》一卷、《曲調源流表》一卷。從事既久，續有所得，頗覺昔人之說與自己之書，罅漏日多；而手所疏記，與心所領會者，亦日有增益。壬子歲莫，旅居多暇，乃以三月之力寫為此書。凡諸材料，皆余所蒐集；其所說明，亦大抵余之所創獲也。世之為此學者，自余始；其所貢於此學者，亦以此書為多。非吾輩才力過於古人，實以古人未嘗為此學故也。寫定有日，輒記其緣起，其有匡正補益，則俟諸異日云。⑩⑧

由這段話可見靜安先生的一些重要觀念：其一，元曲是元代的代表文學；其二，元曲為學者所鄙棄，因之未有能觀其會通的著作；其三，元曲的佳處在能道人情、狀物態，詞采俊拔，出乎自然，為古人所未有，而後人亦不能企及；其四，元曲極具研究價值，當究其淵源、明其變化之跡；其五，自己的研究方法是先作基礎研究，成《曲錄》等六書，然後再融會貫通，撰為《宋元戲曲史》一書。靜安先生自許「世之為此學者，自余始；其所貢於此學者，亦以此書為多。」誠非浮誇之言。此書計分十六章：①上古至五代之戲劇，②宋之滑稽戲，③宋之小說雜戲，④宋之樂曲，⑤宋官本雜劇段數，⑥金院本名目，⑦古劇之結構，⑧元劇之淵源，⑨元劇之時地，⑩元劇之存亡，⑪元劇之結構，⑫元劇之文章，⑬元院本，⑭南戲之淵源及時代，⑮元南戲之文章，⑯餘論。最後附錄元戲曲家小傳。由於本書是靜安先生戲曲研究的結論和成果，為曠古所未有之作，所以自有許多創見和發明；但也因為是開創之作，難免有所罅漏和疏忽；凡此皆留待下文論述。

2. 靜安先生曲學之貢獻和重要見解

(1)曲學的三大貢獻

從上文對於靜安先生曲學十書的簡介，我們可以肯定他在曲學上具有三大貢獻：

其一，就學術的意義而言，他開闢了戲曲研究的門徑，他研究戲曲的淵源，研究古劇的腳色，研究古劇的樂曲，研究優伶的活動，終於研究戲曲的歷史，使中國戲曲的研究從此進入學術的園林。戲曲在中國向來被視為小道末技，文人偶一為之，也只作為遣興之具，像關漢卿、王驥德、李漁等人將戲曲作為專業的作家，像李

⑩⑧ 王國維：《宋元戲曲史》，收入《王國維遺書》第一冊，頁一。

贊、呂天成、金聖嘆等人極為看重戲曲的評論家，為數俱不多；所以戲曲不列入傳統文學之林，而把戲曲當作一門學問來研究的更如鳳毛麟角。前人論戲曲之書，除了明王驥德《曲律》、清李漁《劇論》外，不是偏論音律一隅，就是雜集不成系統的零金碎羽；所論及的也不過是戲曲的語言、韻律和風格，淩濛初《譚曲雜箚》之泛論戲曲搭架，已屬難能可貴。王驥德《曲律》分項論述，兼及散曲與戲曲，看似較具系統，但所論四十條中，專就戲曲而論的，也只有〈論劇戲第三十〉、〈論賓白第三十四〉、〈論插科第三十五〉、〈論落詩第三十六〉四條，以及〈雜論第三十九上下〉中的一些隻言瑣語，這些論述雖然頗可觀采，但尚不能使人很清楚的看出王驥德對於戲曲所持的概念和主張。而李漁的《笠翁劇論》則理論謹嚴，系統分明，從結構、詞采、音律、賓白、科諢、格局等六方面論戲曲的創作，從選劇、變調、授曲、教白、脫套等五方面論戲曲的演習；層次井然而觀點正確；有此一書而中國古典戲曲的理論才真正建立起來。但是笠翁諸人止於各就經驗對戲曲理論的探討，未及對戲曲縱橫兩面作深切而證據的研究；因之，若論中國戲曲的學術研究，其開山祖師仍不得不屬諸靜安先生。

其二，就戲曲研究的方法而言，他提供了兩點重要的啟示：一是以經史考據校勘的方法來鑑別和處理戲曲資料，關於這一點，如上文所云他對於《錄鬼簿》不厭其煩的校勘，務求使之成為一善本；對於《元刊雜劇三十種》重新釐定時代、考訂撰人；又如在宣統二年二月將臧刻《元曲選》全書細讀一過，並以《雍熙樂府》校勘之，認為兩者不能偏廢。(見趙萬里《王靜安先生年譜》)又如考訂關漢卿的年代、《小張屠焚兒救母》雜劇為當時社會寫實(見《戲曲散論・元刊雜劇三十種敘錄》)，乃至於《王粲登樓》雜劇中「點湯」一詞之義、《漢宮秋》雜劇中「色旱迎霜」或「兔早迎霜」一字之辨，皆不厭其詳的加以考索；也因此像《戲曲考原》、《唐宋大曲考》、《古劇腳色考》諸書的著作，便都得力於這方面的工夫。一是科學的研究方法，就靜安先生《宋元戲曲史》的研究而言，就是先蒐集「戲曲資訊」以便作為考鏡之資和搜討之助，乃編為《曲錄》六卷，並對《錄鬼簿》加以校勘；其次就戲曲的淵源探討，寫成《戲曲考原》一卷；然後就戲曲構成因素分別探討，亦即樂曲源流問題、優伶活動情況、腳色分工現象，於是陸續寫成《宋大曲考》一卷、《優語錄》二卷、《古劇腳色考》一卷、《曲調源流表》一卷及筆記零星的心得如《錄曲餘談》和《戲曲散論》。基礎問題分別一一突破之後，乃心領神悟、融會貫通；乃自然水到渠成而以三月之力完成《宋元戲曲史》一書。也因此《宋元戲曲史》一書可以說是以上九書的總成果，我們如果稍加縷析，不難看出其間的關係，茲以《宋元戲曲史》各章比附九書內容如下：

①上古至五代之戲劇：《戲曲考原》、《優語錄》、《腳色考》。
②宋之滑稽戲：《優語錄》。
③宋之小說雜戲：《戲曲考原》、《錄曲餘談》。
④宋之樂曲：《宋大曲考》、《戲曲考原》、《曲調源流表》。
⑤宋官本雜劇段數：《曲錄》、《曲調源流表》、《腳色考》。
⑥金院本名目：《曲錄》。
⑦古劇之結構：《腳色考》。
⑧元雜劇之淵源：《宋大曲考》、《曲調源流表》、《曲錄》。
⑨元劇之時地：《錄鬼簿》、《戲曲散論》、《錄曲餘談》。
⑩元劇之存亡：《曲錄》、《戲曲散論》。
⑪元劇之結構：《錄鬼簿校注》、《腳色考》、《戲曲散論》。
⑫元劇之文章：《敘曲餘談》、《戲曲散論》。

⑬元院本：《錄曲餘談》。

⑭南戲之淵源及時代：《宋大曲考》、《曲調源流表》、《錄曲餘談》、《戲曲散論》。

⑮元南戲之文章：《戲曲散論》。

⑯餘論：《錄曲餘談》、《戲曲散論》。

附錄——元戲曲家小傳：《錄鬼簿》、《錄曲餘談》。

誠如靜安先生自序所說「從事既久，續有所得，頗覺昔人之說與自己之書，罅漏日多；而手所疏記，與心所領會者，亦日有增益」，因之《宋元戲曲史》所賴以寫作的，並非以上所舉的「九書」所能涵蓋，但無論如何，這作為基礎的「九書」確是使《宋元戲曲史》能在三月間成書的主要內容和原動力。經此分題研究再會萃而成的著作，自然能深切而多所創獲。

其三，就研究風氣而言，他首開近代戲曲史研究的潮流。誠如上文所云，中國戲曲研究，元明清三代雖然不斷進展，但不出戲曲理論的範疇；靜安先生因為感嘆「一代文獻鬱堙沉晦者且數百年」，又肯定元曲為一代文學的地位和價值，所以認真蒐集資料，作系統的分析和研究，把戲曲的發展史當作一門學問來看待；於是乎自從《宋元戲曲史》一書出，無論在史料、方法、範圍、觀點上都提供了極為難得的範例，因而刺激戲曲史研究的熱潮，接踵其後者有日人青木正兒的《中國近世戲曲史》、吳梅的《中國戲曲概論》、盧前的《明清戲曲史》，乃至晚近周貽白的《中國戲劇史》、孟瑤《中國戲曲史》、張庚、郭漢城的《中國戲曲通史》等等更如雨後春筍。其中青木氏更是志在賡續靜安先生之作，王古魯譯《中國近世戲曲史》青木氏〈自序〉云：

明治四十五年（一九一二）二月，余始謁王先生於京都田中村之僑寓。其前一年，余草完〈元曲研究〉

一文卒大學業，戲曲研究之志方盛，大欲向先生有所就教，然先生僅愛讀曲，不愛觀劇，於音律更無所顧，且此時先生之學將趨金石古史，漸倦於詞曲。余年少氣銳，妄目先生為迂儒，往來一二次即止。遂不叩其蘊蓄，於今悔之。

又云：

大正十四年（一九二五）春，余負笈於北京之初，嘗與友相約遊西山，自玉泉旋出頤和園，謁先生於清華園，先生問余曰：「此次遊學，欲專攻何物歟？」對曰：「欲觀戲劇，宋元之戲曲史，雖有先生名著，明以後尚無人著手，晚生願致微力於此！」先生冷然曰：「明以後無足取，元曲為活文學，明清之曲，死文學也。」余默然以對。噫！明清之曲為先生所唾棄，然談戲曲者，豈可缺之哉！現今歌場中，元曲既滅，明清之曲尚行，則元曲為死劇，而明清為活劇也。先生既飽珍羞，著《宋元戲曲史》，余嘗其餘瀝，以編明清戲曲史，固分所宜然也。苟起先生於九原，而呈鄙著一冊，未必不為之破顏一笑也。

可見靜安先生在學問興趣「將趨金石古史」之時，就「漸倦於詞曲」，同時他認為「元曲為活文學，明清之曲為死文學」雖不免偏見，但也是他完成《宋元戲曲史》之後就不再繼續研究明清戲曲的主要原因。由青木氏的話語更可見日本漢學界之從事戲曲研究，實在是直接受到他的影響。關於這一點日人鹽谷溫氏在其所著《中國文學概論講話》第五章敘說中說得更清楚：

近年中國本國也曲學勃興，曲話及傳奇底刊行不少。吾師長沙葉煥彬先生及海寧王靜安先生同是斯學底泰斗。尤其是王氏有《戲曲考原》、《曲錄》、《古劇腳色考》、《宋元戲曲史》等有益的著述。王氏遊寓京都時，我學界也大受刺激，從狩野君山博士起，久保天隨學士、鈴木豹軒學士、西頂天囚居士、亡友金井君等都對於斯文造詣極深，或對曲學的研究吐卓學，或競先鞭於名曲底紹介與翻譯，呈萬馬駢鑣而馳騁的盛觀。

則靜安先生所開的風氣豈止行於中國而已！

(2)曲學的重要見解

靜安先生在所著的曲學諸書中其要點已詳上文，而其切當不易的重要見解則有以下數端：

(甲)給戲劇下了明確的定義：他在〈宋之樂曲〉中說：「後代之戲劇，必合言語、動作、歌唱以演一故事，而後戲劇之意義始全。故真戲劇必與戲曲相表裏。」又云：「現存大曲皆為敘事體，而非代言體；即有故事，要亦為歌舞戲之一種，未足以當戲曲之名也。」在〈古劇之結構〉中他說：「至宋金二代而始有純粹演故事之劇，……而其本則無一存，故當日已有代言體之戲曲否，已不可知。而論真正之戲曲，不能不從元雜劇始也。」又在〈元雜劇之淵源〉中說：「元雜劇之視前代戲曲之進步，約而言之，則有二焉，……其二則由敘事體而變為代言體也。」可見靜安先生心目中的所謂「真正戲曲」是：合言語、動作、歌唱以代言體演一故事。而元雜劇不但具備了「合言語、動作、歌唱以演一故事」的條件，而且在語言的運用上完成了「於科白中敘事，而曲文全為代言」的演變，在樂曲的體製方面也突破了大曲和諸宮調的局限，比較自由的適應和配合劇中敘事、抒情、狀物的需求，他說「此二者之進步，一屬形式，一屬材質，二者兼備，而後我中國之真戲曲出焉。」中國的「真戲曲」是否晚至元雜劇雖然有待商榷，但他給戲曲所下的定義則是明確的見解；有了這樣的定義，然後戲曲的源流和藝術文學的特質也才能有探討的依據。

㈡把戲曲的地位提升至與史傳相等：他在《錄曲餘談》中說：

> 胡元瑞謂韓苑洛以關漢卿比司馬子長，大是詞場猛諢。余謂漢卿誠不足道，然謂戲曲之體卑於史傳，則不敢言。意大利人之視唐旦，英人之視狹斯丕爾，德人之視格代，較吾人之視司馬子長抑且過之。之數人曷嘗非戲曲家耶！

所云胡元瑞、韓苑洛即明人胡應麟、韓邦奇。胡氏著有《少室山房曲考》；[509]唐旦今譯作但丁，狹斯丕爾今譯作莎士比亞，格代今譯作歌德。靜安先生這段話的語氣非常尖銳，雖然金聖嘆早就將《西廂記》與〈離騷〉、《莊子》、《史記》、杜詩、《水滸》並列，視為「六才子書」，但以西方國家重視戲曲家的事例為論據，充分肯定戲曲作品與史傳著作具有同等地位，而其價值抑且有所過之，則似更具說服力。因為靜安先生認為「追原戲曲之作，實亦古詩之流。所以窮品性之纖微，極遭遇之變化，激盪物態，抉發人心，舒軫哀樂之餘，摹寫聲容之末，婉轉附物，稠悵切情；雖雅頌之博徒，亦滑稽之魁桀。」（《曲錄．序二》）又說「元雜劇自文章上言之，優足以當一代之文學；又以其自然故，故能寫當時政治及社會之性狀，足以供史家論世之資者不少。」他是把戲曲當作反映人心物態和政治社會的最佳利器，所以他視戲曲的重要甚於史傳。這種觀念固然比起歷來視戲曲為小道末技心存鄙視的俗見不啻霄壤，即較之明代曲論家，諸如高明、湯顯祖、呂天成、馮夢龍的「教化」觀也

---

[509] 胡元瑞《少室山房曲考》云：「今王實甫《西廂記》為傳奇冠，北人以並司馬子長，固可笑；不妨作司曲中思王太白也。關漢卿自有《城南柳》（按此非關氏所作）、《緋衣夢》、《竇娥冤》諸劇，聲調絕與鄭恆問答語類，郵亭夢後，或當是其所補。」韓苑洛籍貫陝西省朝邑縣，未知是否即胡氏所云之「北人」，如果然，則靜安先生一時失察，關漢卿應作王實甫為切當；或者靜安先生別有所本。

要別具許多慧眼；也因為靜安先生這樣的「高見」，才使得近代中國戲曲演員由「戲子」而變為「藝術家」，其劇作也由「俗曲」而躋身「文藝」之林。

(丙)由對宋代樂曲的考述而認為南北曲的形式及材料南宋已全具：靜安先生由所勾稽的資料說明在北宋初「歌舞相間」的樂曲叫「傳踏」，也叫「轉踏」或「纏達」，恆以一詩一曲連續歌舞，每詩曲一首詠一事，共若干首則詠若干事；然亦有合若干首而詠一事者，如石曼卿所作【拂霓裳轉踏】述開天遺事者是。其曲調唯【調笑】一調用之最多，前有勾隊詞後有放隊詞；至北宋之末，則勾隊詞變為引子，放隊詞變為尾聲，曲前之詩亦變而用他曲，由兩腔迎互循環，謂之纏達。今「纏達」之詞皆亡，唯元曲中正宮套曲【滾繡毬】、【倘秀才】二腔迎互循環成套的情形尚存其體例。「傳踏」用於「隊舞」，而宋時舞曲尚有「曲破」與「大曲」，曲破是「截大曲入破以後用之」而得名，它們都是「於舞踏之中，寓以故事，頗與唐之歌舞戲相似。」曲破之樂皆有聲無詞，而「現存大曲，皆為敘事體而非代言體，即有故事，要亦為歌舞戲之一種，未足以當戲曲之名也。」「傳踏僅以一曲反覆歌之，曲破與大曲則曲之遍數雖多，然仍限於一曲；至合數曲而成一樂者，唯宋鼓吹曲中有之。宋大駕鼓吹，恆用【導引】、【六州】、【十二時】三曲；梓宮發引則加【祔陵歌】，虞主回京則加【虞主歌】，各為四曲；南渡後郊祀，則於【導引】、【六州】、【十二時】三曲外，又加【奉禋歌】、【降仙臺】二曲，共為五曲。合曲之體例，始於鼓吹見之，若求之於通常樂曲中，則合諸曲以成全體者，實自諸宮調始。……董解元《西廂》，胡元瑞、焦理堂、施北研筆記中均有考訂，訖不知為何體；沈德符《野獲編》（卷二十五）且妄以為金人院本模範。以余考之，確為諸宮調無疑。……此編每宮調中，多或十餘曲，少或一二曲；即易他宮調合若干曲以詠一事，故謂之諸宮調。」此外又有「賺詞」，《夢粱錄》卷二十云：「紹興年間有張五牛大夫，因聽動鼓板中有【太平令】或賺鼓板，即今拍板大節抑揚處是也，遂撰為賺。賺者，誤賺之之義，正堪美聽中，不覺已至尾聲，是不宜為片序也。又有覆賺，其中變花前月下之情及鐵騎之類。」云云所以賺詞也是用來敷演故事的，靜安先生於《事林廣記》中發現了一套南宋專門「唱賺」的「遏雲社」所唱的賺詞，他說「此詞自其結構觀之，則似北曲；自其曲名，則疑為南曲。」這套「賺詞」計用【紫蘇丸】、【縷縷金】、【好女兒】、【大夫娘】、【好孩兒】、【賺】、【越恁好】、【鶻打兔】、【尾聲】等九曲，他說：「其曲名則【縷縷金】、【好孩兒】、【越恁好】三曲均在南曲中呂宮，【紫蘇丸】則在南曲仙呂宮，北曲中無此數調。【鶻打兔】則南北曲皆有，唯皆無【大夫娘】一曲。」最後靜安先生說：「蓋南北曲之形式與材料，在南宋已全具矣。」像這樣的見解，不止是從前的曲論家所未及，即在今日也是切當不易之論。只是靜安先生對於所謂「覆賺」未暇措詞，蓋「覆賺」當如「諸宮調」，其複用一套一套賺詞以詠故事，猶如諸宮調之用諸宮套曲詠故事一般。因之如果將在北宋汴京流傳的諸宮調稱作「北諸宮調」，那麼這在南宋杭州演唱的「覆賺」就可以稱之為「南諸宮調」了。

(丁)對元雜劇相關問題有極中肯的看法：其一是元雜劇的分期，靜安先生在〈元劇之時地〉中說：

> 有元一代之雜劇可分為三期：一、蒙古時代：此自太宗取中原以後至至元一統之初。《錄鬼簿》卷上所錄之作者五十七人，大都在此期中，其人皆北方人也。二、一統時代：則自至元後至至順後至元間，《錄鬼簿》所謂「已亡名公才人與余相知或不相知者」是也。其人則南方為多；否則北人而僑寓南方者也。三、至正時代：《錄鬼簿》所謂「方今才人」是也。此三期，以第一期之作者為最盛，其著作存者亦多，元劇之傑作大抵出於此期中。至第二期，則除宮天挺、鄭光祖、喬吉三家外，殆無足觀，而其劇存者亦罕。第三期則存者更罕，僅有秦簡夫、蕭德祥、朱凱、王曄五劇，其去蒙古時代之劇遠矣。

靜安先生又就元雜劇家之里居列表研究，而得如下結論：

六十二人中，北人四十九而南十三。而北人之中，中書省所屬之地，即今直隸山東西產者，又得四十六人；而其中大都產者十九人；且此四十六人中，其十分之九為第一期之雜劇家，則雜劇之淵源地，自不難推測也。又北人之中，大都之外，以平陽為最多，其數當大都之五分之二。按《元史．太宗紀》：「太宗二七年，耶律楚材請立編修所於燕京，經籍所於平陽，編集經史，至世祖至元二年，始徙平陽經籍所於京師。」則元初除大都外，此為文化最盛之地，宜雜劇家之多也。至中葉以後，則劇家悉為杭州人，中如宮天挺、鄭光祖、曾瑞、喬吉、秦簡夫、鍾嗣成等，雖為北籍，亦均久居浙江。蓋雜劇之根本地，已移而至南方，豈非以南宋舊都，文化頗盛之故歟！

像這樣對資料作科學的分析和處理，所得的結論，自然為學者所認同而稱述。但由上文對元淮五首詩的考述，元雜劇南移的時間早在至元二十年前後，不必等到中葉。而元雜劇極盛之時期，據賈仲明【淩波仙】挽詞，則當在元成宗元貞元年（一二九五）至成宗大德（一三〇七）之間。

其二是元雜劇發達的原因，靜安先生別具慧眼提出與前人迥然不同的看法：

元初名臣中有作小令套數者，唯雜劇之作者，大抵布衣，否則為省掾令史之屬。蒙古色目人中，亦有作小令套數者，而作雜劇者，則唯漢人（其中唯李直夫為女真人）。蓋自金末重吏，自掾史出身者，其任用反優於科目，至蒙古滅金，而科目之廢垂八十年，為自有科目來未有之事。故文章之士，非刀筆吏無以進身，則雜劇家之多為掾史，固自不足怪也。沈德符《萬曆野獲編》（卷二十五）及臧懋循《元曲選．序》，均謂蒙古時代曾以詞曲取士，其說固誕妄不足道。余則謂元初之廢科目，卻為雜劇發達之因。蓋自唐宋以來，士之競於科目者已非一朝一夕之事，一旦廢之，彼其才力無所用，而一於詞曲發之。且金時科目之學，最為淺陋（觀劉祁《歸潛志》卷七、八、九數卷可知），此種人士一旦失所業，固不能為學術上之事。而高文典冊又非其所素習也。適雜劇之新體出，遂多從事於此；而又有一二天才出於其間，充其才力，而元劇之作，遂為千古獨絕之文字。

這樣的論述真是酣暢淋漓，雖然元曲興盛的原因不止一端，元曲興盛的原因明人胡侍《真珠船》已指出元曲家「每每沉抑下僚，志不獲展」，於是「以其有用之才而一寓之乎聲歌之末，以舒其怫鬱感慨之懷」，[510]但是靜安先生更直指其根本原因乃科舉之廢除以致士人進身無門，如果不是學養深厚、洞識明達，何能及此。

其三，指出「元劇文章」的佳處在自然而有意境。他說：

元曲之佳處何在？一言以蔽之，曰：自然而已矣。古今之大文學，無不以自然勝，而莫著於元曲。蓋元劇之作者，其人均非有名位學問也；其作劇也，非有藏之名山、傳之其人之意也。彼以意興之所至為之，以自娛娛人。關目之拙劣，所不問也；思想之卑陋，所不諱也；人物之矛盾，所不顧也；彼但摹寫其胸中之感想與時代之情狀，而真摯之理與秀傑之氣，時流露於其間。故謂元曲為中國最自然之文學，無不可也。若其文字之自然，則又為其必然之結果，抑其次也。

---

510 〔明〕胡侍：《真珠船》卷四「元曲」條云：「元曲如《中原音韻》、《陽春白雪》、《太平樂府》、《天機餘錦》等集，《范張雞黍》、《王粲登樓》、《三氣張飛》、《趙禮讓肥》、《單刀會》、《敬德不伏老》、《蘇子瞻貶黃州》等傳奇，率音調悠圓，氣魄弘壯。後雖有作，鮮與之京矣。蓋當時臺省元臣，郡邑正官及要之職，盡其國人為之，中州人每每沉抑下僚，志不獲展，如關漢卿入太醫院尹（尹應作戶），馬致遠江浙行省務官，宮大用釣臺山長，鄭德輝杭州路吏，張小山首領官，其他屈在簿書，老於布素者有之。於是以其有用之才而一寓之乎聲歌之末，以舒其怫鬱感慨之懷，蓋所謂不得其平而鳴焉者也。」胡侍所說的《中原音韻》是元人周德清所著的一部韻書，其中所選的曲子有限；所說的「傳奇」，指的就是元雜劇。

可見靜安先生認為元劇文章之「自然」，語言文字之自然並非決定性因素，反是因為以下諸因素而產生的必然結果，這些因素是：「其人均非有名位學問也」，則第一個因素是劇作家出身微賤的緣故；「其作劇也，非有藏之名山、傳之其人之意也」，則第二個因素是劇作家創作的動機和目的完全不是為了名利；「彼以意興之所至為之，以自娛娛人」，則第三個因素是劇作家創作的原動力只是「意興所至」，完全起於「滿心而發」終於「肆口而成」，以此而與他人共同享有、陶冶身心。也就是說靜安先生是把元曲視作「庶民文學」，而「庶民文學」的第一個特質正是「自然」。靜安先生進一步又說：

然元劇最佳之處，不在其思想結構，而在其文章。其文章之妙，亦一言以蔽之，曰：有意境而已矣！何以謂之有意境？曰：寫情則沁人心脾，寫景則在人耳目，述事則如其口出是也。

可見靜安先生所認為的「有意境」是建立在「寫情」、「寫景」和「述事」三個基礎的自然感人之上。而所以能如此自然有意境的重要憑藉，則是多用俗語，他說：

古代文學之形容事物也，率用古語，其用俗語者絕無。又所用之字數亦不甚多。獨元曲以許用襯字故，故輒以許多俗語或以自然之聲音形容之。此自古文學上所未有也。

他在舉了許多例子後下結論說：

元劇實於新文體中自由使用新語言，在我國文學中，於楚辭、內典外，得此而三。……其寫景抒情述事之美，所負於此者，實不少也。

雖然用俗語的文學如南北朝民歌，如唐變文，如宋話本，皆已如此，非獨元曲為然，但元曲之用俗語而許加襯字，則確實是使之活潑自然的基本因素。

其四，對於元曲名家有極精當的批評。靜安先生說：

> 元代曲家，自明以來，稱關馬鄭白。然以其年代及造詣論之，寧稱關白馬鄭為妥也。關漢卿一空倚傍，自鑄偉詞，而其言曲盡人情，字字本色，故當為元人第一。白仁甫、馬東籬，高華雄渾，情深文明。鄭德輝清麗芊綿，自成馨逸，均不失為第一流。其餘曲家，均在四家範圍內。唯宮大用瘦硬通神，獨樹一幟。以唐詩喻之：則漢卿似白樂天，仁甫似劉夢得，東籬似李義山，德輝似溫飛卿，而大用則似韓昌黎。以宋詞喻之：則漢卿似柳耆卿，仁甫似蘇東坡，東籬似歐陽永叔，德輝似秦少游，大用似張子野。雖地位不必同，而品格則略相似也。明寧獻王《曲品》，躋馬致遠於第一，而抑漢卿於第十。蓋元中葉以後，曲家多祖馬鄭而祧漢卿，故寧王之評如是。其實非篤論也。

就因為靜安先生的這段「篤論」，所以關漢卿的地位確立不移，而關白馬鄭的精神面貌乃至於品格，也與唐詩宋詞名家氣息相通了。

除了以上所舉犖犖大者四重點外，其他如論戲曲之起源為巫覡俳優，[511]如以氣質的學說來解釋戲曲中的腳

[511]《宋元戲曲史・上古至五代之戲劇》云：「歌舞之興，其始於古之巫乎？……古之所謂巫，楚人謂之靈。……靈之為職，或偃蹇以象神，或婆娑以樂神，蓋後世戲劇之萌芽，已有存焉者矣。」又云：「古代之優，本以樂為職，……又優之為言戲也，……故優人之言，無不以調戲為主。」以云：「要之巫與優之別：巫以樂神，而優以樂人；巫以歌舞為主，而優以調謔為主；巫以女為之，而優以男為之。至若優孟之為孫叔敖衣冠，而楚王欲以為相；優施一舞，而孔子謂其笑君；則於言語之外，其調戲亦以動作為之，與後世之優，頗復相類。後世戲劇，尚自巫、優二者出。」

色，[512]如認為士大夫插手戲曲創作之際也就是戲曲喪失其生氣之時，[513]如考證《董西廂》之為諸宮調等，[514]也

512 關於腳色與氣質說的關係，除上文引錄者外，尚有如下兩段文字，其《古劇腳色考・餘說一》云：「夫氣質之為物，較品性為著。品性必觀其人之言行而後見，氣質則於容貌舉止聲音之間可一覽而得者也。蓋人之應事接物也，有剛柔之分焉，有緩急之殊焉，有輕重強弱之別焉。此出於祖父之遺傳，而根於身體之情狀，可以矯正而難以變革者也。可以之善，可以之惡，而其自身非善非惡也。善人具此，則謂之剛德柔德；惡人具此，則謂之剛惡柔惡；此種特性，無以名之，名之曰『氣質』。自氣質言之，則億兆人非有億兆種之氣質，而可以數種該之。此數種者，雖視為億兆人氣質之標本可也。吾中國之言氣質者，始於洪範三德，宋儒亦多言氣質之性，然未有加以分類者。獨近世戲劇中之腳色，隱有分類之意，雖非其本旨，然其後起之意義如是，不可誣也。腳色最終之意義，實在於此。此品性，必觀其人之言行而後見，而氣質則可於容貌、聲音、舉止間，一覽而得故也。」又其《錄曲餘談》云：「羅馬醫學大家額倫，謂人之氣質有四種：一熱性、二冷性、三鬱性、四浮性也。中國劇中腳色之分，隱與此四種合。大抵淨為熱性，生為鬱性，副淨與丑或浮性而兼冷性，或浮性而兼熱性，雖中國作戲曲者尚不知描寫性格，然腳色之分則有深意義存焉。」像這種比附的說法，是頗能令人多所觸發和聯想的。

513 《錄曲餘談》云：「元初名公，喜作小令套數……然不作雜劇。士大夫之作雜劇者，唯白蘭谷（樸）耳。此外雜劇大家，如關王馬鄭，皆名位不著，在士人與倡優之間，故其文字誠有獨絕千古者，然學問之弇陋與胸襟之卑鄙，亦獨絕千古……至明，而士大夫亦多染指戲曲。前之東嘉，後之臨川，皆博雅君子也；至國朝孔季重、洪昉思出，始一掃數百年之蕪穢，然生氣亦略盡矣。」

514 《戲曲散論・董西廂》云：「此編之為諸宮調有二證：一、本書卷一【太平賺】云：『俺生平情性好疎狂，疎狂的情性難拘束。一回家想么詩魔多，愛選多情曲。比前賢樂應不中聽，在宮調裏卻著數。』此開卷首敘作詞緣起，而自名為諸宮調；其證一也。此書體裁，求之古曲，無一相似；獨王伯成《天寶遺事》，見於《雍熙樂府》、《九宮大成》所選者，大致相同。而《錄鬼簿》於王伯成下，注云：『有《天寶遺事諸宮調》行於世。』王詞既為諸宮調，則董詞為諸宮調無疑；其證二也。」從此《董西廂》才被確定為「諸宮調」。

都是很獨到的見解，值得我們注意。

3. 靜安先生曲學可商榷和應修訂之問題

靜安先生雖然在他所從事的各種學術上有不可磨滅的功績，但是六十年來，大宗資料的陸續出現與學術科技的突飛猛進和刺激；靜安先生的學術成果自然產生可商榷和應當重新修訂的問題；在曲學方面自然也如此。但這不足以否定或動搖他所曾有的貢獻和地位。因為學術的演進，譬如積薪，後來居上是自然之理；而若無前薪，則後薪又何以居上；所以如果沒有靜安先生所奠定下來的成果，又何以有今日更進一步的成就。只是學術在求真理，因之敢不揣譾陋，就靜安先生曲學之可商榷和應修訂的問題分別提出討論。

(1)可商榷的問題

(甲)《宋元戲曲史・上古至五代之戲劇》一章，分唐戲為「歌舞戲」和「滑稽戲」，並謂其間之不同：「一以歌舞為主，一以言語為主；一則演故事，一則僅時事；一為應節之舞蹈，一為隨意之動作；一可永久演之，一則除一時一地之外，不容施於他處。」又云：「而此二者之關紐，實在參軍一戲。」他的意思是：參軍戲有「歌聲徹雲」的記載，則似為歌舞劇；但參軍戲乃參軍與蒼鶻兩腳對立之戲又似一般滑稽戲演出之方式，則又似為滑稽戲。

按靜安先生對唐戲之分類實犯了不在同一基礎的毛病，宜其自我糾纏而必以「參軍戲」調適其間。因為所謂「歌舞」實指表演形式，所謂「滑稽」實指表演內容；歌舞之際固可出以滑稽，滑稽之方式自可藉由歌舞傳達。鄙意以為：可由戲劇來源發生自宮廷宴會或民歌同樂為基準而予以分類，如此則可分作「宮廷小戲」與「民間小戲」兩大類，前者以「參軍戲」為代表，後者以「踏謠娘」為典型。宮廷小戲可以流入民間而變質，正如民間小戲也可以流入宮廷而提升；然其特質則依然存在。

(乙)《宋元戲曲史・宋之滑稽戲》云：「宋人雜劇，固純以詼諧為主，與唐之滑稽劇無異。但其中腳色較為著明，而布置亦稍複雜；然不能被以歌舞，其去真正戲劇尚遠。」

按靜安先生對於宋金雜劇院本之研究止於起步，故種種觀念尚未清晰。譬如宋雜劇實有廣狹二義，廣義之宋雜劇實與漢角抵百戲或唐雜戲不殊，皆是今之所謂「藝能」（即表演藝術）之總稱，而狹義之宋雜劇則為唐參軍戲之嫡裔，即所謂「正雜劇」，表演時作一場兩段；其後又吸收其他民間小戲，在其前者謂之「豔段」，在其後者謂之「散段」或「雜扮」，於是而成為「小戲群」；至金朝，其所謂「院本」，乃因由行院人家所演出之曲本而為名，所謂「行院」實當時對技藝人的統稱。宋雜劇與金院本一脈相承，名異而實同；因為尚屬「小戲」性質，自然以滑稽為本色。靜安先生不知「小戲」為何物，宜其一再謂「其去真正戲劇尚遠」。

(丙)《宋元戲曲史・元雜劇之淵源》一章，靜安先生由元劇所用曲與劇目考其淵源，前者屬於形式，計出於大曲者十一，出於唐宋詞者七十有五，出於諸宮調者二十有八，出於宋代舊曲者有十；後者屬於材料，其與古劇名相同或出於古劇者共三十二種。

按靜安先生考元劇之淵源，止就用曲與劇目二端著眼，姑不論元劇舞臺藝術與前代之傳承如何，但就元劇體製規律之所謂「形式」而言，則可注意者尚有：(1)題目正名與說唱之「繳清題目」乃至於與南戲「題目」之關係；(2)四段（即四折）與宋金雜劇院本「小戲群」之總為「四段」必有傳承；(3)套曲組織與漢樂府、唐宋大曲、宋金諸宮調以及賺詞、鼓吹曲的結構有近似的情形；(4)一人獨唱顯然是繼承說唱文學的衣缽；(5)科白與唱曲交相運作或相重或相成或相生的方式也是來自說唱文學；(6)末旦淨三門腳色在宋雜劇已全部出現；(7)開場、收場、散場、按喝的演出歷程也襲取說唱的成規；(8)折間插演其他技藝是承自歷代「百戲競陳」的傳統。可見對於「元劇淵源」的問題可以探討和補充的地方還很多。

(丁)《宋元戲曲史・元劇之文章》中論到所謂「悲劇」：「明以後，傳奇無非喜劇，而元則有悲劇在其中。就其存者言之：如《漢宮秋》、《梧桐雨》、《西蜀夢》、《火燒介子推》、《張千替殺妻》等，初無所謂先離後合，始困終亨之事也。其最有悲劇之性質者，則如關漢卿之《竇娥冤》，紀君祥之《趙氏孤兒》。劇中雖有惡人交構其間，而其蹈湯赴火者，仍出於其主人翁之意志，即列之於世界大悲劇中，亦無愧色。」

按「悲劇」、「喜劇」的觀念來自西方，其理論自亞里斯多德之後，論者亦多，而各有主張，根據姚一葦先生的歸納，[515]不外這四種類型：(1)古希臘時代強調「命運」，(2)伊利沙白時代強調「意志」，(3)法國新古典主義強調「理性」，(4)現代則強調「環境」。就因為靜安先生說過元劇中的《竇娥冤》和《趙氏孤兒》「即列之於世界大悲劇中，亦無愧色」的話語，於是學者僉緣西方悲喜劇觀念來討論中國戲曲的便很多；但是著者一直以為：中國戲曲的所謂「悲」只是指好人遭遇磨難，或含屈而歿，未得現世好報；所謂「喜」，無非是否極泰來，功成名就，骨肉夫妻團圓的喜悅；[516]如果是小戲，則又流於「滑稽」；凡此都不能以西方的悲喜劇觀來衡量。其後姚一葦先生又在中華民國第二屆國際比較文學會議宣讀〈元雜劇中之悲劇觀初探〉一文，開頭第一句話就說：「悲劇不曾產生於中國」，他從「(1)中國戲曲係屬民間與宮廷的娛樂形式，而非來自對神的祭典，(2)由於中國人的宇宙觀的不同，中國人對自然的態度不可能產生希臘式的悲劇。」[517]這兩點來說明和發揮他的看法。也因此如果要探討元雜劇乃至於整個中國戲曲是否有西方的所謂「悲劇」或「喜劇」，應當先作正本清源的工夫，而不

[515] 姚一葦：〈西洋戲劇研究上的兩條線索〉，《中外文學》二卷一一期（一九七四年四月），頁二〇－二七。

[516] 拙作：〈我國戲劇的形式和類別〉，《中外文學》二卷一一期（一九七四年四月），頁九－一九。收入拙著：《中國古典戲劇論集》（臺北：聯經出版事業公司，一九七五）。

[517] 姚一葦：〈元雜劇中之悲劇觀初探〉，《中外文學》四卷四期（一九七五年九月），頁五二－六五。

宜作率爾的附會和牽合。

(戊)《戲曲考原》云：「漢之角抵，於魚龍百戲外，兼搬演古人物。……所搬演之人物，且自歌舞。然所演者實仙怪之事，不得云故事也。演故事者，始於唐之大面、撥頭、踏謠娘等戲。」

按靜安先生對於所謂「故事」，顯然單指「過去在人世間所發生的事情」，所以像《西京賦》所云「東海黃公，赤刀粵祝，冀厭白虎，卒不能救」的劇情，他都認為「實仙怪之事，不得云故事」。如果根據他這種看法來衡量中國戲曲，那麼起碼有一半不得謂之「真戲曲」；因為「真戲曲」的第一要件在「演故事」，而中國戲曲涉及鬼神仙怪的情節又很多。其實靜安先生是把「故事」的範圍說得太狹太死了，因此也影響到他對於「真戲曲」的觀念。所謂「故事」，就中國戲曲而言，只要自成首尾、自具段落的情節，無論其古今中外或人間天上，都可以算是「故事」；所以像《東海黃公》那樣的角抵小戲，已經是中國戲曲的雛型。

(2)應修訂的問題

靜安先生曲學論著中可商榷的問題略述如上，以下略述應修訂的問題；應修訂的問題是指較明顯的錯誤，其致誤之由大抵是因為晚出的資料，靜安先生未及寓目的緣故。

(甲)《宋元戲曲史·古劇之結構》章謂宋金雜劇院本是否為「代言體」已不可知。

按代言體早見於《楚辭·九歌》，唐戲若參軍戲，若踏謠娘，乃至靜安先生所舉「宋滑稽戲」之「優語」，無一不明顯可見其為「代言體」；未知靜安先生緣何失察至此。

(乙)《宋元戲曲史·元劇之存亡》與《戲曲散論·元刊雜劇三十種叙錄》根據所見得元人雜劇現存一百十六種。

按晚近新發現之劇本頗多，譬如靜安先生所無從得見之《古名家雜劇》與《也是園古今雜劇》均已印行公諸於世，近人傅惜華更編《元雜劇全目》，著錄元代姓名可考之雜劇家作品計五百種，元代無名氏雜劇家作品計五十種，元明之間無名氏雜劇家作品計一百八十七種；共計七百三十七種，較之清人姚燮《今樂考證》及靜安先生《曲錄》所增出者殆及一倍。其現存之雜劇作品亦增至一百六七十種。靜安先生《曲錄》所錄劇目總數，包括宋金雜劇院本凡三千目；而今人莊一拂《古典戲曲存目彙考》所彙集之存目，計戲文三百二十餘種，雜劇一千八百三十餘種，傳奇二千五百九十餘種，共四千七百五十餘種。可見其「後來居上」的現象。

㈥《宋元戲曲史・元劇之結構》章謂「元劇腳色中，除末旦主唱，為當場正色外，則有淨有丑。」又《古劇腳色考》謂「末泥之名，亦當自『舞末』出。」「此外古劇腳色之可考者，則有癡大，有鹹淡，有婆羅，皆始於唐。」「余疑丑或由五花爨弄出，……爨與丑本雙聲字，又爨字筆畫甚繁，故省作丑亦意中事。」

按靜安先生對於古劇腳色之考證確有不少發明，如「余疑淨即參軍之促音，參與淨為雙聲，軍與淨似疊韻，參軍之為淨，猶勃提之為披，邾屢之為鄒也。」雖未及見明人徐渭《南詞敘錄》，而所論正巧相合；又「旦名之所本雖不可知，然宋金之際必呼婦人為旦。」又對於各門腳色支派云「曰沖曰外曰貼，均係一義，謂於正色之外，又加某色以充之也。」其他如對孤、捷譏、癡大、木大、倈、爺老、曳刺、酸、細酸、邦老等名目之解說亦均可取。然靜安先生尚未悟及腳色命名起自市井口語，又有省文與訛變之例，以致未能得其名義之真諦。譬如右舉諸條皆是明顯可疑者；元雜劇腳色止末旦淨三門，「丑」乃臧氏《元曲選》所加，不能據此而謂元劇有丑腳；末泥名義當係古男子之謙稱，其例有如生為男性之稱呼，與舞末無關；「鹹淡」為參軍戲演出時問答之形式，「婆羅」指所搬演與佛家相關之內容，均非「腳色」名稱；而「丑」乃從宋金雜劇院本之雜扮「紐元子」省文而來，與「爨」字無關，「爨」字唯省作「串」或「穿」，無省作「丑」者。凡此著者有〈中國古典戲劇腳色概說〉一文詳論之，518此不更贅。

(丁)《錄曲餘談》云：「戲曲之存於今者，以《西廂》為最古，亦以《西廂》為最富。」按《西廂記》傳世之版本不下七八十種，以崔張故事敷演之宋金雜劇院本、諸宮調、元雜劇、明清傳奇雜劇甚為繁多，因之傳世戲曲「以《西廂》為最富」自為不爭之事實；但若謂「以《西廂》為最古」則不可，因為傳世之《西廂》是否即王實甫所作尚是問題，鄭師因百有〈西廂記版本彙錄補遺〉詳論其事；519又《西廂》最古之版本為明弘治十一年（一四九八）金臺岳家刻本，而元劇有《元刊三十種》，《琵琶記》亦有清陸貽典鈔錄之元本，而《永樂大典》更有宋元戲文三種；因之，此說不可必信。

(戊)《宋元戲曲史》〈南戲之淵源及時代〉與〈元南戲之文章〉二章，因靜安先生未及見《永樂大典戲文三種》，又遺漏明徐渭所著《南詞敘錄》，因之所論過簡，未能究及南戲之真面目。

(己)《戲曲散論・雜劇十段錦跋》謂所見明周憲王《誠齋雜劇》傳世者止《辰勾月》、《川仙會》、《常椿壽》、《群仙慶壽》、《十長生》、《八仙慶壽》、《牡丹仙》、《牡丹園》、《牡丹品》等九種。而今吾人所能見者為全部《誠齋雜劇》三十一種，著者《明雜劇概論》520一書中有〈周憲王及其《誠齋雜劇》〉一章詳論之。此非吾人博雅，而是曲籍陸續再現人間的緣故。

結語

總上所論，靜安先生一生從事曲學研究，止在光緒三十三年至民國二年（一九〇七—一九一三）六年之間；

518 拙作：〈中國古典戲劇腳色概說〉，《國立編譯館館刊》六卷一期（一九七七年六月），頁一三五—一六五，收入拙著：《說俗文學》（臺北：聯經出版事業公司，一九八〇）。

519 鄭騫：〈西廂記版本彙錄補遺〉，《幼獅月刊》四十五卷五期（一九七七年五月），頁四七—四八。

520 拙著：《明雜劇概論》（北京：商務印書館，二〇一五）。

所著計有《曲錄》二卷、《戲曲考原》一卷、《優語錄》二卷、《唐宋大曲考》一卷、《曲調源流表》一卷、《錄曲餘談》三十二則、《錄鬼簿校注》、《古劇腳色考》一卷、《戲曲散論》十三則、《宋元戲曲史》等十種，前九種著作可以說都是為《宋元戲曲史》一書所作的基礎研究。

靜安先生在曲學上具有三大貢獻，其一就學術意義而言，開闢了戲曲研究的門徑，使中國戲曲研究從此進入學術的園林；其二就戲曲研究方法而言，提供兩點重要啟示，一是以經史考證校勘的方法來鑑別和處理戲曲資料，一是先作基礎研究然後再融會貫通著為專書；其三就研究風氣而言，首開近代戲曲史研究的潮流，同時影響中日學者的戲曲研究。

誠如靜安先生在《宋元戲曲史・序》所云：「凡諸材料，皆余所蒐集；其所說明，亦大抵余之所創獲也。世之為此學者，自余始；其所貢於此學者，亦以此書為多。」《宋元戲曲史》一書固為劃時代之著作，其切當不易之見解，即在今日觀之亦所在多有；但學術研究譬如積薪，尤其晚近曲籍出現繁多，靜安先生的研究結論自然有值得商榷和應予修訂的地方，而著者所以敢不揣譾陋，就個人所見予以拈出者，非敢唐突前賢，實欲藉此以就正於方家而已。

一九八七年五月二十九日起稿、一九八七年六月一日完稿

附記：一九六四年九月著者進入臺灣大學中國文學研究所碩士班，始從張師清徽治曲學，研究洪昇及其《長生殿》；由於研靜安先生曲學諸書體悟治學方法，於是乃編撰〈洪昉思年譜〉十餘萬言，據此寫成洪昇的生平事跡一章；考述〈楊妃故事的發展及與之相關的文學〉（二萬餘言），以見《長生殿》之「胎息淵厚」，並由此結

合洪昇之生平，得知《長生殿》之「寄托遙深」；同時透過《長生殿》斠律〉（八萬餘言），得知其「音律精審」；透過《長生殿》排場研究〉（四萬餘言），得知其「結構謹嚴」；由此綜輯貫串而成《長生殿研究》一書。而〈洪昉思年譜〉、〈楊妃故事的發展及與之相關的文學〉、《長生殿》斠律〉、《長生殿》排場研究〉也成為我碩士論文之外的副產品。著者既心儀靜安先生之為人，更規模其治學之方法，雖成就相較，不可以道里計，但衷心實竊自欣慰。而今更以四日之力完成對先生曲學之述評，擱筆之際，對先生嚮往之情，猶不覺魂神飛馳。

又按：一九八七年六月二日中央圖書館與文化建設委員會合辦「王國維先生逝世六十週年學術研討會」，著者擔任「王國維先生對戲曲之貢獻」論題之引言人，本文即為此而寫。

後記

這篇靜安先生曲學述評，寫於民國七十六年（一九八七），對於靜安先生曲學可商榷的問題，現在又有些補充，條述如下：

其一，靜安先生《宋元戲曲史》第一章〈上古至五代之戲劇〉謂「後世戲劇，當自巫優二者出。」對此，著者有〈也談戲曲的淵源、形成與發展〉[521]、〈先秦至五代「戲劇」與「戲曲小戲」劇目考述〉[522]二文詳論之。

其二，靜安先生《宋元戲曲史》第二章〈宋之滑稽戲〉、第三章〈宋之小說雜戲〉，對此，著者有〈參軍戲

[521] 拙作：〈也談戲曲的淵源、形成與發展〉，《臺大中文學報》第一二期（二〇〇〇年五月），頁三六五－四二〇；收入拙著：《戲曲源流新論》（臺北：立緒文化事業有限公司，二〇〇〇），頁一九－一一四。

[522] 拙作：〈先秦至五代「戲劇」與「戲曲小戲」劇目考述〉，《甘肅社會科學》第二期（二〇〇四年二月），頁八－一二；《臺大文史哲學報》第五九期（二〇〇三年十一月），頁二一五－二六六。

及其演化之探討〉一文詳論之。[523]

其三，靜安先生《宋元戲曲史》第八至九章論〈元雜劇之淵源〉，與〈元劇之時地〉，對此，著者有〈也談「北劇」的名稱、淵源、形成和流播〉[524]、〈元雜劇體製規律的淵源與形成〉[525]二文詳論之。

其四，靜安先生《宋元戲曲史》第十四章〈南戲之淵源及時代〉，對此，著者有〈也談「南戲」的名稱、淵源、形成和流播〉[526]、〈宋元南曲戲文之體製、規律與唱法〉[527]二文詳論之。

其五，吾友葉長海教授於一九九八年七月所撰之《宋元戲曲史・導論》（上海古籍出版社出版），於文末有云：

> 另外還需指出，《宋元戲曲史》自問世以來，有一些誤點在各種版本中反覆出現，一直延續於今，似有以訛傳訛之虞。這些瑕疵，有的可能出於作者筆誤，有的則可能是手民誤植。另有一些材料問題亦值得再斟酌。這裏試舉幾例，表示個人的商榷意見。㈠第一章「附考」云《史記・李斯列傳》中有「侏儒倡優

---

[523] 拙作：〈參軍戲及其演化之探討〉，《臺大中文學報》第二期（一九八八年九月），頁一三五—二三五；收入拙著：《參軍戲與元雜劇》，頁一—一二二。

[524] 拙作：〈也談「北劇」的名稱、淵源、形成和流播〉，《中國文哲研究集刊》第一五期（一九九九年九月），頁一—四二；收入拙著：《戲曲源流新論》，頁一八五—二五四。

[525] 拙作：〈元雜劇體製規律的淵源與形成〉，《臺大中文學報》第三期（一九八九年十二月），頁二〇三—二五二。

[526] 拙作：〈也談「南戲」的名稱、淵源、形成和流播〉，《中國文哲研究集刊》第一一期（一九九七年九月），頁一—四一；收入拙著：《戲曲源流新論》，頁一一五—一八四。

[527] 拙作：〈宋元南曲戲文之體製、規律與唱法〉，《戲曲學報》第三期（二〇〇八年七月），頁三五—七二。

之好，不列於前」語。然查〈李斯列傳〉，並無此語，略為相似的亦只有「觳抵優俳之觀」一句。不知此處引文錄自何書。㈡第三章在言及宋代戲劇之支流「三教」一目時，以《東京夢華錄》卷十「十二月」中一語為例證：「即有貧者三教人為一火，裝婦人神鬼……。」此段引語頗值得一議。今查《東京夢華錄》各種早期版本，「三教人」處均作「三數人」。差不多同時的筆記《夢粱錄》卷六「十二月」言及此事亦云：「有貧丐者三五人為一隊」，可為一證。只有《四庫全書》本中作「三教人」，王氏可能引自此一系統的本子。細加思量，王氏用此段引文來說明「三教」劇目，未見其佳。㈢第五章摘引《崇文總目》釋文時有「諫議大夫劉陶」，誤，其姓名當作「劉濤」。㈣同章有「關漢卿《謝天香》雜劇楔子曰『鄭六遇妖狐』」云云，誤，「鄭六遇妖狐」數語乃見於關漢卿《金線池》雜劇楔子。㈤第十二章將所引「【貨郎兒六轉】我則見黯黯慘慘天涯涯雲布」一曲作為《貨郎旦》劇第三折中語，誤，此曲實見於《貨郎旦》劇的第四折。

以上意見，未敢自以為是，還望海內宏識高明有以正之。其說是也，錄之以供參考。

曾永義

二〇〇三年四月一日

六、清代曲學之零金片羽

㈠鈕少雅

鈕少雅（一五六四－一六六一？），原名鈕格，字少雅，號金閶逸士，又號勺溪老人，長洲（今江蘇蘇州）人。善音律，工於崑曲清唱，曾任曲師，精研崑曲唱法。據徐于室初稿訂定《南曲九宮正始》，又校訂湯顯祖《牡丹亭》，作《按對大元九宮詞譜格正全本牡丹亭還魂記詞調》。

《南曲九宮正始》，全名《彙纂元譜南曲九宮正始》，卷首署曰：「雲間徐于室輯，茂苑鈕少雅訂。」徐于室（一五七四－一六三六），名慶卿，號于室，松江華亭（今屬上海市）人。明嘉靖朝大學士徐階曾孫。天啟五年（一六二五）得元天曆間《十三調譜》與《九宮譜》及明初曲選《樂府群珠》，欲據此重訂南曲譜，後聞鈕少雅之名，便邀其共編《南曲九宮正始》，但譜未成而卒，終由鈕少雅完成。

其《彙纂元譜南曲九宮正始・凡例》謂其編定原則為：

1. 精選元天曆、至正間人所著傳奇原文古調以為章程；間有不足，則取明初者一二以補之；近代名劇名曲，雖極膾炙，不能合律者，未敢濫收。

2. 元之《王十朋》，今之《荊釵》也；元之《呂蒙正》，今之《綵樓》也；元之《趙氏孤兒》，今之《八義》也；元之《王仙客》，今之《明珠》也。亟須明白，無彼此混，無新故混。

3. 一調中之章句、句字、長短，皆有定額，不容有所出入。

4. 對於「押韻」考究其必押、可押可不押。不可押，務必注明清楚。

5. 嚴守四聲平仄律，論定增減字與增減句律。

6. 核定曲牌名實，檢定其句法、章法。

7. 襯字之運用當得其法。

8. 其例曲均旁注四聲，予作者定以圭臬。

據此可見《九宮正始》取材重視古調，譜律精細靡遺：含字數律、句數律、長短律、平仄聲調律、協韻律、增減字與增減句律、句中音節形式律、章法（語法律、對偶律）等九律。

(二)徐慶卿

徐慶卿（一五七四—一六三六），號于室，華亭人。與鈕少雅合編《南曲九宮正始》。另有《北詞譜》，李玉據此編成《北詞廣正譜》。

其〈北詞譜臆論〉論字句聲韻、論章法句法、論句讀、論對偶、論增減、論重複刪削、論次第、論字面板眼，所論即構成曲譜之要素。

(三)張大復

張大復（一五五四—一六三〇），長洲人。編有《寒山堂新定九宮十三攝南曲譜》。

其《南曲譜・凡例》十九則，可觀者止於論正襯字。其《寒山堂曲話》，可觀者止論「當行本色」、論「《白兔》《殺狗》二記」。

(四)沈自晉

沈自晉（一五八三—一六六五），號鞠通生，吳江人。沈璟族侄。增補沈璟《南曲譜》為《南詞新譜》。其〈重定南詞全譜凡例〉舉其製譜之原則講求：遵舊式、稟先程、重原詞、參增注、嚴律韻、慎更刪、採新聲、稽作手、從詮次、俟補遺。

其《望湖亭．副末開場》：

詞隱登壇標赤幟，休將玉茗稱尊。鬱藍繼有槲園人。方諸能作律，龍子在多聞。香令風流成絕調，幔亭彩筆生春。大荒巧構更超群。鯫生何所似，顰笑得其神。[528]

這闋詞舉出曲壇格律派的譜系：即沈璟（詞隱）、呂天成（鬱藍）、葉憲祖（槲園）、王驥德（方諸）、馮夢龍（龍子）、范文若（香令）、袁于令（幔亭）、卜世臣（大荒）、沈自晉（謙稱為鯫生）等人。若此，則曲壇果然有所謂「吳江派」。

(五)丁耀亢

丁耀亢（一五九九—一六六九），字西生，號野鶴。官至福建惠安知縣。其《嘯臺偶著詞例．數則》論調有三難、詞有十忌、詞有七要、詞有六反。可以參閱。

---

[528] 〔明〕沈自晉：《望湖亭》，《古本戲曲叢刊》二集（上海：商務印書館，一九五五年據長樂鄭氏藏明末刊本影印），頁一。

(六)查繼佐

查繼佐(一六〇一—一六七七),字伊璜,號與齋,海寧人。著有雜劇《續西廂》,又與鴛湖散人同輯《九宮譜定》。

其《九宮譜定・總論》含套數論、務頭論、引子論、過曲論、換頭論、犯論、賺論、尾聲論、板論、平仄論、韻論、字論、腔論、各宮互犯論、程曲論、用曲合情論。從中亦可窺知查氏《九宮譜定》之製譜原則。

(七)徐士俊

徐士俊(一六〇二—一六八二後),原名翽,又名灝,字三有,號野君,仁和人。今存雜劇《春波影》、《絡冰絲》二種。

其〈盛明雜劇序〉云:

余俯仰詞壇,大約元人傳十之七,明人傳十之三;元人歌寡而曲繁,明人歌存而曲佚。歌曲者,南與北之辨也。氣陽,則出於嘽諧慢易,寬裕肉好而為南;氣陰,則流於噍殺猛起,奮末廣賁而為北。聲音之道,接於隱微,信哉!今之所謂南者,皆風流自賞者之所為也;今之所謂北者,皆牢騷骯髒、不得於時者之所為也。[529]

[529] 〔清〕徐士俊:〈盛明雜劇序〉,收入俞為民、孫蓉蓉主編:《歷代曲話彙編・清代編》第一集(合肥:黃山書社,二〇〇八),頁一一一—一一二。

此論南北歌曲之辨，別有見地。可與魏良輔等名家參看。

(八)金聖嘆

金聖嘆（一六〇八－一六六一），本姓張，名采，字若采；後改姓金，名喟。明亡後，改名人瑞，字聖嘆，吳縣人。以諸生身分補博士弟子員。清順治十年（一六五三）因坐「哭廟案」被處死。善衡文評書，於戲曲有點評之《第六才子書西廂記》。

其《貫華堂第六才子書西廂記》〈序一〉曰：「慟哭古人」，〈序二〉曰「留贈後人」。

其〈讀第六才子書西廂記法〉，辨《西廂記》非淫書而斷斷是妙文。又謂讀《西廂記》當如讀《莊子》、《史記》，乃以之與《莊子》、《史記》、〈離騷〉、杜詩、《水滸》並稱為「六才子書」。

又其《貫華堂第六才子書西廂記‧總評》含：第一本之題目正名、〈驚豔〉、〈借廂〉、〈酬韻〉、〈鬧齋〉；第二本之〈寺警〉、〈請宴〉、〈賴婚〉、〈琴心〉；第三本之〈前候〉、〈鬧簡〉、〈賴簡〉、〈後候〉；第四本之〈酬簡〉、〈拷豔〉、〈哭宴〉、〈驚夢〉；第五本之〈捷報〉、〈猜寄〉、〈爭豔〉、〈榮歸〉，其於第五本謂：「此續《西廂記》四篇，不知出何人之手，聖嘆本不欲更錄，特恐海邊逐臭之夫，不忘羶薌，猶混絃管，因與明白指出之，且使天下後世學者睹之，而益悟前十六篇之為天仙化人，永非螂蚌蛤之所得而暫近也者。」[530]可見金聖嘆認為《西廂記》原止四本，第五本為後人所續，故前後相去懸絕。蓋聖嘆以衡文之法點評論述《西廂記》之章法針線布置，確能成一家之說，別有見地。然戲曲終歸戲曲，必須登臺演出，其結構重在「排場」之處理是否得體，

[530] 〔清〕金聖嘆：〈第五本第一折　捷報總評〉，《貫華堂第六才子書西廂記》，收入俞為民、孫蓉蓉主編：《歷代曲話彙編・清代編》第一集，頁一九三。

豈是文章之可以比擬者。

(九)黃宗羲

黃宗羲(一六一〇—一六九五),字太沖,號南雷,時稱梨州先生,餘姚人。為清初大儒。其〈外舅廣西按察使六桐葉公改葬墓志銘〉記曲家葉憲祖生平。其〈桐子藏院本序〉云:

詩降而為詞,詞降而為曲,非曲易於詞,詞易於詩也。其間各有本色,假借不得。近見為詩者襲詞之嫵媚,為詞者侵曲之輕佻,徒為作家之所俘剪耳。余外舅葉六桐先生工於填詞,嘗言:語入要緊處,不可着一毫脂粉,越俗越家常,越警醒。若於此一恧縮打扮,便涉分該婆婆,猶作新婦少年,正不入老眼也。至散白與整白不同,尤宜俗宜真,不可着一文字,與扭捏一典故事,及截多補少作整句。錦糊燈籠,玉鑲刀口,非不好看,討一毫明快,不知落在何處矣。正法眼藏,似在吾越中,徐文長、史叔考、葉六桐皆是也。外此則湯義仍、梁少白、吳石渠,雖濃淡不同,要為元人之衣鉢。張伯起、梅禹金,終是肉勝於骨。顧近日之最行者,阮大鋮之偷竊,李漁之蹇乏,全以關目轉折,遮傖父之眼,不足數矣。子藏院本,在濃與淡之間,若入詞品,如風煙花柳,真是當行。其務頭亦得元人遺意。可笑楊升菴以務頭為部頭,謂「教坊家有色有部,部有部頭,色有色長」,以此訾周德清,他又何論哉?[531]

[531] 〔清〕黃宗羲:〈桐子藏院本序〉,收入俞為民、孫蓉蓉主編:《歷代曲話彙編・清代編》第一集,頁二一七。

析論詩詞曲各具本色，甚有見地。至其以學術名家而論曲家之特色與得失，別具慧眼。

(十)黃周星

黃周星（一六一一－一六八〇），初名周星，明崇禎十三年（一六四〇）進士，官戶部主事，改姓黃，以周星為名。作有傳奇《人天樂》、雜劇《試官述懷》、《惜花報》，戲曲論著《製曲枝語》。

其《製曲枝語》謂：

詩降而詞，詞降而曲，名為愈趨愈下，實則愈趨愈難。何也？詩律寬而詞律嚴，若曲則倍嚴矣。按格填詞，通身束縛。蓋無一字不由湊泊，無一語不由扭捏而能成者。故愚謂曲之難有三：叶律，一也；合調，二也；字句天然，三也。嘗為之語曰：三仄更須分上去，兩平還要辨陰陽。詩與詞曾有是乎？愚謂曲有三難，亦有三易，三易者，可用襯字襯語，一也；一折之中，韻可重押，二也；方言俚語，皆可驅使，三也。是三者皆詩文所無而曲所有也。然亦顧其用之何如，未可草草。即如賓白何嘗不易，亦須順理成章，方可動聽。豈皆市井遊談乎？[532]

所云曲之三難：叶律、合調、字句天然；三易：可襯字可襯語、可重韻、可用方言俚語，皆為切身體會之言。又謂「余最恨今之製曲者，每折之中，一調或雜數調，一韻或雜數韻，不問而陋劣可知。」他又反對集曲犯調，認為那是割裂雜湊；又認為曲之體止在「少引聖籍，多發天然」；製曲之訣在「雅俗共賞」，論曲之妙在於「能

[532]〔清〕黃周星：《製曲枝語》，收入俞為民、孫蓉蓉主編：《歷代曲話彙編．清代編》第一集，頁二二三。

感人」。而欲「雅俗共賞」，則當以趣勝。533

(十一) 周亮工

周亮工（一六一二—一六七二），字元亮，人稱櫟下先生，河南開封人。明亡降清，官至戶部右侍郎。《書影》記其曲家見聞掌故。余懷《板橋雜記》記金陵妓家，其〈寄暢園聞歌記〉緬懷魏良輔。徐樹丕《識小錄》記蘇城女戲，考證《吳越春秋》、梁山伯、楊太真、《牡丹亭》掌故。侯方域〈馬伶傳〉、〈李姬傳〉等，或闕舊聞，或記時事，皆可供戲曲史之採擷。534

(十二) 毛聲山

毛聲山（生卒不詳），名綸，字德音，中年失明後，改稱聲山。曾點評《琵琶記》，稱之為「第七才子書」。其〈第七才子書琵琶記自序〉謂《琵琶記》勝《西廂記》，乃以情勝、以文勝。其〈第七才子書琵琶記總論〉，謂高東嘉作《琵琶記》真是左丘明、司馬遷現身。毛氏之評《琵琶記》手法近似金聖嘆評《西廂》。535

(十三) 毛先舒

533 同上註，頁二二四—二二五。

534 〔清〕周亮工：《書影》，收入俞為民、孫蓉蓉主編：《歷代曲話彙編・清代編》第一集，頁四〇〇—四〇七。

535 〔清〕毛聲山：〈第七才子書琵琶記總論〉，收入俞為民、孫蓉蓉主編：《歷代曲話彙編・清代編》第一集，頁四六四—五五五。

毛先舒（一六二〇－一六八八），字秩黃，仁和人。明末諸生，為「西泠十子」之首。著有《詩辯坻》等。其《詩辯坻》論湯臨川，以風格、音律、使事、造語四方面評之。其〈閱曲偶書〉舉《琵琶記》等劇，批其違背史實，流毒民間；又感嘆關公之稗官野史被當作信史看待。認為一臺戲曲演出，觀眾千百人，關係實大，不可不慮及教化。[536]

㈣毛奇齡

毛奇齡（一六二三－一七一六），字大可，號西河，蕭山人。

其《西河詞話》論「詞曲轉變」真是胡說，不止毫無佐證，尤其所謂之「連廂詞」搬演方式，為元人雜劇所傳衍，更是貽誤後人；碩學如吳梅、王季烈均受其毒。

其〈西廂記考實〉對《西廂記》種種問題有所論列。

其〈長生殿院本序〉為洪昇《長生殿》傳奇相關之重要文獻。[537]

㈤張雍敬

張雍敬（生卒不詳），清康熙秀水人。著傳奇《醉高歌》與雜劇多種。

其《醉高歌．自序》云：

---

[536] 〔清〕毛先舒：《詩辯坻》，收入俞為民、孫蓉蓉主編：《歷代曲話彙編．清代編》第一集，頁五六四－五六八。

[537] 〔清〕毛奇齡：《西河詞話》，收入俞為民、孫蓉蓉主編：《歷代曲話彙編．清代編》第一集，頁五八八－五九一。

予謂作文之法，其妙悉於傳奇。生、旦，其題旨也；外、末、丑、淨，其陪襯也。劈空結撰，文心巧也；點綴附會，援引博也；關目布置，煉局勢也；折數斷續，明層次也。而且埋伏有根，照應有法，線索必貫，收拾必完。既曲盡行文之妙，而其音律宮調之嚴，則又如傳注之不可或背，先民之不可不程。至其情文相生，能使古人重開生面，神情口角，無不曲肖，令觀者聽者，徘則頤解，怒則髮指，樂焉而歌，感焉而泣，皆有不期然而然者。夫文章至於肖其神情，肖其口角，而可喜可怒、可歌可哭，則至矣盡矣，蔑以加矣。[538]

此論作文之法，如作傳奇，堪稱周延備至。層次分明，為可取之論。

(十六)洪　昇

洪昇（一六四五—一七〇四），字昉思，號稗畦，錢塘人。國子監生。所著傳奇《長生殿》與孔尚任《桃花扇》齊名，時號「南洪北孔」。

其《長生殿・自序》與《長生殿・例言》均敘作劇取材旨趣。余有《洪昇及其長生殿》詳論之。

(十七)孔尚任

孔尚任（一六四八—一七一八），字季重，號東塘，自稱雲亭山人。孔子六十四代孫。國子監博士，官至戶部廣東司員外郎。著有《桃花扇》傳奇。

538 〔清〕張雍敬：《醉高歌・自序》，收入俞為民、孫蓉蓉主編：《歷代曲話彙編・清代編》第一集，頁六四八。

其〈桃花扇小引〉、〈桃花扇小識〉〈桃花扇本末〉，述其寫作《桃花扇》之根源、經過、風行受揄揚之情況；其〈桃花扇凡例〉則強調事關信史，排場、章法、曲調、聯套、入宮調協平仄、使事用典、講究科白、腳色分派等，均極用心用力，求其無懈可擊。

若此，東塘於撰著《桃花扇》應屬當行家，然何以傳唱氍毹，甚為寂寥。吳衢庵謂其「有佳詞，無佳調。」果其然耶？

㈩吳儀一

吳儀一（生卒不詳），字舒鳧，號吳山。為洪昇至交，曾點評《長生殿》，先後娶妻三人，稱「吳吳山三婦」，三婦皆對《牡丹亭》有所評點。

其〈還魂記或問〉云：

或曰：「子論《牡丹亭》之工，可得聞乎？」吳山曰：為曲者有四類：深入情思，文質互見，《琵琶》、《拜月》其尚也；審音協律，雅尚本色，《荊釵》、《牧羊》其次也；吞剝坊言讕語，《白兔》、《殺狗》之流也；專事雕章逸辭，《曇花》、《玉合》之亞也。案頭場上，交相為譏，下此無足觀矣。《牡丹亭》之工，不可以是四者名之，其妙在神情之際。試觀記中佳句，非唐詩，即宋詞；非宋詞，即元曲，然皆若若士之自造，不得指之為唐，為宋，為元也。宋人作詞，以運化唐詩為難，元人作曲亦然。「商女後庭」出自牧之，「曉風殘月」本於柳七。故凡為文者，有佳句可指，皆非工於文者也。539

539 〔清〕吳吳山三婦：《吳吳山三婦合評牡丹亭還魂記》，收入俞為民、孫蓉蓉主編：《歷代曲話彙編・清代編》第一集，頁七〇六。

所舉「為曲者有四類」，頗可觀采。

(五)林以寧

林以寧（生卒不詳），字亞清，錢塘人。

其〈還魂記題序〉云：

> 治世之道，莫大於禮樂；禮樂之用，莫切於傳奇。愚夫愚婦每觀一劇，便謂昔人真有此事，為之快意，為之不平，於是從而效法之。彼都人士誦讀，聖賢感發之神有所不及。君子為政，誠欲移風易俗，則必自刪正傳奇始矣。[540]

立論雖本於教化說，但能點明戲曲對庶民之感染力與影響力，亦屬難得。

(六)王奕清

王奕清（生卒不詳），字幼芬。清康熙三十年（一六九一）進士，官至翰林院侍讀學士，參與纂修《欽定曲譜》，著有《歷代詞話》。

其《歷代詞話》輯錄歷代樂舞相關掌故，而其「王世貞以伶為師」條，居然以王九思（渼陂）事誤屬為王世貞。

[540]〔清〕林以寧：〈還魂記題序〉，收入俞為民、孫蓉蓉主編：《歷代曲話彙編・清代編》第一集，頁七一七。

其《欽定曲譜》之〈凡例〉可見《曲譜》之內涵與構成元素。

(二)張　堅

張堅（一六八一－一七六三），字齊元，號漱石，江寧人。著傳奇《夢中緣》、《梅花簪》、《懷沙記》、《玉獅墜》合稱《玉燕堂四種曲》。

觀張氏自敘其《玉燕堂四種曲》，皆或言本事，或說旨趣而已。

(三)王應奎

王應奎（一六八三－一七六〇？），字東溆，號柳南。其《柳南隨筆》多敘明代曲家掌故。

(三)無名氏

無名氏《曲海總目提要》，原名《樂府考略》，約成書於清康熙五十四年至六十一年（一七一五－一七二二）間。原本殘缺，經近人董康搜集整理，厘定為四十六卷，並經王國維、吳梅、陳乃乾、孟森等校訂。一九二八年上海大東書局排印刊行，因董康以為此書即是清黃文暘的《曲海目》，故出版時，將此書改題作《曲海總目提要》。據序稱，全書共收雜劇、南戲、傳奇六百八十餘種。

其書所謂「提要」，乃就歷代戲曲劇目記其作者，敘其情節大要，考其題材根源，兼證以史實，影響後世極大。

㈣允　祿

允祿（一六九三—一七六四），清聖祖第十六子。乾隆六年（一七四一）開設並主持律呂正義館。其律呂正義館，纂修官于振〈新定九宮大成序〉云：

乾隆六年，天子懋建中和，有事於禮樂，命開律呂正義館，而和碩莊親王實總其事。於時選儒臣之嫺習者，分掌校讎之役，振得與焉。至九年書成，天子嘉獎，議敘有差。雖然，振等何勞焉。嗟！乃王之教也！[541]

《九宮大成》為南北曲之總彙，其編輯之基礎，見於其〈南詞宮譜凡例〉與〈北詞宮譜凡例〉；由此可知其所謂「宮譜」構成之要素與內涵。

㈤吳震生

吳震生（一六九五—一七六九），字長公，號可堂，歙縣人。入資為刑部主事，有《笠閣批評舊戲目》。其《笠閣批評舊戲目》以上中下九品評舊戲《翻西廂》等一百七十九種。

[541]〔清〕于振：〈新定九宮大成序〉，收入俞為民、孫蓉蓉主編：《歷代曲話彙編・清代編》第三集，頁二六二。

(二六) 徐大椿

徐大椿（一六九九—一七七八），字靈胎，吳江人。著有《樂府傳聲》。其《樂府傳聲．自序》謂音樂之構成有七要素：

樂之成，其大端有七：一曰定律呂，二曰造歌詩，三曰正典禮，四曰辨八音，五曰分宮調，六曰正字音，七曰審口法。七者不備，不能成樂。何謂定律呂？考黃鍾大呂之本，窮宮商徵羽之變是也。何謂歌詩？上極雅、頌，下至謠諺，與凡詞曲有韻之文皆是也。何謂典禮？郊天祭地，宴饗贈答，房中軍中之所宜用是也。何謂八音？金、石、絲、竹、匏、土、革、木，古今樂器是也。何謂宮調？旋宮之六十調，與今所存北曲之六宮十一調，南曲之九宮十三調是也。何謂字音？一字有一字之正音，不可雜以土音；又北曲有北曲之音，南曲有南曲之音是也。何謂口法？每唱一字，則必有出聲、轉聲、收聲，及承上接下諸法是也。七者不盡通，不得名專精之士。[542]

可見他認為定律呂、造歌詩、正典禮、辨八音、分宮調、正字音、審口法這七要素具備，才能算音樂的「專精之士」；更認為宮調、字音、口法是唱曲之人的必備修為。

《樂府傳聲》之內容，由其目錄可以得其梗概。

---

[542] 〔清〕徐大椿：《樂府傳聲》，收入俞為民、孫蓉蓉主編：《歷代曲話彙編．清代編》第二集，頁五三一。

源流	元曲家門	出聲口訣
聲各有形	五音	四呼
喉有中旁上下	鼻音閉口音	四聲各有陰陽
北字	平聲唱法	上聲唱法
去聲唱法	入聲派三聲法	入聲讀法
歸韻	收聲	交代
宮調	陰調陽調	字句不拘之調亦有一定格法
曲情	起調	斷腔
頓挫	輕重	徐疾
重音疊字	高腔輕過	低腔重煞
一字高低不一	出音必純	句韻必清
定板	底板唱法	牌調各有定譜
辨四音訣	辨五音訣	辨聲音要訣

據此，則徐氏之「音樂學」不可謂不專精矣。

(二七)黃圖珌

黃圖珌（一七〇〇—一七七一後），字容之，號守真子，華亭（今上海松江）人。蔭生，官至河南衛輝府知府。著有《排悶齋傳奇》六種，其論曲者見《看山閣集閒筆》。

其《看山閣集閒筆》論「詞曲」云：

宋尚以詞，元尚以曲，春蘭、秋菊，各茂一時。其有所不同者：曲貴乎口頭言語，化俗為雅；詞難於景外生情，出人意表。字字清新，筆筆芳韻，方為絕好辭，其聲諧、法嚴處，不過取平、仄二聲；較曲而有平、上、去、入，有開、發、收、閉，有陰、陽、清、濁，有呼、吸、吐、茹，審五音之精微，協六律於調暢，務在窮工辨別，刻意探求，稍有錯誤，致不叶調，如玉茗之《牡丹亭》，詞雖靈化，而調甚不工，令歌者低眉蹙目，有礙於喉舌間也。蓋曲之難，實有與詞倍焉。543

可見「曲之難」，實超過「詞」許多。

(二八)金德瑛

金德瑛（一七〇一－一七六二），字汝白，號檜門，仁和人。清乾隆元年（一七三六）進士，官至右都御史。

其〈檜門觀劇絕句三十首〉，每篇舉一人一事，比興諷喻，為詠史之變體。首開以絕句詠觀劇之作，諸家唱和者頗多，有王先謙、朱益清、皮錫瑞（一和、再和、三和）、易順鼎等人，一時蔚為風雅。

(二九)沈乘麐

沈乘麐（一七一〇－一七九二前），字苑賓，婁湄（今江蘇太倉）人。精音律，善曲韻。歷時五十年，七易

543 〔清〕黃圖珌：《看山閣集閒筆》，收入俞為民、孫蓉蓉主編：《歷代曲話彙編．清代編》第二集，頁九〇。

其稿，著成《韻學驪珠》。

《韻學驪珠》又名《曲韻驪珠》，博采南北韻書，將南北韻特徵融合其中，評注四聲陰陽，四呼及收音口法，周昂刊行於乾隆五十七年（一七九二），為影響最大之一部韻書，迄今猶被奉為圭臬。

(卅)董　榕

董榕（一七一一－一七六〇），豐潤人。清雍正十一年（一七三三）拔貢，官至九江知府，著傳奇《芝龕記》。

其《芝龕記・凡例》自言演秦忠州、沈道州二女奇事，皆本《明史》及諸名家文集、志傳。記中以二旦二生扮演到底。其〈轉天心樂府序〉居然以《易經》取象為傳奇。

(三)王正祥

王正祥（生卒不詳），字瑞生，康熙間蘇州人。其《新定十二律京腔譜・自序》、《新定十二律京腔譜・總論》皆論弋腔、京腔音律。其〈總論〉云：

嘗閱《樂志》之書，有唱、和、嘆之三義：一人發其聲曰唱，眾人成其聲曰和，字句聯絡，純如繹如，而相雜於唱和之間者曰嘆。兼此三者乃成弋曲。由此觀之，則唱者即起調之謂也，和者即世俗所謂接腔也，嘆者即今之有滾白也。精於弋曲者，猶存其意於腔板之中，固泠然善也。無如曲本混淆，罕有定譜。所以後學惘憒，不較腔板，不分曲滾者有之；不辨牌名，不知整曲犯調者有之矣。[544]

此段說明弋陽腔歌唱之特色。其〈京腔譜凡例〉則論弋腔之音律、排場、板眼、滾白、曲牌、引子、尾聲、犯調等。

㈢潘廷章

潘廷章（生卒不詳），字美含，號梅巖，清康乾間海寧人。刊刻《元本北西廂》。其〈西廂說意〉以「西來意」論述《西廂》，謂其「始於佛空，終於夢覺」，使之墜入佛道思想。

㈢任以治

任以治（生卒不詳），字雁城，清乾隆間浙江人。其〈元本北西廂序〉謂以《西廂》為淫詞，此固正論，「《西廂》其即尼山錄鄭、衛以示懲創之意歟！」又任氏〈金評西廂正錯序〉指斥「金批」之荒謬，而謂〈西廂三大作法〉：「用大起落、具大體段、作大開闔。」又任氏《西廂》祇有三人〉云：

《西廂》祇有三人，張生、雙文、紅娘也。三人有三副性情，三種作用。雙文性情，即張生所道「多情」二字；其作用，即紅娘所稱「撒假」二字。觸處看來多情，撒處看來撒假。張生性情，即雙文所稱「志誠」二字；其作用，即雙文所謂「懦」字。一味志誠，所以成得事來；一味懦，所以急成不得事來。紅娘性情，即張生所云「鶻伶」二字；其作用，即紅娘自道「殷勤」二字。惟鶻伶則心眼尖利，事事瞞他不得；惟殷勤則意思周密，事事缺他不得。一個多情，一個志誠，兩相遇也。一個撒假，一個懦，又兩

544 〔清〕王正祥：《新定十二律京腔譜・總論》，收入俞為民、孫蓉蓉主編：《歷代曲話彙編・清代編》第二集，頁一九。

相制也。中間放著一個鶻伶般勤的，一邊去憐惜，一邊去捉假，一邊為懦用，一邊為假用。545

所論頗有新意。

(三四)韓錫胙

韓錫胙（一七一六—一七七六），字介屏，號湘巖，青田人。清乾隆十二年（一七四七）中舉，官至知府。戲曲有傳奇《漁村記》等二種，雜劇一種。

其《漁村記・自序》，將此傳奇比之於文，比之《老子》，其《漁村記・凡例十則》可見其論曲重腳色之分派、細密針線、勞逸均衡、宮調音律；歌唱講究「肉以歌字，竹以隨聲，絲以正竹，鼓以定眼，板以截句。」又須不混韻，守平仄。略有笠翁論曲況味。

(三五)金兆燕

金兆燕（一七一八—一七八九後），字鍾越，號棕亭，全椒（今安徽）人。清乾隆三十一年（一七六六）進士，擢國子博士。著有傳奇《旗亭記》等二種。

其《旗亭記・凡例》謂填詞雖為末技，能為古人重開生面，闡揚忠孝，義寓勸懲，乃為可貴。又批評《牡丹亭》謂金閨弱女，年未摽梅而懷春，以至於死既葬而又還魂，豈能免君子之譏。

545 〔清〕任以治：《西廂》祇有三人〉，《元本北西廂》，收入俞為民、孫蓉蓉主編：《歷代曲話彙編・清代編》第二集，頁一八六—一八七。

論曲則講究結構排場、分辨正襯、嚴分曲牌勿使混淆，當依從《大成譜》，不混韻、辨平仄、反對梨園刪節。

(三六)黃　振

黃振（一七二四—一七七二後），字瘦石，別署柴灣村農，如皋（今屬江蘇）人。著有《石榴記》傳奇。其《石榴記・凡例》講求：守韻、襯字合度、反對上作平、須留意上去、去上，認為係美聲調之處。南曲套數當仿《琵琶記》、《殺狗》、《白兔》等記，用熟曲熟套，不用集唐詩。此傳奇由知音律之顏毓齋譜上工尺。

(三七)蔣士詮

蔣士詮（一七二五—一七八五），字心餘，號藏園。清乾隆二十二年（一七五七）進士，為翰林院編修。以詩文與袁枚、趙翼並稱「江南三大家」。著有戲曲《藏園九種曲》等。

其《空谷香・自序》為南昌令之賢姬姚氏而作，寫其貞節；《桂林霜・自序》為西興驛丞馬宏壎之家世而作，寫其三藩之變之節烈。《香祖樓・自序》寫人兒女相思而示之以正。《雪中人填詞・自序》寫鐵丐不凡事跡。《臨川夢》寫湯臨川生平而摻入「四夢」人物。《冬青樹・自序》寫其鄉文、謝兩公事跡。即此已可概見蔣氏傳奇但重關目奇情與旨趣之可諷世。

(三八)趙　翼

趙翼（一七二七—一八一四），字耘松，號甌北，陽湖人。清乾隆二十六年（一七六一）進士，授翰林院編修，官至貴州貴西兵備道。著有《簷曝雜記》。

《簷曝雜記》中，〈大戲〉寫乾隆間熱河行宮內府班演戲情況，為戲曲史重要資料。其〈梨園色藝〉寫京師梨園中有色藝者，士大夫往往與之相狎，記及魏長生與揚州江鶴亭事。

(兲)宗廷魁

宗廷魁（生卒不詳），字其英，號竹溪，別署竹溪居士，乾隆間介休（今屬山西）人。著傳奇《介山記》。其《介山記・自跋》云：

且余嘗縱觀古今之文，而見冊府中一大梨園也，六經之文，生也；《史記》、《離騷》，淨也；枚、馬、沈、宋、王、楊、盧、駱、歐、黃、梅、賈諸子之詩賦，旦也；漢魏樂府、李唐梨園，以及宋人之詩餘、元明之南北宮傳奇，丑也。梨園有生、旦、淨而無丑，則樂不成文章；有經史詩賦而無傳奇，不足以窮文之變，達文之趣，由是以談傳奇，豈小道乎？蓋吾輩境地有限，而筆有化工，則無形不造，亦無人不為，故忽而為幽燕老將，忽而為三河少年；忽而為下吏，忽而為顯宦；忽而為翠袖佳人，忽而為荷衣仙子；忽而為鬼怪，忽而為神靈；忽而俗，忽而雅；忽而痴，忽而黠；忽而身在九天之上，忽而身在九府之下，忽而身在八極之遙。極宇宙荒蕩必不可至之境，極人生尊顯奇幻必不可為之人，而皆可以至之，而皆可以為之。蓋作者直以億千萬手目，化作億千萬色目，而實以一身而化作億千萬身也。是則傳奇之筆，豈非吾輩抒寫幽恨，滌蕩湮鬱，極豪爽，極雋雅，極奇快之事也哉！546

546 〔清〕宗廷魁：《介山記・自跋》，收入俞為民、孫蓉蓉主編：《歷代曲話彙編・清代編》第二集，頁二四一。

其論大大提升「傳奇」之文學意義、地位價值，其慧眼難能可貴也。

(四十)方成培

方成培（約一七三一—一七八〇後），字仰松，號岫雲，徽州人。清乾隆三十六年（一七七一）客居揚州時，據舊本改定《雷峰塔》傳奇。著有《香研居詞麈》。

其《香研居詞麈》多論音律，其〈論今之南北曲本於宋之蕪樂〉、〈論《南九宮譜》之誤〉、〈論《九宮合譜》之誤〉、〈論南北曲之分〉等可參閱。

(四一)李調元

李調元（一七三四—一八〇二），字羹堂，號雨村，綿州（今四川綿陽）人。清乾隆二十八年（一七六三）進士，官至廣東學政。著有《雨村曲話》。

其《雨村曲話》論戲曲源流，就古人而言，頗有見地；又辨正劇情史事亦可取。但引錄前人著作，毫不考辨，引錄佳製即隨興簡評，評論諸家尤嫌草率。

(四二)葉　堂

葉堂（一七三六—一七九五），字廣明，號懷庭，長洲人。創立崑曲葉派唱口，著有《納書楹曲譜》、《納書楹四夢全譜》。

其《納書楹曲譜・自序》云：

準古今而通雅俗，文之舛淆者訂之，律之未諧者協之。而於四聲、離合、清濁、陰陽之芒杪、呼吸、關通，自謂頗有所得。蓋自弱冠至今，靡他嗜好。露晨月夕，側耳搖唇，究心於此事者垂五十年，而余亦既老矣，點畫叢殘，蠹編堆案。爰取雜曲之尤雅者，除《西廂記》、「臨川四夢」，全本單行問世外，自《琵琶記》以降，凡如千篇都為一集；又徇世俗所通行者，廣為二集，統命之曰《納書楹曲譜》。[547]

此言其《曲譜》所從事之內涵及特色在於唱口所應講求者。又其《納書楹補遺曲譜・自序》云：

夫古曲之不諧於俗，非自今日始。追新逐變，眾嗜同趨，若別成一風，會焉而不可解。余既不能違曹好而獨彈古調，又安用斬此戔戔者為哉！冬日多暇，薈萃翻檢，上自《琵琶》，下至時劇，凡梨園家搬演而手曾製譜者，悉付剞劂。中附時人散曲，及黃石牧《四才子》等套，蓋余一生手口所涉獵，畢綴諸此，寶之者為鼠璞耶？賤之者為雞肋耶？皆不敢知。若夫妙契筌蹄，而尋味於酸鹹之外，悠悠終古，當有諒余不得已之苦心者矣。[548]

又其《納書楹重訂西廂記譜・自序》云：

夫曲雖小道，至理存焉。曲有一定之板，而無一定之眼。假如某曲某句，格應幾板，此一定者也。至於眼之多寡，則視乎曲之緊慢；側直，則從乎腔之轉折。善歌者自能心領神會，無一定者也。若必強作解事，而曰某曲三眼一板，某曲一眼一板，以至關接收煞，盡露痕跡，而於側直又處處志之。是殆所謂活

---

[547]〔清〕葉堂：《納書楹曲譜・自序》，收入俞為民、孫蓉蓉主編：《歷代曲話彙編・清代編》第三集，頁二一。

[548]〔清〕葉堂：《納書楹補遺曲譜・自序》，收入俞為民、孫蓉蓉主編：《歷代曲話彙編・清代編》第三集，頁四－五。

腔死唱者歟！549

又其《納書楹四夢全譜・凡例》云：

臨川湯若士先生，天才橫逸，出其餘技為院本，瑰姿奸骨，巧斬新，直奪元人之席。生平撰著甚夥，獨「四夢」傳奇盛行於世。顧其詞句，往往不守宮格，俗伶罕有能協律者。《邯鄲》、《南柯》，遭臧晉叔竄改之厄，已失舊觀；《牡丹亭》雖有「鈕譜」，未云完善。惟《紫釵》無人點勘，居然和璞耳。余少喜掇拾舊譜，而以己意參訂之。《邯鄲》、《南柯》、《牡丹亭》三種，殫聰傾聽，較銖黍而辨芒杪，積有歲年，幾於似矣。至《紫釵》竊有志焉，而未逮也。晚獲交於夢樓先生，竭口贊余以譜之。繼遇竹香陳刺史，召名優以演之。於是，吳之人莫不知有《紫釵》矣。550

凡此皆可見其所以譜《西廂》與「四夢」之旨趣。

(四十三) 琴隱翁

琴隱翁，姓名及生平事蹟不詳。作〈審音鑒古錄序〉云：

傳奇雖小道，……元、明以來，作者無慮千百家，近世好事尤多，擷其華者，玩花主人，訂以譜者，懷

---

549 〔清〕葉堂：《納書楹重訂西廂記譜・自序》，收入俞為民、孫蓉蓉主編：《歷代曲話彙編・清代編》第三集，頁五－六。

550 〔清〕葉堂：《納書楹四夢全譜・凡例》，收入俞為民、孫蓉蓉主編：《歷代曲話彙編・清代編》第三集，頁六。

庭居士，而笠翁又有授曲教曲之書，皆可謂梨園之圭臬矣。但玩花錄劇而遺譜，懷庭譜曲而廢白，笠翁又泛論而無詞。萃三長於一編，庶乎氍毹之上，無慮周郎之顧矣。東鄉王子繼善，偶於京師得《審音鑒古錄》一編，選劇六十六折，細定評注，曲則抑揚頓挫，白則緩急高低，容則周旋進退，莫不曲折傳神，展卷畢現。至記拍正宮，辨偽證謬，較銖黍而析芒杪，亦復大具苦心，謂奄有三長而為不易之指南可也。[551]

此說明《審音鑒古錄》之特色。在「選劇六十六折，細定評注，曲則抑揚頓挫，白則緩急高低，容則周旋進退，莫不曲折傳神，展卷畢現。」則不止為工尺譜，亦且為身段譜矣，詳記身段之書始見於此，可貴也。

(四四)陳烺

陳烺（一七四三—一八二七），字士輝，號東村，閩縣人。清乾隆四十二年（一七七七）舉人，官德化訓導。著有傳奇《花月痕》。

其《花月痕・評辭》論布局關合，謂文字要有「大頭腦」以慧觀色界，喚醒迷途。論述擇題、敘事法、大頭腦、本色語、文字、文法、起結線索、末折最難等。

(四五)仲振奎

仲振奎（一七四九—一八一一），字雲澗，號紅豆村樵，泰州人。監生，以遊幕為生。著有《紅樓夢傳奇》

[551]〔清〕琴隱翁：〈審音鑒古錄序〉，收入俞為民、孫蓉蓉主編：《歷代曲話彙編・清代編》第三集，頁一〇。

等。

其《紅樓夢傳奇・凡例》謂其傳奇「不過傳寶玉、黛玉、晴雯之情而已。」而以「淨扮賈母，不敷粉墨；副淨扮鳳姐，丑扮襲人，皆敷粉黵妝，不敷墨；老旦扮史湘雲，與作旦妝扮同。」[552]

(四六) 凌廷堪

凌廷堪（一七五七—一八〇九），字次仲，歙縣人。清乾隆五十五年（一七九〇）進士，任寧國府學教授。著有《燕樂考原》。

其《燕樂考原》輯錄歷代史書《樂志》及其他相關資料，分類排比，而加以「按語」以抒發見解而成，為有關「燕樂」之重要著作。其弟子張其錦〈燕樂考原跋〉云：

> 右《燕樂考原》六卷，吾師凌次仲先生之所撰也。先生生逢我朝學術昌明之會，為海內大儒，於學無所不通。說聖人之道，而實之以禮，發千餘年未發之覆。《禮經》而外，於樂律尤有神解，謂今世俗樂與古雅樂中隔唐人燕樂一關，爰悉心探索，著為此書。有總論，有後論，二十八調各有條辨，其說既詳，復為表以明之。凡樂家疑團，渙然冰釋。大旨據《隋書・音樂志》，謂燕樂之原，出於龜茲蘇祇婆之琵琶，琵琶四絃，為宮、商、角、羽四均，無徵聲。……又得《遼史・樂志》「不用黍律，以琵琶絃叶之」之語為顯證，於是悟燕樂之宮調，本以字譜為主，自鄭譯附會而後，沈括諸人承之，不過徒緣飾以律呂之名，與《漢志》所謂長短分寸之數，兩不相牟，其名八十四調者，實祇二十八調。七角一均及三高調、七羽

[552]〔清〕仲振奎：《紅樓夢傳奇・凡例》，收入俞為民、孫蓉蓉主編：《歷代曲話彙編・清代編》第三集，頁五八、五九。

之正平調，宋人已不用，七羽一均，元人已不用。所存惟六宮十一調，共為十七宮調。自明至今之俗樂，又祇用燕樂之七商一均。此其沿革之要也。553

又其〈與程時齋論曲書〉云：

蓋北曲以清空古質為主，而南曲為北曲之末流，雖曰意取纏綿，然亦不外乎清空古質也。雖然，北曲以微而存，南曲以盛而亡。何則？北曲自元人而後，絕少問津，間有作者，亦皆不甚逾閑，無黎邱野狐之惑人。有豪傑之士興，取元人而法之，復古亦易為力。若夫南曲之多，不可勝計。握管者類皆文辭之士，彼之意以為吾既能文辭矣，則於度曲何有；於是悍然下筆，漫然成編，或詡濃艷，或矜考據，謂之為詩也可，謂之為詞也亦可，即謂之為文也亦無不可，獨謂之為曲則不可。前明一代，僅存餼羊者，周憲王、陳秋碧及吾家初成數公耳。若臨川南曲，佳者蓋寡，〈驚夢〉、〈尋夢〉等折，竟成躍治之金；惟北曲豪放疏宕，及科諢立局，尚有元人意度。此外以盲語盲，遞相祖述。至宜興吳石渠出，創為小乘，而嘉興李漁效之，江河日下，遂至破壞決裂，不可救藥矣。四百年來，中流砥柱，其稗畦之《長生殿》乎？554

其概論南北曲之情況，可以參閱。淩氏也有〈論曲絕句三十二首〉。

(四七)錢　泳

553 〔清〕張其錦：〈燕樂考原跋〉，收入俞為民、孫蓉蓉主編：《歷代曲話彙編‧清代編》第三集，頁二三六。

554 〔清〕淩廷堪：〈與程時齋論曲書〉，收入俞為民、孫蓉蓉主編：《歷代曲話彙編‧清代編》第三集，頁二四〇－二四一。

錢泳（一七五九－一八四四），初名鶴，字立群，號臺仙。著有《履園叢話》。其《履園叢話・演戲》云：

梨園演戲，高宗南巡時為最盛，而兩淮鹽務中尤為絕出。例蓄花、雅兩部，以備演唱，雅部即崑腔，花部為京腔、秦腔、弋陽腔、梆子腔、羅羅腔、二簧調，統謂之亂彈班。余七八歲時，蘇州有集秀、合秀、擷芳諸班，為崑腔中第一部，今絕響久矣。演戲如作時文，無一定格局，祇須酷肖古聖賢人口氣，假如項水心之何必讀書，要像子路口氣，蔣辰生之訴子路於季孫，要像公伯寮口氣，形容得像，寫得出，便為絕構，便是名班。近則不然，視《金釵》、《琵琶》諸本為老戲，以亂彈、灘王、小調為新腔，多搭小旦，雜以插科，多置行頭，再添面具，方稱新奇，而觀者益眾；如老戲一上場，人人星散矣，豈風氣使然耶？555

此段記載可以概見彼時劇壇情況；所云高宗南巡演戲，為李斗《揚州畫舫錄》所取材。又有〈雜戲〉亦可以概見彼時「雜劇」演出之內涵。

(四) 焦循

焦循（一七六三－一八二〇），字理堂，甘泉人。清嘉慶六年（一八〇一）中舉，不再應試。讀書著述，以經學為主，但廣泛涉獵。曲學論著有《曲考》、《劇說》、《花部農譚》三種。

555〔清〕錢泳：《履園叢話》，收入俞為民、孫蓉蓉主編：《歷代曲話彙編・清代編》第三集，頁二五三。

其《劇說》輯歷代曲學資料，引用書目多達一百六十五種。其《花部農譚》就花部所演著名劇目如《鐵邱墳》、《龍鳳閣》、《賽琵琶》、《紫荊樹》等，敘其本事，並加以考證和評論。由此可見焦氏以經學大師而關注地方戲曲，可謂別具慧眼，亦可見彼時地方戲曲之繁盛已不可不加以注意。

(四九)陳鍾麟

陳鍾麟（一七六三－一八四一後），字肇嘉，號厚甫，仁和人。清嘉慶四年（一七九九）進士，官至杭嘉湖道。有《紅樓夢傳奇》。

其《紅樓夢傳奇．凡例》謂：

古今曲本，皆取一時、一事、一線穿成。《紅樓夢》全書，頭緒較繁，且係家常瑣事，不能不每人摹寫一二闋，殊難於照應。偶於起訖處稍為聯絡，蓋原書體例如此。

原書以寶、黛作主，其餘皆是附傳。然如湘雲、惜春、寶琴、妙玉、香菱皆聰明過人者，摹其性靈，使千古活現。

晴雯是黛玉影子，襲人是寶釵影子，所謂身外身也。今摹擬黛玉、晴雯，極為蒼涼，摹擬寶釵、襲人，極為勢利，可以見人心之變。

柳湘蓮、尤三姐俱有俠氣，與各人旖旎者不同，難以安頓，且淨腳頗少。今借柳、尤二人，以代一僧一道，不特避熟，而淨腳亦可登場。

余素不諳協律，此本皆用「四夢」聲調，有《納書楹》可查檢對。引子以下，大約相仿，惟工尺頗有不諧，度曲時再行斟酌。556

陳氏對《紅樓》人物之去取，頗為得宜。自謂「不諳協律」，而模擬《四夢》聲調，而不知曲牌之性格，排場處置之法，以致生旦唱【普賢歌】；由此亦可見嘉慶間文士大夫已不解音律矣。

(五十)陳 棟

陳棟（一七六四—一八〇二），字浦雲，會稽人。著有《北涇草堂曲論》、雜劇三種。其《北涇草堂曲論》論詩詞曲語言頗有見地，云：

曲與詩餘，相近也而實遠。明人滯於學識，往往以填詞筆意作之，故雖極意雕飾，而錦糊燈籠，玉相刀口，終不免天池生所識。間有矯枉之士，去繁就簡，則又滿紙打油，與街談巷語無異。夫曲者曲而有直體，本色語不可離趣，矜麗語不可入深。元人以曲為曲，明人以詞為曲，國初介於詞曲之間，近人并有以賦為曲者。賞音可覯，定不河漢余言。557

556 〔清〕陳鍾麟：《紅樓夢傳奇・凡例》，收入俞為民、孫蓉蓉主編：《歷代曲話彙編・清代編》第三集，頁五二九—五三〇。

557 〔清〕陳棟：《北涇草堂曲論》，收入俞為民、孫蓉蓉主編：《歷代曲話彙編・清代編》第三集，頁五三二一。

㈤ 梁章鉅

梁章鉅（一七七五—一八四九），字閎中，晚號退菴。官至江蘇巡撫，兼署兩江總督。著作甚富，論曲有《浪跡叢談》。

其《浪跡叢談》自謂不諳崑曲而好秦腔。又謂「讀書即是看戲，看戲即是讀書。」又謂「大約專講崑腔者不過十之三，與己同嗜秦腔者竟十之七矣。」以梁氏之身分地位亦可見彼時亂彈之勢力已不可抗拒。

㈤ 昭 槤

昭槤（一七七六—一八二九），為清太祖努爾哈赤第二子代善之後。嘉慶十年（一八〇五）襲禮親王爵。著有《嘯亭雜錄》。

其《嘯亭雜錄》論「秦腔」謂其詞淫褻猥鄙，皆街談巷議之語，音律靡靡可聽，趨附者日眾。又記秦腔花旦魏長生之演藝人所罕見，名動京師之情況。

㈤ 吳永嘉

吳永嘉（生卒不詳），字古亭。清乾隆間蘇州戲曲藝人。以其舞臺經驗，著《明心鑒》，經友人胥園居士莊肇奎及蘇州崑曲藝人俞維琛、龔瑞豐等增改，題作《梨園原》。

其《明心鑒》卷之四〈餘文〉云：

「一心珍重《明心鑒》，莫把明心視等閒。不過誠心人不授，空教心嚼舌津乾。」此絕五個「心」字，意在曲、白、聲、狀、勢五則之內，故特明言之。聲者，總言音、色二聲也。一心在「聲」，一心在「曲」，一心在「白」，一心在「勢」，一心在《寶山集》。心起心結，鑒始鑒終。558

此〈餘文〉點明其書旨趣在曲、白、聲、狀、勢五則之內，為舞臺藝術心領神會之竅門。由其目次觀之，亦有如芝菴《唱論》之於歌唱藝術之經驗談也。由於作者是修養很深的演員，雖然書中鈔錄一些神話的傳說，但其中論「藝術十種」、「曲白六要」、「身段八要」，以及《寶山集》八則，都是其戲曲表演藝術精粹之論。

(五四)周樂清

周樂清（一七八五－一八五五），海寧人。清嘉慶間任知縣、同知。戲曲有《補天石傳奇》八種，皆為古人補恨之作。

(五五)惰園主人

惰園主人（一七八六－一八四〇後），著有戲曲《極樂世界》。

其《極樂世界・凡例》云：

二簧之尚楚音，猶崑曲之尚吳音，習俗然也。今將以悅京師之耳，故概用京音，間有讀仄為平者，元人

---

558 〔清〕吳永嘉：《明心鑒》，收入俞為民、孫蓉蓉主編：《歷代曲話彙編・清代編》第三集，頁六四〇。

北曲已有其例，幸勿嗤為謬妄。

二簧上句入韻，最利歌喉，故稿中前後皆平仄入韻。559

可見光緒之時，二簧腔（二黃腔）正與崑腔並立。

(五六)李　斗

李斗（生卒不詳），字北有，號艾塘，清乾隆、嘉慶間人。著有《揚州畫舫錄》。其卷五〈新城北錄下〉云：

天寧寺本官商士民祝釐之地。殿上敬設經壇，殿前蓋松棚為戲臺，演《仙佛》、《麟鳳》、《太平擊壤》之劇，謂之「大戲」。事竣拆卸。迨重寧寺構大戲臺，遂移大戲於此。兩淮鹽務例蓄花、雅兩部，以備大戲：雅部即崑山腔；花部為京腔、秦腔、弋陽腔、梆子腔、羅羅腔、二簧調，統謂之「亂彈」。崑腔之勝，始於商人徐尚志徵蘇州名優為老徐班；而黃元德、張大安、汪啟源、程謙德各有班。洪充實為大洪班，江廣達為德音班，復徵花部為春臺班；自是德音為內江班，春臺為外江班。今內江班歸洪箴遠，外江班隸於羅榮泰。此皆謂之「內班」，所以備演大戲也。

乾隆丁酉，巡鹽御史伊齡阿奉旨於揚州設局改曲劇，歷經圖思阿并伊公兩任，凡四年事竣。總校黃文暘、李經，分校淩廷堪、程枚、陳治、荊汝為委員；淮北分司張輔、經歷查建珮、板浦場大使湯惟鏡。

559 〔清〕惰園主人：《極樂世界・凡例》，收入俞為民、孫蓉蓉主編：《歷代曲話彙編・清代編》第三集，頁六一三。

黃文暘著有《曲海》二十卷，今錄其序目云：「乾隆辛丑間，奉旨修改古今詞曲。予受鹽使者聘，得與修改之列，兼總校蘇州織造進呈詞曲。因得盡閱古今雜劇、傳奇，閱一年事竣。追憶其盛，擬將古今作者各撮其關目大概，勒成一書。既成，為總目一卷，以記其人之姓氏。然作是事者多自隱其名，而妄作者又多偽託名流以欺世，且其時代先後，尤難考核。即此總目之成，已非易事矣。」[560]

以上述乾隆末揚州崑亂交奏，以及揚州設局改曲劇，黃文暘著《曲海》二十卷，俱為戲曲史之重要資料。

(三十七)梁紹壬

梁紹壬（一七九二－？），字應來，號晉竹，錢塘人。清道光元年（一八二一）中舉，任廣東鹽大使。著有《兩般秋雨盦隨筆》。

其《兩般秋雨盦隨筆・京師梨園》記四大徽班等名班。

(三十八)梁廷楠

梁廷楠（一七九六－一八六一），字章冉，號藤花亭主人，廣東順德人。官至內閣中書。著有《藤花亭曲話》。

其《藤花亭曲話》五卷，首卷就《錄鬼簿》、《曲海目》另加排比；第四卷多論格律語法，第五卷論音韻，

[560]〔清〕李斗：《揚州畫舫錄》，收入俞為民、孫蓉蓉主編：《歷代曲話彙編・清代編》第三集，頁六四二、六四三－六四四。

皆摭拾舊聞，略無新義。唯二三兩卷品評諸家名作，能不拾人牙慧，或論本事考其史實，或能品藻語言，說其結構得失，頗有可參考之見解。其《曲話》卷三云：

乾隆中，高宗純皇帝第五次南巡，族父森時服官浙中，奉檄恭辦梨園雅樂。先期命下，即以重幣聘王夢樓編修文治填造新劇九折，皆即地即景為之，曰《三農得澍》，曰《龍井茶謌》，曰《祥徵冰繭》，曰《海宇謌恩》，曰《燈燃法界》，曰《葛嶺丹爐》，曰《仙醞延齡》，曰《瑞獻天臺》，曰《瀛波清宴》。選諸伶藝最佳者充之，在西湖行宮供奉。每演一折，先寫黃綾底本，恭呈御覽，輒蒙褒賞，賜予頻仍。今日重披法曲，猶仰見當年海宇久安，民康物阜。古稀天子省方問俗，桑麻阡陌間與百姓同樂，一種雍熙氣象，為千古所稀有，真盛典也。

《長生殿》至今，百餘年來，歌場、舞榭，流播如新。每當酒闌燈灺之時，觀者如至玉帝所聽奏【鈞天法曲】，在玉樹、金蟬之外，不獨趙秋谷之「斷送功名到白頭」也。然俗伶搬演，率多改節，聲韻因以參差，雖有周郎，亦當掩耳而過。近日古吳馮雲章起鳳撰為《吟香堂曲譜》，以縹緲之音，度娟麗之語，迎頭拍字，按板隨腔，允稱善本。且其宮調、字音，多加考訂，毫無遺漏，謂之《長生殿》第一功臣，可也。石太史韞玉為之序云：「謂非嬴女吹簫，馮夷擊鼓，不能使笑者解頤，泣者俯首，」如是信然。[561]

右舉兩條，前者見乾隆南巡獻戲承應之情況，事關戲曲史；後者見《曲話》論劇之典型，事關戲曲評論之模式，其慧眼大抵皆如此。

---

[561]〔清〕梁廷柟：《藤花亭曲話》，收入俞為民、孫蓉蓉主編：《歷代曲話彙編．清代編》第四集，頁三二一、三七一－三八。

三人真名不詳，於乾隆五十九年（一七九四）會於京師，合作《消寒新詠》，因始於是年冬至，而成書於翌年春分，故名《消寒》，以花鳥為喻評論京師演員。

(五九)鐵橋山人、石坪居士、問津漁者

又黃本銓《粉墨叢談》，吳長元《燕蘭小譜》，小鐵笛道人《日下看花記》，留春閣小史《聽春新詠》，張際亮《金臺殘淚記》，楊懋建《辛壬癸甲錄》、《長安看花記》、《夢華瑣簿》等，餘不鈞徒和殿春生合著《明僮合錄》，藝蘭生《側帽餘譚》、《評花新譜》，蜀西樵也《燕臺花事錄》，半標子《菊部群英》，蘿摩菴老人《懷芳記》等皆為文人記其所見所聞京師優伶之書。

(六〇)姚　燮

姚燮（一八〇五—一八六四），字梅伯，號復莊，鎮海人。道光十四年（一八三四）舉人。戲曲論著有《今樂考證》。

其《今樂考證》與王國維《曲錄》近似，但兩書所據資料不同，可互補有無。其〈緣起〉一卷，又於作家或作品之後輯錄相關資料，皆但為陳說，然可省讀者翻檢之勞。

(六一)劉熙載

劉熙載（一八一三—一八八一），字融齋，江蘇興化人。道光二十四年（一八四四）進士，官至廣東督學。著有《藝概》六卷，內分〈文概〉、〈詩概〉、〈賦概〉、〈詞曲概〉、〈書概〉、〈經義概〉，其關涉曲論者為〈詞曲概〉。

其〈詞曲概〉云：

曲以「破有」、「破空」為至上之品。中麓謂「小山詞瘦至骨立，血肉消化俱盡，乃煉成萬轉金鐵軀」，破有也；又嘗謂「其句高而情更款」，破空也。

《太和正音譜》諸評，約之祗清深、豪曠、婉麗三品，清深如吳仁卿之「山間明月」也，豪曠如貫酸齋之「天馬脫羈」也，婉麗如湯舜民之「錦屏春風」也。562

此二條所見，別具慧眼。

㈦㈢ 顧　祿

顧祿，道光間吳縣人。其《桐橋倚棹錄》記有當時之「影戲洋畫」與各種雜技。

㈦㈢ 支豐宜

支豐宜（生卒不詳），字午亭，道光間江蘇鎮江人。著有《曲目新編》，其《曲目新編》之曲目，實以李斗《揚州畫舫錄》所載、黃文暘《曲海目》為主體，並補入焦循所增、支氏所知而列成一表以便查閱而已。

㈦㈣ 王德暉、徐沅澂

562 〔清〕劉熙載：《藝概》，收入俞為民、孫蓉蓉主編：《歷代曲話彙編・清代編》第四集，頁四五八－四五九。

王德暉、徐沅澂合著《顧誤錄》。王德暉，字曉山，山西太原人。著有《曲律精華》。徐沅澂，字惺宇，北京人。編有《顧誤》。咸豐元年（一八五一），二人相遇北京，以同道知音，各出手稿，互相參校，合為一書，標名《顧誤錄》。

《顧誤錄》共四十章，其三分之一說律呂宮調，多陳陳相因；其三分之二論說度曲方法，蓋綜合沈寵綏《度曲須知》與徐大椿《樂府傳聲》二書稍加精煉而成。但對於發聲、出字、收韻等則頗有發明，為繼芝菴《唱論》與《梨園原》後之重要著作。

㈤平步青

平步青（一八三二—一八九六），字景孫，號常庸、霞偶、棟山樵，山陰人。同治元年（一八六二）進士，官至布政使。所著關涉戲曲者，別出為《小棲霞說稗》。

其《小棲霞說稗》大部分為考證戲曲劇目之來源，徵引詳博。其〈觀劇詩〉云：

伶人演劇半用古事，然多顛倒賢奸，蓋皆不識字者所為。如《唐傳》之張士貴，《楊家將》之潘美，《平西傳》之龐籍，率與史傳不合。《冬夜箋記》：「每閱傳奇，輒歎前賢父母妻妾為其溷亂，如《荊釵記》、王曾、呂蒙正。」

《持雅堂詩集》卷一有〈觀劇〉五古一篇，中云：「《莊》、《列》愛荒唐，寓言著十九。傳奇祖其意，顛倒賢與否。蔡邕孝廉人，《琵琶》遭擊掊；借以諷王四，於義猶有取。俗人不知書，逞臆造烏有。桓桓張士貴，功出仁貴右，無端目為奸，毅魄遂含垢；楊業雖健將，潘美亦其偶，不制王侁兵，天馬變家狗；

勸懲義何在?妖言惑黔首!」可為正人吐氣。563

戲曲故事與史不合,何止於此!雖則可嘆,但庶民之肆意為之,亦自有其故也。

(六六)楊恩壽

楊恩壽(一八三五—一八九一),字鶴儔,號蓬海,長沙人。清同治九年(一八七〇)舉人,官至鹽運使。曲學論著有《詞餘叢話》、《續詞餘叢話》。

其《詞餘叢話》含〈原律〉、〈原文〉、〈原事〉各一卷。〈原律〉論律呂、宮調、曲譜、聲韻之類;〈原文〉論曲文、曲藻;〈原事〉考證戲曲劇目。其中多清中葉以後材料。

其《詞餘叢話》卷二〈原文〉云:

王夢樓先生以書法名海內。性喜詞曲,行無遠近,必以歌伶一部自隨。客至,張樂共聽,窮朝暮不倦。其辨論音律,窮極要眇。長洲葉氏纂《納書楹》,偏取元、明以來院本,審定宮商,世所稱「葉譜」也,其中多先生所糾正。論者謂「葉譜功臣」云。先生斥《燕子箋》「以尖刻為能。自謂學玉茗堂,全未窺其毫髮。笠翁惡札,從此濫觴。」是說余不以為然。圓海詞筆,靈妙無匹,不得以人廢言,雖不能上抗臨川,何至下同湖上。〈寫像〉一出,膾炙人口。余尤愛霍秀夫與華行雲畫小照後,行雲索秀夫自貌於側,秀夫云:「畫眉郎怎自把眉兒畫!」死典活用,字字靈通,此豈芥子園所能夢見!第二十八出〈閨憶〉,

563 〔清〕平步青:《小棲霞說稗》,收入俞為民、孫蓉蓉主編:《歷代曲話彙編・清代編》第四集,頁四七八。

寫行雲在鄜府時，離情如繪，香吻宛然。[564]

對於阮大鋮能不以人廢言，頗為通達中正。

又《續詞餘叢話》卷二云：

填詞一道，雖為大方家所竊笑，殊不知此中自有樂也，惟好事者始能得之。大凡功名富貴中人，大而致君澤民，小而趨炎附勢，惟日不足，何暇作此不急之需？必也漂泊江湖、沉淪泉石之輩，稍負才學而又不過於時，既苦宋學之拘，又覺漢學之鑿，始於詩、古文辭之外，別成此一派文章，非但鬱為之舒，慍為之解，而且風霆在手，造化隨心——我欲作官，則頃刻之間便臻榮貴；我欲致仕，則轉盼之際又入山林；我欲作人間才子，即為杜甫、李白之後身；我欲娶絕代佳人，即諧西子、王嬙之佳偶；我欲成仙、作佛，則西天、蓬島，即在筆牀硯匣之旁；我欲盡忠、致孝，則君治、親年，可駕堯、舜、彭籛之上——非若他種文字，欲作寓言，必須醞藉；倘或略施縱送，稍欠和平，便犯佻達之嫌，失風人之旨矣。填詞者用意、用筆，則惟恐其蓄而不宣，言之不盡。代何等人說話，即代何等人居心。無論立心端正者我當設身處地代生端正之想；即遇立心邪僻者，亦當舍經從權，暫為邪僻之思。務使心曲隱微，隨口唾出，認一人肖一人，勿使雷同，勿使浮泛，若《水滸傳》之敘事，吳道子之寫生，斯道得矣。東坡以行文為樂事。夫文之樂，吾則不知；雕蟲小技之樂，未有過於填詞家矣。

填詞誠足樂矣，而其搜索枯腸，撚斷吟髭，其苦其萬倍於詩文者。曲詞一道，句之長短，字之多寡，聲

[564]〔清〕楊恩壽：《詞餘叢話》，收入俞為民、孫蓉蓉主編：《歷代曲話彙編·清代編》第四集，頁五五二。

之平、上、去、入，韻之清濁、陰陽，皆有一定不移之格，長者短一句不能，少者增一字不可。又復忽長忽短，時少時多，當平者用仄則不諧，當陰者換陽則不協。盡有新奇之句，因一字不合，便當毅然去之；非無捏湊之詞，為格律所拘，亦必隱忍留之。調得平仄成文，又慮陰陽反覆；分得陰陽清楚，又與聲韻乖張。作者處此，但能佈置得宜，安頓極妥，已是萬幸之事，尚能計詞品之低昂，文情之工拙乎？能於此種艱難文字，顯出奇能，字字在聲音律法之中，言言無資格拘攣之苦，如蓮花生在火上，仙叟奕於橘中，始為盤根鑿節之才，八面玲瓏之筆，壽名千古，夫復何慚。

所論填詞之苦樂入木三分，實為深思體會之言，為曲家知音。

(卆)洪炳文

洪炳文（一八四八－一九一八），字博卿，號棟園。著有戲曲三十六種，存二十一種。其〈警黃鍾自序〉謂「警黃鍾者何？警黃種之鐘也。黃種何警乎爾？以白種強而黃種弱也。」可見以戲曲為警世之利器，頗富時代之意識。

(六)淵　實

淵實著〈中國詩樂之遷變與戲曲發展之關係〉實為有關詩樂戲曲演進形成之學術性論文之先驅，雖其內容，今日看來，頗多可議者，然起步為難也。

又箸夫〈論開智普及之法首以改良戲本為先〉已注意話劇、戲曲之社會功能。

又蔣智由〈中國之演劇界〉注意到西方之悲劇意識，從而自省中國演劇但有喜劇而無悲劇，且技法拙劣。又歐榘甲〈觀戲劇〉記其在美洲、日本所見之異國演劇與本國之異同而有所省思。

㈥徐　珂

徐珂（一八六九－一九二八），錢塘人。光緒間舉人，官內閣中書，著有《清稗類鈔》。其《清稗類鈔》「戲劇類」、「優伶類」記載清代末年戲曲之傳聞與掌故，可參閱。其〈歐人研究我國戲劇〉、〈文宗提倡二簧〉、〈新戲〉、〈內廷演劇〉、〈頤和園演戲〉、〈京師戲園〉、〈開封戲園〉、〈郭某始創戲園於蘇州〉、〈上海戲園〉、〈廣州戲園〉、〈貓兒戲〉、〈京師婦女觀劇〉、〈河南婦女觀劇〉、〈上海有外國戲園〉等條皆事關近代戲曲史。其次以「像姑」釋伶中「相公」；〈伶存花榜〉、〈角色〉及其他名伶掌故亦然。

㈦梁啟超

梁啟超（一八七三－一九二九），字卓如，號任公，新會人。清光緒十五年（一八八九）舉人，師從康有為。民國後曾任司法部總長、財政部總長，著有《飲冰室合集》一百八十四卷，戲曲有《劫灰夢》、《新羅馬》、《俠情記》三種，其戲曲理論見於《小說叢談》，其《小說叢談》之論《桃花扇》頗有見地。

七、近代曲學專書述評

(一)王季烈《螾廬曲談》

王季烈(一八七三—一九五二),字君九,號螾廬,蘇州人。清光緒三十年(一九〇四)進士,官學部專司司長。著有傳奇、雜劇各一種,集成曲譜、曲佚等。

其《螾廬曲談》分四卷,首卷〈論度曲〉,含緒論、論七音笛色及板眼、論識字正音、論口法、論賓白讀法。卷二〈論作曲〉,含論作曲之要旨、論宮調及曲牌、論套數體式、論劇情與排場、論詞藻四聲及襯字。卷三〈論譜曲〉,含論宮調、論板式、論四聲陰陽與腔格之關係、論各宮調之主腔、論腔之聯絡及眼之布置。卷四〈餘論〉,含論傳奇源流、傳奇家姓名事跡考略、七音十二律呂及旋宮之考證、詞曲掌故雜錄。堪稱體大思精,周延備至,層次分明,為國人曲論精華之總結,此後論曲唱、作曲、譜曲者莫不以此為依歸。尤其其論口法、論套數體式、論劇情與排場、論宮調主腔,實為發前人所未發,言人所未言。其論劇情與排場,尤具慧眼,將戲曲內在之藝術結構發揮得淋漓盡致。

其〈論口法〉云:

> 口法之要,首在審五音,準四呼。五音者,喉音、舌音、齒音、牙音、唇音是也。……四呼者,即開、齊、合、撮是也。

唱曲之音，與讀書之音有迴乎不同之處，讀書一字一音，祇要出聲準，而讀其字已準；若唱曲，則曼聲徐引，且一字數腔，故出聲雖準，而不得收音之訣，則其字之交代不清，仍不知其所唱為何字也。欲出聲收音無不準，須先將字之頭、腹、尾細為辨別。如「東」之一字，「多」音為頭，「翁」音為腹，「吳」之土音（即鼻音）為尾；「江」之一字，「基」音為頭，「央」音為腹，「吳」之土音為尾；「皆」之一字，「基」音為頭，「哀」音為腹，「噫」音為尾；「蕭」之一字，「西」音為頭，「坳」音為腹，「嗚」音為尾；「鳩」之一字，「基」音為頭，「謳」音為腹，「嗚」音為尾。二十一韻中之字，皆如此分別其頭、腹、尾，然後唱之，則一字有一字之起訖，雖其聲極長，其腔屢轉，而聽者自知其屬何字。口法中俗有所謂掇、疊、擻、霍者。掇、疊、擻三者相似，而掇之動作最為輕微，疊則較掇為沉著，擻則音雜而腔繁，其口法須動下頦，不僅用喉間之動作，方可使其音不改變。565

其〈論宮調及曲牌〉云：

南曲套數之體式，至無一定，大都以引子起，以尾聲終，而亦有不用引子，或不用尾聲者。至於過曲，有宜疊用數支者，有不宜疊用者，有宜於丑、淨唱者，有宜於生、旦唱者，有必須列於前者，有必須列於後者，有可前可後者，均視曲牌之性質而各不同。故欲作南曲，宜先辨別曲牌之性質。過曲聯絡之次序，總須慢曲在前，中曲次之，急曲在後，慢曲即細曲，皆有贈板，中曲則無贈板，而一板用三眼，急曲則一板一眼，或流水板，但同一曲牌疊用四支者，往往第一、二支有贈板，第三支一板

565 王季烈：《螾廬曲談》，收入俞為民、孫蓉蓉主編：《歷代曲話彙編・近代編》第一集（合肥：黃山書社，二〇〇九），頁三五四、三五五、三五八。

三眼，第四支一板一眼。[566]

其〈論劇情與排場〉云：

悲歡離合，謂之劇情；演劇者之上下動作，謂之排場。欲作傳奇，此二事最須留意。茲先就劇情論之。……南北合套及南曲套數，就曲情分為歡樂、遊覽、悲哀、幽怨、行動、訴情六門，以供作傳奇者之採用。

作傳奇者，情節奇矣，詞藻麗矣，不合宮調則不能付之歌喉；宮調合矣音節諧矣，不講排場則不能演之氍毹。然自來文人，能度曲者已屬不多，至能知搬演之甘苦勞逸，及其動人觀聽之處何在，則更為罕遇。以故所撰傳奇，文詞雖美，而不風行於歌場，反不若伶工所編之劇，轉足以博人喝采也。崑曲角色，總稱之曰生、旦、淨、丑，然生有老生、冠生、小生，旦有老旦、正旦、刺殺旦、閨門旦、貼旦，淨有正淨、白淨、副淨，惟丑則一耳，此外尚有外及末，總計有十五門角色。一部傳奇中，最好各門角色俱備，而又不宜重複。惟欲角色全備猶易，欲不重複甚難。則於劇中主要之人避去重複，配角不妨重複，然在一折內，仍須避去重複也。

《長生殿》全部傳奇共五十折，除第一折傳概為上場照例文章外，共計四十九折，不特曲牌通體不重複，而前一折之宮調與後一折之宮調，前一折之主要角色與後一折之主要角色決不重複。

《長生殿》全本五十折，其選擇宮調、分配角色、布置劇情，務使離合悲歡、錯縱參伍，搬演者無勞逸

---

[566] 同上註，頁三九六、三九七。

不均之處，觀聽者覺層出不窮之妙。自來傳奇排場之勝，無過於此。其中之〈定情〉、〈密誓〉、〈埋玉〉等折，皆一折之中，移宮換韻，此因排場變動，劇情改換，故改易宮調以適應之，非《琵琶‧吃糠》折之無故換調可比。蓋〈定情〉折前半【大石】一套，為冊妃宴飲歡劇，後半【越調】二曲，為深宮密語情形；〈密誓〉折【越調】諸曲，為牛女天上相會之事，【商調】諸曲，為宮中拜禱設盟之事；〈埋玉〉折【中呂】全套，為六軍逼妃情事，至末一曲【朝元令】，乃係護駕起行，與前事不相蒙，凡此等處，正以一折中移宮換韻，而益見其切合劇情也。又〈覓魂〉一折，【北仙呂】全套，前半淨唱，後半末唱，雖與北曲全折限一人唱之通例不合，然此種長套之曲，一人之力決不能唱畢，出神另易角色，究是通幽一人，故雖變通古人成法，而仍不背於古。非深明曲理者，不能有此創舉也。[567]

(二)吳梅《戲曲論文集》

吳梅，字瞿安，號霜厓，江蘇長洲（今吳縣）人。生於光緒十年（一八八四），一九三九年病逝於雲南大姚縣。吳梅終生執教。自一九〇五年至一九一六年間，先後在蘇州東吳大學堂、存古學堂、南京第四師範、上海民立中學任教。一九一七年至一九三七年間，在北京大學、南京東南大學、廣州中山大學、上海光華大學、南京中央大學、金陵大學任教授。

吳梅對古典詩、文、詞、曲研究精深。作有《霜厓詩錄》、《霜厓曲錄》、《霜厓詞錄》行世。又長於製曲、譜曲、度曲、演曲。作《風動山》、《霜厓三劇》等傳奇、雜劇十餘種。

---

[567] 同上註，頁四一一、四一六、四一七、四二一。

在中國古典戲曲的研究方面，蒲江清謂：「近世對於戲曲一門學問，最有研究者推王靜安先生與吳先生兩人。靜安先生在歷史考證方面，開戲曲史研究之先路；但在戲曲本身之研究，還當推瞿安先生獨步。」段天炯則說：「曲學之能辨章得失，明示條例，成一家之言，尋後來先路，實自霜厓先生始也。」

其有關戲曲理論之主要著作：

1.《奢摩他室曲話》(一九〇七)
2.《顧曲麈談》(一九一四)
3.《曲海目疏證》(一九一五)
4.《朝野新聲太平樂府校勘記》(一九二四)
5.《中國戲曲概論》(一九二六)
6.《元劇研究》(一九二九)
7.《曲學通論》(一九三二)
8.《長生殿傳奇斠律》(一九三四)
9.《南北詞譜》(一九三九)

瞿安先生著作內容頗見重複，如《奢摩他室曲話》與《顧曲麈談》頗為大同小異。《曲學通論》第六章〈作法上〉、第七章〈作法下〉及第十章〈務頭〉，與《顧曲麈談》第二章第一節論作劇法、第一章第四節論南曲作法雷同。《元劇研究》第二章所列元劇現存劇目，與《中國戲曲概論》卷上所列亦相同。凡此皆因著作成書年代不同，而為論題相關所須不得已而兩見也。

其《顧曲麈談》分四章：〈原曲〉(論宮調、論音韻、論南曲作法、論北曲作法)、〈製曲〉(論作劇法、論作清曲法〉、〈度曲〉、〈談曲〉，堪稱曲學入門必讀之書。其中〈談曲〉章，為「曲話」性質之雜記。

其《曲學通論》含〈曲原〉、〈宮調〉、〈調名〉、〈平仄〉、〈陰陽〉、〈作法上下〉、〈論韻〉、〈正訛〉、〈務頭〉、〈十知〉、〈家數〉，為與《顧曲麈談》互補有無之書，亦為初學進入曲學之津梁。其中〈十知〉含曲學之基本修為、字義、章法、句法、引子、過曲、尾格、集曲、襯字、板眼、四十禁（指王驥德《曲律》之〈論曲禁〉四十條）。

其《中國戲曲概論》卷上含〈金元總論〉、〈諸雜院本〉、〈諸宮調〉、〈元人雜劇〉、〈元人散曲〉五章；卷中含〈明總論〉、〈明人雜劇〉、〈明人傳奇〉、〈明人散曲〉四章；卷下含〈清總論〉、〈清人雜劇〉、〈清人傳奇〉、〈清人散曲〉，可見其「戲曲」之概念包括散曲與劇曲而言。所論無不提綱挈領，要言不煩，語語中肯，有如畫龍點睛，光采四射，而能啟人諸多發明。

其《元劇研究》含〈緒論〉、〈元劇的來歷〉、〈元劇現存數目〉、〈元劇作者考略上下〉，此為元劇研究繼王國維《宋元戲曲史》後發皇之作。

瞿安先生另有《曲海目疏證》、《朝野新聲太平樂府校勘記》、《長生殿傳奇斠律》、《瞿安讀曲記》以及敘跋、散論、書牘諸論著，亦足供吾人治曲學之圭臬；其中《瞿安讀曲記》所敘皆瞿安經歷心得之言，非泛調浮語之「曲話」可比，可供吾人評論諸家劇作之重要參考資料。《瞿安讀曲記》內容含元雜劇十種、明雜劇二十九種、明傳奇三十種、清雜劇八種、清傳奇十三種，計九十種；另敘跋二十篇、散論四則、書牘四札。

(三)許之衡《曲律易知》

許之衡（一八七七－一九三五），字守白，號飲流，番禺人。曾留學日本，畢業於明治大學，任北京大學教授兼研究國學門導師。著有《曲律易知》，並作傳奇《玉虎墜》等三種。

其《曲律易知・論粗細曲》云：

> 一曰細曲，亦名套數曲，謂宜於長套所用，即前所謂「纏綿文靜」之類也。一曰粗曲，亦名非套數曲，謂宜於短劇過場等所用，即前所謂「鄙卑噍殺」之類也。二者各別部居，不相聯屬，非排場必要時，決無同在一處之理，誤用則成笑柄。又有可細可粗之曲，以便隨人運用。以此三類，可括曲之一切性質，明乎此，則握管填詞，成竹在胸；則無支支節節雜亂無章之弊矣。[568]

又其〈排場變動〉云：

> 傳奇之排場……為所最難明者，惟排場變動之際乎！以曲律言，排場變動，則換宮換韻自無妨。……如《長生殿》〈埋玉〉折：【粉孩兒】至【紅繡鞋】一套為縊妃埋玉，乃中呂用家麻韻；後接【朝元令】為扈從繞行，乃雙調用廉纖韻。……一望而知其排場之變動，所換宮調曲牌，最恰好者也。亦有換宮而不換韻者，如〈尸解〉折；正宮【雁魚錦】一套用尤侯韻，下換南呂【香柳娘】數支亦用尤侯韻；前者妃魂自嘆，後者〈尸解〉正文。此排場變動，換宮而不換韻者也。……排場一事最為繁難，大抵因劇情之變動而定所用之曲牌。如前述《長生殿・埋玉》折【粉孩兒】一套之下接以【朝元令】，因扈從繞行故用此曲；蓋【朝元令】乃繞場曲也。若劇情與此異者，照此譜填則誤矣。……蓋排場合宜，則有贈板在前無贈板在後之例，固可顛倒，即管色不同、宮調不一亦可變通。若排場不明，則雖按古人合律之曲照

568 許之衡：《曲律易知》，收入俞為民、孫蓉蓉主編：《歷代曲話彙編・近代編》第三集（合肥：黃山書社，二〇〇九），頁七五。

填，在彼為極合宜，在我為大不合者，比比而是。蓋每支曲牌均各有其性質，不知其性質，即不能運用排場；亂次以濟固非，膠柱鼓瑟亦非也。[569]

許氏之書當與王氏《螾廬曲談》同看。

(四)鄭騫先生之曲學

有關鄭因百先生的曲學述要，及門游宗蓉曾有扼要之整理與概述，茲引其文：

鄭先生名騫，字因百，祖籍遼寧鐵嶺，一九〇六年生於四川灌縣，一九九一年七月二十八日逝世於臺北，為近世曲學名家。鄭先生自一九三八年至母校燕京大學中文系任教，即展開了曲學方面的論述。一九四八年，鄭先生應臺靜農先生之邀請來臺，任教於臺灣大學中文系，講授「曲選」、「戲劇概論」等課程，也為臺灣的曲學扎下根苗。

鄭先生著述宏富，其曲學著作有論文數十篇，絕大多數收錄於先生所著《景午叢編》、《龍淵述學》，二〇一二年曾永義先生復將二書中有關戲曲之論述重新編輯為《鄭騫戲曲論集》。鄭先生又著有專書《北曲新譜》、《北曲套式彙錄詳解》、《校訂元刊雜劇三十種》三種，並編有元明散曲選本《曲選》。先生治學，向以經史考據為根柢，得力於乾嘉樸學之傳統，其治曲亦特別重視文獻之稽考，舉凡曲家生平著作之考述、曲目編纂，乃至一字一詞之考釋，無不博採群籍，謹嚴辨擇。對於曲籍之輯補校勘、版本考評，著力尤深。散曲方面，鄭先生寫成

[569] 許之衡：《曲律易知》（臺北：郁氏印獎會影印，一九七九，據壬戌（民國二年，一九一三）十二月飲流齋刊本影印），卷六，頁一三三。

〈新校梨園按試樂府新聲補正〉一文，就隋樹森校訂本加以考訂，為散曲研究提供了重要的文本材料。戲曲方面，鄭先生專力於元雜劇的輯佚校勘，完成〈元人雜劇的逸文及異文〉、〈元雜劇異本比較〉（一至五組）、〈太和正音北詞廣正二譜引劇校錄〉等專論。在詳考所有現存元雜劇各版本成書流傳的過程，以及文字異同之後，鄭先生寫成〈元明鈔刻本元人雜劇九種提要〉一文，並將現存元雜劇版本區分為元人舊本、近古之本、孟稱舜改本、臧懋循改本四個系統，具體評定各版本的特點、得失及其學術價值，至今仍為元雜劇研究者材料選擇上的重要依據。而《校訂元刊雜劇三十種》一書更是鄭先生歷三十年而成的重要學術成果，此書考校精嚴周密，在校訂原書曲牌名稱或曲文的錯誤上，尤為學界所稱譽倚重，此正得力於鄭先生對北曲格律的長年鑽研。

曲律考訂是鄭先生用功極深的研究課題，《北曲新譜》與《北曲套式彙錄詳解》兩本專著，更歷時二十三年方始完成。鄭先生的曲律之學博取材料以求確證，並重視訂立條款，明定譜例，為分析曲律建立步驟具體明確的操作範式。《北曲新譜》依據句數、字數、句式、調律、協韻、對偶等六項構成要素，考訂北曲各曲牌之格律，研究者早已奉為圭臬。《北曲套式彙錄詳解》是第一部對北曲聯套進行全面系統性研究的專著。依宮調為次，說明各宮調聯套所用首曲、尾聲，以及各牌調之先後位置與相互關係，北曲之聯套法則遂得以明晰。

鄭先生歸納北曲曲牌格律與聯套規律，不僅提供研究者依循的軌範，更由此開啟了更深廣的學術議題。就曲牌格律而言，鄭先生於〈論北曲的襯字與增字〉一文，提出北曲曲牌格式的構成要素、變化因素及變化原理，從而導向中國詩歌語言旋律之探討。就聯套規律而言，鄭先生於《北曲套式彙錄詳解》曾舉出若干北曲套式與情節型態相對應的例證，由此開啟了後學有關元雜劇套式、劇情、排場關聯之研究。

上述考據之學，是鄭先生曲學中著力最深、成果最為豐碩的部分。此外，鄭先生對於散曲、戲曲之文學藝術，亦有獨到之評論觀點。鄭先生之散曲批評，以詩人意識為論述核心。鄭先生認為曲是詩的支流、別體，外在形製雖有差異，但內在本質聯繫相通。「人格與學問的結晶」是一切詩歌創作的最高標準，散曲亦然。散曲之內涵，以曲家的情志人格為中心，須表現純正的思想、真摯的性情與開闊的胸襟；散曲之語言，以根源於深厚文化涵養的「典雅」為宗，展現曲家的學識。鄭先生對散曲本質的看法，根源於中國知識階層詩教文化所濡染的詩人意識，此一詩人意識經由編選元明散曲選本《曲選》而彰顯。《曲選》之編選，以醇雅為宗，強調情志之正、語言典雅及音律諧美，正直指散曲與詩相通的本質意義。

鄭先生品評戲曲，獨重文學層面的表現，又以曲文為批評之焦點。鄭先生以樸拙醇厚為元雜劇之獨特情味，明人改本，其佳者固然流利工雅，但與元人情韻仍然有隔。品評元雜劇，自以元人本色為尚。其次，曲文是開展情節、表現人物的戲劇語言，鄭先生論曲文，便留意於與劇情脈絡是否符合，而是否曲盡人情，切合劇中人物的身分、性格及其在特定情境中的心理反應，更是品論的重點。鄭先生以「清真」為評賞元雜劇的最高標準，就元雜劇的整體風格而言，其「樸拙醇厚」並非拘執於樸素或華美的文字表相，而是不虛飾、不造作的真誠。就曲文的戲劇作用而言，要能成為劇中人物抒發情志之詩，代其立心，深透其情。此與鄭先生論散曲同樣源於「詩本性情」的詩人意識。

考據與文學是鄭先生曲學的兩大支柱。其於考據，不僅因學養深厚，辨析精嚴，獲得信而有徵的結論，更因重視方法、材料的運用，體例、律則的建立，展現先生的學術遠見，也往往啟迪後學新的研究方向。鄭先生對散曲、戲曲文學的批評，散曲宗醇雅，戲曲貴清真，而皆歸於本乎情志的詩歌本質，具有鮮明的詩人意識。此一詩人意識繼承了中國知識階層的詩教文化傳統，鄭先生於長年寫詩、讀詩、論詩中體察踐履，亦是鄭先生曲學中特有的一份詩心。

一併附上游宗蓉所整理的「鄭因百先生戲曲論著簡表」：

◎單篇論文

篇名	發表／撰述時間	刊物／專書名稱	備註
*玉茗新詞初稿	不詳	不詳	一九七〇年補附註
評介馮沅君著《古劇說彙》	不詳	不詳	馮書一九四七年商務印書館出版
善本傳奇十種提要	一九三八	燕京學報二四期	初稿完成後四、五年陸續增訂，一九七〇年補附記
*馮惟敏及其著述	一九四〇	燕京學報二八期	
論元雜劇散場	一九四四	不詳	
元人雜劇的逸文及異文	一九四六初稿 一九五八增改稿	青年文化 學術季刊	一九六七年補遺
**辨今本《東牆記》非白樸原作	一九四七	北平：俗文學一四、一五期	
仙呂混江龍的本格及其變化	一九五〇	臺灣大學文史哲學報第一期	
**北曲格式的變化	一九五〇	大陸雜誌一卷七期	
元雜劇的紀錄	一九五一	大陸雜誌三卷一二期	
元雜劇的結構	一九五一	大陸雜誌二卷一二期	一九七〇年補附記
《董西廂》與詞及南北曲的關係	一九五一	臺灣大學文史哲學報第二期	
元劇作者質疑	一九五四	大陸雜誌特刊第一輯	
從《元曲選》說到《元刊雜劇三十種》	一九五四	大陸雜誌八卷八期	一九六六年補附註
關漢卿的雜劇	一九五八	中國文學史論集	一九五八年以〈關漢卿〉為篇名發表。一九六六年補附記
關漢卿雜劇總目附元人雜劇總目凡例	一九五八	大陸雜誌一七卷一〇期	
太和正音北詞廣正二譜引劇校錄	一九五八	淡江學報	一九五三年輯校

吉川著《元雜劇研究》中譯本序	一九六〇		
《孤本元明雜劇》讀後記	一九六〇	大陸雜誌二一卷一、二期合刊	一九六六年定稿
臧懋循改訂元雜劇平議	一九六一	臺灣大學文史哲學報第一〇期	一九七一年補附記
《李師師流落湖湘道》雜劇附九轉貨郎兒譜	一九六一	幼獅學報三卷二期	一九七〇年補附記、附錄
關漢卿《竇娥冤》雜劇異本比較	一九六四	大陸雜誌二九卷一〇期	
明斯干軒本《琵琶記》	一九六五	香港：文學世界季刊九卷二期	一九七〇年補後記
羅著《中國戲曲總目彙編》序	一九六六		
仙呂混江龍的本格及其變化後記	一九六七		
白仁甫交游生卒考	一九六八	臺北：廣文月刊一卷一期	一九七〇年補正
**元人雜劇異本比較舉例	一九六八	書和人九八期	
元明鈔刻本元人雜劇九種提要	一九六九	清華學報新七卷二期	一九七一年補附記
白仁甫年譜附白華白恪繫年	一九六九		
*《紅葉記》、《南詞韻選》及《三沈年譜》合印本跋	一九七〇		
**《北曲套式彙錄詳解》序論	一九七一	大陸雜誌四二卷一〇期	
永嘉室札記	一九七二	中國書目季刊七卷一、二期	
《西廂記》作者新考附西廂版本彙錄	一九七三	幼獅學誌一一卷四期	
論北曲的襯字與增字	一九七三	幼獅學誌一一卷二期	由〈北曲格式的變化〉增改
永嘉餘札	一九七三	中國書目季刊七卷三期	
**元雜劇異本比較	一九七三	國立編譯館館刊二卷二期	
**元雜劇異本比較（第二組）	一九七三	國立編譯館館刊二卷三期	
**元雜劇異本比較（第三組）	一九七四	國立編譯館館刊三卷二期	

永嘉新札之餘	一九七五	中國書目季刊九卷三期	
**元雜劇異本比較（第四組）	一九七六	國立編譯館館刊五卷一期	
**元雜劇異本比較（第五組）	一九七六	國立編譯館館刊五卷二期	
《西廂記》版本彙錄補遺	一九七七	幼獅月刊四五卷五期	
跋黃嘉惠本《董西廂》	一九七七	國語日報書和人三一六期	補一九四四年、一九七二年跋文
跋劉龍田本《西廂記》	一九七七	國語日報書和人三一六期	
龍淵里日鈔	一九七八		
跋陸貽典鈔本《琵琶記》	一九七八	國語日報書和人三一六期	
**元雜劇中的幾個問題	一九七八	中國文化復興月刊一一卷一期	

*表示收錄於《景午叢編》或《龍淵述學》，但《鄭騫戲曲論集》未收。

**表示《景午叢編》、《龍淵述學》、《鄭騫戲曲論集》皆未收錄。

◎專著

書名	出版年	出版者
校訂元刊雜劇三十種	一九六二	臺北：世界書局
北曲新譜	一九七三	臺北：藝文印書館
北曲套式彙錄詳解	一九七三	臺北：藝文印書館

地方戲曲概論(上)(下)

曾永義、施德玉／著

中華民族是戲曲的民族，地方戲劇、戲曲源遠而流廣，劇種豐富，變化相承，迄今不衰。時至今日，各種地方戲曲仍舊深入社會各階層，脈動著廣大群眾的心靈，闡發著共同的民族意識、思想、理念和情感。

本書是坊間首次對「地方戲曲」全面論述之著作，內容包羅古今與兩岸，綱目周延而詳備。全書完整論述古今地方戲曲之形成與發展徑路、劇目題材與特色、主要腔系及小戲大戲之音樂特色、戲曲與小戲大戲之藝術質性、戲曲與小戲大戲腳色之名義分化及其可注意之現象、大陸重要地方戲曲劇種簡介、臺灣地方戲曲劇種說明，並深入考述臺灣南北管戲曲與歌仔戲之來龍去脈，兼及大陸戲曲改革、戲曲與宗教之關係、歷代偶戲概述、臺灣跨文化戲曲改編劇目等問題之探索。注釋詳明，論述井然，可供學者參考，亦可作初學之津梁。

俗文學概論

曾永義／著

本書為作者積年之研究成果。書中建構，頗見新穎。其開宗明義，商榷民間文學、俗文學、通俗文學三者之命義，並予以融通之，以袪學者之疑，有名正則言順之深意。論述俗文學之各類別，首釋名義、次敘源流，據此以見概要；然後舉例說明其體製、語言、內容以見其特色和價值。可供初學入門之津梁，亦可供學者治學之參考。

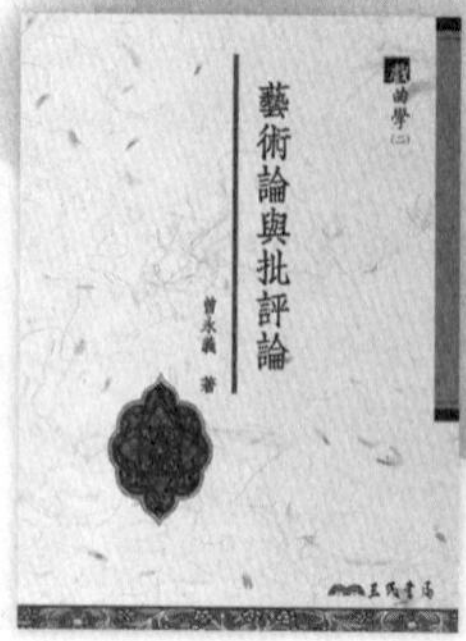

戲曲學㈠　曾永義／著

本書第一冊含七論子題十六：或論述兩岸戲曲在今日因應之道，文獻、文物、田調、訪問、觀賞五種戲曲研究資料必須兼顧；宋元瓦舍勾欄之樂戶歌妓與書會才人實為促成戲曲大戲之兩大推手；廣場踏謠、野臺高歌、氍毹宴賞、宮廷慶賀與勾欄獻藝五種戲曲劇場類型，各有質性；腳色名目根源市井口語，其符號化由於形近省文與音同音近之訛變；戲曲外在結構為其體製規律，內在結構為其排場類型；南北曲之語言質性風格頗不相同。

藝術論與批評論　戲曲學㈡　曾永義／著

本書二論含「藝術論」六篇、「批評論」三篇：其論〈戲曲藝術之本質〉，認為當從構成戲曲之元素來探討，方能見其本末。其論〈戲曲表演藝術之內涵與演進〉，可知戲曲演員之表演藝術內涵，根源於戲曲元素及其質性。其〈論說「京劇流派藝術」之建構〉，說明「京劇流派藝術」乃由京劇演員創立的獨特表演藝術風格，獲觀眾認可後流行於劇壇。其〈論說「拗折天下人嗓子」〉，論湯顯祖之戲曲觀及文學藝術觀，皆以自然臻於高妙。其〈散曲、戲曲「流派說」之溯源、建構與檢討〉，論述「戲曲流派」由「湯沈文律之爭」為起點，學者並進而建構與增益。其〈從明人「當行本色」論說「評騭戲曲」應有之態度與方法〉，則述評明人十四家「當行本色」之說。其餘三篇則大抵為知識性之考述，亦附見於本書。

「戲曲歌樂基礎」之建構　戲曲學㈣　曾永義／著

本書探討「歌」之唱詞及其載體之所以構成語言旋律之要素；構成「樂」之基本元素，尤其是方音以方言為載體所形成之語言旋律，亦即地方腔調；以及歌者如何以一己之音色、口法與行腔、收音所形成之「唱腔」。而由於唱詞之載體以「曲牌」最為精緻複雜；「腔調」之載體文學形式影響其語言旋律之精粗，其本身又因流播而變化多端；凡此皆特別詳加探索。本書篇首梳理「歌樂之關係」，由其創作與呈現兩方面剖析；篇末則詳論歌樂結合之雅俗兩大類型，即詩讚系板腔體與詞曲系曲牌體，作為論題之總結。

當代戲曲【附劇本選】

王安祈／著

全書共分三篇，「認識篇」詳論大陸「戲曲改革」的效應及所引發的戲曲質性之轉變，並論及臺灣七〇年代末以來的戲曲現代化嘗試；「評析篇」為劇作的個別評析，共分十七篇；「劇作篇」分為「唱詞選段」和「全本收錄」。評析及選錄劇目皆為作者心目中之佳作，但仍以臺灣觀眾的熟悉度為前提，試圖以編劇藝術、劇作析論為核心，呈現一個臺灣觀眾對於當代戲曲的審美觀與詮釋態度。

細說桃花扇——思想與情愛

廖玉蕙／著

本書共分四章，探討的問題包括《桃花扇》研究的狀況與檢討、桃花扇的運用線索、人物形象與史實的關係、關目的因襲與劇作的創新，另有附錄兩則，為資料的辨正。作者博覽、表記運用，一直探討到孔尚任寫作歷史劇的虛構點染，對號稱清代傳奇雙璧之一的《桃花扇》作出全新的詮釋。

民間故事論集

金榮華／著

本書介紹並討論中外故事三十餘則，探源察變，考訂異同，全書共計二十四篇，分為四輯：第一輯以中國的故事研究為主，包括古代神話，以及現代的金門、臺東卑南族、遼寧、陝北等地的民間故事。第二輯為故事涉及中外兩地者，屬於比較民間文學的範圍。第三輯為流傳於韓國的民間故事。第四輯則為關於民間故事的整理、分類和情節單元的編排。

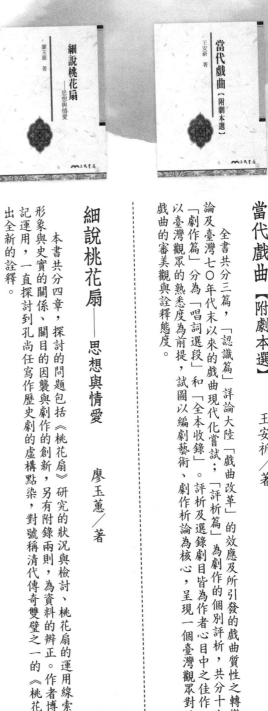

聲韻學

林燾、耿振生／著

本書以大學文科學生和其他初學者為對象，不僅對「聲韻學」的基本知識加以較全面的介紹，更同時吸收新近的研究成就，使漢語音系從先秦到現代標準音系的演變脈絡清楚分明，各大方言及歷代古音的構擬過程簡明易懂，堪稱「聲韻學」的最佳入門教材。